神医凰后

SHENYI HUANGHOU

2

【上册】

苏小暖 著

青岛出版社
QINGDAO PUBLISHING HOUSE

图书在版编目（CIP）数据

神医凰后. 2 / 苏小暖著. — 青岛：青岛出版社，2019.6

ISBN 978-7-5552-6659-4

Ⅰ. ①神… Ⅱ. ①苏… Ⅲ. ①长篇小说－中国－当代 Ⅳ. ①I247.5

中国版本图书馆CIP数据核字（2018）第012605号

书　　名　神医凰后.2

著　　者　苏小暖

出版发行　青岛出版社

社　　址　青岛市海尔路182号（266061）

本社网址　http://www.qdpub.com

邮购电话　010-85787680-8015　13335059110

　　　　　0532-85814750（传真）　0532-68068026

责任编辑　郭东明

责任校对　邓　旭

特约编辑　孙红彦

装帧设计　80·小贾

照　　排　梁　霞

印　　刷　北京海石通印刷有限公司

出版日期　2019年6月第1版　　2019年10月第2次印刷

开　　本　16开（700mm×980mm）

印　　张　31

字　　数　400千

书　　号　ISBN 978-7-5552-6659-4

定　　价　65.00元

编校印装质量、盗版监督服务电话　4006532017　0532-68068638

建议陈列类别:畅销·古代言情

目 录【上册】

目 录【下册】

第一章

星辰碎片

整个第十层，偌大的空间完全没有隔断，一览无余。

君临渊能够明显感觉到紧贴着自己后背的柔软，以至于他的身体绷得紧紧的。一向强大无比、聪明睿智的君殿下，此时竟也觉得有点紧张。他回头瞪了凤舞一眼，凶巴巴地说：“下来！”

凤舞缩缩脖子，乖巧地从他的背上滑下来，站在他旁边。

而此时，被飓风卷出去的楼云从天外天一直往下坠啊坠，最后哐当一声重重地砸在了地上。很多人都跑出来看热闹，很快就有人认出她来，不禁议论纷纷。

“天啊，这不是天下楼的楼主——楼云大人吗？”

“楼云大人被人打得坠楼了？这是谁出的手？”

“天下楼遭遇敌人挑衅了吗？”

要知道，有资格进入天下楼的人，就算是在最底层的，也得是中型商贾或者七品官员，可想而知，往上的楼层里会是什么样的达官显贵。于是，下至七品官，上至王侯，此刻都被惊到了，天下楼顿时陷入一片慌乱之中。

不过，有封管家在，也乱不起来，他老人家往那一站，淡声说道：“殿下处理一点事情，诸位速速散去，别围在这儿了。”

人群中有子爵，有伯爵，还有一位武安侯，因为武安侯的品级最高，所以大家都怂恿他去问问到底出什么事了。于是，武安侯凑到封管家面前，压低声音问道：“封管家，楼楼主这是犯了什么错啊，怎么罚得这么重？”

封管家在心里默默抱怨：还能犯什么错，站错队了呗。居然想削舞丫头的手臂，殿下岂能容她。

这话封管家当然不可能说出来了，不然他家别扭又爱面子的殿下肯定会大开杀戒。

“喀喀……”封管家咳嗽两声，“武安侯，殿下做事，可不喜欢别人问长问短。”

武安侯想到君临渊那暴戾的脾气，顿时心虚，赶紧说道：“那是，那是，太子殿下做事，自有他的道理。”说罢，武安侯灰溜溜地回到同伴身边。

“怎么样？怎么样？楼楼主犯什么错了？”今天武安侯请客，所以这些子爵、伯爵都在第八层。

武安侯摸着下巴说道：“太子殿下做事，可不喜别人问长问短，诸位还是安心吃饭吧。”

事实上，武安侯是打听不出来。

“殿下是心情不好吧？”阳陵伯神秘兮兮地猜测道。

“为何？”大家惊问。

“听说在五楼的时候，有位姑娘得罪了殿下，所以殿下心里有气，拿楼云楼主撒气也是有可能的。”

“谁啊？这么大的胆子，居然敢惹太子殿下生气？”武安侯惊呼一声。

“听说过凤族吗？”

“那个曾经位列九大家族，后来没落了的凤族？”

“就是那个凤族。当年不是出了一位小凤舞吗？这丫头还一度成了太子殿下的未婚妻。凤家本以为可以凭着这天才丫头一飞冲天，重回九大家族之列，哪知这丫头从天才变成废材，从此杳无音信了。”

“我倒是听说过这件事，那丫头不是死了吗？”

“没死啊，听说她从北境城回来了，在五楼惹到太子殿下的就是她。”

“难怪了，殿下肯定不喜欢她，却在天下楼里见到了她，不怪楼主怪谁。”

“可怜的楼主啊，唉，真是无妄之灾。”

“大家回去之后，别忘了告诫家里的子侄，以后千万要离凤舞远点儿，不然什么时候被连累了都不知道。”

“那是那是……”

武安侯不知不觉就将这些老伙计带上了错路。而这些老家伙回府后，更是引导自家的子侄在错误的道路上越走越远了，当然这些都是后话。

楼云摔下去之后，整个脑子都是蒙的，直到身体砸落在地，口中吐出鲜血，她的脑子才稍稍清醒了一点儿。

好痛！所以这不是梦境，这是真的！她真的看见凤舞骑在君殿下背上了，而君殿下恼羞成怒，将她一巴掌扫出去了……她心目中那个高高在上、奢华高雅、不可亵渎、高不可攀的君殿下……居然被人骑在身下！楼云又吐出一口鲜血。身上的痛算什么，心里的痛才难以承受。

打发走了围观群众之后，封管家居高临下地望着她，目中一片冷漠。楼云可以说是封管家看着长大的，看着她从一个被捡来的乞丐，一路成长为一楼之主。

“封管家，殿下和凤舞……他们……”楼云的眼泪如雨水般滚落。

封管家失望地摇摇头，看来楼云已不适合再做这天下楼的楼主了。

“所以……封管家，你早就知道了？”楼云泪如雨下，哽咽地问道。

封管家长叹一声：“刚才已经提醒过你了。”可是你却被私心蒙蔽了理智、嫉妒遮住了双眼，还以为别人都是傻子，看不出你的心思。

“封管家，我……”

“你已经不适合待在天下楼了。”封管家直接作出决定，“回少羽卫去吧。”

“封管家……”楼云真的害怕了。

少羽卫里强者如云，她努力了多久，费了多大的劲儿，才从女奴爬到楼主的位置？可是现在，因为一点点私心就满盘皆输。

“我不服！”楼云不甘心地说。

封管家双手交负在后，抬头看着浩渺无云的天际。

“你的私心，用在别人身上或许可以蒙混过关，但凤舞小姐不是你能冒犯的。”封管家摇头。别说她了，就连三公主，不还得让家长领回去吗，有什么不服气的？

楼云再不服也没办法，君殿下的手下，不会有犯第二次错的机会。于是，楼云当天就被送回少羽卫了，而楼月则被派来接任天下楼的楼主。

封管家只告诉楼月一句话：“得罪了殿下，或许你还能侥幸没事，若是得罪了凤舞小姐，那就……想想你为什么能坐上这个位置吧。”

楼月想问清楚，但是封管家漠然摇头道：“别问为什么，如果你想不明白，自有人能替代你。”

楼月赶紧点头称是。

而此刻，天外天上的凤舞和君临渊之间正处于一种怪异的气氛之中。君临渊想走，但是凤舞拽着他的腰带，君临渊走几步，凤舞就追着跑几步。

君临渊忍不住回头瞪凤舞：“你是小狗啊，怎么还抓着腰带不放了？”

凤舞生怕君临渊又去打风浔，虽然她到现在也不明白君临渊为什么要打风浔，所以她只能归结为——君殿下是个暴虐狂。

凤舞弱弱地瞅了君临渊一眼，腰带在手指间绕了几圈，缠得更紧了。

君临渊："……"这样的凤舞，乖巧又可爱，像一只可怜兮兮的小狗，特别惹人怜惜，可是一想到这丫头做的事，他就气不打一处来。

"你就这么担心风浔？"君殿下心里有气。

"不，不是……我是担心殿下啊，怕您打得手疼。"虽然不知道君临渊为什么打风浔，但是拍君殿下的马屁总不会错，因为凤舞突然意识到了一个很重要的问题——在实力变强大之前，她还不能护住自己想保护的人，甚至护不住她自己，所以，她必须找一条最粗的大腿来抱。她原本觉得，有风浔帮忙，一般的事儿都能迎刃而解，可是今天才发现，在君临渊这个混世魔王面前，风浔根本就不够他揍的。

所以……要不还是抱君临渊的大腿？只是这大腿凶巴巴的，看起来不是很好抱的样子。但是大家都怕他，除了他，好像也没别的选择了。凤舞越想心情越不好，耷拉着脑袋，长叹一口气。

君临渊听了凤舞的话，怔了怔，原本准备生气的他并没有生气，而是别扭地瞪着凤舞："你倒是会说哄人的话了，开窍了？"

君临渊真的不生气了？！凤舞的脑海里突然闪过一道灵光，但是这道灵光去得太快了，快得让她捉不到。

君临渊的手按在凤舞的脑袋上揉了揉，嗯，手感真是不错。

凤舞没注意到君临渊的手，目光宛若星辰般璀璨："所以你放过风浔了，对不对？你也放过荆云涛吧，他是为了帮我才跟叶雅菲吵起来的，如果让他的家长来领人，人家以为得罪你了，肯定会吓坏的……"

君殿下盯着凤舞："你就这么关心其他男人？"一个御冥夜，一个风浔，现在又来了一个荆云涛！

"你怎么这么爱招蜂引蝶！"君临渊瞪着凤舞。

又来了又来了，又开始莫名其妙地发作了。凤舞后退了一步，君临渊步步紧逼："说啊，你就这么喜欢他们？"

"谁喜欢他们了？我才不喜欢他们呢！"凤舞答道。

"那你喜欢谁？"君临渊瞪着凤舞追问。

"我没有喜欢谁啊……"凤舞虽然这么说，脑海里却浮现出一个身影，正是那位白衣翩翩的绝世男子。

君临渊轻哼一声，这个答案他虽然不喜欢，但也不讨厌。

"所以你能放过他们吗？"凤舞拉着君临渊的袖子，可怜兮兮地望着他。

君殿下得意了："你在求我？"

凤舞连连点头："我在求你啊。"

"真没骨气！"君殿下抬手戳戳凤舞的额头，"算了，把他们都放了。"

"那可不行！"凤舞急忙说道，"就放荆云涛、风浔他们，别放沐瑶瑶那些人，得让他们家长亲自来领！"

这小丫头，可真记仇。君临渊没好气地说："你说不放就不放啊？你是我的谁啊？我为什么要听你的话？我说放就放。"

"君临渊——"凤舞拖长声音晃着他的胳膊，"君老大，君殿下，君太子，君——"

"不要撒娇！"君殿下瞪了她一眼。

凤舞噘着小嘴，委屈地瞅着他。

"真是烦死了，行行行，就按你说的办。"君殿下一副不耐烦的样子。

凤舞高兴极了，没想到君临渊也有这么听话的时候，一定是赶上他心情好了，今天运气不错。

当命令下达后，沐瑶瑶难以置信地望着楼月："凭什么风浔可以走？不对，风小王爷可以走，我还可以理解，但是凭什么荆云涛他们也可以走？我不服！"

楼月淡淡一笑："沐郡主，实在抱歉，这是上面的命令。"

"我不服！楼云楼主呢？她在哪里？为什么来的是你？"沐瑶瑶只觉得心里慌慌的。

楼月淡声说道："楼云被调离了，以后天下楼归我所管，还有，我们天下楼已经派人去通知沐家了，相信沐家很快就会有人来接你了。"

楼月说罢，走到荆云涛等人面前，脸上含着一抹笑意："荆公子，现在你们可以离开了。"

荆云涛他们面面相觑，谁都没想到事情这么快就解决了。

"三位公子受惊了，小小礼物作为赔罪，三位公子请收下吧。"三份礼物精致而昂贵，一看就价值不菲。

"这……"荆云涛他们满脑袋问号。但是天下楼送的东西谁敢拒绝，荆云涛没办法，只能双手接过这份所谓的赔罪礼物。

叶舟和元明也都双手接过礼物。

三个人离开天下楼的时候，脑子里还晕晕乎乎的。

天下楼第五层，三公主面色阴沉地坐在那里。风浔他们已经被放走了，身为堂堂帝国公主，她居然还待在这里！

三公主唰的一声站了起来，但是她刚走到门口，就被楼月拦住了。

“滚开！”三公主冲楼月大喊，“你找死吗？居然敢拦我！”

楼月平静地看着三公主，温和地说：“很抱歉，三公主，没有人来接您的话，您是不能走的。”

“那为什么他们都可以走？”三公主气得涨红了脸。

楼月淡淡一笑：“有大人物替他们求情，所以他们可以走。”

“那个大人物是谁？”三公主急问。

楼月淡然一笑，并不说话。

沐瑶瑶忙挤过来问道：“楼月姐姐，那个大人物是谁啊？我们求求他，说不定他也能帮我们说说话呢。”

楼月在心里冷笑：求求她？你们那么得罪她，还想求她？如果知道那个大人物是凤舞姑娘，你们还不得吓出病来。

楼月内心可邪恶了，她就喜欢看着沐瑶瑶她们作死，然后没药医治。

于是，楼月淡淡地说：“那位大人物，我也不知道是谁，抱歉了。”

就在这时，外面传来一阵急匆匆的脚步声。

沐王妃带着一群丫鬟婆子浩浩荡荡地过来了。

不过，那群丫鬟婆子全都被拦在了外面，沐王妃只能带一个丫鬟、一位嬷嬷进来。

楼月接待了沐王妃。

面对沐王妃，楼月的态度还是冷冷淡淡的：“沐王妃将小郡主带回去吧，沐郡主已经不是小孩子了，希望以后说话、行事不要再这么童真，免得得罪了人，自己都不知道。”

沐王妃只能苦笑着表示，一定会好好管教沐郡主。

“我就想知道，我到底得罪谁了？我说话怎么童真了？”沐郡主不忿地瞪着楼月。

啪！沐王妃一巴掌扇到沐郡主脸上。

“娘亲！”沐瑶瑶惊呆了，她怎么都没想到娘亲会打她，顿时委屈得直掉眼泪。

“你给我闭嘴！”沐王妃给身边的嬷嬷使了一个眼色，嬷嬷立刻用绳索捆住了沐瑶瑶。

沐王妃跟楼月点点头，让嬷嬷把沐瑶瑶拎走了。

楼月眼中浮现一抹敬意。沐王妃的做法其实是很对的，沐瑶瑶得罪了君殿下，沐家就该趴在尘埃里任打任罚，姿态必须做足。

但是沐王妃这样做，沐王爷就没事了吗？事实上，不久，沐王爷就被御史寻了个错处弹劾了，直接从王爷降为侯爷。因此沐王爷对沐瑶瑶恨得要死，当然这是后话。

叶雅菲家里来的是她父亲。

叶大人是三品京官，工部侍郎。

叶大人得知叶雅菲得罪了君殿下，恨不得自己没生过这个女儿。他刚走到天下楼的门口，就看到沐王妃带着被捆成粽子的沐郡主走了出来，脸色更白了。堂堂沐家，都扛不住君殿下的威严而将沐郡主捆了，他们叶家哪里扛得住啊？所以，叶大人一看到叶雅菲，一串大巴掌就抽了过去。

自始至终，楼月都是一副看戏的表情，叶大人见了，心情一点点下沉……

“跟我回去！”叶大人愤怒地提着叶雅菲回去了。

回去之后，叶雅菲的悲惨日子才刚刚开始。

三公主到现在都没明白自己到底哪里得罪太子哥哥了。

“我要见太子哥哥！”三公主坐不住了，再次提出请求。

楼月漠然说道：“三公主少安毋躁，这时候没人敢去打扰殿下。”

看到楼月这漫不经心的态度，三公主非常生气。可是她再生气又能怎样？君临渊根本不理她，连他手下的人都不听她的话。三公主越想越生气，一脚踹向桌椅。

楼月也不阻止，只是给侍女使了一个眼色。于是，侍女拿出纸笔记录下来。

“你在做什么！”三公主见了，冲着楼月怒吼。

楼月一脸平静地说：“三公主不服殿下的处罚，擅自破坏公物，到时候看殿下怎么加倍惩罚。”

三公主大怒：“你敢！你这狗奴才是不是找死！”

楼月一摊手：“就算我是狗奴才，也是君殿下的狗奴才。能做君殿下的狗奴才是我的荣幸，不过，你这位三公主，还真命令不了我。”

三公主闻言，气得一句话都说不出来。

消息传到皇宫，独孤皇后气得去跟君武帝告状，哭得梨花带雨、楚楚可怜。

“朕还有奏章没看完，小三儿的事，你该怎么做就怎么做吧。”君武帝说完，施施然走了。

居然就这么走了？独孤皇后气得差点吐血。每次一涉及君临渊的事，君武帝就会回避。

独孤皇后身边的程嬷嬷自告奋勇地说：“要不老奴去一趟吧，将三公主接回来。”

独孤皇后冷笑道：“不用！我倒要看看，君临渊是不是真敢将小三儿关在外面，我就不信他敢这么办！”

程嬷嬷看了独孤皇后一眼，默默地退了下去，心里却在吐槽：君殿下有何不敢？唉，这么多年了，皇后娘娘怎么就学不乖呢！

天下楼顶层——天外天。

楼月站在门口，恭恭敬敬地敲门，正在和凤舞说话的君临渊皱眉道：“进。”

楼月进来后，第一眼就看到随意歪坐在躺椅上的凤舞，然后才看到煮茶的君殿下。楼月眸中绽放出一抹神光——果然殿下才是动手的那个，封管家诚不欺我！楼月向君临渊禀报了刚才的事，凤舞抱着一袋松子，一边嗑，一边津津有味地听着，就像在听故事一样。

“叶雅菲被带回去后，会受责罚吗？”凤舞歪着脑袋问。

“这个嘛……”楼月瞅瞅君临渊，然后问凤舞，“凤小姐希望叶雅菲被责罚吗？”

“当然啊，她骂了我那么多，我白挨骂了啊？沐瑶瑶也是，专门造谣诬蔑我，嘴巴太脏了。”凤舞摇头。

楼月瞅了君殿下一眼，默默为沐瑶瑶和叶雅菲掬了一把同情泪。

“对了，三公主呢？”凤舞偷着看了君临渊一眼。

“皇宫里还没人来，所以三公主还在君舞楼待着，不过三公主的情绪似乎不太好。”

凤舞不由得多看了君临渊一眼，他就不怕皇后发飙吗？

楼月见殿下的脸上带着毫不掩饰的不耐烦，顿时心头一惊，赶紧告退，还他们清净的二人世界。

“你这样，皇后那边真的没问题吗？”凤舞好奇地问。

“能有什么问题？”君临渊疑惑地看着凤舞。

就在这时，小彩凤醒了，瞬间感应到君临渊那熟悉的气场。

“异火珠！异火珠！我的异火珠啊啊啊啊……”小彩凤激动地提醒凤舞。

哎哟，我怎么把这么重要的事情给忘记了？凤舞有些愧疚地摸摸脑袋。

小彩凤哇的一声哭了：“你一点都不关心我！你完全不关心我！呜呜呜……”

凤舞被彩凤鸟哭得脑袋都要炸了，一句话脱口而出：“我怎么会不关心你呢？”

“什么？”君临渊抬眸，那双深邃的美眸一眨不眨地盯着她。

“啊——”天啊！君临渊该不会以为自己喜欢他吧？凤舞连连摆手，“没什么，没什么……”

君殿下嗤笑一声，真当他没听见啊？口是心非的女人！

君殿下的心情忽然变得不错，晴空万里。

凤舞见君临渊心情不错，不由得试探地问道：“君殿下，帮个忙呗？”

“说。”君殿下不屑地瞥了她一眼。

“那个异火珠……你能给我吗？”凤舞赔着笑问道。

“想要异火珠？”君临渊还真将异火珠拿出来了。

“嗯嗯嗯，要要要——”凤舞伸手去抢，但君临渊就是不让她拿到。

凤舞双手叉腰，气呼呼地瞪着君临渊：“你到底要怎样才肯把异火珠给我？”

君临渊轻咳一声，慢悠悠地瞥了凤舞一眼：“上次跟你说的话全忘了？”

什么话？凤舞还真是忘了，小彩凤大声提醒凤舞：“荷包！荷包！荷包！”

凤舞终于想起来了，君临渊给她出了一个难题，想要异火珠，就拿她亲手绣的荷包来换。

凤舞无语：“可是我不会做绣活啊，而且我手疼，这也太难为我了吧。”

“那就别肖想异火珠了。”君临渊把玩着异火珠，漫不经心地说，“我自己炼化了，还能涨涨修为呢。”

“别，可千万别——”凤舞忙拽住君临渊的衣袖，“我绣还不行吗？我绣！”

君殿下看着凤舞，一本正经地摇头道：“你不是手疼吗？还是别绣了。”

凤舞急了：“手不疼了，真的，一点儿都不疼了！”

君殿下歪着脑袋想了想：“这太难为你了，不好，不好。”

凤舞拽着君临渊的胳膊拼命地摇头：“不为难，一点儿都不为难，我爱刺绣，特别爱的那种，真的！”

君殿下瞟了她一眼：“是吗？”

“嗯嗯嗯！”凤舞决定回去就让秋灵绣一个，让她拿左手绣，君临渊肯定看不出来。

谁知凤舞刚有此意，君殿下就打了一个响指。

封管家很快就带着一队人进来了，每个人手里都拿着东西，有绣线、绣布、绣架子……反正刺绣需要的东西全备齐了，各种布料、各种颜色、各种材质、各种……

“不就是绣个小荷包吗，至于这么大的阵仗？君临渊，你故意整我呢吧？”凤舞瞥了君临渊一眼，“不知道的还以为我要绣大屏风呢！”

君殿下傲娇地瞥了凤舞一眼：“我君临渊的荷包，岂能随便应付！”

“要不，我还是回去……”凤舞还未说完，君临渊就冷笑道：“回去之后，你确定不会找别人代绣？比如你身边的丫头？”

凤舞还想推托，君临渊一巴掌将她按在了椅子上：“绣！”

凤舞无奈极了，可人在屋檐下，不得不低头，她只好委屈巴巴地裁好布料，然后穿针引线……

“你缝得怎么跟瘸子走路似的？”君临渊一把夺过凤舞手里的荷包，看了一眼，直接丢进垃圾桶里了。

“我的荷包啊！”凤舞扑过去要抢，可是君临渊一抬手，整个垃圾桶都烧着了。

凤舞怒视着君临渊，君殿下淡然说道：“要不，这异火珠还是本太子自己炼化了吧？”

“不行！”凤舞气得直瞪他。

这男人，除了会威胁她，还会干什么！可凤舞偏偏被他掐住了命脉。

凤舞深吸一口气，将心里的怒火强压下去。不就是个荷包吗？那五年最艰苦的日子都过来了，她还会怕一个荷包？笑话！

凤舞冰雪聪明，真用心做一件事的时候，进步特别快，不到半个时辰，她做的荷包就像模像样了。

凤舞很开心地拿着荷包给君临渊看。

“怎么样，是不是很漂亮？”凤舞自吹自擂。

但是君殿下还不满意，他漫不经心地瞥了凤舞一眼：“光秃秃的，哪里好看了？重做！”

形势比人强，凤舞没办法反抗，只能乖乖被奴役。

刺绣嘛，又不是很难。

不一会儿，凤舞就在荷包上绣了几片绿叶，拿给君临渊看。

君殿下脸都黑了：“在你眼里，本殿下只是陪衬的绿叶？”

凤舞没办法，只好又做了一个荷包，在上面绣了几朵淡粉色的小花。

君殿下的脸色更黑了：“你觉得本殿下会喜欢这些花？重做！”

凤舞好生气，但只能忍气吞声地抱着荷包，回去继续做。

做到后来，绿叶不行，花草不行，虫鱼鸟兽不行，Q版萌宠也不行，凤舞从中午一直做到傍晚，太阳都快落山了，凤舞还在被君殿下不厌其烦地打击着。

凤舞忍无可忍，啪地将荷包拍在案几上，怒道：“这也不行，那也不行，君临渊，你根本就不想给我异火珠！”

凤舞右手捏着君临渊的下巴，逼他正视：“你就是故意捉弄我，你从来都没想过要将异火珠给我，所以一次次地让我重做，对不对？”

君临渊瞥了凤舞一眼，眼神带着哀怨：“你自己做不好，还怪我……”

凤舞生气地深吸一口气：“我做不好？你看看这些绣品？我已经竭尽全力做了，手指头上都是针眼，你还怪我？”

君临渊：“……”

“你到底想要什么图案？”凤舞拿起纸笔往君临渊面前一拍，双手叉腰、气势十足地盯着君临渊，“立刻给我画出来，不然我就是觉得你是在故意折腾我！”

君临渊深吸一口气，画就画，谁怕谁啊！

君殿下画好后，将画纸往凤舞怀里一塞：“绣！”

凤舞展开一看，顿时傻眼了，这是什么鬼？两只像鸟像鸭又像鸡的东西……挨在一起？

“你画两只小禽兽干吗？”凤舞一脸不解地问。

君殿下闻言，顿时脸色铁青，恶狠狠地瞪着凤舞。凤舞吓得瑟缩了一下，默默往后退了一步。

“喀喀喀……没想到你喜欢这样的，哎哟，你早说不就好了，害我被折腾这么久！”凤舞拿了图过去，直接给绣了两只小黄鸭……

凤舞绣好之后，开心地跟君临渊炫耀：“你看，这个是不是比你画的好看？”

君临渊瞥了一眼，顿时愣住了：这么丑的颜色，这么丑的造型，这么丑的……

他画的明明是……怎么就成了两只小黄鸭？君殿下差点气炸了。

“君临渊你快夸我啊，我绣得是不是特别好看？”凤舞一脸得意地问。

君殿下一巴掌拍她脑门上：“算了！”小黄鸭就小黄鸭吧。

“荷包给你了，现在可以把异火珠给我了吧？”凤舞伸手讨要。

君临渊没好气地将异火珠丢给她。

凤舞拿到异火珠，终于松了一口气，眼巴巴地看着君临渊：小七带回家了，异火珠拿到了，现在君临渊手里握着的只有星辰碎片了，她的美人师父……

君殿下被凤舞盯得心里有点儿发毛：“你想干吗？”

“星辰碎片……你打算什么时候给我？”凤舞可怜兮兮地问。

“你要星辰碎片做什么？”君殿下想到自己手里还有凤舞想要的东西，又得意上了。

“当然是……”凤舞当然不可能说实话了，毕竟美人师父的存在是她最大的秘密，她不舍得跟任何人分享。

凤舞顿了顿，说道：“听说星辰碎片能洗筋伐髓，炼化它之后，说不定我就能重新修炼了呢。”

君临渊眼眸危险地半眯起来，就那么定定地望着凤舞。

“如果我能重新修炼，那我的人生就完全不一样了，对不对？君临渊，你就可怜可怜我嘛，没有修为很惨的，连叶雅菲那种人都能随便欺负我，嘤嘤嘤……”

见君临渊不吭声，凤舞拉着君临渊的胳膊晃道：“君临渊……君殿下……君哥哥……”

小丫头现在又求他了吧？求他的时候，就“君哥哥、君哥哥”地叫，得到东西后就翻脸不认人，想到这里，君殿下决定好好教训教训这小丫头。

他瞅了凤舞一眼：“别撒娇，坐下，好好说话。”

“哦。”凤舞规规矩矩地立在君临渊面前，那双清澈的眸子可怜巴巴地望着君临渊。

君殿下闭了闭眼，严肃下来才睁开眼，凶巴巴地瞪着凤舞：“真想要星辰碎片？”

“嗯嗯嗯。”凤舞连连点头。

君殿下别有用心地问：“不论付出任何代价都愿意？”

凤舞心里咯噔了一下，满脸戒备地盯着君临渊：“你先说说代价是什么？”

“帝国学院开始招生了，如果你能考上帝国学院，这块星辰碎片就归你，我还帮你打开盒子。”君临渊挑眉说道。

考帝国学院？那岂不意味着她有修为的事就会暴露了？

“如果我不想考帝国学院呢？”凤舞咬牙问道。

“哦，不考啊？”君殿下傲娇地说，“那这块星辰碎片，本太子就自己炼化了。”

“你敢！”凤舞差点儿情绪失控，对着君临渊吼道，“如果你真敢把它炼化，我就跟你拼命！”

那可是她家美人师父的命啊！

这丫头对星辰碎片的反应也太强烈了吧？君殿下那双深邃的美眸半眯起来，探究地盯着凤舞。

凤舞回过神来，为了掩饰自己的激动，轻咳一声，说道：“这是我唯一有可能恢复修为的机会，你可不能把它炼化了，我是认真的！”

“星辰碎片又不是只有这一片，没有了这片，还有第二片啊，很稀罕吗？”君殿下斜睨了凤舞一眼。

我的天啊！凤舞的心情瞬间激动起来：君临渊一定知道第二块星辰碎片在哪里。

凤舞一个箭步冲上去，一把抓住君临渊的衣领，难掩兴奋地问道：“你知道第二块星辰碎片在哪里，对不对？快告诉我，它在哪里？”

君临渊盯着凤舞，目光充满了审视之意——这么激动，不是她的性格会做的事，难道这星辰碎片……

君临渊轻哼一声：“第一块都没得到，还敢肖想第二块？”

凤舞咬牙说道：“不就是帝国学院吗？我考就是了！说好了，等我考上帝国学院，你就将这块星辰碎片给我，不仅要帮我打开盒子，还要告诉我第二块星辰碎片在哪里。”

君临渊瞥了凤舞一眼：“哪有那么多条件？只有第一条。”

“君临渊！”凤舞瞪着他。

君临渊抬着下巴，得意地哼哼两声。

凤舞无奈，只能拉着他的袖子撒娇地唤道：“君哥哥，君哥哥，君哥哥……”

“跟你说了，别撒娇！”君临渊瞪了凤舞一眼，凶巴巴地说，“好了，到时候告诉你第二块星辰碎片的下落就是了，女孩子家家的，到处跟男人撒娇，不觉得不好意思吗？”

凤舞可不管君临渊怎么训斥，反正他那破脾气她都习惯了。既然已经说定了，凤舞直接就对君临渊挥挥手，潇洒地离开了。

君临渊还没反应过来呢，凤舞已经连影子都不见了。

“她她她……”君殿下气得指着凤舞离开的方向，“就这么走了？”这么干脆利落？

封管家无语望天：训斥人家的是你，现在人家走了舍不得的还是你……我家殿下太别扭了怎么办？

凤舞回到凤府。

“姐——”凤小七看到凤舞，很开心地跑了过来。

凤舞拍拍他的脑袋，问道：“在家修炼得怎么样了？”

因为凤小七是玄灵之体，所以凤舞专门为他准备了最适合他的“玄灵神功”。凤舞有预感，小七的进步速度不亚于她。

“姐，修炼速度好快好快呢，都快飞起来了！”凤小七特别开心地说，“今天早上的时候，我就已经三星了，刚才盘坐冥想的时候又有感觉了呢，但就是……”

“就是什么？遇到困难要说，你不说姐姐怎么知道你难在哪里？要知道，你可是咱们家里唯一的男人，以后美人娘亲和姐姐都要靠你保护呢！”

凤舞拍拍凤小七的脑袋，给予他变强的动力和守护家人的责任。

凤小七原本修炼得快累趴下了，闻言，顿时兴奋起来：“姐，你放心，以后小七一定会保护你们的！”

凤舞："所以，你现在遇到的修炼障碍在哪方面？"

"灵气不够。"凤小七的脸上浮现一抹苦恼之色，可怜巴巴地瞅着凤舞，"姐，你早上给我的那块灵石已经耗光了，秋叔说那是很贵的……姐，要不我还是别修炼了吧，咱家供不起我……"

凤舞好笑地看着自家小弟，很土豪地说："不就是一块上品灵石吗？咱家有钱，花得起！"

"秋叔说，一块上品灵石，如果换成钱，可以供一个三口之家生活十年呢，而我一天就用掉了一块……"凤小七心里特别愧疚。

"可你修为涨得也快呀，好啦，姐姐现在找到了一处地方，能源源不断地给我们提供上品灵石，很快我们就不缺灵石修炼了。"凤舞保证道。

凤小七兴奋得差点儿蹦起来："真的吗？姐，你说的是真的吗？"

凤舞揉揉小家伙的脑袋，说道："当然是真的，姐姐什么时候骗过你啊？"

凤小七一想，对哦，姐姐说过的话从来都会兑现，想到这里，凤小七笑得很开心。

就在这时，一道哀怨的声音突然从角落里传出来："凤小舞，我就这么没存在感吗？"

凤舞扭头一看，发现说话的人是御冥夜。

凤舞皱眉问道："你怎么来了？"

"哎哟，凤小舞，我说你这个人是不是贵人多忘事啊？"御冥夜没好气地瞅着她。

"啊？"凤舞一头雾水地望着御冥夜。

"不是你说要给你家大伯弄官职的吗？我忙活了大半天，好不容易将事儿办完了，你连口茶都没给我喝，还问我来干吗，有你这么欺负人的吗？"御冥夜控诉地望着凤舞，那小表情可委屈了。

"呵呵呵……"凤舞尴尬了。

"你眼里到底有没有我？"御少年可哀怨了。

"不好意思，今天发生的事太复杂了，我脑子到现在还没回血呢，见谅见谅。对了，你刚才说把事儿办完啦？"凤舞并没有对御冥夜抱多大期望，没想到他出去遛了一圈就把事儿办成了。

"那是，也不看看我御冥夜是谁！"御冥夜可得意了，一边说，一边从怀里掏出一张字条，得意地在凤舞面前抖了抖。

"这是什么？"凤舞问。

"你说呢？"御冥夜故意卖关子。

“给我看看。”凤舞伸手就要去拿，御冥夜却将字条举高高。

“你求我啊，你求我，我就给你。”御冥夜傲娇地说。

凤舞深吸一口气，这些男人都是这副德行吗？君临渊让她求，现在御冥夜也玩这套？

凤舞瞪了御冥夜一眼，转身就走。

“哎——”御冥夜赶紧拉住凤舞，“你走什么？”

“我才不求你呢。”凤舞哼哼。

“好好好，我的小姑奶奶，不要您求，我求您行吧？求您千万收下这张条子，否则我这大半天就白跑啦。”御冥夜一边说着，一边将那张条子塞进凤舞手里。

凤舞扑哧一声笑了。

见凤舞笑了，御冥夜才没好气地说：“真没见过你这样的，求人办事儿，还给人脸色看，也就是我，别人谁搭理你啊？”

凤舞朝他做了一个鬼脸。看到小丫头这么开心，御冥夜顿时觉得自己忙活了大半天，终于值当了。

“还真是调遣职位的条子。御冥夜，可以啊，你！”凤舞捶了御冥夜胸口一下，“真是出乎我的意料啊！”

“这是什么话？”御少年瞅着凤舞，眼角眉梢有着掩不住的得意，“我御冥夜想做的事，还能做不到？不就是一个批条吗？就算你大伯想当吏部尚书，我都能想办法给他搞到。”

凤舞无语：“你当吏部尚书死了吗？”

御冥夜不以为然地说：“杀了他，他不就死了吗？”

凤舞：“……你在开玩笑吧？”

“是不是开玩笑，不是你说了算嘛。”御少年凑近凤舞，那双妖娆的桃花眼扑闪扑闪的，媚态天成。

凤舞：“……”

凤舞和御冥夜斗嘴的时候，凤舞的大伯凤琰峰正垂头丧气地往家走。

凤琰峰脑海里浮现出严大人那森冷而恼怒的神色。

“凤大人家里出了一个了不得的姑娘啊，想必凤家能靠她一飞冲天了吧？”

“吏部侍郎的位置已经有人了，凤大人请回吧。”

“以后凤大人再来，就说本官不在。”

严大人那张冷酷绝情的脸出现在他面前，凤琰峰只觉得绝望。为了吏部侍郎这个位置，他已经得罪了礼部的人，现在吏部又不给他留位置，怕是原先那礼部侍郎的位置都留不住了。

想到这儿，凤琰峰就将凤舞记恨上了：都是因为那臭丫头！如果不是她，自己怎么会有这些倒霉事儿？如果不是她，吏部侍郎的位子也跑不了。

想着想着，凤琰峰就朝星陨院而来。

砰砰砰！凤琰峰将门敲得很响。

赵嬷嬷还来不及开门，哐当一声，凤琰峰一脚就踹了上去。

但是自从前两次被人踹坏门之后，凤舞就学乖了。她在这扇门上制作了简易的反震阵法。别人在这扇门上施加多少力，就会被反弹回去多少力。

所以，当凤琰峰大力踹门之后，他的身子便往后弹射出去，撞到了后面的大槐树上。

要知道，凤舞可是在大槐树上做了机关的，这是连环机关的第二步。

“啊！”凤琰峰惨叫一声。

因为大槐树上被凤舞涂了特殊的药剂，身体一旦撞上，就会感到针扎般的疼痛。

“大伯父？”凤舞一挥手，阻止了连环机关的第三步。没有必要将底牌全都暴露出来。

凤舞皱眉望着凤琰峰，一脸无辜地问他：“您怎么来了？大白天的，走路摔树上了？”

凤琰峰要怎么解释他踹门不成反撞树的事？根本就解释不清楚啊。

“凤舞！”凤琰峰摆出大家长的威严，“你到底知不知道严家那件事有多严重？你知不知道，严大人已经记恨上我们凤家了，你大伯父我的官职就要丢了？你知不知道现在官场上有多难混？就因为你的一念之差，整个凤族都要被你带累了！”

凤琰峰是喝得醉醺醺回来的，不然也不会话这么多。他指着凤舞连声指责：“你就不该回来，你为什么要回来？去！给我打包行李，立刻滚回北境城去！”

星陨院的事，很快就传出去了。

飞雪楼已经重新修建好了，大夫人正指挥着下人往里面搬东西，就听到下人来报。

“大夫人，大夫人，好消息啊！”如玉快步而来，难掩内心的激动，“大老爷去星陨院了，指着凤舞小姐的脸训斥她，让她收拾行李赶紧滚呢！”

原本，大夫人听到凤舞的名字就皱眉，但是现在，她眼眸一亮：“大老爷真的这么说了？”

“是呢！声音很响的，我们亲耳听见，千真万确！”如玉肯定地点头。

“好，好啊！”大夫人赶紧将东西一丢，“走，瞧瞧去。”

桂嬷嬷岂能让大夫人一个人去，赶紧跟了上去。

凤亦然和凤桑都去帝国学院念书了，不在家里，凤琉一得到消息，也激动不已，急急忙忙往星陨院赶去。

能亲眼看到凤舞被赶回北境城，这可真是大快人心啊！凤琉兴奋地冲到星陨院，果然听到她爹正对着凤舞破口大骂："赶紧收拾东西滚回北境城，永远都不要回来了！"

凤琉跑到大夫人身边，压低声音问："娘亲，这是怎么回事？父亲为何发这么大的火？"

大夫人故意高声说道："你父亲因为严家的事被连累了，礼部的职位岌岌可危，吏部原本打点好的职位又被人顶了，这一切，还不是因为某个人？如果她们不回京，会有这些事吗？如果她们眼里还有家族，就应该收拾收拾，立即滚出帝都！"

凤舞似笑非笑地看着凤琰峰："大伯父好像忘记了我们的交易。"

凤琰峰冷笑数声："你以为官场是那么好混的？还十万银币——"

凤琰峰话音未落，凤舞便把那张字条丢进他的手里。

凤琰峰抓起条子一看，顿时怔住了——调令函！

而此刻的凤琉和大夫人，战斗力才刚刚启动。

"好你个凤舞，你以为你是谁？这里还没有你嚣张的分儿，赶紧给我滚出帝都！"

"啪——"重重一巴掌，别人都以为凤琰峰抽的是凤舞，大夫人却捂着嘴，难以置信地望着凤琰峰："你……你……你居然打我？"

凤琰峰瞪了她一眼："妇道人家，懂什么？还不快给小舞道歉！"

大夫人表示不服，凤舞似笑非笑地瞥了凤琰峰手里的调令函一眼，漫不经心地说："这东西，我能给出去，自然也能收回来。"

刚才凤琰峰已经检查过了，这调令函不论是纸张、格式、字迹，还是印章，全都是真的，还绕开了严大人，是陛下直接下令的。

由此可见，凤舞背后的人非同一般啊！

想到这儿，凤琰峰瞪着大夫人，催促道："还愣着做什么？道歉啊！"

凤琉被吓到了，直到现在才回过神来。她忙冲上去，哭着大声喊道："爹，你到底是怎么了？应该滚的明明是凤舞啊，她就是个贱——"

"闭嘴！"凤琰峰被吓出一身冷汗，因为他看到凤舞正准备将那份调令函给撕了。

凤琉还在叫嚣："我不服！我就是不服！她有什么了不起的，连爹爹都向着她？呜呜呜，明明刚才你也讨厌她，要赶走她的，呜呜呜呜……”

“哟，凤大人，原来刚才你真要赶我走啊？”凤舞将调令函往怀里一揣，拍拍手道，“那好吧，我们一家人从哪里来，就回哪里去呗。”

“别别别，可千万别——”凤琰峰现在哪舍得让凤舞走啊？凤舞身后可是站着一位足以将严大人拉下马的可怕人物。是风小王爷吗？不，怕是风小王爷还没有这份能耐。

难道是君殿下？凤琰峰眼眸一亮——看来凤舞真的勾搭上君殿下了。他就说吧，凤舞这张脸这么漂亮，不将她送到太子府当侍妾，简直就是暴殄天物嘛！好好好，有了凤舞这枕头风，往后凤府往上攀的路可就好走了！

想到这儿，凤琰峰忙讨好地对凤舞说：“舞丫头，刚才大伯父跟你开玩笑呢，你还当真了啊？大伯父这不是喝醉了吗？男人喝醉了发点儿酒疯，也是可以理解的嘛，对不对？”

凤舞一点儿妥协的意思都没有，她骄傲极了，负手而立，挺着小身板：“大伯父喝醉了，难道凤琉也喝醉了，大伯母也喝醉了，然后组团过来欺负我们孤儿寡母？”

凤琰峰赶紧摆手：“小舞，这都是误会啊，你怎么能这么想你大伯父呢？大伯父跟你开玩笑的啊。”

“大伯父开玩笑，但是凤琉和大伯母的样子，看着不像是开玩笑啊？”凤舞似笑非笑地斜睨他一眼。

“来人！”凤琰峰一挥手，他身后的护卫就冲了上来。

“凤琉欺压姐妹，在严家事件上设计凤舞，差点儿铸成大错，品行恶劣，鞭笞五十！”

“爹！”凤琉惊呼一声，整个人都傻掉了，这可是她亲爹啊，就算不向着她，好歹也别害她啊！

护卫如狼似虎地冲过来，像老鹰抓小鸡一样拎着凤琉。

凤小七赶紧搬了一把长凳子出来：“还要鞭子吗？家里还有哦！”

凤琰峰只是想做做样子，但现在已经骑虎难下，他不由得瞪了凤小七一眼。

凤小七躲到凤舞身后，弱弱地说：“大伯父好凶哦……”

凤舞眼眸危险地半眯起来，凤琰峰一见，赶紧摆手，哈哈大笑：“小七，你这孩子怎么这么胆小？去，帮大伯将鞭子拿出来。”

“好咧！”这活儿凤小七太爱干了，转眼间就抱来一根黑鞭子。

家里的鞭子有好几根，但只有这根黑鞭子是带着倒刺的。

凤琰峰看到这根黑鞭子，脸都黑了。

“老爷，不行，不行！”大夫人哭喊着扑上去拦着凤琰峰，“老爷，你不是说严家的事都是凤舞的错吗？琉儿都是被带坏的吗？如果真要罚，那就连凤舞一起罚，不然我不服！”

连凤舞一起罚？凤琰峰现在巴结凤舞还来不及呢，哪敢罚她。

“来人，将大夫人扶回去。至于凤琉，不抽够五十鞭不许送回去，谁都不许求情，给我狠狠地抽！”

大夫人气得晕过去了。

既然族长大人都说狠狠抽了，护卫哪敢放水，每一鞭都抽得特别扎实。

“舞丫头，这个……”凤琰峰眼巴巴地瞅着凤舞手里那个调令函。

既然凤琰峰这么上道，凤舞就将调令函递给了他。

凤琰峰迫不及待地打开，看着上面烫金的“吏部尚书”四个大字，心潮澎湃，捏着调令函就想走。

凤舞没好气地喊住他，做了一个数钱的手势说：“大伯父该不会忘了最重要的东西吧？”

“什么？”凤琰峰差点儿翻白眼，“你就这点儿出息？”

凤舞淡淡一笑：“大伯父该不会赖账吧？”

说实话，凤琰峰还真想赖账，但是一看凤舞有些不悦，便敷衍道：“着什么急，大伯父还能赖你的账不成？回头等大伯父上任了，想要多少都有。”

凤琰峰说完，拿着调令函喜滋滋地走了。

御冥夜从里面走出来，见凤舞盯着凤琰峰的背影看，嘴角勾起一抹邪魅的笑容。

“你就不怕他赖账？”御冥夜问。

凤舞淡笑：“就怕他不赖账。”

凤舞反过来问御冥夜：“明明谋的是吏部左侍郎之职，为何下来的是吏部尚书？”

像这种六部之一的中枢位置，能是想谋就能谋得的吗？陛下到底是怎么打算的？

御冥夜笑容神秘：“你不是没反对吗？你是怎么想的？”

“欲使其消亡，必先使其疯狂。”凤舞淡淡地说。

“跟我想的一样。”御冥夜宠溺地望着凤舞。这样的目光……凤舞可有些吃不消：“天色不早了，你赶紧回去吧。”

“你这丫头，过河拆桥也太快了吧？帮了你这么大的忙，连口水都不给人家喝，就赶人家走。”御冥夜哀怨地瞅着凤舞。

大伯父的事情暂时了结，御冥夜离开之后，凤舞躺在床上开始思考。她现在最重要的事，一是买下隔壁方阁老家的宅子，因为他们急缺灵石修炼，凤舞想借助地底的灵石，将方家的宅子打造成灵阵修炼地，这对修炼非常有帮助。

二是她要考进帝国学院，只有这样，君临渊才会将星辰碎片给她。只要一想到能让美人师父苏醒片刻，凤舞就充满了斗志。

至于小彩凤，它吞下那颗异火珠后，现在正处于沉睡状态，短期内应该不会苏醒。

半夜的时候，凤舞去了一趟方家枯井，让凤土土下去捡了几块灵石出来，供大家修炼用。

“上品灵石？姐，咱们真的还有上品灵石啊！”凤小七激动得不行。

“当然，你尽管用，管够的。”凤舞是慷他人之慨。

第二章

新的计划

第二日，天刚蒙蒙亮，凤小七就冲进凤舞的房间，激动地嚷嚷：“姐，我晋升到四星了，我是四星灵师了！”

“这么快？你是怎么修炼的？”凤舞好奇地问。

“不知道啊。”凤小七一脸不解地说，“昨晚你不是给了我五块灵石吗？我生怕灵石被人偷了，就放在枕头底下，枕着灵石入睡。早上醒来，我就发现，那五块上品灵石全部碎成渣渣，而我则晋升为四星灵师了。”

姐弟俩正说着话，段朝歌来了。看到凤舞的桌案上放着好几本书，她随手翻了一下，眼眸一动：“咦，这不是帝国学院的文试资料吗，你看这些做什么？”

凤舞挑眉道：“当然是为了考进帝国学院啊。”

众所周知，每年有数百万人参加帝国学院的入学考核。考核分两种，先文试，后武试。文试的前一千名进行武试，然后按照成绩录取前一百名。

凤舞看了朝歌一眼：“朝歌，你也一起考吧。”

“啊，我？”朝歌有些难以置信，“可是，这不行吧？文试没有问题，但是武试的话，至少需要九星灵师的实力才能报名，我现在才七星实力啊。”

这还是在凤舞的指点下领悟了一点墨雨图才晋升的。

凤舞没好气地看了她一眼：“不是还有七天吗？”

“七天时间就可以从七星晋升到九星吗？这怎么可能？”朝歌自己都不相信。

凤舞淡淡一笑：“为什么不可能？我觉得完全可以啊。”

"好！"朝歌一拍桌子，"小舞说我可以，那我肯定是可以的，不就是考帝国学院吗？我陪你一起考！"

"帝国学院的文试都考什么？"凤舞问。

朝歌简直想哭："小舞，你刚才说得那么胸有成竹，我还以为你稳操胜券了呢，结果你连文试考什么都不知道，你这是要吓死我吗？"

凤舞摊手："以前也没想过要考帝国学院啊。"

"那你什么时候有这个想法的？"

"昨天。"

朝歌拉着凤舞的手，极其严肃地说："小舞啊，别人考帝国学院，至少要准备十年呢，我们啥都没准备，就这么下场，文试还不得交白卷儿啊。"

凤舞问："有样卷吗？"

朝歌摇头："只有帝国学院的老师手里才有样卷。据说方阁老是帝国学院的客座导师，很多卷子都是他参与出题的。"

方阁老？凤舞眼睛一亮，问道："是最近告老还乡的那位方阁老吗？"

朝歌点头："是啊，听说方阁老已经辞官了，唉，如果我们能认识方阁老就好了。"

凤舞一拍手："那就找方阁老去。"

方阁老就住在她家隔壁，如果不利用起来，岂不是浪费资源？

朝歌哭笑不得："小舞，方阁老是什么人，哪是我们想见就能见到的啊。"

"我来想办法。"凤舞坐在桌案前，手指敲打着桌面，抬头问朝歌，"你知道方阁老跟谁的关系比较好吗？"

"倒是没有听说，不过，我听说方阁老擅长阵法，他在阵法方面的造诣，跟吴道人吴宗师是相提并论的，或许，跟吴宗师的关系会不错吧？"朝歌有些不确定地说。

吴道人，不就是汴大师的师尊吗？凤舞开心地说："如果是他的话，哈哈，我埋下过伏笔。"

"埋下过伏笔？"朝歌不解地望着凤舞，"什么时候啊？"

"就在昨天，墨雅斋，你不是也在嘛。"凤舞提醒她，"还记得那位汴大师吗？"

"当然，汴大师一句话，差点儿害死我们。"朝歌气鼓鼓地说，显然对汴大师没有好感。

凤舞说："最后，我让汴大师买走了那个听风瓶。"

"对，小舞你还坑了他一把呢，汴大师当时脸都绿了。哈哈哈，坑得好，谁让他那么害我们呢！”

“我没有坑他，我是送他一个机缘。”凤舞说得模棱两可，“不过事实证明，他守不住那个机缘。”

“啊？”朝歌不解地看着凤舞。

凤舞解释道：“如果他够聪明，这会儿早就跪在星陨院门口求饶了，可是他并没有。”

“啊？”朝歌越发听不懂了。

凤舞不由得笑道：“你想不明白也无妨，你只须知道，我们可以通过这位吴宗师来结识方阁老。”

“可是，我们要怎么认识吴宗师呢？汴大师会替我们引见吗？”朝歌觉得这个办法很不可行。

“对了！”朝歌一拍大腿，大叫一声，“我想起来了！”

“你想起什么了？”凤舞不解地望着她。

“我以前听人说过，汴大师的师父是帝国学院的客座导师、灵阵系的大佬，现在一想，这说的不就是吴宗师吗？”

就在这时，秋叔从外面进来，看着凤舞，一脸古怪。

凤舞不解：“秋叔怎么了？可是有什么话要说？”

“小姐刚才不是让我去打听吴宗师家住何方吗？”秋叔哭笑不得地说，“如果我没看错的话，吴宗师正往咱们这个方向而来，那位汴大师就跟在他身边。”

“他们是来凤府的吗？”朝歌惊呼一声。

“不，如果没猜错的话，应该是去方宅。”凤舞眸中浮现一抹凝重：莫非吴道人也看中了方阁老的宅子？

“小舞，这么好的机会，我们要怎么做？”朝歌激动地问凤舞。

凤舞的脑子转得飞快，好几个想法从她脑海里闪过，但都被她排除了。

忽然，凤舞眼前一亮——有了！

而此刻，隔壁的方宅之内，方阁老正站在窗前，专注地望着手中的听风瓶。

昨日他一眼就看出了听风瓶的不凡之处，所以买了过来。经过一晚上的研究，他惊讶地发现，这个听风瓶虽然是赝品，但里面的阵法非常玄奥，每听一次都有一种不同的感受，简直精妙绝伦。

方阁老对身后招招手，老管家立刻现身。

“去查查那位姑娘是哪家的，好好查。”

“是！”老管家的身影瞬间消失，就好像从来不曾出现过一般。

“厉害啊，只是不知还能不能找到她。”方阁老有些后悔之前没有太重视她。

方阁老早年受了吴道人的气，决定这次好好鄙视吴道人一番。

方宅门口，汴大师搀扶着吴道人从马车里走了出来。

就在这时，一块石头砸向马车。吴道人下意识地避开，所有人都望向墙头。

凤舞正坐在墙头，晃荡着双腿。

“你就是吴道人？”凤舞有些好奇地问。

吴道人盯着凤舞手中拿着的东西，当即皱眉道：“小小年纪，如此奢侈，暴殄天物，世风日下啊！”说着，吴道人一边摇头，一边往里面走。

汴大师一看到凤舞，立刻就认出来了：“是你！”

吴道人不解地瞥了汴大师一眼，不悦道：“你认识？”

“师父，前日弟子就是被这位姑娘坑了一千上品灵石。”汴大师诧异地问，“师父，您不认识她吗？”

吴道人甚为不悦：“为师岂会认识这种爱慕虚荣的丫头？”

汴大师暗暗庆幸，当时这位姑娘还让他带听风瓶给师父呢，幸好他没照办。

汴大师一边搀扶着吴道人进入方宅，一边轻蔑地瞥了凤舞一眼。

凤舞忍不住笑道：“果然和美人师父说的一样，吴道人脾气耿直，最看不过别人浪费阵法，这位是吴道人无疑了。”

“美人师父？又是你梦里那位美人师父？”朝歌很感兴趣地问。凤舞才不跟她讨论美人师父呢，师父是她一个人的秘密，不舍得跟任何人分享。

“不跟你说这个。”凤舞得意地一摆手，“走——”

“去哪儿？”朝歌不解地问。

“方宅啊。”凤舞笑眯眯地说，“吴道人不是进去了吗？咱们也去。”

方管事拦住凤舞：“姑娘，对不起，今日方宅不见外客。”

凤舞理直气壮地说：“我们不是来做客的，我们是来买宅子的。”

方管事略显犹豫：“今日有贵客在，不方便参观，如果姑娘要买宅子，还请日后再来。”

凤舞淡笑道：“不用参观，这宅子我看着还不错。”

方管事面无表情地说：“这座宅子，需要十万银币。”

“嗯。”

“还需要千年人参，万年灵芝，万年何首乌。”

“嗯。”

“不过，买卖的前提是，三天之内回答出这张纸上的问题。”方管事递给凤舞一张纸，“你有三天的思考时间，没别的事了，姑娘请回吧。”

方管事说完，就要赶人。凤舞却摊开手道：“拿笔来。”

朝歌从怀里掏出简易笔递给凤舞，凤舞当场就开始解题，不过一分钟的时间，凤舞将笔还给朝歌，将答题纸塞到方管事手里。

“不需要三天，已经答完了，方管事将答卷送上去吧。”凤舞拍拍手。

方管事没有看答案，因为他也看不懂。但是他看凤舞的目光并不友好，他觉得凤舞是胡乱填写的，便敷衍道：“东西回头会送给老爷看，你们先回去等消息。”

而此刻，方宅内。方阁老和吴道人面对面坐着，他们中间是一张原木色案几。

案几上，白净的听风瓶静静立着。

汴大师跪在吴道人身边，方阁老身边也跪着一位少年。少年容貌清俊、卓尔不凡，一看就知道是世家子弟，而且是其中的翘楚。

如果凤舞在，一定一眼就认出来，居然是玄奕。

玄奕对方阁老很恭敬，因为方阁老是他的外公。方阁老的注意力并不在玄奕身上，而是盯着吴道人。而吴道人的注意力则全部集中在听风瓶上。此刻的他，凝神静听，神色安详。

半晌，吴道人缓缓睁开眼睛，目光睿智而清澈：“好一座静心阵，让人仿佛置身于春暖花开的世界，徜徉在花的海洋，给人一种如沐春风的感觉。这阵法，绝对在大师级以上，有可能还不止。”

最重要的是，这静心阵，特别适合易躁易怒的吴道人。这些年，吴道人始终晋升不了皇级，就是因为他的脾气太暴躁了。

“方阁老可否割爱？”吴道人问。

汴大师听到自家老师对这听风瓶赞不绝口，脊背开始冒冷汗了。

果然，方阁老淡淡瞥了一眼：“你喜欢？”

“方老哥，你还不明白我吗？我这脾气，太容易暴躁了，如果有这个听风瓶，说不定就能晋升到皇级了。”

在人前高高在上的吴道人，在方阁老面前，也只能以小弟自居，他苦笑着抱拳道：“方老哥，以前小弟多有得罪，你大人有大量，多多包涵，这听风瓶就让与我吧。”

方阁老似笑非笑，并没有开口说话。

“方老哥，我那里有什么藏品你也知道，要不你选一件，跟这听风瓶换？”

方阁老扫了汴大师一眼，淡淡地对吴道人说：“这听风瓶，本来就是你的。”

汴大师顿时脑子一片空白，吴道人的视线也转移到汴大师身上。

“师父——”汴大师吓得面无血色，哭丧着脸将墨雅斋里发生的事如实说了一遍。

吴道人对汴大师怒目而视：“既然那姑娘已经将听风瓶卖给你了，怎么没见你拿回来？”

“我……”汴大师抹去额头上的冷汗，“后来卖给方阁老了……”

“你……”吴道人勃然大怒，抓起拐杖照着汴大师砸去，“蠢货！你知道这听风瓶有多珍贵吗？人家都指名道姓让你拿回去了，你还敢卖了，气死我了！”

玄奕哭笑不得，对方阁老说：“外公，你这是要坑死汴大师啊。”

方阁老傲娇地说：“这汴易本性不好，还欺负那位小姑娘，我帮小丫头出出气嘛。”

玄奕好奇地问：“外公，那小丫头是谁啊？”

方阁老没好气地瞅了玄奕一眼：“我叫她小丫头，你也跟着喊啊？你知不知道，那丫头的阵法等级不下于你外公，若是按照阵法等级划分，你得喊人家‘姑奶奶’呢！”

“噗——”玄奕正喝茶呢，闻言，一口茶水差点喷出来。

他越发好奇了：“外公，那小丫头到底是谁啊？”

“唉！”方阁老叹了一口气，“你外公我也想知道那丫头是谁呢，不过，还是有线索的，顺着线索应该能找到。”

此刻，凤舞并没有离开，就在门外等着，而那位方管事进去之后就没有出来。

朝歌拉着凤舞问：“小舞，那管事怎么还没出来？按理说，这都过去一刻钟了，方阁老应该看到答卷了吧？”

凤舞点头：“如果不出意外的话，应该看到了，只不过看方管事那样子……怕还不曾呈上去吧。”

“他怎么可以说话不算话！”朝歌急了，站起身来，“不行，我得去催催！”

朝歌冲到客厅门口，看到方管事站在背阴处，而那张卷子则被他捏成一团，丢在了脚边。

朝歌一看，顿时怒了：“方管事，你居然把我们家小舞辛辛苦苦做的卷子给丢了，你什么意思啊，你！”

方管事吓了一跳，赶紧去捂朝歌的嘴：“我的小姑奶奶，我错了，我错了，还不行吗？你赶紧闭嘴啊，老爷子可是在里面呢！”

方管事不说这句话还好，他一说这话，朝歌一把将他推开，双手做喇叭状，朝里面大喊大叫：“方阁老，方阁老，方阁老，救命啊！方阁老，着火啦！”

朝歌的声音，方阁老全听见了。

他不悦地看了玄奕一眼，玄奕秒懂：“外公，我去将人打发走。”

“嗯。”方阁老点头。

玄奕轻手轻脚地走到厅外，皱眉，瞥了方管事一眼：“将她们送出去。”

“咦，你是那个玄什么……玄奕吧？”朝歌惊呼一声，回头招呼凤舞，“小舞，你快看啊，这不就是那个玄小二吗？当年差点被你打哭的玄小二啊，是他吧？”

小舞？玄奕心头猛然一动，与凤舞四目相对。

“是你？”

“你怎么在这里？”

玄奕和凤舞对视一眼，都在彼此眼中看出了惊讶。

朝歌笑得很开心：“小舞，是吧，是吧？他就是当年那个被你揍过的小破孩儿吧？后来天天堵在你家门口的那个？”

凤舞轻笑出声，而玄奕那张清秀俊美的脸上，浮上一抹可疑的红晕。

就在这时，汴大师被吴道人打得慌不择路，捂着脑袋从里面冲出来，一脚绊在门槛上，摔了个狗吃屎。

汴大师抬起头，突然看到凤舞，顿时跟见了鬼似的：“你你你……你你你……”

“居然是你这丫头！”吴道人对凤舞冷笑一声，“小小年纪就爱慕虚荣、高调炫富，一看就不是好人家的姑娘！”

汴大师拉着吴道人大叫：“师父，是她啊——听风瓶姑娘！”

什么？吴道人不解地看了汴大师一眼。

“师父，那个听风瓶就是这位姑娘做出来的，弟子亲眼所见，绝无虚假！”

吴道人闻言，难以置信地看向凤舞：“这丫头看着这么年轻……”才十来岁吧？最多十三岁！

这时候，方阁老出来了，一眼就看到了凤舞：“哎哟，小丫头是你啊？”

吴道人转头瞪着方阁老：“你也认识她？”

方阁老没好气地说：“我怎么能不认识呢？这丫头在墨雅斋的时候，可是亲手打碎了听风瓶，又亲手给粘上了，又亲手打破，又粘上，还在里面布了一个静心阵法，当时那么多人看见了，这还能有假？”

随即，老头子瞪着凤舞戴在手上的镯子。镯子上刻着一种阵法。吴道人之所以说她爱慕虚荣，就是因为她将价值连城的阵法戴在了手上。这样的宝贝，难道不应该供起来吗？

可是……如果这丫头真是听风瓶的主人，那就……太打脸了。

玄奕看看方阁老，再看看凤舞，眉头微蹙：“外公，你们刚才谈论的那个姑娘，就是她？”

方阁老嗯了一声：“没错，就是这个丫头，一身高深的阵法修为，高手啊。”

玄奕："……"

在很多人眼中，凤舞就是一个修为被废的小废物，可是在外公眼中，凤舞竟然这么厉害？

"听你的意思，你们也认识？"方阁老觉得有趣。

"嗯。"玄奕点头。

他们不仅认识，还一起从北境城回的帝都。

"这丫头是谁家的啊？"方阁老好奇地问。

玄奕苦笑着，指了指隔壁。

方阁老不解。

玄奕说："就是隔壁的。"

"凤族的？"方阁老眼中浮现一抹惊讶之色，"凤族年青一代竟然出了这么一位出色的天才？看来，凤族这是祖宅冒青烟了啊。"

吴道人闻言，插了一句："凤宅？哎，我脑海里怎么有点儿印象？当年凤族是出过一位举世无双的小天才吧？好像叫凤舞。"

方阁老点头，眸中露出一抹遗憾之色："那小丫头如果修为没有被废，现在早已一飞冲天了，凤宅也会跟着飞黄腾达……可惜啊。"

吴道人感慨道："没想到在凤舞之后，凤族竟然又出了这么一位惊才绝艳的人物。"

"外公，吴老爷子，"玄奕哭笑不得，"她就是你们口中的凤舞啊。"

"什么？"方阁老和吴道人双双惊呼一声，齐齐望着凤舞。

方阁老惊讶："哎哟，还真是当年那个小丫头！"

吴道人一个箭步冲上去："小丫头，你愿意拜我为师吗？我可是帝国学院阵法系的老大，当了我的徒弟，阵法系随便你进！"

方阁老瞪了他一眼："你有毛病啊，人家小姑娘现在的阵法修为就已经超过毕业水准了，谁要进你那破阵法系啊！"

方阁老看着凤舞，脸上挤出最灿烂的笑容："舞丫头，我可是方阁老哦，就连皇帝都得尊称一声老师，地位是不是很高？你拜我为师，为师将最好的资源都给你，怎么样？还有，你认识他，对不对？"

方阁老将玄奕拽到凤舞面前，就在所有人都以为方阁老将玄奕拉出来是要拉郎配时，脑回路清奇的方阁老却说："你看，这小子跟君殿下的关系好着呢，小丫头们不是都想接近君殿下吗？"

一心拉徒弟的方阁老瞪着玄奕，很认真地交代："小奕，回头你带舞丫头去见见君殿下，记住了吗？"

方阁老很得意，他就不信了，君殿下都拿出来了，还会被拒绝？

然而，凤舞直接摆手："谁要见君临渊啊，我才不要见他呢！"

吴道人可怜巴巴地望着凤舞："小丫头，你真不愿意做我的徒弟啊？"

凤舞慢悠悠地瞥了吴道人一眼："你能教我什么？"

"阵法！"吴道人得意扬扬，"我可是帝国学院阵法分院的院长。"

"可是，你能在顷刻间布置出一个宗师级灵阵吗？"凤舞看着他。

"怎么可能！"吴道人差点儿跳脚，"谁能在顷刻间布置出宗师级阵法？这些阵法都需要细细研究、慢慢布置的，开什么玩笑——"

然而，凤舞从方阁老手中取过那个听风瓶，屏息凝神，开始布阵。

吴道人和方阁老全都用一种惊奇的目光看着凤舞。

凤舞手指翻飞，一道道白光从她指缝间倾泻而出，落入听风瓶中，然后，她将听风瓶递给吴道人。

吴道人怔怔地望着凤舞。

凤舞嘴角勾起一抹弧度："看看啊。"

吴道人狐疑地查看了一番听风瓶，顿时目瞪口呆——这丫头，短短几分钟之内，就将一个精妙无比的大师级阵法升级到宗师级了。

"现在，你还想教我阵法吗？"凤舞淡笑地望着吴道人。

吴道人哀怨地瞅着凤舞："小丫头，你在说笑吗？别说收徒弟了，现在老头子我都想做你的徒弟了……"

凤舞傲娇道："我有师父了，而且我师父是……这个大陆上最最最厉害的，所以我才不要拜师呢。"

吴道人和方阁老对视一眼，皆长叹一声。是啊，人家有这样的底子，还拜什么师啊？

"不过——"凤舞嘴角微微勾起，"师父只能有一个，但老师可以有很多个，所以，你们愿意做我的老师吗？"

"可是……我们能教你什么啊？"两位老人家想了想，居然有些惭愧。

吴道人更是摆手道："算了算了，你也别喊我老师了，我还是拜你为师吧。"

凤舞笑着摆手："可别，老人家您可千万别，我还想多活几年呢。"

"那也别老师不老师的，我们平辈论交好了。"方阁老一拍巴掌说道。

吴道人也点点头："没错，以你的灵阵造诣，放到帝国学院也是客座教授级别的，跟我们平辈论交倒也没错。"

一旁的玄奕傻眼了——凤舞和老爷子他们平辈论交，那他怎么办？

"对了，舞丫头，你怎么来府里了？"方老爷子带凤舞回屋内坐下，态度很亲切，直接将玄奕丢到一边了。

玄奕摸摸鼻子，默默跟在方老爷子身后。

凤舞说："听说您是帝国学院的名誉院长。"

方阁老摆手道："只是挂名的名誉副院长啦。"

"我还是灵阵分院真真正正的院长呢，舞丫头，你有事可以问我啊。"吴老爷子抢着说。

凤舞淡淡一笑："那找您两位可真是找对人了，我想考帝国学院。"

啥？在场的人全都震惊了。

方阁老震惊地说："你这丫头开什么玩笑啊？你还需要考帝国学院？"

吴道人："就你这一身灵阵修为，考什么帝国学院啊？直接给你挂一个客座教授得了。"

凤舞摇头。

吴道人警惕地瞪着凤舞："喂，小丫头，你可别得寸进尺啊，最多给你灵阵分院的副院长，分院长这个位置你可别跟我抢！"

方阁老瞪着吴道人："为什么不跟你抢？身为有一张投票权的人，如果让我来选，我肯定投舞丫头一票。"

"方老头，你想打架是不是！"

"来啊，打啊！"

凤舞看着眼前这两位，无奈地说："我要考武道院。"

"可是你没有灵气，如何考武道院？"玄奕皱眉，望着凤舞。

方阁老和吴道人早就感应到凤舞身上没有灵气了。

"至少要有九星灵师的实力，才有资格报考帝国学院，你……"吴道人摇头，"你这丫头连一星灵力都没有，怎么报名？"

吴道人和方阁老都觉得这丫头太异想天开了，凤舞却笑眯眯地说："据我所知，帝国学院有一个长老团，只要有其中三人联合推荐，那就可以破例。"

"确实有这样的规定，但是这条规定已经很多年没有用过了。"吴道人苦笑道，"不然武力这一关肯定会被淘汰。"

方阁老和吴道人都无语地望着凤舞。

凤舞问两位老人家："你们不给我推荐吗？"

方阁老没好气地说："要想获得资格，必须三位导师同时推荐。"

吴道人抓抓脑袋："这确实是个问题。"

"第三个人，我有办法。"凤舞淡淡一笑。

"你有什么办法？"吴道人惊奇地问，"难道你还认识院委会的人不成？"

凤舞淡淡地说：“认识一个。”

“对了，帝国学院的报名，什么时候截止来着？”吴道人忽然问了一句。

一时间，没有人说话。

大家只知七日后考核开始，却没有人记得报名的截止日期。

“师父……”鼻青脸肿的汴大师，弱弱地举手，“帝国学院的报名已经截止了……”

什么？大家都齐齐望着汴大师。

汴大师可怜兮兮地点头：“师父，今年小希也参加帝国学院的考核，前两天听她说过，报名截止到今天午时。”

凤舞眉头一皱：现在已经是午后了，就算立刻冲进帝国学院也来不及了。

凤舞看向方阁老：“您一定有办法的，对不对？”

方阁老想了想，皱眉，看了吴道人一眼：“陆之明那里或许有办法。”

陆之明，就是帝国学院的院长。

“那还等什么？走啊。”

吴道人和方阁老当即决定去帝国学院找陆院长。

凤舞说：“我跟你们一起去。”

方阁老却摇头：“小丫头，你别急，这件事说不定还有回旋的余地，你且先回去。”

说着，方阁老和吴道人便双双离开了。

“其实你可以找君老大。”玄奕经过凤舞身边的时候，丢下一句话。

不等凤舞说话，玄奕已经离开。

“君老大？”凤舞还没有说话，朝歌眸中浮现一抹疑惑之色，“这君老大，该不会指君临渊吧？”

凤舞：“嗯。”

“真的指他啊？”朝歌顿时怒了，冲玄奕大喊，“你给我站住！”

玄奕停住脚步，朝歌大步冲到他的面前，怒不可遏地说：“你明知道君殿下不喜欢小舞，还让她去求君殿下，这不是让她去自取其辱吗？你就这么见不得我们小舞好？怎么会有你这么坏心肠的人！”

玄奕看了凤舞一眼，眉头深深皱起：在别人眼中，君老大对凤舞这么坏吗？似乎就连凤舞也是这样认为的。如果任由这个误会发展下去……

想到这儿，玄奕转身就走。

“喂，你别走，你给我站住！”朝歌冲着玄奕的背影大喊，玄奕却没有理她。

很快，玄奕便来到太子府。

玄奕进了太子府，在演武场找到了君临渊。

此刻的君殿下刚修炼完毕，正坐在池边饮茶。

看到玄奕，君临渊挑了挑眉，示意他坐下。

“我看到凤舞了。”玄奕开门见山。

原本漫不经心的君临渊脸上骤然一动，随即不以为然地说：“是吗？”

“是啊，在我外公家遇见的。”玄奕慢悠悠瞥了君临渊一眼，将方宅发生的事从头到尾讲了一遍。君临渊听着，那冰冷的薄唇微微翘起……

玄奕一直在观察君临渊的表情，见他一脸傲娇，继续不动声色地说：“原来，小舞想考帝国学院啊。”

君殿下得意极了，没想到这丫头还是挺听他的话嘛。

“可是……”玄奕顿了顿，皱眉道，“帝国学院考核的报名，今天午时已经截止了呢。”

君殿下眉头微蹙。

玄奕说：“外公他们对小舞喜欢得不得了，所以这会儿已经进帝国学院去了，准备找陆院长聊聊。”

玄奕一边说，一边瞄了君临渊一眼，见君殿下没有说话，又状似无意地提起：“陆院长可不是能被人轻易说动的，所以小舞这次……可能考不成了啊。”

君临渊盯着玄奕，黑沉着脸：“小舞小舞，你跟她很熟吗？”

说着，君临渊便站了起来。

玄奕：“……”连这都要生气吗？

玄奕赶紧跟着站起来：“并不熟，这不是跟风浔一起喊的吗，哈哈哈……”

可怜的风浔，继续“躺枪”。

君临渊轻哼一声。

玄奕又道：“陆院长那边大概不会答应吧？所以小……凤舞这次，怕是考不成了。”

君临渊双手交负在后，盯着玄奕，一脸傲娇地说：“你的时间很多吗，一直说她的事？我又不要听！”

玄奕深吸一口气，无语地告退了。

君殿下一边喂鱼，一边翘着嘴角，对封管家说了一句话。

封管家一听，嘴角微抽：殿下不得罪舞小姐就不高兴吗？

方阁老和吴道人去了帝国学院，一直都没有回来。

凤舞回到家里，总觉得会有不好的事情发生，她再也坐不住了，带着朝歌去帝国学院瞧瞧。帝国学院每周有一天开放日，今天正好能让外人进去。

帝国学院位于帝都北部的城郊。凤舞刚到那里，就隐隐感到里面有股神秘的力量牵引着她，让她血脉沸腾，有一种快要晋升的感觉。

在帝国学院里，凤舞和朝歌遇到了凤桑，凤桑身边还跟着两个姑娘——关静和陶月。

“帝国学院是你能随便进来的吗？我没时间理你，你赶紧走！”凤桑凶巴巴地撵凤舞走。

凤舞还没说话，朝歌就不乐意了。

“喂！”朝歌双手叉腰，对凤桑怒目而视，“你是谁啊？我们又不是来找你的，你别自作多情了，好不好！”

“你又是谁？”凤桑气得不行。

“我是段朝歌！”朝歌戳着凤桑的肩膀警告她，“以后你再敢辱骂小舞，我一定会杀了你！”

凤桑冷笑一声：“原来是当年跟在凤舞身后的小尾巴！你是不是蠢啊？当年她是小天才，你跟着她无可厚非，但是现在她已经是废物了，你还跟着她？你疯了吧？”

啪！凤舞对着凤桑的脸就是一巴掌：“聒噪！”

朝歌双手叉腰，气得红了眼：“你胡说！我们是来报名的！”

关静嗤笑一声：“我怎么听说，这报名已经截止了啊？”

见围观的人对她们指指点点，凤舞拉着朝歌就走。跟这些人有什么好说的，凤舞带着朝歌往院长楼而去。

陆院长每日修炼完毕，都会半躺在藤椅上闭目养神。他身边的侍童轻手轻脚地进来，在他耳边低语一句。

方阁老和吴道人一起来了？他俩不是常年不和吗？难道又吵架了？

“请他们进来吧。”陆院长揉揉眉心，无奈地苦笑，看来这傍晚的休憩是休不成了。

很快，方阁老和吴道人一起进来了。

“老陆啊，你在这儿呢？可太好了。”方阁老说。

吴道人也一脸高兴：“哈哈哈，老陆，快快快，坐下说话。”

“咦？”陆院长觉得有点儿奇怪。

吴道人说：“最近我们碰到一个丫头，灵阵资质那是真好啊，但是修为上欠缺了一点儿……这孩子想考帝国学院。”

陆院长笑道：“那就让她考灵阵院啊。”多简单的事儿啊。

“那丫头要考武道院。”吴道人和方阁老齐齐用哀怨的目光瞅着陆院长。

“那就考啊。”陆院长一摊手，“让她尽管考，不要有什么顾虑。”

吴道人和方阁老对视一眼，最后还是吴道人说：“那丫头倒是想考，但是——”

“但是什么？”

“但是这丫头偏科太严重了，她的修为……有一点点……”

“偏科？修为不到九星？”

“嗯嗯嗯……”

“这有什么关系啊，”陆院长理所当然地一挥手，“人才难得嘛，咱们帝国学院不是有一个破例条款吗？只要院委会三位——”

说到这儿，陆院长心里咯噔一下，他看看方阁老，又看看吴道人。

这两位猛点头。

陆院长：“……敢情你们是为了推荐信而来的啊。”

吴道人嘿嘿一笑：“陆大哥，陆老大，你刚说了，人才难得嘛。”

“你还说她偏科了呢。”陆院长没好气地说，“她到底有多偏科啊，能让你们两位做到这个地步？”

“呵呵呵……”提到这事儿，两位老爷子就尴尬了，你看看我，我看看你。

陆院长摸着下巴：“那丫头偏科，既然灵阵实力超群，那弱的一方肯定是武力修为了，有多差？九星？”

两位老爷子齐齐摇头。

“八星？”

两位老爷子再次齐齐摇头。

“七星？”

摇头。

“六星？”陆院长的脸色已经有些黑了。

两位老爷子：“……”

“不要告诉我，她的修为是五星！”陆院长都站起来了，这不是严重偏科，这根本就是……

“不是……”吴道人瞅了陆院长一眼，弱弱地开口。

陆院长：“那到底几星？”

连五星都不到，陆院长已经不抱希望了。

“没有星……”方阁老尴尬地摸摸脑袋。

“噗——”陆院长被他们逗笑了，扑哧一声笑出来，“你们两个，是专门来逗我玩的吧？无星？那不就是完全没有修炼能力的普通人吗？你们——"

陆院长看着方阁老和吴道人，声音突然止住："你们……不是在开玩笑？"

方阁老和吴道人尴尬一笑："这丫头修为被废，如今身上没有半点儿灵力。"

陆院长闻言，盯着他们，正色道："你们要知道，灵阵灵阵，前提就是灵气，如果没有灵气作为辅助，这丫头的灵阵最终不会有太大的成就……"

吴道人和方阁老对视一眼，眼中浮现一抹苦笑："老陆啊，她的灵阵修为已经不下于我们了。"

陆院长摸着下巴："不是我不相信你们，至少我得见见她。"

"你见了之后，一定会喜欢上这个丫头的！"吴道人得意地说。

陆院长轻哼一声，那可未必。

就在方阁老要打发人去请凤舞的时候，侍童进来禀道："凤舞姑娘来了。"

陆院长没好气地盯了方阁老和吴道人一眼："你们准备得可真充分啊！"

方阁老和吴道人摸摸下巴，心说，舞丫头来得还真是时候。

凤舞和朝歌是一起进去的。

陆院长盯着凤舞，眸中浮现一抹疑惑之色：这丫头有点儿面熟啊。

"拜见陆院长，学生凤舞。"凤舞淡定地自报家门。

朝歌忙跟着行礼："学生段朝歌。"

陆院长皱眉道："凤舞？这名字挺耳熟啊。"

吴道人忙对陆院长说："就是这丫头，灵阵技能满分，但是修为很差。"

陆院长瞥了吴道人一眼：这是很差吗？这是根本不能修炼！

一旁的方阁老说："等舞丫头进了帝国学院，如果武道院不收，就去灵阵院。"

陆院长摆摆手，盯着凤舞，眸中忽然浮现一抹震惊："我想起来了，你就是那个凤舞！"

"是，我就是那个凤舞。"凤舞淡淡一笑。

"丫头，你已经没有修为了，所以武道院并不适合你。"陆院长摇摇头，惋惜地长叹一声，"你可以去灵阵院，那里才是你的天地。"

"陆院长……"

"陆院长……"

两个老爷子齐齐惊呼一声。

陆院长断然拒绝："对她而言，武道院并不是最好的选择，对帝国学院而言，也不是最好的选择，所以，不行。"

"陆院长，可否让我和您单独聊聊？"

陆院长冷笑道："凤舞，不管你说什么，本院长的话一言九鼎，说不行就是不行！何况报名已经截止，至少今年你没有机会了！"

陆院长说出这句话后，方阁老和吴道人对视一眼，苦笑着摇摇头，走了出去。

毕竟帝国学院真正做主的人是陆院长，所以这件事已经没有挽回的余地了。

"小丫头，就算你跪着哭求，本院长做的决定，也不会有任何改变。"陆院长表明立场。

凤舞笑道："我不会跪求，但是有一封信，希望陆院长能看一眼。"

凤舞说罢，从怀里掏出一个厚厚的信封，放在桌案上。

正常的信会这么厚？陆院长皱起眉头：看这丫头笃定的样子，该不会在里面塞了巨额银票之类的东西吧？

陆院长认定了凤舞是来行贿的，脸色变得非常难看："不看！你现在立刻出去！"

凤舞遗憾地长叹一口气："巴老还说跟你是生死兄弟，当年游走于炼狱之城时，他还替你挡了一剑，差点儿就活不下来……"

"巴老？"陆院长猛地站了起来，一把抓住凤舞，"哪个巴老？"

凤舞无辜地看着他："你没听过巴老的名字吗？巴老说他在帝都挺有名的啊，难道都是他吹的？"

"巴一？"陆院长惊呼一声。

"不知道啊，没听巴老提过他的名字，大家都喊他巴药师、巴神医、巴回春……"

陆院长急忙从凤舞手里抢过那封信，信封上只有五个字——陆老三亲启。

没错！从字迹看是他无疑。

陆院长赶紧将信拆开，里面是厚厚的信纸，哪有他之前猜测的银票？

陆院长一字一字地看着，足足花了一刻钟才看完。

看完后，陆院长怔怔地坐在椅子上，那张周正的脸上满是缅怀的情绪。

朝歌不解地用手指戳戳凤舞："小舞，陆院长这是怎么了？"他突然变得好伤感哦。

陆院长被朝歌的声音惊动，看向凤舞，有一种恍如隔世的感觉。

"小舞，你说你要考武道院？"

"是的。"凤舞点点头。

"要知道，你执意入武道院这件事，对你来说并不是一件好事。"陆院长凝眸说道。

凤舞脸带微笑，傲然而立："我知道自己在做什么。"

陆院长点点头，眼前这个小丫头虽然只有十几岁，可陆院长有一种跟成年人对话的感觉。她比绝大多数成年人都要理性、镇定。

这厚厚的一沓信纸，绝大多数篇幅都在讲凤舞的好——这丫头如何聪明、如何努力、如何有天赋，看得陆院长都要皱眉了，这夸得也太过了吧？

“既然你想考帝国学院，那就——”

陆院长正要点头答应，侍童匆匆进来，在陆院长耳边说了一句话。

陆院长闻言，眸中浮现一抹疑惑，不过他还是从椅子上站了起来，然后对凤舞和朝歌说：“小舞，你先带着你的朋友进里面看一会儿书。”

“好。”凤舞知道，这是有贵客到了。

凤舞和朝歌刚进内书房，外面就响起一阵脚步声。

“陆院长——”

这声音凤舞觉得有些熟悉，在哪里听到过。

陆院长点点头：“原来是常将军，有失远迎了。”

常将军？君临渊身边的那位常三将军？

“陆院长客气了，这次我过来，带来了我家殿下的一句话。”

“常将军请说。”

“我家殿下说了，如果有位凤舞姑娘托人托到您这儿来，您只管打发了就是。”

陆院长目光微凛，盯着常三，心里有点儿不爽。

常三点点头：“这是我家殿下的原话，殿下说，他欠您一个人情。”

君临渊的一个人情？这倒是……

“如果，老夫执意不答应呢？”陆院长摸着胡须，不动声色地说。

常三笑道：“这世上，还从来没有人拒绝过我们家殿下。”只除了那位张牙舞爪、气势汹汹的凤舞姑娘，常三在心里补充了一句。

“所以，如果老夫拒绝，你们家君殿下是打算将老夫挪窝了？”陆院长深吸一口气，眸中隐有怒意。

常三笑了：“陆院长言重了，言尽于此，告辞。”

凤舞和朝歌就在内书房，常三和陆院长的对话她们听得清清楚楚。

朝歌气炸了，一把掀开帘子，冲常三大声嚷嚷：“我们想考帝国学院怎么了？碍着你们什么了？有你们这样背后坑人的吗？世上怎么会有你们这种心思歹毒之人！”

常三难以置信地瞪着朝歌，朝歌双手叉腰，气呼呼地说：“你瞪什么瞪！刚才你说的话，我们全听见了，每一个字都听见了！哼！”

常三顺着朝歌的目光往后看，然后就看到了一脸高深莫测的凤舞。

完了完了完了，凤舞姑娘居然也在，这……

常三脸皮子抖了一下，瞠目结舌地站在那里，脑子里一片空白。前几天他刚被封管家提点，才知道君殿下可以得罪，但是凤舞小姐……惹不得啊！

常三苦着一张脸，都不知道该怎么办了。

凤舞盯着他，走到他面前，似笑非笑地勾起唇角：“你们家殿下亲口说，如果我来求陆院长，就将我打发了？”

凤舞的声音轻若羽毛，但仔细看，会发现她眸中酝酿着狂风暴雨。

常三不知道怎么回答，心里一慌，干脆嗖地从窗口蹿了出去，瞬间没了踪影。

凤舞：“……”

朝歌：“……”

陆院长：“……”

陆院长看着凤舞，眸中浮现一抹凝重之色：“舞丫头，不是老夫不帮你，现在你也看到了，是君殿下不愿意放过你。”

凤舞咬牙，眸中两簇火苗隐隐升腾，身侧拳头紧握。

陆院长苦笑：“既然君殿下已经插手，那就算老夫这边破了例，殿下也会找碴儿的，到时候还是不行。”

朝歌急了：“怎么会？他是太子，可您是帝国学院的院长，他管不到您身上啊！历史上不是还有帝国学院院长打太子的事吗？后来不也没事儿吗？”

陆院长苦笑连连：“论地位，老夫和殿下确实相差无几，可这个时代不一样啊，现在是君临渊的时代啊。听老夫一句话，你们啊，特别是舞丫头你，赶紧收拾收拾东西，离开帝都吧……”君殿下明显不待见你啊，小丫头。

凤舞深吸一口气，望着陆院长：“只要君临渊同意，我就能参加考核是吧？”

“那是当然。”陆院长说，“只要你能说服君殿下，那一切都好说。”

可是，殿下那么不喜欢你，不喜欢到特意让人来打招呼的地步，你要怎么说服殿下？这是根本不可能的啊！

陆院长用同情、怜悯的目光望着凤舞，长叹一口气。

凤舞转身就往外走。

朝歌也想跟上，但是凤舞摇头：“你先去找方老爷子他们，先开始学习文试知识，毕竟只有七天了，时间紧迫。”

朝歌苦着脸道：“小舞，我们都没办法参加考核了，还学文试知识做什么？根本没有意义啊。”

“谁说不能考了？这考试，我考定了！”

凤舞爹毛了——让她考的人是他，现在阻挠她考的人也是他！君临渊，你给我等着！

此时，远在太子府里的君殿下突然打了一个喷嚏，他揉了揉鼻子，谁在念他？

“什么时辰了？”君殿下悠闲地躺在软榻上，有一下没一下地往鱼池里投食。

“申时三刻了。”封管家及时说道。

君临渊摸摸鼻子，看着在瓦蓝色天空中翱翔的飞鸟，眸中浮现一抹得意之色——那丫头不是跑得快吗？不是翻脸不认人吗？看你这次来不来！君殿下傲娇地想着。

就在这时，常三飞奔而来，直挺挺地跪在君临渊面前，哭丧着脸唤道：“殿下……”

君临渊微微蹙眉：“嗯？”

“殿下，属下罪该万死，请殿下责罚。”

“说。”君临渊刚才脑海里的画面被打断，面色不悦。

“殿下，属下去帝国学院见到陆院长，将您的话传达给他，但是，当时属下不知道舞小姐刚好在内书房，她全听见了……殿下，属下罪该万死！”

常三快被吓死了，按照封管家的说法，殿下对舞小姐非同一般，那这事儿肯定不能被舞小姐知道，但是他……

死了死了死了！常三感到脖子凉飕飕的，脑袋随时会搬家。

但是，处于上位的君殿下问道：“为何你罪该万死？”

“啊？”常三一脸茫然，不是说殿下对舞小姐……

君临渊冷笑一声：“你不会以为本太子喜欢那蠢丫头吧？”

“啊？”常三一脸疑惑，难道不是吗？

君临渊顿时恼羞成怒，啪的一声拍了桌子：“本太子只是觉得她蠢，逗逗她而已，你居然以为本太子喜欢她，你的脑子呢？”

常三：“啊？”

凤舞怒气冲冲地来到太子府。

若是以前，凤舞或许会被挡在门口，但是现在，自从太子府被宫嬷嬷整顿过之后，谁不是将凤舞的容貌深深烙印在脑海里？就算没见过凤舞的人，也将她的画像记了一遍又一遍，唯恐得罪了她，死无葬身之地。

所以，当凤舞只身来到太子府大门前时，原本她还以为会被刁难一番，甚至她都已经做好准备了，但是——

守门的护卫看到凤舞，只一眼，他就紧张得差点儿跳起来。

“舞小姐，是舞小姐！快快快！快快快啊——通知封管家，通知宫嬷嬷，通知府里所有人注意了！”

凤舞过来的消息，像长了翅膀一般，以最快的速度飞进太子府里。

“舞小姐来啦？”宫嬷嬷得到消息，将手头的事一丢，拎着裙子就往门口跑，“舞小姐在哪儿呢？可曾迎进来？迎接水准备好了？擦手的帕子呢？还有……”

门口，凤舞看着瞬间消失的护卫，一脸不解，她长得……有那么可怕吗？

就在凤舞疑惑之时，宫嬷嬷已经冲出来了：“哎哟，是舞小姐来了，快快快，里边请里边请。舞小姐是贵客啊，难得来一趟，赶紧用热毛巾擦擦手，还有，这是香松露的茶水，润润嗓子……”

宫嬷嬷热情极了，殷勤得不得了。

正所谓“伸手不打笑脸人”，宫嬷嬷这么和蔼可亲、热情周到，凤舞的满腔怒火顿时熄了五分。

“君临渊呢？”凤舞深吸一口气。

宫嬷嬷一看凤舞的表情就知道，舞小姐生气了，而且事情肯定跟自家殿下有关。

想到自家殿下那傲娇别扭的性子，面对舞小姐时“作天作地”的作风，宫嬷嬷也是……心累啊。

宫嬷嬷说：“殿下在花池那边，要不——”

“我自己过去。”凤舞径直往花池那边冲去，宫嬷嬷快步跟在后面。

而此刻，君殿下正在教育常三：“本太子只是觉得她蠢，逗逗她而已，你居然以为本太子喜欢她，你的脑子呢？”

封管家揉揉眉心，抬头望天。

常三看看君临渊，又看看封管家：他到底该听谁的啊？

“君临渊，我看你才脑子有问题呢！”凤舞从花树后面转过来，瞪着君临渊，气势汹汹！

看着凤舞气势汹汹地冲上去，宫嬷嬷一拍额头，坏了！

而这会儿，封管家也正看向她。

他们很有经验地默默后退了几步，将身影隐在花木中，垂首而立，眼观鼻，鼻观心。

君临渊一抬头就看到冲上来的凤舞，不等他反应过来，凤舞已经一个箭步冲上来，跳到他身上，双手掐住他的脖子。

“君临渊！你知不知道你有多讨厌！你还骂别人没脑子，我看最没脑子的人就是你！”

“让我考帝国学院的人是你，不让我报名的人还是你！”

“你到底是想怎样？这样逗我玩儿，很有趣是不是？”

“我是你的宠物吗？高兴时捉弄一下，不高兴了就欺负一下！”

……

君临渊：高兴不高兴，都想欺负一下啊。

凤舞越想越生气，越想越委屈，越想越想掐死这个可恶的君殿下！

看着张牙舞爪的凤舞，君临渊莫名心虚：“……”

“你说，你到底想怎样？”凤舞跨坐在君临渊身上，双手掐着他的脖子，气得小脸红扑扑的。

这姿势何等暧昧？近在咫尺的温香软玉……诱人犯罪。

君临渊听从本能的驱使，俯身攫住凤舞的呼吸……

“唔——”凤舞难以置信地瞪着君临渊。

她是来找君临渊算账的，最后居然还是被他欺负，哪有这样的事！

凤舞怒极了，推开君临渊，直接一巴掌甩他脸上：“君临渊你有病啊！”

啪！这清脆的巴掌声，把封管家和宫嬷嬷都吓了一跳，他们齐齐往花池那边望去——

君临渊被凤舞打蒙了，怔在那里，凤舞赶紧从他身上爬起来，往后退。

封管家和宫嬷嬷怎么都没想到，舞小姐居然有这样的……胆子。

那不是别人，那是君临渊——这个帝国最可怕的人啊！

舞小姐这回怕是……

一直淡定看戏的封管家和宫嬷嬷也有点儿着急了。因为他们不知道，暴怒之下的君临渊会做出什么事。凤舞对上君临渊那嗜血双眸，才意识到自己做了什么，转身就要跑。

然而，双方实力相差太大，凤舞刚跑出去两步，就被一双修长的手臂拦腰钳住。

君临渊直接将凤舞压在了一旁的案几上，凤舞又急又气，想到自己处处受他钳制、时时被他欺负还无力反抗，越想越觉得委屈，眼眶不争气地红了。她用力咬着下唇，很生气地瞪着君临渊，倔强而不服输！

君临渊原本脸色铁青，看到凤舞那倔强不屈的模样，怒气渐渐散去，胸口浮现一抹不知名的情绪，竟然有些心疼。

君临渊的大掌覆在凤舞的脑袋上，凤舞羽扇般纤长的睫毛不禁抖了一下。

她以为他会打她吗？君临渊又气又无奈，掐了凤舞粉嫩嫩的面颊一下，掐得她龇牙咧嘴。

“知道疼了？”君殿下冷冰冰地问她。

凤舞又气又委屈：“不要你管！”

君临渊反而笑了，捏捏凤舞的面颊：“你以为打了本殿之后，随便就能抽身离去？那你想得未免太简单了。”

不远处，封管家和宫嬷嬷对视一眼——殿下竟然没有气得失去理智，舞小姐在打了殿下之后，居然还活着……

封管家给宫嬷嬷使了一个眼色，宫嬷嬷苦笑一下，硬着头皮走上去：“殿下，温泉池已经准备完毕，您……”

温泉池？君临渊用幽冷的目光盯了宫嬷嬷一眼，嗯了一声。

别看宫嬷嬷在下人面前雷厉风行，但是在君临渊面前，她也是怕的。递上这句话，宫嬷嬷给凤舞使了一个眼色：赶紧离开。但是……凤舞并不知道宫嬷嬷眼神中的含义。

君临渊冷嗤一声，盯着凤舞：“你想考帝国学院？”

凤舞又气又委屈，但还是点点头：“嗯。”

“报名截止了？”

“嗯。”

“陆院长不给通融？”

听到这句话，凤舞猛抬头，怒气冲冲地瞪着君临渊：“陆院长为什么没答应，你不是比谁都清楚吗？！”

君临渊傲慢地瞥了凤舞一眼：“对啊，我清楚啊。”

这是摆明了要欺负她，甚至都不屑掩饰了吧？

凤舞深吸一口气：要忍住，不能生气，不能生气……

君临渊坐在一旁的藤椅上，漫不经心地摸着下巴：“你想考帝国学院，也不是不可以啊。”

凤舞盯着他，她倒要看看，他想怎么样！

君临渊瞟了凤舞一眼：“将本殿下伺候高兴了，报名名额随你又如何？”

凤舞攥紧拳头，深吸一口气，转身就走。

可凤舞才走了两步，就感觉到一道灵气冲天而起，她下意识地回头，只见案几上摆着一个精致的小匣子，正是当初装星辰碎片的那个木匣子，而星辰碎片就在君临渊手中，散发着浓郁的灵气。

“你要干什么？”

凤舞看到星辰碎片上有炼化的痕迹，顿时心慌，一把抓住了他的手腕。

“炼化啊。你不是不考帝国学院吗？赌约不是不算数了吗？”

凤舞气得张牙舞爪："你给我住手！快点住手！"

星辰碎片可是唯一能救活师父的东西，少一片都不行！如果这片碎片被君临渊炼化了，那她的美人师父就……

"为什么要住手啊？"君临渊紧盯着凤舞，不以为然地说，"炼化了这块星辰碎片，我的实力还能提升一个境界呢。"

凤舞深吸一口气，再深吸一口气，然后仰着巴掌大的小脸眼巴巴望着君临渊，那张漂亮的脸上浮现一抹灿烂至极的笑容："君殿下，您说，要怎么伺候？"

君殿下得意了，他傲娇地站起身来，径直往外走。

凤舞赶紧狗腿地跟上去。

一切都是为了美人师父！凤舞暗暗握拳。

太子府邸不愧是太子府邸，在这寸土寸金的最繁华地段，这座太子府宽敞得能跑马。

走了大约一炷香的时间，眼前是一座宫殿，殿宇恢宏大气。

君临渊径直走了进去，凤舞自然也只能跟进去。

一进去，就有一种热气扑面的感觉。

"好热！难道是地热？地底下有岩浆吗？"凤舞体内的火之灵力蠢蠢欲动，似欲破体而出，被凤舞强压下来。

君临渊瞟了她一眼："你可知龙脉？"

"那不是虚无缥缈的传说吗？"凤舞眼巴巴地望着他。

君临渊站在温泉池旁，双臂平伸开。

凤舞顿了顿，接收到君临渊的眼神，她赶紧挤出一抹笑容，狗腿地跑上去，伺候君临渊脱下外袍、内衫、单衣……

看着君临渊那肌理分明的胸膛，不知为何，凤舞只觉得脑门一热，她的脸有些不争气地红了。

君临渊那双眼眸，本就黑黑沉沉，此刻盯着凤舞，更是宛若深潭。

"这样好了吧？"凤舞将他雪白的单衣脱下，然后推了君临渊一把。

君殿下瞥了凤舞一眼，凤舞被他这一眼盯得心里有些发毛。

君临渊嫌弃地瞥了凤舞一眼："你确定在这么热的地方，要穿得严严实实？"

凤舞捂着胸前，警惕地瞪着君临渊："我确定！"

君临渊皱眉。

凤舞戒备地盯着君临渊："喂，你脑子里不要有什么乱七八糟的想法，我卖艺不卖身，只给搓背，其他的什么都不会答应的！"

君殿下无语："你想太多了吧？"

凤舞哼哼唧唧："我这么好看，难保你不会想歪了。"

君殿下嗤笑："有我好看？"

凤舞："……"原来你是这样的君临渊！

君殿下似乎也意识到自己说了什么，拳头放在唇边干咳一声，以掩饰自己的尴尬。不知道为什么，在凤舞面前，他会不由自主地释放天性，明明这不是他的性格会说的话。

君殿下瞥了凤舞一眼，对她招招手："过来。"

凤舞慢吞吞地走过去："先说好了，我卖艺不卖身！"

君临渊将一块干净的澡巾丢给她："干活。"

雾气氤氲中，眼前是一具白皙如玉、肌理分明的俊美身体，温泉水漫过他大半个身体，他露出精致的锁骨和修长的颈项。

不得不承认，这具身体非常健美，散发出致命的诱惑。

不过——

凤舞轻哼一声，我美人师父如果脱了衣衫，肯定不会输给你的！

君殿下高傲地瞟了她一眼："你好像不太高兴？"

为了星辰碎片，凤舞再次深吸一口气，脸上挤出明显的笑容："我怎么会不高兴呢？能伺候君殿下，是我求都求不来的荣幸呢。"

君殿下听了很受用，傲娇地轻哼一声。

赶紧伺候完了，拿到考核名额吧，她还得准备考试，还要准备很多东西……

想到这儿，凤舞赶紧半跪下来，掬了一捧清水，洒到君临渊线条刚硬的背上。

"咦？"凤舞惊呼一声。

君临渊那白皙的背上，有着一道道明显的伤痕，有鞭痕，也有刀剑所伤，纵横交错，看得凤舞目瞪口呆。在她心目中，君临渊一直都是上苍的宠儿、帝国最强势霸道的存在，是养尊处优、集万千宠爱于一身的绝世傲娇小霸王！可是他后背的这些伤是怎么来的？

这些伤痕已经有些年头了，应该是童年留下来的。他的童年，究竟经历了什么？

"你会伺候吗？"就在凤舞对君临渊稍微起了一丝怜惜之时，这位帝少傲慢而嚣张地说，"发什么呆啊，你倒是动手啊！"

凤舞心中刚刚生出的那点儿怜惜，瞬间便化为乌有。

"殿下，我给你按摩按摩吧。"这样总能把他伺候高兴了吧？

"随便。"君临渊轻哼一声，末了又加了一句，"反正我对你也不抱希望。"

果然——不惹她生气，他就不舒服是吧？凤舞决定露一手给他瞧瞧。

凤舞丢开澡巾，那双灵巧而细腻的手按住他肩膀的穴道……

行家一出手，便知有没有。凤舞可是炼药师，认穴之准，整个君武帝国都无人能及。

当凤舞的手碰到君殿下的肌肤时，君殿下顿时有种触电的感觉，后背瞬间僵硬如铁。

这还是第一次有人这样近距离地碰触他的肌肤，君临渊从来不知道，被她按摩的滋味竟如此舒爽。那双柔嫩绵软的小手，一下一下带着节奏，力道掌控得恰到好处，简直让人心驰神往……

君殿下慢慢闭上双眼，轻哼出一道舒服的声音。

门外，封管家和宫嬷嬷面对面站着。

宫嬷嬷忍不住问道："里面真的没问题吗？"

封管家嗯了一声："没问题。"

"可是……咱们家殿下素有洁癖，从来不碰女人，当年皇后给他安排的通房、宫女，全被他丢出去了。咱们家殿下尚未经历人事，真的没问题吗？"

封管家无语望天："……你担心得太多了。"

"哪里多了？"宫嬷嬷表示不解，"殿下带舞小姐进了温泉池，这分明就是要吃干抹净的节奏啊。"

封管家继续望天，就在这时，里面传来君临渊的声音。

"你倒是动啊。"

"你这么硬，怎么动啊？"

"就是因为硬才要动啊。"

"君临渊，你讲不讲道理啊？"

"这时候谁和你讲道理啊！"

"好累，我不要动了，你自己来……你给我放手！"

"你自己起的头，不做完就想走？"

……

封管家和宫嬷嬷难以置信地对视一眼——自家殿下那么别扭、闷骚、傲娇，进展这样快？简直不可思议啊！

温泉池里，凤舞并不知道外面的人已经误会，此刻的她只觉得手累。

啪啪啪……凤舞一边给他放松肩部的肌肉，一边随意地问他："君临渊，你到底在紧张什么？"

"紧张？！"君殿下顿时蹦起来，哗啦一声，溅了凤舞一脸水。

"你说本殿下紧张？呵！"君临渊转头瞪着凤舞，"你以为你是谁啊，天仙下凡吗？本殿下会因为你的碰触而紧张？凤舞，你未免把自己看得太重要了吧！”

凤舞弱弱地瞅着他：“……我只是想说，殿下你该不会是担心我会伤到你的经络吧？你反应这么激烈干吗？”

君殿下耳垂浮现一抹绯红色，他瞪着凤舞：“干活干活！哪来那么多话？”

“哦……”凤舞可怜兮兮地继续给君殿下按摩。

每当凤舞想停下来的时候，君殿下就会傲娇地轻哼一声。

这才有了刚才宫嬷嬷他们听到的对话。

一个时辰过去了，凤舞累得手都快抽筋了。要知道这可是给君临渊按摩，一位超级强者，这跟给普通人按摩是不一样的。

到了两个时辰的时候，凤舞实在撑不住了，累得瘫坐在地上，拿澡巾擦着脑门上的汗。

君临渊眼眸紧闭，纤长的睫毛在下眼睑投下一片阴影，那张俊脸美得让人窒息。

凤舞见君临渊许久未动，默默松了一口气，轻手轻脚地起身往外走去。然而，她刚走了两步，就被一只不知从哪里冒出来的大手拽住了精致的脚踝。凤舞被拽进温泉池中，求生的本能让她下意识地用力往下一蹬，双手划拉着往池边游去。

君殿下则倒抽了一口凉气，顿时面色铁青——这死丫头，是想让他断子绝孙吗？

凤舞可不知她那一脚踹着什么地方了，她利索地往池边一按，下一瞬间，身子已经跳上池岸。她转头气呼呼地瞪着君临渊：“你这人怎么回事？好好说话不行吗，非要动手动脚？如果我不会游水，这会儿都要淹死了！”

凤舞连珠炮似的发了一顿飙，这才注意到君临渊脸色铁青，用杀人般的目光狠狠地瞪着她！凤舞下意识地后退，转身就往外跑。嗖！一道雪白的幔布朝她卷去，缠住她的腰，将她拽回君临渊的面前。

“跑？你能往哪儿跑？”君临渊戳戳凤舞的脑门。

“你是不是有病啊！”凤舞气炸了，“我怎么你了？我什么都没做，你凭什么这么欺负我？”

“你当真什么都没做？”君临渊哗啦一声从水里站了起来，“你做了什么，自己心里清楚！”

“我到底做了什——”说话间，凤舞瞟到了君临渊的那个部位，脸腾地一下红了。

君殿下冷着脸瞪她一眼，披上外袍，径自往外行去。

“喂——”凤舞冲着君临渊的背影喊着，“你放我下来，你放我下来啊！”

君临渊头也不回地往外走，但是他手指一动——扑通，凤舞再次跌入水中。

温泉池大门打开，封管家和宫嬷嬷瞬间站得笔直，宛若标枪一般。

“给她送套衣衫。”擦肩而过之际，君殿下吩咐宫嬷嬷。

宫嬷嬷睁大眼睛，随后和封管家对视一眼。封管家一脸惊讶，宫嬷嬷却得意地说：“听见没有？君殿下让我给舞小姐送衣衫，这代表着什么，你还猜不到吗？嘿嘿，我得赶紧给舞小姐准备衣衫去。”

宫嬷嬷开心地走了，留在原地的封管家眸中却浮现一抹狐疑——自家殿下真的开窍了？

凤舞并不知道宫嬷嬷丰富的内心活动，也不知道封管家脑海里的疑惑，此刻她真恨不得拍死君临渊。

凤舞从温泉池里爬出来的时候，忽然感觉火之灵力在身体里暴涨。

凤舞不知道的是，这座皇城在建筑之初就有龙脉之说，而这温泉池则建在了龙之七寸的中心，池下蕴着岩浆，最精纯的火之灵力都凝聚于此。

凤舞来不及多想，盘腿坐入池中，很快，一股火之灵力在凤舞周身缭绕。

不过一盏茶的时间，凤舞就感到全身舒服，每一个毛孔都在尽力舒展。

她晋升了！

之前她已是三星灵宗的修为，而此刻的她，直接晋升到四星灵宗了！

还有这种操作？晋升之后，凤舞整个人都惊呆了。她记得以前有一次，也是被君临渊气着了，憋了一肚子火发不出来，然后她就晋升了。现在又是同样的情况——被君临渊气到，然后就晋升了……

晋升时排出一身的毒素，凤舞脱了衣裙清洗身体，身上只穿了一件肚兜。

就在这时，忽然响起一阵敲门声，随后传来宫嬷嬷的声音：“舞小姐，殿下吩咐奴婢送衣裙来了。”

凤舞闻言，正从空间里掏衣衫的手当即一顿——这要是掏出来，她的随身空间就露馅了。

“请进。”

宫嬷嬷进来，第一眼就看到凤舞正泡在池子里，只露出一个脑袋，那双美若星辰的眼眸此刻正望着她。

整个人都泡进温泉池里了，是想遮掩身上的痕迹吗？

“舞小姐可洗好了？奴婢来伺候您更衣吧？”

凤舞忙摆手：“不不不，宫嬷嬷您先出去吧，我自己来就行。”

“那……奴婢让香草进来伺候？”

“不不不，不需要。”凤舞很干脆地拒绝了。

宫嬷嬷知道凤舞脸皮薄，再想到她刚被殿下……便了然一笑："好，舞小姐说什么就是什么，奴婢这就将那支万年紫参炖了，舞小姐慢慢泡着，解解乏，不着急，一点儿都不着急。"宫嬷嬷说罢，快步出去了，还很细心地将门带上。

凤舞一脸茫然。按说，宫嬷嬷身为太子府的主管嬷嬷，地位是很高的，就连严夫人看到她，都得亲亲热热地唤一声"宫嬷嬷"，但是现在，她对自己……是不是热情得有点儿过分啊？

还有……万年紫参？凤舞心里一抖——难道宫嬷嬷知道她刚刚晋升了，身子虚，所以炖万年紫参给她补一补？那她会修炼的事……岂不是瞒不住了！

想到这儿，凤舞哪还能安心泡温泉，她赶紧站起来，迅速换好衣裙，快步往外走去。

"宫嬷嬷呢？"凤舞一出来，外面竟然空无一人，而不远处的凉亭外，封管家正负手而立，身体绷得笔直。

封管家在那儿干吗呢？凤舞正在诧异，前一秒还万里无云的晴空，下一秒突然乌云密布。

再下一秒，电闪雷鸣，一道道惊雷径直劈向封管家所站的那座凉亭。

借着闪电的亮光，凤舞终于看到，君临渊盘腿坐在凉亭上，后背挺得笔直，身影沉稳如山，浑身都散发着致命的诱惑力。

轰隆隆！轰隆隆！……

一连九道惊雷，全都直奔他的脑门劈去。

凤舞吃惊地捂着嘴——好可怕的雷劫，君临渊能承受吗？如果是她，她这会儿早就灰飞烟灭了。

就在凤舞替君临渊捏了一把冷汗之时，君临渊优雅地伸出了右手，摊开掌心——九道惊雷竟然全被他控在手中，然后轻松地一一掐灭。

雷劫过后，乌云散尽，天空恢复了原来的颜色，凉亭附近方圆一里的草木全部化为灰烬，而君临渊安然无恙。

君临渊晋升了。

下一霎，他跃出凉亭，踏着灰烬朝她走来，宛若神祇。

最后，他定定地站在她面前，就那么深沉地凝视着她，目光灿若星辰。

忽然，他伸出修长的手指，抚向凤舞的面颊。

凤舞下意识地后退一步，君临渊微微蹙眉。

凤舞脑中灵光一闪，脸上堆满笑容："嘿嘿，君临渊，你晋升了，现在开心了吗？"

只要他说出"开心"二字，凤舞就赢了！

就在凤舞双手捧心做祈祷状的时候，君临渊却冷傲地说：“不开心！”

凤舞顿时急了：“怎么不开心了？你都晋升了啊！”

像君临渊这种境界的绝世高手，想晋升一级，那是何其困难。

君临渊淡淡地瞟了她一眼，傲娇地说道：“有什么好高兴的？腰酸背痛的。”

“腰酸背痛？”凤舞快被他气炸了。在按摩的时候，好几次她都累得想甩手不干了，是谁一直逼着她干活的？还威胁她说要炼化星辰碎片……

星辰碎片？凤舞脑子忽然一抽——君临渊晋升，该不会是将星辰碎片炼化了吧？想到这儿，凤舞急了，冲上去拽住君临渊就往他的怀里摸。

君临渊目瞪口呆。

君临渊抓住凤舞的手，紧盯着她，问道：“你就这么迫不及待？”

凤舞：“星辰碎片呢？你不会真把星辰碎片给炼化了吧？”

原来是为了星辰碎片……君殿下顿时面沉似水。

凤舞气急败坏地质问君临渊：“君临渊，不是说好了把星辰碎片给我的吗，你竟然给炼化了？你怎么说话不算数啊，我真是看错人了！”

君殿下瞪着凤舞，气得脸色铁青。凤舞气得推了君临渊一把，推得他一趔趄。

“你说话啊！为什么不说话？是不是心虚了？我真没想到你是这种人，为了提升修为，居然出尔反尔！”凤舞气得眼圈发红，突然好绝望——她的美人师父再也没办法救活了……

君殿下盯着她，声音闷闷的，带了点儿沙哑：“星辰碎片对你来说真的这么重要？”

凤舞愤怒地瞪着他：“当然，比我的命还重要！”

“比我还重要？”君临渊咬着牙问道。

“你有我的性命重要吗？”凤舞气呼呼地反问。

傲娇的君殿下当即深吸一口凉气：“你——”

“我怎样？你想打我吗？你打啊，打啊！没有星辰碎片，我也不想活了，你打死我吧！”凤舞边嚷边去抓君临渊的手。

在抓手的过程中，君临渊松开手掌——一块星辰碎片正安静地躺在他的掌心。

看到这块星辰碎片，凤舞所有的眼泪都流回去了，她高兴地拽着君临渊欢呼：“我的星辰碎片还在！我的星辰碎片！我的星辰碎片！……”

现在高兴了？刚才像个小泼妇似的。君殿下没好气地瞥了她一眼：“是你的性命重要，还是星辰碎片重要？”

凤舞心里咯噔一下，这才反应过来自己刚才说了什么蠢话。

抬头，对上君临渊嘲弄的目光，凤舞恨不得一掌拍飞自己。

然后，她眼巴巴地看着君临渊收起星辰碎片，径自甩袖走人。

凤舞赶紧追上去："君临渊！"

君殿下不理她，显然很生气很生气。

凤舞急得快要哭了，这位殿下，心眼儿跟火龙果的籽一样小，可记仇了！

凤舞一把抓住君临渊宽大的袖子："君太子、君殿下，你不要走啊……君哥哥——"

凤舞拼命拽着，君殿下终于停下来。

"君哥哥……"凤舞冲到他面前。

君殿下傲娇脸，脸偏向左边。

"君哥哥……"

君殿下高冷脸，脸偏向右边。

"君哥哥，我错了，我真的错了……"凤舞可怜巴巴地望着他，一副委屈的样子。她长得本来就好看，刚才的泪珠还未拭去，沾在睫毛上，宛若晨露，越发显得楚楚可怜。

君临渊忍住替她拭去泪水的冲动，交负在后的手紧握成拳，冷冰冰地问她："你知错了？哪里错了？"

"我……不应该……凶你……"凤舞咬着下唇，可怜巴巴地瞅了他一眼。

君临渊冷笑一声："就这样？"

"我……我不应该……说你言而无信……"

"哼！"

"我……我不应该……说看错你了……"

"呵！"

凤舞绞着衣袖："我……我不应该……说……"

君临渊看着小丫头可怜兮兮的样子，心不觉就软了下来，只不过语气还是很冲："在你心里，是星辰碎片重要，还是你的性命重要？"

"当然是星……"凤舞见君临渊拧眉，下意识地改口道，"性命！我的性命重要！"

君殿下傲娇地瞥了她一眼："还有呢？"

还有什么？凤舞蒙了，可是看君临渊的神情，显然她还应该说点儿什么啊……

君殿下甩开凤舞的手，径直往前走。

可不能让他走了！凤舞懊恼地追上去，一把抓住君临渊："你的命比星辰碎片重要！"

就是这句话，对不对？

君临渊用冰冷的目光盯着她。

凤舞激动道："君临渊，你比我的生命还重要！"

这回总算猜对了吧？

在这一刻，君殿下那颗被层层冰霜包裹的心，砰地碎了。

可惜，他并不自知。

而凤舞此时尚未意识到，自己脱口而出的那句话有着什么意义……

"哼！"君殿下傲娇地轻哼一声，显然不那么生气了。

一旁的封管家和宫嬷嬷对视一眼，全都暗中竖起大拇指——咱家殿下厉害！

凤舞谄媚地拉着君临渊："君哥哥，你没有炼化星辰碎片就晋升了，难道不是我的功劳吗？"

"有你什么事儿？"君殿下漫不经心地瞥了她一眼。

"怎么没我的事儿？"凤舞急了，"肯定跟刚才我给你按摩后背时疏通了经络、放松了经脉有关，对不对啊？"

君临渊没好气地一拍她的脑袋："好吧，算你有一点点功劳。"

凤舞抱着君临渊的胳膊，星眸里闪动着光芒："君哥哥，既然我功劳这么大，你就把星辰碎片给我吧，好不好？求你了……"

君临渊断然拒绝："不行。"

别看这丫头现在这么缠人，等把星辰碎片给了她，她就会翻脸不认人，撒丫子就跑。君临渊又不是不知道她的性子。

"为什么不行？"凤舞气鼓鼓地问。

"就是不行。"

"那帝国学院的名额呢？"凤舞眼巴巴地望着他。

君临渊沉吟不语。

"你和陆院长打声招呼吧，我怎么求他都没用，可没面子了，君哥哥……"凤舞扭着身子求他。

"站好，不要扭来扭去！"君殿下训斥她。

"哦……"凤舞拖着长音。

"好啦！"君殿下板着脸，不耐烦地说，"不就是一个名额吗？封管家——"

当了这么久的背景板，封管家终于有露面的机会了。

封管家点点头，径直往外走去。

没过多久，封管家便回来了，将一个盖了君临渊印章的信封递给凤舞："舞小姐收好，凭这封信便可兑换准考证。"

凤舞立刻把信封揣在怀里，挥手就要走。宫嬷嬷赶紧递上参汤："舞小姐，快趁热将这万年紫参汤喝了吧，可补元气呢。"宫嬷嬷和蔼地看着凤舞。

凤舞试探地问宫嬷嬷：“……为什么呀？”难道宫嬷嬷知道她能修炼的事了？

“舞小姐刚才辛苦了，得补一补身子呀，快趁热喝了，这可是好东西呢。”宫嬷嬷喜滋滋地说。

“我刚才……不辛苦啊，我又没做什么。”凤舞试图撇清。

“是是是，舞小姐什么都没做，都是我们家殿下不好，舞小姐年纪尚小，可禁不起折腾，赶紧将这碗紫参汤喝了吧。”宫嬷嬷赔笑劝道。

“……哦。”凤舞点点头，看来宫嬷嬷也知道君临渊欺负她，所以特地炖了紫参汤赔罪来了。有便宜不占是傻瓜啊，想到这儿，凤舞端起那盅紫参汤一饮而尽。

君临渊那高深莫测的目光，默默从宫嬷嬷脸上扫过……

凤舞拿着那封信直接去了帝国学院。

陆院长今天是第二次从凤舞手里接过信封了。

太子府？陆院长猛地抬头，用一种难以置信的目光望着凤舞，好半晌才回过神来：“你是怎么得到这封信的？你……”

陆院长觉得难以理解——之前来喊停是君殿下的意思，现在来说情还是他的意思，这闹的是什么别扭啊？

陆院长看了凤舞一眼，试探地问她：“你和君殿下……关系很亲近吗？”

亲近？凤舞冷笑一声：“陆院长觉得呢？”

陆院长摇头，所以他真的是想多了，这两个人怎么可能亲近？

于是陆院长写了一封推荐信——三封推荐信，就能让一个实力不足九星的修炼者参加帝国学院的考试。

凤舞一拍脑袋：“哎呀——”

陆院长不解地望着她。

凤舞说：“忘了说，我还有个朋友跟我一起考。”

陆院长头痛了，怎么还有一个？

“她什么实力？”

“七星灵师。”

陆院长摇摇头：“你们两个真不是来捣乱的？一个零星，一个七星，怎么可能考上？”

不过陆院长并没有在这事儿上卡凤舞，毕竟方阁老和吴道人在推荐信里也都加了段朝歌的名字。

将推荐信写好之后，陆院长将三封信一起交给凤舞：“去考核处领准考证吧。”

为免凤舞迷路，陆院长还将自己身边的小童派去给凤舞引路。

第三章

隐藏灵气

考核处寂静无声，因为报名已经结束了。

咚咚咚——敲门声响起。

“这时候怎么会有人来？”

房间里的老师全都不解地望着门口，门开了，露出凤舞那精致的俏脸。

“小姑娘，你有何事？”一位年纪稍大的女老师笑着问她。

凤舞对这位老师挺有好感，笑盈盈地答道：“我是来报名的。”

一位金发碧眼的漂亮女老师打量了凤舞一番，皱眉问道：“你替谁报名？”

因为凤舞身上没有一丝灵气。

“我自己。”凤舞淡定地答道。

金发碧眼的女老师叫乔伊，在整个武道学院也是出了名的大美女。但是在看到凤舞的时候，她竟然生出一种自惭形秽的感觉，所以她不喜欢凤舞。

“你自己？开什么玩笑！”乔伊盯着凤舞，眼睛瞪得很大，“你身上一点儿灵力都没有啊！”

因为凤舞用了隐灵玉，所以她周身的灵气都被隐藏起来了。

隐灵玉里有美人师父烙下的痕迹，所以，除非修为高过美人师父，否则没人能看出她的修为。

那位年纪略大的老师叫余月，她不解地看着凤舞：“丫头，你知道吗？要参加帝国学院的考核，至少得是九星灵师，等你年纪大点儿了再来吧。”

乔伊看了余月一眼，冷笑一声："余老师，这丫头现在就是修炼废材，再过几年也没法修炼，你又何必给人家希望呢？"

说到这儿，乔伊瞪了凤舞一眼："小丫头，你就不要心存侥幸了，承认你是废材这个事实吧，走吧走吧，报名已经截止了。"

面对乔伊老师不善的态度，凤舞淡淡一笑："总是有特殊情况的。"

"当然。"乔伊冷笑道，"我们帝国学院有规定，只要有三位院委会大佬的推荐信，即便是灵气为零的废物，都能获得准考证，但是你——"

乔伊轻蔑地瞥了凤舞一眼："你一个小丫头，能获得三位大佬的推荐信？"

这怎么可能？别说乔伊老师不信，就是余月老师也不信，在场其他几位老师也都露出或善意或恶意的笑容。

"得到三位大佬的推荐信很难吗？"凤舞负手而立，似笑非笑地问。

"嗤——"乔伊觉得自己在跟傻子说话，"很难吗？当然是超级超级难啦！你知道院委会吗？院委会的大佬，总共才七位，每一位都是各自领域中巅峰的强者，放在帝国里，那都是举足轻重的大人物！"

凤舞淡然递上三封推荐信。

"这是什么？"余月老师将其中一封信打开，信上推荐了凤舞和朝歌二人。

"你是……"余月老师望着凤舞，眼睛抖了一下。

"凤舞。"

"你就是当年凤家的那位小天才？"余月老师激动得一把抓住凤舞，心疼地看着她说，"你身上的灵气……"

当年凤舞从天才变成废材的事，众所周知。

凤舞但笑不语，既没承认，也没否认。

乔伊老师皱眉："当年的小天才现在只是一个毫无灵气的废物，这样的她，来帝国学院纯粹是浪费名额！"

余月老师默默瞥了她一眼："吴老推荐的。"

然后她又打开第二封信，眼眸微缩："这、这、这是……方阁老？"

什么？乔伊老师抢过那封信，一个字一个字地看着。

还真是方阁老推荐的！

这怎么可能？这丫头不是已经变成废材了吗，怎么会被吴老和方阁老亲笔举荐？

"还有一封信……"余月老师心头一动，快速打开。

"陆、陆、陆院长的亲笔信！"乔伊眼珠子都快瞪出来了，"这怎么可能？你到底是怎么做到的？"

凤舞皱眉道："一定要说？"

"必须要说，不然这三封信便是来历不明！"乔伊紧紧盯着凤舞。

"哦。"凤舞一摊手，"我认识的人，认识陆院长。"

不论是巴老，还是君临渊，都算是认识陆院长吧？这样说，凤舞觉得没毛病，但是——

乔伊老师一副恍然大悟的样子：原来是靠走后门进来的啊。

至于方阁老和吴道人，肯定是陆老打招呼让他们写的推荐信。

反正她也考不上，陆老不过是卖个人情罢了，以前又不是没有过这样的事。

想到这儿，乔伊对凤舞充满了轻视。但是，余月老师对凤舞依旧热情，因为她很喜欢这个淡定的绝美少女。

她望着凤舞，认真地劝道："凤舞同学，你还是去灵阵学院或者炼药学院吧，对你来说，武道学院并不是最好的选择。"

"余月老师太含蓄了，应该说'武道学院不适合你，你根本进不去'。退一万步说，就算你进去了，也会绝望到怀疑人生！"乔伊老师毫不掩饰地冷笑，"而且，现在报名已经截止了。"

"原来三位大佬的推荐信也不管用啊。"凤舞淡淡一笑。

乔伊闻言，身子抖了一下。陆院长神圣不可怠慢，乔伊怎敢冒犯？她只是对凤舞带个人情绪，正常脑子还是有的。

"这位老师，要不要再看看推荐信上的时间？"凤舞好心提醒。

乔伊老师一看，顿时无话可说，因为推荐信上的时间是早于截止日期的。

乔伊老师恨恨地瞪了凤舞一眼，没办法，只能将准考证办给凤舞。

本来她还想卡朝歌的准考证，但是被余月老师阻止了。

凤族。

朝歌正在凤舞家等着。

"唉……"朝歌坐在桌前，唉声叹气地对凤小七说，"小七，你说这事气不气人——本来三位大佬的推荐信都要有了，结果君殿下横插一杠子，气死我了！"

凤小七心里眼里只有自家姐姐，对君殿下、御冥夜等人，一直都跟防贼似的防着。

现在听朝歌这么一说，凤小七顿时一拍桌子。

朝歌不解地望着他。

"对！"凤小七白皙的脸上浮现一抹激动，"君殿下真是太讨厌了，老是欺负姐姐！"

“就是嘛！”段朝歌也一拍桌子，“不仅欺负，还威胁，可坏可坏了！小舞真是倒霉透了，才会碰到他！”

就在这时，外面传来一阵脚步声，凤舞推门而入。

朝歌和小七赶紧迎上去。

“看看这是什么。”凤舞丢出两本小册子。

朝歌接过去一看，顿时惊呼一声：“准考证！”

她赶紧打开，里面写着她的个人信息，还有考试信息。

“哇！小舞你好棒哦！”朝歌抱住凤舞，在她脸上吧唧了一下。

在凤舞屋外那株枝繁叶茂的梧桐树上，常三派来的探子——零，此时正一手拿着本子，一手用炭笔快速记录着眼前的情形。

凤舞拍拍朝歌：“好了，我们可以允许自己高兴一刻钟，现在开心的时间过了，我们该做正经事了。”

“正经事？”朝歌不解地望着凤舞。

凤舞戳戳她的脑袋：“拿到准考证了，可你会考试吗？”

“我……小舞，怎么办怎么办？”朝歌求助地望着凤舞，她只有七星修为，武试根本打不过别人，而文试更是一塌糊涂。

凤舞揉揉眉心：“还有七天呢，着什么急？你先回家去说一声，这七天你就住在我家了。”

“好！小舞你等我！”朝歌说完，一口气跑回家。

段家在帝都属于中等人家，蒙祖宗庇护，段朝歌的父亲段宏毅当了个四品官。

朝歌是家中庶女，母亲早亡，在家中她一直都是被忽视、被欺负的存在。

当年和凤舞走得近，凤舞又是小天才的时候还好，但是后来凤舞修为被废，朝歌又中毒变胖，修为更是下降，此后朝歌在家中的地位一落千丈，经常被哥哥姐姐欺负。

段朝歌在自己的院子里收拾了一些东西，然后留下一张字条，背着包袱就往外走。

就在朝歌往外走的时候，偏偏那么巧，段朝音和段朝乐经过这边。

段朝音是家里的大小姐，段朝乐是二小姐，段朝歌排行第三，不过她是庶女，而那两个都是嫡出的。

段朝乐眼尖，一眼就看到朝歌：“朝歌，你要去哪里？”

段朝音回头就看到背着包袱的朝歌，眉头紧皱，下意识地拦在她面前。

“让开！”朝歌眉头紧蹙。

段朝音不悦：“你这是要离家出走了？”

“我离家出走，跟你们有什么关系？”

段朝音冷笑一声：“家里多你一个、少你一个确实没区别，但如果你偷走了我段家的东西，那就有关系了。”

“你……”段朝歌气愤地瞪着她，“我这院子里有什么东西是值钱的？就算当年有值钱的东西，这几年也都被你们拿光了！”

“那可不一定，谁知道你有没有偷库房里的宝贝呢？”段朝音故意恶心朝歌，“想走可以，你把包袱打开来，让我们检查一下。”

段朝音是故意要激怒朝歌的，因为知道她很好激怒。

果然她这话一出，朝歌面色涨红，那双眼眸含着猩红色，宛若被激怒的猎豹。

“打开包袱检查后，是不是还要将衣衫脱了给你们检查啊？”朝歌冷笑。

“哟，倒是挺懂规矩的嘛，连后续的流程都熟知了。”

“你们……欺人太甚！”

“就是欺负你了，怎么？你打得过我吗？你能反抗吗？”段朝音嗤笑一声，盯着朝歌，“段朝歌，你以为你还是以前的你吗？”

五年前，朝歌就已经有九星修为了，也是极有天赋的，但是这些年她的修为一直在倒退，而段朝音则后来居上。

“你知道吗？现在我已是九星灵师境界了，哈哈哈哈哈……”

曾经被压了一头的段朝音，现在极其得意：“我今天报考了帝国学院，我一定能考进武道学院，成为一名高贵的帝国学院学生，而你——”

段朝歌还以为她在炫耀什么呢，原来是这事，于是她冷笑一声：“帝国学院的考核？那又如何？”

“那又如何？”段朝音和段朝乐对视一眼，都在彼此眼中看到了嘲笑。

“帝国学院的考核名额，你以为只要报名就能拿到吗？帝国那么多学生，文试只有一万个人可以参加，一万取一千。武试的时候，一千取一百，你知道考核有多难吗？”

“但是，你大姐我，你二姐朝乐，现在都取得了考核资格。”段朝音斜睨着朝歌，“你觉得这件事很简单吗？”

朝歌没好气地翻白眼：“我道是什么事呢，不就是帝国学院的考核名额吗？我也有啊！”

“哈哈哈哈哈……”

“哎哟，真是笑得我肚子疼！”

段朝音和段朝乐笑得都快喘不过气来了。

“段朝歌，原来你脸皮这么厚，我以前怎么不知道？你居然说，你也得到考试资格了，哎哟我的肚子……快笑死我了。”

一直很少开口，一副清高白莲状的段朝乐，此刻也不由得抿唇而笑：“朝歌，你不会连‘帝国学院考生的最低标准是九星灵师’这个规定都忘了吧？”

朝歌翻白眼道：“当然没忘啊。”

“那你还敢吹牛，你自己信吗？”段朝音冷笑连连。

朝歌不屑地瞅了她们一眼：“你们只知道一种报名方式吗？怎么这么孤陋寡闻！”

为了证明自己不孤陋寡闻，段朝音拼命回忆，果然想到了一个丢在角落里的规定。

“三位院委会大佬的联名推荐？你指的该不会是这个规定吧？”段朝音和段朝乐对视一眼。

“当然！”朝歌得意了。

“噗，哈哈哈哈哈……”段朝音和段朝乐好不容易止住的狂笑又爆发出来。

“我的眼泪都快笑出来了……段朝歌什么时候竟然变得这么好笑了？”

“她居然敢说出这句话，真当我们是傻子吗？”

“我没有骗人！”朝歌急了，“是真的！三位大佬，包括陆院长、方阁老和吴老，他们联名写的推荐信呢！”

“噗，哈哈哈哈哈……”段朝音和段朝乐闻言，再次狂笑起来。

“太好笑了，我的眼泪啊……”段朝音抹去眼角的泪花，“别说陆院长和方阁老了，单是吴老——那位举国闻名的灵阵宗师，你能走近他周身一百米之内？开什么玩笑！”

“我走不近，但是小舞可以啊！”朝歌得意地说，“是小舞请三位大佬写的推荐信。”

“小舞？哪个小舞？”

“不会是凤舞吧？以前你老跟在她后面跑的那个凤舞？”

“就是！”提到凤舞，朝歌就特别自信，“小舞最厉害了，她不仅说动了吴老和方阁老，最后还请动了陆院长，哦对了，就连君殿下都亲自发话——”

“噗，哈哈哈哈哈——”段朝音和段朝乐再次笑喷了。如果说朝歌前面的话，还稍微有一点点可能，那后面的话，简直就是她的妄言了。

“你没发烧吧？脑子还清醒吗？做什么白日梦啊！”段朝音瞅着朝歌。

朝歌不想跟她们废话，转身就走，可是她们不肯放过朝歌：“你给我站住！”

“你去哪里？”段朝音眉头紧皱。

“当然是去找小舞！”朝歌冷哼。

段朝音皱眉："听说那个废物从北境城回来了，看着还是一点儿灵气都没有。段朝歌，你有没有脑子，还跟她混！"

如果段朝音只是骂朝歌，朝歌可以忍，但是段朝音现在骂的是凤舞，所以朝歌一巴掌朝段朝音脸上扇去："你骂谁是废物呢！"

这一巴掌来得又快又急，段朝音猝不及防，直接被打蒙了。

段朝音和段朝乐同时朝朝歌冲去，朝歌既然已经出手，就断然没有逃跑的意思。

朝歌现在才七星修为，连一个九星灵师都打不过，哪里比得过两个九星灵师联手？

砰砰砰，不过一会儿，朝歌就被打得鼻青脸肿，身上中了好几拳。

"段朝歌，给我去死吧！"段朝音不知从哪里摸出一柄匕首，对准朝歌的心脏刺去。

就在匕首即将刺入朝歌胸口之际，忽然飞来一片树叶，正好击中段朝音的手腕。

段朝音痛得一松手，匕首当啷一声掉在地上。

"谁？"段朝音眸中浮现一抹杀意，她一抬头，就看到一个蒙面人朝她迎面冲来。

"你——"段朝音刚发出声音，蒙面人已经一掌把她扇到了墙上。

轰隆隆！年久失修的院墙被轰塌，将段朝音压在了下面。

段朝乐见势不妙，转身就跑，可还没跑出几步，就被蒙面人踢起的石子砸中了后背。

"啊——"段朝乐惨叫一声，扑倒在地，摔得极其狼狈。

朝歌看到段朝乐趴在地上，冲上去对准她的脑袋就是一通猛砸，下手那叫一个狠啊。

就在这时，蒙面人感到有股庞大的力量正朝这边而来，抓起朝歌道："你这丫头胖乎乎的，炖了还能多吃一顿，就抓你了！"

说话间，蒙面人拽着朝歌翻墙而逃……

就在这时，一个中年男人出现在段朝乐面前。

"怎么回事？"

"父亲！"段朝乐看到自己的父亲，顿时扑过去抱住他的腿，哇的一声大哭出来。

段宏毅本想去追敌人，但被段朝乐抱住了大腿，他就动不了了。

"呼——"跑出段家后，蒙面人才松了一口气。

“你你你……你不要吃我，我不好吃！”朝歌警惕地瞪着蒙面人。

蒙面人闻言，忍不住大笑起来：“哈哈哈哈哈……”

听到这熟悉的声音，朝歌顿时睁大了眼睛。

蒙面人扯下面巾，竟然是凤舞。

原来凤舞在家里久等不见朝歌回去，担心她出事，就去段家找她，正好看到她受欺负。凤舞不好暴露实力，蒙面救了朝歌。

“小舞！”朝歌难以置信地望着凤舞，“你你你……”

没想到凤舞竟然这么厉害！

“小舞，”朝歌兴奋地说，“那些人都以为你没有灵气，全都瞧不起你，他们是眼瞎吧？”

凤舞苦笑道：“我是故意瞒着大家的。”

“为什么？”朝歌一脸不解。

凤舞没好气地说：“当年害我的人还在暗中虎视眈眈，如果过早暴露实力，岂不是告诉他们‘快来杀我，以绝后患’吗？”

朝歌猛点头：“对对对，不过，如果他们知道现在的你实力不凡，不知会多吃惊呢。”

“那就让他们吃惊去吧。”凤舞心情很好。

朝歌幽怨地瞥了凤舞一眼：“你刚才还说要吃了我呢，差点儿把我吓死。”

“哈哈哈……”凤舞拉着朝歌，边走边说，“我要是不那么说，人家准以为我们是一伙的，到时候你就麻烦了。我营造出一种你被人掳走的样子，段家就不会怪你了呀。”

朝歌听了，顿时两眼放光：“对哦，小舞，你怎么这么聪明！”

凤舞没好气地拍拍她的脑袋：“好啦，接下来的时间，满打满算都不够七天了，我们既要念好文科，又要修炼好武科，时间非常紧迫。”

凤舞和朝歌回去后，连凤族的大门都没进，直接跳进隔壁的方阁老家里。

方阁老正在写奏章，凤舞和朝歌就过来了。

方老爷子刚写了一半，看到凤舞过来，便停了笔，说道：“你这丫头，来得倒是快，怎么样，在君殿下那里受挫了吧？”

凤舞一脸无辜地说：“没有啊。”

“还嘴硬。”方阁老没好气地说，“放心，老头子我正在给陛下写奏章呢，陛下说的话，应该有点儿用。”

凤舞心里浮上一抹感动。方老爷子对她这么好，她都不好意思买他的宅子了。

凤舞摊开手，一个小红本静悄悄地躺在她的手心。

“咦？”方老爷子抓过小红本一看，里面的信息确实是凤舞的。

“我也有，我也有——”朝歌赶紧将自己的小本本也递了上去。

方老爷看了凤舞的，再看了朝歌的，才相信她们真拿到准考证了。

“真拿到了啊，不是被君殿下阻挠了吗？”

凤舞点点头：“运气好，正赶上君临渊晋升，他心情一好，就放了我一马。”

方阁老惊呼：“君殿下又晋升啦！”

“他现在到底是什么境界的实力啊？”凤舞好奇地问。

好像君临渊的实力至今都是个谜。

方老爷子没好气地拍了一下凤舞的脑袋：“这是最高国家机密，可不能乱说！不是有准考证了吗？现在你们要做的，就是顺利通过考试。”

“嗯！”凤舞和朝歌认真地点头。

“武试的话——”方老爷子一脸无奈，“朝歌倒是可以速成，但是小舞你怎么办？你的修为可是——”

一个完全没有修为的孩子，方老爷子是真的好无奈。

朝歌眸中浮现一抹兴奋之色——小舞可不是没有修为，她厉害着呢！

此刻，房内没有别人，只有凤舞、朝歌，还有方老爷子。

凤舞淡淡一笑，将那块隐灵玉往空间里一藏。

如果不是刚才看到方老爷子正给武帝写奏章，凤舞也不知道老人家对她这么好，她也不会轻易将自己的秘密交付出去。

方老爷子正寻思怎么帮凤舞呢，忽然发觉凤舞的气场变了，他激动地指着凤舞：“你这丫头，你这丫头……”

凤舞气定神闲地站在那里，笑嘻嘻地看着方老爷子。

“伸手！”方老爷子瞪着凤舞。

凤舞伸出右手，让自己身上的灵气涌动起来。

“灵宗四星！”方老爷子从凤舞身上的灵气纯度，一下子辨认出她现在的实力。

“老爷子好眼力。”凤舞抿唇一笑。

“你这丫头啊……”方老爷子苦笑，“明明有一身非常不错的实力，却硬要隐藏起来，这又是何苦呢？”

不过方老爷子毕竟阅历深，他一想就明白了：“难道当年的事另有隐情？”

当年的事，指的自然是五年前凤舞变成废材那件事。

凤舞：“嗯……”

方老爷子点点头，他算是明白了，为什么这丫头顶着无数的骂名和鄙视，都要将实力隐藏。不过，这样小的年纪，就有这样的定力，实属难得。

方老爷子对凤舞的印象越发好了。

“不过，”凤舞提出请求，“玄奕并不知道我恢复了修为的事……”

方老爷子点点头：“现在你们最重要的，就是学好文科。”

方老爷子让老管家抱来一沓卷子，让家里的下人誊抄了两份。

而这时候，方管事早已在老爷子的吩咐下，在大堂里摆好了两套桌椅。

泛着墨香的卷子依次摊开。

方老爷子气定神闲地一摆手：“一个时辰之内，把卷子做完。”

凤舞和朝歌面面相觑，她们从来没有接触过文科方面的东西，更没有念过相关书目，这厚厚一沓卷子，于她们而言，全然陌生。

凤舞抓起第一张卷子。

一上来就是填空题——一句诗文，中间缺了几个字，填上即可。

凤舞博览群书，所以十道填空题里，能填上五道题，可是朝歌就不行了，几乎全然不懂……

凤舞抬头看了朝歌一眼，苦笑着摇摇头。

虽然只有十道填空题，但是包罗万象，涉及天文地理、历史文化、修炼理念、阵法医术……如果不曾涉猎，真的连题目都看不懂。

可怜的朝歌啊……

凤舞接下去看第二类题型——默写题，涉及的范围同样很广。

考官不知从哪里摘抄了一段话，让考生默写接下来的一整页文章。

若是背过的还好，但如果只是熟读，那极有可能默写不出来，如果不曾看过这篇文章，那就只能交白卷了。

第三类题型是多选题。

从下列题目选项中，选择你认为正确的填入框中，多选、少选或者错选，全部都为错。

凤舞看了看题目，揉揉眉心。

这个厉害了，知识储备少的，绝对会被虐到哭。

第四类题型是简答题。

考官给出一个功法，让考生阐述其原理、使用技巧，以及创新功法。

凤舞面前这张卷子，功法是“寒冰万里”。

寒冰万里？凤舞心中一喜。她虽然没有冰属性，但是她有一位全属性、全职业的天下无敌的美人师父啊。

记得当时美人师父给她讲解过全属性、全技能，她小时候被师父鞭策着，囫囵吞枣地记了一脑子。当时她还很迷茫地问师父，记这么多功法原理和技能做什么啊，她又不是全属性的？当时美人师父说了，你没有属性没关系，当你了解了别人的属性和功法技能时，就能做到知己知彼，百战不殆。所以在那几年，凤舞被美人师父鞭策着，将所有的技能全都熟记于心。

她还跟美人师父推演功法的创新。那时她才五六岁，哪里能创新什么？但是美人师父就不一样了，他可是站在整个大陆顶端的男人，他对功法的偶尔一句点评，就能让世人欣喜若狂，甚至能成就一代宗师。

所以，当凤舞看到这第四类型题时，顿时高兴了，这对她而言，不就是个送分题嘛！凤舞很快就写下答案。

第五类题型是辅助题。

从下列辅助技能中，选择两道辅助题，进行完善。

有灵阵题、炼药题、裁缝题、冶炼题等。

此刻，摊在凤舞面前的是一座不完整的灵阵。

凤舞看了一下，这是一个中级灵阵，稍微加几笔，就能变成高级灵阵。

不过，凤舞的灵阵修为非常厉害，所以她很快就解答出这道灵阵题了。

凤舞第二大辅助题选的是炼药术，也很快就回答完毕。

嗖嗖嗖——凤舞落笔很快，因为能回答的就是能回答，答不出来的话，哭着也回答不出来。

凤舞将答案交上去，便回头看朝歌。

此刻的朝歌，几乎将笔杆子咬秃了，整张卷子还是空白的。

朝歌抬头，用幽怨的眼神瞅着凤舞，看起来可怜极了。

凤舞揉揉眉心：朝歌这个……真的麻烦大了。

凤舞将卷子交给方阁老，方阁老拿着卷子开始批改。

第一大题，占五十分，凤舞得了二十五分。

第二大题，因为凤舞首句不熟悉，所以后面大片空白，这道题她得了零分。

方阁老用朱砂笔圈了一个大大的零蛋，然后抬头扫了凤舞一眼。

这一眼，让凤舞感到羞愧，她下意识地咬住唇。

第三大题是多选题，方阁老批改的时候，紧皱的眉头微微展开。

这十道题，凤舞写了五道，而且全都正确，也就是说，只要是她见过的内容，她都能答对。而那五道没答的题，都是她不曾接触过的。

于是，第三大题一共五十分，凤舞得了二十五分。

第四大题是简答题，题目是阐述对“寒冰万里”这一招的原理理解、使用技巧，以及对这招功法的创新。

方阁老一开始还蹙眉，但他仔细看下去的时候，简直难以相信，一个年仅十三岁的小丫头，对冰属性的理解会这样透彻。

原理写得简单直白，技巧写得通俗易懂，创新——居然还真被创新了！

这个创新之法还真是别出心裁，就连他们这些出题的考官都想不出来。这法子要是传出去，足以令整个大陆的冰元素法师震惊！

方阁老按捺着内心的激动，开始批阅第五大题。

对于阵法题，方阁老不用看就知道，凤舞绝对是满分。让方阁老没想到的是，凤舞炼药术的造诣颇深，竟然也是满分。

方阁老给凤舞判完答卷，满分三百，凤舞得了两百分。

方阁老有些意外，他还以为凤舞最多只能得五十分呢。

这丫头，还真是个不折不扣的天才。

方阁老心里高兴，依旧绷着脸，转头盯着朝歌。

朝歌坐不住了，默默站起来，将手中的卷子交上去。

方阁老看着一片空白的答题纸，眼睛都瞪圆了。

凤舞赶紧端了一杯茶敬上："老爷子请喝茶，有话慢慢说，朝歌本来就是学渣，这点没法抵赖。"

方阁老摆手："算了算了，看在你的分儿上，就让她跟着学吧。"

凤舞和朝歌都很高兴，毕竟只有不到七天了。

方老爷子对凤舞说："别说朝歌了，你自己现在都很危险，三百分的卷子，你才考了两百分，堪堪过及格线，但进不了帝国学院的前一千名。"

因为只有文试过了前一千名，才有机会参加武试，争夺那一百个名额。

"名额好少……"朝歌越想越悲伤。

小舞的两百分都进不了前一千名，那她这空白卷子……可咋整啊？朝歌越想越难过，眼泪滚滚而落。

方老爷子长叹一声："算了，就让朝歌跟着念吧，只是，考上的可能性你也是知道的。"

凤舞点点头，她总能想到帮朝歌的办法。

方老爷子还是以教授凤舞为主，他说："你的武试已经没有问题了，毕竟，灵宗四星的实力走出去，在这批新生里已经算是佼佼者了。"

凤舞点点头。

"你现在主要的问题在文科。"方老爷子指着卷子给凤舞分析，"第一大题填空题，其实只需要死记硬背就行，出题不会没有边际，一千本书里摘取一段罢了，你需要做的，就是背诵那一千本书。”

凤舞：“好。”

答应得这么痛快？方老爷子狐疑地瞥了凤舞一眼：“既然你觉得没问题，那我们来看第二大题。默写题跟填空题一样，都是从那一千本书里随机抽的，抽到哪里就是哪里，所以，一定要背熟每一个字。”

凤舞：“嗯！”

方老爷子翻到第三大题：“多选题考的是平时的积累。这方面想提高是最难的，因为涉及太广了，你要学习的知识点太多，要看的书也太多，所以我建议你——放弃。”

凤舞暗中皱了皱眉头，她并不想放弃。

方老爷子继续翻卷子：“第四大题，你满分。”

方老爷子用探询的目光看着凤舞：“除了冰系，其他的元素，你也都懂？”

美人师父以前给凤舞讲解过全职业全系元素法则，凤舞点点头：“都会啊。”

方阁老姑且当她都会了，虽然老人家并不相信。

“第五大题，你会阵法和炼药术，所以也能得满分。”

分析了一通，方阁老拿起一本册子递给凤舞：“把这些书全部看完，一字不差地背诵下来，文试你基本上就可以过了。”

“那……”凤舞问，“如果第三大题也想拿满分的话……”

“如果你在背熟那一千本书之后，还有余力——”方阁老看了老管家一眼，老管家从后面的书架上搬来一个小木箱。

方阁老打开木箱：“这里一共有十本册子，册子上只有书名。每本册子的阅读书目，都是一门学科的拓展知识，涉及一万本课外读物，而你只有七天时间。”

凤舞点点头：“如果有时间就看看。”

她总觉得，以君临渊的性子，他肯定还会给她出难题，反正他不欺负她就不爽，所以凤舞决定做好万全的准备。

方阁老点点头，然后看向朝歌，又开始唉声叹气了。

朝歌：“……这些书，我也都看！”

方阁老摆摆手：“书目里的书，都在后面的书库里，你们去看吧，能看多少看多少，能理解多少理解多少。”

就在这时，外面传来一阵脚步声。

方管事禀道：“老爷子，姑奶奶偕郡主回来了。”

方阁老一听，眉头就皱了起来。他取出书库的钥匙，交给凤舞：“你们去书库里找书，搬一些回家看吧。”

凤舞心里一动：方阁老的女儿和外孙女？谁呀？竟能让方老爷子改变主意，让她们回家看书去？

虽然不解，不过凤舞并不在意，拉着朝歌就往书库走去。

凤舞和朝歌刚走，一连串的脚步声就从外面传进来。

“外公，外公——”

如果凤舞在，一定能听出这声音的主人是谁。

她就是沐瑶瑶。

“父亲。”沐王妃给方阁老行礼。

沐瑶瑶则快步跑过去，抱着方阁老的胳膊：“外公，我们看您来了，您最近睡得可好？有没有想我们啊？”

方阁老的眉头微微蹙起。

大堂内，方阁老见沐王妃和沐瑶瑶一箱一箱地往家里送东西，特别是沐王妃，还在那里招呼着：“将这些箱子放到库房去。”

“怎么回事？”方阁老目光微闪。

“外公，”沐瑶瑶挽着方阁老的胳膊央求，“您答应瑶瑶一件事好不好？好不好嘛？”

方阁老见沐瑶瑶脸上还有未曾褪去的瘀青，皱起眉头问道：“你脸上怎么回事？”

说到这个，沐瑶瑶脸上顿时浮现一抹恨意：“还不是因为凤舞！哼！”

“外公，你不知道凤舞这个贱人有多可恶，她……”沐瑶瑶将天下楼的事给方阁老讲了一遍，末了，还恨恨地说，“这个凤舞，以后我见她一次打她一次！”

沐瑶瑶讲了天下楼的事，但严重歪曲事实，着重描述凤舞有多欺负人，而她是多么无辜可怜。沐王妃明明知道真相，却任由沐瑶瑶胡编乱造，诬蔑凤舞。

方阁老听完，本就不悦的脸色越发阴沉。胡说八道！他认识的凤舞，聪明，善良，大方，讲道理，哪是瑶瑶口中那样？方阁老可不信。

此刻，凤舞和朝歌正一人抱着厚厚一摞书出来，经过大堂外面，恰好听到里面的声音，当即心里一动——是沐瑶瑶，她居然喊方阁老外公？

不过转念一想，玄奕喊方阁老外公，沐瑶瑶喊玄奕表哥，那她和玄奕应该就是姨表亲了。

朝歌一听沐瑶瑶诬蔑凤舞，顿时大怒，将书往地上一扔，就要冲进去打架。

凤舞忙拉住她：“且慢。”

“不能慢！”朝歌气愤地说，“这个沐瑶瑶居然颠倒黑白，我最讨厌的就是这种小人！”

“何人在外喧哗？”沐王妃带着威严的声音从里面传出来。

“我段朝歌在此！”朝歌气冲冲地往大堂冲去。凤舞怕她吃亏，只得跟上。

“段朝歌？”看到朝歌，沐瑶瑶显然一愣，然后她就看到了段朝歌身后的凤舞。

仇人相见，分外眼红！沐瑶瑶快步朝凤舞冲去，怒气冲冲：“凤舞，你怎么会在这里！”

凤舞淡淡瞥了她一眼，并没有说话。

“还有，你手里这些书是怎么回事？”沐瑶瑶一看那些书，顿时急了，“你偷我家的书！来人啊，给我把偷书贼抓起来！”

方管事有些蒙，老管家视若无睹，家丁面面相觑，谁也没有理睬沐瑶瑶。

沐瑶瑶顿觉下不来台，转身跟方老爷子求援：“外公，这个偷书贼就是凤舞！”

“她们没有偷书。”方老爷子将手臂从沐瑶瑶手里抽出来。

沐瑶瑶愤恨地指着凤舞跟方老爷子说：“外公，凤舞就是个废物，她有什么资格来我们家，赶紧让她滚！”

方老爷子眉头紧皱：“瑶瑶，对舞丫头说话客气点儿！”

“舞丫头？”沐瑶瑶震惊了，凤舞什么时候跟外公这么熟了？

不行！外公是她的！

“外公，难道在你眼里，她这个外人比我还重要吗？”

方老爷子皱眉望着沐瑶瑶，这样的沐瑶瑶，不再是他印象中那个乖巧的小女孩儿，倒显得有些刻薄。

方老爷子眉头紧蹙，怒气越发外放，可是沐瑶瑶犹不自知，她现在所有的理智都被怒火淹没了。

“外公！”沐瑶瑶恃宠而骄，她瞥了凤舞手里的那些书册一眼。凤舞想看书是吧？没门！这些全都是她家的，只要她一句话，凤舞连一张纸片都别想拿到！

“外公，您不是要告老还乡了？您书库里的那些书，全都给了我吧，好不好嘛——”沐瑶瑶摇晃着方老爷子的胳膊撒娇。

沐瑶瑶一边跟老爷子撒娇，一边挑衅地瞟了凤舞一眼——就是要跟你对着干，你能奈我何？沐瑶瑶特别得意。

凤舞冷笑一声，转身对方老爷子抱拳道：“既然如此，那这些书您就留着给您外孙女吧，告辞！”

说罢，凤舞拉着朝歌就要走。

“且慢——”方老爷子出声阻止，凤舞回过身，不解地望着方老爷子。

方老爷子问沐瑶瑶："你要这些书做什么？"

"看啊。"沐瑶瑶漫不经心地说，"我要考帝国学院嘛，这些书对我来说非常有用，外公，好不好啊？"

"不好。"方老爷子断然拒绝。

"外公？"沐瑶瑶傻眼了。

不仅她傻眼了，一旁的沐王妃也傻眼了："父亲……"

方老爷子摆摆手："以后，不要喊我父亲，还有你，瑶瑶，以后记得喊我伯外祖父。"

"啊？"沐瑶瑶和沐王妃都愣住了。

凤舞和朝歌对视一眼，也就是说，沐瑶瑶不是方老爷子的亲外孙女，真要算起来，沐瑶瑶的外公，应该是方老爷子的弟弟？

惊呆的人，又何止是她们？

这次沐瑶瑶和沐王妃回来，还带来了一对兄妹。只因沐瑶瑶和凤舞吵架，所以沐瑶瑶还没有时间将他们介绍给方老爷子。

这对兄妹叫姚皓和姚颖，姚家是巨商，富可敌国。众所周知，沐家和方家是姻亲，如今姚家兄妹要参加帝国学院的考核，又担心考不上，于是便求到了沐家。这其中姚家许了多少利，外人就不得而知了。

这次沐王妃和沐瑶瑶带着姚家兄妹来方宅，就是想将他们引荐给方老爷子，请他指点一二。

在沐瑶瑶看来，自家外公也是出卷人之一，指点几句，透几道题，不就皆大欢喜了吗？但是，这话她还没说出口，就被方老爷子狠狠打了脸。

"伯……外祖父？"沐瑶瑶不解地望着沐王妃。

沐王妃的脸上浮现一抹尴尬之色，她上前正要说话，可是方老爷子抬手阻止道："当年你父亲将你托付给我，所以你唤我'父亲'，我也没说什么，但如今你已是沐王府的王妃了，规矩还是要讲的，不要让你父亲在地底下寒心。"

沐王妃："……"

这是方老爷子的家事，凤舞不好多待，拉着朝歌就要告退。

方老爷子没好气地说："还不快将这些书抱回去？明天还要考你呢。"

"哦哦——"凤舞和朝歌抱着书走了。

沐瑶瑶到现在都是一副深受打击的样子：原来名动天下的方阁老……不是她亲外公！

方老爷子点破这件事，神色如常地瞥了沐王妃一眼："你们今日过来，可是有事？"

沐王妃尴尬道："这兄妹俩是姚家的姚皓和姚颖，他们要考帝国学院，所以求到我们家来，不得已，只能带来给老爷子瞧瞧……"

方阁老哪会不知道沐家是收了大好处的？既然收了大好处，如果他这里没有给出实在的东西，姚家能善罢甘休？到时候被黑的就是他了。

方阁老可不傻，他才不蹚这浑水呢。

于是，他双手交负在后，傲娇地抬着下巴，一挥手："老头子我可不教别人，请走。"说着，他踱步往里走去。

沐瑶瑶和沐王妃被第一次打脸后，还没缓过神来，现在又被第二次打脸了。

"父……伯父……"沐王妃能感觉到姚家兄妹那怪异的目光，忙跟上去，想跟方阁老说话。

方阁老摆手："将东西都带回去。方元——"

"在！"方管事忙上去听令。

"从今天起，不让任何人上门，方宅闭门谢客。"吩咐完了，方阁老径直进去了。

凤舞和朝歌回去后，凤舞抱着书就开始啃。

朝歌一开始也看书，但是学渣体质到了哪里都是学渣体质，不一会儿她就开始犯困。

凤舞从老爷子家里搬来了三十本书，朝歌那里也有三十本。

朝歌第一本第一页还没看完，就已经呼呼大睡了，可是凤舞，她一本接着一本地看，每一本看完，都会闭上眼睛，将那本书的内容从脑海里过一遍，确认自己已经倒背如流，然后开始翻阅第二本书。

第三本书……

第四本书……

凤舞在用功的时候，家里其他人也没有闲着，凤小七在修炼，秋叔在修炼，秋灵在修炼。

美人娘亲在悠闲地给凤舞做美美的衣衫，赵嬷嬷在忙着照顾一大家子的吃喝。

整个氛围看上去轻松又温馨。

夜色渐浓。

美人娘亲已经早早躺下睡美容觉了，可是，凤舞才翻阅到第三十本书。

凤舞揉揉眉心。已经有好长一段时间没有这么频繁地用脑了，一下子用脑过度，脑子有些空。

凤舞站起来，走出屋子，背着手在院子里绕圈，目光望着天空皎月，让自己的脑子彻底放空一下。

就在这时候，隔壁传来一阵轻微的响动。

咦？发出动静的地方是秋灵的房间。

不过一会儿，秋灵就从里面冲出来，激动地拉着凤舞，一个劲儿地流眼泪。

“晋升了？”

“嗯嗯嗯！”秋灵又哭又笑，“小姐，我晋升了，呜呜呜，时隔这么多年，我终于又晋升了！”

凤舞笑着说：“这才只是开始，以后的你会越来越厉害，家里还需要你来守护呢。”

“小姐，我一定会好好修炼的！”被赋予重任的秋灵特别有使命感。

看着秋灵激动地跑开，凤舞脸上洋溢着笑容。

这个家会越来越好，因为大家都在快步往前走。

被冷风一吹，凤舞的脑子清醒了一些，于是她再度回到书桌前，开始拿起第三十一本书看。

凤舞现在看的是关于天文历法方面的书籍，晦涩、枯燥、难懂。

可是，还有什么比灵阵法更晦涩、枯燥、难懂的呢？那样难的知识，她不也啃下来了吗？这些又算得了什么？

凤舞一边说服自己，一边继续啃书。

六十本书，一个晚上的时间，凤舞全部背诵完毕，并且理解其深意，还融会贯通。但朝歌还在呼呼大睡。凤舞有些头痛地揉揉眉心，看来她需要想想办法了。

第二天，凤舞和朝歌从墙头跳进隔壁院落。

“舞小姐——”方管事看到凤舞，苦笑一声，“舞小姐还是请回吧。”

“嗯？”凤舞不解地看着方管事。

方管事苦笑着将昨天姚家兄妹的事说了一遍，然后告诉凤舞：“我家阁老昨日说了，从即日起，一律不见外客，所以——”

凤舞和朝歌对视一眼，不是吧？昨天老爷子还让她们来呢，哪有改主意这样快的？

“咯咯——”方阁老吃了早饭正在散步，看到凤舞她们从墙头跳下，就往这边而来。

谁知道，他刚走过来，就听到方管事说的话。

方阁老轻咳一声。

老管家瞪了方管事一眼：“凤舞小姐她们不是外客。”

方管事：“……”

沐王妃和沐郡主都算外客，舞小姐她们不是外客？姚家兄妹今年参考要避嫌，舞小姐她们今年不参考吗？这还真是……看人的啊。

方阁老盯着凤舞和朝歌。看这两个丫头都一副神清气爽的样子，方阁老沉了沉脸色。

“这书，都看过了？”老爷子目光黑沉沉的。

“是的，都看过了，而且都会背了。”凤舞回答得特别自信，“老爷子，那我先将这六十本书放回书库中去？”

“且慢——”老爷子摆了脸色，指着桌案，“都摆这儿。”

方阁老从那厚厚一摞书中拿了一本，随手翻开一页，念了一句：“同声以相应，同气以相求——背！”

凤舞朗声背诵道：“水流湿，火就燥，云从龙，风从虎，各从其类也……”

凤舞滔滔不绝地背诵，而方阁老一直没有喊停，于是，凤舞一页一页背诵下去……

方阁老见这本难不住她，又随意抽了一本，随意翻开一页，随意考她：“海内昆仑之虚，在西北，帝之下都。”

凤舞流畅地念出后面的内容：“昆仑之虚，方圆八百里，高万仞。上有木禾，长五寻，大五围。面有九井……”

方阁老又取出几本书，一一考校之后，不得不承认，凤舞确实记得很扎实。

然后，方阁老又问凤舞有哪些读不懂的句子，他给分析讲解，让她融会贯通，举一反三。

这一老一少学得特别起劲，但是一旁的朝歌直打哈欠。

凤舞将一本《朝天剑歌》的功法交给朝歌：“拿着，一边儿修炼去。”

这是昨晚她根据朝歌的特点，给她写出来的最适合她现阶段修炼的功法。

“等等，我来看看。”方阁老翻开看了看，诧异地问凤舞，“这功法是哪儿来的？”

凤舞答道：“昨晚背完书，特意给朝歌写的。”

“你这丫头，还真是让人惊叹啊。”从来都吝于夸人的方阁老，对凤舞赞不绝口。

接下来的日子，凤舞就在看书中度过，方老爷子每天都考她一套卷子，而她的分数则是节节攀升。

“哇——两百九十分！”几天之后，当朝歌看到凤舞那张卷子上的分数时，简直惊呆了，“小舞，你这脑子是怎么长的呀？提高得这么快啊！”

凤舞却苦笑：“勉强还行吧。”

满分三百分，她只考了两百九十分，于她自己而言，是不满意的。

方阁老瞥了凤舞一眼："小丫头，你可别妄自菲薄，上届文科的最高分是两百六十分，你比第一名高了整整三十分，你还想怎么样？"

方阁老可是帝国学院的大佬之一，他都忍不住说出这话了，可见对凤舞的评价有多高。

凤舞苦笑。

"明天就是考核的日子了，今晚回去好好休息，剩下的这些书看不完就看不完吧，也别太逼自己。"方阁老让凤舞和朝歌早早地回去了。

看着凤舞离开的身影，方阁老双手背在身后，脑海里想起陆院长那边传来的消息。

"这一届，御冥夜也参考了，就是那个与君临渊齐名的御冥夜。"

陆院长苦笑，看来舞丫头这个第一，是不行了。

凤舞并不知道御冥夜也要参加帝国学院考核的事，她和朝歌将最后的一百本书搬回家。

凤舞干脆坐在毛毯铺就的地板上，抓了书就开始看。

这几天朝歌在文试上虽然还是交白卷的水平，但是她的身体已经进行了第二次排毒。排毒之后，她的体重已经从一百五十斤下降到一百二十斤了，修为也从七星升到了九星！

第四章

口是心非

太子府。

君临渊这段时间一直都在闭关，他好不容易晋升了一星，需要一定的时间闭关，将整个境界沉淀下来。

从岩浆岩洞中走出来的君殿下，星眸明亮深邃，美得动人心魄。他从火光中走来，气势逼人，气场强大到让周围的人纷纷下跪。

“殿下——”封管家欣慰地看着君殿下。

当年那个板着脸的小正太，如今身上似乎多了几分烟火气。难道是跟舞小姐有关?

君临渊一边阔步走，一边问：“什么日子了？”

封管家报了日期，又默默加了一句：“明日就是帝国学院开考的日子了。”

君殿下那双原本冷厉的眼眸，忽然一缓。

因为从帝国学院开考想到了某位姑娘吧？封管家暗中瞟了自家殿下一眼。

君殿下素有洁癖，出关之后第一件事就是沐浴更衣，将身上的污垢洗去。但是，他坐在温泉池中时，脑海里不由得浮现上次的画面。

那丫头年纪小，但身段还行，该长的都已经长了。

特别是那一手按摩术，君临渊不得不承认，他之前的晋升，确实跟她的按摩有关，但他才不要在她面前承认呢，免得她骄傲。想到那小丫头，君殿下心尖儿上就像被一支毛笔划过，痒痒的，酥酥的，麻麻的……

真是受不了了！他怎么会想到那丫头！如果那丫头知道，又该得意了！

君殿下气得一拍水花，从温泉池中起身，更衣完毕，径直往外走。

封管家不远不近地跟着，既保护殿下，供他随时差遣，又不打扰他，给他私人空间。

这中间的尺度，没人比封管家掌握得更好了。

“你说那丫头怎么就这么让人讨厌！”君殿下冲着封管家吼。

封管家摸摸鼻子。

“拿了东西就跑，翻脸就不认人，没心肝的丫头！”

封管家摸摸鼻子。

“她以为她躲起来，本殿下就不会去找她吗？天真！”君殿下怒气冲冲往凤族而去。

那背影看着像复仇王者，遇神杀神、遇鬼杀鬼的那种。

封管家：咱家殿下终于找到理由了，嗯，真不容易。

凤族。

凤舞正在挑灯夜读。其实最近一段时间，她都没有睡好，应该说，睡眠时间严重不足。

整个七天里，平均每天只睡一个时辰，其他时间一直都在努力记忆，大脑高速运转，思维非常活跃。

凤舞能清晰感觉到，这七天她虽然没有修炼，注意力全部都在念书上，但是拼尽全力地念书，却让她的精神力显著提高，甚至还有一种要晋升的冲动。

就在凤舞放下书准备晋升的时候，突然，门外响起一阵轻微的响动。

谁？凤舞眉头一皱，那犀利的目光盯着窗棂处。

窗户被打开，一张清秀俊美的少年的脸显现，干净剔透，笑容洋溢，宛若最灿烂的阳光。

“御冥夜？”凤舞看着两只手撑住下颔，趴在窗口笑眯眯看着她的御冥夜，不解地问，“大半夜的，你怎么来了？”

“不请我进去坐坐？”御少年笑嘻嘻地冲凤舞打招呼。

凤舞无语：“深更半夜，孤男寡女，还是免了吧。”

御少年噘着红艳艳的唇，有些可怜巴巴的样子。

“快说，大半夜的过来，到底有什么事？”

“不想告诉你。”御冥夜扁着嘴，故意赌气。

凤舞作势就要关窗。

“哎，等等，你这个女人，怎么这么粗鲁，一点儿耐心都没有？我说，我说还不行嘛。”

“快说。”凤舞没有时间可以浪费，她还有十本书没有看，还要修炼晋升，忙得团团转呢。

“这么凶……”御少年用哀怨的眼神控诉着凤舞，“好啦好啦，告诉你就是了，明天我可是要参加帝国学院考试的哦，你来送送我呗，顺便给我加油助威啊。”

凤舞：“你要考试，还需要人送？”

御冥夜可怜巴巴地说：“这么大的考试，别人家不都有亲人陪伴的吗？我家里人离得远，你都不来送送我吗？”

说得好可怜，但是凤舞根本不信。

“你家能从君武帝国独立出去，还能弄不来一个帝国学院的特殊名额？你还需要考？”凤舞没好气地说。

“可是，我才不要进那种都是国外学生待的综合学院呢，我就是要进武道学院啊。”御冥夜那双漂亮深邃的眼眸紧紧盯着凤舞。

凤舞：“哦。”

御冥夜问凤舞：“你知道我为什么要考帝国学院，而且非要进武道学院吗？”

“为何？”

御少年一口气憋在咽喉里，他深吸一口气：“凤小舞，我刚才说那么多，铺垫那么久，为的就是等你亲口说出‘好巧哦，我也要考武道学院’这句话啊，可是你到最后都没有告诉我！”

凤舞：“……”

御冥夜哼哼唧唧：“如果不是我消息灵通，我都不知道你要考帝国学院，差点儿就报不上名了，你个小没良心的。”

御冥夜一边说，一边抬手揉揉凤舞的脑袋，将她本就没空打理的头发揉得更乱了。

凤舞推他：“不要乱动我的头发，还有，我要念书了！”

御冥夜被凤舞打开，但还是一副嬉皮笑脸的样子，双手撑着下巴，如果他有尾巴，这会儿肯定摇来摇去的。

“凤小舞——”

“干吗？”

御冥夜说得理直气壮：“我可是为了保护你才进帝国学院的，免得你被别人欺负，所以以后你要对我好！”

凤舞深吸一口气："那你不要进好了。"

御冥夜哼哼："你个小丫头，我知道你其实是很高兴的，对不对？"

凤舞："并没有啊。"

御冥夜被噎到了，伸手将凤舞的发丝揉乱，像恶作剧的小男孩儿。

"喂，你给我住手！"凤舞打不过他，又阻止不了他，被揉得像个疯婆子。

"哈哈哈哈哈……"御冥夜看着发丝乱成一团的凤舞，笑喷了，觉得小丫头好可爱哦，好想抢回家养。但是看到她那杀人的目光，御冥夜缩了缩身子，转身就跑。

"御冥夜，你给我站住！"凤舞跺脚。

可是御冥夜跑得贼快，一溜烟就不见了。

凤舞握拳："算你跑得快！"

凤舞回头一看，朝歌趴在桌上睡得无比香甜，雷打不动。

凤舞无语：这丫头真是心大啊。

凤舞将头发梳顺，绑了一个漂亮的马尾，然后坐在蒲团上准备晋升。现在她已经是四星灵师了，只要晋升成功，她就是五星灵师了。

然而，凤舞并不知道君临渊正在过来的路上，她更想不到的是，御冥夜看到了君临渊。

君殿下终于想到一个过来找凤舞的理由，便怒气冲冲而来。

君殿下赶到凤府的时候，御冥夜正要往墙头上跳。

感觉到一股强者气息，御冥夜下意识地往墙角一缩，隐藏在花木之后。

君殿下满脑子都是见到凤舞后该怎么让小丫头求他这件事，所以忽略了墙角位置。封管家倒是看见了，可他觉得无伤大雅，就没有出声提醒。

御冥夜脑海中浮现一抹错愕：什么情况？大半夜的，君临渊来凤族干吗？

御冥夜想起在北境城时，君临渊对小舞很凶，横挑鼻子竖挑眼的，可不喜欢他家小舞了，现在深更半夜的，他想干吗？

君临渊是不是来找凤琰峰的？不对啊，凤琰峰这样的级别，会让君临渊这位高权重的帝国太子深夜上门？会不会是欺负他家凤小舞来了？

想到这儿，御冥夜蹑手蹑脚地往凤舞的星陨院而去。

借着皎洁的月光，御冥夜震惊地发现，君临渊这位冷傲的帝国太子跳上墙头，飞身进入星陨院，伸手推开了凤舞的房门……

凤舞好不容易将御冥夜赶走，好不容易平复了心情，好不容易进入入定状态，正准备晋升的时候，吱呀一声，门开了。

谁？凤舞吓得差点儿跳起来，她警觉地望向门口——一道挺拔的身影立在皎洁的月光中，正是君临渊！

凤舞吓出一身冷汗。刚才只差一秒，她就入定了，君临渊会看到她在修炼，会知道她有修为。如果追根溯源，想到在北境城时那仙灵果的事……

凤舞的心抖了一下，简直可怕！

凤舞没好气地瞪着君临渊："你来做什么？"

君殿下推门后，傲娇极了，他正等着凤舞求他呢，结果凤舞不耐烦地来了这么一句，君殿下肯定生气啊，双眸紧盯着凤舞，寒光闪闪！

凤舞下意识地后退一步。

君临渊入内，直接将门哐当一声关上。

朝歌没有醒，因为凤舞让她喝了解毒药，现在她的身体正在排毒，整个人陷入沉睡状态，就算打雷也吵不醒她。

君临渊面色铁青，目光阴鸷，一步步朝凤舞走去。

凤舞下意识地往后退："君、君临渊，你要干吗？你不要过来！"

凤舞连连后退，君临渊步步逼近。最后，凤舞被逼到墙角，而君临渊伸出右手抵在墙上，将她隔绝在角落里，气氛一时间暧昧到极点。

御冥夜亲眼看到君临渊进了凤舞的房间，亲眼看到他将门带上，随即听到凤舞的求救声。

"君临渊，你走开！把你的手拿开，喂——"

这还得了！热血涌上脑际，御冥夜冲过去，对准房门就踹，一边踹，一边冲里面大喊："君临渊，你给我住手！欺负小姑娘算什么本事！枉我以前还觉得你很厉害，没想到你是这种人！开门开门开门，你快给我开门！"

君临渊正在"壁咚"凤舞呢。他低下头的那一霎，凤舞正好偏过脸去，他的唇角滑过她粉嫩的脸颊，这冰冷而炙热的碰触让人心悸……

可是，耳边却传来御冥夜那气急败坏的声音，真是煞风景，君殿下眉头微蹙。

就在他稍稍分心的时候，凤舞瞅准时机，用力踩上他的脚背。

"嘶——"君临渊疼得微微变了脸色，吃惊地瞪着凤舞——谋杀亲夫啊！

凤舞乘机逃出他的禁锢，充满戒备地瞪着他。

御冥夜破门而入，一把拽过凤舞，护到身后，很男子汉气概地瞪着君临渊："君临渊，没想到你竟然是这种人！"

君临渊看到御冥夜将凤舞拽到身后，顿时脸色铁青，本就阴寒的目光越发骇人。

被君临渊这么一瞪，御冥夜心里就有点儿犯怵了。虽然他和君临渊齐名，但是包括他在内的人都知道，这是御家硬套上去蹭身价的，毕竟，御冥夜比君临渊还是有些不如的。

御冥夜虽然将君临渊视为平生最强大的对手，可在心里，他对君临渊还是敬仰、崇拜的。

君临渊那骇人的目光如利箭一般射向他，他口中吐出一个字："滚！"

好可怕！御冥夜下意识后退一步，但他很快就定住了身子。不行，不能后退，要保护凤小舞！御冥夜握拳给自己打气：绝不能退缩！

于是，御冥夜壮着胆子上前一步，指着君临渊："我要挑战你！"

凤舞无语地望着御冥夜的后脑勺。

这时候，御冥夜弓起脚尖踢了凤舞一下，凤舞不解："干吗？"

御冥夜压低声音，一本正经地催促："你快给我鼓掌！"

"啥？"鼓掌？凤舞一脸蒙。

御冥夜很认真地说："你不鼓掌我害怕。"

凤舞朝天翻白眼："……"

封管家站在门外，眼观鼻、鼻观心，虽然面上平静，但心里已经笑翻了——这傻小子太有意思了。

可是，君殿下不觉得御冥夜有意思，他往前踏出一步，紧盯着御冥夜，眸中寒芒闪闪。

御冥夜拉着凤舞后退一步，抬着下巴，瞪着御冥夜。

站在君临渊面前，任何人都会本能地感到害怕。

被君临渊那瘆人的目光盯着，御冥夜也感到心慌，但是，在自己心爱的姑娘面前不能退缩啊，要刚硬啊！

于是，他抖着指尖指着君临渊，拉着凤舞边退边说："你、你以为你名气大我就怕你啊，我、我才不怕你呢，我今天就要挑战你！"

君临渊冷笑道："那好，我给你这个机会——明日三更，帝都塔之巅，你我一战！"

真要打啊？御冥夜傻眼了。

君临渊冷笑："敢，还是不敢？"

在凤舞面前，就算胆怯也得装啊，御冥夜仰着下巴："敢！"

"还不快去！"君临渊盯着他。

"那，那你不能欺负我家小舞！"

"你家？"君殿下冷哼一声。

御冥夜握拳："好！等我赢了你，你不许再骚扰她！"

说完，御冥夜快步离去。

凤族内，凤琰峰一家正在睡觉，黑暗中，大夫人推了推凤琰峰的手臂，嘟哝了一句："我怎么觉得星陨院那边有动静啊？"

"不会。"凤琰峰迷迷糊糊地说。

既然醒了，大夫人就继续问："对了，今天武安侯夫人上门了，是给咱们家小六提亲呢。"

"凤琉？"凤琰峰皱眉。

"是呢。"大夫人笑着点头。

"哪个宁家？给谁说亲？"

"安远行省省主宁致远的儿子，宁辰溪。"大夫人笑着说。

"宁致远？"原本准备倒头再睡的凤琰峰顿时来精神了，"宁致远跟风北王府是姻亲啊，跟严家也是亲戚，他自己又是一方封疆大吏，可以啊，他们家真看中凤琉了？"凤琉的坏名声难道没有传出去？

大夫人得意道："听说，宁家那位宁辰溪，在从北境回帝都的路上，对我们家小六一见钟情，再见倾心，甚至都害相思病了，非要娶我们家小六呢。"

凤琰峰一听，心里那个激动啊，他一拍大腿："这是好事儿啊，赶紧答应。"

"不不不——"大夫人摇头，"宁辰溪都为咱们小六害相思病了，可见他是非小六不娶了，既然如此，我们家可不能就这么答应了，这事儿得缓一缓。"

凤琰峰一想，对啊，这时候不拿乔，什么时候拿乔啊？

"好！宁家那边先晾他一晾，那宁辰溪不是要考帝国学院吗？等他考上了，再来提亲！"

大夫人笑着点头。

"咱们家琉儿也报名了，不知道能不能考上。"大夫人有些担心。

凤琉的实力原本不够，但是这段时间，家族给她提供了很多资源，就连家族长老都亲自给她传授功力，最后硬是将她从七星灵师拽到了九星，达到了帝国学院的考试标准。

"早点儿睡，明日我们还要送小六去帝国学院考核呢。"大夫人说。

"也不知道小六这次能不能考上……"按照凤琉的文试水平来说，难。

大夫人没好气地说："咱们小六当然能考上，家族可是给了她那么多资源呢。"

凤琰峰想到了曾经的凤舞，心中一阵叹息："说起来，当年的小舞才是真正的天才啊，七八岁的年纪就已经……"

大夫人冷笑一声："那又如何？现在她就是个废物，一点儿灵气都没有，以后只能被我们家小六踩在脚底下。”

凤琰峰：“唉……”

“你叹什么气啊？”大夫人不满地说，“我们家小六能去参加帝国学院的考核，她凤舞能吗？她连考核的资格都没有！”

凤琰峰一想也是。

而此刻，星陨院里，御冥夜已经离开了，凤舞看着君临渊：“御冥夜已经走了，现在你可以离开了吗？”

君殿下赶走了御冥夜，好不容易缓过一口气，一听这话，顿时不乐意了，冷冷地瞪着凤舞：“你跟他什么关系？”

“没关系！”

“没关系他会半夜爬你墙头？”

“我不需要跟你交代吧？”

“说！”君临渊咄咄逼人。

凤舞生气了：“我跟你什么关系？”

君临渊冷笑一声：“我们能有什么关系？你以为我们有关系吗？”

凤舞嗤笑一声：“是啊，我们一点儿关系都没有，那你为什么踹我的门、进我的房，还这么咄咄逼人？”

君临渊气呼呼地瞪着凤舞，恨不得将她拆吃入腹。若是旁人被君临渊这么瞪着，早就吓得匍匐在地了。就连御冥夜刚才被君临渊这样的目光盯着，都不由得腿肚子打战。可是凤舞没有害怕，她傲然而立，目光冰冷地直视着君临渊。

就冲着这份从容不迫的气势，封管家就觉得，这天下，唯有凤舞可以跟他们殿下匹配。

“凤舞，谁给你的胆子，竟敢这样跟我说话！”君临渊轰出一拳把桌子砸成木屑，然后一步步逼近凤舞，将她逼向角落。

不好！如果又像以前那样被他逼至角落，最后岂不是又要任他为所欲为了？才不要这样！

凤舞心中警铃大作，撒腿就往窗口跑去。

凤舞快，可是君临渊更快，就在凤舞要从窗口蹿出去的时候，君临渊一把拽住了她的右脚。

凤舞只觉得眼前一阵眩晕，还没等她反应过来，君临渊已经将她扛在肩头，飞身蹿上屋顶，消失在茫茫夜色中。

“你你你……你要带我去哪里？快放我下来！”凤舞急了，她还有十本书没看呢，“你快放我下来……”我要去念书啊……

凤舞急得快哭了，可是，君殿下速度快如闪电，凤舞一张口就被灌进去一大口风……

后来她学乖了，不喊了，因为喊了也没用。

过了小半个时辰，凤舞发现凛冽的风已经停止，君临渊也停住了身子。

“你放我下来！快放我下来！”凤舞气得拿小粉拳捶他。

高冷的君殿下终于松手了，他将凤舞放在地上。

凤舞气鼓鼓地瞪着君殿下，责怪他：“深更半夜的把我扛出来，你想干吗？”

她是在生气吗？君临渊眉头微蹙，脑海里萦绕着风浔说过的话——“追女孩子？那不是很简单吗？带她去鸳鸯谷啊，一起看星星，看月亮，聊诗词歌赋，聊人生哲学，看晨曦日出啊。”

其实风浔出的是馊主意吧？君殿下那双浓密的剑眉越发紧蹙。

君殿下薄唇紧抿，决定回头跟风浔好好“聊聊”。

“你不知道要干吗？”君临渊冷笑，“不扛你出来，难道留着你去见御冥夜吗？”

凤舞顿时想起御冥夜来，忙催促君临渊：“时间也差不多了，你们不是约好了在帝都塔决斗吗？快去啊。”

君临渊心里有气，没好气地说：“决什么斗？让他先在那里吹一晚上冷风再说。”

凤舞：“啊？”

而此刻，帝都塔上，御冥夜早就到了。

那可是跟君临渊决斗啊，他怎么能不做准备？

御冥夜早早跑掉，就是回家跟三位长老商量去了。

于是，三位长老外加御冥夜，四个人就忙开了。帝都塔上被他们拉好了引线，只等关键时刻爆出雷击，将君临渊烤成黑炭！想到白净无瑕的君临渊被雷霆烤成焦炭，御冥夜忍不住哈哈狂笑。

准备完毕，他就站在帝都塔上……吹冷风。

为了不打草惊蛇，三位长老远远躲开，方圆一百里之内，只有御冥夜一个人。

帝都塔高约千米，四处没有遮挡，一阵寒风吹过，御冥夜冷得瑟瑟发抖……

而此刻，鸳鸯谷，君临渊正和凤舞对峙。

凤舞无奈地说：“你就这样放御冥夜鸽子，真的好吗？”

君临渊冷笑："你在心疼他？"

"我想回去！"每一句正常的话都会被曲解，凤舞觉得心好累。

"不行！"君临渊拽着凤舞，在一块椭圆形的巨石上坐下。

凤舞："我明天要考试，你就不能行行好，放我回去吗？"

要知道，为了这次考试，这七天她几乎没睡过觉，眼睑都带着青影。

她有多久没睡了？至于这么拼命吗？君殿下紧紧盯着那道阴影，明明想说关心的话，可是说出口的还是冰冷的命令："既然你这么想考试，那就给我考第一！"

君临渊冷笑一声，继续说道："不仅要考第一，而且必须考满分——文试武试，全都给我考满分，否则星辰碎片……你懂的！"

你不是和御冥夜关系好吗？那你就考过他，看你们的关系还能不能好。

凤舞："……君临渊，你在开玩笑吧？"

君殿下冷静地看着她："本殿下什么时候开过玩笑？"

凤舞深吸一口气，强压下心中的怒意，转身欲走。

"你敢走，明天你就不用参加考试了！"君殿下威胁道，眸中锋芒毕露。

凤舞又深吸一口气，转过身盯着君临渊："你不威胁人会死是吧？"

君临渊冷笑一声："星辰碎片你不要了？"

"我要！"正是因为想要，所以凤舞即便心里气得要死，脸上还得挤出一抹假笑，"那你说，我们在这儿干吗？吹冷风？"

君殿下拽着凤舞坐在他身边，凶巴巴地说："好好待着。"

"干吗？"

看日出！但是这三个字，君殿下却不会说出口。他觉得，这会有损他的形象。

乌云渐渐散去，皎洁的月光投射下来，整个大地一片清辉。

凤舞心里有些着急。这样干坐着不行啊，又不说话，又冷，又浪费时间，又……

凤舞悄悄从怀里掏出一本书，借着皎洁的月光开始翻阅。她还有十本书没看完呢，现在君临渊逼她一定要考第一，一定要考满分……

凤舞揉揉眉心，将这笔账记在了自己的小本本上。而可怜的君殿下，还不知道自己被凤舞记小本本了，还在不断地欺负她、欺负她、欺负她……

不远处站着的封管家，在心里默默为自己的殿下捏了一把冷汗。

君临渊看到凤舞看书，很生气，一把将书从她手里夺过去。

本殿下就坐在这里，你不看本殿下，却去看书？

凤舞深吸一口气："……君临渊，把书给我。"

君殿下摇头，不给。

凤舞真的爆发了："你到底想怎样？一边让我考第一，一边又不让我看书！一边让我考满分，一边又把我掳出来吹冷风！一边逼我考试，一边又说我的眼里就只有考试。君临渊，你到底想怎样？"

凤舞的火气很大，不远处的封管家暗暗给凤舞竖起大拇指。

看到她真爆发了，君殿下的气势反而弱了，咬着下唇，气鼓鼓地瞪着凤舞。

凤舞一把将书从他手里夺去，粗声粗气地说："一边儿待着去，我还要看书呢。"

"你不睡觉了？"君殿下声音闷闷的。

凤舞："就剩下最后的几本了，不看完我心里不安。"

凤舞快速翻着书页，君临渊就看着凤舞看书。见她面颊被寒风冻得呈粉红色，身子冷得缩起来，君殿下脱下厚重的大氅丢在她身上。

看着她眼睑处的青灰色，君临渊越看越生气：只知道看书，就不睡觉了吗？眼圈都黑成这样了！

君殿下看着看着，心里不知不觉就起了怜惜之情。他张了张口，很想告诉她，不考满分就是了，不考第一就是了啊，可是……

爱面子的君殿下，却改不了口。

披着暖洋洋的大氅，凤舞觉得越来越困，脑袋一点一点的，不断打瞌睡。

君临渊实在看不下去了，手指一动，直接点了凤舞的睡穴，然后长臂一捞，就将凤舞搂入怀中。

温香软玉在怀，一股淡淡的少女气息弥漫在身边。君殿下盯着凤舞这张近在咫尺的俏脸看痴了，情不自禁地俯下身去……

凤舞是在一阵虫鸣鸟叫声中苏醒的。她揉了揉惺忪的睡眼，打了一个哈欠，睁开眼睛，不由得愣了一下：这是哪里？

她揉揉眼睛，意识渐渐回归——昨夜君临渊将她掳走，一路上风驰电掣，寒风凛冽，到了一处山谷之中。

她记得她先跟君临渊吵了一架，然后自己就着月光看书，看着看着……就睡着了？凤舞皱眉，不应该啊，以她的自律，怎么都会等到看完书再睡觉啊，昨晚怎么……

就在这时，不远处传来一阵脚步声，轻得仿佛怕惊醒她的睡眠。

凤舞抬头，对上君殿下那双犀利而深沉的美眸，他眸中的情意来不及掩饰，就那么暴露在凤舞的目光之下。

可偏偏，现在凤舞正在检查自己的睡穴，所以没有注意到这一点。

君临渊瞬间收回视线，眼睛转向别处，再看时，眼神已经深邃莫测。

君临渊手中拎着一只七彩鸡，不远处还有一口锅架在木架上，底下温火慢炖着。

见凤舞望过来，君临渊直接将手里的七彩鸡丢给凤舞，漫不经心地道："好吃懒做的丫头，还不来做饭？"

凤舞没有接住那只七彩鸡，任由它砸落在岩石上。

她那双冰冷的眸，此刻正一眨不眨地盯着君临渊，眸中酝酿着怒意。

见凤舞气呼呼地站在那里，君临渊眉头紧锁，深沉而犀利地回视她。

"君临渊！"凤舞深吸一口气，强压住内心的怒气，"昨晚是你点了我的睡穴，对不对？"

她的书还没看完，他怎么可以这样！

凤舞的双眸几乎喷出两道火龙。

君殿下既生气又委屈。他看她那么累，心疼她，好心让她多睡一会儿，所以点了她的睡穴，难道有错吗？君殿下越想越生气，越想越委屈！

但是，好男不跟女斗，君临渊瞪着凤舞："还不快过来做饭，不吃早饭了你？"

凤舞早已经气饱了，她上前几步，一脚将那口锅给踹飞了，锅里的粥洒了一地。

君临渊呆住了，不远处的封管家也惊呆了。

这荒郊野外的，煮一锅粥容易吗？

大清早，身为帝国第一管家的他，还得跑回太子府拿锅具。

而这新搭建的木架子，还有淘米煮粥，全都是殿下亲力亲为的……

要知道，他可是君临渊啊，嚣张霸道、不可一世的君临渊！他如果主动跟别人说一句话，别人都能高兴得晕过去，而现在，自家殿下人生第一次洗手作羹汤，结果却被凤舞给踹飞了……

封管家真心为凤舞捏了一把冷汗。

果然，君临渊的脸铁青色一片，双眸阴鸷地盯着凤舞。

但是凤舞也很生气啊！

"君临渊，你怎么能这样？书还没看完呢，我考不了第一怎么办？我考不了满分怎么办？你的要求那么苛刻，你还不断给我制造麻烦阻挠我，我恨死你了！"凤舞越说越生气，越说越委屈，那双漂亮的眼睛里升起一抹水雾。

"看书的事暂且不说，我就问你，你知不知道今天是帝国学院考核的日子？你明明知道，可你还是将我掳来，现在已经快巳时了，这荒郊野外的，你要我怎么赶回去考试？君临渊，有你这么欺负人的吗？"

凤舞根本不给君临渊说话的机会，转身就走！

凤舞走后，君殿下整个人还呈石化状态。

“殿下……”封管家见自家殿下气得脸色铁青，默默走到他面前。

君临渊深吸一口气，但最终还是没忍住，气得一脚踹向那块椭圆形的巨石。

轰隆隆！那块房屋般大小的巨石，瞬间被踹得粉碎。

君殿下指着凤舞离开的方向，很生气：“我还不是为她好，才点了她的睡穴！”

看着气得暴跳如雷的自家殿下，封管家摸摸鼻子，默默叹了一口气。

“我有错吗？我错了吗？”君殿下冲着封管家喊，“我有错吗？”

封管家长叹一声：“殿下，舞小姐这次真的生气了。”

“哼，她生气了？我还生气了呢！”君殿下傲娇极了。

“舞小姐不理你了……”

“我还不理她呢！”他第一次生出下厨的念头并付诸行动，居然被连锅带粥一起踹飞了。敢踹他君临渊的东西？胆子很肥啊！君殿下越想越生气，越想越火冒三丈。

“可是殿下，舞小姐有一句话说得很对——”封管家不得不提醒自家殿下，他担心自家殿下会孤独一生。

“逼她考帝国学院的是你，让她迟到赶不上考试的也是你；逼她考第一的是你，不让她看书的也是你；逼她考满分的是你，点她睡穴的也是你。”封管家严肃地说，“殿下，如果我是舞小姐，我也生气。”

一般来说，当封管家认真起来的时候，那事情就很严重了。

所以，君临渊挺直脊背：“……有这么严重？”

“就是这么严重，或许比这更严重。”封管家认真地说，“为了这次考试，舞小姐付出了很多，她付出得越多，到时候就会越恨您。殿下，您想让舞小姐恨您吗？”

当然不想！可是……难道就这样白白被骂了？君临渊咽不下这口气。

封管家道：“殿下，这笔账您可以以后再慢慢算，当务之急是帝国学院的考核……”

轻重缓急，秋后算账……封管家说得不无道理。

君临渊瞪了封管家一眼：“你蠢啊？既然她迟到了，那就让考核时间延后啊！”

封管家：“那……延后到什么时候？”

君临渊再次翻白眼：“她什么时候到，就什么时候开考，有问题吗？”

封管家用一种古怪的眼神望着自家殿下：既然这么宠溺、这么呵护，当面的时候怎么就又凶又毒舌，还不管不顾地欺负她呢？

“殿下，女孩子是要靠哄的……”封管家试图说服自家殿下。

君殿下那冰冷的目光锁在封管家脸上，傲娇又别扭地说：“还哄？她想上天啊！”

封管家心里差点儿笑喷，但他把表情控制得很好，脸上不动声色。

君临渊冷哼：“这件事不许告诉她，如果让她知道是我做的，你知道后果！”

封管家也是心累啊，既要安排人一路上保护好凤舞，又要想个延迟考试的理由……

凤舞并不知道她离开后发生的事，更不知道封管家和君临渊的对话。

她负气下山，一路冲到山脚下，然后就傻眼了——哪个方向是进城的方向？难道她要跑步进城？

凤舞记得昨晚君临渊扛她过来时，在路上花费了半个时辰，她如果跑回帝都，岂不是要到中午了？

这一刻，凤舞杀了君临渊的心都有！

就在凤舞绝望的时候，身后忽然传来嗒嗒嗒的马蹄声。

凤舞回头一看，眼睛顿时一亮：“飞驰驹！驹中最擅速度的飞驰驹！”

凤舞望向马背，上面坐着一位眉清目秀的少年，其蓝色锦袍剪裁合度，通身上下透着矜贵与雍容。

凤舞来不及多想，直接将少年推下马，然后骑着马绝尘而去。

矜贵少年跟凤舞一照面，便因她那花容月貌惊呆了，脑海里刚浮上一句“瑰姿艳逸，仪静体闲，柔情绰态，媚于语言”，就被这位国色天香、弱柳扶风的美少女抢了灵驹。

抢飞驰驹也就算了，她还像打发乞丐一样丢给他一块灵石：“我买你的飞驰驹！”

清秀少年：“……”他堂堂帝国皇子，还会缺灵石？

凤舞并不知道，她难得强买强卖一次，居然坑了一位皇子。

“驾——加速，加速，加速……”凤舞只觉得全身热血沸腾，凛冽的风呼啸而过，刮得她面颊生疼。但是她全然不顾，现在她只在意一件事——迟到了还能不能进考场？

朝歌应该已经进去了吧？

凤舞将飞驰驹的速度提到最快，花了一个时辰，终于回城了。但这时候，凤舞的内心几乎是崩溃的。

她骑行了一个时辰，也就是两个小时，按照现代时间算的话，已经是上午十一点了，这会儿考试都快结束了吧？

凤舞长叹一声，但她终究没有放弃希望，以最快的速度赶到了帝国学院。

当她看到帝国学院门口那宽阔的广场时，整个人都惊呆了。

咦？不对啊，广场上的人也太多了吧？有送行的家长，也有年轻人，看起来应该是考生吧？

凤舞翻身下马，抓住一旁的少年问道：“考核开始了吗？”

少年看到凤舞，不由得一怔：好美的姑娘……

但是，当他看到凤舞身上那毛茸茸的睡衣、脚上那毛茸茸的拖鞋时，眼中浮现一抹怪异之色。

“我问你呢，考核开始了吗？”凤舞瞪他。

“哦，哦哦——”少年回过神来，对凤舞说，“考核还没开始呢。”

“怎么会？不是一个时辰前就该开始了吗？”凤舞惊讶地瞪大眼睛，心里紧绷着的那根弦顿时松了，现在只剩下好奇。

少年还没有说话，他身边的那位少女就凑上来说：“可不是吗？按照正常情况，这时早就开始考试了，可是现在考试延后了。”

“考试改在什么时候？”凤舞心中老激动了。

天啊，老天爷怎么这么帮她！她迟到了，考核时间也延后了？哈哈哈哈哈……

“不知道啊。”那位少女热情地说，“还不知道今天能不能恢复考核呢，若是恢复不了，就只能等明天考核了。”

“对了，你知道为什么延迟考试吗？”少女凑到凤舞身边，压低声音，神秘兮兮地问。

“为什么？”凤舞好奇啊。

“我听说，是因为帝国学院的陆院长遇刺了。”少女压低声音，跟凤舞八卦。

但是少年摇头道：“陆院长遇刺，跟考核没有直接冲突吧？”

“不知道呢，上面既没说为什么延后，也没说什么时候恢复考核。”少女皱了皱眉头，忽然眼睛一亮，“对了，你们叫什么名字？我叫叶轻，很高兴认识你们。”

“我叫赵书。”少年答道。

“凤舞。”凤舞也报上自己的名字。

凤舞当年出名，也是五年前的事了，所以她这名字报出来，倒没有引起多大的震惊。

叶轻笑容灿烂地说：“凤舞？这个名字好熟悉啊，哦，想起来了，有一个别人家的孩子就叫凤舞，我跟你们说啊，我小时候一直活在她的阴影里。”

“啊？”凤舞不好意思地摸摸鼻子。

关于这一点，赵书和叶轻有共同话题。

赵书叹息一声：“是啊，当年的凤舞真是举世无双。男孩子都活在君殿下的阴影里，女孩子都活在凤舞的阴影里。”

叶轻点头：“当年我可喜欢凤舞了，也不知道这几年她怎么样了。说起来，外面那些人真的很坏啊，凤舞失去了修为，明明是个受害者，那些人还落井下石，奚落她，嘲笑她。”

赵书：“不是说凤舞因为贪得无厌才导致修为被废吗？”

叶轻冷笑一声：“这些传闻你也信？而且，就算她自己修炼太过，导致修为被废，就那么罪大恶极吗？谁不想进步一点儿，再进步一点儿？敢情她努力也有错了？”

赵书摸摸鼻子：“我又没有说她的坏话。”

凤舞找了一个地方，换下那身睡衣，穿上一套月白色衣裙，然后四处寻找朝歌。

她知道，朝歌肯定也在到处找她。

就在这时，陆院长那威严的身影出现在帝国学院门口。

大家看到陆院长，纷纷大声询问什么时候开始考核。

因为人们一直从后面往前挤，所以，身材纤细的凤舞一下子就被挤到了最前面。

不知道谁撞了她一下，凤舞差点儿被撞出去。

陆院长的目光往这边扫来，一眼就看到了凤舞。

陆院长长长呼出一口气，眼神带着无尽的幽怨。

在此之前，他还真不知道什么时候开始考核，但是在看到凤舞的那一霎，陆院长知道，可以开始了。

陆院长幽怨而控诉地望着凤舞，看得凤舞心里发毛：陆院长这是什么眼神啊？

“现在可以开始考试了，排队检查，半个时辰后正式开考。”陆院长说完便离开了。

瞧这事儿弄的，他还得进宫跟陛下解释一下，无故延迟国考这种大事，就算他是帝国学院的院长，也担待不起啊。

想到这儿，陆院长再次幽怨地瞅了凤舞一眼。

凤舞不解，总觉得怪怪的。

“段朝歌，你竟然在这里！”一道尖锐的声音在人群里响起。

凤舞正在寻找朝歌，闻言，心中一动，朝发出声音的地方冲去。

人群中，朝歌双手护着两套文具，正愤怒地瞪着对面那对姐妹。

而对面二人，凤舞最近还见过，正是朝歌同父异母的姐姐——段朝音和段朝乐。

七天前，段朝歌被掳走，段朝音和段朝乐被打。

当时这对姐妹就阻止她们的父亲去寻找朝歌。

这等于是段家将段朝歌遗弃了。

姐妹俩本以为，段朝歌被掳走后，肯定会死得很惨，但是她们没想到，段朝歌居然出现在这里。

“你，你怎么会在这里？你不是应该死了吗？”段朝音嫌弃地瞪着朝歌。

朝歌冷笑道：“你就这么希望我死？不好意思，我就要活着碍你的眼。你还没死，我怎么会死？”

“你敢这么跟你姐姐说话！”

“我姐姐都盼着我去死了，我还有什么不能说的？”朝歌冷笑。

“朝歌——”就在这时，凤舞来到朝歌身边。

朝歌听到熟悉的声音，一回头就看到了凤舞，顿时激动地抱住凤舞：“小舞，你终于回来了！早上起来，我看到窗户开着，却怎么都找不到你，担心得差点儿疯了！”

“只有你一个人来了？”

“不不不，大家都来了，这会儿正在到处找你呢。秋叔说，在家里等着肯定会迟到，所以我们都来这里找你，没想到你真的在这儿，呜呜呜……”

“傻丫头。”凤舞揉揉她的脑袋。

“凤舞？”段朝音走到凤舞面前，一边打量，一边啧啧出声，“不愧从小就是美人坯子，长得倒是不错啊。”

凤舞拉着朝歌要走，跟她们说话都是在浪费生命。

“凤舞，你知不知道段朝歌中毒了？”

“你知不知道段朝歌的修为下降了？”

“你知不知道她被人掳走过？”

“你知不知道她被人退亲过？”

“你知不知道她……”

这边的吵架很快就引起周围人的注意。

凤舞眉头紧蹙，段朝音这是在大众面前黑朝歌吧？

啪！凤舞这巴掌又快又狠，抽得段朝音原地打转。

“凤舞，你找死！”段朝音气得要冲上去将凤舞撕成碎片，但是——

“凤舞，你怎么在这里？”一道声音响起。

凤舞回头一看，还真是冤家路窄，没想到居然在这里碰到了大夫人。

大夫人陪着凤琉来参加考核，听到这边有声音，回头一看，就看到了凤舞。

这一看，顿时让她皱起眉头，神色很是不善。

段家人认出了大夫人，特别是段朝音的那位娘亲，两家彼此还有走动。

段夫人气愤地指着凤舞，对大夫人说：“这就是你们家的凤舞？这是什么教养，居然当众打人！这就是凤族的教养吗？今天不给出一个说法来，这事儿还没完了！”

大夫人的脸瞬间黑下来，她恶狠狠地瞪着凤舞，深吸一口气：“你怎么在这里？这是你能来的地方吗？”

凤琉看到凤舞，目光森冷如寒冰：“凤舞，就因为你也姓凤，我都觉得丢人！”

一时间，很多人都用嘲弄的目光望着凤舞。

凤琉身边那个姑娘拉着她的手小声说：“凤琉，她不是来送你的吗？”

凤琉冷笑道：“送我？你也太高看我这位五姐姐了，她那么讨厌我，怎么会来送我。”

“那她来做什么？”

“我怎么知道？或许是羡慕我们能考帝国学院吧，毕竟她现在是个一点儿灵气都没有的废物啊。”凤琉摊手。

围观群众全都用嘲弄的目光望着凤舞。

大夫人的脸色越发难看了，她冲凤舞怒喝：“这是你能来的地方吗？你又没资格考，来这儿也是丢人现眼，还不快给我滚回去！”

段夫人冷笑道：“滚回去就行了？我们家朝音白挨打了吗？”

“那段夫人想怎么样？”大夫人深吸一口气，被这么多人注视着，她觉得丢人极了，恨不得赶紧将这件事处理好。

“让她下跪道歉！”段夫人恶狠狠地说。

朝歌冷笑一声：“道歉都不可能，还妄想跪下道歉？真以为自己多大脸呢！”

“段朝歌！”段朝音和段朝乐同时怒喝。

“哎哟，这不是凤家那位曾经的小天才，现在却一落千丈，成为小废材的凤五小姐吗？今天这么高兴的日子，你来干吗？这不是自取其辱吗？”沐瑶瑶听说凤舞正在被人奚落，赶紧凑过来嘲讽凤舞。

凤舞还没有说话，前方已经传来声音：“考生排成两队，送考者统统后退！”

这是要进考场了。只要给出准考证，验明真伪，然后检查没有夹带，就能进去了。

考生自觉排成两队，出乎所有人意料的是——凤舞和朝歌居然也去排队了。

沐瑶瑶指着凤舞和朝歌大声喊道：“你们两个往后退，这里是考生排队的地方！”

众人都嘲讽地望着凤舞和朝歌。凤舞神色淡定，朝歌忍不住反驳道：“为什么要往后退？我们是来考试的！”

众人齐声哄笑——这两个人，一个是废物，一个是傻子，怎么可能是考生？

封管家处理好君临渊交代的事，正向他禀报：“殿下，事情都办妥了，舞小姐已经到了帝国学院。”

“嗯。”君临渊漫不经心地轻哼，双手背在身后，望着山下的风景。

“殿下，”封管家淡淡地陈述事实，“舞小姐被人嘲笑了。”

“嗯？”君殿下皱眉，双眸犀利地看向封管家。

“那些人都嘲笑舞小姐没有修为还去考试。殿下，舞小姐会不会被人欺负啊？”

君临渊闻言，身子一僵。

“那些人会不会拿准考证的事为难舞小姐？殿下，殿下——”

眼瞅着自家殿下往帝国学院冲去，封管家赶紧跟上。

君临渊很快就到了帝国学院，此时刚好查到凤舞这里。

凤舞递上那本红色的准考证，然后如其他考生那样站到中央的小石台上等着接受检查。

女老师看了一眼凤舞的准考证，顿时脸色一沉：“这位同学，你下来。”

凤舞不解地问：“为什么？”

“为什么？”检查老师冷笑一声，“为什么叫你下来，你自己不知道吗？”

“不知道啊。”凤舞一脸困惑地说。

“不知道？呵呵，伪造准考证，你还一脸无辜地说不知道？”检查老师的脸色非常难看。

一时间，所有人的目光都集中到检查老师手中那个红色小本本上。

检查老师瞪了凤舞一眼，转身看向朝歌：“把准考证拿出来。”

朝歌递上她的准考证，居然又是红色的小本本。

“你们两个居然一起伪造准考证，好大的胆子！”检查老师勃然大怒，“终身禁止你们参加帝国学院的考核，你们这辈子都别想考帝国学院了！”

在场的人全都惊呼起来，有人认为这惩罚太重了，因为无论将来从政还是从军，都得是从帝国学院出去的人才。

检查老师冷笑一声："帝国学院校规第五十三条写得明明白白，我不过是依据校规执法！"

这位老师名叫金丽，因为沐瑶瑶曾许以重金，所以她一心想让凤舞丢尽颜面。

金丽老师冷哼一声："这两人是谁家的？赶紧领回去，别在这里丢人现眼，连你们家族都跟着一起丢人！"

凤夫人和段夫人闻言，气得咬牙切齿。

凤夫人上前一步，拽着凤舞的衣袖，冷喝一声："凤舞，丢人丢够了吗？还不赶紧跟我回去！"

凤舞不解地看着她，很认真地说："我不回去。"

凤夫人差点儿吐血："你的脸皮怎么这么厚！人家都拆穿你了，现在多少人正在看你的笑话，我们凤族的脸都被你丢尽了！你赶紧跟我回去！"

凤夫人一边说，一边拽凤舞，可是她根本拽不动。

凤舞一脸无辜地说："拆穿什么了？我这准考证是真的啊。"

朝歌也大声喊道："我们的准考证是真的，比真金还真，怎么可能是伪造的？你们到底有没有眼睛啊！"

金丽老师脸色非常难看："你们不走是吧？很好！来人啊——这两个人扰乱秩序，将她们押下去，关进地牢，等候发落！"

从金丽老师身后立刻走出四个壮汉，上来就抓凤舞和朝歌。

凤舞眼眸危险地半眯起来，嘴角勾起一抹嗜血的弧度。这位老师一再挑衅她的底线，她想不教训都不行了。

就在凤舞准备出手之时，轰然袭来一股气浪，整个广场立刻飞沙走石、尘土漫天。

怎么回事？众人纷纷回头，就见一位气势迫人的绝美少年出现在身后。

少年的气场太过强大，不过随意一站，就有一种睥睨天下、不可一世的霸气！

"太子殿下！"在场之人几乎都跪下了，不仅是迫于他太子的尊贵身份，还因为他那超强的王者实力——这是对强者发自内心的臣服和膜拜。

就连那位对凤舞极尽羞辱的金丽老师也半跪在地上。她的身份，不仅仅是检查老师，还是一年级的教师组长。

在场的人几乎都跪下了，唯独凤舞傲然而立。君临渊带着煞气一路走到凤舞面前，那双冷厉的眸子紧紧盯着凤舞。

"凤小舞，你又惹麻烦了！"君殿下眉头紧蹙，语气有些不耐烦。

凤舞可生气了。她也觉得奇怪，刚才沐瑶瑶她们那么招惹她，她都没有生气，可是君临渊这轻飘飘的一句话，就成功将她惹毛了。

凤舞冷笑一声，偏过头去，无视君临渊的存在。

君临渊嗤笑一声："哟，还有脾气了？"

凤舞转过头，傲娇地瞥了君临渊一眼："就许你有脾气，别人就都该是孬种啊？你君殿下就是厉害哦！"

凤舞此言一出，底下跪着的那群人全部震惊：凤舞居然这么不怕死？她到底知不知道她面前站着的人是谁啊？不不不，她都口称"君殿下"了，必然知道他是君临渊。既然知道他是君殿下还敢这样，这是破罐子破摔了吗？

君临渊居高临下望着凤舞：这丫头现在傲娇了啊，抬着下巴，像一只开屏的小孔雀，当真是……可爱极了。

君殿下心里暗暗欢喜，却黑着脸，冷声质问帝国学院的老师："怎么回事？"

居然没有当场掐死凤舞？不过也快了吧？跪在地上的金丽老师幸灾乐祸地禀道："殿下，此人名为凤舞，是个毫无灵气的废物，她伪造准考证妄想混入考场，被我当场识破。"

金丽老师脸上浮现狰狞的冷笑："殿下，伪造帝国学院准考证罪大恶极，必须严惩，以儆效尤！"

"那你觉得，该如何处置？"君殿下那双深沉而犀利的眸子盯着金丽老师。

君殿下居然跟她对话了……

金丽老师激动得全身颤抖，忽然想起一事——君殿下和凤舞可是定过亲的，后来退亲了，君殿下肯定很讨厌她！

想到这里，金丽老师看了沐瑶瑶一眼，见沐瑶瑶点头，顿时心中有数，朗声答道："应该……杀无赦！"

此言一出，全场皆惊，大夫人她们则万分激动，欣喜地互看一眼。

一直站在君临渊身边的封管家，用那种看白痴的目光看着这群蠢货。

"等等——"陆院长得到消息，匆匆赶来，看到眼前这一幕，他顿觉自己脑子不够用了，盯着金丽问道，"你刚才说什么？"

金丽老师看到陆院长，忙说："凤舞应该是死罪！"

不等陆院长问，金丽老师就将刚才发生的事说了一遍。

"你说凤舞的准考证是伪造的？"陆院长用看鬼的眼神看着这位年轻的女老师。

"是的，院长！"金丽老师还不知道自己做了蠢事，她将凤舞和朝歌的准考证递给陆院长，"就是这两本，这封皮一看就是假的！"

不等陆院长发话，金丽老师继续告状："院长大人，凤舞为人傲慢，竟敢对君殿下出言不逊！"

陆院长看看凤舞，又看看君殿下，再想想今早延迟开考的事，还有什么不明白的。他问封管家发生了什么事，什么时候可以开始考核，封管家是怎么说的——别问出了什么事，至于什么时候开始考核，舞小姐什么时候到，就什么时候开始。"舞小姐"不就是这位凤舞姑娘吗？刚才陆院长还进宫跟陛下报备了一下呢。

但就这么一会儿，凤小舞就受了这么大的委屈……

陆院长偷眼去看君临渊，只见这位向来喜怒不形于色的君殿下，此刻脸色黑沉沉的，宛如乌云压境。这位女老师每说一句话，君殿下脸上的杀气就浓上一分……

人老成精的陆院长还有什么不明白的？他当下斥道："愚蠢！"

金丽老师心里狂笑，这是在骂凤舞呢，陆院长一旦判定，凤舞死定啦！

然而，陆院长气得一挥手："来人，将她拿下！"

陆院长指的不是凤舞，不是朝歌，而是金丽老师。

两位护卫朝金丽老师冲去，金丽老师顿时蒙了："陆院长，为什么抓我？"

陆院长瞄了君临渊一眼，君殿下的脸色稍微好了一点儿——所以，真是这位女老师惹到君殿下了，还将殿下惹得非常不高兴。

陆院长冷笑一声："谁说这准考证是假的了？"

陆院长此话一出，在场的人全都震惊不已。

"陆院长的意思是，凤舞的准考证是真的？"

"可她的明明是小红本子啊，我们的都是小绿本子啊。"

"她的准考证怎么可能是真的？她没有一丝灵力，明明就是个废——"金丽老师喊到一半，忽然想起帝国学院那个规定，"难道是……院委会三位大佬推荐的？"

陆院长见君殿下不耐烦了，赶紧吩咐帝国学院的老师："还不赶紧检查！"

于是，检查继续快速进行着，凤舞和朝歌很快就进了考场。

朝歌一脸不高兴，嘟嘟囔囔："那些人没脑子吗？如果是伪造的准考证，会故意伪造成红色的吗？"

凤舞笑了："嘟囔什么呢？"

朝歌皱眉："我就是不高兴嘛，难道咱们就这样白白被人说了吗？"

凤舞笑："怎么会白白被人说呢？"

"嗯？"朝歌不解地望着凤舞，"小舞，你要打她们？"

"先打脸吧。"

"怎么打脸？"

“到时候你就知道了。”

凤舞按照准考证号找到了她的位子。

每个考场都安排了一百名考生，在十乘以十的方阵中，凤舞坐在第五列第一排，正对着监考老师。朝歌坐在凤舞的右边，也就是第六列第一排。

看到这样的位置，朝歌不知该哭还是该笑：郁闷的是，她们都在第一排，是监考老师的重点关爱对象；高兴的是，她们都在一个考场，而且离得很近。

考生陆陆续续进入考场，也不知是不是故意安排的，除了御冥夜，凤舞认识的人几乎都在这个考场，段朝音就坐在凤舞身后，段朝乐坐在朝歌后面，沐瑶瑶坐在凤舞左边，沐瑶瑶身后是姚皓和姚颖，叶雅菲的那几个小弟、小妹——霍茵、温灵、柳浩、牧青也来了，就连宁辰溪都到了。

“呵呵，段朝歌，原来你也在这里啊。”段朝音瞥了朝歌一眼，嘲讽她道，“如果我是你，这时候绝对会起身就走，毕竟交白卷太丢人了！”

若在平时，被段朝音这么一激，朝歌早就怒了，可是现在她根本没心思搭理段朝音。

沐瑶瑶偏头去看凤舞，见凤舞在闭目养神，出言挑衅道：“凤舞，我可警告你，你写你的卷子，到时候可别抄我的哦，不然我绝对会举报你。”

段朝音也跟着说：“段朝歌，我警告你，你可不要抄我的哦，不然我绝对会举报你！”

“哈哈哈哈哈……”周围的人全都哄堂大笑。

面对她们的挑衅，朝歌拍案而起：“沐瑶瑶你这蠢货不知道，昨天在方老爷子的测试下，我家小舞可是得了两百九十分的高分！”

段朝歌一声怒喝，全场鸦雀无声，三秒钟后——

“哈哈哈……”沐瑶瑶捧腹大笑。她这一笑，就像启动了按钮，周围的人都爆笑起来。

“凤舞，你不知道方老爷子是我外公吗？他老人家的时间何其宝贵，都没时间教导我，会有时间教导你？还给你测试、批卷子？我外公不过是借了几本书给你看，你就敢吹牛说我外公如何宠你、照顾你，真是厚颜无耻！”

啪！段朝歌气得重重一拍桌子：“怎么没有？方阁老天天给我们做卷子、批卷子、讲卷子，还夸小舞聪明厉害、天下无敌呢！”

“哦？她怎么‘聪明厉害、天下无敌’了？”段朝音漫不经心地冷笑。

“我们家小舞，在七天之内，背了一千本必考书，阅览了一万本参考书！”朝歌挺直身板，与有荣焉地说。

“哈哈哈哈哈哈……”沐瑶瑶、段朝音她们再次哄堂大笑。

“她以为她是神仙啊，能在这么短的时间内看完这么多书？”

“越吹越离谱，没一句实话。”

“你们知道凤舞最擅长的是什么吗？”沐瑶瑶突然问道。

“什么？”

沐瑶瑶挑事儿道：“她坐在那里闭目养神，却让小跟班段朝歌在这里吹牛，回头她就可以澄清说——我没有说啊，都是朝歌说的。朝歌？哦，抱歉，她脑子不太清楚。”

考场里的人都难以置信地望着凤舞，议论声毫无遮掩地传来。

这个姑娘，看着很漂亮，心机可真深啊！

“难怪说，越漂亮的姑娘心机越重，原来是真的啊……”

“可怜的段朝歌，她被凤舞这样利用，她自己真的不知道吗？”

坐在凤舞左首边的沐瑶瑶，此刻正用一种挑衅而嘲弄的目光盯着凤舞：凤舞，我不仅要让你身败名裂，被所有人唾弃，我还要挑拨离间，让段朝歌背叛你！我就不信，段朝歌听了这些话，心里一点儿想法都没有！

可事实上，沐瑶瑶还真是小看段朝歌了。她虽然热血冲动，但是，她的世界没有对错，只有立场，而凤舞永远都是她的立场！

“沐瑶瑶！”朝歌一拍桌子站了起来。

“吵什么吵！”一道威严的女声响起，大家循声望去，一位金发碧眼的漂亮老师抱着一沓卷子过来，先在考场里扫视了一圈，最后视线定格在凤舞脸上。

这人凤舞见过，就是那位在报名时对她横眉竖眼的乔伊老师。

她目光不善地盯着凤舞，冷哼一声：“马上就要考试了，你们还有时间吵架？”

考场里每一列都有一位监考老师，十列就有十名监考老师。

此刻他们正在给考生分发试卷。

卷子一共有五大类，加上答卷纸，一共有十张纸，看上去厚厚的一沓。

乔伊老师负责凤舞这列，在给凤舞发卷子时，她冷笑一声，用只有凤舞才能听见的声音说道：“我倒要看看你能考几分！”

乔伊老师一直对凤舞充满恶意，但是，面对这些人的挑衅，凤舞始终泰然自若。

凤舞拿到卷子，先浏览了一遍题目——很好，绝大部分都是她复习到的内容，凤舞成竹在胸。

凤舞开始回答第一大题——填空题，很快就将十道题答完了，完全没有压力嘛。

凤舞抬眸瞥了朝歌一眼，此刻朝歌正求助地望着凤舞。凤舞点点头，开始闭目养神。事实上，凤舞是在跟凤土土沟通，而此刻的凤土土，则正躺在朝歌怀里

这就是凤舞想出来的作弊方法。她告诉凤土土答案，然后凤土土再告诉朝歌答案，朝歌只要照着写出来就行。

可是……当凤舞呼唤凤土土时，这不靠谱的，脑波居然呈一条直线。这只有一种解释，那就是凤土土正睡得香甜。凤舞朝天翻了一个白眼，还是小奶虎的它，嗜睡是正常的，但是别在关键时刻掉链子啊！

朝歌有些着急，不断拿手指头戳自己腹部，试图唤醒这嗜睡的小家伙。然而，凤土土在朝歌温暖的怀里翻了一个身，继续睡觉。

两人无奈叹息，凤舞只能继续做题。

第二大题是默写题。跟填空题一样，只需要纯背诵就行，只要够刻苦、够努力，这简直就是送分题。

乔伊老师从第一排走到最后一排，发现大家都答得不错，连凤舞都写得像模像样的，只不过，当她看到朝歌的卷子时，顿时眉头紧蹙。

一片空白？乔伊老师正要说话，忽然外面传来一阵沉稳的脚步声，来人还不少。

好强大的气场！好可怕的力量！很多人都下意识地抬头，想看看是哪位大人物来了。结果他们一抬头，手中的笔差点儿吓掉——他们不是眼花了吧，居然在考场里看到了君殿下！

君殿下不是一个人来的，陆院长跟他并排而立，封管家则紧随其后。

“殿下，院长……”乔伊老师有些紧张。

身为年轻漂亮的女老师，乔伊老师和很多年轻的女孩子一样，对君临渊有一种近乎疯狂的崇拜和敬仰。

现在，这位传奇人物就这么站在她面前……

君临渊面无表情地盯着考场中的凤舞，气场强大得不可一世。

陆院长抚额，看来君殿下巡视考场是假，想看人家小姑娘考试是真吧？看殿下那拔不出眼来的傻样儿，陆院长和封管家心照不宣地对视一眼。

“陆院长……”在凤舞面前嚣张跋扈的乔伊老师，此刻面色绯红，连手脚都不知道该往哪里摆了。

陆院长问君殿下：“殿下不曾监考过？”

“不曾。”君殿下的声音冷冷酷酷的。

“那不如……这一场，殿下您来监考？”

封管家呼出一口气，以后递台阶的，终于不仅仅是自己一个人了。

陆院长此话一出，考场里的考生全都瞪大了眼睛——

不是吧？君殿下监考？陆院长也太托大了吧，君殿下怎么可能答应监考？

可是，沐瑶瑶她们还是不由自主地心跳加速，心头宛若小鹿乱撞。如果君殿下答应下来，该多好啊……

特别是沐瑶瑶，此刻，她正用祈求的目光望着君殿下——留下来吧，留下来吧，呜呜呜，请一定要留下来啊！

可是，凤舞此刻的心情跟大家截然相反。她可是要给朝歌作弊的，已经有一个不靠谱的凤土土了，如果再来一个不按常理出牌的君临渊，这任务难度，一下子达到了十八层地狱级别啊！

想到这儿，凤舞望着君临渊摇头——不要啊，千万不要留下来！

此刻，君殿下那双深邃的冰眸正盯着凤舞，嘴角勾起一抹似笑非笑的弧度。小丫头就这么想让他走？那他还真就不走了！

君殿下嗯了一声："也可。"这是回答陆院长的提议。

凤舞一听这话，脑袋差点儿磕到桌面上。君临渊是跟她有仇吗？一边不断给她增加考试难度，不仅要考第一，还要得满分；一边又不断坑她，不让她看书，还害得她差点儿赶不上考试。好在老天爷帮她，延迟了考试时间，不然她真被君临渊坑死了！

凤舞不高兴，但是其他人都高兴坏了，特别是考场里的女生，此刻她们心头的小鹿正在疯狂跳动。别说同学们了，就连乔伊老师，此刻都欢喜得不知道该怎么办才好。她心里暗暗揣测，君殿下为什么会答应呢？为谁而答应呢？

陆院长摆摆手："这里不需要太多人监考，乔伊老师留下，其他老师都出去吧。"其他的监考老师鱼贯而出。

封管家不知从哪里搬来一把太师椅，端端正正放在最前方，也就是凤舞的对面。两人之间的距离，不会超过两米。

这一刻，很多女生都忌妒坏了——凤舞的运气怎么就这么好呢！

沐瑶瑶痴迷地望着君殿下的侧脸：太美了！简直让人心驰神往、春心荡漾啊。

君殿下为什么会答应啊？这个考场里，君殿下最讨厌的应该是凤舞了，所以绝对不是为她而留下来的。排除凤舞，女生中数她最漂亮、最有气质、最有家世、最……沐瑶瑶越想越脸红，心脏几乎要从胸腔里跳出来了。

然而，君殿下的目光，自始至终都盯着凤舞，目光深邃而犀利，就像猛兽盯着自己的猎物一样，非常具有攻击性。

凤舞深吸一口气，不管了，先做题吧。

凤舞做完第二大题，心情稍微好点儿，因为第一、第二大题她都会做，而且保证能拿满分。

很快，凤舞开始做第三大题——多选题。

凤舞的失分点就在这里，因为在那一万本书里，凤舞还剩最后三本没看，所以现在只能寄希望于自己的运气够好，不会从她没看过的书里出题了。

因为她不仅仅要考第一，而且必须拿满分啊。

前九题凤舞都很有把握，当她看到第十题时，暗道一声不好，这道题她没见过，肯定出自那三本她没看过的书。

凤舞深吸一口气，试图好好整理思路，然后确定答案，可是她发现——这道题她真不会做！

如果凤舞只是想考第一也就罢了，可问题是，她不仅要考第一，还要拿满分啊，不然她的星辰碎片……

凤舞深吸一口气，再睁开眼时，紧紧盯着君临渊，目光透着不悦——若非他点了她的昏睡穴，她现在怎么可能束手无策！

不悦？君殿下皱眉，是他下令让整个帝国学院延迟考试专门等她的，这丫头看到他，难道不该感恩戴德，像小狗一样摇着小尾巴跟他道谢吗？结果她却愤愤地瞪他。君殿下顿时不高兴了。

凤舞既生气又委屈，随便选了一个答案，便跳到第四大题去了。她打算做完所有题目，再好好思考这道题。

第四大题，是凤舞最喜欢的题目。

分析招数技巧和创新嘛，这对凤舞来说，简直就是送分题啊。

第五大题——辅助题，凤舞更自信了，肯定能得满分！

这场考试，正常时间是四个小时，凤舞只花了半个小时就答得差不多了。

“凤土土！凤土土！”凤舞装作闭目养神，脑海里却在呼唤趴在朝歌怀里的凤土土。

这只小奶虎大概睡饱了，终于被凤舞唤醒，揉揉惺忪的睡眼，打了一个哈欠。

“我说，你写在朝歌的肚子上，知道吗？”凤舞用脑波跟凤土土交流。

“哦。”凤土土点点小脑袋。

然后，凤舞开始说，凤土土就开始在朝歌的肚皮上，用爪子一笔一画地写出来。

凤土土会写字？以前是不会，但这几天，凤舞抓着它一顿恶补，终于将小家伙教会了。

朝歌心里那叫一个激动啊——来了来了，答案来了！

而此刻，君殿下皱了皱眉头，身为超级强者的他，感应到一股轻微的灵力波动。这还不是人和人的，这应该是人和动物的。

为了防止考生之间作弊，帝国学院屏蔽了人与人之间的密语传音。

过了好几分钟，朝歌才写完第一大题的第一道题。因为她要猜凤土土写的字，所以速度慢了很多。

就在凤舞准备说第二道题的答案时，君殿下突然站了起来。凤舞被吓了一跳，毕竟做贼心虚。不过她面上还是很镇定的，状似闭目养神。

君殿下背着手，像一般的监考老师那样，从第一排走到最后一排，又从最后一排走回第一排，最后在凤舞身边站定。

君殿下这一走，很多女生都握不住笔了——

太激动了！太紧张了！太兴奋了！

君殿下那白皙纤长的手指敲击在凤舞的桌面上，凤舞不得不睁开眼睛，抬头警告地注视着君临渊：君临渊，赶紧给我走开，不要给我捣乱！

居然敢警告他？君殿下不爽了。如果小丫头好好求他，他还会放她一马，不料小丫头这么骄傲。

“凤小舞——”君殿下冷冰冰地提醒她，“好好做题，不要作弊！”

此话一出，全场皆惊，凤舞更是用杀人的眼神瞪着君临渊。不坑她，他就不爽，是不是？

君殿下冲着凤舞一本正经地点头。

凤舞好想吐血！她到底是怎么惹上君临渊这种人的？

君临渊回到他的座位上，那双犀利的眸子一眨不眨地盯着凤舞。

沐瑶瑶瞪了凤舞一眼：这丫头真不要脸，为了吸引君殿下的注意，各种勾引，还假装很生气，怎么会有这么假的姑娘！

沐瑶瑶简直看不下去了。

君殿下坐在这里，肯定是因为她！沐瑶瑶在心里说服自己。

因为沐瑶瑶盯着凤舞，所以凤舞下意识地偏头瞥了她一眼，顺带瞥了一眼她的卷子。

沐瑶瑶含怒瞪了凤舞一眼，忽然想起君临渊刚才的话：看来君殿下很讨厌凤舞啊，如果自己帮他一下，殿下一定会念着她沐瑶瑶的好吧？

想到这儿，沐瑶瑶大喊一声：“凤舞，你一直盯着我的卷子做什么？”

这一声大喊，惊到了全场的人。什么？凤舞看沐郡主的卷子？

凤舞无语。这个沐瑶瑶，怎么能这么无耻呢？

然而，沐瑶瑶还要做更无耻的事呢！她要帮君殿下，让凤舞身败名裂、遗臭万年！于是，沐瑶瑶举手：“殿下，凤舞作弊，她抄我的卷子！”

哇——这可是实名举报啊，而且是当堂举报！完了完了，凤舞这下真要完蛋了……

所有人的目光都望着君临渊，等待着他作出裁决。

此刻的君殿下，那双深邃的美眸正似笑非笑地盯着凤舞，嘴角微微扬起一抹弧度，给人一种高深莫测的感觉，没人能猜透此刻他内心的想法。

陆院长皱眉，这沐瑶瑶犯傻吧？难道她不知道凤小舞是君临渊的人吗，还当着君殿下的面诬蔑凤小舞？

“真的啊！殿下、院长大人，我看到凤舞偷瞄我的卷子了，她一边瞄，还一边写，就是在抄我的！”沐瑶瑶说得理直气壮。

陆院长听得嘴角微抽。

乔伊老师走到凤舞身侧看了看凤舞的卷子，又走到沐瑶瑶身侧看了看她写的卷子……

即便她内心很想偏向沐瑶瑶，可是在绝对的实力面前，也实在是没办法啊。

见沐瑶瑶不依不饶，而君殿下眉头紧蹙，乔伊老师赶紧说：“沐瑶瑶，此事不可能。”

“怎么不可能，凤舞就是抄我的卷子了，我亲眼看到的！我能为自己的言语做证！”沐瑶瑶很是激动。

别以为她不知道，这个乔伊老师心机深着呢，就那么一会儿时间，都看君殿下多少眼了？狐狸精！

乔伊老师深吸一口气：“沐瑶瑶，先不说别的，单说这个考场里，其实大家拿到的，分别是甲卷和乙卷，相邻两位同学之间的卷子不可能一样，所以，凤舞就算抄了你的，也不可能抄对，更何况……她的卷子都已经做完了，而你才做到第二大题。”乔伊老师很不想站在凤舞这边，可在绝对的事实面前，她不得不站，心情很差。

沐瑶瑶却惊呼一声：“甲卷，乙卷？这是什么情况？以前都没有啊！”

凤舞也很想问这个问题！

此刻的凤舞，内心几乎是崩溃的！她预想了很多，做好了一切准备，就等着利用凤土土将正确答案传给朝歌呢，然后现在告诉她，她和朝歌的卷子是不一样的！

陆院长笑呵呵地说：“确实，这是今年新增加的，防作弊嘛。两份卷子难度相当，不存在谁难谁易的情况。说起来，这还是君殿下前几天提的建议呢，我们的备用卷刚好派上用场。”

难怪连方阁老都不知道这个消息，原来是君临渊前几天才提出来的！凤舞有一种临时被人摆了一道的感觉，她愤怒地抬头，那双美眸杀气腾腾地盯着君临渊。

君殿下看到眼前的凤小舞像一只被怒火点燃的小兽，没什么力量却特别具有爆发力和攻击性，他简直爱死小丫头这野性难驯的小模样了。

君临渊望着凤舞，嘴角微扬，眼中含着不可一世的骄傲和得意。

君临渊：小样儿，还想跟我玩儿？

凤舞：君、临、渊！

她就说嘛，好好的君殿下，怎么就亲临考场，还特意点了她这一场，偏偏坐在她正对面，就那么似笑非笑地盯着她……

凤舞闭上眼睛，深吸一口气：不能生气，不能生气，不能生气……已经是一手烂牌了，她要做的，就是把这手烂牌打赢。

现在怎么办？凤舞深呼吸几次，理智渐渐回归，此刻她唯一庆幸的是沐瑶瑶弄的那场插曲，让乔伊老师道出了真相，否则后果不堪设想。

只要一想到朝歌的乙卷上写满了甲卷的答案，她就感到后怕，那会毁了朝歌，她们的敌人绝不会放过这个打击她们的好机会。

朝歌整个人都蒙了，但是凤舞没有气馁。

有了！凤舞忽然眼眸一亮——她没有乙卷，但是朝歌有啊！

凤舞瞥了朝歌一眼，给她使了一个眼色。

啥？朝歌看不懂。

凤舞看看朝歌，又看看她那空白的卷子——让她瞅一眼就行啊！凤舞对自己的记忆力很自信！

“喀喀——”君殿下看着在他眼皮子底下贼眉鼠眼的小丫头，觉得这丫头好玩极了。她还悄悄地用右手挡着脸，以为这样他就看不出她的鬼心思了？

朝歌终于懂凤舞的意思了，悄悄将卷子侧立起来。凤舞扫了一眼，便心中有数。

不等凤舞看第二张卷子，君殿下忽然起身走到凤舞面前，那颀长的身子正好挡在凤舞和朝歌中间。

君殿下拿起凤舞的卷子，慢慢悠悠地看着，身子就是不挪开。

君临渊这厮绝对是故意的！凤舞气鼓鼓地瞪着君临渊。

在君殿下眼里，凤舞这副模样可爱极了，君殿下有一种伸手去捏她的脸的冲动。但这只是君殿下内心的想法，实际上，他的表情可是很严肃、很凝重的。

君临渊翻阅着凤舞的卷子，一页页看着，越是往下翻，他的眼睛就越明亮。不愧是他看中的丫头，卷子答得无可挑剔。

“你看完了没有？”见君临渊挡在那里不动，凤舞可急坏了。现在时间已经过去一半了，朝歌写得慢，她再不给答案的话，朝歌就写不完了。

凤舞这话一出，整个考场的人都无语地望着凤舞——那可是君殿下啊！

“装模作样！”沐瑶瑶忌妒得眼红，恨不得用眼刀子戳死凤舞。

君临渊盯着凤舞，嘴角勾起一抹高深莫测的笑意，星眸熠熠生辉。

突然，君临渊握住凤舞的手，猛地一拽。

“啊——”凤舞惊呼一声。

然而，还没等她反应过来，君临渊已经拽着她的手大步离开了。他的背影俊朗而高大，散发出杀伐决断、不可一世的气场。

君殿下这不按常理出牌的一手，再次惊呆了全场考生。

“小舞——”朝歌见凤舞被拽走，下意识地就要冲上去救她。

然而，陆院长拦住了她：“不可，你出了这考场，考试成绩便作废了。”但是朝歌根本不理他，还要往前冲。

凤舞被君临渊拽着，走路都踉踉跄跄的，但她还是回头大声对朝歌说：“坐回去，继续考！”

朝歌最听凤舞的话了，陆院长拦不住她，可是凤舞一句话就让她乖乖坐好……

看着君殿下和凤舞消失的背影，沐瑶瑶恨不得将笔头咬碎。

在场的不少女生，都在心里暗恨。

不就是长得好看点儿吗？小小年纪就勾引君殿下，真不要脸！

她们只顾着忌妒凤舞，却没想过这根本不是她愿意做的。

君临渊把凤舞拽出考场，凤舞气呼呼地甩开他的手，冲着他就是一顿吼：“君临渊，我真是倒了八辈子霉，才会认识你！”

君殿下气势汹汹地瞪着凤舞，脸色铁青。

凤舞气得扭头就走。哪有这么不顾及别人情绪的家伙，想拽走就拽走？

凤舞气呼呼地走在前头，君殿下沉默地跟在她身后。

因为四周都在考试，所以这座往日喧嚣而热闹的帝国学院，此刻安静如深夜。

走到一处建筑前，凤舞一回头就看到君临渊，顿时又很生气。

君临渊却亦步亦趋地跟着她，她一点作案的机会都没有。

“你一个大男人，堂堂太子殿下，跟在我这个小女子身后有意思吗？不觉得有辱名声吗？”凤舞故意激怒他。

“你就这么想把我气走？”君临渊上前一步，凤舞身后是一扇门，她已退无可退。

君临渊右臂撑在门上，将凤舞圈在原地，俯身逼近她的俏脸。

凤舞表面上在跟君临渊生气，但她身后的双手却在快速地拧开门锁。

事实上，此刻凤舞和君临渊所站之地，就是陆院长办公室的门口。

凤舞支不开君临渊，只好将他往院长办公室引，她祈祷里面会有样卷。

就在君临渊的唇即将擦上凤舞的粉颊之际，凤舞终于打开了门，一闪身，蹿进了院长办公室。

君殿下反应极快，在凤舞蹿进去的那一霎，他也身子一动，跟了进去。等凤舞反应过来，君临渊已经站在了她的面前。

在冲进来的时候，凤舞第一眼就望向桌面——如果有文件，肯定会放在那里。

果然，凤舞看到了一个厚厚的牛皮纸袋。凤舞的第一反应就是——试卷！但是，如果就这么冲过去拿，肯定会被君临渊阻挠，所以，绝对不能让他发现她的目的。

君临渊嘴角勾起一抹冷笑，逼近凤舞："凤小舞，你好大的胆子！"

"我……我胆子不大啊……"凤舞边说边往桌案那里退，直至后背抵住了桌沿，才故意惊恐地说，"你……你不要过来……"

凤舞的后背几乎靠在桌面上了，双手摊在桌案上……

说时迟那时快，凤舞的手碰到了文件袋，迅速将它往空间里一藏。

"啊——"凤舞忽然惊呼一声，推开君临渊就往外冲，但是君临渊反手就拽住了她。

"人有三急，快放开我！"凤舞用力将君临渊一推，快速冲进院长办公室的茅房，砰的一声将门关上。

君殿下："……"

而此刻，考场里，凤舞的卷子被收上去了，陆院长本想离开，但是他瞥了一眼卷子，就移不开视线了。

他拿着卷子，细细地从头看到尾，之后眼睛都直了。

好厉害的丫头，简直就是天才啊！

陆院长特别高兴。

既然凤舞这么厉害，那她的朋友呢？当年的小朝歌也不弱呢。

带着这份期待，陆院长乐呵呵地走到朝歌身边，可是当他看到朝歌的卷子时，一下就惊呆了——那满眼的空白啊！

第一题倒是做了，但她又涂黑了，啥也看不见，然后就是……一片空白！

他老人家抚着心口，深深吸了一口气。

乔伊老师见陆院长一副透不过气来的样子，不解地顺着陆院长的目光望去，眼珠子差点儿瞪出来！

"段朝歌你……"乔伊老师用看神经病一样的目光看着段朝歌，"你倒是写啊！"

段朝歌想哭，她一道题都不会，怎么写啊？

“现在考试时间已经过半，你不会真的要交白卷吧！”乔伊老师死死瞪着朝歌。

“你交白卷，这是在跟学院抗议什么吗？”乔伊老师怒问。

“扑哧——”段朝音笑喷了，“老师，段朝歌本来就是个学渣，并不是她想抗议什么，而是她一道题都不会写。”

什么？乔伊老师难以置信地瞪着段朝歌，陆院长也很惊讶。

舞丫头那么聪明，她带出来的朝歌会交白卷？不可能。

“陆院长，段朝歌可蠢了，考试总是零分，她来考试，就是来搞笑的。”段朝音笑喷了。

段朝歌怒视着段朝音，心里好生气，可她偏偏又反驳不了段朝音。

段朝音冷笑一声：“你自己做不出来还瞪我？如果我是你，这会儿都没脸待着了，直接出门右转离开学院了。”

陆院长那双眼睛盯着段朝音：这么刻薄的姑娘，也不知道是谁家养出来的。

陆院长的视线往下一瞥，瞄了一眼她的卷子——段朝音？看名字还是朝歌的亲姐妹呢。

陆院长眉头一皱：“考试重地，不得喧哗！”

大家赶紧安静下来，提起笔奋笔疾书。

“你也坐下，好好将卷子答完！”陆院长叮嘱朝歌。

朝歌气鼓鼓地看着卷子，卷子上的字她都认识，但是组合到一起，她就不知道答案了。她身后的段朝音和段朝乐对视一眼，眼中浮上一抹幸灾乐祸：段朝歌想答出卷子？下辈子吧！

然而，就在这时，朝歌的身子猛地一震，拿起笔就写。

这会儿大家的注意力都还在朝歌身上呢，见她连题都不看就往上写答案，全都看呆了。

原本对朝歌不抱希望的陆院长，这会儿注意力也在朝歌身上。

他哪儿也没去，就站在那里看朝歌答题。

嗖嗖嗖……朝歌答得又快又稳，而且居然全对！

陆院长忽然悠悠地问了一句：“你连题都不看，就能答题？”

朝歌的心里咯噔了一下，脊背僵硬。好在她反应快，随口就说：“题目都记在脑子里了，不需要看。”陆院长竟无力反驳。

丁零零……

当朝歌写上最后一笔的时候，考试结束的铃声终于响了。

朝歌将卷子往桌案上一拍："老子写完了！"

朝歌伸伸懒腰，只觉得全身舒坦。

段朝音嘲讽她道："就你？还写完了？全都是胡编乱造的吧？"

其他人也都嘲笑朝歌。

陆院长原本可以早早离开的，但为了看朝歌考试，他老人家竟然从头站到尾。他用一种复杂的目光瞥了段朝音一眼，这才双手背在身后，慢悠悠离去。

难道自己说错了吗？段朝音被陆院长这一眼看得莫名其妙。

第五章
考试结束

考完后，朝歌和凤舞一起回了凤族。

凤琰峰看到凤舞和凤琉一起回来，还有点儿纳闷，问凤琉：“小舞送你去考试了？”

今日，凤亦然和凤桑也都在家里，此刻，全都齐刷刷地望着凤舞。

凤琉冷笑道：“送我？她会这么好，送我去考试？”

“哦。”凤琰峰顿时不感兴趣了。

要知道，他现在已经坐上了吏部尚书的位子，将曾经的严大人给干下去了，别提多意气风发了，现在走路都是带风的。

说起来，这事还要感谢凤舞，所以凤琰峰不敢跟凤舞撕破脸。

大夫人却不愿意放过凤舞，直接爆出惊天消息：“我们凤族的名声，今天差点儿被凤舞给败坏了！”

凤琰峰别的可以不在意，但凤族的名声，是他最看重的。

“怎么回事？”凤琰峰双手交负在后，皱着眉头瞥了凤舞一眼，然后不解地问大夫人。

大夫人冷笑道：“怎么回事？呵呵，她今天也去帝国学院了！”

凤琰峰皱眉：“去帝国学院怎么了？难道帝国学院还不能去了？”

“呵呵，你倒是问问你这亲侄女，她到帝国学院干吗去了？”大夫人眼角眉梢全是怒意。凤琰峰皱眉，在心里暗想：难道小舞是……给自己找女婿去了？咯喀……虽然有些丢人，但也可以理解嘛，如果拽到一个好的，对凤族也是有帮助的嘛。

但是，大夫人爆出内幕："她考试去了！"

"啥？"凤琰峰还以为自己听错了。

大夫人冷笑一声："你没有听错，你们家这位亲侄女，就是考试去了！"

"哈哈哈哈哈……"凤琰峰的第一反应是哈哈大笑。

"夫人就是爱说笑，小舞身上连一点儿灵力都没有，可远远达不到帝国学院九星的考试标准，她怎么去考试啊？"凤琰峰觉得大夫人在开玩笑。

大夫人冷笑一声："我怎么知道你这侄女这么厉害，身上一点儿灵力都没有，竟然还能拿到准考证！"

凤琰峰眼眸一闪："你不是在开玩笑？"

"开玩笑？我也希望这是开玩笑，但事实上，您这位厉害的侄女，还真拿到准考证了，当真是厉害死了！"大夫人一边说，一边往里走。

这阴阳怪气的声音，是个人都会听了不爽。

凤琰峰皱眉，转头问凤舞："你怎么拿到准考证的？"

凤舞双手交负在身后，挺着小身板，一副傲娇状："尚书大人的位置我都能帮你弄到，这区区准考证，岂能难得倒我？"

凤琰峰面色一僵。

"对了，大伯父，这十万银币什么时候还我啊？"凤舞似笑非笑地瞥了凤琰峰一眼。

凤琰峰："你这丫头真是……大伯父还忙，回头再说……"

凤琰峰一边说，一边溜走。

凤舞嘴角勾起一抹浅笑。她不怕凤琰峰不还，就担心他还了这笔债。

凤舞和朝歌回到星陨院。

"姐，姐，考得怎么样？"凤小七第一个飞奔而来。

凤舞淡淡一笑："当然是旗开得胜了，还能怎么样？"

"耶！我就知道姐姐是最聪明、最厉害、最优秀的！姐，外面都在押注呢，我把所有的钱都押你了呢！"

"啊？"凤舞一脸不解，"还有押注啊？"

"当然有啊，就在你进去考试的时候，就有赌场开设赌局了。姐，那些人好笨哦，他们居然都押你考不上，所以，押你赢的赔率特别高！"凤小七的脸蛋因为激动而红扑扑的。

"有多高？"凤舞好奇地问。

“赌你输的，一赔一点一，但是赌你赢的话，一比一百。几乎所有押注的人都赌你输呢。”

凤舞无语。

“姐，你还有钱吗？我只有十银币，不够嘛，姐，姐……”凤小七抓着凤舞的手问道。

“这是一万银币，随便玩玩就可以的，不要多赌，知道吗？”

一万银币还叫不要多赌？凤小七激动极了，抓着钱袋就往外冲。

“小姐，一万够吗？我们何不趁此机会……”秋灵跟小七一样激动。

凤舞却摇头：“小赌怡情，大赌伤身。随便玩玩，让小七开心一下就好了。”

如果下注太多，到时候会有数不清的麻烦，凤舞并不想处理这些麻烦，更何况，再多能有隔壁方老爷子家地底下埋着的多？想到这儿，凤舞直接翻墙找老爷子去了。

老爷子正站在树下赏花，看到凤舞过来，便朝她招招手：“丫头，过来。”

凤舞屁颠屁颠地跑过去，笑眯眯地问：“老爷子，您找我有事啊？”

“嗯。”方阁老抬步往书房走去，凤舞快步跟上。

方阁老取出一份卷子放在凤舞面前：“把卷子做了。”

凤舞知道，老爷子这是要跟她对卷子了。

没有多说话，凤舞坐下开始做题。

原本要做好几个时辰的题目，凤舞不到一刻钟就全部做好了。

吹干上面的墨迹，凤舞将卷子递上去：“老爷子，您看——”

方老爷子当场判卷，凤舞心里有些忐忑，因为那道多选题她没有把握。

当方老爷子批改到第三大题时，笔尖在最后一题顿了顿，然后打了一个对钩。

凤舞高高悬起的心这才落下，心中涌上一阵狂喜——天啊，居然蒙对了！

“老爷子，我这道题真的答对啦？”凤舞感觉有些像做梦。

“当然。”老爷子瞥了她一眼，“你自己做得对不对，自己都不知道？”

“蒙的。”凤舞实话实说。

方老爷子深深看了凤舞一眼，然后低头继续判卷子。

后面的答案全都正确，书写工整，逻辑严密，让人挑不出一丁点儿的毛病。

“老爷子，您看我能得满分吗？”凤舞一直惦记着这事儿。

“难说。”老爷子却摇头。

“为什么啊？”凤舞不服气了。

方阁老抬手戳戳凤舞的额头：“你这丫头，月满则亏，要那满分做什么？像这些主观题，就算你做得再好，多多少少都会扣你一分半分，所以满分应该是没有了。”

“啊？”凤舞伤心欲绝。

方老爷子没好气地说：“不就是没得满分吗？这帝国学院的第一名肯定是你的，还不满足啊？”

“可是，我有必须得满分的苦衷啊。”凤舞哭丧着脸。

“一定要满分？”

“嗯嗯嗯。”

“如果没办法满分呢？”

“那比让我死了还难受。”凤舞垂头丧气。

方阁老陷入沉思当中，不知道在想什么。

“老爷子，您——”

老爷子摆摆手：“你且去吧，等成绩公布便知。”

凤舞刚被老爷子打发走，方阁老就拿着凤舞方才做的卷子进了宫……

皇宫。

方阁老辞官之后，武帝还以为有生之年都见不到他老人家了，没想到，他老人家居然递条子进来了。

武帝亲自迎到门口：“方爱卿，快请进，快请进。”

说起来，武帝还是太子的时候，方阁老还教过他呢，所以武帝对方阁老很是敬重。

方阁老一进来，就对武帝拱手道：“恭喜陛下，贺喜陛下啊。”

“哦？”武帝问道，“喜从何来？”

“恭喜陛下，咱们君武帝国又出了一位天纵之才啊！”方阁老难掩内心的激动。

又？天纵之才？武帝心中一喜：“方爱卿，此话怎讲？”

“陛下，今天是帝国学院的考核之日。”

“这朕知道，最后那几道题还是朕亲自出的呢。”

“那么，陛下请看这份答卷。”方阁老将凤舞刚做的那份卷子恭恭敬敬地给武帝呈上。

什么样的人才，竟能让方阁老激动成这样？武帝狐疑地看了方阁老一眼，接过卷子瞥了一眼，顿时愣住了：这字写得也太好看了！

“好字啊！”武帝还没看答卷，就先喜欢上了。

方阁老与有荣焉，特别傲娇地说：“这可是老夫教出来的。”

“方爱卿，你又收徒弟了？”武帝知道方阁老眼光高，能让他老人家看中的人极少。

“徒弟？”方阁老苦笑，“我倒是想收她当徒弟，奈何收不起啊。”

连方阁老都没资格收人家当徒弟？这得是怎样的人才啊？

武帝好奇地看着答卷，越看越满意：“这孩子，一看就是个稳重又有毅力的人。朕特地出了一道特别偏僻的默写题，从小字注解里选的，没想到他居然写得一字不差。”

方阁老连连点头，他家舞丫头又漂亮又努力，他再没见过比她更勤奋的孩子了。

武帝看完多选题，惊讶地望着方阁老：“这孩子居然全对了！”

要知道，帝国学院的入学考试虽然年年有，可是连续三道大题全对的考生却如凤毛麟角。

方阁老得意了：“陛下，这才三道大题，您再往下看，再往下看啊。”

看方阁老这样子，难道第四大题也对了？不可能啊，第四道题是主观题，怎么都得减几分的。

武帝抱着挑毛病的心态，认认真真、仔仔细细，一个字一个字地看着第四大题。

这是一道综合题——请分析“大地裂变”这一招的原理、创新和使用技巧。

原理方面，这孩子答得头头是道，逻辑清晰，想扣分都下不去手。

创新方面……

“大地裂变”还有这样的创新？破而后立？

这孩子怎么这么大胆？！

可是，不得不说，这样一改，“大地裂变”这一招的威力确实……

武帝就是土元素法师，他比任何人都清楚这招的创新有多好。

“这……这根本没法扣分啊！”武帝难以置信地望着方阁老，“这考生真是个孩子？”

“嗯，一个十三岁的孩子。”方阁老笑眯眯地说。

“才十三岁？”武帝猛地一拍桌子，激动地说，“这孩子，绝对是个不可多得的人才！”

方阁老频频点头。

武帝抑制不住内心的激动，继续看最后一道大题。

这道大题由两道辅助类的题目组成，这种题型向来极易丢分，可是眼前这份卷子答得完全正确。

武帝重重一捶桌子，激动而兴奋地说："方阁老，这孩子居然全做对了！而且，他的解答，甚至比标准答案还标准。你看这道题，他竟然写了两种解法，还说如果有需要，他会提供第三种解法，真是完美得无可挑剔！"

这样的天分，武帝只在一个人身上看到过，那就是君临渊。

武帝激动地拽着方阁老问："方爱卿啊，这少年是谁？哪家的孩子？快将他带过来给朕瞧瞧！"

方阁老不答反问："陛下，这孩子的卷子能拿满分吧？"

"能！怎么不能！"武帝一拍桌子，特别激动地说，"你当考官这么多年，何曾见过比这答得更好的卷子？"

方阁老道："那是因为君殿下没考嘛。"

"不算他，不算他，除了他之外，你还见过比这更完美的卷子吗？"武帝激动极了。

"那是真没有。"方阁老实话实说，"去年的第一名才考了两百五十分，近一百年来，考分最多的也就两百七十八分吧。"

武帝激动地拍着方阁老的肩膀："方爱卿，你可真是朕的好爱卿啊！这少年是人才啊！快快快，你速速带他过来见朕！"

武帝激动地搓着双手："你没法收他当徒弟，朕来收他当徒弟！哈哈哈，如果他表现得好，朕还会将三公主嫁给他，肥水不流外人田嘛！"

方阁老："……"

"方爱卿，你怎么一脸呆滞？那少年不是才十三岁吗，难道他已经定亲了？"

"陛下……"方阁老神情古怪地望着武帝，"那孩子确实定过亲，但是后来被退亲了。"

"胡闹！"武帝一拍桌案，"莫欺少年穷，难道那家人都不知道吗？这孩子才十三岁，就如此惊才绝艳，以后就是第二个君临渊啊！这么前途无量的孩子，居然有人跟他退亲？等榜单一放出来，那家人怕是要悔得肠子都青了吧！"

方阁老："……"

武帝一拍方阁老的肩头："那家人瞎了眼，可朕的眼睛明亮着呢，回头就将三公主许配给他。这样的孩子，就得从小定下来，不然就抢不到了！对了，方爱卿，那孩子叫什么名字啊？"

方阁老："……"

"你怎么这副表情？"武帝不解地看了方阁老一眼。

方阁老没有说话。

武帝心想，你不告诉我，我自己将糊住的名字撕开，不就知道了吗？

武帝将卷子上糊名的地方给撕了。

"咦，怎么是个女孩子的名字？"武帝一看这名字，就觉得不对劲，等他再认真一看，"凤舞？这名字跟当年的凤舞居然是重名的啊？难道叫凤舞的都特别聪明？"

方阁老就那么定定地望着武帝。

武帝不解地看了方阁老一眼，对上方阁老的目光，电光石火间，脑海中倏然生出一个念头！

武帝难以置信地望着方阁老："你不要告诉朕，是那个凤舞！"

武帝能不激动吗？那个凤舞，当年可是他亲手退的亲！

在武帝的记忆中，凤舞是被退了亲的，但事实上，最后关头，君临渊并没有盖章。

方阁老默默点头。

"真是那丫头？"武帝像是被雷劈了一样，呆立当场，"这卷子居然是她做的？"

方阁老再次默默点头。

武帝倒退了一步，脸上一阵恍惚。

凤舞这丫头……已经好些年没听人提起过了。

"居然是她，那就难怪了……"武帝看了方阁老一眼，说，"当年那丫头就是天纵奇才，让人难以望其项背，只可惜她太贪心了，练功过度走火入魔，导致修为尽废。"

太贪心？练功过度？方阁老摇摇头。如果没和凤舞接触过，对于那些传言他可信可不信，但了解了凤舞的为人之后，方阁老觉得，那丫头那么聪明认真、小心谨慎，怎么可能会让自己走火入魔？

这其中，必有蹊跷！

"方爱卿，现在这丫头能修炼了吗？"武帝问。

这句话倒是将方阁老问住了。他知道凤舞已经能修炼了，并且进步神速，但是一想到凤舞说过的那句话——还有隐藏在暗处的敌人想置她于死地——方阁老便久久没有回答。

武帝见方阁老不语，下意识地认为自己猜对了，叹了一口气："绝世天才竟就此陨落，真是可惜……"

方阁老指着卷子："她并没有陨落。"

武帝一想也是："没错，就凭她对这些招数的使用和创新，就足以站在人类的巅峰！"

武帝对凤舞充满愧疚，当年退婚的时候，事出仓促，没有帮到她……

武帝看着手中的卷子，目光闪烁……

帝国学院的老师正在紧锣密鼓地批卷子。

每年经过层层筛选，会有一万名考生参加文试，而文试的前一千名，才有资格参加武试。

原本主考官是陆院长，但今日陆院长突然有所领悟，闭关修炼去了，所以主持阅卷的人就变成左副院长了。

如果凤舞在的话，她就会认出，这位左副院长，就是当年围攻她的人之一。

阅卷者共有十组，每组负责一千份卷子。

第九组有位阅卷老师姓吴，而吴家和左家是姻亲。

在阅卷时，吴老师遇上一份完美的答卷，在好奇心的驱使下，他偷偷拆开糊名看了一眼——凤舞，准考证号10001。

“原来是她！左家能让凤舞起来吗？”吴老师盯着手里的卷子，邪念在脑海里滋长。

当年左家对凤舞做了什么，他是心知肚明的。如今他正在争取副教导主任的职务，现在陆院长闭关了，决定权握在左副院长手里。

要不要干这一票？吴老师抬头看看周围，见没人注意到他，便悄悄将凤舞的卷子抽出来，藏进了怀里……

很快，卷子全部批改完毕，落榜考生的卷子全部封存，而排名前一千的卷子要呈给陛下过目。

以往，帝国学院的卷子是不需要武帝过目的，左副院长做主就行。

但是很奇怪，这次陛下居然派大总管过来，要走了前一千名考生的卷子。

但这事只有左副院长知道，吴老师这种级别的并不知晓。

此刻，吴老师怀里揣着凤舞的卷子，正笃笃笃地敲着左副院长的门。

左副院长皱眉，但还是让他进来了。

见吴老师欲言又止，左副院长有些不耐烦了，正想让他滚，吴老师却压低声音说了“凤舞”二字。

这个名字，对左家来说，是一大忌。

“去煮些茶水来。”左副院长吩咐侍从。

等侍从出去，吴老师从怀中掏出一份卷子，恭恭敬敬地放在左副院长的桌案上。

“这是什么？”左副院长没看卷子，而是盯着吴老师问道。

吴老师笑容满面：“凤舞的卷子。”

左副院长不动声色地盯了吴老师一眼，抬手拿起卷子。

一看纸张的材质和格式，左副院长的眉头皱得更紧了。

“这是凤舞的卷子，阅卷时正好落在我手里，所以我就抽出来了。”吴老师得意地说。

左副院长盯着那份卷子看，一开始还有些漫不经心，但是很快，他的眉头就越皱越紧，因为这份答卷完美得让他难以置信。

左副院长想到了家里的左青鸾，如果这份卷子到了左青鸾手里，她能做得比凤舞更好吗？内心有一个声音告诉他：不行，左青鸾做不到。

于是，左副院长很想将凤舞的卷子据为己有，然后找机会给左青鸾送去。

左副院长眉头一皱，问吴老师：“你是怎么做到的？”

吴老师说了自己将卷子抽出来的事，末了，还得意地说：“院长大人您放心，落榜的卷子只看编号不看名字，到时候就算想查也查不到。”

“糊涂！”左副院长怒斥一声。

吴老师不知道，但是身为帝国学院的大佬之一，左副院长比任何人都清楚，凤舞是拿到三个人的推荐信获得考试资格的。

这三个人分别是，陆院长、方阁老和吴道人。

陆院长闭关，暂且不论。方阁老和吴道人都不是好惹的。如果他们追究起来，调取卷子一阅，便会真相大白。

那时候，陆院长告到陛下那里去，能直接将他的乌纱帽给摘了。

想到这儿，左副院长直摇头：“不行，此事不可行。”

吴老师惊呼：“如果把卷子放回去，凤舞绝对会声名大噪，到时候陛下如果对她另眼相看，青鸾小姐又不在帝都，您说，陛下会不会给凤舞和君殿下赐婚？”

左副院长心头猛然一震，视线再次落在那份答卷上。

吴老师说得不无道理。

左副院长拿着卷子进了内室，很快，他拿出一份墨迹未干的卷子递给吴老师，冷声道：“将这份卷子送回去！”

吴老师一看手中的卷子，考号10001，姓名凤舞，字迹跟凤舞的几乎没有区别，但是内容上漏洞百出，主观题还带着怨怼之气。

总分，一百七十九分。

“左副院长，您厉害了！”吴老师佩服得五体投地。

“还不快将卷子送回去！”左副院长没好气地说。

“好好好。”吴老师在帝国学院干了这么多年，资格也算老了，再加上有左副院长行方便，偷偷潜进资料室也不算太难的事。

而此刻，那一千份卷子，都被送进了皇宫。

武帝正在处理奏章，大太监进来禀道："陛下，帝国学院的卷子送过来了。"

以往，武帝并不会这么关心帝国学院的卷子，但这次被方阁老一说，他就上心了。

于是，他一口气就要了前一千名的卷子，想看看还有没有特别有灵气的考生。

武帝立刻让大总管去喊方阁老过来。

方宅，凤舞正跟方阁老闲聊。

"老爷子，您真想卖了宅子啊？"凤舞问。

方阁老嗯了一声。

"为何？"凤舞不解，"您就不是缺钱的主儿，这宅子放着不挺好的吗？传给子孙后代啊。"

方阁老笑道："这宅子，原也不是方家的，只不过机缘巧合，得高人馈赠，才一直住到现在。我方淮研究了这么多年，也没研究透其中奥秘，是时候转给有缘人了。"

"研究？"凤舞的美眸半眯起来：难道方阁老也知道方宅地底下的秘密？

方阁老苦笑："是的，方宅有秘密，但是时至今日，我也未曾研究出来。"

想了想，方阁老叹息道："当年那位神秘的卖家说，如果我方家百年之内还研究不出宅子的秘密，便必须转手他人，否则，必遭灭族之灾。"

"当年我不信啊，可是这些年来，族人相继死去，包括我的妻子和女儿，现在只剩我这个孤老头子了。"方阁老面露痛苦之色，"如果宅子再不卖出去，说不定会连累玄奕，让这孩子受到无妄之灾。"

凤舞动了动唇，正要说话，大总管就来请方阁老了。

大总管笑着对方阁老说："方大人，快随咱家进宫吧，陛下有请。"

方阁老看着大总管便问："是不是帝国学院的卷子？"

大总管不能多说，但还是透露了一句："卷子刚刚送进宫中。"

方阁老顿时明了，转头看了凤舞一眼，眸中浮现一抹笑意。

皇宫中，武帝看到方阁老，当即就招呼他："来来来，帮朕看看这些卷子里面有没有特别有潜力的。"

方阁老笑道："陛下，今年御冥夜也参加考核了。"

武帝说："把糊名撕了，将御冥夜的卷子抽出来给朕瞧瞧。"

很快，方阁老就找出御冥夜的卷子，双手递给武帝。

武帝一边看，一边点头："那小子看上去活蹦乱跳的，没想到卷子写得倒是挺好，只是前面这些背诵的题目，竟没一个答对的。"

武帝也是无语了，方阁老更是扑哧一声笑出声来。

“御殿下只是懒得背罢了，其实他是能够过目不忘的。”方阁老笑着说。

武帝点头：“他就无心考试，若是认真考，何至于现在这个分数？”

武帝摇摇头，将御冥夜的卷子放到一边，转而问道：“那丫头的卷子呢？”

后来默写出来的，跟在考试时答的，毕竟是不一样的。

刚才武帝在看御冥夜的卷子时，方阁老和大总管就已经在翻找凤舞的卷子了，可是找来找去都找不着。

见武帝问，方阁老忙道：“陛下且等一等，很快就能找出来。”

武帝也不着急，继续看御冥夜的卷子，一边看一边笑。

这傻小子，这么重要的考试，他就跟玩儿似的，不会写的就空着，乱填都不会吗？

填空题你不会，空在那里也就算了，可是选择题你也空着？瞎蒙一个也比空着强啊。武帝越看越乐。

可这会儿的方阁老和大总管却相视一眼，彼此眼中透着一股无奈。

“我已经找过一遍了，没有。”

“咱家也找过一遍了，没有。”

两个人面面相觑。

方阁老还真就不信了，将厚厚的卷子一分为二：“你一半，我一半，咱们再检查一遍。”

那么好的卷子，怎么可能落选？那可是满分卷！

方阁老和大总管一人五百份，嗖嗖嗖地翻阅着。

凤舞的字太好看了，只要看到，一眼就能认出来。

这一遍，方阁老和大总管生怕错过，所以一张一张地翻阅着，可是，直翻到最后一页也没找到。

方阁老的脸色顿时黑沉下来，大总管也觉出事情不对劲了。

武帝一边看卷子一边催促：“快将凤小舞的卷子拿出来给朕洗洗眼睛，小御的卷子简直就是胡闹！”

“陛下——”方阁老用一种很奇怪的目光望着武帝。

“怎么了？”武帝抬头，见方阁老和大总管一脸怪异的表情，放下卷子站起身来，“你们这是什么表情？”

方阁老脸上的怒气已经掩盖不住，他怒道：“这里没有舞丫头的卷子！”

什么？武帝心中一惊。

这不可能啊，如果按照方阁老说的，他提交上来的那份卷子是凤舞默写出来的，那必然是满分卷，有史以来独一无二的满分卷啊！

他堂堂帝国皇帝，丢下一堆奏章不看，就为了看这份试卷，结果居然没有？

“怎么回事？”武帝的脸顿时黑下来。

方阁老把他检查过的那堆卷子放在武帝面前，摇头道：“这里都检查过了，里面没有小舞的试卷。”

大总管也抱着一堆卷子放到武帝面前，摇摇头，表示他也没找到。

“这里可是一千份卷子！舞丫头不至于连第一千名都没考上吧？”武帝只觉得可笑。

于是，堂堂君武帝国的帝王，亲手一份份翻阅着卷子。

这些卷子本来就是按照分数从高往低排的。

排名第一的考生名叫宁辰溪，考了两百五十分。

这要是放在上一届，也是个第一名的存在，然而这一届，武帝在看了凤舞的卷子后，就看不上这两百五十分的卷子了。

武帝一张张翻下去，一直翻到最后一名。

御冥夜根本没有认真做卷子，他是卡着及格线来的。

武帝自己翻找了一遍，结果震惊地发现，居然真的没有凤舞的卷子！

这只有两种情况，一种是，凤舞卷子做得很差，落榜了。

还有一种情况就是，有人从中作梗。

不论是哪种情况，武帝都不会高兴。

武帝身边的白公公见此情形，慢慢悠悠地说：“会不会是凤舞姑娘的卷子……做得其实并不太好啊？”

方阁老瞪了白公公一眼：“白公公这话是什么意思？你觉得我在说谎吗？”

“方阁老息怒，咱家不是这个意思……”白公公脸带微笑，不急不躁地说，“只不过方阁老年纪大了，或许是记错了呢。”

“呵呵，你不如直接说我老糊涂好了！”方阁老冷笑一声。

幸好刚才进宫的时候，凤舞塞给他一沓卷子，让他带进宫里来，否则这会儿还真没办法一下子还那丫头的清白。

想到这，方阁老心里咯噔了一下。

那丫头提前让他将模拟试卷带进来，莫不是早就猜到了这种情况？

是什么时候猜到的？

是自己告诉她，陆院长闭关了，左副院长代替行使院长职权的时候吧？

这丫头得聪明到什么地步，竟然如此未雨绸缪？

而此刻，武帝的目光正盯着方阁老，眼中浮现一抹狐疑之色。

白公公还在一旁添油加醋：“方阁老，按照常理想，凤舞姑娘也不可能答出那么完美的卷子啊，这一切该不会是您在做梦吧？”

武帝盯着方阁老的目光，带着深深的狐疑。

因为武帝对白公公是很信任的，而方阁老之所以告老还乡，其实在很大程度上也和白公公有关。

方阁老盯着白公公：“如果我有证据证明呢？”

“那就愿闻其详，咱家也很好奇呢，当年那位凤舞小姐真会成长到这个地步？这事真让人好生怀疑啊，陛下。”白公公笑眯眯地说。

方阁老冷笑一声，从怀里掏出一沓卷子放在武帝面前：“陛下请看。”

“这是什么？”武帝的眼眸半眯起来。

方阁老说：“这是考试前夕，舞丫头做的模拟试卷。”

武帝拿起第一份卷子，这卷子跟那天方阁老递上来的卷子，笔迹是一模一样的，但是卷面上却扣了不少分。

“这才两百分出头啊。”武帝皱眉。

“是的，陛下请看第二份模拟卷。”方阁老笑着说，“微臣每天都会让舞丫头做一张卷子，这丫头进步之快，让人瞠目结舌。”

武帝看了第二份卷子，已经到两百三十分了。

第三份卷子，两百四十分。

第四份卷子，两百五十分。

……

第九份卷子，两百九十分！

武帝不解地望着方阁老：“这……”

“这丫头的进步速度快吧？”方阁老感慨极了，“在七天之内，舞丫头背诵了一千本必看的书，看了一万本课外阅读，所以，每一天的模拟测试，她的成绩都会比前一天好，而且，进步堪称神速。”

武帝：“……”

“这不可能吧？”白公公阴阳怪气地说，“谁能在七日之内背这么多书啊？正常人连翻都翻不完呢，方阁老说话越发夸大其词了。”

方阁老好想一巴掌将白公公拍飞！

他冷笑一声：“你不行，就以为人家舞丫头也不行吗？她如果不行，能考出满分的成绩？”

“这是真的满分，还是编的满分，还没有定论呢。”白公公的声音怪里怪气的。

武帝眉心紧蹙，这件事必须弄清楚！

方阁老瞪了白公公一眼，转而对武帝道："陛下，不如让微臣去帝国学院一趟，将舞丫头的卷子取回来。"

武帝点头："白公公，陪方阁老去一趟。"

"奴才领旨。"

白公公和方阁老一起去了帝国学院。

而此刻，那一千名上榜考生的名单，其实已经小范围传出去了。

凤族。

"什么！我上榜了？"染了风寒在床上躺着的凤琉瞬间蹦起来，激动得难以自已，"我上榜了？我过了文试？哈哈哈哈哈……我真的过了文试吗？"

"六小姐，是真的。"凤琉的贴身丫头彩月小声说，"小姐，现在外面已经小范围卖过关名单了，这是大少爷买回来的。"

"快给我看看！"凤琉一把从彩月手里抢过名单，开始从上往下找她的名字，看到第一千名时，终于找到了"凤琉"二字。

"哈哈哈，我是第一千名呢！"正好上榜，凤琉很开心。

"凤舞不是也参加考核了吗？她会不会在名单之内？"提起凤舞，凤琉虽然表面上很不屑，但她打心眼里忌惮凤舞，这是从小烙在脑海里根深蒂固的印记。

凤琉一目十行地扫着，从第一页一直翻到第十页，没有！

"这榜单是真的吗？"凤琉一把揪住彩月，"是真的吗？真的是真的吗？"

"大少爷亲自拿回来的，怎么会有假呢？"

"哈哈哈……"凤琉激动得快疯了，两行眼泪流下来，又哭又笑。

大夫人被惊动了，忙过来问怎么回事。

"母亲，你看这份榜单！"凤琉激动地说，"快看快看！"

"榜单出来了？"大夫人拿着榜单，从头看到尾，当看到第一千名时，眼睛一亮，"小六，你正好第一千名呢！"

凤琉的眼里有说不出的得意，毕竟人才济济，能得第一千名也很不容易呢。

"咦？"大夫人惊呼一声，"这里面没有凤舞？"

大夫人的心思和凤琉是一样的，她们面上讨厌凤舞，实则暗地里戒备凤舞，因为曾经的凤舞实在是太出色了。

大夫人和凤琉齐齐松了一口气。

"外面阳光挺好，出去走走？"大夫人提议。

"走！"凤琉激动又兴奋。

大夫人和凤琉这一走，就走到凤舞的星陨院去了。

凤舞的美人娘亲正坐在院子里绣精美的衣裳。

“小舞很快就要去学院念书了，到时候穿得漂漂亮亮的。”美人娘亲一边在袖口绣小粉花，一边对忙碌的赵嬷嬷说道。

赵嬷嬷笑着点头：“舞小姐最聪明了，一定能考个好成绩。”

凤小七一边吃饼，一边笑嘻嘻地说：“我姐是最厉害的，要么不考，要考肯定考第一！”

朝歌也激动地说：“第一算什么？咱们小舞肯定能考满分！”

一旁忙着修炼的秋叔闻言，不由得苦笑。

家里这是一位比一位心气儿高啊。好在他家五小姐智慧无双，经得住大家的期待。

家里人都在，就凤舞不在。

就在星陨院里一片欢声笑语的时候，大夫人和凤琉带着一众仆从浩浩荡荡地过来了。

星陨院的围墙虽然高，却挡不住里面的说话声，所以大家的话全都传出来了。

凤琉一听里面的对话，顿时放声大笑：“哈哈哈……”

凤琉只要一想到等下她们那失望的表情，就激动得不行。

“开门，快开门！”凤琉嚣张极了，用力捶打着门板。

“谁啊？”赵嬷嬷正在洗衣裳，家里人的衣裳，她不放心拿到外面去洗，怕出问题，所以都是她亲手洗的。

赵嬷嬷站起来，在围裙上擦了擦手，便过去开门。

“六小姐？”看到凤琉，赵嬷嬷的脸色便不好了，再看到凤琉身后的大夫人，她立刻就要关门。

但是，凤琉不给她这个机会。

凤琉用力一推，赵嬷嬷被推得往后退。

一时间，所有人都望着门口方向。

“凤琉！”段朝歌第一个站了起来，怒视着凤琉。

凤小七等人也都站了起来，戒备地瞪着凤琉，就像在看敌人一样。

“哎哟，你们这是怎么啦？别激动，别激动嘛，大家都是亲戚，坐下，快坐下，好好聊聊嘛。”大夫人笑眯眯地说。

之前在帝国学院门口受的气，她准备今儿全都还回去。

“你哪有这么好心！”朝歌将美人娘亲护在身后，警惕地瞪着凤琉和大夫人，“这里不欢迎你们，你们赶紧滚！不然等小舞回来，对你们就没这么客气了！”

朝歌知道，在凤舞心中，她家美人娘亲是最重要的，所以保护好美人娘亲是第一要事。

“哎哟，我道是谁呢，原来是段朝歌啊。你一个姓段的，凭什么在我们凤家指手画脚？谁给你的权力？赶紧滚回你们段家去！”凤琉说话一点儿都不客气。

朝歌气得推了凤琉一把：“我是谁？我和小舞可比你和小舞亲，你算什么东西，也敢在我面前说三道四！”

“你……”凤琉都要气死了，偏偏凤小七还对凤琉怒目而视：“我们家不欢迎你，出去出去出去！”

凤琉冷笑一声：“凤小七，谁给你的底气这么嚣张？你还真以为你姐能考上帝国学院吗？做梦！”

在凤小七心里，自家姐姐是最厉害的，不容任何人亵渎，凤琉可以骂他，但绝对不能骂凤舞！

凤小七一下就炸了：“我姐考不上帝国学院？呵呵，我告诉你，我姐不仅能考上帝国学院，还会考第一！”

段朝歌双手叉腰：“不仅能考第一，还是满分呢！”

凤琉和大夫人对视一眼，凤琉再也忍不住了，笑得一副要抽过去的样子。

凤小七特别生气：“你笑什么！”

好像他们说了天大的笑话似的。

“第一名？还满分？哈哈哈……”凤琉笑得歪倒在大夫人怀里，“太好笑了，哈哈哈……”

凤小七特别生气：“你走你走你走，你给我走！”

凤琉笑得眼泪都快出来了，她从怀里摸出那份榜单丢给凤小七：“这是从帝国学院传出来的名次，敢不敢看看你姐排多少名啊？”

凤小七很不想如了凤琉的意，可他又实在好奇，最终还是慢慢展开了榜单。

凤小七往下看，越看脸色越难看。

“怎么回事？”朝歌见小七脸色不好，也凑上来看。

“小舞的名字呢？”朝歌差点儿蹦起来，“为什么没有小舞的名字？”

凤琉哈哈大笑：“为什么会有她的名字？她本来就考不上啊。”

“胡说！”朝歌气得不行，“我们小舞怎么可能考不上？”

“那榜单上就是没有啊。”凤琉得意地摊手，状似无奈。

朝歌直接将榜单撕了：“这榜单是假的！”

凤琉气得快疯了：“你敢撕了它，我打死你！”

凤琉一巴掌就往朝歌脸上抽去。

现在朝歌的实力可不比凤琉差，她反手抓住凤琉的手，下一瞬间就要将凤琉丢出去。

大夫人岂能让凤琉受伤，当即一挥手，她身边的人全都朝朝歌蜂拥而去。

凤小七一看，这么打下去肯定要吃亏啊！

忽然，他脑中灵光一闪。

凤小七拽了朝歌一把，退到台阶上。

说时迟，那时快！凤小七一抬脚，将墙角的那个琉璃瓶踢碎。

他记得姐姐说过，家里已经被她布下了护院阵法，而启动护院阵法的开关，就是墙角的这个琉璃瓶。

随着琉璃瓶砰的一声碎裂，在凤琉眼中，晴朗的天空瞬间阴霾笼罩、乌云密布，脚下平整的大地骤然变成泥泞的沼泽。

不仅她如此，站在院子里的所有人，都宛若置身于沼泽当中。

“啊！”凤琉忽然大声尖叫，“我陷进去了，好多泥沙，快救我，快救我啊！”

事实上，从凤小七他们的角度看过去，那不过是一个不足五厘米的凹槽。

大夫人也一脸惊慌失措，她拼命地想去拽凤琉，但是，她们中间好像隔了万水千山。

大夫人急坏了，不断挥舞着手臂，大声惊呼：“小六，等等娘亲，娘亲马上去救你！”

事实上，从凤小七他们的角度看过去，她们中间不过隔了一米的距离。

在他们眼中，这些人在院子里做出各种撕心裂肺的痛苦表情和惊慌失措的动作……

然而，在凤琉和大夫人她们脑海里，却是另外一番感受。

她们是真的觉得自己置身于雷霆之下，天空电闪雷鸣，底下是泥泞沼泽，整个身子都要陷进去了……

“娘亲，我要被泥沙淹没了，救命啊……呜呜呜……”

“别怕，娘亲马上来救你！等娘亲游过这条河去救你！”

凤琉和大夫人上演着一出母女哭惨大戏，而此刻，朝歌他们无语地望着大夫人和凤琉中间那条所谓的“大河”。

事实上，那里哪有一条大河啊，那是早上赵嬷嬷扫地没扫干净，落下的一根枯草。

大家全都觉得不可思议，为什么明明就站在院子里，凤琉她们却如末日降临般惊恐？而且，她们脸上的惊慌、害怕、恐惧都不是假的，而是真的陷入幻境当中。

好可怕的阵法……朝歌她们下意识地往后退了一步。

“娘亲，有雷在劈我……好疼啊……呜呜呜……”

凤琉吓得脸色惨白：“啊啊啊……我的头，我的手……我被烧焦了，烧焦了……”

“不要劈我！呜呜呜，我就是当年不小心害了凤舞一下……”

“不要再劈我了！我我我……当年不是不小心，我是故意害凤舞的……”

“谁让她那么优秀，我忌妒她！……不要再劈我了，娘亲救命啊！”

“啊——”凤琉脑袋一阵剧痛，身子剧烈抽搐了一下，身子直挺挺地往后倒去……

就在这时，凤舞回来了，随手停了阵法。

凤琉好不容易回过神，发现四周一片安宁——平整的土地，安静的庭院，高高的梧桐树，惊诧的凤小七他们，还有一张放大的脸……

“凤舞！”看到凤舞，凤琉下意识地往后退去。

刚才那一幕太恐怖了，那一道道惊雷劈在她身上，她整个人都被烧焦了，可是现在——

凤琉下意识地低头，看见自己身上干干净净的，哪有被雷劈过的痕迹？

所以，刚才那些其实都是假的吗？

凤琉只觉得一股寒气从脚底直往上蹿！

如果都是假的，那也太可怕了！

凤琉拽着大夫人，转身就要往外走。

“站住。”凤舞冰冷的声音在她身后响起。

“你，你想干什么？”凤琉身上被冷汗浸透，神色惊惶地盯着凤舞。

“你觉得我们星陨院是你们想来就来，想走就走的吗？”凤舞冷笑一声。

“你……你到底想怎么样？”凤琉对凤舞的手段充满了畏惧，此刻只想尽快逃离此地，再也不要过来了。

“姐，她说你没考上帝国学院！”凤小七大声告状。

“是吗？”凤舞淡淡一笑。

凤小七跑过去，将被朝歌撕成两半的榜单捡起来，递给凤舞：“姐，这是她拿来的，说是成绩排行榜，娘亲听说你没考上，伤心得都快哭了。”

凤舞闻言，走到凤琉面前站定，冷冷地看着凤琉：“这榜单是你拿来的？”

凤琉倔强地挺着小身板：“没错！”

想到榜单上的成绩，凤琉就得意：“凤舞，我告诉你，你没有进前一千名，所以你的游戏到此结束了！”

“哦，那你是多少名？”凤舞慢悠悠地看着凤琉。

“我正好是第一千名，哈哈哈……”凤琉双手叉腰，神色得意极了。

“第一千名，很得意吗？”凤舞无语。

“可是，你连前一千名都没进啊！”凤琉鄙视地瞥了凤舞一眼，“至少我能参加武试，而你连参加武试的资格都没有！”

“我不信。”凤舞不紧不慢地说。

“你凭什么不信？这可是我哥从帝国学院拿回来的！”凤琉得意扬扬地说。

“哦——”凤舞拖长尾音，“帝国学院还没有公布分数，榜单就出来了？”

凤琉脸色微变。

凤舞冷笑一声：“我倒要看看，这榜单是不是真的。”

“如果是真的呢？”凤琉有些惊慌地望着凤舞。

凤舞能拿到三位大佬的推荐信，证明她跟帝国学院的上层还是能说上话的。

“如果是真的，我倒要看看，是谁泄露的消息！”凤舞拿着榜单就走。

“不行！”凤琉急了，一把抓住凤舞，“你别走！你给我站住！”

凤舞可傲娇了：“我这就去帝国学院问问，这榜单到底是不是真的，是谁传出来的！”

“反正你不能去！”凤琉怕查下来会牵连凤亦然。

“你这是在威胁我？”凤舞冷笑。

“我……”凤琉正想说出威胁的话，但是对上凤舞那双犀利而幽冷的眸子，脑海里浮现刚才自己被雷劈的场景，顿时汗流浃背。

凤舞盯着她：“立刻向我的家人道歉！”

大夫人和凤琉面面相觑。

她们这次来，是为了奚落凤舞的，是为了嘲笑凤舞的，结果她们居然要道歉？不行！

可是见凤舞一副要去帝国学院找人的模样，凤琉最终还是哭丧着脸嘟囔了一句：“对不起。”

“听不见。”

“对不起……”

“听不见。”

“对不起！”

“听不见。”

“凤舞，你是故意的！你故意整我对不对？”

“你才看出来吗？”凤舞嘲弄地看着凤琉。

第六章

他吃醋了

而此刻，方阁老和白公公正好来到帝国学院。

陆院长已经闭关，所以出面接待的人是左副院长。

左副院长看看方阁老，又看看白公公，面露不解之色："两位前来，不知有何贵干？"

白公公正要说话，方阁老就道："还是直接去案卷室说吧。"

案卷室？左副院长眉头一动，心里忽然浮现一抹不好的预感。

但是不应该啊，凤舞的卷子应该只有小吴知道，旁人怎么会知道？

左副院长想不通，只能以不变应万变。

左副院长一边走，一边给白公公打眼色。

左家给白公公塞了不少钱财，白公公多少还是会行个方便。

果然，白公公无声地说出两个字："凤舞。"

左副院长心中了然，还真是凤舞的事啊，幸好他早有准备，所以也就不怕被查了。

方阁老没有多余的话，只淡淡地吩咐下去："将考号10001，姓名凤舞的卷子调出来。"

案卷室的老师求助地望着左副院长。

左副院长皱眉道："方阁老，你这是要做什么？私自调取试卷不妥吧？"

"左副院长觉得，连白公公都跟来了，这还是私自调取卷子吗？"方阁老冷笑一声。

左副院长："……"

白公公淡淡一笑："左副院长，这是陛下的意思，请吧。"

"既然是陛下的意思，下官定当竭尽全力！"左副院长笑着说，他就站在那儿，一动不动。

他有一手模仿别人笔迹的能力，所以这份他亲手写的卷子，绝对不会有问题的，左副院长就是有这样的自信。

很快，案卷室的老师就将凤舞的卷子找了出来。

老师将卷子递给方阁老，方阁老这才松了一口气。

"这是凤舞姑娘的卷子吧？"左副院长双手交负在身后，笑眯眯地看着方阁老。

白公公也看着方阁老："凤舞姑娘是方阁老一手教出来的，她的笔迹，方阁老不会认不出来吧？"

方阁老只扫了一眼，就发现不对劲了——凤舞的卷子那么完美，每一道题都正确无误，而这份卷子错得离谱。

"可笑！"方阁老啪地将卷子甩在桌案上，"这绝对不是凤舞的卷子！"

居然被看出来了？左副院长眼里闪过一丝惊慌，但他掩饰得很快，别人都没有注意到。

"怎么回事？"左副院长故作无辜地问，"这上面不是写着考号和姓名吗？不是凤舞的吗？"

白公公瞥了方阁老一眼："这笔迹跟方阁老拿进宫的卷子，可是一模一样啊。"

左副院长冷笑："方阁老，此事事关重大，可不能随意诬蔑！"

左副院长的话，已经暗含几分威胁了。

大家最好大事化小，小事化了。

方阁老冷笑一声："左副院长，真的假不了，假的也真不了！如果陛下知道有人居然将手伸进考场，替换卷子，呵呵，这样的事，不知道左副院长能不能承受得起！"

左副院长黑着脸道："方阁老这是要一意孤行，在陛下面前抹黑我们帝国学院了？别忘了，你也是帝国学院七大组委会成员之一，帝国学院不好了，你也落不着好！"

"抹黑？我倒要看看是谁在抹黑帝国学院！"方阁老将那份卷子捏在手中，怒气冲冲地离开了。

白公公半眯着眼睛，盯着左副院长。

左副院长自信地点点头，表示他有把握。

白公公冲他点点头，随方阁老一起进宫了。

皇宫里，武帝正皱着眉头，看着眼前的一堆试卷。

除了方阁老拿来的卷子，其他的武帝都没看在眼里。

至于凤舞……

武帝的内心此刻有些复杂。

这丫头的卷子，到底怎么回事?

就在武帝纠结的时候，大总管附在他耳边说：“陛下，太子殿下来了。”

君临渊?

他居然有空来?武帝也是奇怪了。

“让他进来。”

君殿下进来的时候，看到的就是满桌案的卷子。

“临渊啊，你来了?”武帝知道，熊太子是不可能先出声打招呼的。

君临渊看到武帝，点点头，目光瞥了一眼桌案。

“这些都是今年帝国学院的考卷。”武帝拍拍边上的位置，示意他坐下说话。

大总管看着陛下对君殿下的态度，暗暗苦笑。在其他皇子面前，陛下不怒自威，可是在君殿下面前，他那皇帝的谱儿怎么都摆不起来。

在君殿下小的时候，他倒是摆过几次，但每次都被君殿下无情地戳穿和冷漠地无视，几次下来，陛下在殿下面前也就放飞自我了。

居然真坐下了?武帝看到君临渊在边上坐下，还惊了一下。

君临渊一来，必有大事，不然这破孩子才不会来找他呢。

武帝吩咐大总管：“将这些卷子都收起来，放着碍事。”

武帝转头望着君临渊：“对了，你来是……”

君殿下看向那些卷子，武帝见了，赶紧开口说道：“哦，前一千名的卷子都在呢，不过想来你也没兴趣，这些卷子里可没一张令人惊艳的。”

武帝一边说，一边将凤舞的卷子收了起来，放到一边。

君临渊的眼眸危险地半眯起来。

武帝想了想，又将卷子往边上挪了挪。

君殿下：“……”

“你看这些卷子，”武帝招呼君临渊，“帝国学院可谓人才辈出，这些卷子虽然没有特别出彩的，但有些还是不错的。”

没有特别出彩的？君殿下一听这话，眉头一皱。

武帝本以为君临渊会对这些卷子不屑一顾，但让他惊讶的是，君临渊一张一张地翻看着卷子，而他的脸色则越来越臭……

武帝狐疑，这孩子怎么了？看他脸上的表情，怎么有一种期待落空的感觉？

“所有的卷子都在这里？”君临渊目光阴鸷，气势逼人。

“应该……都在这里。”武帝点头。

“应该？”君殿下眸中浮现一抹冷笑，“你手边是什么？”

“哦，这个啊——”武帝将手边的卷子往桌案底下一藏，“练习之作，练习之作，哈哈哈……”

武帝的话还没说完，君临渊那修长的手臂就是一动。

武帝心里咯噔一下：完了！君临渊最讨厌凤舞了，看到她的名字还不奓毛啊。

果然，君临渊拿到那沓模拟试卷，看到上面的名字，眼神越发深沉。

武帝：“……”

完了，这破孩子要发火了。

不过，出乎武帝意料的是，君临渊脸色虽然难看，阴阴沉沉的，但并没有立即发火，而是用那修长的手指挑着卷子，一张一张翻着，一字一字看着，看得还挺认真。

武帝干笑一声：“哎呀，这有什么好看的？大总管，快收起来，收起来。”

大总管刚上前一步，君临渊扬起右手，做了一个停止的手势。

大总管无奈地看着武帝。

武帝只好摆摆手，让大总管先不要动。

君临渊慢条斯理地说：“这卷子……”

可不能夸凤舞，回头这熊孩子派人去捉弄人家姑娘怎么办？凤小舞多无辜啊！

武帝干笑道：“这卷子也就那样吧，哈哈哈……”

君临渊瞥了武帝一眼：“也就那样？”

“可不是吗？你看，这卷子才考了两百一十分，有什么好看的，别看了别看了。”

君临渊将第一份卷子拿开，露出第二份卷子——两百二十分。

拿开第二份卷子，露出两百三十分。

……

一直到两百九十分。

君临渊瞥了武帝一眼：“这卷子，也就那样？”

“咳咳咳……”武帝一阵猛咳，心说，还不是怕你这熊孩子生气，不然朕何须贬低舞丫头的卷子！

“凤舞？”君临渊拿着那份两百九十分的卷子，慢悠悠瞥了一眼上头的名字，然后又盯着武帝，“这人是……”

他居然忘记凤小舞了？武帝心中一动，忙摆手说：“就是个无名小卒，无足挂齿，无足挂齿！”

君临渊：“……凤家五小姐？”

“嗯。”武帝无语地瞥了君临渊一眼，原来你这臭小子知道啊！

君临渊故作漫不经心地问：“她的卷子怎会在此？”

“方阁老送进来的。”武帝知道不能瞒，这熊孩子一查就能查出来。

君临渊嗯了一声，状似不在意地说：“这卷子倒是不错。”

武帝惊奇地看了君临渊一眼——这世上能得君临渊一句夸奖的人，还真是少之又少。

见君临渊没有生气，武帝也就不隐瞒自己对凤舞的欣赏了。

“呵呵呵，确实不错，别的先不说，光说这一手好字，就让人欣喜不已。”武帝笑着说，“你看这些卷子——”

武帝得意地介绍道：“方阁老说，这第一份卷子是舞丫头七天前做的，这最后一份卷子，是考试前一天做的，七天时间，从两百一十分，竟然提高到两百九十分，你说厉害不厉害！”

“哦。”君临渊瞥了武帝一眼，眸中闪过一抹得色——他君临渊看中的女人，能不厉害吗？

武帝既然已经夸上了，就不会吝啬，他说：“你瞧瞧，这些题答得多有新意，多有灵气，一看就知底蕴深厚，是个不可多得的人才啊！”

君临渊轻哼一声，问道：“她没去考试？”

“考了啊。”

“卷子呢？”君殿下瞥了武帝一眼。

武帝：“这……这个……”

“落选了？”君临渊似笑非笑。

武帝：“……”

“君武帝，你这帝国管理得也不怎么样啊。”君临渊的声音带着嘲讽。居然有人敢欺负他的凤小舞？有意思了啊。凤小舞只有他能欺负，别人若敢欺负，那就去死！

君武帝被君临渊这么一嘲讽，顿时受不了了，啪地一拍桌子：“可恶！这么好的卷子，居然给落下了，他们是怎么办事的！来人——”

“我去。”君殿下站起身来，眸色冰寒。

居然敢欺负他的人，真是有意思了！

就在这时，大总管进来禀报：“陛下，殿下，白公公和方阁老回来了。”

武帝对君临渊说：“他们去帝国学院找原因去了，这回肯定将舞丫头的卷子带回来了。”

然而，方阁老进来的时候，一身怒气。

武帝一看，顿时皱眉：“怎么回事？”

白公公苦笑道：“回陛下，左副院长亲自陪同我们将凤舞姑娘的案卷调了出来，但是方阁老好像不太满意。”

不太满意？武帝疑惑地望着方阁老。

方阁老没有说话，将那份卷子呈给君武帝。

武帝拿起卷子一看：“咦，这是舞丫头的卷子啊，你看这字迹，这一笔一画、一撇一捺，这字多好看啊，哈哈哈哈哈……”

武帝的目光往下挪，当他看到卷子上那一个个大叉时，眉头就皱了起来。

“这么多叉？怎么可能！”武帝惊呼一声。

君临渊从武帝手中将卷子扯过去，只看了一眼，就将卷子甩在桌案上，冷笑数声：“这不是她的卷子。”

“你确定？”武帝皱眉。

君临渊嗤笑一声：“形似而神不似，临摹得如此粗鄙，也敢拿出来丢人现眼！”

刚好凤舞其他的卷子也在，武帝拿出两份卷子来比较。

没有对比看不出来，这一比较就非常明显了！

武帝的脸色瞬间变得特别难看。

君临渊嗤笑一声：“君武帝，您这帝国管理得可真好啊，还有人拿临摹的卷子来蒙您，说出来能让别人笑十年。”

君武帝本来就气得够呛，现在被君临渊这么挤对，顿时怒不可遏。

啪！他重重一拍桌子：“走！”

“陛下——”白公公本想劝阻，不容他开口，武帝一脚朝他踹去，“闭嘴！滚开！”

武帝气势汹汹地往帝国学院而去。

想到那丫头这么被人欺负，君临渊不爽地瞥了封管家一眼，封管家点点头，表示这件事他会亲自跟进。

想到那丫头，君殿下只觉得心头一软，不由自主地往凤族而去。

小丫头还不知道这件事，吓吓她去。

御冥夜一大早就跑来了。

“哎哟，小舞，小舞——”御冥夜挥舞着榜单给凤舞看，“你落榜了呢！”

凤舞正在院子里煮茶，其他人都在里面修炼。

凤舞煮的曲灵茶有助于他们在修炼后巩固境界。

御冥夜跑过来，抢了一杯茶就往嘴里灌：“好烫好烫好烫……”

凤舞没好气地瞥了他一眼：“还没煮好呢，你急什么？”

御冥夜嘶嘶呼气：“你都不知道你煮的曲灵茶有多香！我家里也有，还挖来了最好的茶艺大师，可跟你这没法比。”

凤舞在心里暗暗得意，她这手煮茶的功夫，可是她家美人师父手把手教出来的呢，美人师父那标准多严苛啊，她能不努力吗？

凤舞想起她煮了那么多次茶，可美人师父到现在都没喝到一口，后来他好不容易修炼出真身，又发生了左家的事情……

左青鸾！凤舞深吸一口气，眸中杀意凛然。

“喂——凤小舞，你怎么啦？”御冥夜双手扶住凤舞纤细的肩头，一脸关切地问，“怎么眼眶都湿了？喂，不就是喝了你一杯茶吗——”

就在这关键时刻，君临渊来了。

他刚跳上星陨院的墙头，就看到御冥夜和凤舞在一起。从他的角度看过去，这两人的姿势极其暧昧！

那一霎，君殿下只觉得脑海里一片空白，全身都被怒气填满了。

好你个凤舞，为了你的成绩，本太子连皇帝都算计了，结果忙来忙去，你却跟别的男人卿卿我我！

君临渊的第一反应就是杀了御冥夜。

轰！君临渊还没出手，他脚下的围墙就塌了，残破的墙砖化为一地齑粉。

听到声音，凤舞和御冥夜同时回头，然后他们就看到了处于暴怒状态的君殿下。

凤舞下意识地推了御冥夜一把：“快跑！”

跑？御冥夜还没反应过来，君临渊已经一步踏到御冥夜面前，拽住他的衣领。

凤舞顿时急了：“君临渊，你放开他！”

凤舞不说话还好，她这一求情，就是火上浇油了。

君临渊冷笑一声，抬手将御冥夜往外一丢。

可怜的御冥夜，前几天刚在帝都塔上冻了一整夜，风邪入体，考试都没考好，身子到现在还没好呢，现在又嗖的一声，被君临渊丢出去了。

凤舞眼睁睁地看着御冥夜在半空中越飞越远，越飞越远……

“君临渊，你发什么疯？”凤舞气得瞪他。

君殿下好生气，他为她奔波，结果她就这么对他？现在还来吼他？

“你想要考试通过是吧？别做梦了！”君临渊气得转身就走，瞬间消失无踪。

凤舞：“……”

君临渊从出现到离开，总共不过三秒钟，所以，当朝歌她们从里面冲出来的时候，看到的就是一地的齑粉，还有塌了一大片的院墙。

大家都睁大眼睛，用一种特别疑惑的目光望着凤舞。

秋灵：“小姐，怎么了？刚才是谁来了吗？”

凤舞揉揉眉心，心情前所未有地烦躁。

君临渊说的那句话，到底是什么意思？如果他插手的话，那这次考试，她是真有可能通不过的。

可是，考核结果跟星辰碎片挂钩，而星辰碎片是唯一能救美人师父的宝贝啊！

君临渊从凤族离开之后，直奔帝国学院而去。常三跟在君临渊身边，见殿下怒气冲冲，一句话都不敢说。

而此时，武帝早已气势汹汹地到了帝国学院。他直接给左副院长撂下一句话：“朕给你一分钟时间，将凤舞的卷子交出来，否则后果自负！”

“陛下——”左副院长跪下，刚想为自己辩解，武帝就冷冰冰地摆手：“朕不听解释。”

左副院长哭诉：“陛下，凤舞小姐的卷子已经交上去了，这里怎么会有她的卷子呢？”

君武帝冷笑，将那份模仿的卷子砸在左副院长脸上：“左赫，你竟敢拿这东西糊弄朕！”

卷子砸中左副院长的脸后落到地上，正好落在左副院长的正前方。

左副院长瞥了一眼，正是他亲笔伪造的那份卷子。

陛下居然看出来了，完了完了……

陛下怎么会看出来呢？陛下是在试探，还是有切实的证据？

“陛下，这……这就是凤舞小姐的卷子啊。”左副院长仍心存侥幸，一口咬定，“您看上面的考号——10001，还有这名字……”

武帝冷哼一声：“如果今天找不到卷子，朕就拿你的人头去赔给凤舞！”

左副院长倒抽一口冷气，偷眼去看武帝，见武帝全身都被寒气笼罩，杀气腾腾的，不像在开玩笑。

左副院长也很纠结啊，那份卷子现在就揣在他怀里，要不要交出来呢……

武帝冷笑："如果找出卷子还好，若是找不出卷子，你这脑袋就别要了。"

左副院长快哭了。

哪有这么严重？哪至于到处死的地步？

可是左副院长不知道，刚才在皇宫的时候，武帝被君临渊那一通挤对，多没面子啊，为了找回场子，武帝这次真要下杀手了。

"陛下……微臣……亲自找找去？"左副院长想乘机把卷子偷偷放回去。

武帝冷着脸看着他。

如果是陆院长在，武帝自然不会这么不给面子。

不，如果是陆院长在，根本不会发生这样的事情。

左副院长一出房间，刚刚呼出一口气，大总管的声音就在他耳边响起："左副院长，咱家跟你一块儿去吧。"

大总管笑眯眯地看着他，左副院长勉强笑道："好啊好啊，大总管这边请。"

案卷室内，吴老师手足无措地望着左副院长：现在怎么办？

左副院长狠狠地瞪了他一眼，警告他什么都不要说。

左副院长去翻试卷，一边翻，一边偷眼看大总管，大总管则一直盯着他不放，左副院长根本没有机会将卷子拿出来放到卷宗里。

怎么办？

就在这时，外面传来一阵脚步声，左副院长抬头望去——

君殿下！他怎么来了？

君临渊看到左副院长没有说话，只问封管家："如何了？"

封管家说："一直都没找到那份卷子。"

君临渊眸中浮现一抹冷笑，他负手而立，冷冷盯着左副院长，眸中意味深长。

"临渊，你怎么来了？"武帝听到动静，带着一行人往案卷室而来，刚进门就看到了君临渊，暗暗寻思：这破孩子对此事也感兴趣？

君临渊冷笑一声，坐在椅子上一言不发，通身散发着"我很不爽，我要杀人"的气势。

武帝有些纳闷，居然有人能将君临渊惹成这样？不对啊，他家这位太子，一般有仇当场就报了，不会留着过夜的，哪能被人气成这样还报不了仇？

察觉到武帝好奇的目光，君殿下气势汹汹地瞪了君武帝一眼。

"咯咯……"武帝尴尬地咳了两声。

这破孩子，他都惹不起，居然有人敢惹？武帝真是好好奇啊，不过现在，他却不得不将注意力转移到左副院长身上：“如何了？”

左副院长本想将卷子交出来的，现在却想矢口否认，因为——

君殿下来了！

左副院长是左青鸾的大伯父，他记得左青鸾亲口在家族高层会议上说过，她是一定会嫁给君临渊的，并且，君临渊对她是有好感的！

所以，当左副院长看到君临渊的时候，那叫一个心花怒放啊——这不是自家姑爷吗？有他在，陛下想必也会放他一马吧？

所以，左副院长哭丧着脸，直接跪下了：“陛下，整个案卷室都找遍了，就是没有多余的卷子，刚才那份真是凤舞的卷子啊！”

好一个左副院长，事情都这么明显了，居然还敢狡辩，简直忍无可忍！武帝气得抬脚就朝左副院长的肩头踹去：“佞臣！”

“陛下，微臣真的不知道这是怎么回事啊，陛下明察秋毫，不要冤枉了好人啊！”左副院长一口咬定自己是无辜的。

而不远处的那位吴大人，此刻终于明白出了什么事，吓得跪在地上瑟瑟发抖。

白公公来了，大总管来，方阁老来了，陛下来了，君殿下来了，原来他们全是为了凤舞的那份卷子而来……

吴老师悔得肠子都青了，早知道事情会闹这么大，他死也不敢偷凤舞的卷子来讨好左副院长啊，现在怎么办？

吴老师吓得体若筛糠，不过此刻在场之人的注意力都在左副院长身上。

武帝冷笑一声：“将他给我拿下！什么时候找出卷子，什么时候再说！”

说罢，武帝转身就走。

凤舞的卷子不是最重要的，重要的是，他的帝国学院居然被这样的人掌管，武帝怎么能忍！

左副院长没想到，武帝不需要任何证据就要撸他，顿时惊慌失措。他求助地望着君临渊：“殿下，殿下，微臣真的是无辜的，微臣真的什么都不知道啊！”

武帝动怒：他居然跟君临渊求助！

可偏偏，这时候的君殿下也不知道哪根筋不对，他嘲讽地瞥了武帝一眼：“没有证据就拿人，这样不太好吧？”

武帝更怒：“君临渊，你给我出去！”

君殿下骨子里那桀骜不驯的因子上来了，他天不怕地不怕，更不怕君武帝，闻言只是冷笑：“陛下，拿人要看证据，您有证据吗？”

武帝气得够呛，他就知道，这熊孩子生下来就是气他的！

武帝暴怒："滚！给朕滚出去！"

然而，君临渊置若罔闻，不动如山。

武帝越是暴跳如雷，他越是泰然自若，还慢悠悠地给自己倒了一杯香茗，不疾不徐地抿了一口。

左副院长心里那叫一个激动啊——左青鸾的话果然没错，君殿下是喜欢她的！正因为喜欢她，所以君殿下为了他左赫，敢跟陛下叫板。

好一个爱美人不爱江山的君殿下啊！

左副院长心中激动，表面上还是做无辜愁苦状。

"殿下，您跟陛下好好说道说道吧，微臣真的什么都不知道啊。凤舞的卷子真的已经交上去了，落榜是因为她自己实力不济、卷子做得不好啊……可她卷子做得不好，总不能怪阅卷的老师吧？如果换成我们家青鸾，那绝对会考第一啊，怎么可能落选呢？所以，这事真要怪，只能怪凤舞自己没有真才实学啊，是吧？"

好你个左赫，竟想拿左青鸾来说动君临渊！武帝对左青鸾的印象顿时就不好了。

"君临渊，你这是故意要跟朕作对了？"武帝气势汹汹地瞪了君临渊一眼。

在场之人全被这对父子吓得够呛，而君临渊依旧淡淡地说："我只看证据。"

"你说朕没有证据？"武帝冷冷一笑，那双威严的虎目猛地瞪向跪在地上的吴老师。

吴老师从始至终身子都抖得厉害，可见其内心之惶恐。

武帝一个眼神，大总管就心领神会，一把将吴老师拎在手中。

吴老师哪见过这等阵仗，顿时吓得魂不附体，大声辩解："不是我不是我，凤舞的卷子不是我偷的！"

"有人说过凤舞的卷子被偷了吗？你是怎么知道的？"大总管似笑非笑地问。

"啊？"吴老师脑子一片空白，"我不知道，我什么都不知道，我……"

"你明明什么都知道，还敢说谎！"大总管捏住他的咽喉，"咱家数到三，如果你还不说出真相，那么，不仅你要死，你的老婆孩子、你的家族、你的九族……"

"我说我说！"吴老师哪敢不说啊，他死不足惜，可他还有老婆孩子，还有家族亲友。

"是左副院长指使我干的，是他逼我将凤舞的卷子偷出来的！"吴老师直接将左副院长攀咬上了。

什么？在场的人，视线全都盯着左副院长。

而此刻的左副院长，更是像被雷劈了一样。

“不，没有！”左副院长直接给君武帝跪下，“陛下，吴茗一派胡言！微臣怎么会指使他做这种事？微臣岂会跟一个小丫头计较？”

吴老师既然已经攀咬，自然要说得干净：“左副院长，凤舞那么出色，她的卷子可是没有一点错处，为了您家那位未来的太子妃左青鸾，您会不忌惮？”

未来的太子妃？武帝冷笑，谁答应的左青鸾就是未来的太子妃？

武帝气呼呼地瞪了君临渊一眼，君殿下被瞪得莫名其妙。

左副院长没想到会在吴茗这里翻车，他想冲上去阻止，可是封管家拦住他，他根本过不去。

吴老师语速很快，噼里啪啦就是一顿控诉：“左副院长，是你指使我将凤舞的卷子偷出来的！那本是一张满分卷，你为了压制凤舞，硬生生将那卷子抽走了！

“然后为了不被上面发现，你又亲自临摹了一张错漏百出的卷子，那张卷子的分数是一百七十九分，刚好落选了。你以为这样做就不会有人查了，可你错了！

“只要做过的事，就不会没有痕迹，左副院长，现在凤舞那张卷子还在你手里，这会儿你应该还没寄给左青鸾吧？还不赶紧拿出来，跟陛下请罪！”

“你，你，你……”左副院长怎么都没想到，自己竟然会栽在吴茗手里。

“你胡说！明明是你自己拿了凤舞的卷子来找我，你——”

左副院长气急败坏地指着吴茗说出这句话，话刚出口，他就后悔了，但世上没有后悔药。

君武帝冷笑一声：“好你个左赫，做下此等好事，居然还敢在朕的面前装无辜！朕在你眼里，就是个好糊弄的傻子吗？”

武帝越想越气，恨不得亲手撕了左副院长。

左副院长被吓得够呛，跪在地上瑟瑟发抖……

现在唯一能救他的，就只有君临渊了。

“殿下，殿下——”左副院长爬到君临渊面前，“这卷子的事……是吴茗干的，我真的什么都不知道啊！殿下，看在我们家青鸾的分儿上，您说两句吧？”

君临渊不耐烦地盯了左副院长一眼。这样没有骨气的人，真是有损帝国学院的威名，让人连带着将帝国学院都看低了。更何况，他居然拿左青鸾来威胁他？

“左青鸾？谁啊？”君殿下站起身，踹了左副院长一脚。

左副院长倒飞出去，他的怀里飞出一沓白纸。

不等白纸落地，封管家长袖卷过，这沓纸就到了他的手中。

那是一份卷子，凤舞的卷子。

封管家将卷子递给君殿下。

左副院长心中一惊：“这卷子是假的，这不是凤舞的卷子！”

君殿下瞥了卷子一眼，嘴角勾起一抹冷笑："这份卷子，是本太子看着她一个字一个字写出来的，你竟然说它不是凤舞的卷子？"

什么？在场的人全都震惊地盯着君临渊，就连武帝也是一副难以置信的表情。

他不是很讨厌凤舞吗？居然盯着舞丫头考试？

这话的信息量，很大啊。

"殿下，左青鸾……"最震惊的莫过于左副院长了，他一心以为君殿下会为了左青鸾而特别关照他，结果君殿下嗤笑一声："左青鸾是什么东西？"

君殿下对左青鸾……似乎并不喜欢啊！左副院长只觉得心中剧痛，这对于左家来说，只怕是最坏的消息了！

第二天，凤舞一早就翻墙到了隔壁……

"方老爷子，方老爷子！"凤舞一脸兴奋和好奇地唤道。

每天用完早膳，方老爷子都会在院子里走一圈，散散步。

方阁老看着从自家枯井里蹦出来的凤舞，差点儿被吓一跳。

"你这丫头——"方阁老没好气地瞪着凤舞，"大早晨怎么跑到井里去了？"

凤舞笑嘻嘻地说："这里灵气浓郁，有利于修炼啊。"

"胡说吧你就。"方老爷子根本不信。

凤舞笑嘻嘻地挽着方老爷子的胳膊："老爷子，怎么就是胡说呢？您看我现在的实力。"

凤舞拿开隐灵石，方老爷子一看，眸中闪过一道亮光。

老爷子被凤舞显示出来的实力吓了一跳："五星灵宗境？"

凤舞笑嘻嘻地点头。

老爷子一脸难以置信："前几天你还只有四星灵宗境呢！"

哪有这样的啊，卷子做得那么完美，晋升速度也是杠杠的！说实话，老爷子这么多年见过的天才那都是一摞一摞的，可还真没怎么见到像凤舞这样的！

凤舞一脸得意的笑容。

"你这孩子，怎么修炼的？"老爷子太无语了，这孩子生来就是刺激人的吧？

谁说她变成废材了？谁说她不是天才？现在的她，分明就是天才中的天才！

凤舞歪着脑袋，指着前方的枯井："在里面修炼，晋升特别特别快呢。"

方老爷子以为这丫头胡扯，戳戳她光洁的额头："瞎说吧你就。"

凤舞嘿嘿笑，也不说破。

"大早上的过来，有事儿？"方老爷子双手交负在后，做傲娇状。

昨晚的事已经结束，不过因为涉及左家和帝国学院舞弊事件，所以保密，外界并没有传出来，也难怪这丫头着急。

“老爷子，我听说——”凤舞挽着老爷子的胳膊，一边走，一边歪着脑袋问，“榜单出来了？”

“嗯。”老爷子傲娇地抬着下巴。

“听说……里面没有我？”凤舞望着老爷子。

“紧张啦？”

“怎么会！”凤舞拍着小胸脯，“我相信帝国，相信陛下，也相信老爷子您啊。”

说话间已经到了凉亭，凤舞赶紧拿帕子扫了扫石凳，扶老爷子坐好。

老爷子瞥了老管家一眼，老管家便出去守着了，凤舞洗耳恭听。

方老爷子说：“结果已经出来了，今天帝国学院门口就会张贴榜单。”

见凤舞老神在在、不慌不忙，老爷子无语：“你就一点儿都不紧张？”

“我紧张什么呀？这不是有老爷子您嘛。”凤舞一看老爷子这轻松的模样，就知道她被人坑的事摆平了，不然老爷子比她还生气呢。

方阁老戳戳凤舞的小脑袋：“你这丫头，心还真宽。如你所愿，这第一名终于给你拿回来了。”

“哦？这其中还有故事呢？”

“可不是有故事嘛，简直可以用惊心动魄来形容。”老爷子一副长篇大论的样子。

凤舞一边听，一边举着茶壶给老爷子倒上半杯茶水。

“哟，曲灵茶？”方老爷子一闻这味儿就知道，特别惊喜地问，“哪儿来的曲灵茶？跟令狐大师求的？”

令狐大师？那是一位非常有名的大佬。凤舞摇头：“不是啊，我煮的呀，老爷子，您觉得如何？”

“好极，好极！”方老爷子惊奇地望着凤舞，“你这丫头，真是让人惊喜不断啊，连曲灵茶都能泡出来！”

方老爷子怎么都没想到，这被称为“废材”的小姑娘竟然有这么多惊人之处——晋升速度惊人，灵阵技巧惊人，现在还会煮曲灵茶，这至少也是大师级别的手法！

凤舞淡笑：“如果老爷子喜欢，回头再给您泡。”

“好极，好极。”方老爷子端着白玉杯，慢悠悠品着茶，心情极好地将昨日发生的事，一五一十地给凤舞讲述了一遍。

最后，他老人家感慨道：“当时君殿下站反面来着，老头子我心里直嘀咕，不过幸好君殿下后来反过来了。”

凤舞皱眉，这个君临渊，最爱坏她的事儿了。

她歪着脑袋问方老爷子：“如果君临渊坏事儿，这事儿就算陛下坚持，也没辙儿吗？”

方阁老想了想，问凤舞：“你想听真话，还是假话？”

“真话就是……君临渊还真能成？”凤舞有些不信。

方阁老点点头。

“怎么可能！”凤舞一拍桌子，“君临渊只是太子，可是陛下是皇帝啊，哪有皇帝听太子的！”

“可你别忘了，宫里还有一位老佛爷呢。”方阁老苦笑，“你是没见过那位老佛爷，如果你见过，你就什么都明白了。”

“我见过。”凤舞气鼓鼓地说，“小的时候，老佛爷召见了我一次，印象中她老人家特别严苛、严肃、严格！”

“对你能不严苛吗？当时你可是君殿下的小未婚妻，那标准，必须得严苛啊，拿尺子量出来才好呢。”方阁老只是笑。

“啊？您的意思是说，老佛爷对君临渊宠到天上去了？”

方阁老摇头：“不是宠到天上去，是宠到天外天去了。”

凤舞和方老爷子正聊着，方管事寻到凉亭这里，上前禀道：“老爷，沐郡主求见。”

方老爷皱眉，还没等他说话，外面就传来沐瑶瑶尖锐的声音：“这是我外公家，我凭什么不能来？你们走开！全都给我走开！”

说话间，沐瑶瑶跑过来了。

看到凉亭里的方老爷子，沐瑶瑶顿时露出娇憨软萌的笑容，但是当她看到凤舞时，眼中瞬间浮现掩不住的厌恶。

“凤舞！你怎么在这里？”沐瑶瑶瞪着凤舞，目光中迸射出怒意。

凤舞摊手，我在这儿，关你什么事？

“外公，大早上的，她怎么会在这里！”沐瑶瑶用质问的语气对方老爷子说道。

方老爷子顿时不高兴了，皱眉问道：“你有事？”

沐瑶瑶想起正事，顿时不理凤舞了，她往方老爷子身边一挤，拉着老爷子的胳膊说道：“外公，我给你带来了一个人，你见了肯定高兴！”

“伯外公。”老爷子纠正。

可沐瑶瑶不管，她摇晃着方老爷子的胳膊说：“外公……您不是要告老还乡了吗？您这宅子不是要卖吗？要不，您别卖了，送给我好不好？”

送给你？多大脸啊？凤舞没好气地瞥了沐瑶瑶一眼，这底下可是满满的上品灵石，你也好意思说送你？

方阁老眉头微蹙。

“外公，您不送我啊……”她的声音中透出一丝失望，不过很快她又重整旗鼓，“外公您不送我没关系，只要您给我这个面子就成！”

说话间，沐瑶瑶转头对跟她进来的那位中年男人说道：“姚族长，这就是我……外公方阁老了。”

沐瑶瑶转头对方阁老说：“外公，这位是姚重，姚家长房嫡系，现任姚家家主，更是著名的皇商。姚家商号开遍帝国，是三大商号之一……”

方阁老皱眉，摆手制止沐瑶瑶继续说下去。

“我还没有老糊涂，不至于不知道姚家。”方阁老盯着沐瑶瑶，有些不耐烦，“长话短说。”

“哦……”沐瑶瑶明显有些失望，感觉到凤舞似笑非笑的目光，沐瑶瑶愤怒地瞪了她一眼，转而对方阁老说，“外公，您这宅子不是要卖吗？姚族长对这宅子有兴趣呢。”

方阁老眉头皱得更紧了。

凤舞原本置身事外，但是一听宅子的事，顿时就上心了。

这宅子，她要定了，谁都别想跟她抢！

虽然内心在意，但面上凤舞还是不动声色，并没有表露出来。

方阁老没有说话，沐瑶瑶以为老爷子是在考虑这件事，便笑着说：“外公，您这宅子，不是本来就要卖吗？现在卖给姚家多好啊，姚家有的是钱。”

沐瑶瑶一边说，一边回头暗示姚族长。

姚族长笑着说：“方阁老，听说您这宅子准备卖十万银币？我们姚家出一百万银币，买下您这宅子可好？另外，您要的万年灵芝和万年血参，也一并奉上。”

十倍？姚家竟然一开口就涨到十倍，哪有这样买宅子的，这分明就是拿钱去砸！凤舞心头浮现一抹警觉，难道姚家知道了这座宅子底下埋着宝贝？不然怎么会出这么高的价钱？

方阁老指指面前的空位，姚族长受宠若惊，推辞了一番才敢坐下。

“为何？”方老爷子没有立即答应，也没有立即拒绝，那双历经宦海沉浮的深眸盯着姚族长，目光犀利而深沉。

姚族长说：“方阁老，您家这宅子风水好，是大吉之地。”

“仅仅如此？”

“方阁老，不瞒您说——”姚族长苦笑道，“我姚家这些年确实赚了些钱财，可家族里的孩子脑子不太开窍，考上帝国学院者寥寥无几，未来可想而知，所以，想买下这宅子，沾沾您老人家的光，家里的孩子或许能开窍呢。”

“仅仅如此？”方阁老还是那句话，但是他的目光越发犀利。

方阁老在凤舞面前，或许是一位和蔼可亲的老爷爷，但是现在在姚族长面前，恢复了原本的威严。

被方阁老那睿智而犀利的目光盯着，姚族长顿时有一种透不过气来的感觉。

他心中一窒，不敢不说实话：“小人无意中听说方宅里藏着一个巨大的秘密，这么多年，方家一直不曾破解，所以……”

方阁老闻言，那冰刀般的目光射向沐瑶瑶：“你母亲说的？”

“外公，这件事母亲是告诉过我，但……这个秘密，您不是一直都没有破解吗？再耽搁下去，厄运会降临方家的，外公，您就卖给姚家吧！”

“姚家给了你多少好处？”方阁老声音冰冷，不疾不徐地说。

“外公，我……没有好处啊……”沐瑶瑶继续扮无辜。

方阁老冷笑一声。正所谓“无利不起早”，若是没有好处，沐瑶瑶这样的性子会帮人？方阁老摆手：“送客。”

“外公，外公……”沐瑶瑶再不愿意，还是被方管事硬扯出去了。

“方阁老——”凤舞正想说话，方阁老却没了兴致。

他老人家寒心了。

沐王妃虽然不是他的亲闺女，可也是他亲手带出来的，如今居然这样坑他。

方阁老摆摆手，示意凤舞暂时不要说话。

“姚家背后的靠山是沐王府。”方阁老冷笑一声，“沐瑶瑶借姚家之手来买这座宅子，以为我不知道？”

如果她要买，不能直说？非要借别人之手，还假装自己什么都不参与，无辜极了的样子，简直可笑！

“方阁老，您别生气了，沐瑶瑶有她的想法，您也有您自己的啊。”凤舞劝道。

“可这座宅子，终究是要转手的，而且要在半个月之内。”方阁老长叹一声，“否则，怕厄运会降临到玄奕身上。”

方阁老无奈：“可是这转手，不是胡乱转手的，是有规矩的。首先必须是大师级灵阵师，其次必须要跟这宅子气场相合，再次……”

说着说着，方阁老的目光忽然转到凤舞身上：“哎哟！真是踏破铁鞋无觅处，得来全不费工夫啊！舞丫头，这些条件，不就是为你量身定制的吗？”

“量身定制？”

“对啊！”方阁老问，“你不是大师级灵阵师？”

“是啊。”

“你跟这宅子气场不合？”

“符合啊。”

“你拿不出来万年灵芝和万年血参？”

“这还真有。”

“那不就结了！”方阁老本是性情中人，从官场中脱离后，更是任性。

他老人家看凤舞有缘，当即拍桌子做了决定：“那不就行了？所以这宅子就送你了！”

“送我了？”凤舞哭笑不得，“姚家出一百万银币您不卖，转头就白送我了？”

“谁让你这丫头招人喜欢呢！”方阁老当即就让老管家去拿笔墨纸砚。

不一会儿，老管家就端着文房四宝来了。

这位老爷子现在是真任性啊，说风就是雨，刚说转手，现在就拟转手证明书了。

老人家很快就将转让书写好了。

凤舞一看，那上面只写了一句转赠事宜，她只须接收，不用付出任何代价和义务。

“来，签名吧。”老爷子将笔递给凤舞，“签上你的名字，回头让人去衙门将地契和房契换上你的名字，这事儿就成了。”

“你这丫头，还愣着干吗？白得一处风水这么好的宅子还不乐意啊？”老爷子取笑凤舞。

这时候，凤舞不可能不动容，她也不知道为什么自己老是遇上贵人。

“干吗？高兴得都快哭了啊？”老爷子看着凤舞那呆呆怔怔的样子直乐。

凤舞咬着下唇，将那份转让书递了回去：“如果我签了这转让书，回头您非派人追杀我不可。”

“怎么会？”方老爷子不解地看着凤舞。

凤舞原本就想告诉方老爷子实情的，不然刚才她也不会故意从枯井里跳出来。

凤舞笑看着方老爷子：“您不是一直想知道这座宅子的秘密吗？”

方老爷子原本淡然的神色，在听到凤舞这句话时，倏然一紧：“你知道？”

“知道啊，您随我来。”凤舞拉着老爷子来到那口枯井旁，老爷子不解地望着凤舞。

"跳下去啊。"凤舞拉着老爷子就往枯井里钻。

两人跳进枯井，方阁老忽然有一种异样的感觉。

凤舞歪着脑袋，笑着问他："老爷子，您有没有感觉到不一样的地方？"

"灵气……似乎浓郁了一些？难道这里是一个修炼空间？"方阁老眸中浮现一抹惊喜。

凤舞打了一个响指，凤土土从凤舞怀里钻出，瞬间就往地下钻去。

不过方老爷子的注意力全在井壁上，他一边摸索，一边惊呼："这里的岩石可不一般，看着像灵原石！不，就是灵原石！"

凤舞只是笑，方老爷子继续感慨："如果没猜错，这灵原石剥开，里面绝对是上品灵石。哎，不得了啊，光是这一大块上品灵石，就抵得上这座宅子的价值了，你这孩子倒是有眼光。"

凤舞依旧笑而不语，就在这时，凤土土从土里钻出来，出现在方阁老面前。

凤土土的嘴里叼着一块灵石，胸前挂着的小肚兜里塞满了灵石。

"这……"方阁老惊了惊。

"老爷子，这些灵石的品相如何？"凤舞抱着凤土土，将它放进方阁老怀里。

方老爷子从凤土土的兜里取出一块灵石，仔仔细细地观看着，越看越是惊叹："上品灵石，全都是上品灵石啊！舞丫头，它是从哪里……"

"老爷子，您刚才也看见了。"凤舞坦然看着方老爷子，目光真诚，指着枯井底下的位置。

确实是亲眼所见，所以方老爷子不得不信。

"这地底下……"方老爷子手掌贴地，释放出灵识向地底探去，只觉得满眼的绿！

"这……"饶是他老人家见惯了世面，都不由自主地惊呼一声，"这这这……这下面是……矿脉！"

凤舞点点头。

老人家深吸一口气，没想到这一代又一代传下来的秘密，居然是这样的。他以前不是没探测过地底，也不是没挖过地面，但一直都没有收获，现在他才知道，是因为入口不对。

这口枯井，才是进入地底矿脉的真正入口。

"你这孩子，还真的是……"凰命所归吗？这叫什么运气啊！

"你是怎么发现的？"方老爷子和凤舞出了枯井，神色平静多了，笑着问凤舞。

凤舞摊手："有一次坐在我家墙头，看到那口枯井上有一道光闪过，于是根据那个时辰、方位、地形掐指一算，心中便有数了，再加上我家凤土土天生就有寻宝的技能，它往地底下一钻，再出来时嘴里叼着一块上品灵石，还有什么不明白的？这地底下，就是一座上品灵石的矿脉啊。”

“可是，你这丫头，明知道这地底下的矿脉富可敌国，还拒绝了我的馈赠。”方老爷子内心那叫一个感慨啊。

这地底下蕴含着的矿脉，真要算成财富，堪比一个小国的国库啊！可是这丫头，居然拒绝了馈赠，还将这个秘密告诉他。

方阁老本就对凤舞印象极好，现在更是觉得这丫头好得绝无仅有，最重要的是心性好、人品佳。这样的孩子，谁能不喜欢？

“把这个签了。”方阁老将那张转赠书交给凤舞。

凤舞惊讶地望着方老爷子：“您老别是糊涂了吧，那可是一座上品灵石矿脉啊，您说送就送？”

方阁老没好气地说：“这么大的秘密，你这丫头想说就说了，难道我老头子还能小气？况且，别人精心钻研了一代又一代，都不得其门而入，可你这丫头不过是往墙头一坐，晃晃腿，就知道了这个秘密，可见你跟这座矿脉有缘，或者说，这座矿脉本该属于你。”

方阁老感叹：“有生之年，能知道这个秘密，老头子我已经很知足了，再不敢将它据为己有，太过贪心可是会折寿的，你赶紧将这转赠书给签了。”

凤舞见老爷子真心实意，如果自己再推辞下去便显得矫情了，于是点头道：“老爷子，您敢赠，我就敢收。”

大不了以后对方阁老更好一些，他以后的养老问题，她包了！

“好好好——”方阁老很开心，更是告诉凤舞一个秘密，“你知道吗？咱们脚下这块地，还有一个传奇故事呢。”

“传奇故事？”凤舞那双漂亮的眼睛一亮。

“听说过大陆主宰牧九州吗？”方阁老眼中充满了敬意。

“牧、牧……九州？”凤舞瞪大双眸，紧张地盯着方阁老。

当然知道！大陆主宰牧九州，不就是她的美人师父吗？现在就躺在她的随身空间里呢！

方阁老自然不知道他要八卦的主角就近在咫尺，他老人家说：“据野史记载，很久很久以前，君武帝国还未曾建立的时候，咱们脚下这片土地曾经生灵涂炭，化为一片焦土，而引起这一切的，就是牧九州！”

“一个人，引起整个大陆的战争？”凤舞握紧拳头，她家美人师父好厉害哦！

“是的，以一人之力，斩杀大陆十二大绝世高手，巅峰强者尽数陨落，血流成河，整个大陆为之震动，但是在那场战争中，据说，牧神失去了他最重要的人。”

“最重要的人？是谁？男人还是女人？”凤舞紧张兮兮地望着方阁老。

“应该是女人吧？”方阁老想了想，“野史上记载的，也不知道是不是杜撰的，据说在那场战斗中，他失去了最心爱的女人，从而流下一滴清泪。”

方阁老指着枯井：“那一片矿脉……说不定就是牧神的那滴泪变的。”

“您确定……牧神曾经有最心爱的女人吗？”凤舞的声音轻飘飘的，她只觉得脑子一片空白，整颗心都空落落的。

“那段历史随着强者的陨落而湮没，知道的人少之又少，如果能找到牧神那几个徒弟，或许能知悉一二吧。”

“不过——”方阁老苦笑，“牧神的弟子，现在应该是大陆上各大势力最顶尖的掌权者吧？想认识可难了。”

凤舞现在满脑子都是美人师父那滴泪的事——能让白衣飘飘、宛若神祇的美人师父流下一滴泪，那个女人，到底是谁？

“凤舞？凤小舞？”方阁老戳戳凤舞的额头。

“嗯？”凤舞回过神来，“您刚才在说什么？”

“也没什么。”方阁老摆手，“今日就要出榜了，你赶紧回家去，回头道喜的人怕是会将你家门槛给踏破了。”

凤舞苦笑，这是不可能的。不过她还是决定回家盯着，免得大夫人那边又出幺蛾子。

第七章

考试结果

秋叔和秋灵一大早就出门了，他们最关心的就是凤舞考试的事情了。

他们才刚出门，朝歌就拉着凤舞非要去看。

帝国学院门口人头攒动，众人全都翘首以盼。

就在这时，帝国学院的大门开了，一队穿着帝国学院制服的人从里面走出来，手中捧着长长一张皇榜，十个人一起，才终于将这张榜单张贴上去。

“结果出来了！”很多人都疯了似的往前冲。

秋灵正激动地往人群里挤，却被凤舞一把拽了出来。

看到凤舞，秋灵特别激动：“小姐，结果出来了，快让我去看看！”

凤舞无奈地看着她的小身板：“这时候还往里面挤，你不要命了？”

“小姐，你就不想知道考试结果吗？”

凤舞没好气地说：“你家小姐我考第一呢，所以没什么好挤的。”

凤舞的话刚说完，耳边就传来一阵嗤笑声。

凤舞和朝歌一回头，就看到了段朝音和段朝乐。

她们家的下人已经冲进去看榜单了，所以她们正手拉手站在阴凉处等着听结果。可偏偏那么巧，她们站的地方就在凤舞旁边，听见了她的那句话。

“哎哟，我道是谁呢，原来是传说中的天才凤舞啊！”段朝音顿时就乐了，“我刚听到了什么——第一名？凤舞说她自己能考第一？”

“噗——”段朝乐掩唇一笑。

朝歌看到她们两个就生气，眸中瞬间浮现两簇火焰："喂！段朝音，段朝乐，你们笑什么！"

段朝音笑着对段朝乐说："有些人真是太蠢了，我们嘲笑了半天，结果人家连我们笑什么都不知道呢。"

朝歌气得上去就要打人，段朝音不怕事大，更不怕丢脸，立刻大声嚷嚷起来："大家快来看啊，天才凤舞考不上帝国学院，恼羞成怒要打人啦！"

天才凤舞？如果段朝音没有喊凤舞的名字，很多人不会注意到这里，毕竟大家冲进去看自己的成绩都来不及呢，但是凤舞现在太有名了……

"哪个凤舞？"

"就是那个被误认为用假准考证的凤舞啊！"

"哎哟，还天才呢，不是已经变成废材了吗？"

"人家自诩天才，你管得着吗？听说这位'天才'没考上？"

"没考上是正常的，考上那才叫奇怪呢。"

……

一时间，无数道目光都往凤舞这边望来。

"哎哟，我道是谁呢，原来是你啊！"一个有些熟悉的声音在凤舞耳边响起。

凤舞偏头一看，还真是熟人——叶雅菲，她身后依旧跟着霍茵那几个人。

因为天下楼的事，叶雅菲被家族禁足了一段时间，她将这笔账全记在凤舞头上了。

"凤舞，你好大的脸啊，居然说自己能考上帝国学院。"

段朝音遇到盟友特别开心，在一旁讥诮道："什么考上帝国学院啊，她刚才说了，她考了第一名呢！"

"哈哈哈哈哈……"叶雅菲带来的那四个人，此刻全部笑喷。

叶雅菲一边笑，一边抹泪："文试通过就已经够夸张的了，居然还敢说自己考了第一名，天啊，凤舞，你这些年，别的没练，就专练脸皮了吗？"

凤舞还没有说话，朝歌就不乐意了："你们这些人全都不长眼，这次考试，我们家小舞就第一了，怎样，你们忌妒啊？"

"哈哈哈……凤舞敢说她第一？"沐瑶瑶听到动静走过来说，"如果这次文试凤舞能考第一，我这颗脑袋拿下来给她当球踢！"

"此话当真？"凤舞望着沐瑶瑶，眸中含着一抹浅笑。

沐瑶瑶冷笑一声："当然！如果你文试第一，我这颗脑袋就切下来，随便你当凳子坐还是当球踢，但如果你输了——"

沐瑶瑶双手交负在后，嘲讽地瞥了凤舞一眼，目光瞬间变得冰冷："那就把你的脑袋给我切下来！”

就在这时，大夫人和凤琉也挤了过来。

凤琉正想站出来，大夫人却握住她的手，对她摇摇头。

现在有沐瑶瑶跟凤舞作对，再好不过了。

朝歌有些紧张地拉着凤舞，秋灵和凤小七也紧张地望着凤舞。

“姐，不要……”凤小七拽着凤舞的衣袖拼命摇头，“姐，她的脑袋不值钱，她比不上你，咱不跟她赌。”

围观群众一听，差点儿笑喷，沐瑶瑶却气得快升天了。

居然说她的命不如凤舞的贵！她可是堂堂郡主，沐王府的千金，哪里是凤舞这个小废物能比的！

沐瑶瑶冷笑一声：“凤舞，你跟不跟我比？”

凤舞摇头：“比倒是没什么，关键是我怕你输了不认账啊。”

“什么话！”沐瑶瑶啪的一声将一块沐王府的令牌拍在桌上。

“我沐瑶瑶，以沐王府的名誉发誓——如果我沐瑶瑶输了赖账，就让我沐王府王位不保，降为爵位！在场所有人都可为我做证！”沐瑶瑶说罢，挑衅地望着凤舞。

沐瑶瑶恨不得将凤舞置于死地，今天凤舞要是敢应，她就真敢砍凤舞的脑袋！

“这还不够。”凤舞说，“白纸黑字，写清楚才好。”

“好！”沐瑶瑶一见有戏，顿时激动了，“你要白纸黑字是吧？那我就给你白纸黑字！”

沐瑶瑶让人取了笔，铺开纸，不一会儿就将赌约写好了，她递给凤舞：“如何？”

凤舞看沐瑶瑶把说的都写进去了，淡淡地嗯了一声。

一式两份，周围的人都是见证。

“我们可不可以也参加下注？”叶雅菲忽然问了一句。

凤舞看了叶雅菲一眼：“你要如何赌？”

“我不跟你赌，因为你的命已经是沐郡主的了，我跟段朝歌赌！”叶雅菲还记恨朝歌，所以冷笑一声，“如果段朝歌这次能考上帝国学院，我就自废修为！如果段朝歌考不上，那她就自废修为！”

“我也跟段朝歌赌！”一旁的段朝音冷笑一声，“如果段朝歌考上帝国学院，我就给她做牛做马！如果她考不上帝国学院，就给我做牛做马，任我差遣！”

“你们要赌是吧？好啊！”朝歌冷笑一声，“那我就跟你们赌！”

就在这时，沐瑶瑶的家丁赵亮快步跑来禀道：“恭喜郡主，您考了第九十八名！”

这个名次，跟以前传出来的榜单虽然不是完全一致，但也相差无几，沐瑶瑶心里更是大定，笑眯眯地盯着凤舞，话却是问赵亮的。

“那你可曾在榜单上看见这位凤舞姑娘的名字？”沐瑶瑶的声音含着嘲讽。

榜单上只会出现前一千名的考生，凤舞的名字，又怎么可能会在榜单上呢？所以，凤舞的脑袋，她这回可是要定了！

沐瑶瑶一边说，一边从衣袖中抽出匕首。匕首本就锋利，在阳光下更是雪亮森然。

一时间，所有人的目光都望着赵亮，只等着他说出那两个字——没有。

但是，赵亮的表现让所有人失望了。

“有啊！”赵亮一脸肯定地说。

什么？沐瑶瑶心中震惊，手一抖，锋利的匕首把指头划出一道细小的口子。

可沐瑶瑶顾不上那么多，她瞪着赵亮，怒喝一声：“你刚才说什么？”

“啊？”赵亮被沐瑶瑶这一声怒喝吓住了，茫然地看着自家郡主。

“你刚才说什么？再说一遍！凤舞有没有在榜单上？”沐瑶瑶手持匕首逼近赵亮。

赵亮被吓坏了，如实禀道：“有、有、有啊，凤舞姑娘真的上榜了，还是第一名呢，名字比别人的都大，还用了加粗的字体，大家都看得见啊……”

沐瑶瑶差点儿喷出一口鲜血，在场之人全都难以置信地望着凤舞，周围是一阵阵议论声。

然而，处于议论中心的凤舞，脸上带着浅笑，淡然而立。

“你给我再说一遍！凤舞考了第几名？”沐瑶瑶手中匕首指向赵亮。

“第、第、第一名啊……”赵亮快哭了。他只是照实说而已啊，郡主怎么就跟疯了似的？

沐瑶瑶能不疯吗？就在刚刚，她可是下了重注的！

“不可能！凤舞怎么可能考第一？就算杀了我，我都不信！”沐瑶瑶可是看过那份榜单的，凤舞连两千名都没进。

就在这时，叶雅菲的奴才叶贵快步跑来：“小姐——”

叶雅菲大声问：“别的都不要说，你先告诉我，这次文试第一名是谁？”

叶贵脱口而出：“凤舞啊！第一名叫凤舞，凤舞九天的凤舞，特别好记。”

“不——”沐瑶瑶只觉得一阵晴空霹雳，脑子差点儿崩裂，“我不相信，我不相信！”

此刻，段朝音的丫鬟小环也跑回来了，气喘吁吁地说：“大小姐，二小姐，文试的结果公布了——”

所有人都瞪着小环：“别的先不要说，我们只想知道，第一名是谁？”

小环被这么多人盯着，差点儿没被吓死，战战兢兢地说：“凤……凤舞……”

此话一出，在场的人再次震惊了。

这时候，不知道谁朝不远处的皇榜前大声疾呼：“第一名是谁啊？”

皇榜周边的人也是有趣，齐齐大喊：“凤——舞——”声音洪亮，几乎冲破云霄。

周围的人全都用看鬼一样的目光看着她，而沐瑶瑶则挤到了皇榜前面，此刻正死死地盯着皇榜第一行第一列——凤舞。

沐瑶瑶再怎么揉眼睛，皇榜上的第一名还是凤舞！

“不——”沐瑶瑶一口鲜血喷到皇榜上，那明黄色的榜单，瞬间被鲜血染红。

周围的人顿时惊呼起来：“这疯子是谁啊？”

“大概是没考上，所以发疯了吧？”

“帝国学院一生不是可以考三次吗？一次不行，下次再考啊。”

沐瑶瑶脑袋一阵眩晕，差点儿就晕过去了。

“郡主——”沐瑶瑶身边的人全冲上去，扶着沐瑶瑶的身子，才避免她栽倒在地。

周围的人都被沐瑶瑶的反应吓了一跳。

“这人是谁啊？”

“这不是沐王府的小郡主吗？”

“沐瑶瑶郡主？她考上了啊，不是第九十八名吗？至于悲愤成这样吗？”

“这你就不知道了吧？刚才沐郡主跟凤舞打赌了。”

“哦，赌什么？”

“赌凤舞能不能上榜。”

“凤舞？就是那个传说中的凤舞吗？她怎么可能考上？”

“呸！瞎了你的狗眼！睁开眼睛看清楚，皇榜第一名是谁！”

“第一名是……凤舞！”

“沐郡主赌的可是项上人头，哎哟，这回可麻烦了，沐郡主该不会真要死了吧？”

“真的是凤舞吗？不会是哪里搞错了吗？会不会是重名之类的？”

重名？对对对，很有可能是重名！

被打击到近乎崩溃的沐瑶瑶心中重新燃起了希望。

但是——

“你眼瞎啊！重名？名字下面不都有考号吗？凤舞不是被大佬推荐的吗？所以她的考号很好找啊，10001嘛！人家的考号和名字完全对得上！”

沐瑶瑶的脸色，瞬间变得无比苍白。

而此刻，距离沐瑶瑶不远的地方站着一位老者，一身清爽的百姓装扮，只是那双眼眸中闪着睿智的光芒。

老者身边跟着一位老管家，老管家伛偻着腰，非常恭敬。如果仔细看，会发现人群中隐着许多目光犀利的强者。他们虽然分散在人群中，却没有放松对那位睿智老者的关注和保护。

那位睿智老者一派轻松闲适，他还拉着周围的人闲扯。

睿智老者好奇地问：“这沐郡主真的跟凤舞赌命啊？”

这路人忙压低声音，拉着睿智老者走得稍远一点儿才说：“可不是吗？刚才她们可是立下了生死状的。”

睿智老者似乎很感兴趣：“哦？”

“老人家，你可真问对人了，刚才我可一直看着呢，是沐郡主先招惹的凤舞姑娘，她说如果凤舞姑娘能上榜，她就切了自己的脑袋，给凤舞姑娘当球踢！”

“哎哟——”老人家惊呼一声。

“凤舞姑娘起初没答应，可是沐郡主咄咄逼人，非逼着凤舞姑娘答应不可。沐郡主还说，如果她食言，就让她们沐王府降级，还发了毒誓呢。”

老人家惊呼道：“还有这样的事？”

一旁的大总管抬眸望天，心说：身为这锦绣山河之主的陛下，这么八卦真的好吗？

路人哪里知道这位老者就是当今圣上，还在兴致勃勃地说：“当然是真的。沐郡主这次可是搬起石头砸了自己的脚，我就等着看她这脑袋要不要切下来呢。不跟你说了，她们回茶寮去了，我得赶紧看看去，迟了就抢不到头排了！”

“哪个茶寮呢？”

“哎呀，你也要去看？早说啊，就在那儿！走走走，我带你去！”这位路人拽着当今圣上的手就走。

武帝他们到的时候，最好的位置已经没有了，只能站在第二排。

而此刻，所有人都知道凤舞是第一名了。

没有重名，没有错误，她就是真真正正的第一！

沐瑶瑶甩开下人的搀扶，愤怒地走到凤舞面前，双目几乎喷火：“凤舞，你作弊！”

此话一出，所有人都怀疑地望着凤舞，唯有武帝盯着沐瑶瑶，目光中带着几许失望。

他还记得，皇后前几日为这位沐王府的郡主说了许多好话，夸她如何温婉，如何大方，如何贤惠，想给太子当侧妃。

君武帝看着眼前这披头散发、疯疯癫癫的沐瑶瑶，再想到他那绝世天才、至尊王者的太子，只觉得一股怒气直往脑门上冲——敢用这样的女子来亵渎他的渊儿，可气，可恼，可恶！

然而，沐瑶瑶根本不知道围观群众里有当今陛下，更不知她曾经有一个给君临渊当侧妃的机会，现在的她还在往死里作。

她指着凤舞："你作弊！你作弊！你作弊！"

凤舞淡淡一笑："沐郡主，每个人都要为自己说过的话、做过的事负责。说出口的话，就是泼出去的水，你可收不回去了。"

"现在，就请沐郡主好好说说，我凤舞什么时候作弊了？怎么作弊的？人证？物证？"凤舞盯着沐瑶瑶，那双漂亮的眼眸半眯着，目光犀利如刀。

在凤舞的逼视下，沐瑶瑶的气势骤降，下意识地后退一步。

沐瑶瑶："你……你就是作弊！"

"说。"凤舞淡淡一笑。

沐瑶瑶哪有什么证据啊，她只是信口胡说。

"我只问你，当时我们是不是在一个考场？"凤舞冷笑。

"是。"

"当时我们考场里是不是有君殿下和陆院长？"

"是……"

"所以你的意思是，在君殿下和陆院长的双重监考之下，还有人敢作弊？有人能作弊？"

"当然不能！"沐瑶瑶下意识地回答。

"那你凭什么说我作弊？"

沐瑶瑶："……我，我是说卷子交上去之后的事……"

"哦？卷子交上去之后，我们普通考生一无所知，沐郡主你手眼通天啊，居然还能接触到内部人员！"

"我……我没有接触到内部人员，我，我只是听说的。"

"哦？沐郡主听说了什么？听说了我作弊？"

"我……反正以前传出来的那份入选的名单里根本就没有你！"

"以前传出来的名单？"凤舞的嘴角勾起一抹淡淡的弧度，"在此之前，帝国学院传出过榜单吗？谁传出来的？左副院长？"

“对，就是左副院长！”沐瑶瑶将一份榜单丢给凤舞，“你看，名单里根本就没有你的名字！你是后来才加上去的，你根本就是……作弊！”

君武帝嘴角浮现一抹冷笑。

好一个左赫，居然还敢将名单往外传！

“陛下？”大总管请示。

君武帝点点头。

于是，不到一分钟——人群里响起一声惊呼：“帝国学院里面有人出来了！你们快看，又在贴东西了！”

沐瑶瑶心中一阵惊喜。

天啊！难道因为她揭发凤舞作弊，所以帝国学院要取消凤舞的名次吗？

可是，当有人将那纸上的字念出来时，沐瑶瑶差点儿晕过去。

因为那上面写得非常清楚：副院长左赫，在代理院长的三天时间里严重渎职、坑害学生，现撤销副院长一职，撤销帝国学院院委会长老一职，收监，判处无期徒刑。

随着左副院长的宣判公告出来，很快，帝国学院里的人又开始张贴东西。

“那是卷子，帝国学院公开张贴卷子了！”

“快看！编号10001，这是凤舞的卷子！”

“天啊！你看人家这题答得多好啊！”

“背诵题也就罢了，人家多选题竟然全部都对！”

“还有第四大题，‘大地裂变’居然能这么用？”

“灵阵法和炼药术……好厉害啊！”

“天啊！我明白了！这下我全都明白了！”武帝身边那个路人激动地拽着武帝。

“你明白什么了？”武帝似笑非笑地问。

“刚才沐郡主不是说了吗？她看过从左副院长手里传出来的榜单，里面根本没有凤舞的名字。但是现在卷子贴出来了，而且是在君殿下和陆院长监考下做出来的卷子，怎么都不可能作弊吧？这满分是实打实的啊！可是在左副院长的名单里，居然连一千名都没进，这不就是左副院长舞弊吗？坑害学生啊！严重渎职啊！这不就对上了嘛！”

周围人一听，恍然大悟：“对哦对哦，还真对上了！不然我们还糊里糊涂呢！”

“没想到左副院长居然做出这样的事情！”

“好一个左家！”

原本没人会将左副院长渎职和科场舞弊联系起来，但是现在被沐瑶瑶拉下水，左家顿时就被推到了风口浪尖。

此刻，沐瑶瑶整个人都是蒙的，那贴出来的告示，打得她措手不及。

凤舞双手环臂，笑眯眯地看着沐瑶瑶："看到了？"

"你……你想干什么？"沐瑶瑶死死瞪着凤舞。

"哦，没什么啊。"凤舞摊手，"就是想问问沐郡主什么时候履行赌约？"

在场之人都望着沐瑶瑶，事已至此，她是否会愿赌服输？

沐瑶瑶："你这是要逼我去死了？"

凤舞摊手："赌约是沐郡主逼着我立下的，现在反而恶人先告状？好在有这么多人给我做证，否则还真让你颠倒黑白了呢，所以——"

凤舞扬了扬手中的赌约："沐郡主打算什么时候将这颗脑袋切下来给我当球踢呢？"

"你……"这一刻，沐瑶瑶感到无比羞辱。

所有人都用奚落的目光看着她，所有人都在嘲讽她、讥诮她……

"你们全都逼我去死！"沐瑶瑶指着人群，"你，你，你，还有你们！我不会放过你们的！"

吼完这一句，沐郡主转身就走。

所有人都看着沐瑶瑶——她不是跟人打赌了吗？不是赌项上人头吗？就这么走了？

"喂，沐郡主，说好的项上人头呢？"

"沐郡主，说好的把脑袋切下来当球踢呢？"

"沐郡主，你走可以，脑袋留下啊。"

"哈哈哈哈哈……"

因为沐瑶瑶刚才太嚣张，恼羞成怒之下骂了所有人，所以现在大家全都怼她。

沐瑶瑶一个趔趄，差点儿摔倒，还是身边的人扶了她一下，她才稳住身子。

"哼！"沐瑶瑶面色涨红，飞快地跑了。

在场的人全都发出不屑的声音。

"愿赌不服输，沐郡主说话像放屁啊。"

"对啊，堂堂郡主，还有没有一点儿担当了？就这么灰溜溜地跑了？"

"灰溜溜跑了也就算了，她居然还骂我们要逼死她，我们怎么逼死她了？不是她自己作死的吗？"

"如果这时候，她勇敢地跟凤舞姑娘道歉，我还敬她是个人物，现在这做法，还真是让人不屑！"

“现在这些郡主都这德行？”

众人议论纷纷，所有人都以为沐瑶瑶跑掉了，谁料她跑出去一小段距离，又折返了。

“天！你们快看，沐郡主又回来了，她是来跟凤舞姑娘道歉吗？”

一时间，所有人的注意力都放在沐瑶瑶身上。

沐瑶瑶冲到凤舞面前，冷笑一声，抓着叶雅菲问道：“刚才你不是跟段朝歌打赌了吗？”

“是、是啊……”叶雅菲现在整个人都是蒙的。

“你也跟段朝歌打赌了，对不对？”沐瑶瑶瞪着段朝音。

段朝音：“是、是啊……”

“很好！”沐瑶瑶盯着凤舞冷笑，“段朝歌输了，她不是要自废修为吗？如果你让她自废修为，我愿赌服输又如何？”

这是沐瑶瑶刚才灵光一闪想出来的唯一可以让她翻盘的法子。

凤舞不是逼她愿赌服输吗？不是要她这颗脑袋吗？好啊，你口口声声护着的段朝歌输了，你让她也愿赌服输啊！

“如果段朝歌不愿赌服输，你凤舞凭什么让我愿赌服输？做人不能太双重标准了！”沐瑶瑶理直气壮地瞪着凤舞。

段朝歌？

一时间，大家的目光都集中到段朝歌身上。

“所以，如果朝歌愿赌服输，你也就愿赌服输了？”凤舞笑问。

“那是自然！”沐瑶瑶昂首挺胸，特别自信，那双眼睛明亮亮的。

诚如大家所言，她不能就这么灰溜溜地离开，这对整个沐王府来说，是一次重击！

“可是，朝歌考上了啊。”凤舞摊手。

凤舞虽然没有看皇榜，但她帮朝歌作弊，她能不知道段朝歌考了多少分？

“哈哈哈……”一直都没有说话的段朝音，此刻终于笑出了声，“凤舞姑娘可以对自己有信心，可是对段朝歌，你这回真是看走眼了。”

“哦？”凤舞挑眉。

“段朝歌是我同父异母的三妹，我还能不了解她？她能将自己的名字写清楚就不错了，文试哪能通过？哈哈哈，那是绝对不可能的事！”

叶雅菲也掩唇而笑：“如果段朝歌能考上，那我还是当朝公主呢！”

段朝音：“如果段朝歌能考上，那我还是当朝皇后呢！”

君武帝闻言，脸色瞬间沉了下来，而那两个姑娘全然不知。

大总管一看陛下的脸色，默默地替段家族长和叶家族长默哀了三分钟。

“大小姐，大小姐——”段朝音的丫鬟小环拉着她的手不断暗示，“考上了，考上了啊……”

段朝音得意地说：“我知道我考上了……”

小环快哭了：“大小姐，三小姐考上了……”

什么？这句话，就像一道惊雷在段朝音脑门上炸裂。

毕竟，能提前看到左副院长那个榜单的人，属于极少数。

沐瑶瑶倒是能提前看到那份榜单，但是，她身边的下人太体贴了，怕自家主子不高兴，就将段朝歌的名字涂掉了，以至于沐瑶瑶漏看了。

围观群众都是好奇又八卦的，这会儿早就议论起来了。

“谁说段朝歌落榜了？她可是第二名啊！”

“沐郡主怎么会觉得段朝歌没有上榜呢？她眼瞎啊！”

“还有那两个姑娘，都这时候了，还睁着眼睛说瞎话！”

围观群众都用一种看神经病一样的目光看着那三个站在一起的姑娘——沐瑶瑶，段朝音，叶雅菲。

这三个人则面面相觑，下意识地全都望向她们家的下人。

“小姐……”小环快哭了，“三小姐的分数……排第二啊。”

“噗——”沐瑶瑶一口鲜血直接喷出。

段朝音才是最震惊的那个人。在一个家里生活了这么久，段朝音能不知道段朝歌是怎样的人？那就是个交白卷的学渣啊，她能考第二？

“不不不，这不可能，这绝对不可能！她是个学渣，两万名都考不进，还第二名？”

但是，回应她的，是全场的冷笑。

“段朝歌真是第二名。”所有人都告诉她这个事实。

“对了，这个人是叫段朝音吗？”

“是吧，听她家丫鬟喊她大小姐呢。”

“我怎么没在榜单上看到段朝音的名字啊？”

“好像有一个啊，在九百多名那个，不是段朝音吗？”

“不！那个叫段朝乐，段朝音还真没上榜。”

段朝音还没从段朝歌考了第二名的震惊中回过神来，就听说了自己没考上的事……

这不可能！

段朝音转头盯着小环，小环快被吓哭了：“大小姐，皇榜上真没有您的名字……”

段朝音承受不住，身子摇摇欲坠。

“大小姐！大小姐！没有您的名字，但是有二小姐的名字啊！”

“噗——”小环不说这句话还好，这句话一出来，顿时刺激得段朝音喷出一口鲜血。

“大小姐，大小姐……”

段朝音直接给气晕过去了……

君武帝看着气晕过去的段朝音直摇头：“这气量不大行啊，这是谁家的孩子？”

“段宏毅家的，四品……”大总管在君武帝耳边说了几句。

大总管一提，君武帝就知道了。

他直摇头：“这段宏毅，做官还行，教出来的闺女怎么如此上不得台面。”

大总管在心里默默给段大人点了一根蜡烛。

“不过那段朝歌还不错，也是段宏毅生的？”

“是……”大总管因为关注凤舞，所以也关注了段朝歌，“这位段朝歌也是段宏毅的闺女，排行第三，却是庶女，在家族里一直受欺负……”

君武帝听了直皱眉：“这段宏毅眼瞎啊。”

听了君武帝的话，大总管给那位段大人点了一根更粗壮的蜡烛。

被陛下评价为眼瞎，看来段大人的官位，四品也做到头了。

沐瑶瑶吐血，段朝音吐血，叶雅菲此刻的脸色也很不好看……

“叶雅菲是吧？”凤舞淡淡地看着她。

“凤、凤舞……你要干吗？”

凤舞淡淡一笑：“那两个吓晕过去了，暂且先不管，但是你刚才说什么来着——如果朝歌考上了，你就自废修为？”

“我……我……但是——”叶雅菲看到手中的赌约，忽然眸光大亮，拿着那张赌约给凤舞看，“你看，上面写的是考上帝国学院，而不是通过文试，哈哈哈……赌约是考上帝国学院！”

凤舞瞥了一眼手中的赌约，还真是这样。

刚才在书写的时候，她还真没注意到这一点，毕竟在她自己的认知中，考上文试和考上帝国学院并没有多少区别。

原本沐瑶瑶和段朝音已经晕过去了。

当然是装晕。

因为这时候，如果不假装晕死过去，她们会被凤舞逼得掉脑袋。

可是，叶雅菲的话，让她们心中浮现了一抹希望。

不，不是一抹希望，而是很多很多的希望！

沐瑶瑶直接从地上爬起来，用嗜血的目光瞪着凤舞，嘴角勾起一抹恶意的冷笑：“凤舞，我们赌的，可是考上帝国学院，而不是通过文试！”

段朝音也利索地从地上爬起来，傲慢地盯着凤舞：“我们赌的也是考上帝国学院，而不是通过文试！”

围观群众全都蒙了，谁也没想到事情会峰回路转。

站在君武帝身边的那位少年眉头紧蹙，君武帝好笑地看着他，问道：“你这么愁眉苦脸做什么？”

“老人家您有所不知，”少年苦着脸说，“这凤舞情况特殊啊。”

“哦？”君武帝挑眉，一副什么都不知道的样子。

少年发愁道：“这凤舞姑娘本是超级小天才，可是后来运气不好，不知道怎么的修为就没了，变成了小废物，身上没有半点儿灵气，怎么参加武试？怎么考上帝国学院？要知道，整个一千分，文试只占三百分，可武试是七百分啊！”

少年一边说，一边唉声叹气：“这要是输了，凤舞姑娘的项上人头就没了啊！”

见他这般义愤填膺，君武帝只觉得有趣：“你好像支持凤舞啊？”

“那是啊。”

“你认识她？”

“第一次见。”

君武帝：“那你为什么这么替她说话？”

“她美啊！”少年用看白痴的眼神看了君武帝一眼，“您不觉得她很美吗？”

武帝皱眉：“你喜欢她？”

“这么漂亮的姑娘，不喜欢才有问题吧？”少年不解地看了武帝一眼。

“咯咯——”大总管咳嗽一声，这少年就不能少说两句吗？

武帝瞪了大总管一眼，转而盯着少年：“你不觉得……她这样太招蜂引蝶了吗？”

“什么话！”少年差点儿蹦起来，“喂，老人家，您说话客气点儿啊！您听说过什么叫‘清风徐来，我自盛开’吗？凤舞姑娘就是这种人——她自盛开，蝴蝶自来啊！”

君武帝：“……”

少年轻哼两声：“听说那君太子还退了凤舞姑娘的婚呢，照我说，君殿下什么都好，就是这事做得不好。”

君武帝："哦？怎么不好了？"

"您看啊，凤舞姑娘那可是满分的卷子，古往今来的第一啊，那脑子肯定好极了，她的脑子，再配上君殿下的天赋，生出来的孩子绝对是超越古今的存在！那对我们君武帝国来说，是何等的福气？唉，可惜了，可惜了……"

少年一副看尽人世沧桑的模样，背着手，一边摇头叹息，一边离开了。

君武帝摸着下巴，喃喃自语："凤舞嫁渊儿……真的好吗？"

大总管可不敢发表意见。

而此时的凤舞，正盯着沐瑶瑶和段朝音。

"你看！我们签的就是考上帝国学院！哈哈哈，凤舞，你敢不敢跟我赌？就问你敢不敢？"

刚才还吐血的沐瑶瑶，此刻早已抹去嘴角的血迹，眼中迸射出熊熊烈火。

凤舞漫不经心地看了沐瑶瑶一眼："……现在如果你想取消赌约，我可以答应你。"

取消赌约？沐瑶瑶几人顿时眼前一亮——凤舞这是心虚了，所以才主动提出取消赌约。好你个凤舞，刚才对我们穷追猛打，现在处于下风了，就要取消赌约？

"不取消！"沐瑶瑶说得斩钉截铁。

凤舞皱眉道："真的不取消？机会只有这一次。"

"凤舞，你不就是知道自己考不上帝国学院，所以才想取消赌约的吗？哈哈哈……不取消！这次我就看你怎么死！"沐瑶瑶眼中迸射出仇恨而得意的光芒。

凤舞的目光望向段朝音和叶雅菲，这两个人都是跟朝歌赌的。

"我……"叶雅菲深吸一口气，"我可以取消吗？"

一时间，所有人的目光都射向叶雅菲。

叶雅菲说："我跟段朝歌也没有深仇大恨，没必要跟她赌自废修为什么的，所以，我可以取消赌约吗？"主要还是，叶雅菲注意到，段朝歌的修为已经是九星了。上次见面才七星的她，没多久就九星了，这多可怕啊！经过刚才那一波心潮起伏，叶雅菲退缩了。

凤舞将决定权让给朝歌。

朝歌冷哼一声："既然你这么识时务，那就算了！"

朝歌盯着段朝音："你还赌不赌？"

段朝音嗤笑一声："你觉得你考得上吗？这么好的机会，你觉得我会放过？我跟你赌！"

"很好。"朝歌对凤舞点点头。

人群渐渐散去。

大夫人和凤琉对视一眼，往家的方向而去。

“母亲……你说，这是真的吗？”凤琉反应过来，茫然地望着大夫人，“凤舞居然考第一？这怎么可能啊！”

和很多人一样，凤琉一直觉得，凤舞文试肯定是通不过的。

大夫人的心情非常不好。

凤琉眸中浮现一抹忌妒之色：“以前的榜单上确实是没有凤舞，她是后来才加上去的！虽然不知道她做了什么，但绝对是后来加上去的。如果说她没有作弊，我死都不信！”

大夫人苦笑：“算了，她考她的，我们也管不着她，回头你要好好准备，毕竟你可是第一千名……”

说到这儿，大夫人和凤琉对视一眼——以前凤琉是第一千名，那么凤舞空降下来……

“我去看看！”凤琉撒腿就往回跑。

此刻，皇榜前面已经没有多少人了，凤琉开始在皇榜上寻找自己的名字。

没有！没有！没有！

皇榜上居然没有她凤琉的名字！

“这不可能啊，我怎么会不在榜单上呢？我我我……”凤琉整个人都慌了。

大夫人深吸一口气，尽量镇定下来：“别慌，好好找找，肯定是看漏了。”

“好，我们再看看！娘亲，你从上面往下看，我从最后往上看！”

“好！”

大夫人和凤琉努力寻找凤琉的名字，还是没有！

“怎么会没有呢？”凤琉如遭雷击，怔在原地。

吏部。

“凤尚书，恭喜恭喜啊。”同僚纷纷对凤琰峰拱手道喜。

“何喜之有？”凤琰峰不解。

“您凤家的女儿，这次可是大出风头啊，在帝国学院的文试考核中一鸣惊人！”同僚纷纷称赞。

凤琰峰第一个想到的就是凤琉：难道凤琉超常发挥，考出了前所未有的水平？

“你家女儿可是考了文试第一，这般天才，君殿下都要另眼相看啊！”

“凤大人，飞黄腾达，指日可待啊！”

凤琰峰被夸得有些飘飘然了。

虽然觉得不可能，但是排除了所有的不可能，剩下的好像就只有这一个可能性了。

没想到这丫头倒是有福气。回府的路上，凤琰峰眼角眉梢都带着笑意。

“凤大人，借一步说话。”武安侯对凤琰峰说。

凤琰峰不解，平常他跟武安侯可没什么联系，他怎么找上自己了？

武安侯带凤琰峰进了天下楼，这才说明来意。

“宁家求亲？”凤琰峰一听，顿时就想起来了，大夫人曾经提过此事。

“是啊。”武安侯笑呵呵地说，“宁家那位宁辰溪，非要娶你们家凤琉，这不，托到本侯这儿来了。我说老凤啊，你说个日子，宁家好上门提亲啊。”

凤琰峰本想一口答应下来，但想到同僚刚才恭喜过的话，他笑呵呵地说：“回头再议，回头再议。”

武安侯皱眉，他都亲自出面了，还要回头再议？说实话，武安侯不是没听说过凤琉的名声，可谁让宁家那位非喜欢她呢？可现在看凤琰峰的态度，武安侯心里顿时有些不高兴了。

“凤大人可是对宁家不满意？”武安侯皱眉问道。

宁家那是谁？宁致远是一方封疆大吏，姻亲是风北王府，这样的背景，娶凤家姑娘，凤家那是要感恩戴德的，凤琰峰居然还拿乔，真是太不识抬举了。

如果是之前，有武安侯保媒，凤琰峰肯定一口应下来了。可就在刚刚，凤琰峰听到了什么？他家凤琉居然考了第一名，君殿下还对她有意思，这就厉害了啊！

凤琰峰不敢多想，只要凤琉能当君太子的侧妃，那就再好不过了，可比嫁给宁辰溪当正妻还要好很多很多！

所以，凤琰峰才敢推托。

拒绝了武安侯，凤琰峰带着激动的心情回到凤族。

他刚踏进大门，就看到大夫人和凤琉。

“琉儿——”凤琰峰看到凤琉，心情愉悦地拍拍她的肩膀，“丫头不错啊，这回给你爹爹长脸了啊！如果早知道你有这样的潜力，家族早就倾尽资源栽培你了，当年也就没有凤舞什么事儿了。”

什么意思？凤琉不解地看着凤琰峰。

凤琰峰得意扬扬：“谁说女儿不如男？我家琉儿就偏偏将那些男子踩在了脚下。丫头，回头好好考，争取武试也拿第一！”

凤琉唇角微抖，她和大夫人对视一眼：不好！这回误会大了！

父亲一定是误以为她拿到文试第一名了，如果他知道自己连一千名都没进，连武试的资格都没有，会不会被气死？

可是，这要怎么解释呢？凤琉说不出口啊。

好巧不巧，这会儿凤舞和朝歌等人正说说笑笑地往回走。

凤琰峰一看到凤舞，就气不打一处来。

“你还笑！”凤琰峰板着脸瞪着凤舞，“你居然还笑得出来！”

凤舞不解地望着凤琰峰，她这位大伯又发什么疯？不仅凤舞，其他人也都不解地望着凤琰峰。

凤琰峰右手置于身后，目光傲然，神色更是傲慢：“凤舞，还不快过来恭喜你六妹妹！”

“恭喜……六妹妹？”凤舞拧眉。

凤琉连一千名都没考上，大伯真的确定她要去恭喜吗？

凤琰峰一看凤舞那犹犹豫豫的样子，越发不喜欢了，他冷笑一声：“你妹妹这次超常发挥，取得了那么好的成绩，你这个做姐姐的，难道不应该道喜吗？”

凤琉的脸顿时变得扭曲，她伸手拽拽凤琰峰：“爹……”

不要再说了，不要再自欺欺人了好吗？

“哦，我倒是忘了，你也去参加考试了。怎么样？考不上吧？”凤琰峰不屑地说，“反正你也是个小废物，考不上很正常，要真考上了，那才叫不正常。”

“你还磨磨蹭蹭干吗？赶紧过来道喜啊，往后这偌大的凤族，说不定就要交到你妹妹手里，你们全家都要靠她庇护，你还不赶紧跟你妹妹处好关系？”

凤琰峰这番话，说得很认真，也很理所当然。

凤琉捂着脸：“爹！不要再说了！求您不要再说了！”

凤琰峰不解地望着凤琉。凤琉很不想说，但是凤琰峰这么作死，她不得不当着凤舞的面澄清事实：“爹，考了文试第一名的是她，不是我！”

什么？凤琰峰瞪着凤琉，凤琉气呼呼地点头；凤琰峰又偏头望着大夫人，大夫人面色难看，却最终还是点头。

“不不不，不不不……”凤琰峰受到了严重打击，“她是个废物啊……”

“可你口中的废物，真的考了第一啊。”朝歌冷笑一声。

刚才如果不是凤舞一直拉着她，她早就爆发了。

凤琰峰脸色很不自然，他轻咳一声：“那说不定是我记错了，凤琉你呢，考了第几名？”

凤琉：“……”

这么当众打她的脸，这真的是亲爹吗？！

见凤琉迟迟不说话，凤琰峰生气了：“你这丫头，爹问你话呢！”

他需要一个台阶下好吗？

可凤琉更需要一个台阶下啊！她感觉到凤舞和朝歌都似笑非笑地望着她，眼神中充满了讥诮，顿时受不了了，气得转身就跑。

“这臭丫头怎么跑了？”凤琰峰气呼呼地问。

大夫人朝天翻了一个白眼：“她不跑，留下来被你羞辱吗？”

说完，大夫人也离开了。

凤琰峰的脸色顿时变得非常难看。他怎么了？他不就是问问凤琉考得怎么样吗，就这么甩他脸色？他还是不是一家之主了？

“凤族长——”朝歌一边笑，一边说，“你们家凤琉确实参加文试了，可今天我们将那榜单从头看到尾，也没看到你们家凤琉的名字呢！”

凤琰峰目瞪口呆。凤舞心中乐极了，面上还是嗔了朝歌一句：“大伯父已经很失望了，你就别雪上加霜了，赶紧走吧。”

凤舞拽着朝歌走，可朝歌一边走，一边还不忘提醒凤琰峰：“凤族长，回头您还是让凤琉来给我们小舞赔个不是，缓和缓和关系嘛，毕竟这凤族以后……”

这是凤琰峰刚说过的话，凤琰峰闻言，脸色难看至极。

星陨院里，众人说起刚才的事，笑得手舞足蹈。

笑过之后，朝歌啃完水灵果就往外跑：“好了，这回文试也通过了，我得回去好好炫耀炫耀。”

凤舞：“你确定不会打起来？”

朝歌得意：“你就等着瞧吧。”

段夫人看到榜单上的名次，整个人都蒙了，段大人也觉得难以置信。

就在这时，朝歌回家了。

一见到朝歌，段朝音和段朝乐齐齐站了起来，神色间充满了戒备。

“这么巧，你们都在啊？”朝歌一进来，看到大家都在，嘴角扬起一抹嘲笑。

段朝音冷笑：“哎哟，终于舍得回来了？我还以为你死在外面不回来了呢！”

朝歌还嘴：“是啊，看到我被人抓走，你拽着阿爹不让他救我，不就是想让我死在外面吗？”

“你……”段朝音死死瞪着朝歌。

朝歌冷笑：“难道我说错了吗？你们后来派人救我了吗？”

见众人瞠目结舌的样子，朝歌在心里冷笑。还是小舞说得对，一开始就要让他们理亏，这样她才理直气壮！

“你……”段朝音指着朝歌，“你还敢回来！”

“我为什么不敢回来？”朝歌得意扬扬，“我考了第二名，自然要衣锦还乡、荣归故里啊，你一个连一千名都没进的，也好意思在我面前指手画脚？谁给你的勇气？”

段朝音已经吐过一回血了，现在被朝歌这么一挤对，差点儿又吐出来了。

段夫人气得差点儿将帕子撕碎：“段朝歌，你就是这么跟你姐姐说话的？”

朝歌嘲笑地看着段夫人：“你不是恨不得我死了吗？现在还在这里装模作样，有意思吗？”

段大人气得一下子站了起来：“段朝歌，你现在好得意啊！”

朝歌得意扬扬：“谁让我考了第二呢，我有得意的资本啊，你们嫉妒得来吗？”

前些年，朝歌被这母女仨欺负、诬陷，她自己都觉得自己可怜，现在看到段夫人她们气成这样，心里顿觉扬眉吐气。

朝歌今天就是故意来气这母女仨的。看到她们被气得胸口剧烈起伏、脸色铁青，她就觉得爽快。

段朝音冷笑：“别以为我们不知道，你作弊了，我要去告发你！”

朝歌耸肩，有她家小舞在，她才不怕呢。

“你一道题都不会，肯定是抄的！要告发你很容易，只要让你重考一次，你就死定了！”

“哦，我好怕哦，你快去啊。”朝歌一点都不胆怯，“在君殿下和陆院长亲自监考之下，你居然敢说我作弊？去啊，赶紧去，不怕死你就去。”

段大人一听君殿下亲自监考，盯着朝歌：“你怎么突然就会了？”

“因为拜了名师啊。”朝歌得意地说。

“名师？哪个名师？”

“方阁老是我老师啊。”朝歌说，“方阁老可是让我们背了一千本书，看了一万本书呢。他老人家说了，只要全部掌握，就能考高分。”

虽然她一个字都没记住，但小舞记住了嘛。

“方阁老！”段宏毅惊呼一声，“哪个方阁老？”

“还能是哪个方阁老？就是刚辞官的那位方阁老嘛，玄奕的外公。”朝歌不以为然地说。

“方阁老……方阁老……方阁老……”段宏毅的手紧紧攥着。

那可是方阁老啊！曾经百官之首的方阁老！他老人家提拔了多少人？现如今那些人可都在要害部门！只要能攀上方阁老这棵大树，何愁不能升迁？

想到这儿，段宏毅一拍大腿：“好！朝歌，干得好！我段宏毅的女儿，果然是好样的！”

段大人一边说，一边拍拍朝歌的肩膀：“孩子，你缺什么？尽管跟家里说。”

朝歌可不是矫情的性子，她很不客气地说："我马上就要参加武试了，修炼资源什么的，还缺很多呢！"

"有有有！"段大人平时想攀附方阁老，那是连见他老人家一面都见不上，这会儿有朝歌帮联系，再好不过了。

段大人当即带着朝歌去了库房："你需要什么？自己去挑。"

段家虽然不是大家族，但是多年积累下来，修炼资源也不少。

朝歌一点儿也不客气，拿了灵石就往怀里塞。

段夫人快被气死了："老爷，朝歌未必能考上帝国学院，给她多浪费啊，我们还有朝乐呢，朝乐也要考试啊。"

段大人没好气地推了段夫人一把："女人家，头发长见识短！"

考上帝国学院固然重要，可现在段大人需要的，是跟方阁老搭上线啊！他的顶头上司就是方阁老曾经的下属的下属的下属，如果他能攀上方阁老这棵大树，何愁官位不升？

朝歌洗劫了一番，扬长而去，美其名曰去找方阁老请教了。

去去去，快去快去。段大人一百个同意。

段夫人母女仨差点儿被气死。

第八章

医术高超

而此刻，凤舞正在家中坐着，还没跟美人娘亲说上两句话，凤族就有贵人到访了。

“风北王妃的请帖？”大夫人心中一动。

在帝都贵妇圈里，风北王妃可是上层贵族圈里的人，大夫人一直都攀附不上。

没想到这次，风北王妃竟然给凤族下了帖子。

风北王妃这是主动跟凤族交好吗？大夫人和凤琉今天被凤舞气到了，接到这份请帖，才呼出一口气，心情慢慢变得好起来。

而且，这次送请帖上门的，还是风北王妃的贴身嬷嬷——陶嬷嬷呢。

“陶嬷嬷何必这么客气，人过来就行了，怎么还带着礼来了？”大夫人满脸堆笑。

大夫人知道宁家求亲的事，也知道风北王妃和宁夫人的关系，她猜测陶嬷嬷上门来，肯定是请她和凤琉过去做客的。

陶嬷嬷看了一圈，却忽然皱眉：“府里的姑娘……只有六姑娘一位吗？”

陶嬷嬷这话是什么意思?

大夫人心里咯噔了一下：“您的意思是……”

“凤五小姐呢？她不在府里吗？”陶嬷嬷温温和和地说着话，脸上还带着笑容，可看上去，那上等高贵家族养出来的气场，让人不敢小视。

“凤五啊……”提到凤舞，大夫人心里就生气，这么露脸的事，她怎么可能会让凤舞出现？

于是，大夫人笑着说："小五她……大概是出去玩了吧？呵呵，这孩子生性顽劣，一点儿姑娘家的温婉都没有，老爱跑出去，不着家，我们想找她都找不到呢。"

大夫人厉害，一边笑，一边说着，不带一个脏字，却将凤舞给黑了个彻底。

陶嬷嬷的脸色瞬间黑了下来，抬手就将那张请帖拿回去了。

什么意思？大夫人神色一僵。

陶嬷嬷站起来，摆着脸色，冷淡地说："既然大夫人不愿意带路，那我就自己去找凤舞小姐吧，告辞！"

怎么回事？陶嬷嬷难道不是应风北王妃之命来找她的吗？不是来商量宁辰溪和凤琉的婚事的吗？这跟凤舞有什么关系？

大夫人的脸色瞬间变得非常难看。

陶嬷嬷可是风北王妃身边的主管嬷嬷，她对大夫人使脸色，大夫人也只能受着。

大夫人咬咬牙，吩咐桂嬷嬷去星陨院盯着。

陶嬷嬷去了星陨院。

凤舞接了帖子，眸中浮现疑惑之色："风北王妃为何找我？"

陶嬷嬷对凤舞可热情多了，脸上浮现和善的笑容："凤姑娘得了头名，我们家王妃高兴，想请您过去叙叙。"

凤舞正好也没事，就随陶嬷嬷去了。

桂嬷嬷看到凤舞和陶嬷嬷一起出门，而且陶嬷嬷还亲手扶着凤舞，转头就去禀报大夫人。

而此刻——

"唠——唠——唠……"凤琉拿着帕子，正在那干呕。

大夫人皱眉："怎么回事？早上还好好的，怎么突然就开始吐了？是不是肠胃不好？快，快去喊大夫！"

凤琉苦着一张脸："最近几天一直这样，恶心呕吐，食欲不振，还老想睡觉，真是烦死了。"

大夫人一听这话，顿时怔住了，死死盯着凤琉："你，你……"

"怎么了？"凤琉不解地问。

"你这样子多久了？"大夫人盯着凤琉。

"也，也没几天……"

"上次凤舞回来是什么时候？"大夫人双手紧紧拽着凤琉，目光凶狠。

“两，两个月前吧？”

“那你和……”大夫人的眼睛差点儿掉下来，“你你你……”

“我……我怎么了？”

“你该不会是有了吧！”大夫人瞪着凤琉。

凤琉眼睛瞪得很大，整个人像是被雷劈了一样，呆怔在原地。她的手抚上腹部，那里该不会是……天啊！

“娘亲，我……我……我该怎么办？”凤琉顿时手足无措，眼眶含泪。

“你，你糊涂啊！”大夫人戳戳凤琉的脑袋。

凤琉只知道哭，却一个字都说不出来。

“你们这是怎么了？”凤琰峰从书房里出来，看到家里乱成一团，不由得皱眉问道。

凤琰峰突然觉得，不知道从什么时候起，他的夫人怎么变得不那么讨他欢心了。

大夫人和凤琉被凤琰峰吓了一跳。

大夫人赶紧说：“没事，没事，就是琉儿肠胃有些不好，正请了大夫过来呢。”

“肠胃不好？”凤琰峰难得有耐心，“过来，为父给你把把脉。”

“不！”凤琉拼命摇头，眼泪滚滚而落。

凤琰峰皱眉，这孩子怎么一惊一乍的？

大夫人忙将凤琰峰推出去：“已经去请大夫了，老爷您有事的话，先出去忙吧，不能耽误了您的大事啊。”

凤琰峰见凤琉那颤抖的小模样，皱着眉头，不悦地走了。

“娘亲，怎么办？如果大夫来了，如果我真的……那我还不如死了算了！”凤琉哇的一声哭了。

大夫人被哭得心烦意乱，眼前阵阵发黑。

就在这时，大夫终于到了。

大夫人灵机一动：“快躲进帐子里去！”

大夫来了之后，凤琉没有露面，只伸出一只手。

这位大夫姓顾，在帝都名气不小，他只一把脉，眉宇间就浮现一抹喜色。

“恭喜夫人，这是喜脉啊。”

凤琉整个身子为之颤抖，大夫人的脸上也没了血色。

顾大夫诧异地看了大夫人一眼。

这家人好生奇怪，别人家有了喜脉，不都高兴得不得了吗？但是这凤家，却是一副天都要塌了的感觉……

大夫人终于反应过来，勉强挤出一抹笑容，让桂嬷嬷送顾大夫出去。

好在桂嬷嬷会来事儿，赶紧塞给顾大夫一个荷包，低声警告他：“此事不许声张！”

顾大夫一走，凤琉就崩溃了，哇的一声哭了。

大夫人看到凤琉这样，也是六神无主。

凤舞并不知道凤家发生的事，此刻的她在陶嬷嬷的带领下到了风北王府。

风北王妃亲自到门口迎接。

看到凤舞，风北王妃忙迎上去，笑着说：“你这丫头，不请你，你自己就不过来了是吧？”

凤舞只是笑：“最近一直忙文试，特别忙。”

风北王妃一听，眼前就是一亮，高兴地拍着凤舞的肩头：“你这丫头，不鸣则已，一鸣惊人啊！谁都没想到你会去考帝国学院，而且一考就考了个第一，太厉害了！”

凤舞苦笑：“只是文试第一而已啦。”

“文试第一已经很厉害了，你可是有史以来的第一个满分呢，这是要名扬千古的啊！舞丫头，你怎么这么聪明呢！”

风北王妃看看凤舞，这丫头长得好看，人又聪明，性子又讨人喜欢，真是哪儿都好。

风北王妃在凤舞小的时候就想把她拐回来当童养媳，现在这个想法越发坚定了。

所以，风北王妃语出惊人：“小舞啊，要不，你就给我们家阿浔当小媳妇儿吧？”

“咯咯咯——”凤舞吓了一跳，赶紧放下茶杯。

风北王妃苦笑：“你就这么不愿意吗？”

凤舞忙摆手：“不不不，王妃您误会了，是我配不上小王爷。”

风北王妃闻言，眼前陡然一亮：“你的意思是说，你不反对嫁给他？”

凤舞：“不不不，王妃您误会了，小王爷眼光高着呢，哪会看上我啊？而且小王爷性子那么倔，得他自己找的才会喜欢，您替他做主，怕他会心生反感。”

风北王妃一想风浔那欠揍的性子，觉得凤舞说得没错，于是挑眉说道：“回头我试探一下，看看他对你意思如何。”

凤舞端起茶杯饮茶，打算换个话题。

她看到风北王妃的面相，忽然眉头微微一动。

风北王妃见凤舞一直盯着自己看，心里不由得有些发毛。

“你这丫头……怎么这么盯着我看？看得人瘆得慌。”

凤舞的眉头却越皱越紧：“王妃娘娘，有些话，还是知道的人越少越好。”

风北王妃不解地盯着凤舞，这丫头怎么突然变得这么严肃？

不过，她对凤舞一直都喜欢又信任，于是让下人都退下，只留下最贴心的陶嬷嬷。

“王妃，您……”凤舞沉吟半晌，还是问道，“您最近可是很容易出汗？”

风北王妃一愣，一旁的陶嬷嬷忙点头道：“是呢，最近一个月来，王妃经常夜间盗汗，白日里却少有。”

“每夜子时必醒，而且是冷汗淋漓？”

“对对对！”风北王妃忙点头，“每到子时，都会骤然惊醒，不过很快又会入眠，所以并没有太放在心上。对了，你是怎么知道的？”

凤舞苦笑：“因为子时，正是半夜零点，阴阳交替之时。”

“啊？”风北王妃听不懂，但是心里有点儿发毛。

凤舞又问：“每日清晨起床，偶尔会感到头晕目眩、眼前发黑，但是过一会儿就好了？”

“对对对！”风北王妃连连点头，“小舞说得太对了，有好几个早上都是如此，我找了太医来看，太医只说体虚，要多卧床休养，也看不出什么毛病。”

凤舞凑近风北王妃耳边，悄声问道：“您……是不是好久不曾来月事了？”

风北王妃惊讶地睁大眼睛问道：“你……你怎么知道的？”

凤舞摊手：“从您的面相上看出来的啊。”

风北王妃不信：“你这丫头这么年轻，通过面相就能看出来？我不信。”

凤舞笑道：“如果让我把把脉，您的月事闭了几个月，我都能推算出来。”

风北王妃狐疑地盯着凤舞。

凤舞苦笑：“王妃娘娘，若非您对我这么好，这些闲事，其实我并不乐意管。”

风北王妃一想也是，以这丫头谨小慎微、明哲保身的性子，能让她主动提起，已是难得。

“好。”风北王妃伸出右手放在凤舞面前，心里半信半疑。就连炼药师公会那位女药师都不知道她的月事闭了几个月，凤舞会知道？就连陶嬷嬷都没那么清楚。

凤舞一边把脉，一边半眯起眼眸。她极少主动出手救人，不过一旦接手，就会全力以赴。

风北王妃和陶嬷嬷都目不转睛地盯着凤舞，试图从她脸上看出点儿什么来。

说实话，风北王妃是不信的，陶嬷嬷也是不信的，所以她们对凤舞并不抱希望。

不过一盏茶的时间，凤舞就收回手。

“如何？”风北王妃不抱希望地问。

凤舞苦笑：“四年零三个月，是也不是？”

“咦！”风北王妃难以置信地望着凤舞，因为凤舞说得没错，就是四年零三个月。

当时风北王妃还以为自己有身孕了呢，差点儿没把她吓死，所以记得特别牢固。

凤舞苦笑：“观您脉沉，舌苔质薄，覆有白苔，这是脾胃气虚，痰火旺盛，四年三个月前，您想必生了一场大气吧？”

风北王妃点了点头，那时候她确实生了好大一场气，气得都快晕过去了。

见风北王妃点头，凤舞又道：“当时那种情况下，您又染了风寒，可对？”

“对……”

“内火旺盛，再加上风邪附体，火借风力而上，游走于您的五脏六腑之内，脾胃最先受创，从而酿成痰湿之症，因久治不愈，从而化成眩晕，实则，您这是脾胃之症。”

“所以，你说我这是脾胃之症？”风北王妃前头都听得好好的，后来听凤舞说，她的头疼居然是脾胃之症，就苦笑起来。

“是，要治您的病，需从脾胃入手，涤痰为主，再辅以补虚、泻火、祛风之症。”

“你的意思是说，四年前那一股风邪，到现在还在我体内，不曾祛除？”风北王妃瞪着凤舞。

凤舞认真地看着她：“是的，不仅不曾祛除，反而变本加厉在您身体里肆虐。如果我没猜错，您今日吹了风，还食用了海立鱼，您这眩晕之症，怕是很快就要发作了。”

“海立鱼不能吃吗？”

“自然，大鱼大肉都生湿生痰，您体内湿痰已经太多，如何承受得住？”凤舞说得斩钉截铁。

风北王妃将信将疑。

就在这时，外面传来一阵脚步声。

风北王妃皱眉，不是吩咐了不许外人进来的吗？怎么又……

咚咚咚，敲门声响起。

风北王妃给陶嬷嬷使了一个眼色，陶嬷嬷点点头，便过去要将人打发走。

“是姑太太来了——”

来人不是别人，正是宁夫人。

当初凤舞在路上救过的宁夫人，宁辰溪的娘亲。

宁夫人来，风北王妃自然不好赶人，她笑着站起来迎接：“二妹妹怎么来了？快进来。”

宁夫人带着几个丫鬟、嬷嬷，一起进来了。

宁夫人神色有些疲惫，她苦笑一声：“还不是为凤琉姑娘的事。”

宁夫人也没看到凤舞，拉着风北王妃就倒苦水：“我知道凤琉姑娘优秀，想娶她回家不容易，前几天求到武安侯身上，让武安侯去保媒，结果——”

“又被凤家拒了？”风北王妃皱眉。

宁夫人苦笑：“可不是吗？凤大人说了，再缓缓，再缓缓，这不就是推托之意吗？”

“该做的事，该有的诚意，我们宁家真的都有了，可凤族就是不答应啊！”

“你以为我没去见凤夫人吗？前两天我还亲自去见过。”宁夫人越说越伤心，“凤夫人也是这种说法，说小姑娘家年纪还小，要在家里留几年，等年纪稍长一些再说。”

“我知道她年纪小，可咱们家又不是逼着马上要成亲，先定亲总可以吧？凤家还是不松口。”

“这不，咱们家辰溪这次帝国学院考核，文试第三名啊！”宁夫人说着都伤心，“这孩子起早贪黑地念书，累得骨瘦如柴，就是为了考个好成绩，能让凤族看上眼。”

“你看，这文试都考第三名了！这孩子修为更是远超同龄人，到时候成绩绝对是数一数二的啊。”

风北王妃一听就拍桌子：“凤族还不答应啊？”

“可不是吗？武安侯亲自找凤大人保媒，可凤族长还是拒绝了啊。”

宁夫人伤心得不行：“这凤族的门槛怎么就那么高啊？难道真的娶不到凤琉姑娘了吗？”

风北王妃没好气地说：“娶不到就娶不到，我看那凤琉也没什么好的！姐妹不和睦，也没什么出色的才华，就不知道你和辰溪怎么心心念念就是要她。”

宁夫人苦笑：“这姐妹不和睦，其实是误会，是她那位姐姐凤舞不好，这姑娘一看眉眼就不是好人，是她先挑衅的，凤琉是个好姑娘。”

风北王妃当即一愣，凤舞还在边上呢，自家这位姑太太就这么说，这也太不给面子了吧！

“至于出色的才华——”宁夫人苦笑，“我跟你说过，凤琉姑娘其实是个神医，之前在宛平镇的时候，如果不是她出手相助，我和龙凤胎就要一尸三命了，后来她又救了我一次，这丫头非常出色！”

风北王妃冷笑：“这凤琉如果真有你说的那么好，为什么这次文试连前一千名都没进？”

“这……”宁夫人这次是真的被问住了。

一直从头听到尾的凤舞，只觉得尴尬极了。

如果没猜错，宁夫人口中那个救她的人是自己啊，只是不知哪里错了，自己被她误认成凤琉。宁辰溪要娶自己？凤舞只觉得头大。她悄悄后退，想神不知鬼不觉地溜走，免得留在这里更尴尬。

风北王妃却一巴掌拍在凤舞肩头：“舞丫头，你们家凤琉难道真是神医？”

风北王妃这一巴掌，顿时将大家的注意力都吸引过去。

宁夫人看到凤舞，顿时呆怔当场，就像被雷劈了一样。

凤舞率先开口：“……喀喀喀，宁夫人，好久不见。”

宁夫人不知道该作何反应了。

刚才她拉着风北王妃大吐苦水，也没看见她身边有人，说的都是关于凤族和凤琉的话，话语中还充满了抱怨。

现在，正主就在自己面前，还是自己的救命恩人，宁夫人只觉得尴尬极了。

“小舞，你和我们家姑太太认识？”宁夫人是风北王爷的亲妹妹。

“小舞？”宁夫人不解地望着风北王妃，“你叫她小舞？”

“对啊！”风北王妃点头。

“她不是凤琉吗？”宁夫人震惊地望着凤舞，“你不是凤琉吗？路上就是你救了我两次，对不对？”

宁夫人的声音里带了一丝紧张，因为她忽然有一种很不好的预感。

风北王妃不解：“她是凤家的五小姐凤舞，凤琉是凤家的六小姐啊，怎么能混为一谈呢？”

宁夫人一把抓住凤舞，紧张地问：“你你你……你到底是谁啊？”

凤舞苦笑：“宁夫人，我是凤舞，凤琉是我妹妹，当初你也是见过的，她和凤亦然站在一起。”

宁夫人闻言，身子一软，差点儿晕过去。

曲嬷嬷一把扶住宁夫人，才没让她摔倒。

在场的人看到宁夫人这反应，大多已经猜到了真相。

陶嬷嬷脸上惊疑不定："……姑太太这是错将凤琉姑娘当成了凤舞姑娘？这这这……"

风北王妃也是一脸蒙。

宁夫人回过神来，差点儿被气死："错了错了，这次是大错特错！这真真是……"

风北王妃拍拍宁夫人："莫气莫气，好在大错还未酿成，不过，这到底是怎么回事啊？"

宁夫人气得脸色煞白："当时凤舞姑娘离开后，曲嬷嬷想知道救命恩人的名字，是那凤琉说救我的人叫凤琉，所以我一直都以为舞姑娘就是凤琉。不仅我这么认为，那姑娘也是这么对辰溪说的！"

所以，到了帝都之后，宁夫人才直奔凤族而去，非要娶那"凤琉"。

风北王妃："……所以，你们是被那真正的凤琉坑了吧？"

宁夫人都快被气出泪来了："最愚蠢的是，我们还拼命去凤家求亲，求娶那个凤琉，还托了好多人，结果居然是——"

"噗——"宁夫人直接被气得吐血。

风北王妃都快急死了："别气别气，幸好她们家没答应，答应了之后才发现真相，那才是哭都哭不出来了。"

宁夫人这样一想，那汹涌的怒意才稍稍退了一些，但她还是好生气。

"我居然被那丫头玩弄于股掌之中！这些年不发飙，真当我风二娘是纸老虎了！"当年宁夫人还未出嫁的时候，也不是个好惹的主。

风北王妃苦笑，接下来，那位凤琉姑娘怕是要倒霉了。

凤舞苦笑，她还真不知道凤琉胆子那么大，居然敢冒认，不过她既然敢做出这样的事，以后会承受宁夫人什么样的怒火，也是她自己活该。

凤舞见宁夫人没事，便提出告辞。

风王妃怕凤舞尴尬，点点头，让凤舞先回去了。

"这个凤琉，我绝对不会放过她，绝不！"宁夫人拽着风北王妃的手愤愤地说。

风北王妃问起宁夫人路上发生的事，宁夫人又详细说了一遍。

其实上次她说过了，但因为她提到的凤琉，风北王妃并不喜欢，所以风北王妃听的时候走神了。

这次不一样啊，这次是凤舞，所以风北王妃听得特别认真。

"什么，路上她救了你两次？就连龙凤胎都是她救活的？"风北王妃惊讶至极。

“是的呀，舞丫头医术高超，在宛平镇时，那位小巴药师都说‘没救了，安排后事吧’，但舞姑娘不放弃，硬是给救回来了。小巴药师是巴老的孙子，就是那个巴老。”宁夫人满满的都是感慨。

巴老这位炼药师，放眼君武帝国，无人不知，无人不晓啊。

风北王妃和陶嬷嬷对视一眼，这么说，小舞的医术值得相信了？

“后来，唐姨娘安插在我身边的人下毒手，我差点儿死了，还是舞姑娘救了我，她的医术真可以说独步天下了。”

“这么厉害？”风北王妃惊呼。

“就是这么厉害！”

“看不出来啊，小舞在凤家这么被欺负、被轻视、被忽略，却有着这样一手医术？”

“舞丫头在凤族的日子不好过吗？”宁夫人拽着风北王妃的手，关心地问。

风北王妃点头道：“可不是吗？五年前那件事发生之后，他们孤儿寡母的日子能好过吗？据我所知，舞丫头一家过得挺艰苦。”

宁夫人拽着风北王妃的手：“嫂子，你帮帮我，这回你一定要帮我！”

“什么？”

“我们被骗了，一直将凤舞当成凤琉，所以才会向凤琉提亲，现在我们要向凤舞提亲！”宁夫人特别激动，“我们愿意照顾小舞，我们宁家一定会对她很好的！嫂子，你一定要帮我！”

向凤舞提亲？风北王妃顿时就不乐意了：“这可不行。”

“为何不行？”宁夫人追问。

风北王妃看着宁夫人：“二妹妹，你要听真话，还是听假话？”

宁夫人急了：“当然要听真话了，嫂子，您讲。”

风北王妃轻咳一声：“二妹妹，你是知道我的，我从来不会拐弯抹角，一直都是有话直说。”

“是。”

“那我就说真话了？”

“嫂子，你快说吧。”宁夫人都快急死了。

“在你进来之前，我还替阿浔跟舞丫头提亲了呢。”

“什么？”宁夫人差点儿蹦起来。

风浔是风北王府唯一的小王爷，也是风北王府的继承者，他娶凤舞？

风北王妃问：“你是不是觉得舞丫头高攀了？”

宁夫人沉吟片刻，还是点头道："舞丫头毕竟不能修炼了。"

"这丫头小的时候，我就一直想拐她当我儿媳妇，过了这些年，这个念头一直没有打消。我是真想让阿浔娶了她啊，这丫头的容貌、性子、智慧、才华，无一不是上上之选，就算不能修炼，她照样在文试中考了第一名。"

风北王妃看着宁夫人："你刚才说辰溪那么努力，起早贪黑念书，只是考了第三名呢，如果没猜错的话，考了两百五十分吧？"

宁夫人点点头。

风北王妃："可人家小舞考了三百分，满分！"

宁夫人："……真的假的？"

"卷子都贴出来了，还能有假？那卷子我亲自跑去看了，当得起'完美无瑕'这四个字！"风北王妃连连称赞。

像她这样的学渣，对凤小舞这样的学霸，有着天然的崇拜！

宁夫人："……"

"那丫头连我家阿浔都看不上，你家辰溪……"风北王妃苦笑，"我劝你还是算了吧。"

宁夫人："……"

当天晚上，风北王妃刚就寝时还没事，睡到子时忽然全身冷汗淋漓，头阵阵疼痛。

陶嬷嬷急得要命，风浔听到动静匆匆赶来："娘亲，我马上去请太医，您一定要撑住啊！"

风北王妃死死拽着风浔的手："小舞……小舞……"

风浔不解地望着陶嬷嬷，陶嬷嬷赶紧说："快去找凤舞小姐，她有办法救王妃！"

风浔见识过凤舞的医术，转身直奔凤府而去……

此时虽已夜深，凤舞却没有入睡。从风北王府回来的路上，凤舞路过药铺就抓好了药，现在正在熬药。

风浔从门口冲进来，抓着凤舞就走。

"哎，等等——"凤舞取出透明瓶子，将煎好的药倒进去，然后递给风浔。

"这是什么？"

"救你娘亲的药。"凤舞说，"这瓶药分三次喝，每隔一个时辰喂一次，我明日再去看她。"

"可是——"

“下午我已经给她看过病了，这是对症的药。”凤舞认真地看着风浔。

凤舞的目光太让人有信任感了，风浔盯着凤舞看了一会儿，最终点点头，抱着那瓶药汁离去。

“小姐，您不去看看？真的没问题吗？”秋灵有些担心，毕竟那是风北王妃啊。

“药到病除。”凤舞很自信。

事实上，凤舞真的很忙，她在画阵法图。隔壁的宅子已经转让给她了，凤舞决定将宅子底下的矿脉利用起来。

单纯挖出灵石并不是最好的方法，凤舞打算在矿脉上建一座修炼阵。

凤舞考察过周围的地形，决定建一座小型太乙仙图聚灵阵。所以整个晚上，凤舞除了煎药就是在画设计图。

秋灵进进出出，不是送曲灵茶就是送热毛巾。因为凤舞绘图的时候，灵气损耗非常严重，热汗不断往外冒。必须在汗水滚落之前将它擦掉，否则掉到设计图上将功亏一篑。

秋灵倚靠着门扉，望着天空朗月，静静陪在凤舞身边。

黎明前最黑暗的夜色已然过去，东方出现了一抹鱼肚白。

晨曦初透，凤舞终于放下了手中的画笔。

“小姐——”秋灵适时递上早就备好的热毛巾。

凤舞将热乎乎的毛巾敷在脸上，待退去一脸的疲惫，这才说道：“我去隔壁找方老爷子，如果有人过来，你让凤土土去叫我。”

秋灵应道：“好。”

凤舞将画好的设计图卷了起来，夹在腋下，直接翻墙去了隔壁。

当这幅图摊到方阁老面前时，方阁老脸上露出惊讶之色。

“这是……太乙仙图聚灵阵啊！”方阁老紧盯着凤舞，“这是宗师级的聚灵阵啊！这阵图可不简单，据说遗失了很多年，你是从哪里拿到的？”

“不对啊，这画纸怎么跟澄心堂的纸一样？这种新品刚制出来没多久啊，还有这墨迹……这图是谁画的？”方阁老目光光灼灼地望着凤舞。

“这图好吗？”凤舞随口问道。

“简直太好了，最主要的是——”方阁老问凤舞，“你知道为什么聚灵阵的设计图那么难以传承吗？”

“为什么？”

“因为要画出这样的设计图，首先，得有灵力，是个修炼者；其次，必须懂灵阵，否则看都看不懂聚灵阵法；再次，必须是很厉害的画师，否则驾驭不了这样的灵阵！”

方阁老追问凤舞：“这图是谁画的？快引见给老头子我认识！”

凤舞：“……真有那么好？”

她的画技，都是美人师父教的。美人师父教她的东西多了，画技只是其中一种，因为要画灵阵图，美人师父才顺便教她绘画的。

不过这些年，她确实一直都没有懈怠，时时勤奋。

“这简直就是国之栋梁！”方阁老激动地说，“如果他愿到帝国学院执教，老夫愿意推荐他为组委会成员。丫头，快带老夫去见他！”

凤舞：“……咯咯咯……”

方阁老不解地望着凤舞。

凤舞指指自己的鼻子。

方阁老一时之间没有反应过来：“什么？”

“……我画的。”凤舞认真地跟方阁老点头。

方阁老不信：“丫头，这事可不能乱说啊。”

凤舞只是笑。

“到底是谁教出你这小妖孽的啊！”方阁老长长吐出一口气，“你什么时候学的画？”

凤舞苦笑：“五年前学的，这几年一直忙于修炼，已经有多年没动过画笔了，还好没有荒废。”

方阁老：“……”

凤舞：“对了，老爷子，您觉得这座太乙仙图聚灵阵怎么样？”

“怎样？当然是极好极好的！”

“那我们就按照这张设计图，在这座宅子上建造一座太乙仙图聚灵阵吧。”凤舞难掩内心的激动。

方阁老一想到自己能亲手参与建造宗师级聚灵阵，激动地说：“那是当然！”

“就连帝国学院，都建造不出太乙阵图呢。”方阁老得意地道，“当年不是没人提过，但是太耗损灵石了，根本供养不起。”

而上层人都知道，太乙阵图对于修炼者来说意味着什么。

凤舞道：“建筑材料，还要多麻烦老爷子您了。”

方阁老摆手：“这些都没有问题，你现在最重要的就是七天后的武试了。”

方阁老想了想，又无语了：“你这丫头，现在已经是灵宗五星了，考生里无疑是无敌的存在，你要拿第一也不是什么难事。”

“不。”凤舞苦笑，“老爷子您别忘了，这一届还有一个御冥夜。”

方阁老一想到御冥夜，只能苦笑：“原本对他抱以厚望，没想到他文试却垫了底，最后一名通过。”

“他那是……被人坑了。”凤舞想到君临渊坑得御冥夜一整晚严阵以待，待在帝都塔上，冻得他都病了，不由得觉得好笑。

方阁老：“堂堂黑暗圣子，跟君殿下齐名的御冥夜，他还能被人坑了？”

“被君临渊坑了。”

方阁老摸着下巴：“那就难怪了。”

“对了，武试会怎么考核？”凤舞好奇地问。

这事儿方阁老有经验，他老人家自己就主持过无数次的武试考核了。

方阁老道：“武试考核，会从七幅地图——冰山，雪原，荒漠，沼泽，沙漠，草原，森林——里随机选择，这次因为陆院长闭关，又出了左赫的事，所以最终还没有确定在哪里进行武试考核。”

凤舞歪着脑袋想了想：“太乙仙图的阵眼，需要一颗冰魄之心。”

老爷子点头：“其他材料，花钱花人脉资源，都能找到，但是冰魄之心是要靠缘分的，据老夫所知，现在没人手里有，不过——”

“不过什么？”

“不过，在傲世雪原这幅地图里有一只寒冰巨兽——雪夜冰魄兽，它的心脏就是一颗冰魄之心。”方阁老认真地说。

“武试地点还没确定？”

“还没有……”方阁老一皱眉，他猜到了凤舞接下去的话。

果然，这丫头直接拍板：“那不如，这次的武试考核就定在傲世雪原吧！”

“那不行。”老爷子直接否决了，“傲世雪原地图，别说你们还不曾进入帝国学院的孩子了，就是帝国学院的学生，也至少要二年级以上，方可进入边缘区域历练，不行不行。”

“可是……”

“不可以。”方阁老皱眉，“冰魄之心的事，老夫另想办法。”

“可是，傲世学院这类学生地图是有年龄限制的吧？您也进不去吧？”凤舞问。

这孩子，瞎说什么大实话？

方阁老瞪了凤舞一眼：“这你就不必操心了，这次考试，大概是要定在绝世荒漠，你回去多试试这种气候。”

“行了，没别的事就赶紧回去修炼。”方阁老挥手赶走凤舞。

傲世雪原太危险了，他怎么舍得让这丫头去冒险？更何况，就算学员历练，也都在边缘地区，而雪夜冰魄兽可是在雪原深处，一旦考核地点定在傲世雪原，这胆大包天的孩子一定会摸进雪原深处。

凤舞摸着鼻子离开了方宅，可她还是很不甘心。

正常情况下，傲世雪原一年才会开启一次，如果这次考核不选那里，下次开启都不知道是什么时候了，凤舞很想快点建成太乙仙图聚灵阵。

到时候不仅是她，她身边的人，也都能快速修炼，毕竟左家现在已经盯上她了。

要怎么做，才能将地图定在傲世雪原呢?

凤舞第一个想到的就是君临渊。

君临渊一句话，绝对能让帝国学院将武试考核放在傲世雪原，可是……想到要去求君临渊，凤舞摇头，不行。

除了君临渊，还有别人吗？凤舞想到了御冥夜。

御冥夜虽然经常犯二，但他认真起来，也是一位手眼通天的人物，从凤琰峰事件就能看出来。

于是，凤舞便去找御冥夜。

凤舞到的时候，御冥夜并不在，是大长老接待的她。

大长老问什么事，凤舞便说出了这个请求。

大长老想了想，笑道："凤舞姑娘福气好，定能如愿。"

"那就多谢大长老了。"凤舞眼眸含笑。

"不，凤舞姑娘真要感谢，就多来看看我们家少主吧。"大长老认真地看着凤舞，"我们少主最近话里话外，经常提到您。"

凤舞："一定。"

从御冥夜府中离开，凤舞坐回马车中。

"小姐？"秋灵见凤舞发呆，不由得唤她。

凤舞回神："我们去风北王府看看。"

第九章

谁要嫁人

风北王府。

守门的见到凤舞，当即满脸堆笑："凤姑娘，你可来了！我们小王爷吩咐过，您要是来了，不用通报，赶紧请进。"

凤舞淡淡一笑，对他点点头。

风北王妃住在正院。

凤舞刚到院门口，里面就传来一阵急切的脚步声。

果然是风浔。

风浔听到声音，从里面飞奔而出，拽住凤舞就往里面冲。

"小舞，快快快，快来看看我娘亲！"

风浔将凤舞拽进去的时候，室内还有别人，但凤舞并没有时间细看。

"风北王妃出事了？"凤舞皱眉问道。

风浔苦着脸说："昨晚上，娘亲头痛得厉害，差点儿就不行了，陶嬷嬷去请你还没回来，我就找了平日里给娘亲治病的那位白药师。"

风浔说："白药师是宫里的太医，医术仅次于楚医令，他一看就要开眩晕症的药。"

凤舞眼睛一瞪："那怎么行！风北王妃的病症，可是从脾胃引起的虚症，当眩晕症来治，治标不治本，还会变本加厉，简直是胡闹！"

凤舞严肃的时候，可是很凶的。

风浔被凤舞训斥得可怜兮兮，扁着嘴：“……嗯。”

凤舞来不及多想，当即给风北王妃把脉。

这一把脉，她顿时就皱紧眉头：“你们还是给王妃吃了眩晕药！”

风浔：“……”

“说！”凤舞瞪着风浔。

风浔说道：“……当时情况很严重，而且白药师说，你熬的药一闻就不对劲，吃下去会死人的，所以就……”

凤舞看着床上躺着的风北王妃，眉头紧蹙。

“所以，你们给王妃喂了白药师开的药？然后王妃现在就躺在这儿一动不动了？”凤舞冷笑。

风浔：“……娘亲喝了白药师的药，安静了半个时辰，然后就开始吐血。我们见情况不对劲，赶紧给她喂了你熬的药。”

风浔眼前一亮：“娘亲喝了你的药，再没有吐血，而且一直安睡到现在。”

凤舞无语地看着风浔：“你还高兴？”

“啊？娘亲不是被你治好了吗？”

“治好了？”凤舞气得差点儿拍风浔一巴掌，“眩晕症的药没有排干净就喂我熬的药，你就不担心药性相克吗？如果当时我熬药的时候，在药里多加一份木神甲，现在你的娘亲就已经躺在棺木里了。”

“啊！”风浔吓得脸色都变了，“有这么严重？”

“就是有这么严重！”凤舞瞪了风浔一眼。

风浔脸色苍白，差点儿被凤舞吓坏了。

而此刻，周围站着的几个人，都用一种怪异的目光望着凤舞。

宁夫人都没想到，凤舞居然开口就训斥风浔，而风浔竟被训得一句话都不敢反驳。

宁夫人脑海里浮现风北王妃昨日说过的话：你家辰溪还是彻底放弃吧，我家阿浔，舞丫头都看不上呢。

原本宁夫人是不信的，但是现在一看，心里咯噔了一下。

“凤、凤琉姑娘……”时隔数月，宁辰溪再次见到凤舞，看得已经痴了。

风浔没好气地瞪了表弟一眼：“什么凤琉，她是凤舞！”

宁辰溪闻言，当即一怔。

宁夫人昨晚回去，一直没找到机会告诉宁辰溪这件事，后来又担心风北王妃的病，就错过了解释的机会，以至于到现在宁辰溪还将凤舞当成凤琉呢。

宁夫人赶紧将宁辰溪拽出去，找了一个无人的角落，将真相告诉宁辰溪。

宁辰溪顿时如遭雷击："什么？她、她是凤舞，不是凤琉？"

宁夫人点点头："嗯。"

"这怎么可能！"宁辰溪深受打击，"当时我问过她妹妹，是她妹妹亲口所说，她姐姐叫凤琉啊。"

"那你喜欢的，到底是凤琉还是凤舞？"宁夫人问道。

"我喜欢的，就是里面那位！不管她叫凤琉还是凤舞，我只喜欢她！"

"可是，我们家一直求娶的，可都是那位叫凤琉的姑娘啊。"

"凤琉是谁？"

"就是当时你拉着问话的那位小姑娘。"

"噗——"宁辰溪硬生生喷出一口鲜血。原来他一心求娶的，竟是那位姑娘！

"难怪别人都说凤琉骄纵任性、心性狠毒，不是良配，劝我不要一意孤行，原来是搞错了，天啊！"宁辰溪承受不住打击，踉跄了一下。

宁夫人赶紧扶住他："别着急，好在凤族没有答应这桩婚事，现在我们就当这件事不曾发生过。"

宁辰溪艰难地点点头，然后转头望向里面。

"这位你就别想了！"宁夫人没好气地说，"你舅母都想将她拐回家做儿媳呢，奈何人家没看上阿浔，所以你就更不要想了！"

宁辰溪："……"

室内，凤舞正在给风北王妃仔细检查身体。这一检查，凤舞差点儿被气着，脸色变得非常难看。

风浔一直小心翼翼地观察着凤舞的表情，见她的脸色那么难看，心里咯噔了一下，弱弱地问："小舞，我娘亲病得严重吗？"

"药性相冲相克，汇聚于脾胃之内。"凤舞深吸一口气，恨不得将风浔拍死，"你娘亲的病灶原就起于脾胃，所以脾胃尤其虚弱，现在药性还相冲。就好比一个是东风，一个是西风，东风想压倒西风，西风也想压倒东风，它们决斗的战场，就在你娘亲虚弱的脾胃里，你告诉我，严重不严重？"

被凤舞这么一说，风浔都快急哭了："……我……我……"

堂堂风小王爷，帝都小霸王，一堆世家少年跟在身后奉承巴结的主，现在在凤舞面前又急又愧疚，差点儿哭了。

"好了好了，堂堂小王爷，扁着嘴都快哭了，就这点儿出息？"凤舞没好气地白了他一眼。

风浔一听凤舞这打趣的语气，心里顿时有了底，激动地拽着凤舞问道："你能救我娘亲，对不对？"

凤舞轻哼：“如果再有下次，神仙也救不了她。”

说话间，凤舞从衣袖中取出一包银针。

银针扎入风北王妃的穴道之内。

只一会儿工夫，风浔就看到丝丝青烟从风北王妃身体里升腾出来。

“这是……要将药汁都蒸发出来吗？”风浔问。

凤舞看了他一眼。

“我还以为，你会让娘亲将药汁都吐出来呢，没想到你医术这么高超，能够直接将药汁从体内蒸发出来。”

凤舞瞥了他一眼：“你觉得这是蒸发药汁吗？”

“难道不是吗？”

“哪里需要那么麻烦？而且也太浪费了。”凤舞一边往腹部扎针，一边说，“借用外力，让我这东风压倒西风就行了。”

风浔顿时眼前一亮：“我怎么没想到！”

“因为你笨呗。”凤舞笑道。

见凤舞笑了，风浔是真放心了，这样看来，娘亲的病应该没问题了。

风浔看着凤舞，没想到这丫头的医术竟然这么厉害。

在宛平镇的时候，看她救二姑姑，还以为有运气的成分在，没想到人家是真有实力啊。

凤舞帮风北王妃将白药师开的药汁彻底压制下去，重新开了一张药方。

风浔目光扫过，目光微动：“这药开得很朴实啊。”

都是最简单、最常见、最便宜的药材，加起来不超过一个银币。

“白药师开的药，可是要一千多银币呢。”风浔看着凤舞。

“药贵有什么用？最主要的是对症。”凤舞摆摆手，“快去快去。”

“哦。”风浔乖乖地跑了。

“扑哧——”面色虚弱的风北王妃笑出声来。

“您醒了？”凤舞扶着风北王妃坐起来。

风北王妃点点头，看着凤舞直笑。

“您笑什么呀？我长得很好笑吗？”凤舞也是无奈了。

“我还是第一次见阿浔这么乖呢。”风北王妃找了一个舒服的姿势坐好，笑看着凤舞，“在别人面前，他可是骄纵任性霸道不讲理的小王爷，只有他欺负别人的份儿，难得见他被你唬得一愣一愣的。”

“他该！”凤舞没好气地说，“让他不信任我，差点儿出人命。”

风北王妃拉着凤舞感慨道：“你这丫头，也真是厉害，你是神预言吗？说要出事就真出事了，还好提前熬好了药汁，如果没有你那药汁，这会儿我怕是真没命了。”

“你来之前，我全身都痛，特别是腹部，痛得我快晕过去了，但是你那几根针一扎下去，居然那么神奇，一下子就不疼了！”

风北王妃本来就很喜欢凤舞，现在凤舞成了她的救命恩人，她越发喜欢了，恨不得让凤舞住在风家不走了。

风北王妃认真地盯着凤舞：“舞丫头，你就真看不上我们家阿浔？”

凤舞苦笑道：“我和小王爷不合适。”

风北王妃无奈了，其实刚才听到风浔被凤舞训得乖乖巧巧的时候，风北王妃就知道，凤舞是不会喜欢阿浔的，果然是自己强求了。可是风北王妃非常喜欢凤舞，既然不能拐来当儿媳妇，那拐来当干女儿也是好的。

于是，风北王妃拉着凤舞，双眸认真而明亮：“那你喊我一声义母可好？”

凤舞心中一动。说实话，现在的风北王府如日中天，以她的身份和名声，绝对是高攀了。

风北王妃是认真的。

“你真的不答应我吗？”风北王妃拉着凤舞的手摇动，一副可怜兮兮的样子。

这真的是那位彪悍如风的女子？

不过，凤舞还真受不了这个。

“这事……我得回去跟我家美人娘亲商量一下。”

也就是说，凤舞本人并不拒绝了？

风北王妃顿时好开心，这么漂亮乖巧、懂事能干的闺女，回头拉出去，多招人羡慕啊？风北王妃想着想着，就忍不住笑出声来。

风浔端着煎好的药进来，见不过一会儿工夫，娘亲就恢复了正常脸色，当即心中激动。

风浔忙走过去：“娘亲，您没事儿了啊？”

风北王妃不以为然：“这不是有小舞在吗？能有什么事儿？”

“您似乎很高兴？”风浔不解。

“当然。”

“有什么高兴的事，说出来让我也高兴一下？”

风北王妃笑着说：“这件事你知道了肯定很高兴，不过——”

风北王妃和凤舞对视一眼，风北王妃便笑着对风浔说：“等有了确切消息后再告诉你，臭小子，回头不把你乐疯了哦。”

风浔看看凤舞，再看看自家娘亲，心里暗暗揣测：难道，娘亲要将凤小舞许配给自己？如果是这样的话，还真能让人乐疯了。

风浔也乐呵呵地笑了。

回去之后，凤舞跟美人娘亲一说这事儿，美人娘亲委屈地摸着她的头：“那你还是我的小舞吗？”

凤舞抓着美人娘亲柔若无骨的玉手，认真而凝重地望着她：“任何时候，我都是您的小舞啊。”

风北王妃也很好，不过凤舞答应她，也是有考量的。

凤舞没办法后退，因为她的背后空无一人。她有仇要报，她有目标要奋斗。

现在的她，肩膀瘦弱，还护不了家里的老老小小。她需要人脉，需要资源，需要社交，需要背景……

风北王府如日中天，风王爷镇守边关，有一夫当关、万夫莫开之勇。

风北王妃热情开朗，强悍而爽朗，真诚而友善，风浔也很好相处。这是一条很粗壮、很友好的大腿，既然它主动伸过来，自己为何不抱？以后很多事就可以直接交给风北王府出面，而不用受君临渊的气了，凤舞乐颠颠地想着。

凤舞将美人娘亲的消息反馈给风北王妃。

风北王妃高兴坏了，哪还躺得住，赶紧就起来了：“陶嬷嬷，快快快，准备东西，咱们去凤族！”

风浔一听，顿时拦住风北王妃：“您急什么？什么事不能等病好了再说？”

“现在病已经好了啊，舞丫头一出手，哪里还有病啊？”风北王妃喜滋滋地说。

“可是，您急着去凤族，到底是什么事？”风浔不解，“要不，我去将凤舞喊过来？”

“可别！”风北王妃难掩激动之色，“这事儿，咱们得亲自去见人家家长，才显得有诚意。还有，阿浔，你赶紧去打扮打扮，换身干净的衣裳，收拾得整齐些，显得精神。”

亲自去见人家家长才显得有诚意？

还要自己去打扮打扮，收拾得齐整些？

这事儿……靠谱啊！

风浔顿时乐得不见眼睛光见牙了。但他还是很矜持的，悄悄地问：“娘亲，咱们这是去见凤小舞的娘亲啊？”

“是啊。”

“去……干吗呀？”

风浔就等着自家娘亲说出“提亲”这两个字，但是——

“我还没跟你说这事儿？”风北王妃抬眸，不解地看了风浔一眼。

“您不是说，事情还没最终确定下来，所以先不告诉我吗？”风浔差点儿翻白眼。

风北王妃恍然大悟：“哦——”

“所以，什么事儿，您可以透露了吗？”风浔眨眨眼，内心窃喜，哈哈哈哈哈，他早就猜到了！

“现在告诉你也无妨，凤小舞啊，她马上就会成为你的——”风北王妃顿了顿。

风浔高兴得快疯了！

“妹妹。”风北王妃喘了一口气，终于说出答案。

而此刻的风浔呆若木鸡，感觉灵魂都飞出去了。

风北王妃推了他一把：“还站着做什么？赶紧去收拾收拾，光鲜靓丽地去见你妹妹啊。”

风浔死死地握紧拳头。

“我不去！”风浔赌气道。

风北王妃没好气地说：“你不去就不去吧，你娘我自己去。”

说罢，风北王妃就带着陶嬷嬷出门了。

可怜的风浔，就这样被留在了原地……

此刻的他，脑海里还盘旋着那两个字——妹妹……妹妹……妹妹……

他冲风北王妃身后大吼：“我不要这个妹妹！我不要！”

这一声吼，整个风北王府上上下下都听得见。

风北王妃顿时怒了：这妹妹还没认呢，就让下人都知道你这个当哥哥的不喜欢是吧？

风北王妃转过头，一巴掌拍在风浔脑袋上。

“呜——”风浔泪汪汪地瞪着风北王妃，好痛！

“这个妹妹，你喜欢也得认，不喜欢也得认！”风北王妃说完就出门了。

风浔又急又气，脑袋又疼，越想越委屈。怎么能这样！可是……长期在娘亲的高压下，风浔还真不敢反抗风北王妃，他现在好想吐槽。

找谁吐槽呢？对了！君殿下不喜欢凤小舞，找他吐槽去！

“你妹妹？”

太子府，君临渊刚修炼完毕，就看到风浔屁颠屁颠跑来，往躺椅上一坐，气鼓鼓地开始吐槽。

“对啊！你说，我娘亲这是什么想法？”风浔咬牙握拳，“谁要她当我妹妹了，我可是一心要娶她的！”

霎时间，君殿下那犀利的目光紧紧盯着风浔，周围的温度骤然降至冰点。

湖面上瞬间结冰，成群的锦鲤被冻成冰雕。

可风北王妃并不知道自家傻儿子哭哭啼啼找君临渊诉苦去了，此刻的风北王妃和宁夫人正一起往凤族而去呢。

宁夫人原本觉得尴尬，并不想去的。但是风北王妃拉着她的手笑着说：“不就一个凤族的大夫人，就她，也能让你尴尬？拿出你风北王府二小姐曾经的气魄来！”

宁夫人一想也是，那个凤琉，冒领功劳不说，还害得她们家差点儿娶错了亲，这事儿她可饶不了凤琉！

凤族。

因为凤族是大夫人当家，所以风北王妃她们的帖子，是送到大夫人手里的。

大夫人最近心情很不好。

凤琉的事让她方寸大乱，只要一想到那个孩子的父亲是……大夫人就想疯。

大夫人倒是想将凤琉的孩子打掉，但是，她问过炼药师之后发现，这个孩子不能打。因为凤琉的体内有一块肉瘤，跟这个孩子长得很近，如果流掉孩子，会危及凤琉的生命。

“所以，这个孩子一定要生下来，连同那块肉瘤一起生下来！”大夫人握住凤琉的手，郑重地说。

“可是……呜呜呜……”凤琉觉得自己的人生都毁了，“可是……我怎么生啊？”

“你听着！”大夫人目光严肃地盯着凤琉，“我请大师测过，你肚子里的孩子，福泽深厚，而且是个超级天才！”

“真、真的吗？”

“是！”大夫人真的找人测过，所以才说得这么斩钉截铁。

“所以，这个孩子你一定要生下来！不过——”大夫人死死盯着凤琉，“你必须为这个孩子找一个父亲。”

“呜呜呜……”凤琉好想哭。

“最近宁家不是哭着喊着要娶你吗？宁家很不错，背景深厚，前途远大，所以，就是宁家了！”

“我……”凤琉想拒绝，但是，怎么拒绝？

她只能含泪答应。

就在这时，门外传来桂嬷嬷的声音。

“什么？风北王府的帖子？风北王妃亲自来了？还有宁夫人？”

大夫人顿时激动了：“来得正好！”

这几天，一直没有宁家的人上门，大夫人内心还忐忑呢，现在好了，风北王妃和宁夫人亲自上门，这不是提亲是什么？所以，昨天陶嬷嬷请凤舞过去，是询问凤家的事吧？可是凤舞这死丫头回来后，一个字都不说。

大夫人对凤舞的恨又深了一层。

大夫人整理了仪容，亲自出门迎接。

毕竟，来的不仅仅是宁夫人，还有风北王妃。

“王妃娘娘到来，让我们凤族蓬荜生辉啊，快请进，快请进。”

风北王妃原本想直接去星陨院，可大夫人这么热情，好歹是舞丫头的大伯母，那就稍微给点儿面子吧。

如此一想，风北王妃就随着进了正堂。大夫人想到宁家苦苦求娶自家凤琉，所以在宁夫人面前可端着了，可矜持了，一点儿都不主动，不热情。

宁夫人一看，眉头就皱起来。

还是风北王妃先开的口：“凤大夫人，说起来，今天还有事要您帮忙呢。”

来了来了，这就立马进入正题了。大夫人内心激动，但面上故作淡定：“哦？不知道王妃娘娘说的是什么事？”

风北王妃看了大夫人一眼：“您家凤琉还好吧？”

大夫人让桂嬷嬷去请凤琉出来，笑着对风北王妃说话。

但是，风北王妃内心不太高兴。看在凤舞的面上，风北王妃难得多了点儿耐心跟大夫人周旋。

凤琉呢？此刻凤琉终于收拾好心情了。既然已经决定嫁给宁辰溪，她就要做好万全的准备，并且——

如果不气一气凤舞，她怎么咽得下这口气。

凤琉去找凤舞了。

“你说什么？”凤舞不解地望着凤琉。

“我要嫁给宁辰溪了！”凤琉得意扬扬地盯着凤舞，“我要做宁辰溪的正妻，十八抬花轿，明媒正娶！”

凤舞无语，心说：凤琉还不知道自己已经听说宁辰溪认错人的事。

“你这是什么表情？”凤琉不悦地瞪了凤舞一眼，“我是你妹妹，我成亲，难道你不应该恭喜我吗？”

凤舞懒得看凤琉一眼，跟她说话纯属浪费时间。

凤舞抬手就要将门关上。

“凤舞，你敢将我关在外面！”凤琉双手叉腰，气势汹汹地说，“你听见没有，我要嫁给宁辰溪了，风小王爷的表弟宁辰溪！”

凤舞：“行行行，你厉害，然后，你说完了吗？”

太敷衍了！凤琉对凤舞的态度极其不满，“凤舞，你忌妒我！”

凤舞差点儿翻白眼。

“我马上就能嫁入宁家，而你，一个没有任何灵气的废物，你看到时候谁敢娶你！”凤琉冷笑一声，“别看现在君殿下似乎对你另眼相待，但是，他连个侍妾的位置都不会给你，以后的你，将会沦落到连女奴都不如！”

啪！凤舞原本不想理凤琉，但是她自己作死，非要指着凤舞的鼻子骂，从凤舞身上找优越感。

凤舞哪是那种逆来顺受的脾气，当即一巴掌甩过去，顿时将凤琉抽得原地转了个圈。

凤琉身边的人都被凤舞这一招吓住了！

“你——你敢打我！”凤琉恶狠狠地盯着凤舞，眼底的恨意几乎要将她焚烧殆尽。

“打都打了，还问我，你脑子有坑啊？还在我们面前炫耀，寻找优越感，谁给你的勇气？”凤舞嗤笑一声，“宁家为什么要向‘凤琉’求亲，你娘不知道，难道你心里没数？”

凤舞步步逼近，凤琉节节败退，眼底甚至浮上一抹惊惧之色。

这是对凤舞本能的敬畏。

“我、我不知道你在说什么！”凤琉装无辜。

“回帝都的路上，在宛平镇，你不要告诉我，是你救了宁夫人！”凤舞又逼近一步。

不好！凤琉闻言，脸色瞬间变得煞白。

“宁辰溪问你，救了她母亲的人是谁，你是怎么说的？”

“我……”凤琉慌了，她怎么都没想到，当时她随口一说，宁辰溪就上了心。

凤琉其实很清楚，宁辰溪要娶的女子，是那个救了他娘亲的人，可是，明知如此，以凤琉现在的处境，她还是得嫁。

可凤琉怎么都没想到，凤舞居然知道这件事！

“你、你……你这句话是什么意思？你要跟我抢宁辰溪吗？”

“抢？”凤舞好笑地看着凤琉。

凤琉深吸一口气：“凤舞，我警告你，宁辰溪是我的！如果你敢跟我抢，我就告诉所有人，你抢我的夫君！”

凤舞笑了：“还你的夫君呢，你还是先嫁过去再说吧。”

“你以为我嫁不过去？”凤琉觉得好笑极了，“宁家不知道有多喜欢我呢，派了一拨又一拨有头有脸的人来保媒，连武安侯都出动了！可你呢，以后只能给人当侍妾！”凤琉说完，转身就走，留下一个异常骄傲的背影。

凤舞：“……”

“这人怎么这么讨厌！”朝歌修炼完毕，快步冲出来，发现凤琉已走，不由得抱怨道，“她怎么跑这么快，我还没打她呢！”

凤舞笑了。

“小舞你笑什么？你不觉得她很欠扁吗？”

凤舞点头：“是是是，她一直都很欠扁，不过，这次不需要你亲自出手。”

“哦？谁要打她吗？”

“风北王妃和宁夫人。”

“她们真打她啊？”

凤舞笑着嗯了一声：“不仅打她，还打脸呢。”

凤琉在路上遇到了桂嬷嬷，桂嬷嬷伸手拽住凤琉：“六小姐快跟我走！”

“桂嬷嬷？”

“风北王妃来了，这会儿正在大堂坐着，夫人让您出去见见贵客。”桂嬷嬷开门见山地说，“您倒是快点儿啊。”

凤琉却傲然抬着下巴：“急什么？”

桂嬷嬷苦笑道：“我的六小姐，那可是风北王妃啊，她们光等您一个人，这面子可给得太大了。”

凤琉不以为然。宁辰溪如果真的喜欢她，那她现在拿乔一下，有什么不好？更何况，谁家姑娘不矜持啊？

路上，凤琉故意慢慢悠悠地走着，一边走，一边整理仪容。

而此刻，风北王妃有些坐不住了。她已经给足凤舞这位大伯母面子了，于是站起来就要告辞，她自己去星陨院找人。

就在这时，门外传来一阵脚步声。

大夫人高兴地招呼着：“小六来了，快快快，快让她进来，风北王妃和宁夫人都等了许久了。”

凤琉进来的时候，风北王妃和宁夫人都转头看她。

凤琉听了大夫人这话，内心突然咯噔了一下。宁夫人也来了？当初凤舞可是亲手救了宁夫人两次，宁夫人是见过她的，并且印象深刻。也就是说，宁夫人一眼就会认出她不是凤舞。

凤琉的脸色顿时不好了，之前怎么没人跟她说宁夫人也来了！

凤琉原本抬脚就要踏入门槛之内，此刻愣在那里。是进，还是不进呢？不不不，不能连这最后的机会都失去了！

凤琉转身就要往外走，然而，桂嬷嬷好不容易找到自家六小姐，哪能让她就这么离开？于是，桂嬷嬷提高声音："六小姐，快进来啊。"说着，桂嬷嬷直接挽着凤琉往里走。

"琉儿来了？"大夫人眼中浮现一抹高兴之色，对风北王妃和宁夫人笑道，"我家琉儿生性纯良，腼腆，羞涩，少见外人，不像舞丫头，野得天天往外面跑，让你们见笑了。"

风北王妃一听，顿时不高兴了。小舞这位大伯母可真是人才啊，夸她自己闺女的时候还顺带踩小舞一脚，难怪小舞明明这么好，在外面的名声却那么差。

这可不行！

风北王妃决定，等她认下这个闺女，回头就要在贵妇圈里好好宣传宣传，给她家小舞树立好名声，小舞本来就是那么好的女孩子。

想到这儿，风北王妃瞪了大夫人一眼。大夫人并不知道，因为她看到凤琉过来，已经站起来去迎接了。

大夫人拉着不情不愿的凤琉来到风北王妃面前，笑着说："这就是我家凤琉，风北王妃以前应该见过。"

凤琉一抬眸，就跟宁夫人对上眼了，一时间，她心头猛地一跳。

"自然见过。"风北王妃笑着说，"上次在严府的时候。"

大夫人像被当场甩了一巴掌，脸色难看至极。

风北王妃这是来打脸的吗？

严府那件事……

"严府什么事？"宁夫人故意问道。

大夫人脸色微黑，尴尬地笑道："见过就好，见过就好，琉儿，见过宁夫人。"

凤琉尴尬极了，恨不得立即转身走人，可是想到肚子里的孩子，她不得不委曲求全。

"见过宁夫人……"凤琉微微屈膝。

宁夫人嗯了一声："别行礼了，快起来吧。"

大夫人难以置信地盯着宁夫人：不是说宁家巴望着娶她家凤琉吗？恨不得倾全族之力吗？这会儿见了，怎么宁夫人一副很不耐烦的样子？

大夫人顿时就不高兴了，这可是你们家非要娶的，现在还摆上脸色了？

大夫人当即冷下脸来，傲娇地哼了一声："宁夫人这是对我们家琉儿有什么意见吗？"

宁夫人没有说话，只是淡淡一笑，转而望着风北王妃："严家？可是大姐姐家里？发生了什么我不知道的事吗？"

风北王妃苦笑道："这事儿说起来也是不好听，可咱们这也没有外人，所以我就说了啊。上次在严家的时候，严妍和凤琉……"

风北王妃还真是一点儿都不客气，将在严家发生的事，一五一十明明白白地说了一遍。

大夫人好几次都想打断，但风北王妃根本不理她。最后，在宁夫人瞠目结舌的表情中，风北王妃终于收住了声音。

"所以在那之后，凤琉和严妍的名声就不大好了。唉，也是她们年纪小，不懂事，所以心思恶毒些，也是情有可原吧？"

大夫人差点儿晕过去，哪有这样的？哪有这样的啊！这到底是上门提亲，还是上门悔婚的啊？竟然当着她这个母亲的面，这样说她的凤琉，这不是羞辱是什么！

大夫人板着脸，那双目光死死盯着风北王妃："王妃娘娘，看来您对我们家琉儿是诸多不满啊。"

大夫人仗着宁辰溪喜欢凤琉，心里是有恃无恐的。

"这话你还真说对了。"风北王妃直白地点头。

大夫人差点儿一口气上不来，她随即冷笑一声："既然我们家琉儿这么不好，您二位为何要上门提亲？"

你们想娶？哼！我家还不嫁了呢！大夫人摆出高高的姿态。

"上门提亲？"风北王妃用一种看白痴一样的目光看着大夫人，"谁跟你说，我们这回是上门提亲来了？"

大夫人皱眉，怎么不是提亲？宁家已经托人来过好几次了，还有这满院子的箱笼盒子，怎会不是提亲？

大夫人冷笑："难道不是吗？"

"呵呵。"风北王妃冷笑。

"宁夫人，您怎么说？"大夫人发现自己跟风北王妃沟通不了，直接对话宁夫人。

"什么怎么说？"宁夫人一脸疑惑。

看到宁夫人一副置身事外的样子，大夫人顿时怒了，瞪着宁夫人："宁夫人，你这是什么态度？宁家还想不想娶我们家凤琉了？"

大夫人被气坏了，才会将心里所想的表达出来。但是，既然已经说出来了，她也不惧，反正这也是事实。

宁夫人皱眉："娶你家凤琉？凤大夫人，此话从何说起？"

什么？大夫人差点儿一口血喷出来。

从何说起？

"难道你们宁家不是一次次地请人来做媒，求娶我们家凤琉吗？这事难道还是我杜撰的不成？"大夫人快被气炸了，气势汹汹地瞪着宁夫人。

宁夫人嗤笑一声："哦，以前确实请人来做过媒，只不过——"

宁夫人那双冰冷的眸子紧盯着凤琉："我想，我不说，你也知道是什么意思了吧？"

凤琉被宁夫人的目光吓得后退一步。

大夫人皱着眉头寻思：难道琉儿怀孕的事传出去了？想到这儿，大夫人脸色惨白，差点儿晕过去。

宁夫人冷笑道："当初在宛平镇的时候，明明是凤舞救了我两次性命，结果你却将功劳往自己身上揽，骗我儿说救人的那个姑娘叫凤琉！"

宁夫人想到自己被欺骗的事，气得不得了，指着凤琉当场就骂："这样的话，你怎么说得出口？你一个姑娘家，脸皮怎么这么厚，这么会往自己脸上贴金呢！"

宁夫人在骂，凤琉在后退。

大夫人顿时回过神来：不是怀孕被曝光的事？但……这又是怎么回事？

"琉儿？"大夫人拽了凤琉一下，"怎么回事？"

凤琉小小年纪，哪经历过这样的阵仗，哇的一声哭了。

看到她竟然被几句话问得方寸大乱、哭哭啼啼，宁夫人额上青筋直跳。她们宁家，居然差点儿娶到这样的妻子，还是托了无数人情，倾全族之力求娶！

正所谓娶妻娶贤，一个好妻子能让家族旺三代，可如果娶了凤琉，宁家就完了！

宁夫人抚着胸口，心有余悸。

"这又跟凤舞有什么关系？"大夫人不解地瞪着凤琉。

"娘，你不要再问了！"凤琉哪里还能在这里待下去？她觉得脸上火辣辣的。

宁夫人和凤北王妃看她的目光，都带着嘲讽和讥诮！

凤琉转身就要往外跑，但是——

"凤琉姑娘，还是将话讲清楚了再走吧，不然……宛平镇的事传出去，怕是对你的名声更是雪上加霜啊。"宁夫人冷笑。

凤琉顿时站住，转过头恶狠狠地瞪着宁夫人，宛若一只凶悍的小母狼。

宁夫人冷笑："小小年纪，做下这样的事，竟然一点儿悔改之心都没有。算了，你想走就走吧。"

但大夫人怎么能让凤琉就这样离开？她一把抓住凤琉，望着宁夫人："您刚才的话……是什么意思？"

"字面上的意思。"宁夫人冷笑。

"您的意思是说……"

"我们宁家要求娶的，是那个救了我的姑娘，那个姑娘明明叫凤舞，可是你们家凤琉却说，那个姑娘叫凤琉！"宁夫人想到这件事就恶心得不行，"所以我们宁家欠下不少人情，托人一次次上门保媒，呵呵，差点儿就娶了你这女儿！"

"宁家真正要娶的，是凤舞？"大夫人气得咬牙切齿。

朝歌被凤琉恶心了之后，跟着她一路过来，听到了里面发生的事。

这么好玩的事，岂能不跟小舞分享？

朝歌回到星陨院，还没说话，就捂着肚子笑个不停："哈哈哈……"

凤小七忍不住翻了一个白眼："朝歌姐姐，你这是笑抽了吗？"

"哈哈哈哈……"朝歌竭力忍住笑，将正房里发生的事给大家说了一遍，"真是逗死我了！凤琉刚才还好意思跑咱们家来耀武扬威，谁给她的脸啊，哈哈哈……"

凤小七听得目瞪口呆。

"宁家要求娶的是我姐？"凤小七瞪眼。

"嗯嗯嗯。"朝歌抹去眼角的泪水，"那凤琉，还一直以为是娶她的呢，一直矫情地拖着不肯答应，结果现在人家终于搞清楚了，以前是认错人了，凤琉那表情……哈哈哈……"

"凤小七，你怎么不笑啊？你不觉得这件事很好笑吗？"朝歌乐不可支。

可是凤小七那张白皙而清秀的正太脸上，却愁云密布。

"姐——"凤小七站在凤舞身边，拉着她的衣袖，委屈兮兮地望着凤舞。

"嗯？"凤舞忙着计算太乙仙图阵需要的材料。

"宁家求娶你呢。"

"嗯。"

"那……你会嫁吗？"

凤舞瞥了凤小七一眼："你傻啊？"

"啊？"

凤舞揉揉凤小七的脑袋："你姐我又不喜欢宁辰溪，嫁他做什么？"

“……哦！”凤小七心中窃喜。

凤舞继续低头算着手中的材料，她得将这份材料整理出来，方阁老才好让下面的人去办，她没有多余的时间和精力放在这上面。

“姐……那……那……你以后会嫁给别人吗？”凤小七问得犹犹豫豫，眸中含着一抹忐忑。

凤舞头也不抬地说：“会吧。”

“……啊？”

“不过那是很久很久很久以后的事了，说不定那会儿你都子孙满堂了呢。”凤舞没好气地说。

“啊？姐姐你骗人！”

凤舞苦笑，她倒是想骗人呢。

正房。

宁夫人对凤琉一通指责之后，才算稍微宣泄了一下心中怒火。

“凤舞？原来你们宁家要娶的是凤舞！”大夫人冷笑，“你们瞎了眼吗？她可是一个毫无灵气的废物，哪里比得上我家琉儿？”

风北王妃顿时不爱听了：“她哪里比不上凤琉了？我跟你说，一百个凤琉都比不上她一根汗毛！”

“胡说！”

“你家凤琉文试考上了？”风北王妃诛心一击。

大夫人：“……”

“你家凤琉长得有她漂亮？”风北王妃再击。

大夫人：“……”

“你家凤琉能妙手回春？”风北王妃冷笑。

大夫人反驳：“说得好像凤舞会一样！”

“你当本王妃为什么要收舞丫头为义女？那是因为，她不仅救了宁夫人两次性命，前两天还救了本王妃一命！你说凤舞不会？”

大夫人：“……”

风北王妃冷笑：“自己不会用脑子想吗？不会用眼睛看吗？非要别人把话说得这么透，自取其辱！”

“等等！”大夫人终于反应过来，“您要收凤舞为义女？”

居然不是来给宁家提亲的，而是要收凤舞为义女。凤舞做了她的义女，岂不是要上天啊！

大夫人恨不得自己听错了，可风北王妃用一种看白痴一样的目光看着她。

"你听得没错。"风北王妃看着大夫人，得意极了，"这回就是来认凤舞当我闺女的！"

"所以，其实宁家也并不想娶凤舞吧！"大夫人冷笑。

宁夫人无语："如果能娶到凤舞，是我宁家修来的福气，可惜我们宁家配不上凤舞，真是让人自惭形秽。"

配……不……上？大夫人再次吐血！不要她们家凤琉，却说宁家配不上凤舞，这是要将凤琉往死里踩吗？

大夫人面露狰狞之色："好好好！很好！"

她深吸一口气："凤舞是我凤族之人，凤舞认干亲的事，如果没有我凤族长同意，风北王妃，虽然您贵为王妃，也不能强人所难吧？"

风北王妃淡笑："那是自然，来的时候，本王妃已经使人去请凤大人了。"

大夫人很想逐客，却不敢得罪风北王妃，只能深吸一口气，强压住怒火。

"对了，怎么不请小舞出来？"风北王妃不耐烦了。

大夫人虽然生气，但地位比人低，只能咬着牙说道："这就请她过来。"

"不用了，我们自己去星陨院，这才显得有诚意嘛。"风北王妃笑着说。

大夫人心里那叫一个气啊！对凤舞就要表现出诚意，对她们家凤琉就一点儿面子都不给，还指着鼻子骂，区别对待这么明显！

凤琉想溜，可是风北王妃瞥了她一眼："你也跟着过去。"

可怜的凤琉，心里恨得不行，可还是得乖乖跟上。

咚咚咚——

星陨院响起了敲门声，赵嬷嬷赶紧去开门。

美人娘亲早就知道风北王妃会来，已经换上一袭华服，戴上步摇，简直美若天仙。

风北王妃来了，凤舞竟没有迎出去，只是站在自己家台阶上招呼："风北王妃，您快过来啊。"

风北王妃乐呵呵地走过去，拉着凤舞的手："舞丫头，你可真是厉害，那一剂药下去——"

风北王妃凑近凤舞耳边，低低说了一句。

凤舞笑道："来了就是通了，通了便顺，回头还得按着药方吃药，等过一个月，再给您调整新的药方，将这几年的损耗给补回来。"

风北王妃高兴极了："那敢情好啊。"

只有真正被病魔缠身的人，才懂得健康的重要。

风北王妃的目光从凤舞身上转到凤二夫人身上。只一眼，风北王妃的眼睛都看直了。

“天啊——”风北王妃惊呼一声。她是见过凤舞家美人娘亲的，五年前见的，可五年过去了，岁月并没有在她脸上留下任何痕迹。明明闺女都十三岁了，可是凤二夫人看上去，却宛若十八岁的少女，谁敢说她和凤舞是母女？分明就是姐妹啊！

“好美！”风北王妃本来就是个“颜控”，否则也不会第一眼就想将凤舞拐回家里去养，现在看到凤二夫人，顿觉惊艳，“太美了吧？怎么能这么美呢？”

美人娘亲本就容颜绝色，今日略施薄粉，自然光华四溢。

风北王妃一个女人都被迷得不行，若是男人见到……那还不疯了啊？

“自惭形秽，太让人自惭形秽了……”风北王妃连连摇头。

一旁的宁夫人也觉得自惭形秽。

她抬手摸摸自己的脸。她和风北王妃用的都是最好的脂粉，吃的是最养生的食物，可岁月还是会留下痕迹，然而……凤舞的娘亲，似乎永远停在十八岁，那么美，那么年轻。

大夫人在一旁看了，心中不由得冷笑！

风北王妃看着那么热情，现在还不是忌妒老二家的了？女人，看到别人比自己漂亮，哪有真正心胸宽大的啊？

可是，风北王妃拉着凤舞问道：“舞丫头，快说快说，你是怎么将你美人娘亲保养得这么年轻的？我也是你的干娘，可不许藏私。”

凤舞笑道：“我家美人娘亲还没同意呢。”

风北王妃一听，顿时就去拉凤二夫人。

凤二夫人生性单纯，哪禁得住风北王妃的蛊惑，没几句话便点头同意了。

“舞丫头，你看，你家美人娘亲已经同意了，现在你也是我干闺女了，还藏着掖着呢？”风北王妃一巴掌拍在凤舞脑袋上，“快说！”

凤舞笑了：“我家美人娘亲天生丽质，容颜绝色，肌肤白皙，吹弹可破……”

“行了行了行了，知道你家美人娘亲美，君武帝国第一美人嘛，这些我们都知道。”风北王妃苦笑，“快说，怎么永葆青春？”

“这就要从长计议了。”凤舞说，“首先要保持内心的年轻，这一点，我家美人娘亲得天独厚。”

风北王妃苦笑：“……”

“然后才是丹药的作用。”凤舞说，“不过上次炼制的丹药都用完了，等下次炼制出来，送给你一瓶。”

“那敢情好啊！”风北王妃激动地握住凤舞的手！现在她对凤舞的医术，那是百分之百的信任，凤舞说什么她就信什么。

“我也要，我也要，舞丫头别忘了我这个做姑姑的呀。”宁夫人也激动了。

凤舞的美人娘亲其实叫璇玑，所以帝国人称璇玑夫人。

宁夫人和风北王妃都被璇玑夫人那绝世容颜刺激得不行，恨不得凤舞立即将驻颜丹做出来。但是凤舞比任何人都清楚，美人娘亲体质清奇，没有驻颜丹，她也一样能永葆青春。

有时候凤舞都会想，美人娘亲到底是何来历，身上的秘密实在有些多啊。

大夫人看着风北王妃她们几个言笑晏晏，心里越发不悦。原本还以为风北王妃会生气呢，结果人家相处得这么好！

太子府。

君殿下盯着风浔，眉头紧紧皱起。

湖面早已凝结成冰，风浔却浑然不知。他眼泪汪汪地盯着君临渊，激动地说道：“君老大，这次你一定要帮我！”

帮你？君殿下嘴角勾起一抹冷笑。

“帮你什么？”君殿下的声音阴恻恻的。

沉浸在自己世界里的风浔却浑然不觉，他可怜巴巴地望着君殿下：“君老大，现在就只有你能帮我了！”

“哦？”君殿下那双深眸冷冰冰的。

“我家娘亲你也知道，被太后惯坏了，那脾气大得，说一不二，连我爹都要礼让一二，更别说是我了……”风浔可怜巴巴地瞅了君殿下一眼。

可是，君临渊一贯高冷，脸色冷若冰霜。

“你说，她怎么就非要认闺女呢？怎么就不替她儿子想想呢？我到底是不是她亲生的啊？”风浔抱怨。

君殿下冷笑。

“如果她是去提亲多好，收什么干闺女啊，真是急死人了！”风浔抱怨完了，就眼眸明亮地望着君临渊，“君老大，你一定要帮我啊！现在只有你才能改变我家娘亲的主意！”

君殿下似笑非笑地看着风浔：“改变主意？”

“对啊！”风浔一拍桌子，“像咱们这样的人家，认了干亲，那与亲生的也没什么区别了，一旦认下来，我是怎么都娶不到凤小舞了！”

君殿下心想：娶不到就对了！

可风浔不知道啊，他见君殿下面色难看，忙求道："君老大，君老大，你就帮我这一回嘛，回头你让我做什么都行！"

"我知道你不喜欢凤小舞，可我喜欢啊！君老大，走嘛走嘛，去阻止我娘亲嘛，时间好紧啊！"风浔着急啊。

君殿下慢条斯理地站起来："当妹妹不是挺好的？"

"哪里好了！"风浔站起来，"我就娶不到她了！回头没人娶她，她会被人嘲笑的！"

君临渊："……她不会被人嘲笑。"

"可是，她嫁不了比我地位更高的男人了！那些姑娘一个比一个势利，肯定会笑话她的！"风浔瞥了君临渊一眼，嘟囔了一句，"……你又不会娶她。"

君殿下："……"

"君老大——"风浔还想说话，可君临渊已经往外走了。

"君老大，你去哪儿？"

"凤族。"

"啊！"风浔顿时激动起来，他就知道，君老大对他最好了！

凤琰峰被喊回凤府了，他的第一反应就是——宁家要娶凤琉？

"风北王妃在星陨院。"管家告诉凤琰峰。

"嗯？"凤琰峰顿觉不解，宁家要娶凤琉，风北王妃怎么会去星陨院？可是，风北王妃的名头在那儿摆着呢，凤琰峰不敢怠慢，赶紧去了星陨院。

星陨院里，风北王妃和宁夫人围着凤舞和璇玑夫人，几个人说说笑笑，亲亲热热，把凤大夫人和凤琉晾到了一边。

大夫人和凤琉几次都想走，毕竟留在这里被冷落太尴尬了，可风北王妃就是不让她们走。

大夫人刚一提出来，风北王妃就摆脸色："哟，凤大夫人这是连陪我们一下的时间都没有啊？"

大夫人还能怎么说，只能在一旁赔笑站着，看着她们说说笑笑，自己则暗暗咬牙切齿。

这个下午，对大夫人来说，那叫一个度日如年，漫长到让她崩溃。

很快，外面传来一阵脚步声。

凤琰峰推门进来了。

"老爷——"看到凤琰峰，大夫人顿时眼前一亮，眼眸含泪，泫然欲泣，委屈得不行。

风北王妃一看大夫人这样，顿时就不高兴了。

凤琰峰也看到了大夫人眼里的泪水，可他还是推开大夫人，走到风北王妃身边，给风北王妃见礼。开玩笑，这位可是风北王府的王妃，而且跟宫里的关系那样亲密。

凤琰峰一来，风北王妃的脸色又变了。风北王妃端着架子，慢慢悠悠地瞥了凤琰峰一眼，淡漠疏离地开口："凤大人忙碌，原本也不想劳烦您的，可您家夫人说，这事儿得您做主，所以不得不请您过来。"

她一口一个"您"，一共说了四个"您"字，差点儿把凤琰峰吓死。

凤琰峰差点儿给跪了！

这位风北王妃的风评可不好，做事完全不按常理出牌，对她胃口的，她喜欢得不得了，不对她胃口的，她能当场打脸，毫不顾忌！听这淡漠疏离的口气，风北王妃这是不高兴了啊。

凤琰峰半躬着身子，赔着笑："风北王妃，有事您吩咐一声，凤某一定竭尽全力，肝脑涂地，在所不辞！"

"哪需要你肝脑涂地啊！"风北王妃慢慢悠悠地将香茗放下，淡淡地说，"我风北王府不过是想收您凤族的一个丫头做干闺女，您这位夫人就推三阻四的，一定得您亲口答应，那您是答应呢，还是不答应呢？"

怎么还您您您的啊？凤琰峰差点儿跪了。所以，风北王妃这是想认凤琉做干闺女，这样的话，凤琉嫁给宁辰溪，身份上就相当了？这是给宁家面子啊！

这么一想，凤琰峰高兴得不行："答应，答应，当然要答应了！"

凤大夫人死死拽着凤琰峰的手，拼命给他使眼色：答应什么啊！凤舞要是做了风北王府的郡主，以后在凤族不就更加趾高气扬、骄傲得意了吗？

凤琰峰却理都不理大夫人。一个闺女算什么？只要能让他以后平步青云，更上一层楼，别说认干闺女了，就是把这个闺女送给风北王府也行啊。

于是，凤琰峰笑着说："我家琉儿能得风北王妃的喜爱，这是她上辈子修来的福气。琉儿，还不快过来拜见你的干娘？"

只要能攀上风北王府这棵大树，何愁以后不受提拔？

凤琰峰越想越激动，难怪算命的都说凤琉命好，这命，贵气啊！

"什么凤琉？"风北王妃不满地望着凤琰峰。

"啊？"凤琰峰怔住，不解地望着风北王妃。

风北王妃用看白痴一样的目光看着凤琰峰："你家凤琉那样的，本王妃认来干吗？嫌家里日子过得太舒坦了，领回家惹麻烦吗？"

"啊？"凤琰峰怔住了。

风北王妃可不客气。她看出来了，这凤家大房，还真没一个是好东西！

风北王妃多直的一个人啊，她既然看凤家大房不爽，就不会给面子。

风北王妃说："凤大人，我有句话，说了你别不爱听啊。"

凤琰峰抑郁了，他还真不爱听啊，风北王妃能不讲吗？

可风北王妃不讲不舒服啊，所以她一向都是让别人不舒服的。

"凤大人，你们家凤琉啊，真不是我说，你看你跟谁有仇吧，你跟谁有仇，就将凤琉给嫁过去，她绝对能将对方家里折腾得乌烟瘴气、分崩离析，替你报仇了。"

凤琰峰的脸瞬间黑了："风北王妃，您这话是什么意思？宁家这是要悔婚吗？"

凤琰峰不傻啊，他一听就听出风北王妃对凤琉的嫌弃了。

她这话是说，他家凤琉是惹祸精，谁娶谁倒霉啊。

"悔婚？"宁夫人站出来，"我宁家什么时候和你凤家结亲了？我这位宁家的当家主母怎么不知道啊？"

"不是，这……"这转折太快了，凤琰峰根本就反应不过来。

"之前宁家不是三番五次来求娶我们家凤琉，还请了武安侯亲自保媒吗？"凤琰峰看了大夫人一眼，皱眉，怎么就搞成这样了？

当时凤琰峰以为凤琉得了第一名，又听说君殿下都在关注凤琉，所以对武安侯委婉地拒绝了。可事实上，君殿下那边根本就没戏，所以凤琰峰还是很想将凤琉嫁去宁家，从而和风北王府拉上关系的。

"还亏了凤大人您跟武安侯拒绝了，否则，现在我宁家可就骑虎难下了，怎么哭都不知道了。"宁夫人很不客气地冷笑着说。

"你们这是……"凤琰峰现在好歹也是吏部尚书，朝廷二品大员，负责全帝国官员的考核升迁，位高而权重，现在被这两个妇人挤对，心里早已不悦。

风北王妃冷笑道："凤大夫人，凤琉，你们做的好事，赶紧自己说了，我可不会说别人坏话。"

是，您不说别人坏话，您逼着别人亲口说啊。凤琉气得握紧拳头，被欺负得又想哭了。

可是，风北王妃太可怕了，在她的逼视下，凤琉不得不将当初自己在宛平镇说的谎言，又当着众人的面说了一遍。被风北王妃盯着，她一句为自己开脱的话都不敢说，因为她稍微有这个念头，风北王妃的目光就如冰刀般射来！

知道真相的凤琰峰，眼泪差点儿掉出来——凤琉是白痴吗，怎么不早说？如果她早说了，自己还矫情什么，早就跟宁家下定了！

可是现在说什么都晚了，凤琰峰几乎顿足捶胸。

凤舞看着凤琰峰脸上的风云变幻，眸中浮现一抹嘲讽的冷笑。

在凤琰峰眼中，一切都是利益优先，不管是不是他的亲生女儿。

现在在凤琰峰眼里，她一定比凤琉重要多了。

风北王妃冷淡地说："言归正传，凤大人，本王妃要认凤舞当干女儿，您家夫人说必须征得您的同意，那您是同意呢，还是不同意呢？"

凤琰峰哪敢说一个"不"字？更何况，这是一个能跟风北王府拉上关系的好机会，凤琰峰傻了才会拒绝。

"这当然好极了！"凤琰峰脸上堆满笑容。

凤舞嘴角勾起一抹淡笑。

"好什么好，我不同意！"就在这时，一道愤怒的声音从墙头传来。

风浔飞奔而来，气势汹汹地站在所有人面前。

啪！风北王妃抬手就给了他脑袋一巴掌："闭嘴！"

风浔可怜巴巴："母亲……"

风北王妃："这儿没有你说话的权利！"

风浔眼巴巴地望着墙头，凤舞不解地跟着望过去。

墙头没有声音，但是正门——

君临渊冰山般高冷的身影出现在众人面前，生人勿近的强大气场萦绕在他的周身。

封管家一如既往地跟在他身后。

"君殿下！"

看到君临渊，在场的人全都变了脸色。

凤琰峰赶紧小跑过去，脸上堆满了谄媚的笑容，眼珠子都在发亮。

君殿下纡尊降贵来凤族了？凤琰峰觉得此事怎么这么难以置信！

风浔拼命给君临渊使眼色，使得眼皮都快抽筋了。

"姑母。"君临渊跟风北王妃打招呼。

风北王妃是老佛爷亲手养大的，而君临渊从小就没了生母，一直是在老佛爷的慈宁宫里长大的，可以说，君临渊小的时候，风北王妃没少照顾他。

看到君临渊，风北王妃还是挺高兴的："君君，你怎么来了？肯定是阿浔拉你过来的对不对？我可告诉你，这次你不许帮阿浔，这孩子太由着性子来了，不能再惯着他！"

君殿下瞥了风浔一眼，听见没有，姑母都这样说了，不是他不帮忙，他是爱莫能助啊。

这一眼，看得风浔心都凉了！

别啊！你是谁？你可是一人之下、万人之上的君临渊，跺跺脚整个君武帝国都能地震的那种！我家娘亲对我虎，可不敢凶你啊！

风浔可怜巴巴地望着君临渊，你别爱莫能助啊！拿出你君殿下的脾气来啊！

君殿下盯着风北王妃问道："姑母这是……"

"君君啊，你看，小舞这丫头还不错吧？"风北王妃高兴地说，"姑母认了小舞做干闺女，你是不是也替姑母高兴？"

君殿下轻咳一声："姑母高兴就好。"

风浔："……"

风北王妃乐呵呵地说："姑母高兴，姑母可高兴了！"

风浔瞪着君临渊，他请君老大过来，是让他来阻止这件事的，他怎么……说好的王霸之气呢？

风浔瞪得眼睛都快抽筋了，可今天的君临渊似乎心情不错，跟风北王妃还有说有笑的。

凤琰峰一看这架势，更是对风北王妃高看一眼。

"既然认了表妹，岂不是要送礼物？"封管家多体贴的人啊，一见君殿下瞥了自己腰上的那块墨玉一眼，就心领神会地开始"神助攻"了。

那块墨玉，是无定寺的独孤大师送的，开过光的，上面还有殿下亲手刻的名字，对修炼帮助特别大。

有了这个铺垫，君殿下就好办了。他随手摘下墨玉，朝凤舞脸上一丢："拿去玩吧。"

哇！在场的人几乎个个都很激动。

这可是君殿下送的礼物！

虽然是看在风北王妃的面子上，可凤舞也是得了大便宜啊！

凤舞哪里会要君临渊的礼物，还是这么丢过来的，是打发乞丐吗？她正要将墨玉丢回去，可是这块墨玉入手清凉，一股温良的灵气从手掌心一直蔓延到丹田之内。

很快，凤舞就感觉到丹田内一阵满溢……

这可是修炼的好东西啊，凤舞顿时高兴得不行。

风浔正瞪着凤舞呢，以前你不是对君老大凶巴巴的，一副要划清界限的样子吗？赶紧将东西还回去啊，说好的骨气呢！

可是，风浔崩溃地看到，凤舞双手握住墨玉，对君临渊甜甜一笑："多谢君殿下。"

风浔："……"

风北王妃还在补刀："应该是多谢君表哥才对。"

风浔："……我不同意！我不要这个妹妹！我不要这个妹妹！"

大夫人和凤琉从震惊中回过神来。

刚才看到君殿下给凤舞见面礼，她们忌妒得发狂。

原本，这一切都应该是凤琉的！

不过，这会儿看到风浔大声嚷嚷，大夫人和凤琉顿时高兴极了。

风北王妃喜欢又怎么样？风浔不喜欢啊！到时候风浔天天欺负凤舞到哭！到时候凤舞的日子就跟下了地狱一样生不如死！

风北王妃拎着风浔的耳朵："说！你为什么不同意？今天不说出个理由来，我还真就不放手了！"

"娘亲，轻点儿，轻点儿——"

"你说不说！"风北王妃可凶了。

呜呜呜——

风浔好难为情啊，这么多人，他怎么好意思说？

于是，他用很轻很轻的声音说了一句。

"什么？风太大我没听清楚。"风北王妃皱眉。

风浔只能加重一点儿声音。

"你说什么？大老爷们儿，你的声音就不能重一点儿啊！"风北王妃拍了风浔脑袋一下。

可怜的风小王爷，谁都不怕，就怕他娘亲。

"我说！我要娶凤舞！"风浔终于鼓起勇气大声嚷道。

他这一声大吼，顿时将所有人镇住了。

凤舞："……"

风北王妃："……"

其他人："……"

大夫人和凤琉，还有凤琰峰，直接被吓死了！风北王府的小王爷，说要娶凤舞……要知道，凤舞可是废物啊！

"为什么要娶她？"君殿下那双冰冷的眸子，就那么定定地望着风浔。

"我……我……"

风北王妃回过神来，对啊，平时也没见这傻小子追人小姑娘身后跑啊，怎么就非要娶人家了？有阴谋！

不是风北王妃不信任自家儿子，而是风浔这傻小子抽风的时候居多。

“说！”

“我……如果我不娶她……就没有人娶她了！”风浔梗着脖子大声说。

啪！风北王妃一巴掌拍他脑门上，拍得风浔差点儿一屁股坐地上。

风北王妃真的很生气，有这么黑凤舞的吗？人家长得那么好看，那么聪明，那么好，还没人娶了？

“凤小舞不是废小舞吗？好人家谁会娶啊？反正，不会有比我有身份、有背景、有天赋的人娶她了！所以，她还不如嫁我呢！”风浔梗着脖子。

一时之间，风北王妃觉得风浔这话说得竟有点儿道理。

可这时，君殿下忽然慢悠悠地说了一句：“你确定不是娶回家玩两天就丢开？”

风浔难以置信地瞪着君殿下：君、老、大！这么辛苦请你过来，不是让你来拆台的啊！

可那边，风北王妃一听，顿时就怒了。

啪！又是重重一巴掌。

“嗷——”这一巴掌真疼啊。

风浔一口气差点儿没上来，脑袋晕晕乎乎，眼前直冒金星。

风北王妃那叫一个怒啊！

“好你个风浔，平时你玩别人家的姑娘，我管你了？胆子肥了啊，敢惦记我们小舞了！告诉你，这闺女，你老娘我认定了！”

君殿下一本正经地点头：“风浔这毛病，是得改改了。”

风浔死死地瞪着君临渊。

风北王妃对君临渊点头：“还好君君你懂事，不像阿浔这臭小子，你姑母我被他气得少活好几年呢！家里有我看着，回头在外面的时候，你可得帮姑母好好看着，不许他欺负我家小舞！”

君殿下点头：“姑母有命，不敢不从。”

风浔死死地瞪着君临渊！

风北王妃很是开心，又叮嘱道：“更不许他惦记舞丫头！”

君殿下难得听话：“恭敬不如从命。”

风浔死死地瞪着君临渊！

他怎么从没见君老大这么听话呢！

风北王妃满意了，因为她知道，君临渊可靠谱可靠谱了，只要他答应了，风浔是一点儿机会都没有的。

风北王妃警告地盯着风浔：“这个妹妹，一日是你妹妹，终生是你妹妹，比亲生还亲的那种，你自己看着办！”

风浔：“……”

现在这局面，凤琰峰还有什么看不清楚的啊？风北王妃不知道出于什么原因，这是真喜欢凤舞啊，就连君殿下都这么给面子。

凤琰峰生怕跟凤琉事件一样会有后续，瞪着凤舞吼道：“还不快斟茶，跪下改口喊娘亲？”

凤舞似笑非笑地看了凤琰峰一眼，她这位大伯父是真着急了啊。

风北王妃不悦地瞪了凤琰峰一眼，直接摆手：“不着急，不着急，我师雅然认闺女，哪能这么简陋？”

风北王妃又笑着对凤舞说：“乖丫头，回头干娘选个最好的日子，请很多人过来，咱们盛大地办上一场，我看以后谁还敢小瞧你！”

瞧这区别对待的态度……凤琰峰也是无语了。

太子府。

君殿下回到太子府，风浔还一直跟着，一边跟，一边念叨。

“为什么，为什么，为什么呀？到底是为什么呀？君老大你怎么能坑我呢？难道你不应该是帮我的吗？我不服气，我好生气，啊啊啊啊……”

风浔一路抱怨，少年那张俊美的脸上充满了怨念。

君临渊无语地瞥了他一眼，忽然问道：“姑母为何要收凤舞为义女？”

风浔哼哼两声：“你还不知道我娘亲是‘颜控’吗？凤小舞长得那么好看，她惦记很久了，这次是得偿所愿，哼哼哼。”

君殿下：“……”

“不过这次说起来，还真是要感谢凤小舞。”风浔躺在水池边的躺椅上，双手枕在脑后，没好气地说，“娘亲病了，病情凶险，是凤小舞救了她的命，从这点上看，我得感谢凤小舞。”

“我决定了！”风浔忽然从躺椅上弹了起来，整个人充满了力量。

“什么？”

“以后我要好好保护凤小舞！”风浔握拳，“我可是她的哥哥！哼！以后谁敢打我妹妹的主意，我打断他的狗腿！”

一旁的君殿下：“……”

一旁的封管家：“咯咯咯……”

风浔不解地望着封管家：“您喉咙不舒服吗？”

封管家：我老人家喉咙没有不舒服，只是担心你的小命啊，少年。

风浔全然不知自己刚才那句话骂了谁，他忽然很高兴，一个人在那里傻乐，时不时地还贼笑一声。

那表情，看得人心里发毛。

幸好隔壁躺椅上坐着的是君殿下。

君临渊无语地瞥了他一眼：“你干吗？”

风浔哈哈地笑起来。

君殿下：“……”

“君老大你知道吗？”风浔猛然回头，激动地望着君临渊，那双睫毛浓长、瞳仁如星辰般闪耀的眸子兴奋地盯着君临渊，“我有妹妹了！哈哈哈哈哈……我有妹妹了！”

君殿下：“……”

刚才是谁要死要活地喊着死也不要妹妹的？怎么变得这么快？

君殿下也是无奈了：“……哦。”

“我有妹妹了！”风浔瞪着君临渊。

君临渊无语：“说得好像我没有妹妹一样。”

君临渊妹妹多啊，因为皇帝陛下老当益壮嘛。

“那可不一样！”风浔特别骄傲，“我妹妹漂亮！你妹妹有我妹妹漂亮吗？”

君殿下嘴角微抽。

风浔突然想到，多了凤舞这个妹妹，他好像得到了全世界！因为，他终于有一样能比过君临渊了！天啊！

风浔一脸傲娇：“我妹妹聪明！文试能考第一！你妹妹有我妹妹聪明吗？”

君殿下：“……”

风浔双手背在身后，昂首挺胸：“我妹妹医术好！”

“我妹妹会阵法！”

“我妹妹……”

风浔炫耀起来，顿时没完了，那嘴巴咧得快到耳朵边了，雪白的牙齿闪闪发光！

你妹妹还会按摩呢，君殿下在心里暗暗补充。

“哈哈哈哈哈……”风浔高兴得不得了，站起来就往外走。

“你去哪儿？”

“我去告诉玄奕去！哈哈哈哈哈，我有妹妹了！”风浔边说边走远了。

君殿下：“……”

他实在想不明白，刚才还死活不要妹妹的人，现在怎么突然就变得这么亢奋。

不过凤浔脑回路一向如此清奇，君临渊也是习惯了。

凤族。

那一行人离开之后，大夫人和凤琉的脸色难看至极。

“凤舞，你到底做了什么！”凤琉见风北王妃走了，立即向凤舞发飙，“你到底做了什么，宁家退我的婚，风北王府认你做义女！”

凤舞差点儿翻白眼：“我的六妹妹，你自己做了什么，你不都说得一清二楚了吗？还要我再来替你重复一遍？”

“不是！”凤琉怒气冲冲，“你肯定背地里做了什么，否则，风北王妃不会对你这么好！你快说，是不是你在背后故意抹黑我，从而抬高你自己！”

凤舞冷笑：“你不用抹黑都已经够黑了，还需要别人来抹黑？”

“你……”凤琉快气疯了！她什么都没有了，而凤舞却拥有了全世界，这种此消彼长的落差，才是她最受不了的。

“闭嘴！”凤琰峰怒视凤琉。

“爹，都是因为凤舞这个贱——”

然而，凤琉的话还没说完，凤琰峰直接抬起手，一巴掌朝凤琉脸上掴去。

“你……你居然打我？爹，我才是你的女儿啊！”凤琉委屈得撕心裂肺。

凤舞看着凤琉，眼中充满了怜悯。这可怜孩子怎么到现在都不明白呢？在凤琰峰眼中，哪有什么骨肉亲情？只有让他往上爬的垫脚石和裙带关系。

谁有用，他就会对谁好。现在眼看着凤舞就要跟风北王府扯上关系了，他怎么可能让凤舞受委屈？

凤舞内心感慨。

这个干亲，认得很值。数月之前，她们从北境城回来，她实力还不够，不足以守护家人，当时，大夫人稳稳占据上风，用居高临下的姿态藐视她。

但是，数月之后的现在，大夫人对她，恨得咬牙切齿，却只能忍着，咬碎了银牙也要混着血水一起吞下去。

凤琰峰盯着大夫人：“你怎么教的？凤琉变成这样，都是你教坏的！”

大夫人难以置信地望着凤琰峰：好你个凤琰峰，平时说她如何好，现在出事了就说凤琉是她带坏的！

凤琰峰目光冰冷：“凤琉，既然考不上帝国学院，那就给我禁足！三个月之内，一步都不许出去！”

吼完凤琉，凤琰峰又盯着大夫人：“子不教，母之过，夫人你也是，回去好好反省！”

大夫人好生气，但是在外人面前，又要给足凤琰峰面子，所以根本不能反驳。

“还有——”凤琰峰声音冰冷，“以后对小舞客气点儿，她现在可是我们凤族最尊贵的人。”

大夫人：“……”

“如果以后再让我看到你们欺负小舞，哼！”凤琰峰一甩袖子。

大夫人恨得咬牙切齿，面目狰狞地瞪了凤舞一眼，恨恨离去。

大夫人和凤琉离开后，凤琰峰语重心长地对凤舞说：“舞丫头，需要什么，回头你尽管跟你大伯母说，如果她不答应，你来告诉大伯父，嗯？”

凤舞心中对凤琰峰那趋炎附势的作风不屑，但面上还是保持笑容：“一切都听大伯父的。”

“好，哈哈哈，你是个好孩子。”凤琰峰乐呵呵地离开了。

等他们全部离开，赵嬷嬷当即将大门关上。

“哈哈哈……”朝歌第一个笑出声音，“小舞，你看到刚才凤琉和你大伯母的脸色了吗？她们脸都绿了！哈哈哈……”

凤小七也很开心：“以前她们老欺负我们，现在终于让她们吃瘪了，姐姐好厉害。”

凤舞苦笑：“其实我什么都没有做。”

“可你救了风北王妃啊，风北王妃都替你做了啊。”朝歌望着凤舞，“小舞，风北王妃好喜欢你，她对你肯定好，风浔那个白痴要是敢欺负你，我帮你打他！”

凤舞笑了，风浔还是很好哄的。

凤舞不知道，现在风浔已经在到处炫耀了……

第十章
谁喜欢他

皇宫里。

君武帝国的后宫，最有话语权的，不是坤宁宫的独孤皇后，而是慈宁宫的那位老佛爷。

虽然老佛爷平常不爱管事，但谁让君武帝孝顺呢。

“老佛爷，皇后娘娘过来给您请安了。”

老佛爷年纪大了，身子乏，所以今儿起晚了。

老佛爷身边的蓝嬷嬷走到她老人家身边，压低声音说。

老佛爷揉揉眉心，有些头疼，她摆摆手：“让她们走，不见了。”

蓝嬷嬷见了独孤皇后，肯定不能这么直白地说，而是眸含淡笑：“老佛爷身子不适，今天不见，皇后娘娘以及诸位妃嫔请回吧。”

老佛爷病了？皇后当即满脸关切：“老佛爷病了，妾身自当在旁侍奉，你们先回去。”

皇后一摆手，那些嫔妃再不乐意也得离开。

独孤皇后正要进去，却被蓝嬷嬷拦住了：“老佛爷身子不适，谁也不见，皇后娘娘请见谅。”

“难道蓝嬷嬷觉得，本宫是外人？”独孤皇后拉下脸来。

就在这时，外面传来一阵脚步声。看到少年那颀长而俊挺的身躯，蓝嬷嬷怔了怔，随即丢开独孤皇后，快步迎上去：“太子殿下来了？快请进，老佛爷今日身子不适，正在床榻上躺着呢。”

君临渊很小的时候就住在慈宁宫，蓝嬷嬷对他照顾有加。

他对蓝嬷嬷点点头，径直往里而去。

独孤皇后一看，顿时不高兴了，指着君临渊问道：“老佛爷不是不见任何人吗？”

这个逆子当真是目中无人，见到她这位继母，别说跪下请安了，连一个招呼都不打；别说打招呼了，连一个眼神都没落到她身后，就仿佛她不存在一样！

独孤皇后好好的心情顿时跌落谷底，她一直愤恨地盯着君临渊的背影。

蓝嬷嬷脸上浮现一抹淡笑：“皇后娘娘，您又不是不知道，老佛爷有多宠太子殿下。”

果然，原本在榻上躺着的老佛爷，一听到君临渊来了，顿时起身出来。

“老佛爷，外面冷，您好歹披上外袍啊——”瑞汐姑姑拿着一件外袍在后面追。

这位连君武帝都要下跪请安的慈宁宫老佛爷，嗒嗒嗒地跑出来，拽住君临渊的手，高兴极了：“哎哟，祖母的小乖孙孙，你可来了！快快快，让皇祖母看看，你是不是瘦了啊？”

君临渊一脸的……无奈。这就是别人的太子府都在皇宫里，而他的太子府要设在宫外的原因。

独孤皇后不是第一次见到这样的场景了，可每见一次，都还是要眼红一次！那位可是君武帝国最有话语权的太后老佛爷，她老人家，对别的孙子都不待见，独宠她一手带大的君临渊！

独孤皇后记得，当时见君临渊养在太后这里，她也忍不住牵着二皇子过来，想让二皇子承欢膝下，讨好一下老佛爷。

结果这位慈宁宫的老佛爷怎么说的来着？

“二皇子来干吗？承欢膝下？哀家有小君君了啊，十个二皇子能抵得上小君君的一根手指头吗？小君君不喜欢他来，皇后，以后你管着点儿这孩子，别让他往这边凑，小君君不高兴了。”

当时听了这番话，刚母仪天下的独孤皇后差点儿气死！但是能有什么办法？这老佛爷就是偏心啊，什么好的都给君临渊，把这太子惯得无法无天，都成混世小魔王了！

独孤皇后站在外面，清晰地听到里面的对话。

“小君君，快让皇祖母好好看看，唉，你怎么又瘦了？”

“是不是没有好好吃饭？封管家都没盯着你吃饭是不是？宫嬷嬷没有好好照顾

你是不是？哀家就说啊，外面哪有宫里好？回头你还是……”

在老佛爷的唠叨中，君殿下的脸色都变了。

他深吸一口气，忍。可老佛爷完全没有停止唠叨的意思，她老人家心疼地看着君临渊，数落道：“你看看你这孩子，也是到年纪了，你那狠心的爹，还年年给他自己充盈后宫，就没想着为你留几个，不过你放心，皇祖母都给你留意了，回头挑几个好的，送到太子府去……”

君殿下脸色铁青：“不要！”

在老佛爷面前，他就是个任性骄纵如小魔王的叛逆少年。

祖孙俩相处，跟世间其他祖孙没什么两样，如果真要说有区别，那就是这位皇祖母更为宠溺。

老佛爷可宠着他了：“可是，你年纪也不小了，你父皇在你这个时候，早就已经……”

“说了不要就不要！就是不要不要不要！怎么都听不懂呢！”君临渊不耐烦了。

门外的独孤皇后心中一喜！

可是老佛爷被他一吼，顿时委屈巴巴地妥协了：“好好好，哀家的小乖孙孙说不要，那就暂时先不要。其实哀家也觉得早了些，都是那皇后，天天在耳边嘀嘀咕咕给你娶亲，哀家这不是受她影响了嘛。”

老佛爷一边说，一边可怜兮兮地望着自家小祖宗。

门外的独孤皇后：“……”

老佛爷您不会不知道我在门外吧？明明知道还这么欺负人，简直就是故意的！

君临渊没好气地瞥了老佛爷一眼：“都跟您说了，不要听她的话！”

“好好好，君君说不听，皇祖母以后就都不听了。要不然，以后还是别让她来慈宁宫了。”老佛爷嘀咕。

独孤皇后：“……”她招谁惹谁了！

君临渊只坐了一会儿，就要起身走人。

老佛爷见留不住他，赶紧喊人：“外头冷，腊梅，快拿上次乌国进贡的那件金羽大风氅来。”

“秋雪，快将暖炉拿来。”

“寒霜，快……”

然而，等老佛爷追出去时，君临渊早已经走远了。

独孤皇后在心里暗暗冷笑：仗着老佛爷宠爱，君临渊简直肆无忌惮！辜负了老佛爷一番好意，她就不信，老佛爷真能一点儿芥蒂都没有！

毕竟，老佛爷可是一位冷情的老太太，陛下那么多子女，除了君临渊，其他的皇子皇女，这老太太全都当不存在。

可是，独孤皇后真的失望了，老佛爷没追上君临渊，就拉着蓝嬷嬷道：“我瞧着君君瘦了，而且眉宇间似有郁结之气。这孩子，肯定心里有事，别是被人欺负了吧？”

独孤皇后简直要吐血了！被人欺负？君临渊被人欺负？这位狂霸帝国的君太子不去欺负人就已经很好了，他还能被人欺负？这老太太脑子没毛病吧！

可老佛爷心里不安，拉着蓝嬷嬷絮叨：“唉，这孩子打小就懂事，报喜不报忧，哀家真担心他受了委屈不说，可愁死人了。对了，回头你让小阿浔进宫一趟，君君不让哀家派人保护他，所以要知道他的事，还得问小阿浔才行。”

蓝嬷嬷抿唇而笑：“老佛爷，咱们太子殿下天赋超绝，实力至尊至强，又是一人之下万人之上的身份，谁敢欺负他，谁又能欺负他啊？”

“是啊，我们君君就是厉害！前无古人后无来者，再也没有比他更有天赋的孩子了！”

“的确，咱们太子殿下最厉害了。”

老佛爷骄傲地说：“无定寺那位可是算过了，咱家君君，那可是大陆主宰的命格，贵不可言的！”

老佛爷是个人才，原本还躺在床上哼哼，君临渊一来，她的病全好了，简直容光焕发。

现在君临渊一走——

“哎哟，我这头疼……”

蓝嬷嬷赶紧扶着老佛爷在床上躺好：“地上寒气重，您也真是，外袍都没套呢，就这么跑出来了。”

就在这时，外面响起一阵脚步声。

老佛爷顿时不耐烦了：“皇后还没走？”

外面传来一道清脆的声音：“咦，这不是皇后娘娘吗？怎么在这儿坐着？老佛爷不见你啊？”

独孤皇后被老太太气着了，现在被风北王妃这么一补刀，差点儿喷出一口血来。

“风北王妃怎么来了？”独孤皇后故作和善地说，“不过可惜得很……”

“可惜什么？”风北王妃今天高兴，笑眯眯地看着独孤皇后。

皇后嘴角勾起一抹淡淡的弧度：“老佛爷今日身子抱恙，不见任何人，风北王妃你还是回去吧。”

说完，皇后淡然而坐，神色平静，仿佛亘古以来就坐在那里。

就在这时，里面传来太后的声音："可是雅雅来了？"

风北王妃闺名就叫师雅然，军方大佬的遗孤，是老太太亲手养大的，情分非同一般。

风北王妃："是的，老佛爷，雅雅看您来了。"

老佛爷："那还不赶紧进来！"

风北王妃漫不经心地看了皇后一眼，对她点点头，施施然地进去了。

独孤皇后暗暗恼怒：死老太婆！不是不见外客吗？结果见了一个又一个！外面冷？怕冻着她师雅然？难道她这位皇后就不会受冻吗？

独孤皇后那叫一个气啊！难道她还要一直这么枯坐着吗？独孤皇后站了起来。

蓝嬷嬷一看独孤皇后站起来，直接就说："恭送皇后娘娘。"

独孤皇后差点儿吐血！就巴不得她赶紧走吗？

独孤皇后一口气涌上来，这么想让她走？那她还真就不走了！独孤皇后转了个身，就往老佛爷所在的内室而去。

老佛爷正拉着风北王妃说话呢，一听皇后还没走，顿时就黑了脸。

风北王妃好笑地看着老佛爷。人都说老小孩儿老小孩儿，家里这位老佛爷，可不就是个老小孩儿吗？一不高兴就摆脸色。

风北王妃说："皇后娘娘身为儿媳妇，伺候您是应该的啊。"

老佛爷对蓝嬷嬷说："既然她这么想进来，那就让她进来伺候。"

独孤皇后终于进入太后寝室。她进来后，太后连正眼都没有给她，只拉着风北王妃的手絮絮叨叨。

老佛爷很开心："雅雅，你知道吗？君君刚才来过了。"

风北王妃温柔地看着老佛爷，听她讲述着。

这时候的老佛爷，其实只需要一个听众。

好不容易，老佛爷絮叨完君临渊，最后一脸哀怨："你说说，你见过将太子府单独设在宫外的吗？"

一旁的独孤皇后心里暗暗吐槽，还真是古往今来第一人！

风北王妃笑着说："太子殿下从很小开始，就是一个有成算的人，他既然搬出去住，自然有搬出去住的道理，或许对修炼很有帮助呢？也许是不想给宫里的弟弟妹妹太大的压力？"

老佛爷一想，顿时拍掌："没错！一定是不想给弟弟妹妹那么大压力，你也知道，皇帝生的这些儿女里，除了君君，其他的都是……"

老佛爷一抬头就看到了独孤皇后。

独孤皇后心想，我人都站在这儿了，难道老太婆你还当众打脸不成？

可独孤皇后还是低估了老小孩儿的任性。

老佛爷瞪了独孤皇后一眼：“你瞪着哀家做什么？好像你生的二皇子多有出息似的！”

独孤皇后开始怀疑自己，她进来到底是干吗的？这老太婆不噎死她不高兴是吧？

独孤皇后差点儿就要甩袖子走人了！

就在这时，外面传来一阵脚步声。

风北王妃脸上浮现一抹疑惑之色。

老佛爷没好气地说：“还能是谁？皇帝来了呗。”

果然，不一会儿，门口就出现了君武帝那伟岸的身影。

君武帝人至中年，身形魁梧而伟岸，整个人看上去充满了威严和力量。

可是在老佛爷面前，他却是一个至纯至孝的好儿子。

“老佛爷，朕来给您请安啦。”君武帝从外面走进来，笑容满面，看到独孤皇后也在，笑容越发灿烂，“皇后也在啊，有孝心了。”

老佛爷轻哼一声，真当她傻啊？如果不是知道这会儿皇帝要来，这位眼皮子浅的皇后能忍着被打脸的痛等着？

“皇上万福金安。”风北王妃给君武帝请安。

风北王妃和君武帝当年都是一起养在太后宫里的，可以说是从小一起长大的，不是亲兄妹，却胜似亲兄妹。

看到风北王妃，君武帝还是很开心的。

“哎哟，雅雅回来啦。朕知道你风北王府诸事繁忙，但你忙归忙，也要经常进宫看看嘛，多找老佛爷说说话，老佛爷一个人闷得慌。”

风北王妃笑了：“这不还有皇后吗？”

老佛爷轻哼一声：“她啊，就是个棒槌，不惹我生气就不错了，还指望她哄我？呵呵！”

独孤皇后真郁闷啊，每次来老佛爷这儿，她不是端茶就是送水，不是捶肩就是捏背，小丫鬟的活儿都归她干，她这么辛辛苦苦，结果就换来太后一句棒槌？

反倒是君临渊也好，风北王妃也好，他们过来只是坐一会儿，老佛爷就高兴得不得了……这人跟人之间，区别怎么就这么大呢！

独孤皇后委屈坏了，那双娇嫩白皙的小手拽着皇帝的衣袖，那双泫然欲泣的眸子委屈地望着皇帝。

君武帝哪能不明白啊？他拍拍独孤皇后的肩头：“别气别气，习惯就好，习惯就好了嘛。”

独孤皇后更生气了。她受了这么大的委屈，结果陛下却说习惯就好，他就是这么安慰她的吗？这皇家的人怎么都这样啊！

老佛爷眼里根本没有独孤皇后，所以她生气也好、伤心也好，老佛爷都看不见啊。

看到皇帝，老佛爷还是挺高兴的。

于是一家子坐着聊，就好像当年风北王妃还没出嫁那样。

可这样一聊，独孤皇后插不进话，她自己又不甘心、不服气，就更显得格格不入，被冷落到一边去了。

“哈哈哈哈哈……”聊起曾经的事，君武帝笑得极开心，“当年雅雅可凶了，那么个小姑娘，冲上去就是一拳头，那刺客都被雅雅吓坏了——哪里冲出来的暴力女娃？”

“哈哈哈哈哈……”太后更是笑得眼泪都出来了，“可不是，当初雅雅多么粗暴，哀家可是操碎了心啊，好在长大后收敛了许多。不过现在换阿浔凶了。”

风北王妃笑着说：“这孩子确实凶，我好好地认一个干闺女，差点儿就让他坏了事儿。”

“干闺女？雅雅你认干闺女了？谁家的孩子？”老佛爷被惊到了。

君武帝也惊了一下。要知道，风北王妃就是老佛爷认的闺女，老佛爷对她好得不得了，完全是当亲闺女养的。

“瞧我这记性。”风北王妃一拍脑门，“这次进宫，就是要跟老佛爷和陛下说这事儿呢。”

独孤皇后心神也为之一凛：干闺女？风北王妃这人眼高于顶，除了太后和皇帝，她对谁都是一副高高在上、老娘天下第一的架势，她能看上谁啊？

风北王妃可得意了：“那闺女还没认呢，哪能这么简单就认啊？必须选个良辰吉日，宴请亲朋好友，光明正大地认下这个闺女。”

这么慎重？君武帝和老佛爷对视一眼，看来雅雅这次很认真啊！

“那丫头是谁啊？”帝国最尊贵的太后和陛下，此刻正特别好奇地望着风北王妃。

风北王妃没有直接说出来，而是望着君武帝：“陛下，我先跟你讨个人情。”

“啊？”

风北王妃得意道：“如果是我亲生的闺女，怎么也得混个郡主的封号吧？”

老佛爷理所当然地说：“你生的闺女，岂能委屈了？皇帝不给，哀家给！”

风北王妃笑着说：“那我认的闺女呢，陛下您就给个郡主的封号吧？”

独孤皇后无语地看着风北王妃：陛下连人都没见过呢，一上来就让他封郡主，这风北王妃真当郡主的封号是滥大街的啊？

可是，让独孤皇后气吐血的是，君武帝居然说："雅雅，被你看中的人，那可了不得啊，所以这郡主的封号朕给你留着，你什么时候要，朕什么时候赐。"

"要最高贵的那种。"风北王妃得寸进尺。

郡主分为三种，亲王家的郡主乃是第一等，第二等是宗室家的，第三等是像沐瑶瑶那种异姓王家的。

而现在，风北王妃一开口就要第一等的封号。

君武帝对自家人那是真阔气，大手一挥："那必须的呀，那丫头回头还得喊我舅舅呢，舅舅对自家外甥女，还能小气了去？回头如果她争气，别说郡主，公主朕都封赏她！"

"皇帝哥哥好棒哦！"风北王妃很少喊他皇帝哥哥的，因为她觉得那样显得她很傻，可现在她还是忍不住鼓掌白痴了一回。因为她平常没有示弱，现在这突然而至的赞美，让君武帝特别受用。

反倒是独孤皇后，时不时地在君武帝面前示弱，夸了一遍又一遍，君武帝听着都腻歪。

这边君武帝嫌独孤皇后腻歪，那厢，独孤皇后内心都快气坏了。

郡主？还是一等郡主？以后还公主？到时候不会搞出个第一等和硕公主那种的吧？她生的三公主，都还没有被封为一等和硕公主呢！

独孤皇后几乎咬碎了银牙，她深吸一口气，将满腔的妒意压下，脸上浮现一抹笑容："到底是怎样的女孩子，能让风北王妃喜欢成这样啊？"

老佛爷和君武帝也都好奇地望着风北王妃。

风北王妃说："我家那丫头啊，可聪明了，念书特别厉害！除了君君，全君武帝国最厉害的就是她了！"

"哦？"君武帝顿时眼前一亮。

独孤皇后在心里冷笑，吹吧你，这么聪明的女孩儿能无籍籍名？我们能没见过？

风北王妃可不知道独孤皇后此刻的想法，她可开心了："而且啊，我们家闺女，医术特别特别好，简直可以说是妙手回春、药到病除，比巴老还高明呢！"

独孤皇后实在听不下去了，脸上浮现温婉的笑容："小姑娘听着年纪也不大，医术岂能跟巴老相提并论？"

"那你是不知道啊！"风北王妃得意地说，"之前我患了病，表面上看着不重，但实际上病入膏肓，差点儿人就没了！"

老佛爷一听就急了，拽着风北王妃上上下下打量着她：“现在如何了？现在如何了啊？你可不要吓哀家啊。”

老佛爷对自己养大的风北王妃，那是真喜欢啊。

“就在前天晚上，差点儿就没命了，好在那丫头医术好，抢回我这条命，否则老佛爷，您就看不到我了啊。”

独孤皇后在一边不阴不阳地说了一句：“该不会是那丫头自编自导的吧？”

风北王妃生气了：“你这说的是什么话？我家舞丫头怎么可能设套陷害我？她是真有这个实力！”

独孤皇后一副委屈巴巴的样子，望着皇帝泫然欲泣。

可是老佛爷还真将这句话听进去了。她望着风北王妃：“雅雅，你可别被人骗了啊。”

风北王妃没有说话，只是凶狠地瞪了独孤皇后一眼。

独孤皇后暗自得意，得了便宜还卖乖：“这到底是哪家闺女呀？叫什么名字？总得叫人去查一查，看看她的为人品性，了解了解底细啊，毕竟认了闺女，可就是一家人了。”

老佛爷还真听进去了，她皱皱眉头，问风北王妃：“雅雅，那丫头叫什么名字？”

“她叫凤舞，是个很聪明、很漂亮的小姑娘，回头带过来给您瞧瞧。”风北王妃对凤舞还是很自信的。

“凤舞？”君武帝倒是被惊了一下，“哪个凤舞？”

独孤皇后心里也动了一下。

毕竟对于皇家来说，凤舞这个名字，还真是让他们刻骨铭心。

“就是那个凤舞啊，凤族的五姑娘。”

“是她？”君武帝眉间浮现一抹怪异的神色。

独孤皇后却道：“不是吧？凤舞？就是那个曾经被君临渊退婚的凤舞？”

风北王妃皱眉。

独孤皇后惊呼一声：“老佛爷，这凤舞姑娘当年不是废了修为吗？从曾经的小天才沦为小废物，就是那个凤舞！”

老佛爷眉头越发紧皱，她瞪着风北王妃：“雅雅，这回行事，你真是不够谨慎了！”

“老佛爷——”风北王妃正想解释，老佛爷已经撂下脸色，“这个闺女你不要认了！”

风北王妃难以置信地望着老佛爷：“为什么啊？”

独孤皇后这时候适时插上话：“风北王妃，难道你不知道吗？当初君殿下之所以退婚，可不仅仅是因为她变成废物，最重要的是她变成废物的原因啊。”

老佛爷居然还点点头。

独孤皇后难得得到老佛爷的赞同，特别激动地说：“当初凤舞因为太过贪心，以至于练功走火入魔，她才成为废物。这太过贪心一条，就让人不喜，特别是在我们皇家，最重要就是安分守己，贪心最要不得了。”

老佛爷绷着脸，再次点头。

风北王妃好生气：“我家小舞怎么贪心了？你自己就安守本分了？这么安分守己，你干吗手伸那么长，管我认的闺女？”

眼看风北王妃就要跟皇后掐架，老佛爷适时出声：“雅雅，你听不听哀家的话？”

“老佛爷……”

“这个闺女，你不要认了，就当这件事没有发生过。”

“老佛爷……”风北王妃又急又气。她家小舞这么好，又漂亮又聪明，又乖巧又懂事，哪儿哪儿都好，老佛爷怎么就看不上呢。

“君君不喜欢她，你认了她，回头君君不高兴了。”老佛爷哼哼。

果然什么贪心不贪心的传闻都是次要的，老佛爷心目中最重要的就是君临渊，她老人家这是担心君临渊不高兴呢。

“可是……君君都以表哥的身份送她见面礼了啊。”风北王妃丢出一颗重磅炸弹。

“什么？”老佛爷惊讶。

独孤皇后更是被打得猝不及防。

君临渊那么清冷高傲、不可一世的人，居然还会给见面礼？怎么可能？

“君君真给了？”

“真给了啊！”

“给了什么？”

风北王妃说：“无定寺那位大师亲手开光过的……”

“墨玉？”老佛爷瞪眼，“他将墨玉给那丫头当见面礼了？”

“是啊……”

“不行不行！”老佛爷当即摇头，“快快快，派人将那东西拿回来，一定要拿回来！”

风北王妃不解：“这里面有什么讲究吗？”

“当然有讲究了！”老佛爷正要讲，却见独孤皇后正竖着耳朵听，当即冷哼一声，“反正是很有讲究的，快去要回来！”

风北王妃：“……这是君君送出去的，要回来，岂不是打他的脸？”

老佛爷一想也是，那孩子自尊心可强可强了。但她老人家着急啊，因为无定寺那位将墨玉送给君临渊的时候，她也在场啊，当时就听到什么墨玉之约、缘浅情深、三世情缘什么什么的。

老佛爷听不懂，也记不住，她只知道，这块墨玉跟君临渊的姻缘有关，不能随便给出去。

“你去——”老佛爷对风北王妃说，“你去将那丫头带来，我要亲自见她！”

老佛爷面容紧绷着，那双眼睛中散发出帝国最有权势女人的威严。

风北王妃内心是无奈的，她也不知道事情怎么就发展到现在这一步了。

“那明天……”

“等不到明天！”老佛爷声音冰冷又严肃，“哀家现在就要见她！”

她倒要看看，这丫头有什么本事，能诓骗她家小君君，将那块墨玉给要了去！

独孤皇后见老佛爷一副大开杀戒的样子，心中窃喜。

风北王妃这回终于要吃瘪了。老佛爷对你再好又如何？在这位老太太心里面，最最重要的就是君临渊，只要触了这个逆鳞，管你是谁，格杀勿论！

可是独孤皇后又忽然想到，这老太婆这么重视君临渊，她身为二皇子的娘，身为君临渊的继母，她到底在高兴什么？

一时间，独孤皇后内心又特别纠结……

老佛爷瞪着蓝嬷嬷：“去，现在就去将那凤舞给我带进来！”

风北王妃赶紧站起来。

如果让蓝嬷嬷去带凤舞，那丫头全然不知，还不知道会怎么紧张呢。

“可别可别——”风北王妃拉住蓝嬷嬷，“我去，我去将那丫头带进来，老佛爷您别生气。”

“哼！”老太太显然还是很不开心。

出了慈宁宫，风北王妃揉揉眉心，事情怎么就发展到现在这一步了呢？

凤舞正在方阁老家忙碌阵法的事。因为要保密，所以大大小小、边边角角的阵法，都需要凤舞亲自去做。不过，凤舞灵阵实力很强，虽然只一天，却已经做了别人一年都做不到的事。

方阁老看了，也是感叹。

凤舞说：“现在先将地基打好，地底下的灵阵布好之后，再以宅子原本的建筑为中心，进行局部改造，最后才是这些瓶瓶罐罐的小阵法。”

“小阵法？比如说……”

“比如说以枯井为中心的小阵法，还有类似于听风瓶这样的小小阵法，最后以点覆面，连接成完整的太乙聚灵阵。”凤舞抬手抹去额头上的汗珠。

建造这座太乙聚灵阵，虽然累，但她甘之如饴。

一是可以将她从美人师父那里学到的理论知识融入实际当中，越是融入，她越发现美人师父教授得博大精深。

方阁老已经无数次感叹她在阵法方面的造诣了。

二是太乙聚灵阵建成之后，她和她身边的人都会在修为上受益，对于普通人来说，也能延年益寿。

就在这时，风北王妃来到星陨院。

凤舞听到动静，便对方阁老告辞。

“风北王妃，您来了？”因为还没有正式认干亲，所以凤舞还是喊的风北王妃。

风北王妃看到凤舞，脸上露出愧疚之色，她欲言又止。

“怎么啦？可是发生什么事了？”凤舞一看就知道，这是出事了啊。

能让天不怕地不怕的风北王妃为难成这样，这绝不是小事儿。

“小舞啊——”风北王妃握着凤舞的手，脸上露出一抹苦笑，“是我对不住你啊，这事儿怪我，都怪我……”

“可是宫里不同意？”凤舞觉得，唯一能让风北王妃为难的就是宫里了。

风北王妃没想到凤舞居然这么聪明，一猜就猜到了。

“既然你已经猜到了，那我也不瞒着了，都说给你听。”

风北王妃知道凤舞脑子好使，于是，就把她进宫之后发生的事，一五一十全都说给凤舞听，末了，她苦笑一声：“小舞，你看，这事儿可怎么办？”

风北王妃又添了一句：“出宫之后，我先去的太子府，可是殿下不在，封管家也不在，也不知道什么时候能回来。”

“好，我随您进宫。”凤舞淡淡一笑。

凤舞生性坦荡，有困难便迎难而上，从不怕事。

皇宫里，君武帝几次欲言又止。

老佛爷板着脸，周围的温度降至冰点。

老佛爷只觉得脑仁一闪一闪地疼，就跟闪电似的，但是想到墨玉，老佛爷又打起精神，整个身子一动不动。

正因为如此，老佛爷的心情越发差了。

整个慈宁宫都静悄悄的。

外面的下人也都放缓了脚步，连大气都不敢出。别看老佛爷性子好，不常生气，一旦她老人家生起气来，那可是杀无赦！

君家素来都是这样的作风。

老佛爷是，君武帝是，君临渊同样是。

忽然，一道轻快的脚步声在外面响起。

也不需要别人通报，风北王妃便将凤舞带进来了。

老佛爷身着华服，头戴金冠，正襟危坐，不苟言笑，威严而冷漠。

君武帝坐在老佛爷身旁，看上去也是威武凝重。

独孤皇后的脸色，同样严肃，但她那双眼眸中时不时闪过一抹幸灾乐祸的意味。

三堂会审！

这是凤舞进来后，脑海中浮现的第一印象。

“拜见陛下，拜见老佛爷，拜见皇后。”凤舞屈膝，并没有下跪。

光是这个动作，就已经让老佛爷不喜了。

“好高贵的千金大小姐啊，见了哀家和陛下，竟然不跪。”老佛爷嗤笑一声。

刚才风北王妃离开后，独孤皇后又趁机说了很多抹黑凤舞的传言。

独孤皇后为何知道得这么清楚？因为她和左青鸾是同门，当初左青鸾被碧落宫收为徒弟的事，独孤皇后可没少下功夫。

现在老佛爷对凤舞是越看越不喜欢，看到她竟然高傲地屈膝，越发愤怒了。

面对老佛爷的愤怒，凤舞心中一阵苦笑。

当年身为小天才的她，见了太后也是不跪的，现在老佛爷倒是计较这个了。

“听说你手里有块墨玉？”老佛爷开门见山。

“是。”

“别人送的？”

“是。”

“如果哀家要你拿出来呢？”老佛爷眸中寒意满满。

“臣女惶恐，老佛爷您说什么，自然就是什么。”凤舞低头，双手捧着墨玉，将其举过头顶。

凤舞这一举动，顿时让在场的人都惊了一下。那可是君殿下送出去的东西，多少人求之不得，她居然就这么还回去了？

老佛爷盯着那块墨玉，一时间不知是高兴还是生气。

高兴的是，墨玉可以拿回来了。

生气的是，这丫头居然这么不重视君君送的东西！

突然，老佛爷的头痛症犯了，她惊呼一声，双手抱着脑袋，疼得冷汗都流出来了。

独孤皇后反应真快，她指着凤舞："你这丫头好大的胆子！老佛爷都被你气病了！如果老佛爷有个三长两短，小心你的脑袋！来人，将她抓起来，押进大牢等候发落！"

此刻，老佛爷已经全身痉挛，口吐白沫，病情非常严重。

这时候，有两个护卫上前来抓凤舞。

凤舞眸中浮现一抹寒光：如果老佛爷就这么死了，那自己也要倒霉了。

凤舞知道风北王妃不会害她，所以今天老佛爷发病的事，应该是她倒霉赶上了。

现在救老佛爷，就是自救。想到这儿，凤舞猛地推开两个抓她的护卫，身子一动，便已经到了老佛爷面前。

她怒吼一声："都不要急！退开，不要挡着老佛爷！"

说着，凤舞双手往外一推。

哗啦啦——

聚拢过来的宫女、嬷嬷都被凤舞像拨水花一样拨开。

凤舞这一手太快，以至于大家还没反应过来就被拨开了，就连太后身边的蓝嬷嬷都跌倒了。

"你……"独孤皇后顿时气得不行，"来人啊，快将凤舞抓起来！她要杀了老佛爷！"

风北王妃差点儿气炸了：这成事不足败事有余的独孤皇后，回回都是她在搞事。

来不及多想，风北王妃一巴掌抽到独孤皇后脸上："你给我闭嘴！"

哗——在场的人全都蒙了！

天啊！那位可是皇后，风北王妃居然一巴掌甩过去。

独孤皇后被打蒙了，难以置信地望着风北王妃："你敢……你敢……你敢打我！"

风北王妃一巴掌挥开她："老佛爷那么危险，你还趁乱排除异己，这是你身为皇后该干的事儿吗？我没时间跟你理论，等救醒了老佛爷，陛下怎么罚我都没关系，现在你要是再多说一句话，我就杀了你！"

独孤皇后心口为之一窒，心中更恨风北王妃了，但是她很清楚，这当口要是她再闹起来，陛下也不会站在她这边。

君武帝是纯孝之子，看到老佛爷这样，已经惊慌失措。

“太医！太医呢！楚医令呢！”君武帝往外喊着。

宫女、太监赶紧去找楚医令了。

而此刻，凤舞手中亮出一排银针。

凤舞右手执针，左手将老佛爷的外袍扯去。

“你干什么！”君武帝瞪着凤舞，那可怕的气场爆发出来。

这要换了别人，恐怕早就瑟瑟发抖了。

可是，凤舞冷静地盯着君武帝，跟他述说事实：“老佛爷现在情况很严重，如果我不出手，三分钟内她必死，如果我出手，能延缓一刻钟的时间。所以，陛下您选择吧。”

虽然这位老太太不喜欢她，可为了自救，凤舞不得不出手。更何况，凤舞知道老太太跟君临渊关系好，要是君临渊知道她见死不救……那就惨了。

君武帝胸口剧烈起伏，被凤舞的话惊住了。

“三分钟？”

“是，现在只有两分五十秒了。”

“你……”地上躺着不断抽搐的，可是他的娘亲啊。

“你如何保证，你自己说的话？”

凤舞还没说话，风北王妃已经冲上来了，目光紧紧盯着君武帝：“我师雅然以项上人头作保，如果凤舞治坏了老佛爷，陛下，您就拿走我的人头！”

君武帝目光深沉地盯着风北王妃：“……”

“还有最后一分钟。”凤舞冷静提醒。

君武帝咬牙，楚医令到现在都还没来，再耽误下去……

“好！如果你没用，朕就砍了你的脑袋！”

君武帝话音刚落，凤舞手中的银针已刺入太后身体之内。

从头部到腹部，一共刺了十八根银针。

全部十八根银针，凤舞刺入的时候，没有超过三秒钟。

凤舞光是露这一手，就已经将君武帝镇住了。

随后，凤舞右手一动，一道淡绿色的光点悬浮在她那白皙如玉的手掌之中。

凤舞纤细如玉的食指点向太后眉心。那淡绿色的光点，化为点点碎光，融入太后体内。只不过，这一切都被凤舞宽大的衣袖挡着，除了她自己，没有别人发现。

做完这一切，凤舞将老佛爷身上的银针一一拔除，将银针消毒，收拾妥当，放入银针包里，卷起来放入衣袖之中。她沉稳地站起来，平静地对君武帝点点头。

君武帝一直都盯着老佛爷，他惊奇地看到，刚才还抽搐痉挛的老佛爷，此刻竟然平静下来了，除了双眼紧闭，脸色苍白些，再没有看出别的不适。

君武帝瞪着凤舞："老佛爷还没醒！"你怎么就不继续治疗了呢！

凤舞眼角微挑："陛下的意思是，接下来还让我治吗？"

"老佛爷得了什么病？！"君武帝问凤舞。

凤舞想了想，问君武帝："您是要听实话，还是……"

君武帝被气乐了："都这个时候了，当然是实话！"

凤舞叹了一口气："实话就是……老佛爷是慢性肾炎合并高血压脑瘤破裂。"

"啊？"君武帝脑子都是蒙的。

这些字，分开来他都认识，但是合起来他听不懂。

不仅他听不懂，其他人也都蒙了。

"什么意思？"大家都面面相觑。

凤舞还没来得及解释，外面传来一阵急促的脚步声。

楚医令被蓝嬷嬷拽着飞快赶来，外袍都被扯破了。

"快快快，快点快点——"蓝嬷嬷拽着楚医令，暴力地往里面一丢。

衣衫狼狈的楚医令额头上全是汗水，他一抬头就看到君武帝，当即就要行礼。

君武帝怒喝："还行什么礼，赶紧来看看太后！"

此刻的太后已经被君武帝抱着放上床榻了。

"臣遵旨……"楚医令上来就给太后把脉。

只是，他脸上的表情越来越怪，越来越怪，眉宇间还有一丝庆幸。

一刻钟之后，他终于松开太后的手。

君武帝急问："太后如何了？"

楚医令的表情很复杂，很纠结，欲言又止。

"到底如何了？照实说！"君武帝盯着楚医令，眉头紧蹙，语气也很不好。

老佛爷还躺在床上生死未卜呢。

"陛下——"楚医令想了想说，"老佛爷这病，概括起来就是慢性肾病发作，导致脑血压升高，从而引爆脑子里的血块，造成脑血崩……"

君武帝："慢性肾炎合并高血压脑瘤破裂？"

"对对对！"楚医令猛点头，"脑瘤……脑瘤……脑血块不就是脑瘤吗？陛下英明！概括得太好了，就是这么回事儿！"

君武帝默默地看了凤舞一眼：没想到这丫头还真有两把刷子。

楚医令说："老佛爷这病是突发的，来势汹汹，非常严重！但是有一点很奇怪……"

"怎么说？"君武帝盯着他。

楚医令说："老佛爷这是慢性肾炎合并高血压脑瘤破裂引起血崩，这种病症太急了，会引发恶心、呕吐、头痛、抽搐、痉挛，从发病到死亡，绝对不会超过五分钟。"

"刚才我把脉，观察到老佛爷脑里的血瘤破裂造成血崩，这明明是很凶险的，可老佛爷居然挺过了二十分钟，现在既不恶心也不呕吐，甚至没有痉挛。"

楚医令一脸疑惑不解："这不对啊，以老臣从医这么多年的经验来看，这是不可能的呀，一定是哪里出了问题！"

在楚医令疑惑不解的时候，所有人都望向凤舞。

独孤皇后的脸色，已经变得非常难看。

楚医令的话，已经从侧面证明了凤舞的医术。如果不是凤舞出手，现在的老佛爷已经一命呜呼了。居然让她救了！居然真的让她给救了！独孤皇后握紧拳头，咬着后槽牙！她在考虑，回到寝宫，是不是应该给左青鸾写一封信了。

而这时候，君武帝也瞥了凤舞一眼，轻轻咳嗽一声："在你之前，有人救过太后。"

"这就对了！"楚医令大掌一拍，"对对对！这就可以解释，为什么老佛爷血瘤爆发，现在却安然无恙了，这个人好生厉害啊！"

"她很厉害？"

楚医令脸上浮现激动之色："当然了！这位高人实在是太厉害了！如果没有猜错的话，医术应该在我之上啊！"

一时间，四周寂静无声，所有的人都望着凤舞。

楚医令望着君武帝："陛下，刚才是谁出的手？快快将那位高手请过来救太后啊。"

大家都不解地望着楚医令，你是楚医令啊，最好的御医了，有你不用，反而去请别人？

君武帝也黑着脸，盯着楚医令："……你救不了太后？"

炼药师地位超绝，就是君武帝，也不敢随便对楚医令发脾气，就算生气，也只能沉着脸。

楚医令道："陛下，太后伤的是脑子啊，必须尽快将那团血块取出来，还要在不伤及脑干的前提下，这么精妙的手术，微臣手下的那些人都做不到，至于微臣……原本微臣还可以勉强一试，但成功率只有五成，再加上……陛下您也是知道的，最近微臣正在往皇级炼药师晋升，耗费了不少灵力，所以成功率……怕是只有两成。"

两成？别说楚医令不愿意，就是他愿意，君武帝也不会同意。

楚医令苦笑：“所以陛下还是得请那位高手医治啊。这位高人，那是真厉害啊。”

“真有那么厉害？”君武帝瞥了凤舞一眼。

一个十三岁的小丫头，看起来瘦瘦弱弱的，医术真有那么厉害？从娘胎里开始练，她也不过才十几年的医术生涯啊。

“真的很厉害！”楚医令严肃至极，然后各种夸，“那位高人，仅仅用银针，就能封住老佛爷脑里血瘤的崩塌，并且引导体内乱窜的气息，归于脑域，达到脑域的平衡，厉害厉害啊，光是这一手，楚某就自叹不如啊。”

君武帝不由得多看了凤舞一眼，这丫头医术居然这么厉害？之前还真没看出来。

“陛下，这人到底是谁啊？”楚医令急道，“光凭这一手，治愈率就在六成以上，若是由他出手，太后就能活命。”

“活命？”君武帝瞪着楚医令。

楚医令点头：“是的陛下，老佛爷的病情刻不容缓，必须由那位高人出手相救，否则性命难保啊！”

所有人都默默看着凤舞。

如果楚医令所言是真，那么，凤舞的医术还真厉害到让人震惊的地步啊。

楚医令还在感慨：“这样的高手会是谁呢？难道是巴老？是不是巴老回帝都了？”

君武帝摇头，在场的人再次将目光投向凤舞。

楚医令觉得奇怪：“你们都看着这位小姑娘做什么？难道是她……”

大家都点点头。

真的就是这个小姑娘，楚医令，你没有看错。

楚医令走到凤舞面前，激动地说：“小姑娘，你家里长辈在何处？可否一见？”

凤舞那双清澈漂亮的大眼睛里浮现一抹不解：“我家里的长辈？楚医令您为何要见？”

楚医令哄着凤舞：“小姑娘，你家长辈是高人，不见外客实属正常，你回去后带句话给他老人家，就说楚州楚斐然求见他老人家。”

凤舞：“……”

楚医令苦笑：“小姑娘，这样一句话……”

风北王妃适时打断他的话：“楚医令，您猜错了，刚才出手的，不是舞丫头的长辈，而是舞丫头自己。”

“你说什么？”楚医令差点儿跳起来，他的目光死死瞪着风北王妃，“你说，刚才出手救老佛爷的是这丫头？这看起来十几岁的小丫头？”

风北王妃认真而郑重地点头：“您没有听错，正是您眼前这位看起来才十几岁的小丫头。”

“这不可能！”楚医令简直难以置信，“这小丫头才十几岁，就算从娘胎里开始学医，短短十几年时间，也绝不可能达到这样的高度！刚才那手法，绝对是皇级炼药师的水准！”

楚医令死死瞪着凤舞，眼珠子都快爆出来了：“刚才风北王妃说的，是不是假的？”

凤舞淡淡一笑。她没有说话，而是径直走到老佛爷面前，一手的银针已经刺入老佛爷额头。

“老佛爷生死未卜，楚医令还有闲心问东问西？”凤舞淡淡瞥了他一眼。

楚医令很想反驳，但是看到凤舞那娴熟的手法，再多的疑问都咽下去了。

事实胜于雄辩。

凤舞一出手，楚医令就知道，这丫头的医术功底非比寻常。

凤舞抬头看了周围一眼，对君武帝摇头：“人太多了。”

楚医令瞪着凤舞：“你现在就要治疗太后？”

凤舞不解地看着他：“太后病危，当然是越早治疗越好。”

“你保证能治好太后？”君武帝那双威严的双眸盯着凤舞，看得人心头发寒。

凤舞望着君武帝，语气多了许多恭敬：“陛下，太后病情严重，任何药师都不敢保证自己一定能治好，同样，我也没办法给您这样的保证。”

凤舞取过笔写了一份承诺书：“陛下您签了这份承诺书，我才好开始给太后治疗。”

君武帝拿过那张纸一看，顿时面色铁青：“胡闹！”

君武帝一怒，狂霸的灵气席卷而出，在场的人无不双膝跪下，唯一站着的人就是凤舞。

君武帝不愧是君武帝，一国之帝，龙威之力何其恐怖！

此刻的凤舞，跟君武帝比起来，实力弱得宛若婴儿一般，身体几乎被压垮！

在绝对的实力面前，意志力和忍耐力都不过是个笑话。

扑通——凤舞双膝弯曲，直挺挺跪在地上，发出清脆的响声。她，不是臣服在权力之下，而是不得不臣服于绝对实力！

“现在，你还坚持要朕签字？”君武帝威严冷肃，目光犀利如冰刀。

君武帝是纯孝之子，他永远记得当年太后是如何在这冰冷深宫与他相依为命，太后更是以纤弱之躯挡在他面前，承受无数的冰刀霜剑，最终将他推上帝王之位。

所以，孝顺摆在他人生的第一位。

所以在老佛爷的慈宁宫，君武帝就像寻常人家母子那般与老佛爷相处，不带一丝帝王威仪。

可是现在老佛爷倒下了，她危及生命，君武帝急了，也怒了！

"陛下……"

楚医令正想说话，可君武帝那双寒眸却盯着他，一字一顿："如果太后有个三长两短，楚斐然，你以为朕不会砍了你的脑袋！"

楚医令满头冷汗。他知道他有错。太后的平安脉日常是他看的，但最近他忙于晋升皇级炼药师，所以把这件事交给了下属，以至于出了这么大的纰漏……

君武帝盯着凤舞，目光森寒。

凤舞额头上冷汗淋漓，这是身体的本能反应，她无力抵抗。

但是——

虽然在君武帝的威压下，心跳如雷、气喘如牛、牙关打战，凤舞还是坚持道："请陛下签字。"

武帝气坏了，指着凤舞："真以为朕不敢杀你？"

普天之下，莫非王土，率土之滨，莫非王臣，他是生杀予夺的帝王！

凤舞只匍匐在地，没有一句旁的话。

风北王妃急坏了，她跪在凤舞身边，压低声音劝道："小舞，小舞，你快答应啊！"

凤舞还是没有说话，君武帝死死盯着凤舞。

这臭丫头倔强的脾气，跟君临渊是一样一样的！

就在这时，床榻上的老佛爷突然抽搐起来。

"不好！"楚医令惊呼一声，"老佛爷发病了！陛下，再不救治，太后性命不保啊！"

然而，君武帝还没有说话，凤舞已经飞速蹿过去，快速给太后治疗了。

开玩笑！刚才她是在试探这位高深莫测的帝王的忍耐度。只要试探出君武帝的最终忍耐度，以后行事，她就多了一份笃定和底气。

今天这样的机会不可多得，现在陛下已经被她逼到暴怒的边缘，她要再不避让，就等着去死吧。

君武帝被凤舞这举动弄得愣在原地。

这丫头刚才还一副誓死不从的架势，现在立马就退缩了？

"陛下，清人清人啊，到时候影响到太后……"

"哦——"高高在上的君武帝很人性化地哦了一声，然后才意识到自己说了什么。不过现在不用君武帝说话，其他人都已经快步往外撤了。这么危险的事，谁想参与啊？

只不过独孤皇后离开之前，那双淬了毒的目光死死盯着凤舞！她真是想不明白了，刚才那么紧张的气氛，双方正面较劲，谁先认输谁就没面子啊，可是凤舞……

她怎么突然间就跟猴儿似的蹿上去救太后了呢？然后就很轻松地将剑拔弩张的气氛给化解了呢？

说好的逼陛下签字呢？

说好了不签字就不治疗呢？

说好的骨气呢？

独孤皇后走出来的时候，整个人都是蒙的。天知道刚才看到凤舞胆大包天跟陛下怼的时候，她的内心有多激动，多兴奋，可是怎么……凤舞突然就胆怯了呢？害得陛下都不知道作何反应了呢？

室内，凤舞并不知道独孤皇后那跌宕起伏的内心，此刻的她正在专心抢救太后。

其他人都被清出去了。

最后只剩下凤舞、君武帝，还有楚医令。

"陛下，楚医令，你们也出去。"凤舞声音冷静。

君武帝盯着凤舞："丫头，你确定？"

"被人盯着，我只能发挥出五成的实力。"凤舞没有别的废话。

事实上，她的灵力不能当着别人的面使用，否则就会被人知道她有灵力这个秘密。

武帝警告地盯了凤舞一眼："如果太后有事，你懂的！"说完，武帝带着楚医令出去了。

楚医令倒是想留下来，他想看看凤舞是如何治疗的，可是君武帝都出去了，他还能如何？他哀怨地看了凤舞一眼，一步三回头地出去了。

房间内只剩下凤舞一个人。她掏出一瓶炼好的溶血药剂，给太后服下。

太后脑血瘤崩裂，现在整个颅内血压飙升，生命迹象一直在降低，所以凤舞一开始就拿出了撒手锏——溶血药剂。

然后，凤舞才伸出右手食指，点破太后眉心之处。

随着她的手势往后拉，一道黑色的血线从太后的眉心往外射出。

凤舞直接将那道血线注入空空的茶壶之内。

那血块，也已经化成血水，一并从细小的伤口流出。

最后，凤舞手指一抹，太后眉宇间那细小的伤口便已愈合，就好像从来不曾被点破一样。

门外，独孤皇后盯着楚医令："楚大人，你没有搞错吧？那丫头医术真的可以？"

楚医令无奈苦笑："如果之前救治过太后的人真是她的话，那她的医术，真的在我之上。"

独孤皇后攥紧帕子，目光紧紧盯着那紧闭的门扉：如果……如果凤舞治死了老佛爷……那么，这偏心固执的老太婆，就再也不会打扰她的生活，凤舞也会死……

所以，上苍庇佑，一定让凤舞失手啊！

独孤皇后在心里默念了一遍又一遍。

"你在干什么？"风北王妃盯着独孤皇后。

独孤皇后吓了一跳，随即反应过来，瞪着风北王妃："当然是……为太后老佛爷祈福了！要不然你以为我在干吗？"

"我以为你在诅咒太后。"

"你……"独孤皇后死死地瞪着风北王妃，气红了眼。

"陛下——"独孤皇后拽着君武帝的袍子，泫然欲泣，"风北王妃这是要逼死我吗？陛下，您可要为我做主啊……"

若是以往，君武帝还会怜惜几分，但是现在，他根本没心情理她，只喝了一句："别闹！"

独孤皇后越发恨里面的太后和凤舞了。

就在这时，吱一声，门开了。

"如何？"风北王妃第一个问。

凤舞淡淡点头，一边走，一边说："治疗很成功，太后脑子里的血污都已经处理好了，不过这只是治标，还不能治本。"

"这话是何意？"君武帝冷冷地盯着凤舞。

"治标的意思就是，血块已经清除完毕，但如果不找出病因，从源头上治好病灶，太后老佛爷的病还会复发，下次再复发的话，神仙也难救了。"

"这么严重？"君武帝黑着脸，那双虎目威严地盯着楚医令。

楚医令都给跪了："……陛下，是微臣的错，这段时间忙于晋升皇级炼药师，以至于……"

君武帝没有再看楚医令，而是盯着凤舞："你说要如何治？"

凤舞淡淡答道："太后虽然是脑病，但病灶初始于肾，肾亏不能养肝，肝阳化热，痰火内闭，以至于病情危机重重。我们药师有句祖训——急则治标，缓则治本，现如今最急的时候已经过去，所以可以缓步治本，所以，应当从肾开始。”

君武帝那双威严的寒眸紧盯着凤舞。

凤舞一边执笔，一边娓娓道来：“先用逍遥散，养肝熄风，消痰化火，然后用酸枣仁养肝安神……”

君武帝瞥了楚医令一眼。

楚医令听了忙点头：“对对对，太对了！”

君武帝再次看向凤舞：“照你所言，太后什么时候会苏醒？”

“每隔一个时辰喂一次药，三个时辰之后，太后就会苏醒，只不过那时候她也只是意识清醒，行动还是不便的。”

君武帝点点头。

凤舞这个年纪，实在让人对她的医术产生怀疑，但是她的所作所为，却让人刮目相看，现在只好等三个时辰之后再说。

君武帝摆摆手，示意底下的人去抓药。

等待的过程，每一分每一秒都是漫长的。

好不容易三个时辰终于到了，可是老佛爷没有苏醒的迹象。

独孤皇后一看，顿时揪紧了手中的帕子，目光紧紧盯着凤舞：“凤姑娘，你不是说，三个时辰后太后会恢复意识吗？可是现在太后还没有恢复意识！”

凤舞盯着太后，眸中浮现一抹怪异之色。

此刻，所有人都盯着凤舞，君武帝更是一言不发地盯着凤舞，目光阴鸷，深沉，锐利！

凤舞的神色越发怪异，她走到老佛爷身边，手指搭在老佛爷的手腕上。

然后，她收回手，缓缓站起来。

“凤舞，你是不是把老佛爷治坏了！老佛爷是不是醒不过来了！”独孤皇后直指要害。

一瞬间，君武帝的目光变得杀气腾腾。

凤舞还是没有说话，独孤皇后越发笃定，凤舞一定是将太后给治坏了！

一时间，她眼中有一闪而过的幸灾乐祸！

凤舞死定了，这下她真的死定了！

然而，就在独孤皇后心中万分得意的时候，楚医令上去把脉，突然，他的脸色变得非常奇怪，大家都不解地看着他。

“这……”楚医令脸上浮现一抹怪异之色，“怎么会这样？”

大家都好奇极了！

到底是怎样了，你倒是快说啊！

“好事儿还是坏事儿啊？”风北王妃问得最直接。

楚医令一拍大腿：“好事儿啊！这绝对是大好事儿啊！难道你们没发现，老佛爷身上多了一点儿灵力吗？”

“咦——”包括皇帝在内的众人，此刻眸中都浮现一抹惊讶之色。

楚医令不提醒，大家都还没有注意到，经他这么一提醒，大家还真的发现了。

“老佛爷身上有灵气？”

“老佛爷当年受过重创，再加上年事已高，多处穴道淤堵，如果灵气真的通了，那对她的身体有着非常大的好处！”楚医令难掩激动之色。

“而且最重要的是——”楚医令激动地望着君武帝，“陛下您还记得我之前跟您提过的事吗？老佛爷寿元将尽啊。”

君武帝的脸色不是一般的黑。

楚医令激动连连：“但是现在灵气一开，淤堵的穴道疏通，老佛爷的寿元就能增加，这是能延年益寿的大好事啊！”

君武帝的脸上终于出现激动之色：“当真？”

“真真真！千真万确的真！”楚医令还不忘问凤舞，“凤姑娘，是吧？”

凤舞点头：“确实如此。”

君武帝大喜。像他这样的纯孝之人，坐到皇帝这个位置上，已经没有别的追求了，如果能让老佛爷多活几年，付出再多的代价他都会答应。

“好好好！”君武帝深吸一口气，“这是好事！”

独孤皇后蒙了。她想不明白，为什么老天爷就这么爱跟她作对呢？她想什么成，什么成不了，不仅成不了，还会反过来成全凤舞。

难道说，凤舞是天道的亲闺女？

“可是……老佛爷还没醒呢……该不会……出什么问题了吧？”这会儿别的妃子不在，没有枪可以使，独孤皇后只能自己挺身而出刺凤舞了。

也不知道独孤皇后怎么这么倒霉，她刚说完这句话，床榻上双眸紧闭的老佛爷，手指就动弹了一下。

风北王妃激动地说：“老佛爷的手指动了！刚才我看见了！”

然后，所有人都清楚地看到，这位帝国最尊贵的女人，睁开了双眼。

一时间，大家的目光，都有些呆怔。

因为随着年纪变老，老佛爷的眼睛变得浑浊，眼中还有白色的一团，以至于老佛爷的视力一直都很模糊。但是现在，老佛爷睁开眼睛，那双眼睛像被水洗过一般，干净澄澈，宛若婴儿的眼眸。

所以，大家看到老佛爷的眼睛时，才会那样惊讶。

“这……”独孤皇后的脸色，顿时变得非常难看。

没有人搀扶，老佛爷自个儿就坐起来了。

要知道，三个时辰之前，老佛爷还生死未卜，现在居然就自个儿坐起来了，这也太匪夷所思了吧！

老佛爷揉揉眉心，转头就看到一脸蒙的众人，她也惊了一下：“怎么这么多人？”

“母后——”君武帝走上去，握紧太后的手，“您感觉如何？有没有哪里不舒服？”

老佛爷想了想：“不舒服？没有啊，挺舒服的。”

“母后您还记得昏迷之前的事吗？”君武帝关切地问。

“昏迷之前……”老佛爷想到了，顿时一拍脑袋，口中发出哎哟的痛呼声。

风北王妃心疼得不行：“老佛爷，您刚死里逃生，可千万别拍脑袋了。”

之前听到说老佛爷脑子里的血瘤爆裂，她差点儿没被吓死。

老佛爷还没仔细听风北王妃的话，却先一把抓住了她：“雅雅！那凤舞丫头年纪轻轻的，医术怎么可能会好？指不定如何骗你了，哀家想了想，你可以多赏赐她一些东西，但是这闺女啊，咱不认！”

一时间，在场的人，都用一种很怪异的目光望着太后。

风北王妃欲言又止。

老佛爷一拍风北王妃的脑袋，严肃地说：“听明白没有？那丫头骗你呢，不许收她做义女！”

君武帝顿时哭笑不得：“母后……”

老佛爷瞪着君武帝：“你也是！哀家知道你宠妹妹，可这回，你们都得听我的！”

老小孩儿老小孩儿，现在这任性的老佛爷，可不就是个老小孩儿吗？风北王妃顿时哭笑不得。

想到她老人家刚历经生死，现在又生龙活虎的，风北王妃回头拉着凤舞，满怀感恩之情：“丫头，这回真是太感谢你了。”

“咦？”老佛爷的注意力落到凤舞身上，眼前顿时一亮，“这是谁家的孩子啊？长得真俊！”

老佛爷这个年纪的老人，最喜欢看鲜活漂亮的少年少女了，这不，看到凤舞这容颜，老佛爷顿时喜欢上了：“这孩子美的呀，我看不比左家那丫头差吧？”

左家那丫头，可不就是左青鸾吗？

风北王妃并不知道凤舞和左青鸾的恩恩怨怨，她笑着说：“老佛爷好眼力，这丫头长得比左家那丫头还好看呢。”

“是呢是呢。”老佛爷看到漂亮的小丫头很开心，拍拍床沿，“丫头，过来坐。”

凤舞此刻真是哭笑不得。

不过她还是上前坐在了老佛爷面前。

“叫什么名字？几岁了？哪家的啊？”老佛爷这个层面，俊男美女见得多了，更何况后宫三千佳丽，各有各的美。

可是眼前这丫头，虽然还没完全长开，当真是美的，最重要的是，这丫头的美，不具备侵略性，美得亲和，美得让人舒服，美得让人如沐春风。

凤舞眸中含笑，声音淡然：“回老佛爷的话，我就是凤舞。”

“凤舞？”老佛爷一开始还没反应过来，但是她疑惑的目光对上风北王妃，风北王妃那强忍的笑容……

“凤舞！”老佛爷惊呼一声，死死地瞪着她，“你是凤舞？就是骗雅雅的那个凤舞？你个小骗子！原来就是你啊！”

凤舞：“雅雅？”

风北王妃指指自己，凤舞懂了。

“老佛爷您误会了。”风北王妃坐到老佛爷身边，拉着她的手，认认真真地解释，“您这次生病，实在太危险了，差点儿就没命了，您知道吗？”

老佛爷皱眉，她看了君武帝一眼，君武帝点头。

“这么严重啊……”

“是啊，就是这么严重，当时事发突然，楚医令又不在，是舞丫头救了您。”风北王妃给老佛爷解释，“老佛爷，舞丫头的医术好着呢，就连楚医令都甘拜下风呢。楚医令，对不对？”

老佛爷有些蒙地看着楚医令，楚医令点头：“凤舞姑娘医术无双，楚某甘拜下风，心服口服。”

老佛爷用怀疑的目光望着凤舞：“就这小姑娘？”

风北王妃点头：“老佛爷，就是这小姑娘，硬生生将您从死神手里拽回来了，如果没有她，现在您就见不到我们了，舞丫头的医术毋庸置疑啊。”

老佛爷望着君武帝，君武帝肯定地点点头。

老佛爷还是固执地表示不信，反正就是不要相信！

风北王妃见老佛爷如此固执，不由得苦笑一声：“老佛爷，舞丫头不仅将您救活了，还帮您疏通了淤堵的穴道，您现在身体里的灵气是不是开始复苏了？”

还有这等好事？老佛爷一感应，居然真的发现，丹田里有一点儿微末的气息……

老佛爷顿时激动地拽着风北王妃："雅雅，有灵气了！真的有灵气了！"

"是吧？"风北王妃笑了，又不遗余力地在太后面前说凤舞的好话，"我们小舞厉害着呢，您说是不是？"

老佛爷想到自己刚才当着她的面说她坏话，顿时有些尴尬，傲娇地说："就算是这样……她一个君武帝国的子民，救哀家这君武帝国的太后，不是理所应当的吗？难道还有非分之想不成！"

这话风北王妃不爱听了。什么叫作理所应当啊？人家当时如果手一抖，老佛爷您现在还能坐在这儿胡说八道？

当然，风北王妃还是知道分寸的，她只是皱眉。

"照我说，凤舞姑娘救老佛爷，是为了自救，如果老佛爷出事了，她可逃不了，毕竟老佛爷倒下去，是被她气的！"独孤皇后又适时出来刷存在感了。

老佛爷重重嗯了一声："皇后这话说得没错，哀家就是被她气的，哀家还没找她算账呢，她还想在哀家面前邀功？哼！"

风北王妃额头的青色血管突突地暴。哪有这样强词夺理的？

凤舞只淡淡一笑："老佛爷说得没错，之前救您确实是为了自保，现在您没事了，我也没事，这就是最好的了。"

说着，凤舞就要告辞。

风北王妃一把抓住凤舞："小舞，你可不能就这么不明不白地走了！"

她转头望着老佛爷，有些头痛地问："您老人家现在才治了标呢，将舞丫头气跑了，回头谁给您治本啊？您不在乎这条命，我们为人儿女的可心疼着呢。"

老佛爷被风北王妃训得嘟着嘴，坐在那里赌气。

风北王妃又开始吓唬她："老佛爷，您这病，楚医令可治不了啊。"

老佛爷瞪着楚医令。

楚医令苦笑："凤舞姑娘的医术在微臣之上，确实如此。"

太后从来没有像现在这么憋屈，抬头愤愤地瞪了凤舞一眼。

凤舞摸摸鼻子，她这是招谁惹谁了？这任性的太后，到底还是不喜欢她。

不过，没有无缘无故的不喜欢，肯定是有原因的。只不过这原因，凤舞现在还不知道。

风北王妃留下来哄太后，君武帝瞥了凤舞一眼就往外走。

慈宁宫外，一袭宽厚大风氅的君武帝，从背影看，就给人一种超级强者和皇权融合之后的威慑感。

"陛下……"凤舞屈膝，恭恭敬敬地行了一礼。

这样的君武帝，跟慈宁宫内的君武帝，判若两人。或许是因为在慈宁宫里，陛下习惯了跟老佛爷的相处方式。

果然，君武帝半转过身，那双阴鸷的黑眸盯着凤舞，声音冷若寒霜："你做得不错。"

这是君武帝对她的肯定。但凤舞只觉得心头发寒，脊背上浮现一抹冷汗。

君武帝抬步就走。

凤舞正在发怔，白公公走到她身边，压低声音提醒："舞小姐，快跟上啊。"

"……哦。"凤舞不知道君武帝要去哪里，准备做什么，但她只能快步跟上。

于是，皇宫中便出现了这一幕——威慑力强大的君武帝迈步而行，娇小妍丽的凤舞快步紧跟。

不多时，凤舞便来到一座牢房前。

牢房？来牢房做什么？

可是，这时候的君武帝脸色阴晴不定，目光阴鸷深沉，整个人都散发出高深莫测的气场，凤舞不敢问，只能继续跟着。

走过黑暗而狭长的通道，终于，来到监牢底下。凤舞印象中的牢房，阴暗、潮湿、闷热、腐臭。但她发现眼前这座牢房还好，干燥、干净，没有异味。

能被关押在这里的，都是朝廷重犯。看到陛下过来，很多人脸上都浮现复杂情绪，纷纷跪地行跪拜礼。

于是，君武帝这一路行去，不论是牢房里的犯人，还是监狱里的狱卒，全都跪在地上，匍匐着身子，臣服在君武帝的帝王威仪之下。

凤舞在心里想，是啊，这位毕竟是君武帝国的帝王，九五之尊的存在，他一个眼神，就能让人身首异处。他一句话，就能让人家破人亡。

凤舞收敛了心神，深吸一口气。

她知道她的问题出在哪里了。

因为她是从现代社会穿越过来的，所以对帝王少了敬畏之心。

可事实上，这就是个皇权至上的社会，这就是个以武为尊的世界。她现在才开始恢复修炼没多久，别说在帝王面前，就是在一般的朝臣面前，她的实力也还不够看，所以，她凭什么敢不敬畏？想通了这一点，凤舞觉得自己内心通透了许多。

她回过神来，发现不远处的牢房已经打开，君武帝正坐在一把太师椅上，双手笼在大风氅里，神色淡漠而疏离。

牢房里，一个人被推了出来。这是一位国字脸、斯文儒雅的中年人。

看到君武帝，中年人那冷漠的脸上，终于有了一抹动容。

"陛下，您终于来了。"中年人盯着君武帝，态度不卑不亢，还存有几分自傲。

因为他知道，他虽然做错了事，但罪不至死，并且左家必然会为他奔走，动用各种人脉关系。所以，君武帝不会杀他，甚至给他的惩罚也不会太重。

“凤舞，说说。”君武帝嘴角忽然扬起一抹弧度，漫不经心地开口。

说说？君武帝真敢让他说？

凤舞盯着左副院长，脑海里浮现的却是五年前左家众人对她的追杀。

最后，左青鸾亲手废了她的一身修为。

当年，左副院长就是元凶之一！

呵呵，左家！

呵呵，左副院长！

凤舞突然提声：“左副院长，好久不见。”

左副院长不解地望着凤舞：“这位姑娘是……”

“左副院长难道不认识我？既然你不认识我，又为何会被关在此处？”凤舞嘴角勾起一抹淡笑。

“你是……凤舞？”左副院长终于认出来了。小姑娘变化太大了，现在的凤舞跟五年前的她，只有轮廓相像。

这丫头太美了！在看到凤舞的那一瞬间，左副院长感受到深深的威胁。他们家左青鸾一直以“帝都第一名媛”自居，不论是容貌、天赋，还是修为。

可是现在，左副院长看到凤舞的第一眼，就被她的容貌震慑住了。什么叫倾国倾城？什么叫颠倒众生？这丫头现在还没完全长开就已然如此，等她完全长开……

左副院长简直无法想象，当左青鸾看到凤舞时会是怎样的反应。

“我就是凤舞，那个被左副院长调了卷子，差点儿落榜，最后被英明神武的陛下重新将卷子找回来的凤舞。”凤舞淡笑地看着左副院长。

左副院长面色一变，这么被人当众打脸，即便他再老谋深算，也会脸红。

左副院长一直在打量凤舞，一直在拿她跟左青鸾做比较。

在没看到凤舞之前，左副院长一直坚信，他家左青鸾就是帝都第一名媛，毫无争议。

可是现在见了凤舞，他的信心动摇了。

左副院长的第一反应就是探测凤舞的灵力！没有灵力……左副院长缓缓呼出一口气。

威胁既已解除，左副院长便将凤舞丢开了：“陛下，罪臣冤枉！”

君武帝一直盯着左副院长，看到左副院长脸上的表情，眸中浮上一抹寒意。

“说说。”君武帝漫不经心。

左副院长盯了凤舞一眼，严肃地说：“陛下，调换卷子的事，是吴主任为了讨好微臣而为，但是微臣从始至终都认为他多此一举。”

“哦？”君武帝气定神闲。

左副院长很冷静：“陛下，犯罪最重要的是动机，那么请问，罪臣偷凤舞的卷子，动机何在？”

君武帝神色淡淡：“再辩。”

“陛下，凤舞和我左家唯一的交集就是……”左副院长想说君殿下，但左青鸾和君临渊的事还只是商议，怕惹怒陛下，左副院长就换了一句，“唯一的交集就是曾经凤舞和我们家左青鸾都拥有凤凰真血。”

君武帝点头。

“但是后来，凤舞出于某种原因成了废物，失去了凤凰真血，而我们家左青鸾则一飞冲天，现在修为已至灵尊境！”

“那么请问陛下，身为左家高层，我为何要对付这么一个废物呢？她需要我堂堂左赫来对付吗？她有这个资格吗？”左副院长盯着凤舞，眸中浮现一抹不屑。

当年左青鸾一意孤行，非要暴露身份去废了凤舞，当时家族里的人都有恃无恐，因为凤舞没有后台，凤家没有后台——就是废你了，怎么样？你敢说吗？敢去申冤吗？

君武帝的目光漫不经心地落到凤舞身上。

“你说呢？”君武帝的态度模棱两可。

而此刻的凤舞很不高兴。

因为看到左副院长，就想到了那场被碾压的屠杀，她死不足惜，可是美人师父却为她而陷入长久的昏迷。

就算以后美人师父能苏醒，可这失去的五年时间，谁来赔她？

凤舞不想那么多，她只知道，她要报复。

“陛下——”凤舞站出来，冰冷的目光直视君武帝，“此事方阁老已经全跟我说过了，所以，我不会跟左副院长辩论。”

“哦？”

“陛下，我救了太后。”

“是。”

“那么，这个人情就换左副院长的命吧！”

凤舞话音未落，身子已经像一团火焰般朝左副院长冲去。

在场之人尚未反应过来，凤舞手中的匕首，已经深深没入左副院长的心脏。

左副院长，能坐上帝国学院院长之位的人，实力能差到哪里去？绝对是顶尖级别的！但因为被关入监牢，所以他的修为被封印了。也正因为如此，凤舞亮出匕首，直刺他心脏的时候，他根本反应不过来。

此时的左副院长，用一种难以置信的目光盯着凤舞，眼睛瞪得几乎要从眼眶里滚出来了。他看看凤舞，又低头看着插入自己胸口的匕首。匕首齐根没入，铁器特有的寒意，从他的心口蔓延到四肢百骸。

痛——

害怕——

恐惧——

四周那一间间的牢房里，所有人都目睹了凤舞刚才做的事，全都目瞪口呆。

好厉害的丫头！

“你……你……”左副院长的身子剧烈晃动了一下。

他本以为，这次陛下亲来是要放他出去的。毕竟他是帝国学院的副院长，就算坐实了他偷换考卷之事，也不至于有多严重的后果，所以，左副院长有恃无恐。但是他怎么都没想到，凤舞会出手，而且是瞬间击杀！

就连君武帝都愣了一下，随即盯着凤舞，眸中浮上深深的寒意。

哐当！左副院长的身子往后倒去，后脑直接砸落地面，砸出一个血洞，鲜血汩汩流出。

左副院长，已经死绝。

君武帝那双阴鸷的眸子紧紧锁住凤舞，目光犀利而深沉，透着上位者的威严！

所有人都不敢言语，就连满腹心思的白公公和为凤舞揪心的大总管，此刻都噤若寒蝉。

君武帝是真的怒了，一股极寒的风暴朝凤舞席卷而去。

骨骼发出激烈的撞击声，凤舞感到全身冰寒、疼痛，近乎窒息。

凤舞深吸一口气，屈膝跪倒在君武帝面前。

“凤舞，你好大的胆子！”君武帝冲她暴喝，“你竟敢杀他！”

凤舞咬住下唇，用最大的力量抵御身体的寒冷。她不能动用灵气，因为陛下会察觉到她的灵力。

“说！”君武帝一拍掌，太师椅粉碎，而他则站起身，那高挺伟岸的身躯透着上位者无尽的威慑力和生杀予夺的霸气。

凤舞咬着下唇：“陛下，我敬畏您，在您面前杀他，实在是因为忍不住！有些人，我是绝对不会放过的！”

凤舞握紧拳头，义愤填膺。

君武帝被气笑了：“为什么杀他？”

“他该死！”凤舞咬牙。

看来是有私怨了。

“如果你说得有道理，朕饶你不死！否则，你就给左赫陪葬去！”

凤舞看了一眼左右。

君武帝冷笑，还不能说了是吧？

“陛下，臣女要求，私底下说。”凤舞抬头，郑重而认真地提出请求。

“你以为朕会给你这个机会！”君武帝凶巴巴地瞪着凤舞。

然后，君武帝就看到这小丫头那小小的身子抖了一下。难道是自己的声音太吓人了？君武帝双手交负在后，冷哼一声。

小凤舞抬头，可怜兮兮地瞅了君武帝一眼，再度低头。

君武帝差点儿被凤舞这小动作给气乐了，小丫头还要察言观色？不过，小丫头那可怜兮兮的模样儿，还真是让人生不起气来。

然而面上，君武帝板着脸，肃然怒视凤舞。

“陛下……”凤舞往前跪了两步，距离君武帝一米之远。

“陛下小心！”白公公生怕凤舞故技重施，用匕首刺杀陛下。

君武帝用看白痴一样的目光看了白公公一眼，他是什么实力？这个小废物能动得了他？

凤舞不管白公公，她抬起头，那张绝美的脸上的目光如小鹿般清纯，就那么可怜兮兮地望着君武帝。

凤舞可是有一个号称“君武帝国第一美女”的娘亲，她能不美吗？一看她那委屈的小模样，君武帝就凶不起来了，还反思自己是不是太凶了。

“陛下，我之所以杀他，是因为他就是当年废了我的修为的人之一！此仇不共戴天，我就是要报仇！”

前面两句话还说得慷慨激昂，最后半句，就有点儿耍无赖了。

君武帝倒是有些惊讶。

君武帝：“你的修为，不是你自己贪多练废的吗？”

“才不是呢！”凤舞要为自己正名，“是左家废了我的修为！他们家可坏可坏了！”

“证据呢？”君武帝质疑。

“我杀了他就是证据。”凤舞理所当然地道，“如果不是深仇大恨，我何必浪费一个这么大的人情去杀他？”

白公公和大总管都无语了。

白公公是对凤舞的胆子叹为观止。

大总管是为凤舞捏了一把冷汗。因为他们常年在君武帝身边伺候，所以知道陛下是多么喜怒无常。可是这丫头，居然在陛下面前肆无忌惮，想说什么就说什么，连人情都出来了，她就不怕死吗？

白公公：我看你怎么死！

君武帝重复着一句话："这么大的人情？"

凤舞无辜地望着君武帝，双眸黑白分明："我救了太后的命，陛下您不是欠了我好大一个人情吗？刚才我不是跟您报备了吗？"

君武帝无语了，敢情这丫头刚才真的报备过了。

不过——

君武帝冷笑一声："你身为君武帝国的子民，救治太后本就是你的分内之事，你还想要赏赐？还觉得朕要欠你人情？谁给你的胆子！"

凤舞可怜兮兮地低垂着小脑袋。

"说话！"君武帝冲凤舞吼。

好凶……

凤舞蔫巴巴抬头，委屈地望着君武帝，小声嘟囔了一句："别人家如果母亲生病了，被药师救了，不仅给钱，还会欠人情的……"

凤舞这话说得可小声可小声了，可是君武帝能听不见吗？

这会儿他是真被气乐了。

君武帝阴沉着脸："你的意思是说，朕连乡村民夫都不如了？"

凤舞跪着，抬头挺胸，脸上堆满笑容，那张脸又是那么美，说出的话更美。

"陛下您怎么会这么想？您可是英明神武，文武双全，德配天地，威震寰宇，万人景仰，功垂万代，利惠千秋，前无古人，后无来者，英俊潇洒，风流倜傥，玉树临风，风华绝代，人见人爱，花见花开，神勇威武，宇内第一，旷世奇才，尧舜之德，潘安之貌，唯我独尊，舍我其谁！"

围观群众全部瞠目结舌，眼珠子都快要掉出来了。

白公公恨不得对凤舞竖大拇指了。他是以谄媚著称的，还特地积累了这方面的词汇，可是跟凤舞一比，不论是词汇，还是脸皮，他都甘拜下风。

大总管已经无法直视凤舞了，一脸苦笑。

这孩子，该认栽的时候彻底认栽，该出头的时候绝不退缩，该谄媚的时候绝不含蓄，光是这胆量和脸皮，大总管觉得，这祸害肯定是遗千年的。

君武帝："……"

他就那么看着凤舞，想说话，却一个字都说不出来。他老人家还从来没有被人这么直白地当面夸过，要知道，其他人谄媚得都很含蓄啊。

白公公终于反应过来，不对啊，他是站在凤舞对立面的，现在左副院长被杀，如果他什么都没做，到时候和左家的盟约……

想到这儿，白公公不得不站出来："凤舞姑娘，你小小年纪，就如此虚伪……"

白公公刚说出"虚伪"这两个字，凤舞倏然眼睛一亮——挖坑就是专埋你白公公的，你终于忍不住自己跳出来了！

凤舞一脸严肃和愤怒："白公公！你说我夸奖陛下的话虚伪？那你的意思是，我说的那些话，都是假话了？咱们的陛下不英明神武，不文武双全，不德配天地，不威震寰宇，不万人景仰，不功垂万代，不……"

白公公差点儿被气得吐血！他不是这个意思，可是被凤舞这么一曲解，还真就是这个意思！

白公公哪里还站得住，赶紧跪在君武帝面前请罪："陛下，陛下，奴才罪该万死，奴才罪该万死！"

君武帝盯着白公公，目光阴沉沉的。

凤舞这时候没有再落井下石，因为她知道得了便宜就不要再卖乖了。于是，她低垂着脑袋跪着，乖得不得了，努力减少自己的存在感。

君武帝的目光从白公公转到凤舞，又从凤舞转到白公公身上。

凤舞凝神屏息。她这么做，何尝不是在试探君武帝的底线？只有试探出底线，在往后的行事中，她才能拿捏得恰到好处。

如果这时候君武帝踹白公公一脚，那白公公还算没事；可如果君武帝不言不语，那白公公以后就要小心了。

君武帝盯着白公公，一言不发，转而阴沉沉地盯着凤舞："凤舞，你胆子很大啊。"

凤舞垂着脑袋，不敢说话。

"竟敢当着朕的面给小白子下套，有本事啊。"

凤舞缩了缩脖子，不敢说话。

"在你面前，朕是傻子吗？"

这话不能不接了！

凤舞猛抬头，一本正经地说："陛下，您怎么会是傻子呢？您聪明绝顶，睿智无双，才智过人……"

眼看一大堆溢美之词将在五秒后到达战场，君武帝的脸色简直……不知道该怎么形容！

"行了行了！"君武帝不耐烦地摆手，"省省你的口水，朕不耐烦听你那些谄媚的话。”

“……哦。”凤舞跪着就跪着，她还时不时挪动一下身子。

君武帝瞪着她：“老老实实跪着，你动什么动！”

凤舞抬头，那小鹿般湿漉漉的眼眸，可怜兮兮地望着君武帝：“回陛下的话，脚麻了……”

君武帝差点儿被气笑！脚麻？跪他的人那么多，那么久，谁不脚麻？就这丫头会说出来！

不过正因如此，君武帝反倒觉得这丫头坦率、可爱。身为权谋家的帝王，最喜欢的，可不就是真诚、坦率、有话直说的人吗？

不过，君武帝才不会让这小丫头得意，免得她上天。

君武帝双手背在身后，板着脸，嗤笑一声：“这就是你说的，对朕有敬畏之心？”

凤舞一本正经道：“陛下，这正是敬畏您哪！”

“是吗？”君武帝冷哼。

“是啊，陛下——”凤舞调整了一下跪姿，找了一个舒服的姿势，这才很认真地望着君武帝说，“陛下，我脚是麻了嘛，可您问了，我如果瞎编一个借口，岂不是在骗您？

“所以我理解的‘敬畏之心’就是真诚、坦率、不欺瞒的赤子之心，陛下您觉得呢？”

君武帝一时竟无法反驳。

一旁的大总管默默抬头看了凤舞和君武帝一眼，在心里默默吐槽：陛下您说不耐烦听，可不论是周围的气氛，还是您的态度，都已经不知不觉地变好了，您可知道？

大总管心里很佩服凤舞啊。

这孩子身上有一种很奇怪的气场，好像自带轻松属性，即便再暴怒的人，也会被她三两句话搅得怒气全消。

今天凤舞这些事要是换个人做，早就被拖出去打板子了。

君武帝也是拿凤舞没办法了，这丫头，你骂她吧，她就乖乖听着，你稍微一松懈，好了，顺杆子爬上来了，结果你一瞪眼，她就低垂着脑袋，还委屈巴巴地瞅着你。偏偏这丫头颜值还高，伸手还不打笑脸人呢，更何况是这么漂亮的小丫头，武帝都没辙了。

但是，帝王之心高深莫测，没人知道武帝内心的想法，凤舞也不知道。

不知何时，新的太师椅又搬来了。君武帝落座，慢条斯理地瞥了凤舞一眼，想着怎么惩罚这丫头。

赤子之心是吧？君武帝想到了君临渊。

就在这时，白公公忽然说了一句："舞小姐跟君殿下很熟吧？"

凤舞脊背一凛，白公公的报复来得好快。

君武帝心头也跟着一凛。要知道，君临渊可是他最看重的皇子。而且，小白子这话，话中有话啊……

君武帝脑海里浮现出那块墨玉。照太后的说法，那块墨玉那么重要，以君临渊那冷情冷心的性子，他会将东西送出去？而且偏偏是送给凤舞？

君武帝就觉得奇怪。如果说君临渊喜欢凤舞，这话说出来，君武帝第一个不信。所以，应该是眼前这丫头……

"凤小舞，你刚才说，敬畏之心就是真诚、坦率、不欺瞒的赤子之心？"

"是的呀。"

"那你给朕说说，你觉得君临渊如何？"

君临渊如何？提到君临渊，凤舞就一肚子气！从北境城到进城途中，从途中到帝都，这一路上君临渊坑了她多少次？罄竹难书啊！现在当着君临渊他亲爹的面，凤舞多么想告状啊！可是，当面说人家儿子的坏话，这不好吧？凤舞顿时纠结上了。

"你在犹豫？"君武帝盯着凤舞。

说好的赤子之心呢？

凤舞真是搬起石头砸自己的脚，一个赤子之心，真是将她自己坑死了。她心里的君临渊……反正惨不忍睹，她都不忍心回忆自己被他坑了多少次。但是，总不能当着人家亲爹的面告状吧？回头君临渊知道了，不给她星辰碎片怎么办？这才是最重要的！

凤舞咬着牙，挤出笑脸："君殿下啊……好！很好！非常好！特别好的那种！"

他儿子，他能不知道好吗？见凤舞夸君临渊，君武帝有一种与有荣焉的感觉。

"哪里好？"君武帝动了动身子，继续问她。

凤舞见君武帝换了一个舒服的姿势，一副要听长篇大论的样子，心里有点儿慌。

"舞小姐，陛下问你话呢。"大总管好心提醒走神的凤舞。

"哦……这不是君殿下太好了，一时间词语多得脑子都堵了吗？"凤舞干笑。

君武帝：敢情你家脑子还交通堵塞啊？

"咯咯——"凤舞轻咳一声。既然要夸，那就要夸到底，夸得陛下高兴！

"君殿下当然好了！那可是天赋超绝，灵力超强，至高强者，无人能敌！"

凤舞偷眼看君武帝，没反应？好，咱继续夸！

"咱们君殿下聪明睿智，智谋无双，博览群书，无论多么生僻冷门的知识，问他准知道！那就是一座行走的图书馆啊！"

凤舞又偷眼看君武帝，这位陛下还是一副无动于衷的样子……为什么呢？

凤舞转念一想，哎哟，她笨死了，光顾着夸君临渊，忘记夸君武帝了啊！

凤舞赶紧掉转枪头："咱们君殿下，英明神武，睿智无双，英俊潇洒，风流倜傥，玉树临风，风华绝代，人见人爱，花见花开……君殿下不愧是您的儿子啊，就跟陛下您一样一样的！"

夸完了，凤舞还挺得意。因为她不仅夸了君临渊，还拍了君武帝的马屁，这样一来，君武帝肯定就满意了吧？

然而，君武帝越听，脸色却越沉，那双眼睛更是危险地半眯起来。他猜得果然没错！这丫头如同外面那些姑娘一样，都喜欢他家君临渊呢！小丫头还以为他不知道呢？

凤舞内心忽然咯噔了一下——

不好！肯定是哪里搞错了……等等，让她想想。

还没等凤舞想明白，君武帝却不疾不徐地开口了："凤小舞，你说的，可都是真心话？"君武帝将了凤舞一军。

"真，真心的啊……"

"所以，你是喜欢君临渊了？"君武帝盯着凤舞，似笑非笑。

这一瞬间，凤舞像是被雷劈了一样，僵立当场。她终于知道错在哪里了。世人都以为她喜欢君临渊，君武帝也有所怀疑，所以他故意问她对君临渊的看法，在她违心地大夸特夸君临渊之后，君武帝认定了她喜欢君临渊。所以说，这就是君武帝给她挖的一个坑！

陛下，冤枉啊……凤舞差点儿就傻了。

"陛下，误会啊！这真的是个误会！

"陛下，冤枉啊！我和君临渊没关系！一点儿关系都没有！"凤舞真的是用喊的。

"这么激动？你在掩饰什么？"

"我真的没有掩饰！"凤舞快哭了。

哪有这样活活将自己坑死的？凤舞真想拍自己脑袋一巴掌。

君武帝心想：你看朕信不信。

但是面上，君武帝冷漠地盯了凤舞一眼："喜欢太子的人多了，也不差你一个。”

对对对，如果陛下只是这样想，那也不是不可以接受。

但是白公公在这时插进一句话：“听说，我们太子殿下还扛过舞小姐呢？”

扛、扛过？这个动词，太不符合君临渊的风格了。

君武帝转眸盯着白公公：“竟有此事？”

凤舞打死白公公的心思都有了——这什么人啊，哪有这样坑她的！

白公公见凤舞一脸苦色，心中可高兴了，他故作沉思，才对君武帝说：“陛下，奴才听着是有这么一回事儿，好像是在天下楼。”

“凤舞！”君武帝盯着凤舞。

“那、那是因为……”凤舞正想解释，君武帝却站了起来。

“以后，你喊太子表哥吧，也算是朕还了你这个人情。”他阴鸷地盯了凤舞一眼，径直往外而去。

凤舞：“……表哥？”谁要喊君临渊表哥啊？她还没解释呢！

可是，凤舞已经没有机会解释了，因为君武帝已经走远了。

这个白公公，被他坑死了！凤舞握紧拳头。

“查清楚是怎么回事。”君武帝的声音虽然淡淡的，但带了许多寒意。

慈宁宫。

风北王妃和独孤皇后都在伺候着太后。

她们现在聊的话题正是凤舞。

风北王妃说凤舞的好话，独孤皇后就诋毁凤舞，所以这会儿两个人又快吵起来了。

后来还是因为君武帝过来了，两人才终于消停。

“陛下，风北王妃还是执意要认凤舞当闺女，照我说，要不就给些钱打发了吧？”独孤皇后那么不喜欢凤舞，怎么可能让她身份尊贵起来？

风北王妃想说话，但是君武帝摆摆手。

“你执意要认，倒也不是不行，不过要等太后完全康复之后。”君武帝淡声道，“也不需要大张旗鼓，亲戚几个认认脸也就是了。”

风北王妃虽然行事强悍，肆无忌惮，可从小长在宫中的她，又怎会看不懂脸色？

陛下这神色，是真的有些郁结呢。

“……好吧。”风北王妃觉得有些对不起凤舞，决定回头好好补偿凤舞一番。

“那丫头，长得倒是不错，只可惜是个废物。”太后说，“如果她真的跟君君怎么的，以后生出个小废娃怎么办？”

想到这儿，太后自己都被自己吓到了，赶紧摆手：“不行不行，这绝对不行！雅雅，以后尽量不要让那丫头进宫，知道吗？”

风北王妃无语了：“……”

君武帝道：“母后放心，儿臣已经警告她了，那丫头知道分寸。”

凤舞却不知道，宫里已经定了基调，将她列为不受欢迎的人。

风北王妃出宫后，第一件事就是将凤舞找过去。

“陛下最后一句话，是让你喊君殿下表哥？”风北王妃皱眉。

凤舞不解：“陛下的意思，不是让我远离君临渊吗？可是，他又为什么要我喊君临渊表哥？”

“我想我知道为什么了。”

“为什么？”

“因为曾经有一位婉宁郡主缠着他，所以他撂下一句狠话——”

风北王妃看着凤舞，一字一顿地说：“他说，我君临渊绝不会娶什么表姐表妹。自此之后，那些郡主就自动退避三舍，再不敢烦他了。”

凤舞：“还有这种操作？牛气啊！”

风北王妃没好气地拍了凤舞一脑袋：“女孩子家家的，说话淑女点儿。”

“……哦。”凤舞揉揉自己被拍疼的脑袋。

风北王妃现在已经提前进入干妈状态了，拍她就跟拍风浔一样习惯。

“你是不是得罪陛下了？”风北王妃狐疑地望着凤舞。

“怎么会？我一直夸他啊，夸得他眉开眼笑的！”凤舞一本正经地说。

风北王妃瞟了凤舞一眼：“那为什么陛下说，要认你为义女，家里人随便吃个饭就可以了，不要大办了？”

凤舞：“……”

“而且，还要在太后痊愈之后。”风北王妃叹气，“在太后痊愈之后这一点是肯定的，不然我也没心情和精力操办此事，但是——”

风北王妃就是不服气啊！

“凭什么不让咱们大办？本来我还想着，要让全天下的人都知道，你是我们家的闺女，看以后谁还敢欺负你！”

凤舞：“……其实不大办，也是好的呢。”

“好个屁！就没见过你这样没出息的！你快说说，你到底怎么得罪陛下了？”

“……陛下问我，对君临渊的印象如何。”凤舞望着风北王妃，“您觉得我该怎么说？”

“夸啊！往死里夸！”

“对啊，我也是这么做的……”

“然后陛下就生气了？”

“……嗯，大概是夸得太过，拍马屁拍到马脚了，陛下竟然认为我喜欢君临渊……”凤舞欲哭无泪，“我怎么会喜欢他！我怎么可能喜欢他！啊啊啊啊啊——”凤舞握拳做崩溃状。

“哈哈哈哈哈……”风北王妃笑得肚子疼，“哎哟，哎哟，我的肚子哎——”

凤舞没好气地瞅风北王妃一眼。

“这就说得通了，哈哈哈……”风北王妃好不容易止住笑，“难怪陛下让你喊君君表哥，又让你少进宫，这儿防备，那儿防备的，敢情根子在这儿呢。”

凤舞郁闷地说：“防备我干吗？君临渊讨厌我都来不及，怎么可能会喜欢我！”

“孩子啊……”风北王妃戳戳凤舞的额头，“就你这张脸，站在那儿就足以让人感受到威胁，让人起戒心了。你现在还没长开呢，等以后慢慢长开了，可怎么办才好？”

凤舞：“……”

“不行！得赶紧督促阿浔好好练功！”

凤舞：“啊？”

“这样他以后才能护得住你，否则……”

凤舞：“其实我能保护自己。”

“你得了吧，没有修为，身体力量再强大都没用。这就好比士兵和军官的区别。没有灵力，单纯靠力量，最多只能混到一级军士长，永远都做不了军官啊！”风北王妃想起来就头疼，“对了，你真不喜欢君临渊？”

“您就别开玩笑了，对君临渊，我只想敬而远之，更何况现在宫里又是这态度……”凤舞苦笑，她以后见到君临渊，更要躲得远远的。

“这样也好。”风北王妃点头。

宫里像防贼一样防着舞丫头，搞得好像她很想嫁给君临渊似的。

神医凰后

SHENYI HUANGHOU

2

【下册】

苏小暖 著

青岛出版社
QINGDAO PUBLISHING HOUSE

第十一章
他生气了

就在这时，外面传来一阵脚步声。

是风浔来了。

风北王妃当即皱眉。先别说君临渊了，自己家里这个阿浔也是个麻烦精呢，这孩子一个劲喊着“不要妹妹，不要妹妹”的。风北王妃正想着怎么才能让风浔接受凤舞这个妹妹，就看到风浔扯了个少年进来，是穆家小六。

“穆小六，本小王也是有妹妹的人了！以后见到我妹妹，都让着点，懂吗？”

穆小六一脸无语。他何其无辜？他在街上走着走着，被风浔看见了，就一个劲跟他炫耀，“我有妹妹了，我有妹妹了”。谁家里还没有个妹妹啊？他穆六家里的妹妹那是一堆堆的好吗？

不过风浔可是他老大，穆六可是要抱紧这条大腿的，于是只能赔着笑说道：“风三哥，恭喜恭喜啊，您可终于有妹妹了。”

“那是自然，我妹妹是天底下最漂亮的妹妹！”

“是吗？”穆六在心里想，这不能够吧？光从容貌上看，他上次见过的凤小舞，那才是真漂亮呢！

“当然是了，而且我妹妹还是天底下最聪明的妹妹！”风浔傲娇极了。

“是吗？”穆六在心里默默吐槽，真要论聪明的话，这姑娘哪里比得上文试第一的凤小舞啊？那可是古往今来第一个文试满分的考生！

“那是呀，而且我妹妹还会好多好多东西！什么灵阵，什么医术，什么什么的，她全都是最厉害的！”

“是吗？”穆六眼眸闪闪，一副很兴奋的样子。

但是这少年却在心里默默吐槽，吹吧吹吧，风三哥吹得都没边儿了。

“哟，穆小六，你这是什么表情？你不服气是吧？”

“没没没，三哥，我哪儿敢不服气啊？我这不是觉得……您有点夸大嘛。”如果风三哥认的妹妹是凤舞，那他还真信了，但那怎么可能呢？

“夸大？呵呵，”风浔得意扬扬，“那是你没见识过我妹妹的厉害！等你了解她有多厉害后，吓不死你！”

“那是那是……”穆小六不得不屈服于风浔的淫威之下。

风浔和穆小六是一路聊一路往客厅里走来的。偏偏凤舞和风北王妃耳力都好，所以这两个人的对话就传进她们耳朵里了。风北王妃愣了：风浔不是不喜欢小舞吗？现在居然对外炫耀他有一个特别了不起的妹妹？这破孩子……

就在这时候，风浔带着穆小六进来了。一进大厅，风浔就愣住了：娘亲在，凤小舞也在！刚才他在外面说的话，娘亲没听见吧？

风北王妃瞥了风浔一眼："风小三，还不快过来见你妹妹？"

风浔端着架子傲娇道："谁稀罕啊？我都说了我不要妹妹了！"

风北王妃："……"

穆小六："……"

风北王妃冷笑："陛下说了，让小舞喊君太子表哥。"

"什么？！"风浔顿时差点蹦起来，"凭什么凭什么凭什么！这是我妹妹！我家的！凭什么要分他一半！"

穆小六扯扯风浔衣角："三哥，三哥，你指的妹妹就是……"

"凤小舞！"风浔现在也不管面子不面子了，搭着凤舞肩膀给穆小六介绍，"以后就是我风浔的亲妹妹啦，你让你手下的人警醒点，若是得罪了我妹妹，你懂的！"

穆小六震惊得不得了：凤舞……居然真是那位凤舞姑娘啊……

穆小六是学渣，所以学渣对学霸与生俱来的那种崇敬之情，他也有的啊！

穆小六拍着胸口："凤舞姑娘，以后有什么事，尽管来找我穆六！三哥的妹妹，就是我穆六的妹妹！"

"去去去——"刚才还对风北王妃傲娇的风浔一把将穆小六推开，"我妹妹什么时候成你妹妹了？谁要分妹妹给你！"

教训了穆六，风浔转头就盯着风北王妃："为什么要喊君老大表哥啊？"

表哥也是半个哥啊，凤小舞是他一个人的妹妹，不想分！

风北王妃也是无语了：“之前还口口声声不要这个妹妹，怎么现在就宝贝上了，不想分了？”

“就是不想分嘛！”

“你看看你妹妹，长得多好看啊！”

“那是！我风浔的妹妹，必须好看啊！”

“这是还没长开呢，等长开了更好看。”

“那是必须的啊！”

风北王妃：“那以后，你一个人能护得住她？”

“开玩笑！我风浔的妹妹我护不住？娘，你也太小看我了吧！”

“呵呵，你的修为连左青鸾都比不了，真能护住你妹妹？”

“我……”风浔被噎住了。

“表哥也是半个哥，有君临渊这个表哥护着，有你这个哥哥帮着，小舞才能活得平安顺遂，自由自在。”

风浔歪着脑袋一想，是哦！君老大是多么粗多么粗的一条大腿！如果小舞抱上了，谁还能欺负她啊？

“好！”风浔拍拍凤舞的肩头，“妹妹，你放心，回头哥哥就找君老大去，非让他罩着你不可！”

“不，不用了。”凤舞连连摆手，“表哥什么的，一表三千里，我远远地看着他就好。”

开玩笑！君临渊确实是一条非常粗壮的大腿，可是，这条大腿太阴晴不定、喜怒无常了。最重要的是，他专门坑她！大坑小坑无数的坑，坑坑不息。所以，凤舞才不要接近他呢，她要想尽一切办法远离他。

“你别害羞啊。”风浔哥俩好地搭着凤舞的肩膀，“走走走，哥哥带你拜山头去。”

穆小六羡慕地看着凤舞。见君太子哎——他跟在风三哥后面跑，喊着这么多年老大，可见到君殿下的次数屈指可数，风老大也没说引见他给君殿下认识。可是现在，凤舞一下子就能见君殿下，而且能得到他的庇护……穆小六羡慕得快哭了。

可是凤舞——

“不去不去不去。”凤舞头摇得跟拨浪鼓似的。

“去嘛去嘛去嘛——”风浔拽着凤舞的胳膊就走。

“不要！”凤舞坚决拒绝，“天色晚了，我要回家！”皇家都已经摆出这样的态度了，凤舞才不会自讨没趣呢。

风北王妃瞥了风浔一眼：“说好的保护妹妹呢，有你这么欺负妹妹的？”

风浔："……"

好吧，凤舞不去，风浔自己去。

"表哥？"君殿下本来正在修炼，即便风浔像只小麻雀一样在他耳边叽叽喳喳，往常他也能继续修炼，但是今天，君殿下破天荒第一次因为风浔而停下修炼。

表哥是什么鬼？

风浔嘟囔着："……本来我不想分妹妹给你的，但是看在你这么强势的分上，好吧，妹妹分你一半哦，就只有一半哦。"

君临渊用看神经病一样的目光看着风浔："……你在说谁？"

"凤舞啊。"风浔理所当然地说，"凤小舞现在不是我妹妹吗？那你不就是她表哥了？表哥也是半个哥嘛。"

君殿下差点翻白眼：谁想当她半个哥？以为全世界都跟你一样二啊？

风浔还在那儿叨叨："不过，小舞最亲近的还是我这个亲哥，你只是表哥，可不能跟我抢啊！"

君殿下从风浔的话语中，还是听出了一些别的东西。

君殿下冷笑一声："谁是她表哥？"

"你可别不认啊，这可是陛下亲口说的，让我妹妹喊你'表哥'咧。"风浔得意扬扬，"我知道你最讨厌表妹什么的，但是我妹妹不一样，你可不能讨厌她！"

陛下亲口吩咐的？这就有意思了。

君临渊看了封管家一眼。封管家点点头，转身就去办了。接下来风浔说了什么，君临渊都没听进去，他脑海里只余下一句："这可是陛下亲口说的。"

陛下什么时候这么爱多管闲事了？君殿下的眼眸危险地半眯起来。他习惯了走一步看七八步，从别人口中的一句话，他能抓住最关键的点，从而抽丝剥茧找出真相。

没多久，封管家就回来了，附在君临渊耳边，低低说了几句话。然后，风浔就看到，他们家喜怒不形于色的君老大，脸色一片铁青，眸中迸射出冰霜般的寒意。

风浔睁大眼睛：这，这是怎么了？难道君老大不喜欢凤小舞？

是了！风浔一拍大腿，他居然忘了最重要的一点——君老大不喜欢"表妹"这种生物，再加上他不喜欢凤小舞，这两样加起来，他能高兴才怪呢！

"君老大——"风浔正要说话，可是君临渊却猛地站了起来。

风浔一看君老大的脸色就知道不好。他、生、气、了！

君临渊没有多余的话，迈开大长腿就往外走。

"君、君老大，你、你去哪儿啊？"

“凤族。”简单两个字，却让人心头发凉。

君老大该不会要去打凤小舞吧？风浔顿时急了，快步跟上，一边走一边试图解释：“君老大，其实……其实……是陛下非要我妹妹喊的呀，其实我妹妹并不想喊呀，君老大你要打就打我吧，别打我妹妹，我妹妹……”

我妹妹我妹妹我妹妹……君临渊瞪着风浔，风浔一脸无辜。

君殿下黑着一张脸径直往外走。

凤族。

“小舞，你可回来了！”朝歌最近一直住在凤舞家，按照她的说法，那个段家她才不要回去呢。

凤舞伸出一根手指，戳戳吃完饭仰躺着露出圆鼓鼓小肚皮的凤土土。是她的错觉吗？凤土土最近好像又圆了。

凤舞一边逗弄小虎崽，一边笑着问：“家里可有事？”

“有事有事，当然有事了！你知道吗？你弟弟简直就是天才啊！这才几天啊，他已经晋升为五星灵师了！”朝歌眉飞色舞地说。

凤舞：“……还行。”

“还有秋叔，你知道吗？今天他已经晋升到灵宗一星了，直接就突破了！”朝歌继续爆料。

凤舞在凤土土的肚子上画圈圈：“……还不错，那么你呢？”

“哈哈哈哈哈，我今天也突破到灵宗一星了哦！”朝歌可开心可开心了。没遇到小舞之时，她的修为不进反退，一路退到了灵师五星境界。但是遇见小舞才多久，她就晋升到灵宗境一星了！这简直就是质的飞跃啊。

朝歌关切地问：“对了小舞，王妃娘娘之前来的时候欲言又止……你去哪儿了？可曾受委屈？”

“进宫去了，恰巧遇到太后发病，搭了把手，把太后给救了。”凤舞不以为意地说。

“救了太后？小舞你居然救了太后！”朝歌顿时兴致勃勃，“咱们陛下最孝顺了，你救了太后，那可不得了啊，以后在皇宫里岂不是可以横着走了？”

凤舞苦笑：“还横着走呢，以后皇宫里可不许我走。”

没瞧见皇帝太后像防贼一样防着她吗？弄得好像她很想接近君临渊一样，谁稀罕啊？

“为什么为什么为什么呀？”朝歌不解。

凤舞正色望着朝歌：“总之，以后皇宫啊、太后啊、陛下啊、君太子什么的，咱们有多远避多远，懂吗？”

“不是很懂……”

凤舞；“不需要懂，照做就是了。”

“哦……”

咔嚓！门外传来一阵东西碎裂的声音，听着像墙垣。风浔用一种很诡异的目光望着他家君老大的背影，然后再看看那碎裂成渣的墙头——

君老大的脚有那么重吗？

凤舞从里面冲出来，第一眼看到的，就是墙头碎裂的画面。这墙前头才刚碎，好不容易修好了，现在再度碎裂？

凤舞一抬头，就看到了君临渊。此刻的君殿下正瞪着凤舞，表情凶巴巴的。

凤舞看到风浔正在君临渊身后给她打手势：叫表哥，快叫表哥……

要抱大腿，可不是要嘴甜吗？凤舞原本要冲君殿下发脾气的，经风浔这么一提醒——

凤舞退后一步，两步，三步，觉得距离够远了，这才温温柔柔地拎着裙摆做屈膝状：“表哥安好——”

君殿下的脸色瞬间阴沉下来。

之前凤舞进宫的时候，可是被她家美人娘亲拦着打扮了一番的，所以现在的她，浅白色襕裙，一袭缠枝樱花色长袄，修长细白的颈，吹弹可破的肤，整个人看上去眉目温顺，好看极了。

可是，君临渊却瞪着她。一步，两步，三步……她是想要退多远？君临渊一怒，气氛瞬间就降至冰点。朝歌本来要出来的，但是抬头看到君临渊，一向胆大包天的她瞬间蔫了，猫儿似的挪回房间里去了。

凤舞行了一礼便起身了，脸上露出温婉乖巧的笑意：“表哥您来了？凤小七，还不快过来陪客？”凤舞说完，又退开两步，距离君临渊更远了。

“啊？”凤小七蒙了。他不是小孩吗？为什么要他陪客？而且君殿下那么可怕……凤小七非但没有上前，反而还想往后退。

凤舞一边冲君殿下笑着，一边拎着凤小七压低声音说：“身为我们家唯一的男人，还不快上！”

“可是姐，你呢？”凤小七快哭了。

君殿下是真可怕啊！那眼神瞥过来，就跟飞刀似的，会杀人的！

凤舞咬牙笑着：“你姐我不是名门闺秀吗，岂能随便见外客？”说着，凤舞就要往里面走。君临渊是何等可怕的生物，若是被宫里知道他来凤族了，若是被宫里知道他跑来见自己，那她就只能洗干净脖子等着被君武帝砍了。

然而，凤舞刚走了两步，砰！凤舞家的房门竟然无风自动，直接关上了。那门关得毫无征兆，差点砸到凤舞的鼻子。凤舞好想爆发，但是想到陛下的警告，凤舞深吸一口气，再深吸一口气，转过身的时候，脸上还带着笑意，只不过说话的时候咬着后槽牙。

“表哥，您想怎样？”

君临渊冷笑：好一声表哥！这是要拒人于千里之外吗？

君临渊那双阴沉沉的眼眸危险地半眯起来，盯着凤舞不说话。

砰！就在这时，凤舞家的窗棂竟然无风自爆。

拆墙、砸门、毁窗，君临渊这是要拆了她的房子吗？若是按照凤舞以前的脾气，这会儿早就爆了，但是想到君武帝的威严——那位陛下是真可怕，阴晴不定喜怒无常，跟君临渊一样一样的，而且他是真的会杀人！想到这儿，凤舞只能深吸一口气，脸上挤出一抹笑容，笑眯眯地盯着君临渊。

“表哥来了，表妹亲自作陪可好？”

君殿下也没有说好，只不过，那凶巴巴的眼神稍微缓和了一些。

凤舞深吸一口气，挤出一抹笑容：“表哥您先坐着，我去沏杯茶。”

“妹妹，也给哥哥沏杯茶呗。”风浔乐呵呵的。

凤舞瞪了他一眼，怎么不拦着君临渊来啊？

风浔摊手，他也不想的好吗，可君老大是他能拦得住的吗？

凤舞：“……”这个哥哥指望不上了。

凤舞一进去，就看着凤小七，凤小七低下脑袋。

凤舞盯着朝歌，朝歌也低下脑袋。

凤舞看向秋灵、赵嬷嬷、秋叔，这几位可忙着呢，不是在纳鞋底就是在收拾东西，之前也没见他们这么忙啊。

“君临渊就那么可怕吗？”

众人拼命点头：“嗯嗯嗯！”

凤舞无语，只能端了一杯茶出去。

“表哥，这是你的茶。

“表哥，你觉得香味如何？这可是我们家最好的茶了。

“表哥，你看我家也没什么好玩的……

“表哥……”

表哥表哥表哥……凤舞每喊一句“表哥”，君殿下的脸就黑一分，到最后，已经黑如锅底了。

风浔只觉得冷啊，冷得都打冷战了。

“咦，这是什么味道？”风浔走到葡萄架下，拎起茶壶给自己倒了一杯，往嘴里一灌。

凤舞看到风浔手里拎着的茶壶，眼睛都瞪大了，拼命给风浔使眼色。

可风浔看不懂啊，第一句话就是：“凤小舞，你家怎么会有曲灵茶？”

“什么曲灵茶，你认错了。”凤舞赶紧将茶壶夺过去。

风浔顿时急了，他瞪着凤舞：“妹妹，这真是曲灵茶啊！你这眼光真是，都不知道怎么说你好了！刚才你拿出来招待君老大的，的确是茶中名品龙叶，可在曲灵茶面前，那龙叶就完全不够看了！”

凤舞：这么拆我的台，真是我的好哥哥啊！

风浔见凤舞不说话，还以为她不信，很坚定地说：“没错，这就是曲灵茶，在无定寺的时候，你哥哥我有幸从令狐大师手里讨得一杯，所以你别不信我。”

凤舞气坏了！她亲手煮出来的曲灵茶难道她自己不知道吗？她故意拿出龙叶来招待君临渊，就是不舍得浪费了她的曲灵茶啊，这个风浔，不坑她会死吗？

风浔见凤舞神色复杂，还以为她不信自己的话，又倒了一杯，递给君临渊：“君老大，你品品，看是不是曲灵茶。”

凤舞气得狠狠踩了风浔一脚！

这个坑妹的家伙！承认了曲灵茶，岂不是承认了她没有拿出最好的茶招待君殿下吗？你们家君老大的心胸就跟针眼那么小，会被记仇的你知道吗，我的好哥哥！

可风浔真不知道啊，他还追问：“君老大，是曲灵茶吧？你不是在无定寺常喝的吗？”

“……什么无定寺？什么曲灵茶啊？”凤舞一脸的无辜。

“无定寺就是令狐大师的无定寺啊，令狐大师的曲灵茶那可是闻名遐迩的，陛下有空了都会去讨一杯喝喝呢。你都不知道，令狐大师的曲灵茶可难得可难得了，我喝过一回，就是这个味道的！”

凤舞表面笑嘻嘻，内心好想打人！

“令狐大师太小气了，每次去，君老大就可以畅通无阻，我却坐在门房被蚊子咬，极少获准进去，呜呜呜——”风浔越说越心塞，“对了小舞，你这表哥喊得，我怎么汗毛直竖呢？要不我大方点儿，让你直接喊他哥？”

凤舞和君临渊齐齐瞪着风浔。

凤舞：谁要喊他哥！

君殿下：谁要当她哥！

风浔：“……你们干吗都瞪着我，好凶……”

站在一旁的封管家看着风小王爷，摇头，再摇头。然后又看看凶巴巴瞪着凤舞的自家殿下，摇头，再摇头。

忽然，君殿下站起来，凤舞心头一喜：“恭送表哥。”

这欢喜的语气……君殿下深吸一口气，瞪着凤舞：“再敢喊一声表哥试试！”

凤舞可怜兮兮地咬着下唇：“……陛下让喊的。”

君殿下好不容易压下去的怒火，又腾地上来了。

“君老大，君老大你去哪儿啊？”风浔眼看着就要追上去了，封管家却对他摇摇头。

“殿下要去皇宫。”封管家剧透。

风浔疑惑：“封管家，你怎么知道他要去皇宫？”

封管家心想：我还知道陛下要有麻烦了呢。

当然，这话肯定不能说，说了就有损陛下的威望和帝王的威严了。

皇宫里，御书房。

“殿下，您——”看到君太子卷着寒气大步而入，御书房的值守太监吓得赶紧跪在地上。

君临渊进来后，那双黑沉沉的目光扫视一圈，值守太监就觉得脊背发寒，心头发凉，浑身发抖。

殿下太可怕了，他暴怒的时候，甚至比陛下还可怕。想到这儿，值守太监跪在地上，一动都不敢动。

“陛下在何处？”君临渊声音冰冷，整个御书房的温度降至冰点。

“陛、陛下……去慈宁宫了。”值守太监战战兢兢地禀道。

君临渊转身就走。就在转身的瞬间，他忽然看到桌案上的一个东西，身形顿了顿，径直就往那地方而去。

值守太监见君殿下拿起那东西，顿时心都凉了。

“殿、殿下……”值守太监心中充满了惊恐，却还是不得不说，因为那东西是他整理的，也是陛下吩咐他送出去的。

君临渊抓起桌案上的东西就丢给封管家。

“殿、殿下……”值守太监快哭了，殿下将东西拿走，他会死的！

君临渊瞥了他一眼。

“这是陛下吩咐……送给诸位皇子的曲灵茶胚芽，从令狐大师那儿得的……”所以太子殿下您这样拿走，真的会死人的！

“名单。”君临渊冷笑。

值守太监哪里承受得住君临渊的攻势，不得不从怀里拿出名单。

君临渊看了名单后，嘴角的冷笑越发明显。

他收起名单，转身就走。

“殿下……”值守太监真的哭了，是被吓的。

君临渊径直往慈宁宫而去。

慈宁宫。

太后已经睡下，君武帝是个孝子，他不放心别人熬药，此刻正卷着袖子，打着蒲扇，一下下扇着火呢。

君临渊就是这个时候过来的。他一进来，整个慈宁宫的温度都降至冰点。君武帝拿着蒲扇扇火呢，这会儿熬药的火光都被骤降的温度给熄灭了。

君武帝心中一阵怒火上涌：“谁！”

他一抬头，就看到怒气冲冲，夹带着寒冰而来的君临渊。

君殿下一袭华贵气派的大风氅，气场骇人，他从踏进慈宁宫起，那双寒冰般的深眸就盯着君武帝，一动不动地盯着。

君武帝顿时不高兴了，熬了这么久的药，这火光一熄灭，顿时白熬了。于是，他径直站起来，目光冰冷地盯着君临渊，皱眉怒道：“君临渊，你什么意思？”

君临渊冷笑，却没有说话。君武帝怒了，指着一旁的药炉：“你知不知道，你皇祖母等着喝这药呢，你直接将火熄灭了，你这是发脾气给谁看呢！”

在慈宁宫里，君武帝一直都比较家常，因为老佛爷不喜欢他摆出帝王姿态。

君临渊那双骇人的眸子死死盯着君武帝，眸中隐有怒焰一闪而过。

君武帝冷笑：“看来你是特地来找碴的了？你倒是说说，朕怎么惹你了？”

因为君临渊天赋修为太过出众，所以很多时候，君武帝在君临渊面前，很难摆出帝王威仪，主要是君临渊他不认啊……

君临渊冷笑一声：“你自己做了什么，你自己心里没点数？”

君武帝又气又怒，脸色铁青，抖着手指指着君临渊：“你这破孩子怎么说话的？啊？你知道你是在跟谁说话吗？你居然跟你老子说这种话，不想活了啊！”

君武帝气得战抖，就算他不是皇帝，也是他老子啊，这个兔崽子！

“其他皇子，哪一个在朕面前不是乖巧听话、温顺孝顺的？朕怎么生出你这样的逆子！你这个逆子！”

君临渊冷笑：“乖巧听话的哈巴狗，除了摇尾乞怜，还能做什么？”

“你——你——”君武帝真是心脏病都快要被气出来了，“你这个孽障！有这么说你兄弟的吗？你这个——”

君武帝抬手就要抽君临渊耳光，就在这时，原本在榻上安睡的太后被吵醒了，她老人家听到君临渊的声音，赶紧披着外袍快步走出来，蓝嬷嬷想拦都拦不住。

当她老人家看到眼前这一幕时，她顿时脸都白了。

太后她老人家还病着呢，可是这时候的她，宛若猛虎一般朝君武帝扑去，一巴掌拍在君武帝的脑袋上。

“皇帝，你在做什么！”太后这一下拍得好重，即便是君武帝，也被拍得眼前有点发晕。

“母后……”

太后就像老母鸡一样，一把将君临渊护在身后，同时怒视君武帝，非常生气：“皇帝，你在干什么！你敢欺负我家小君君？”

君武帝气苦：“母后，君临渊这熊孩子再不管教，他要上天啊！他居然骂朕啊！”

太后气坏了：“我家小君君那么乖巧明事理，无缘无故的，他怎么会骂你？一定是你先做了不好的事，欺负了我们小君君才对！”

君武帝心累啊，到底谁才是她老人家的亲儿子啊，上来对他就是一顿训，对君临渊就是一顿护。

想到这儿，君武帝那愤怒的目光死死盯着君临渊。

太后她老人家气坏了：“你瞪什么瞪！做错了事还不肯认？”

君武帝气苦啊：“母后，你再这样不管不顾宠着他、护着他，你看看他都被你教成什么样了！”

太后她老人家气笑了：“我们小君君好着呢！天赋好，修为好，人品好，又乖又孝顺，哪哪儿都好！哀家怎么宠坏他了？你说！”

君武帝深吸一口气，握拳：“……”

太后：“小君君哪儿不值得哀家宠了？他被哀家宠成什么样了？皇帝，你摸着良心说，放眼天下，还有比我们君君更好的少年吗？”

君武帝竟然无力反驳。

“我们家君君这么这么好，就你，小时候遗弃他，让他受尽欺负，要不是我们君君命大，这会儿坟头草都比你人还高了！”太后说起往事，眼眶就开始泛红。

君武帝面色尴尬，太后还在滔滔不绝：“……哀家的君君命苦啊，从小娘死爹不要啊，长大了他爹还一直看他不顺眼啊，动辄打骂啊……”

君武帝：“……”

“如果不是这孩子自己争气，现在都不知道被欺负成什么样了。君君啊，你怎么摊上这么个亲爹啊……”

君武帝实在忍不住了：“……他骂他亲爹呢！”

“不要狡辩！反正都是你的错！”

君武帝：“……”谁说有娘的孩子像个宝？他在太后眼里就是一根狗尾巴草好吗？堂堂的帝王威仪，在自己亲娘面前，那根本什么都不是。

太后根本不理君武帝的委屈，只拉着君临渊心疼地问：“君宝啊，受什么委屈了？”

君宝？君宝你个头啊君宝！他现在的修为，放眼天下都是至高强者啊。听到太后喊君临渊的乳名，君武帝也是醉了。他家熊太子平时可酷可高冷了，在君武帝看来，这儿子肯定不屑于告状的。

可是君殿下生气啊！凭什么要让凤小舞喊他表哥？他算哪门子的表哥？但是这要是说出来好没面子！于是，君殿下气鼓鼓地跟太后告状：“父皇得了好东西，都赏赐给其他皇子了。”

老佛爷一听，顿时不高兴了：“他就没赏赐给你？”

君殿下：“没有！”然后他还从衣袖里拿出那份名单递给老佛爷。

自始至终，君殿下的目光都是瞪着君武帝的。君武帝一看那名单，再看封管家手里拎着的茶包，他还有什么不明白的？顿时气得够呛。

“君临渊！你还学会告状了，厉害死你了啊！”

君殿下：“哼！”

一旁封管家和大总管对视一眼，眼中都浮现一抹无奈的笑意。

这皇家，跟史书上记载的帝王家可真不一样啊。无情最是帝王家，所以别人印象中的皇族都是冷到骨髓里的算计，然而这一家子，怎么看怎么像民间护犊子的老太太、被训斥的孝顺儿子和被宠坏的骄纵孙子，特别接地气。

这样的皇族，也是古往今来的头一家吧？老佛爷可不管别人怎么看，她家小君宝受委屈了，她就是不能忍！老佛爷捏着手里那张名单，抖得簌簌响，目光严厉地瞪着君武帝：“皇帝，这是怎么回事？你给哀家解释清楚！”

君武帝瞪着君临渊：“你这熊孩子，令狐大师那么欣赏你，都给你多少曲灵茶的茶胚了，你还想要？分给你兄弟们一点怎么啦？有你这么贪心的吗？”

老佛爷怒了，瞪着君武帝：“令狐大师给是令狐大师给，你这个当老子的给是你给，有你这么偏心的皇帝吗？”

君武帝：“……”

老佛爷特霸气地说：“再说了，我家小君宝要，那就全都是他的，其他皇子要什么要？不给！”

君武帝：“……母后，咱做人不能这么偏心吧？”

老佛爷被气笑了：“难怪民间有句话传得广，这有了后娘就有后爹啊，你这个做后爹的被枕头风一吹心就歪了，还不许我这老太婆偏心我亲孙子啊？”

这画风，跟民间那些宠孙子的老太太完全一样。封管家眼观鼻鼻观心，努力降低自己的存在感。

君武帝被气得喘着粗气：“母后，敢情朕的其他皇子，都不是您的孙子啊？”

太后冷笑：“你其他皇子加起来，有我们君宝厉害？”

君武帝语塞，只能瞪着君临渊。

可是君殿下傲娇极了，就那么双手环胸，冷笑地看着君武帝。

君武帝：“君临渊你这个——”

“你给我闭嘴！”太后瞪着君武帝，“我家小君宝还是不是你儿子了？你只会欺负他！没见过你这样的皇帝！你不要说了，反正都是你的错！”

君武帝一口血憋在喉咙里：“……”

老佛爷转头拉着君临渊，语气顿时变得特别慈祥：“宝啊，以后你老子再欺负你，你一定要跟皇祖母说，皇祖母替你教训他。”

“嗯！”君殿下认真点头。

君武帝差点气了个倒仰，你还嗯，嗯你个头啊嗯！你不是至高强者吗？你跟老佛爷告什么状啊你！

看到君武帝吃瘪，君殿下心中冷笑：让你多管闲事，连人家喊不喊表哥都管。他才不要提凤小舞那丫头呢，就是让你吃瘪了都不知道什么原因。

君武帝：“君临渊，老子迟早会被你气死！”

君殿下傲娇脸：“那敢情好啊，等我即位了，打你的儿子，撵你的女人，让你都没地儿哭去。”

君武帝转头望着老佛爷：“母后，你看你看，这熊孩子都被你宠上天了，你看他这说的什么话！”

太后瞪了君武帝一眼：“你都喊他熊孩子了，他能不熊吗？”

君武帝：“……”

太后不以为然：“我们家君宝还小呢，童言无忌你不懂吗？一把年纪的人了，非要跟个孩子计较，你说你是不是傻啊？”

君武帝：“……”还小？童言无忌？跟小孩子计较？我的亲娘啊，你是不知道君临渊这臭小子在邻国干出来的那些事，搅得他们人仰马翻的，那是孩子干得出来的吗？

而这时候，君临渊已经蹲下去了。他手中浮现一个火球，用火球炙烤冰冷的药汤。药汤原本就已经快好了的，现在被君临渊的火球炙烤后，很快就热气腾腾了。君殿下对火术的运用，已经到了出神入化的境界。

他捧起药罐，亲手将里面的药汤倒进白玉碗里，然后端给太后："您喝药。"

太后感动得眼眶都红了："还是我家君宝好啊，不像你爹，除了气我，他就没别的用了，还是我宝孝顺啊……"

君武帝气得直瞪君临渊：这小子最后一刻端起来送给老佛爷就是孝顺？他辛辛苦苦熬了这么久的药，就是没一点用？母后您老人家别太厚此薄彼啊！

君殿下一点自觉都没有，他还问："皇祖母，这药熬得好不好？"

"好好好，我家君宝亲手熬的，可甜可甜了呢。"

君武帝背着双手，简直不想说话了。

喝完了药，君临渊坐着还不走，老佛爷就觉得，这孩子怎么就这么孝顺呢？

"对了——"老佛爷终于想起来了，喊蓝嬷嬷，"快去将墨玉拿过来。"

君殿下眸中浮现一抹不易察觉的光芒。

很快，蓝嬷嬷就将那块散发着温润光泽的墨玉递到君临渊手里。

"君宝啊，这块墨玉你拿好，这可是令狐大师给你的，开过光的，与你的姻缘可有大关系呢，你可拿好了，回头别又被哪个小狐狸精给骗走了！"

老佛爷一脸邀功似的将墨玉递给君临渊，却不知道此刻君殿下的内心……

不远处的封管家瞟了一眼，毫不意外地看到自家殿下那张铁青的脸。

封管家叹气啊，自家这位腹黑又别扭的殿下，到现在还没完全察觉他自己对凤舞姑娘的心思，只是凭着本能做事。天知道为了将这块墨玉顺理成章地塞到凤舞姑娘手里，他那别扭的心里转了多少道弯。

现在好了，好不容易塞过去了，老佛爷您又把东西给要回来了……封管家已经不知道该怎么说了。

君殿下的脸上，已经阴云密布。君武帝发现了，很是生气："你这臭小子，这是什么表情？你皇祖母都是为你好，才将这墨玉给要回来了！不要告诉我，你真喜欢那凤小舞啊！"

君临渊瞪着君武帝，傲娇极了："喊，我君临渊会喜欢一个废物？"

老佛爷这才松了口气，刚才有一瞬间，她还真以为君临渊会喜欢上凤舞呢，毕竟那丫头长了一张祸国殃民的脸。

"那老佛爷将墨玉拿回来，你有什么不满意的？"君武帝瞪眼。

老佛爷也不解地望着君临渊。

封管家也望着自家殿下：这下，看你怎么自圆其说！

可君殿下就是君殿下啊，他那脑子转得多快啊。

君临渊黑着一张脸，不耐烦地看着老佛爷："这墨玉您怎么又给拿回来了啊？"

老佛爷："……不该拿回来吗？"

君临渊："当然不该拿回来啊！这墨玉上……沾染了不干净的东西！"

"啊？"老佛爷赶紧将墨玉放桌上。

封管家看着他家殿下：嗯，殿下您编，继续编。

君殿下没有让封管家失望，他一本正经地说："这块墨玉上沾染了不干净的东西，需要一个未经人事的姑娘家佩戴，才能消除上面的孽障。"

老佛爷心有余悸："真的啊？"

君殿下漫不经心道："嗯，不然会影响您孙子的寿元。"

影响君宝的寿元？老佛爷顿时急坏了，一把抓住君临渊的手："宝啊，你你你，你没事吧？有没有哪里不舒服？太医！楚太医呢！快快快……"

君殿下淡定地按住老佛爷的手："现在还没事。"

老佛爷这才稍稍缓了一口气，但还是心有余悸，后怕不已。

君武帝狐疑地瞥了君临渊一眼："你确定没说谎？"

君临渊还没说话，老佛爷已经愤怒地瞪着君武帝："你闭嘴！"

君武帝摸摸鼻子，他是真觉得这事可疑啊。

老佛爷拉着君临渊："宝啊，这可怎么办才好啊？"

封管家佩服地望着自家殿下。他家殿下这还是有生以来第一次说谎吧？为了凤舞姑娘，君殿下又贡献出了自己的第一次，这姑娘……厉害啊！

君殿下轻咳一声："刚才不是说了吗？要破解并不难，需要将墨玉让一位未经人事的少女佩戴，经年之后就能悄无声息地消除孽障。"

"冬雪啊，快将这块墨玉戴上！"老佛爷转头就喊一旁的宫女。

君殿下的脸顿时黑下来了。

"不行！"他站起来。

"为何不行？"老佛爷一脸不解，不是需要一个未经人事的干净处子佩戴吗？

君殿下认真地盯着老佛爷，不耐烦了："您觉得孽障是那么好消除的吗？那未经人事的少女，必须年纪、生辰、属性等方面都要匹配，不能随便给别人的！"

老佛爷："……"

"独孤大师算了那么久才终于算出一个凤舞来，孙子好不容易借着姑母收义女的当口，将墨玉给了她，结果皇祖母你——"君殿下一边说一边谴责地看着老佛爷，看得老佛爷愧疚极了。

君武帝可没那么容易相信，他摸着下巴："上次见令狐大师的时候，他老人家怎么没提这事？"

老佛爷瞪了君武帝一眼："你但凡关心一点君宝，也不会现在才知道这事！"

君武帝：敢情又是我的错？

老佛爷心疼地摸着君临渊的脸："宝啊，是皇祖母不好，皇祖母都不知道这件事，回头皇祖母就将墨玉送给凤舞。"

君殿下："嗯，得佩戴着才有用。"

老佛爷严肃地说："那是，必须得佩戴！就算她不想戴着都不行！"

君殿下："嗯，不过这样的话，那丫头是有点可怜了。"

老佛爷拍拍君临渊的肩头："没事！皇祖母会赏赐她的，一定让她毫无怨言地佩戴着你的墨玉，替你消除孽障，增加寿元。"

君殿下："如果迟了……"

"不能迟不能迟！"老佛爷一想到这会影响到她家君宝的寿元，哪儿还坐得住，赶紧吩咐下去，"快去，让凤舞进宫，现在立刻马上即刻进宫！"

封管家默默瞅了自家殿下一眼：不愧是君殿下，这一手玩得溜啊。不过，您到底什么时候才会明白自己的心意，而不是这样绕来绕去呢？

封管家默默抬头望天，他觉得，这样的殿下也是蛮可爱的嘛，他又何必点破呢？

进宫？接到懿旨，凤舞都蒙了，这都快晚上了，她进什么宫啊？

"可是太后身子抱恙？"

这回可是蓝嬷嬷亲自来请的。蓝嬷嬷是太后身边最得力的老嬷嬷了，可见太后对这件事的重视程度。

蓝嬷嬷脸上含着淡然而得体的笑容："舞小姐，太后和陛下都等着呢，您还是快些走吧。"

凤舞能说不吗？没有绝对的实力，在强大的皇权面前，她就算再不愿意，也得硬着头皮去啊！

家里人都担心得不行，美人娘亲更是泫然欲泣。蓝嬷嬷看得都心疼了，这位是真美啊！

凤舞握着美人娘亲的手安抚道："没事的，我很快就回来了。"

凤舞到了皇宫，恭恭敬敬给君武帝请安，给老佛爷请安，看到君临渊时，心里突然有一种不好的预感，该不会又要被他坑吧？

凤舞心里瞬间充满了戒备，心都悬起来了。

老佛爷坐在上首，发现凤舞一直盯着她家君宝看，而且还看得发呆了，顿时不乐意了。

“凤舞！”老佛爷冷冰冰地开口。

凤舞忙收回目光，恭恭敬敬望着老佛爷。老佛爷瞥了蓝嬷嬷一眼。蓝嬷嬷端来一个红色的托盘，托盘上放着那块墨玉。凤舞看到墨玉，脸上浮现一抹疑惑之色。

老佛爷看着凤舞那精致的容颜，再看看她一脸无辜的表情，心里也有点愧疚。但是什么都不如她的君宝重要。于是老佛爷直接就说：“凤舞啊，这块墨玉，你收起来。”

“啊？”凤舞一脸不解，之前老佛爷还逼着她交回去呢，现在又要她收起来，搞什么？

凤舞第一反应就是赶紧摆手：“不不不，老佛爷，这墨玉是君殿下的，我怎么能要，不行不行。”

老佛爷有点不高兴了：“让你拿着你就拿着！哀家的话，你也不听了？”

凤舞岂敢不听，虽然心里埋怨，可还是乖乖地接过墨玉。

凤舞感觉到一抹炙热的目光，抬头望去，就看到君临渊那双深不见底的黑眸正紧盯着她。凤舞心中一凛，君临渊怎么在这儿？这事该不会跟他有关吧？

凤舞瞪着君临渊，君殿下傲娇地瞥了凤舞一眼，眼中有着得意之色。得意？凤舞心中气苦，也就是说，果真是君临渊的主意了？

老佛爷见凤舞又偷看君临渊，而且还看直了眼，顿时不高兴了：“凤舞！”

“是，老佛爷。”凤舞忙收敛心神。

“你还愣着做什么？赶紧将这块墨玉戴上啊。”老佛爷连声催促凤舞。

凤舞一脸疑惑：“戴上？”

老佛爷不耐烦跟凤舞说话，直接看了蓝嬷嬷一眼。蓝嬷嬷走到凤舞面前，对凤舞行了一礼：“舞小姐，请站好。”

凤舞下意识地站好，然后疑惑地看着蓝嬷嬷。蓝嬷嬷将那块墨玉挂在凤舞腰际，正好压着裙摆。漆黑通透的墨玉，配上月白色襕裙，亮眼极了。

老佛爷见凤舞戴好了这才点点头，吩咐凤舞：“既然戴好了，以后可不许摘下来，要一直戴着，就算是睡觉也要戴着，知道吗？”

凤舞：“……民女能问一句，为什么吗？”

老佛爷瞥了凤舞一眼，心中暗忖：自己是不是太坏了？这小丫头怪可怜的，也不知道几年之后还有没有命活着呢。

想到这儿，老佛爷转头低声跟君武帝说了一句话，君武帝目光一闪：“母后，这合适吗？”

“这有什么不合适的？就这么着！”老佛爷当即做了决定。

凤舞不解地看着老佛爷，她老人家这是要做什么呢？

不过很快，君武帝就给出答案了。

“宣璇玑夫人进宫。”

璇玑夫人，谁啊？凤舞一愣，但是很快就反应过来，这就是她的美人娘亲啊！

凤舞脸色一变：“陛下，您这是……”

君武帝笑眯眯地看着凤舞：“少安毋躁。”

凤舞又下意识地望向老佛爷，老佛爷对凤舞点点头，没有多余的表情。

凤舞怎么能安心呢？要知道，君临渊可是天天坑她啊，她都被坑怕了，现在这事又将美人娘亲给牵扯进来了……美人娘亲是她的逆鳞，神圣不可侵犯，谁都不行！

凤舞下意识地抬头去看君临渊，这位君殿下，此刻眸中竟然还含着一抹淡淡笑意，似挑衅，又似嘲讽。

美人娘亲接到这道圣旨，会不会不知所措？会的！美人娘亲就像温室里的花朵，不受惊才怪。

皇家传消息太快了，没多久，外面就传来一阵脚步声。凤舞一抬头，就看到朝歌扶着美人娘亲快步朝这边走来。还好，还有朝歌陪着。

“小舞——”璇玑夫人看到凤舞，拎着裙子飞快跑过来，那双哆嗦而战抖的手捧着凤舞的脸，眼泪扑簌扑簌往下滚落。

“娘亲的小舞，他们有没有打你？疼不疼啊？”那薄如蝉翼的睫毛，宛若沾染了晶莹剔透的露珠；饱满浅红的唇，抑制不住地战抖；那双小鹿般纯净的眸子，望向高坐上首的皇族成员。

那一刻，似乎周围的温度都瞬间降了下来。凤舞的心猛然一惊。奇怪，为何她的美人娘亲会爆发出这样的威严，仿佛冰霜神女降临？

不仅凤舞这么认为，此刻的君临渊也半眯起眼眸。

至于君武帝，他在看到璇玑夫人的那一瞬间，整个人都已经痴了。什么叫倾国倾城，什么叫国色天香，什么叫绝世容颜，什么叫冰肌玉骨，什么叫……一时间，君武帝满脑子都是这位绝色女子。君武帝看痴了……

凤舞怕美人娘亲这样子会出问题，压住心头的疑惑，赶紧抓住她的手说道：“美人娘亲，我没事，你看，没人打我呢。”

璇玑夫人端详了一会儿，发现凤舞真的没事后，这才松了口气。她这口气一松，那股寒意也跟着消失了……

君临渊盯着璇玑夫人，眸中浮现一抹沉思。

美人娘亲破涕为笑，那双眸子纯净无瑕中又带着璀璨：“小舞没事就好，吓死娘亲了……”美人娘亲摸着凤舞的发丝，眸中还有一丝担心和害怕。

高高在上的老佛爷，一开始也被璇玑夫人的容貌惊到了。

当年凤舞刚出生的时候，因为天降异象，所以当时老佛爷就召见过璇玑夫人，那时候她虽然脸色苍白、茫然无措，但依旧美得惊心动魄。

十三年过去了……老佛爷看着自己的手，她的手都苍老了许多，但是璇玑夫人依旧如十五六岁的花季少女那般纯净无瑕、国色天香。

“陛下，我家美人娘亲来了，不知您有何吩咐？”凤舞见君武帝看直了眼，当即皱起眉头。美人娘亲今日这一露面，也不知道以后会有怎样的麻烦。

“咯咯——”君武帝用咳嗽掩饰自己的尴尬。

从璇玑夫人出现后，君武帝的目光就再没离开过她的身影。

君武帝对大总管摆手示意，大总管抱着拟好的圣旨念道：“璇玑夫人，品貌出众，贤良淑德，教女有方，特封二品夫人……”

凤舞心头一动：二品夫人？这倒是不错。

有了这个头衔，以后美人娘亲就算走出去，也没人敢打她的主意了。而且，自视甚高的大伯母现在才是三品淑人呢。

可是看美人娘亲的样子，她还是一脸茫然。也是，三品淑人，二品夫人，在她看来都没什么区别。

凤族。

皇宫里两次来人，大夫人不可能不知道。

“这一趟一趟的，怎么回事？”大夫人心里有些不安。

凤琉被凤舞气得伤了元气，这几天才缓过神来，她一边扒饭，一边没好气地说：“肯定是凤舞惹事了，皇宫里收拾她呢。”

“真的假的？”大夫人有些怀疑。

“很有可能是真的！”凤琉越想越觉得自己的猜测正确。她放下碗，从丫鬟手里拿过杯子漱完口，这才说道：“之前宫里那嬷嬷来请凤舞的时候，那态度可不怎么样。”

大夫人望着桂嬷嬷，桂嬷嬷点头：“宫里的嬷嬷，态度确实很严肃。”

凤琉又道：“而且母亲您看，凤舞进宫了还不算，又来了一位请走她娘亲，这绝对是出事了啊，以凤舞那惹事的本事，她肯定惹下大祸了！”

大夫人皱眉：“那可怎么办？”

大夫人和凤琉的话，坐在上首的凤琰峰不可能没听见。他的眉头深深蹙起。凤舞又惹事了？这回惹到了皇家？会不会影响到他的官位？

就在这时，突然听到凤舞母女回来的消息，三人同时放下了筷子。

“走，去星陨院看看去！”

凤琰峰阴沉着脸，来到星陨院的时候，正好看到凤舞和璇玑夫人走进院子。

“站住！”凤琉瞪着凤舞。

凤舞不解地回头，然后就看到凤琉一家人。

她皱眉：“有事？”

“凤舞，我看有事的人是你吧？”凤琉冷笑一声，“你给家里惹了这么大的祸，还想当作什么事都没发生过？”

“惹了这么大的祸？”凤舞不解地望着凤琉，“什么祸？”

“呵呵，你还在装傻？”凤琉走上前去，眸中含着一抹冷笑。

凤舞的耐心是有限的，她皱眉盯着凤琰峰：“大伯父可有话说？”

凤琰峰看上去，脸上犹如寒霜笼罩。

大夫人冷笑地盯着凤舞，等待着她们被凤琰峰厌弃。

但是凤琰峰毕竟还是有点脑子的，他冷冰冰地问：“你进宫了？”

“是啊。”

“你母亲也进宫了？”

“是啊。”

“你……”凤琰峰咬牙，“可是在宫里闯祸了？”

凤舞不解地望着凤琰峰：“如果我在宫里闯祸了，被宣进宫的人，难道不应该是大伯父你吗？”

凤琰峰一听，竟然无法反驳。

大夫人和凤琉也都怔住了。

凤舞扶着美人娘亲往家里走。这院子里夜深露重、寒风阵阵的，美人娘亲身子娇弱，被吹病了怎么办？

“站住！”大夫人盯着凤舞。

凤舞停住脚步，无奈地看着大夫人。

“陛下宣你进宫，到底所为何事？凤舞，这么大的事你还瞒着不成？”

凤舞无奈：“您真要听？”

“当然！”

凤舞看着凤琰峰：“您也一定要听？”

“快说！”

凤舞从衣袖里摸出一卷圣旨，然后打开：“陛下圣旨，跪下接旨吧。”

凤琰峰：“……”

大夫人：“……”

凤舞慢悠悠瞥了他们一眼："陛下的圣旨，你们要站着听？"

凤琰峰心头一惊，赶紧跪下。大夫人和凤琉自然也跟着跪下了。

凤舞当众念了一遍圣旨上的内容，在场的人都傻掉了，特别是大夫人和凤琉。

二品夫人？大夫人脸上青筋直跳，她家老爷现在是二品官，而她只是三品淑人，陛下也没想着帮她升一升，可是她这二弟妹却……

凤舞收了圣旨，慢悠悠瞥了大夫人一眼："淑人还不过来见过二品夫人？"

这一刻，大夫人突然觉得自己有病啊！好端端的，为什么偏偏要去招惹凤舞呢？为什么要逼她亲口念圣旨呢？如果不念，不就可以当作不知道吗？

想到这儿，大夫人的肠子都要悔青了。以后她还怎么在二弟妹面前显优越感啊？还怎么刺激她？自己都要被刺激坏了。

凤舞似笑非笑地瞥了大夫人一眼："大伯母，你这是要抗旨吗？"

大夫人脸上红一阵青一阵，脸色非常难看。

"为什么？"凤琉替所有人问出了这个问题，"为什么你娘会被封二品夫人？她到底凭什么？"

"就凭她生了我这个闺女！"凤舞笑吟吟地看着她们，"因为我文试考了第一，母凭女贵，所以才有了二品夫人的品级，大夫人，你也不是不可能的啊，这不还有凤琉吗？"

凤琉？连一千名都没有考进去的凤琉，指望她考文试第一？大夫人摇头，别说这辈子了，下辈子都没可能！

可怜的大夫人，兴冲冲而来，含恨而去。

帝国学院的武试终于要开始了。

考生们几乎没人知道，这次他们要进哪个考核地图。但是凤舞知道，御冥夜也知道，因为这个地方就是凤舞和方阁老选定的。左副院长死了，陆院长闭关，在帝国学院群龙无首的情况下，陛下任命方阁老为副院长，并且在陆院长闭关期间，暂代院长一职。这件事，就是在武试考核之前宣布的。

偌大的广场上，上千名考生都静静地站着，等候着传送门开启，将他们送入考核地图。大家正在议论这次会进什么地图，这次的考核难度如何，就在这时，君武帝的任命下来了。

不论是帝国学院的老师、学生，还是这些考生，在知道消息之后都议论纷纷。

"哇！方阁老？"

"如果没猜错的话，方阁老是沐瑶瑶的外祖父吧？"

"天啊，那以后沐郡主在帝国学院不就能横着走了？"

得到消息的考生们，眼睛都亮了。

沐瑶瑶就是他们这一届的学生，只要跟沐瑶瑶打好关系，那以后在帝国学院岂不是……

很多人心里都暗暗有了这种心思。

队伍中的沐瑶瑶闻言，也不由得眼眸闪亮。伯外祖父？不，不对，就是外祖父！沐瑶瑶决定了，在外面她是一定要称外祖父的，至于到了方阁老面前……到时候再喊伯外祖父呗，反正别人也不知道。

沐瑶瑶身边原本站了不少人，现在就更多了。霍茵、温灵、柳浩、牧青他们原本是跟着叶雅菲的，但是现在叶雅菲和沐瑶瑶走得很近，所以叶雅菲将这四人都托付给了沐瑶瑶。另外还有姚家兄妹，姚皓和姚颖。这两兄妹是沐瑶瑶的嫡系，关系可近多了。

现在方阁老任副院长，暂时代理院长的消息一出，沐瑶瑶身边简直人潮汹涌。

凤舞和朝歌就站在她们不远处，所以沐瑶瑶那边的对话，她们都能听见。

霍茵问沐瑶瑶："沐郡主，方阁老是您外祖父吧？"

沐瑶瑶瞥了她一眼："嗯。"

"嗯？"凤舞和朝歌对视一眼，朝歌眼里揉不得沙子，立刻就要拆穿她，但是凤舞却拉住了朝歌，淡淡一笑："少安毋躁，少安毋躁嘛。"

朝歌可忍不住了："方阁老说了……"

"但你现在站出来，谁会信你说的话？"凤舞淡淡一笑，"先听着。"

那边，霍茵又问："沐郡主，方阁老可有透露过，这次考核，我们会进哪个地图？"

考核的地图很多，有黑暗森林，黄沙荒漠，火山沼泽，迷雾丛林，雪域高原……

在场的考生中，都有各自擅长的元素。

双系元素已经很少了，多元素更是少之又少，所以绝大多数人都是单一元素的，比如火元素、水元素、冰元素、木元素、土元素等等。

所以，如果是黑暗森林之类的地图，木元素就会大占优势，如果是火山沼泽，那么火元素和土元素就会占很大的优势。

因此很多人都想提前知道考核地图是哪一个，然后他们就可以提前购买一些相应的装备。但是，帝国学院保密措施做得太好了，不管他们怎么打听，都打听不出来。

所以现在考核地图还没有开启，还有一点点时间可以准备，于是大家纷纷问沐瑶瑶。可是沐瑶瑶不知道啊。现在伯外祖父对她不喜，她怎么可能会知道？

想到这儿，沐瑶瑶的目光不由得望向凤舞。因为大多数人都往沐瑶瑶这边挤，所以更显得凤舞身边空落落的，只有她和朝歌两个人。

大家见沐瑶瑶的视线望向凤舞，都不由得冷笑出声。

“哟，那不是凤舞吗？”

“那就是文试第一名的凤舞？她身边怎么只有一个人啊？”

霍茵：“因为大家都不是傻子啊，谁不知道她身上没有灵力？谁不知道她就是一个废物？文试还可以靠脑子，这回考核实实在在靠实力，她进去之后能不能活着出来都成问题，还考核？”

很多人都认同这位同学的说法。

正因为知道凤舞必败无疑，所以没有人愿意与她为伍。

“小舞——”朝歌拉着凤舞的手，压低声音道，“小舞啊，你的修为什么时候可以公布啊？到时候我一定要好好看看他们的嘴脸！”

她忍得真是好辛苦呢。

凤舞笑了：“就这么沉不住气？”

“可是他们这么小看你，简直忍无可忍！”朝歌义愤填膺。

凤舞歪着脑袋想了想，告诉朝歌：“等到再也隐瞒不下去的那一天吧，我有预感，那一天不远了。”

如果左家确定她灵力恢复，如果知道她比以前还天才，左家一定会发起疯狂的反扑，到时候不仅是她，她身边亲近的人，全都会暴露在非常危险的状况下。所以，凤舞不可能因为一时口快，而带给自己和家人那么大的危机。

朝歌也知道事情的严重性，所以她也只能握拳，期待着凤舞大放异彩的那一天早日到来。

就在这时，方副院长到了，在场的人全都噤声，排好队伍等着方院长公布考核地图。方阁老的目光从台下扫过，当他看到凤舞的时候，略一点头，然后扫视全场。

霍茵捅捅沐瑶瑶的手臂：“郡主，方院长看你了，看你了。”

沐瑶瑶心中高兴，但面上却不以为然：“他是我外祖父，看我怎么了？”

方阁老没有多余的话，而是直接宣布了考核规则：“和以往的考核一样，帝国学院会给每个考生发一条系在额头上的发带，这条发带经过炼金术师特殊炼制，只在考核副本里有效。”

很快就有老师将发带发到每一位考生手里。凤舞看着手里的发带，这跟她穿越之前戴着运动的发带非常相似，半指的宽度，系在额头上，做事非常方便。

在所有考生都将发带系好之后，方阁老郑重宣布：“用灵力将发带激活，你们就会发现，额头正前方的地方，会有七颗星辰。”

很快，大家就发现，他们发带前额头上真有七颗星辰，但都是灰扑扑的。

“报告方院长，凤舞的发带没有星辰！”霍茵在听到规则之后，就想到了捉弄凤舞的办法。这个凤舞，还真以为她文试第一就很厉害吗？现在可是武试！

果然，随着霍茵这句话，在场的考生纷纷朝凤舞望去。凤舞没有灵气，这是公认的事实。一时间，大家都窃窃私语，小声议论、嘲笑着。

“扑哧——”

“连星辰都显现不出来吗？”

“连星辰都没有，那她怎么考核！”

“还文试第一呢，看她这次怎么办！”

……

方阁老眉头紧皱，他也是这时候才想起来，凤舞的灵力还得瞒着世人。

这丫头，明明已经是灵宗五星的实力了，却能在周围人的嘲笑中保持淡定，光是这心性，就让人不得不服。

她小小年纪，就背负了这么多苦难，可是这些不谙世事的考生却什么都不懂。

方阁老那双寒霜般的眸子扫视四周，一时间，周围寒气逼人。考生们只觉得一股寒气从脚底下蔓延而上，在身体里四处乱窜。好冷……好可怕的寒意……

大家感觉到，方阁老似乎在生气。

方阁老抬手间，一道灵气射向凤舞，瞬间，凤舞发带上就出现了七颗星辰。不过和所有考生一样，这七颗星辰是灰暗的。

方阁老冰冷的目光盯着考生，严肃地说：“进了考核地图之后，击杀灵兽可以得到灵气，而灵气足够就能够点亮发带上的星辰。”

“至于其他增加灵气的办法，就靠你们自己去发掘了。本座只警告你们一点，不许伤人性命！你们所有人的所作所为，都在帝国学院的监控之下。”说罢，方阁老一摆手，传送阵之门缓缓开启，一道道白光从传送门内散发出来，笼罩在所有考生头上。

这些考生全被送入传送门，转眼间就都被传送到了考核地图——傲世雪原的角角落落。一千名考生虽多，但傲世雪原这个地图极大，考生们被丢进去之后，很快就淹没在皑皑白雪中，谁也见不着谁了。而且，他们被传送进来的时候，仅仅只是被丢在傲世雪原的东南角，而不是整个庞大的地图上，不然一个月都走不出来。

第十二章
新的挑战

这场考试，为期七天。

凤舞不知道别人如何，她只知道，自己是从高空坠落的。

砰！她的身子从高空坠落。好在凤舞有经验，当初从巨鹰身上她可是跳过的，于是，千钧一发之际，凤舞一个旋转，后背着地落在雪峰上，从空间里抓出一个雪飘！是的，因为凤舞提前知道考核地图是傲世雪原，所以她带了雪飘。

坐上雪飘，凤舞从山峰一路往下飘落。

身轻如燕，两边飞雪迸射，凤舞一路驰骋，速度越来越快，越来越快，最后砰的一声砸到雪坑里。凤舞脑袋朝下，整个人都扎在雪堆里，好半天才从雪坑里爬出来。

刚才被雪埋住，差点就窒息了。从雪坑里爬出来的凤舞，抖落一身积雪，抬头观察四周。目之所及，全都是皑皑白雪，白茫茫一片。

雪域高原，银装素裹，不远处有一株伫立的巨松，此刻也已经结满了雾凇，阳光从雾凇缝隙照射进来，异常刺眼。

一阵寒风刮过，好冷……凤舞打了个哆嗦。她来不及多想，便盘腿而坐，运转身体里的灵气。她的灵气一直有，而且实力还不弱，只不过一直不被人察觉罢了。

就在凤舞运转火之灵力时，忽然从刚才她砸进去的那个冰窟窿里，传来一道危险的气息。凤舞心头一凛，好强大的气息！她转过头，就看到一只冰雪魔兽。它外形很像猎豹，身上的毛一根根倒竖起来，宛若冰锥，仿佛刺猬一般。在阳光的照耀下，每一根毛发冰锥，都闪烁着刺眼的光芒。凤舞脑海里迅速浮现一个名字——反刺冰兽。

凤舞心头一惊，她这是什么运气，一掉就掉进了反刺冰兽的窝里？

看着三只反刺冰兽相继从那个坑里爬出来，对她虎视眈眈，凤舞来不及多想，转身就跑。

三只反刺冰兽穷追不舍，双方的距离不断拉近，凤舞在心中暗暗计算，以她体能的耗损程度，不出半个时辰，她就会被这三只反刺冰兽追上。凤舞的目光往四周一扫，看到东北方有一座雾凇林，便奋力往那里跑去。

三只反刺冰兽紧追不舍，身上的刺闪闪发亮。

轰——身后传来一声巨响，凤舞下意识地回头望去，却见后面的两只反刺冰兽，左边那只一个纵跃，双蹄踩上最前方那只反刺冰兽的脊背，然后凌空一跃。

右边那只反刺冰兽，踩中前面那只反刺冰兽，腾空而起，然后，它又踩在腾空的那只反刺冰兽身上。

通过两次借力，那只原本跑在右边的反刺冰兽，以一种极其恐怖的速度朝凤舞扑去。

就在反刺冰兽即将扑到凤舞身上的时候，凤舞在雪地上一滚，才没有被这只反刺冰兽扑到。但是这么一耽搁，后面两只反刺冰兽就追上来了。凤舞这时候发现了，这是一家子！跑在最前面的是公反刺冰兽，左边的是母反刺冰兽，右边的是小反刺冰兽。

傲世雪原生存环境恶劣，食物匮乏，好不容易看到一个活人，反刺冰兽一家都乐疯了，眸中闪着激动的光芒。这个人类，它们吃定了！

刹那间，两只反刺冰兽一左一右将凤舞包围起来。凤舞一个鲤鱼打挺，翻身而起。母反刺冰兽一爪子朝凤舞的脑袋拍去，凤舞躲得慢了，脸上被划出一道血痕。鲜血的味道刺激着反刺冰兽一家，它们咆哮着朝凤舞扑去。凤舞抹去脸上的鲜血，闪电般朝一棵满是雾凇的树顶蹿去。她的身形极快，手指抓住树梢借力一荡，身形已经来到第二棵雾凇之上。

三只反刺冰兽继续狂追凤舞，忽然，小反刺冰兽踩中一根凸出来的针，顿时被钉在原地。公反刺冰兽和母反刺冰兽望了儿子一眼，继续朝凤舞追去。

凤舞抓着雾凇，身形在快速飞荡的同时，也会转身看一眼。所以，她一眼就看到，身后追逐她的，只剩下两只反刺冰兽了。

可是，这两只反刺冰兽太聪明了，凤舞在路上做了手脚，它们却完全没有中招。眼看它们越追越近，凤舞的脑中忽然灵光一现："有了！"就在反刺冰兽即将追上凤舞时，凤舞一闪身钻进了雪坑之中。

"桀桀——"两只反刺冰兽发出瘆人的冷笑。

反刺冰兽从小就生活在雪原，这里是它们熟悉的环境，这个小小的人类少女以为她能藏到哪里去？

啪！公反刺冰兽一巴掌朝雪地拍去，下一瞬间，它的身形就钻进雪坑之中。母反刺冰兽也随之冲了进去。

就在它们冲进去的时候，凤舞却冲了出来，嘴角勾起一抹淡淡的弧度："给我爆！"

那雪坑之中，突然爆出一道火之灵力，将公反刺冰兽的左眼炸得鲜血淋漓。母反刺冰兽立即从雪坑中蹿出，朝凤舞扑去。而此刻的凤舞，已经布置出一个简单的寒霜杀阵。

凤舞的寒霜杀阵很简单，就是在两棵雾凇之间，挂出一条冰雪丝线。冰雪丝线无色无味，在阳光下更是看不清楚。它被灌注灵力之后，绷得很紧，稍微碰触一下就能划出一道伤口。

就在母反刺冰兽从雪坑里冲出来的时候，凤舞惊慌失措地往前冲，一边冲还一边回头："不要杀我！不要杀我！"

母反刺冰兽一心捉住凤舞，根本没有注意到，两棵雾凇之间有条冰雪丝线。

就在母反刺冰兽朝凤舞扑去之时，那条冰雪丝线在它的咽喉处留下一道深深的划痕。凤舞心头一惊，反刺冰兽的防御能力，比她想象中的还要厉害。

就在母反刺冰兽愣神的时候，凤舞扑过去在母反刺冰兽的咽喉处补了一剑。母反刺冰兽瞪大眼睛，以一种难以置信的目光，死死瞪着凤舞。它到死都不相信，自己竟然死在这个人类小姑娘手中。

母反刺冰兽想要出声提醒自己的丈夫，一定要小心这个阴险狡诈的人类少女，可是还没等它发出声音，凤舞再次出手，一剑斩落母反刺冰兽的脑袋。

此时，公反刺冰兽从雪坑里冲了出来。当它看到母反刺冰兽已死，愤恨地瞪着凤舞，怒吼一声："去死吧！"

凤舞脸上浮现一抹冷笑。就在公反刺冰兽朝凤舞暴冲而去的时候，凤舞使出灵宗境五星的实力，挥起火炎剑刺向公反刺冰兽。公反刺冰兽的实力跟凤舞一样，都是灵宗境五星，但是在它受伤的情况下，凤舞很快就占了上风。

扑哧！火炎剑刺入公兽的胸膛，反刺冰兽体内的灵气，以极快的速度往凤舞额头上的发带涌去。刚才母反刺冰兽死亡，凤舞额头上的发带上就亮了两颗星，现在公反刺冰兽死亡，又让凤舞的发带上亮了两颗星。

原来点亮星辰这么容易！凤舞心中一惊，自言自语："点亮星辰岂不是暴露了实力？"

彼时，凤舞脑海里忽然浮现出方阁老的声音："小舞，是否需要隐藏你的星级？"

这可真是刚打瞌睡就有人送枕头啊，方阁老这及时雨，来得也太及时了！

"需要！"凤舞立刻答道。

“好。”除此之外，再没有其他的声音。

但是凤舞知道，有这一句话就够了，其他的事方阁老自会帮她处理好。这位老人家，靠谱着呢。

帝国学院有一个榜单，能实时看到考生的排名。

帝国学院的考核系统会根据考生的战绩进行打分，按照成绩的高低来排出名次。

在帝国学院只允许七位大佬进的核心区域——放映室里，此刻只有方院长和吴道人二人。其他大佬没有兴趣也没有时间来盯着这个新生考核，就算他们要盯，也要等最后一天。

吴道人揉揉眼睛：“老方，刚才是我眼花了吗？刚才我怎么看到，凤舞丫头的名字跳到榜单最前面了？”

方阁老只回了他一句话：“你眼花了。”

“是吗？”吴道人觉得奇怪，他刚才真的看到凤舞的名字蹿到第一名去了，可是瞬间，她的名字又不见了。

方阁老嘴角浮现一抹淡笑。他也是当了代理院长之后，手里有了最高权限，才能利用考核系统做一些事。

“老方，你这外孙女不错呀，这都跳到第二名了呢。”吴道人指着前方屏幕。

前方有两块屏幕。

左边的大幅屏幕上，显示傲世雪原里的考生所经历的一切，方阁老操控着考核系统，所以他想看谁，用意念报出谁的名字即可。

右边的长条屏幕上显示着前两百名考生的名次。至于两百名之后，就没有显示的必要了，因为每年只招收一百名考生。

听了吴道人的话，方阁老望向右边屏幕，果然，沐瑶瑶的名字排在了第二，而第一名是一个叫轩辕弈的少年。方阁老的目光没有在沐瑶瑶的名字上停留，而是落在了轩辕弈的名字上。

“轩辕家出人才。”方阁老点点头。

吴道人点头：“轩辕家毕竟是九大家族之一，实力不容小觑，小辈脱颖而出才是正常，若是不出彩，那就可笑了。”

“公孙晴也不错，排在了第三名呢。”吴道人淡淡一笑，“才刚刚被传送进去，轩辕弈就已经三星，长孙静就已经两星，这批考生的实力还真是不错。”

方阁老点点头，同意吴道人的说法，不过是两三星罢了，他家小舞已经四星了呢，只不过他手快，立即给隐藏起来了。

方阁老得意扬扬，除了他，别人都不知道舞丫头有多厉害呢。

“只不过——”吴道人皱眉，“御冥夜不是来参加考试了吗？他怎么还没有上榜呢？他可是跟君殿下齐名的人物啊！”

就算不十分出彩，也该有九分出彩啊！

方阁老淡淡一笑，摇摇头。这御冥夜不按常理出牌，谁也猜不透他在想什么。

内部高层能看到考核榜和实时动态，这叫内榜，专供帝国学院高层考察的。

还有一个外榜，就挂在帝国学院外墙上，外面的人都能从外榜上看到考生的实时排名：轩辕弈第一，沐瑶瑶第二，公孙晴第三……

此刻，帝国学院门口的广场上聚满了人，大家一边看着排名一边聊天。很多人对凤舞幸灾乐祸。主要还是因为，她成功逆袭，站在风口浪尖，而大家却并不觉得她有这样的实力，所以对她非议颇多。

皇宫里，风北王妃正陪着老佛爷。

老佛爷见风北王妃有些魂不守舍，不由得好奇地问：“你这是怎么了？”

君武帝也不解地望着风北王妃。

风北王妃恨不得时时替凤舞在帝国最有权力的两个人面前刷脸，于是她苦笑道：“今天，帝国学院的武试开考了。”

老佛爷：“阿浔又不用考，你紧张什么？”

风北王妃：“阿浔没考，但是舞丫头去考了啊，我这不担心她嘛。”

舞丫头？提到凤舞，老佛爷下意识地皱眉：“那丫头去考试了？”

凤王妃得意地点头：“是啊，之前的文试上，小舞可是考了第一名，而且是满分呢！老佛爷，我家舞丫头厉害着呢！”

老佛爷没好气地说：“开玩笑，她怎么可能考满分？要考也是我们家君宝考满分。你这不是逗我老人家呢吗？”

“老佛爷，这是真的啊。”

“不可能。”

“老佛爷……”

“不信！”

帝国学院的卷子，她年轻的时候又不是没做过，难不难的，难道她心里还没数吗？满分？开什么玩笑！

“母后——”君武帝苦笑道，“这凤小舞真考了满分。”

“皇帝，你知道这事？”老佛爷好奇地问。

这事君武帝还真知道，因为他出去明察暗访的时候，刚好碰见了沐瑶瑶逼凤舞打赌。

君武帝点头：“凤舞真的考了第一，而且还是满分。”

老佛爷睁大眼睛：“怎么可能？她一个小丫头能考满分？这么聪明？”

居然跟她家君宝一样聪明，这倒是难得了。

“方阁老。”君武帝道。

“方阁老？”老佛爷皱眉，“如果没记错的话，方阁老是帝国学院七大院委会成员之一，他经常做文试的主考官呢。”

君武帝点头。

老佛爷别扭道：“方阁老肯定教她怎么做题了。”

“确实做了不少题，不过，那丫头确实脑子不错。”

老佛爷反驳道：“她不是个废物吗？武试肯定过不了！”

君武帝眸中浮现一抹失望之色。

风北王妃也长叹一口气。

凤族。

凤琉今天多吃了一碗饭。

“娘亲，接下来凤舞可就惨了，能不能活着从傲世雪原里出来都不一定。”

大夫人：“会吗？”

凤琉得意地说：“每年考核的考生，不都会死几个吗？这是不可避免的啊。”

“可是凤舞……”

“娘亲您就放心吧，我都安排好了！”

大夫人惊喜地望着凤琉。

段家。

段朝音：“娘亲放心，段朝歌一定考不上。”

段夫人皱眉：“你怎么知道？以那丫头的修为……”

段朝音冷笑：“娘亲放心，我已经找了几个考生……”

听了段朝音的话，段夫人开心极了。

左家。

左青鸾的父亲左铭跪在蒲团上，盯着左赫的牌位，目中迸射出寒芒。

“大哥，我左铭发誓，不杀凤舞誓不为人！”

帝国学院的考核，牵动着帝都无数人的心。

但是凤舞却不知道，不少人要借此机会将她置于死地。

苍茫的傲世雪原上，凤舞已经杀死了两只反刺冰兽。她正准备离开，小反刺冰兽终于将自己的脚从倒刺里拔出来，追了上来。看着倒在地上的父母，小反刺冰兽怒吼一声："我要杀了你！"

既然反刺冰兽幼崽非要找死，那凤舞也就没话说了。砰砰砰一场战斗之后，小反刺冰兽倒在地上，无力地望着凤舞，瞳孔渐渐放大。弥留之际，它脑海里想的是，如果它没有闻到人肉的气味，如果它没有叫醒冬眠的父母，如果没有贪婪，它们是不是就不会死了？然而，这世上从来都没有后悔药。

凤舞脸上的伤，血已经止住了，但是伤口非常明显，看着似乎很严重。但是凤舞却不在意，有驻颜丹在，她又不会毁容，只等长出新肉就好了。

叮咚——

凤舞清晰地感觉到，在杀了小反刺冰兽之后，她的发带上已经亮了五颗星。

这么快啊？有这种感觉的，不仅仅是凤舞，还有高层放映室里的方阁老。此刻，吴道人已经趴在桌上呼呼睡去，睁大眼睛盯着屏幕的就剩方阁老了。

不得不说，方阁老确实偏心，明明有一千名考生，可老人家只看他家舞丫头的画面。至于沐瑶瑶，他老人家完全没这份闲心去关注她。

方阁老盯着凤舞额头上那闪闪发亮的五颗星，情不自禁地微笑。

传送阵是随机传送的，这丫头特倒霉，直接就被传进了傲世雪原的中部，碰到的就是灵宗中阶的魔兽。

一般来说，这些考核的学生，实力都在灵宗初阶。

一到三星为初阶。

四到六星为中阶。

七到九星为高阶。

所以，如果遇到灵宗中阶的魔兽，并且打败了它，那么，获得的灵力值是很可观的。

凤舞杀了三只反刺冰兽，总共点亮了五颗星。如果凤舞的名字展示出来，那必然是排在第一名的。

然而，就在方阁老对凤舞赞赏不已的时候，却突然发现，凤舞额头上点亮的星辰，一颗颗全部灰暗，变成了拿到发带的初始状态。凤舞也发现这个问题了，刚才储存在发带里的灵气，好像全都没了，凭空消失。

方阁老直接一道灵识射向凤舞，跟她通话："舞丫头，怎么回事？你的星辰怎么灰了？"

凤舞哭丧着脸："不知道啊，好像突然间就消失了，没有任何预兆。老爷子，这是怎么回事啊？"

他俩都有些蒙，还是方阁老先反应过来："丫头你别急，这不还有七天吗？到时候肯定能查出来。”

凤舞欲哭无泪：“……”原本她还想着，赶紧将七颗星点亮，然后就可以到中央森林去，想办法弄到寒霜冰魄，可现在……事情有些麻烦了。

凤舞并不知道，她的麻烦，才刚刚开始。因为就在这时候，一阵脚步声由远及近。

“咦，这里有人？”

“大家小心，我闻到了魔兽的气息，而且至少是灵宗中阶魔兽！”

听到这道声音，凤舞下意识地回过头去，然后她就看到了一支六人小队。

“好厉害！谁杀了这只灵宗中阶魔兽？”

“一共三只反刺雪冰啊，好厉害！”

这支六个人的小团队，很快就出现在凤舞面前。

“凤舞？”队伍中有一个人认出了凤舞，惊呼出声。

“你认识我？”凤舞瞥了她一眼。

那位女生气得差点倒仰：“我是霍茵啊！”少女冲凤舞大声嚷嚷。

“霍茵？”凤舞看着少女，皱眉，“霍茵是谁？”

少女气得差点吐血，周围的人全都不解地望着霍茵。

因为大家被传送进傲世雪原的时候，所有人都被打乱了，彼此熟悉的人几乎都被分开了，所以眼前这支六人小队，也是临时走到一起的。

一路上，霍茵就跟大家各种讲，自己见过凤舞，这是个怎么假怎么虚伪的人，大家都听得一脸震惊。原来凤舞是那样的凤舞啊！

现在，霍茵见到凤舞，凤舞却说不认识霍茵？一时间，大家都用一种怪异的目光看着霍茵。

霍茵急了：“凤舞，你怎么会不认识我？我们见过面的啊！”

凤舞不解地看了她一眼，霍茵急声道：“在墨雅斋的时候，你和叶雅菲……我是叶雅菲的朋友啊！还有天下楼，你想起来没有？我们真见过面的！”

凤舞哦了一声：“没印象。”

其他人都看着霍茵。之前她黑凤舞黑得那么厉害，结果对方轻飘飘来了一句没见过、没印象……霍茵气得直跳脚，可人家对她没印象，她也不能怎么样。

忽然，霍茵眼眸一动：“这反刺冰兽是谁杀的？谁这么厉害？那位高手人呢？”

大家都望着凤舞，毕竟他们来的时候，只有凤舞一个人在。

凤舞淡然道：“哦，远在天边，近在眼前啊。”

“什么？”霍茵身边一位叫方雪雨的少女惊呼一声，“你？”

凤舞点点头。

霍茵冷笑一声：“如果是你杀的，为什么你额头上的星星没有点亮？”

方雪雨一行人全都用怀疑的目光望着凤舞。

凤舞："……我也想知道啊。"

霍茵冷笑一声："你还真是会给自己脸上贴金，你身上有一点灵力吗？你杀得了反刺冰兽吗？你知不知道，这三只反刺冰兽是什么等级？

"这两只大型的反刺冰兽，身上散发的灵气，至少是灵宗中阶！

"还有这只小型的反刺冰兽，如果没猜错的话，它的实力是灵宗初阶，至少是灵宗三星实力！"

霍茵用一种嘲讽的目光望着凤舞："你居然有脸说，这三只灵宗魔兽都是你杀的？

"凤舞，你怎么这么不要……"

霍茵话还没说完，凤舞就淡淡一笑："你是什么实力？"

"灵宗一星！虽然不是很强，但至少比你强——"然而，霍茵的话还没说完，凤舞一抬手，直接一巴掌抽她脸上。啪！巴掌声又重又响。

在场的人，全都惊奇地瞪着凤舞。霍茵更是被打蒙了，一时没反应过来。

凤舞淡淡一笑："灵宗一星是吗？不过如此。"

抽了霍茵一巴掌后，凤舞扬长而去。

霍茵："凤舞，你给我站住！你快给我站住！"然而，凤舞早已消失在原地，连个小黑点都看不见了。这速度……这么快？

大家都齐齐望着霍茵。

方雪雨更是用一种质疑的目光看着霍茵："你不是说凤舞一点修为都没有吗？"

霍茵气得跳脚："她本来就一点修为都没有啊！"

方雪雨："如果她真的一点修为都没有，为什么能抽了灵宗境一星的你一巴掌？"

另一位少女祝晴，也用怪异的目光看着霍茵："而且她抽了你之后，你连追都追不上啊！"

"你们——你们这是在质疑我的话了？"霍茵气坏了，"你们知不知道，我可是跟沐郡主关系很好的！"

沐郡主？方雪雨和祝晴对视一眼。她们都是从下面的省份来帝都参加考核的，在帝都没有根基，听霍茵说着跟这个认识、跟那个关系好，这个小团队顿时就将霍茵捧上了核心位置。

方雪雨："你指的沐郡主，该不会是沐瑶瑶郡主吧？"

"那是自然！"霍茵得意扬扬，"沐郡主本来身份就够高了，现在我们帝国学院的代理院长可是方阁老，沐郡主的身份更是水涨船高了。等我们进入帝国学院之后，这其中的好处，你们就懂了。"

方雪雨几个也不是无知少女，自然懂。如果抱上沐瑶瑶的大腿，她们这些人生地不熟的新生，在帝国学院里就不会被人欺负了。

想到这儿，大家又继续捧霍茵而唾骂凤舞。

霍茵顿时又变得得意起来。

“只不过，这三只反刺冰兽，到底是谁杀的呢？”方雪雨好奇地问。

“必然不是凤舞了，她额头上可是一颗星都没有亮呢。”

“那会是谁？”

……

大家都好奇地议论纷纷。

然而，不管他们怎么议论，都猜不出谜底。

凤舞从这支队伍离开之后，就钻进雾凇林深处的雪坑中。刚才跟反刺冰兽一战，凤舞身体经历过一场震动后，需要调理一下，并且，她想知道为什么她身上的灵气会莫名其妙地消失。

将灵力运行一个周期后，就在凤舞准备晋升到灵宗境六星的时候，突然心头一惊——好不容易凝聚起来的灵力，竟然以一种难以置信的速度流失了！

“怎么可能？我的灵力怎么可能消失？”

刚才杀反刺冰兽获得的灵气消失也就罢了，现在连她自己修炼出来的灵气也消失了，这是怎么回事？凤舞眼中浮现一抹惊疑之色，她反反复复地检查自己的身体，可是不管怎么检查，她都不觉得自己身体有毛病啊。

就在这时，呼噜噜，呼噜噜……凤舞听到了一阵鼾声。

这是……她从怀里拎出一只巴掌大的小东西。

凤土土？她家小虎崽？凤舞惊奇地发现，这只小虎崽睡得香甜，而且它身上的皮毛正一点点地吸收着灵气。

吸收灵气？凤舞顿时就震惊了，她身上的灵气，不会是被凤土土给吸收了吧？带着这个疑惑，凤舞将凤土土翻过身来，手掌覆在他那圆鼓鼓的小肚皮上，一股灵气渗透进去。熟悉的灵气，相融的灵力……不是从它身上流转过去的，又能是从哪里来的？

凤舞恍然大悟，戳戳凤土土的额头：“我说灵气怎么没了，原来是你这只小家伙干的啊！”

怎么办？凤舞也不知道怎么办。不过，她能清晰地感觉到，随着灵气的充盈，小家伙的实力也在不断增加。

“便宜你了。”凤舞苦笑一声，“你这个小家伙，灵气总有填满的时候吧？”

等小家伙的灵气填满之后就能轮到她自己晋升了吧？带着这个想法，凤舞将凤土土往怀里一塞，出了雪坑继续上路。

这次机会太难得了，有方阁老保驾护航，别人看不到她的表现。再加上周边没有其他同学，所以她可以尽情地拿傲世雪原里的魔兽练手。她最近晋升很快，却没有什么实际对战的经验，早已经手痒了。

嘀嘀嘀——凤舞额头上的发带，发出一道轻微的鸣叫声。然后，凤舞就惊奇地发现，脑海里浮现出一张地图，地图上有很多小红点点，密密麻麻的，看人数有上千人。凤舞一看就知道，这些小红点点，就是参加考核的学生。

就在这时，地图上浮现一段文字：遇到生命危险时，可选择按下求救按钮，一旦按下，就会被强制送出考核地图，同时也意味着考核失败，请考生谨慎使用。

此刻，不仅是凤舞，每一个考生脑海里都有这样一幅地图和一段说明性的文字。

凤舞往那密密麻麻的小红点上一扫——

进来的考生有一千名，而现在，地图上的小红点只有九百五十个了。也就是说，这么短短半个时辰不到，就有五十名考生放弃了考核。

“这次考核，太难太难了。”

偌大的广场上，一个考生选择了放弃之后，被传送阵弹出来，倒在广场上。他全身都是鲜血，脑袋上更是破了一个窟窿，右边耳朵都少了一半，看上去触目惊心。帝国学院的护卫立即将那位考生扛上担架，转眼间就给带走了。

一时间，广场上一阵寂静……

“如果没看错的话，这位考生应该是赵天泽吧？”

“你认识？”

“我认识他，他不认识我。赵天泽是天泽行省省主的儿子，以天泽行省第一名的成绩过来考的，没想到这么快就被淘汰了。”

“这次考核也太难了吧？天泽行省省主的儿子，这么容易就被淘汰了。”

“那是啊，这可是傲世雪原，七大考核地中最难的一个！”

“只能说，这个赵天泽运气不太好，听说他被传送进去的时候，直接砸进了三环区域，一爬起来就对上灵宗三星的魔兽，还没反应过来，就被拍得晕晕乎乎了。”

“三环区域？三环区域那可是灵宗初阶魔兽的地域，如果没记错的话，以前三环区域，就是最高地域了，二环和一环区域，整个是关闭起来的，只有帝国学院二年级以上的学生才能踏足。”

“是啊，那赵天泽的运气真是好差好差……”

就在他们议论纷纷的时候，又不断有考生被弹射出来。

而且，他们有的是在四环区域，有的是在三环区域。

“这傲世雪原的考核地图，魔兽实力到底是怎么分布的啊？”看着这些鲜血淋漓的考生，不了解的人都在疑惑地询问。

然后就有人告诉他们："其实很简单啊，最外环是五环，一般考生，只要运气不会太差的考生，一开始就会被投放到五环，这里的魔兽，最低是灵师九星，最高也不过是灵宗一星；四环的话，魔兽的等级至少是灵宗一星，最高不会超过灵宗三星；三环的话，魔兽的等级至少是灵宗三星，最高不会超过灵宗五星；以此类推……"

"当然到了一环二环，因为不对外开放，所以只有帝国学院内部高层才会知道。"

"赵天泽运气好差，一开始就被投放到三环，这些考生中，大概就他运气最差吧？"

"应该就是了。"

"凤舞到现在都还没有出来呢，本来我还以为，第一个出来的人会是她呢。"

"大概她的运气比较好，一开始就投放到最外围的五环了吧？"

"我猜大概是这样。"

"如果在五环的话，猎杀的魔兽灵气是很少的，那她这次肯定就通不过考核了。"

"本来也不会有人对她通过这次考核抱有期望啊。"

然而，他们并不知道，凤舞一开始就掉进了二环区域，直接遇到的就是灵宗五星的反刺冰兽一家。如果他们知道，怕是都要震惊坏了。

凤舞看了下自己脑海里的地图，确定了自己所处的位置。居然是二环……凤舞苦笑一声，难怪一开始就遇到了那么厉害的魔兽一家。

看到大部分考生都分布在三环和四环，凤舞想到了朝歌。这破孩子脾气那么直接，脑子又简单，不知道会不会被人坑。若是遇到沐瑶瑶她们……

凤舞摇摇头，决定先去三环逛逛。三环的魔兽都在三星到五星级别，对于她来说，这些魔兽她能很好地应付。

因为有了地图上的小红点做提示，所以凤舞每次都能找到那些新生，又巧妙地不被他们发现。

凤舞在三环区域逛了一圈，遇到的考生团队有三支，他们都团结起来，一起组队打魔兽。三五个人一起，倒也能跟一只三星魔兽打得难分难解。

凤舞看到他们中没有朝歌，就会在地图上将他们的名字标记一下。

把整个三环逛了一圈，凤舞也没发现朝歌的身影。难道这孩子直接进了四环？四环的魔兽，实力都是灵宗境一星到三星的，以朝歌灵宗境一星的实力，倒是勉强可以应付。

三环找不到，凤舞又跑到四环去找。

标记……标记……标记……

凤舞的速度很快，皑皑白雪中，她又身穿一件雪白的裙子，外罩一件白狐绲边的小凤鳖，看起来玲珑有致又气派华贵。白色衣袍，再加上她速度奇快，宛若闪电般掠过，所以几乎没有学生能捕捉到她的踪迹。

等她再次出现时，已经置身于四环区域了。

“你们想怎么样？”前方传来一道熟悉的声音。

朝歌愤怒地瞪着温灵：“这只烟云菊花豹是我猎杀的，你们居然在最后一刻跑出来抢功，并且把灵气吸走了，你们太卑鄙了！”

“哈哈哈……”温灵冷笑一声，“段朝歌，明明是我们将这只烟云菊花豹打得快死了，结果你跑出来抢，抢不过我们，你居然还恶人先告状！”

朝歌只有一个人，但是温灵身边却有好几个同伴。

温灵运气好，跟柳浩和牧青都会合了。他们三个人联手，而朝歌孤身一人，所以此刻的朝歌明显处于下风。朝歌虽然实力不如人，却不会向恶势力低头。

朝歌道：“你，你才恶人先告状呢！”

温灵得意扬扬：“明明是你恶人先告状！”

朝歌气得直接冲过去：“该是我的东西，我绝不会让！把烟云菊花豹的灵气给我吐出来！”

“要打架是吧？很好！”温灵冷笑一声，对她身后的小伙伴说，“段朝歌跟凤舞是一伙的，我们雅菲老大最讨厌的就是凤舞，如果将她拿下，献给沐郡主，这不就是最好的投名状吗？”

“简直不能再对了！”

温灵身后的柳浩和牧青全都眼前一亮，三人呈三角形将朝歌围拢起来。

砰砰砰！一场战斗就这样开始了，茫茫雪原上，段朝歌以一敌三，一开始，双方还能战成平局，但是随着时间的过去，朝歌渐渐体力不支。

“哈哈哈，段朝歌，这一次你死定了！”温灵眸中浮现一抹狰狞之色，她一拳头砸向朝歌胸口。

因为柳浩和牧青一左一右抓住了朝歌的手臂，所以朝歌动弹不得，只能硬生生承受温灵的攻击。一记拳头，砸得朝歌胸口一阵闷疼。

朝歌对温灵怒目而视，可惜朝歌实力才恢复没多久，就遇到了考试，所以比不上温灵几个的联手是正常的。只要给她时间，很快她就能超越她们。她输在了时间上。

“段朝歌，”温灵嘲弄地盯着段朝歌，“你只要骂一句凤舞是个贱人，我们就放过你！”

好有心机的温灵！因为这么多人中，凤舞唯独跟朝歌好，如果连朝歌都背叛凤舞的话，那对凤舞来说是一场毁灭性的打击。

“说啊！”温灵捏住朝歌的下巴，目光中带着深深的嘲讽，直接一拳头朝她腹部砸去，“快说！”

“喀喀喀……”好痛！

温灵的实力，至少也是灵宗一星，所以在她用尽全力的一拳头过后，朝歌顿时喷出一口鲜血。

“快说！”温灵瞪着朝歌，可是朝歌却冷笑一声，无比坚定地说：“就算你杀了我，我也不会背叛小舞！你杀我啊！你来杀我啊！”

“你以为我不敢杀你是吧？”温灵冷笑一声，随即手心一转，一柄匕首出现在她的手中。

锋利的匕首在阳光下泛着森冷的寒光。

温灵手中握着匕首，对准朝歌的咽喉：“说！不然杀了你！”

朝歌冷笑一声：“你个贱人！叶雅菲是贱人！沐瑶瑶是贱人！”

温灵气得面色煞白。

“你们这是在干什么？”一道冰冷的声音从不远处响起，温灵一回头，吓得手中的匕首都握不住了，因为来者不是别人，正是沐瑶瑶。

而此刻沐瑶瑶身边跟着的，正是姚家兄妹。

“你在逼她骂我？”沐瑶瑶第一个没有盯着朝歌，反而盯着温灵。

温灵吓得全身战抖，差点就跪下了。

“郡主，不是这样的，不是的！”温灵急急解释，“她是段朝歌，我想逼她骂凤舞，可没想到她骨头这么硬，竟然反过来骂您，是我没用……”温灵说到后来，直接给沐瑶瑶跪下了，低垂着脑袋，惊惧不已。

沐瑶瑶本就是身份尊贵的郡主，现在她外祖父又是帝国学院的院长，她怎么敢得罪。

沐瑶瑶双手背在身后，那嘲讽的目光从温灵身后转移到朝歌身上。

“哟，段朝歌，是你啊。”轻飘飘的话，却蕴含着无尽的嘲讽。

朝歌对她怒目而视。

沐瑶瑶似笑非笑：“温灵的话，就是我要说的——”

沐瑶瑶手中的鞭子卷成一个环，抬着朝歌的下巴，嘲弄地说：“只要你说一句凤舞是贱人，就放过你，否则——”

沐瑶瑶一个否则还没说完，朝歌直接呸了她一脸口水。沐瑶瑶恶心得差点吐出来，她指着朝歌怒骂一声：“打！给我狠狠地打！打死她！”沐瑶瑶将鞭子丢给她身后的姚颖。

姚颖是沐瑶瑶最忠实的跟班，整个姚家都依附于沐王府。她接过沐瑶瑶的鞭子，啪的一声响，鞭子狠狠抽到朝歌脸上。

朝歌已经瘦下来了，现在的她只有九十多斤，已经恢复了原本小美女的形象。这一鞭子抽在她脸上，那白皙美艳的面容上，顿时浮上一条深深的血痕。

“抽！继续抽！抽死她！”沐瑶瑶只要一想到自己被她啐了一口唾沫，就恶心得想吐。从小到大，她一直都是娇生惯养出来的，何曾遇到过这么恶心的事？这将成为她一辈子的阴影。

“你说不说！你骂不骂！”姚颖一边面目狰狞地瞪着朝歌，一边催促着她。

朝歌嘲弄地盯着她们，咬紧牙关，却连哼都不哼。要她背叛小舞，除非她死！

就在朝歌被鞭子抽得鲜血淋漓、疼得冷汗淋漓时，凤舞终于找了过来。她看到的第一眼，就是朝歌双手被人抓住，而一道道的鞭子在朝歌身上落下，旁边还有人恶狠狠地说：“狠狠地打！给我打死她！”

一时间，凤舞只觉得一股热血直冲脑际。砰！凤舞冲上去，直接一脚踹向姚颖，姚颖的身子瞬间倒飞出去。

还没等他们看清楚凤舞的身影，凤舞已经连续出手，柳浩和牧青直接被凤舞拍飞了。这两个人只觉得眼前一阵恍惚，还没等反应过来，身子已经被抛在半空，然后重重砸落在地，直接砸出一个深坑，将他们给埋进去了。

在场的人，还剩下三个。一个是温灵，一个是姚皓，还有一个是沐瑶瑶。此刻，这三个人都用看鬼一样的目光死死瞪着凤舞。凤舞单手扶着朝歌，看着她此刻的模样，凤舞眼眶通红，眼泪差点流出来。

“朝歌？朝歌？”凤舞扶着朝歌，声音中压抑着深深的怒意。

朝歌原本已经快昏迷了，被凤舞这么一喊，她睁开了迷蒙的双眼。

凤舞扶着朝歌，看着她摇摇欲坠的身影，一时间怒气直涌胸腔。她来不及多想，直接将一颗丹药往朝歌口中塞去。

“小舞——”

“不要说话，将丹药吞下后，运行灵气修复身体。”凤舞扶着朝歌在原地坐下。

照顾好朝歌后，凤舞终于腾出手来对付眼前这一群人。凤舞那犀利如刀的目光射向沐瑶瑶。

“你，你想怎么样？”沐瑶瑶死死盯着凤舞，在她那冷厉的目光下，下意识地后退了一步。

后退？在意识到自己做了什么之后，沐瑶瑶咬牙上前一步。

“你，你……”沐瑶瑶瞪着凤舞。

凤舞一步一步往前走，目光自始至终都盯着她。

"你，你想怎么样？"沐瑶瑶咬牙瞪着凤舞，"你以为我会怕你不成！"

姚皓挡在沐瑶瑶面前："凤舞，你给我站住！"

凤舞目光盯着他。

"你以为你是谁，竟敢逼迫郡主，信不信我杀了你！"

姚皓的实力不弱，灵宗二星呢。

可是，凤舞一抬手，一只彩凤鸟从凤舞身体里飞出来，朝姚皓冲去。彩凤鸟在吸收完异火珠之后，终于可以飞出来了。原本它的身子只有巴掌大，但是这一刻，它的身子瞬间变大，宛若巨鹰一般。

"呼——"巨鹰对准姚皓的胸膛喷出火焰，姚皓一时不察，被烈焰喷中。

"啊！"姚皓口中发出一道尖锐而凄惨的痛呼声，他胸前的衣衫被焚烧，火焰直入肉中。姚皓痛得眼泪都出来了，他反应很快，身体直接往前扑去，在雪堆里打滚。他以为这一扑就能将火焰扑灭，然而并没有。彩凤鸟的火焰，可是从君临渊那里抽来的异火。异火岂是那么容易扑灭的？

"啊……"姚皓不断在地上打滚，不断拍打着自己的胸膛，但是火焰反而越来越多，往四处蔓延开去。

好可怕的鸟！凤舞从哪里找来这么厉害的帮手？

温灵知道，沐瑶瑶的实力还不如姚皓呢，姚皓一个照面就被整成这样，那沐瑶瑶肯定也保护不了自己。想到自己刚才那么欺负段朝歌，温灵胆战心惊，转身就跑，惹不起她还躲不起吗？可她才刚刚转身，凤舞那犀利的目光就盯着她的背影，发出阴恻恻的冷笑："温灵，你能跑到哪儿去？"

事实上，凤舞的记忆力那么好，她怎么可能不记得霍茵和温灵的名字？刚才她说记不得霍茵，只是故意让她难堪罢了。

凤舞冷笑一声，瞥了彩凤鸟一眼。彩凤鸟和凤舞心意相通，凤舞一个眼神，彩凤鸟便心领神会。嗖！彩凤鸟以极快的速度朝温灵冲去，橙红色的火焰从它口中喷薄而出，射向温灵后背。

"啊——"温灵瞬间被一团烈焰包围。

"救命啊！救命啊！沐郡主救命啊！"这一瞬间，她意识到死亡的恐惧。她学着姚皓，在雪地里翻滚着、哭喊着、求救着，可是根本没用。那团火焰就像有生命一样，怎么都熄灭不了，而且还变本加厉地蔓延，渗透进肌肤之中。

温灵悔得肠子都青了，她为什么要欺负朝歌……究竟是为什么？可是，这世上没有后悔药可以买。

凤舞盯着沐瑶瑶，嘴角勾起一抹冷笑："沐郡主，现在终于轮到你了。"

沐瑶瑶亲眼看到姚皓被火焰整得凄惨无比，亲眼看到温灵命在旦夕，哪儿敢骄傲，她的实力还不如姚皓呢。

“凤、凤舞，我警告你！”沐瑶瑶一边放狠话一边往后退，“我可是郡主，帝国堂堂的郡主！”

凤舞嘴角微微勾起：“郡主很了不起吗？”如果不出意外的话，她很快也是郡主了呢！

“你敢杀我？”

“为什么不敢？”

“如果你杀了我，你会死的，你全家都会死的！”

“哦？我好怕哦。”

“凤舞，你给我站住！你，你别过来！”

凤舞嘴角勾起一抹冷笑：“你们在伤害朝歌的时候，为什么不多想想现在？”

凤舞手中多了一根鞭子，啪地抽向沐瑶瑶。凤舞的手劲何其大，这一抽，直接将她抽得摔向半空中。

“啊——”沐瑶瑶发出一声惊恐的尖叫。

而且，在彩凤鸟的逼视下，她根本反抗不了。沐瑶瑶砸落在地，在地上砸出一个很大的坑。沐瑶瑶愤怒地瞪着凤舞，她不知道凤舞从哪里找来那么厉害的鸟，可是她知道，在绝对的实力面前，她根本反抗不了。

跑！沐瑶瑶丢出一个“逃”字诀，嗖的一声，身形消失在原地。

竟然跑了！凤舞眉头紧皱。沐瑶瑶刚才撕裂的是什么东西？她是怎么跑掉的？

这时候，姚皓和温灵已经被火焰烧得奄奄一息，凤舞一挥手，一道白光闪过，姚皓和温灵身上的火焰便消失了。

“呜呜呜……”温灵痛得直哭，眼泪滚滚而落，大口大口喘息。有那么一瞬间，她以为自己死定了。

姚皓也躺在雪地里，只觉得眼前一阵阵眩晕，痛得快晕过去了。

“沐瑶瑶刚才用了什么？”凤舞逼问姚皓。

姚皓本来不肯说，但是彩凤鸟嘴巴刚张开，火焰还没喷出来，姚皓的眼泪都快掉下来了：“我说我说，我说！”

凤舞冷笑地盯着他。

“那是一个空间卷轴。”姚皓深吸一口气，“沐家有一位非常厉害的空间强者，他给沐郡主制作了空间卷轴，在关键时刻可以空间瞬移。”

“沐瑶瑶手里有几个？”

“几个？”姚皓苦笑，“凤姑娘，空间卷轴相当于一条命，市面上昂贵极了，基本上是有价无市。沐郡主手里这张空间卷轴就是保命用的，沐王爷特地去跟那位超级强者求来的，再多就没有了。”

凤舞冷笑一声，既然沐瑶瑶只有一张空间卷轴，看她下次还怎么跑！

就在这时，天地间竟然爆发出嗡嗡嗡的声音，所有的轰鸣声最后都汇聚到朝歌头顶。一时间，所有人的目光都望向朝歌，凤舞眸中也浮现一抹讶异。

姚皓更是惊得眼珠子都快掉出来了：“段朝歌她……她……她居然……”

凤舞紧紧盯着朝歌，看着她的身体疯狂地吸收着周围的灵气。可是，灵气并不够！凤舞心中一动，抬手间，一道道人影都向朝歌飞去——温灵、姚皓、姚颖、柳浩、牧青。他们身体里的灵气无法摄取，可是，他们每个人的发带上都至少有两颗亮星。

没人知道凤舞是如何做的，但是下一刻，温灵发带上的亮星已经黯淡下去，接着是姚皓、姚颖、柳浩和牧青。他们狩猎吸收的灵气和打劫同学吸收的灵气，此刻已经全被朝歌吸收了。

“不——”意识到凤舞在做的事情后，姚皓几个真想反抗，可是他们根本反抗不了。

谁会想到凤舞身边会跟着一只那么恐怖的彩凤鸟？这只鸟，除了喷火就是喷火，而且那火焰还跟平常的火焰不一样，根本灭不了，分明就是罕见的异火。

“呼——”朝歌缓缓吐出一口浊气，最后，她睁开眼睛。那双眼睛就像被碧海洗涤过一样，干净澄澈，漂亮清润，灵气充盈。

“小舞，我晋升了？”朝歌有些难以置信地看着自己的双手。前一刻，她还以为自己死定了呢，没想到反转来得这么快，只一瞬间，她就晋升了。

凤舞眼中含着一抹笑意：“现在什么实力？”

“灵宗二星！”朝歌眼中笑意盈盈。

最近这段时间，朝歌的实力可以用突飞猛进来形容。和凤舞相见之前，她才五星实力，但是现在的她，居然一路暴涨到灵宗二星，以这个速度晋升下去……

凤舞笑得很开心。

朝歌晋升之后，身体已经完全修复，残破的肌肤也完好如初。朝歌教训了姚皓他们一顿，温灵吓得直接给朝歌跪下了，苦苦哀求：“不要杀我，不要杀我！我错了，我错了……”

朝歌冷笑：“我不会杀你，但也绝对不会让你好过！”说罢，朝歌手中的匕首，在她脸上划下一道深可见骨的伤口。

“啊——”温灵惨叫一声，吓得晕倒在地。

旁边的几个人，特别是同样身为女孩子的姚颖，此刻吓得捂住了自己的脸。

朝歌毁了温灵的容貌！那么深的伤口……能听到匕首划过骨骼时发出的哧哧

声！这是治不好了，绝对是治不好了！

姚颖转身就要跑，可是朝歌怎么可能放过她？现在的她已经是二星灵宗境，在场的人，除了凤舞没人是她的对手。朝歌一挥手，直接将姚颖拎在手中，就像老鹰抓小鸡一样。

哧哧——又是一道深深的划痕。

姚皓一群人瞪着朝歌，全都敢怒不敢言。朝歌冷笑："我知道，毁容对你们男生来说不算什么，只不过，这一刀下去，对于你们来说，会是磨灭不了的耻辱记忆！"

咔嚓！又是一刀！

咔嚓！咔嚓！在场的人，有一个算一个，全都被朝歌划过深深的一刀，这一刀不仅在他们脸上留下了永不磨灭的伤痕，同时也在他们心里留下了深深的烙印。

处理完这几个人之后，凤舞和朝歌继续上路了。

朝歌紧紧拉住凤舞，可怜兮兮地瞅着她："小舞，幸好你及时赶到，不然我就凶多吉少了。"

凤舞没好气地拍拍朝歌的脑袋："哪儿来那么多凶多吉少？她们就算要对你下杀手，也必然会当着我的面。"

这样才能彻底激怒凤舞，让她做出冲动的事，从而名正言顺地将她消灭。

沐瑶瑶的目标，从来都是凤舞。

"小舞，那我们现在去哪里？"朝歌问。

有凤舞在，她从来都不动脑子，只要跟着凤舞就好了。

"首先找到沐瑶瑶报仇，其次吸收灵气点亮七颗星辰，而最重要的，就是找到极寒冰魄。"

"极寒冰魄？"朝歌一脸茫然，那是什么。

"我还没跟你说过这件事？"凤舞一拍脑袋。

"没有啊，第一次听说。"

凤舞："隔壁方阁老家要建一个修炼的灵阵，需要极寒冰魄做阵眼。"

朝歌望着凤舞："这么巧，我们考核的地图里就有极寒冰魄？"

凤舞看着她笑。

"我明白了！"朝歌一拍大腿，"是你跟方阁老说，要开启这个有极寒冰魄的地图的，对不对？"

凤舞摊手："那时候方老爷子还不是副院长呢。不过，开启这个傲世雪原地图，还真是我提议的。"

"小舞，你好厉害！"段朝歌惊奇极了，转而又得意地说，"之前我还听到有考生在骂呢，怎么就开启了这么困难的地图？如果他们知道是你——”

“嘘——”凤舞做了一个噤声的手势。

朝歌捂住嘴巴，不解地望着凤舞。

可是她最大的优点就是听话。

凤舞拉着她坐在雪堆的背风处。雪堆像高高的墙垣，凤舞她们坐在里面，从外面经过的人一点都没有察觉。

墙垣正面传来一阵谈话声。

“你们听说了吗？”

“什么？”

“听说我们这次出了一位很厉害的强者，他一出场就是在二环呢！”

“哇！二环？那里的魔兽最弱也是灵宗五星吧！”

“是的，听说他一出手就杀了三只反刺冰兽呢！”

“他到底是谁啊？这么强大的实力，得是新生中的第一名吧？”

“有人猜测说他是御冥夜。”

“就是那个传说中的黑暗圣子御冥夜？如果是他的话，那就毫不意外了，因为他的实力已经超过灵宗境了，所以灵宗之下无敌手。”

“可有人说不是，因为这位御圣子进入傲世雪原后，直接往最中央的核心区域去了。”

“不是御圣子？”

“应该不是。”

“除了他，还有谁？”

“这次他们评出来，除了御圣子之外，还有三大强者，他们分别是，安远行省的宁辰溪，轩辕家的轩辕弈，还有公孙晴。”

“公孙晴？原来我们的公孙三小姐，是三大强者之一啊！”

公孙三小姐在现场？凤舞和朝歌对视一眼，她们还真没听说过这位公孙三小姐的消息，但这群人显然都知道。

公孙晴那边的人得意地说：“是的，这位就是我们的公孙三小姐。”

一时间，各种赞美和恭维不绝于耳。

公孙晴那边的人不多，除了公孙晴，还有一男一女，分别是师荀和师萱兄妹。

师荀和师萱得意地一挑眉，他们才是公孙晴真正的嫡系，看到公孙晴被追捧，他们与有荣焉。

公孙晴冷艳高贵地瞥了他们一眼，只淡淡嗯了一声，继续打坐修炼。

很快，陶双他们和师家兄妹就聊起来了。

师荀问：“对了，你们还记得文试第一的凤舞吗？说不定她会是这次考试的一匹黑马呢。”

“哈哈哈……”陶双他们顿时哄堂大笑。

师荀皱眉：“你们笑什么？”

陶双：“你们不在帝都，大概还不知道，那位凤舞的修为彻底废了。”

“难道这么多年都没有恢复吗？”

“废掉的修为怎么可能恢复？凤舞这辈子注定了是个废物，可她不甘心，非要参加这次考核，你们说，她是不是自取其辱？”

“就是啊，凤舞脑子好使，文试考第一无可厚非，但是武试就不行了。”

“她毫无灵力，偏偏遇到了最难的考核地图——傲世雪原。我们还可以运起灵力来抵御寒冷，但是凤舞她，怕是抵御不住这样的寒冷吧？”

“所以，七天之后，她连走出傲世雪原都很难吧？”

在场的人议论纷纷，朝歌恨不得冲出去，将这些在背后说凤舞坏话的人全给打趴下。

凤舞拉住她，笑着摇头：“谁人背后不说人，谁人背后无人说？这有什么？”

而且她是故意隐瞒实力来扮猪吃老虎的，被人说两句不痛不痒，她毫不在意。

朝歌最听凤舞的话了，再生气也得咬牙忍着。

“凤舞啊凤舞，我还以为有机会与你一战，没想到你却成了废物，现在的我，一脚就能将你踩死！”公孙晴嘴角勾起一抹冷笑。

大家都怔怔地望着公孙晴，公孙晴傲慢极了，高冷得宛若公主。

“是吗？”墙垣后面发出一道幽幽的叹息。

“谁？”公孙晴眸中浮现一抹震惊之色。有人藏在墙后，她居然直到对方发出声音才知道！

公孙晴挥出一道掌风，厚厚的雪墙对着凤舞砸去。凤舞冷笑一声，并没有出手，但是彩凤鸟却张口喷出一团烈火。一道火光朝着公孙晴袭去，在场之人全都大惊失色。

“这是什么鸟？”没有人注意到凤舞和朝歌，他们的注意力都在彩凤鸟身上。

彩凤鸟的注意力，却集中在公孙晴身上。彩凤鸟虽然傲气又毒舌，还不承认自己是凤舞的坐骑，可是听到别人说凤舞的坏话，它还是忍无可忍。主人可是说了，让它保护笨蛋凤小舞的，现在却有人欺负她，简直没将它彩凤大人放在眼里。

“狂妄无知的人类，去死吧！”

彩凤鸟越是愤怒，火焰的杀伤力就越大。

无数团火焰对准公孙晴暴射而去。公孙晴不愧是公孙晴，她能被人称为考生中的三大强者之一，不是没有道理。她就是冰属性的，在这冰天雪地里拥有得天独厚的优势。面对彩凤鸟的进攻，她调动冰元素在周身形成厚实的冰墙，火焰怎么都攻不破她的防御。

双方僵持不下，一时难分胜负。彩凤鸟急了，不断进攻。公孙晴的冰墙渐渐融化，而彩凤鸟也因为灵力透支而火势减弱。

凤舞拍拍彩凤鸟的翅膀："小家伙，快停下。"

"不！"彩凤鸟气鼓鼓地摇头，瞪着公孙晴冷哼一声，"我家凤小舞虽然又笨又蠢，可那也是我家的，不许任何人欺负！"

这小家伙……凤舞苦笑不已。

凤小舞？凤舞？在场之人听到这个名字，全都难以置信地望着凤舞。

"你就是凤舞？"陶双惊呼一声。

"她真是凤舞，那天她和沐郡主打赌的时候，我亲眼见过，没错，就是她！"

尹伊这话一出，四周顿时寂静无声。刚才她们说了凤舞那么多坏话，人家竟坐在雪墙后面听了个完完整整，好丢人啊！

公孙晴恼羞成怒地瞪着凤舞："刚才那番话，你都听见了？"

凤舞用看白痴一样的目光看着她："你觉得呢？"

"即使听见别人骂你，你也无力反驳，因为我们说的都是事实，你就是个废物！"公孙晴讥笑地盯着凤舞，一副高高在上的姿态。

"我们有仇吗？"凤舞很好奇。

"你居然不记得我了？"公孙晴气急败坏。

凤舞不解地问："我为什么要记得你？"

公孙晴瞪大眼睛："你你你……五年前，荷花池畔的那个小女孩，难道你都忘了？"

五年前，荷花池畔？这一提醒，凤舞还真有那么一点印象。

"那个欺负我家小七，被我一脚踹进荷花池的小女孩？"凤舞歪着脑袋看着公孙晴，"当年那个圆滚滚、胖乎乎的小肉球是你？"

圆滚滚胖乎乎的小肉球？公孙晴差点喷血。现在她可是公认的美女，别人眼中的女神，可是在凤舞口中，她居然是个小肉球！

凤舞拍着公孙晴那纤细的肩头："喂，小肉球，我跟你说，你再这样下去会没朋友的，你知道吗？"

"谁跟你是朋友！"公孙晴怒视凤舞。

就在这时，凤舞一抬手，彩凤鸟再次喷射火焰。除了公孙晴，其他人都被打了个猝不及防。

“你们干什么？！”公孙晴怒了，气得一甩手就要去帮忙。可是让公孙晴震惊的是，她居然甩不开凤舞的手。

“这怎么可能？”公孙晴有些难以置信地望着凤舞。

公孙晴的同伴根本不是朝歌和彩凤鸟的对手，不一会儿就被打倒在地，哀号不止。朝歌看了凤舞一眼，见凤舞点点头，朝歌的眼睛顿时亮了。她抓起师萱，直接将她发带上的灵气吸走，然后是师荀、陶双……除了公孙晴，其他人发带上的灵气全都被朝歌吸尽。

“你——”公孙晴正想说话，凤舞一记手刀从她的颈动脉处劈过。公孙晴眼前一黑，晕倒在地。凤舞直接将她发带上的灵气吸收一空。

“小舞，为什么你吸收了灵气，星辰还是不亮啊？”段朝歌不解地望着凤舞的发带。

凤舞愁苦着一张脸。她也想点亮发带上的星辰啊，她也想用灵气来修炼啊。可是她的灵气全被小虎崽吸收了，她也无计可施。

可怜公孙晴这几位，因为在背后说凤舞的坏话，所以灵气全都被抢走了。

“光抢他们的灵气还不够，我还没消气呢！”朝歌气得跺脚。

凤舞看了她一眼：“那就等他们点亮七颗星时再来收一轮！”

“这个主意好！”朝歌立刻欢呼起来。

现在朝歌的发带上已经亮了四颗星了，而凤舞的星还是黯淡的灰色。

“对了小舞，我们现在去哪儿？”朝歌问。

凤舞说：“点亮星辰这件事不急，当务之急是找到雪夜冰魄兽，拿到冰魄之心。”

“可是，我们要去哪里找雪夜冰魄兽呢？并且，我们打得过它吗？”

凤舞：“……”

就在这时，突然响起一声怒吼。凤舞心头一震，生出一股不好的预感。

“什么东西？”凤舞和朝歌对视一眼，都往发出怒吼声的方向望去，只见一只雪白的冰火兽追着一个瘦弱的女生朝这边奔来。

“好厉害的魔兽！”朝歌看到那只头上长角、气势雄壮的魔兽，心都提起来了。

看到凤舞，那个女生大声疾呼：“快跑！你们快跑啊！”说着，她竟然换了个方向，将冰火兽带向远离凤舞的地方。

原本凤舞还以为，这位女同学会将冰火兽往她这边带，因为这里人多，一旦冰火兽被吸引了注意力，女生就有可能逃得一劫。没想到在生死关头，这位瘦弱的女生竟然选择了将冰火兽引走……

朝歌看了凤舞一眼，凤舞点点头。

“哪里跑！”朝歌追在冰火兽后面，对着它不断释放技能。

嗖嗖嗖——朝歌手中不断丢出寒冰箭。

寒冰箭一开始没有击中冰火兽，但是随着朝歌加速，寒冰箭开始射中它了。

一支箭，两支箭，三支箭……

寒冰箭射中冰火兽的后背，但是刚一碰到它的表皮，就被火红色的焰火盔甲挡住了，根本伤不了冰火兽半分，因此也没办法招惹冰火兽回头。

就在这时，砰！女生摔倒在雪地里，一时爬不起来了。冰火兽发出一声低吼，吼声中带着得意。追了这么久，猎物终于要入口了。

“吼！”冰火兽纵身扑向女生。

“住手！”就在这千钧一发之际，朝歌赶到了。

彩凤鸟清啸一声，一道火焰从口中喷出，一下子将冰火兽的防御给压住了。

说时迟，那时快，朝歌一连发出七支寒冰箭，射入冰火兽的眉心、眼睛、心脏……

“啊——”冰火兽发出惊天怒吼，转身朝段朝歌扑去。

凤舞半眯起眼眸，不过她并没有出手，她要看清楚这只冰火兽还有什么底牌。

彩凤鸟和朝歌联手跟冰火兽展开激战，火元素和冰元素在四周炸裂。

那个被追杀的女生赶紧朝凤舞跑过去，大声说：“快跑！这只冰火兽太厉害了，你们打不过它！”

凤舞看了她一眼：“你的名字？”

“祝、祝盈君……”

“你怎么招惹到它的？”

“我、我就是不小心……摸走了它的蛋……”祝盈君双手捧着一颗巴掌大的蛋。这颗蛋通体晶莹，泛着淡蓝色的光，看着灵气浓郁。

“为什么不把蛋还回去？”凤舞皱眉。

“是它不要这个蛋的啊。”祝盈君说，“本来有两颗蛋，我试图还回去一颗，可是它看也不看，直接给踩碎了，所以我……”

就在祝盈君说话时，咔嚓！在凤舞怀里沉睡的凤小土，突然一口将蛋给吞了。

冰火兽一看它的蛋没了，眸中顿时爆发出狂怒。

“啊——”原本被彩凤鸟和朝歌压制住的冰火兽，瞬间爆发出疯狂的力量。

砰！朝歌直接被击飞了。

冰火兽随即朝彩凤鸟扑去，速度快如闪电。它张开血盆大口，朝着彩凤鸟深吸一口气，一下就将彩凤鸟吸入口中。

凤舞的身形快若闪电，下一刻已经到了冰火兽身边，双手一上一下钳住冰火兽的嘴巴，用力掰开。冰火兽的力量何等强大，凤舞要强行将它的嘴巴掰开，又需要何等强大的力量？此刻的凤舞，那双纤细的手臂，因为力量透支而不断发抖。

彩凤鸟已经被冰火兽吸入口中，看到冰火兽的嘴巴被强行掰开，它抓住机会奋力脱身，终于在力竭之前爬了出来。眼瞅着到嘴的肥肉就这么跑了，冰火兽气得面目狰狞。它死死盯着凤舞，忽然，身体爆发出一道白光。

不好！凤舞心中一惊，这只冰火兽，竟然从灵宗五星晋升到灵宗六星！

冰火兽脸上浮现一抹冷笑，眸中划过嗜血的杀意："渺小的人类，去死吧！"冰火兽那尖锐的牙齿对着凤舞雪白的颈项咬去，凤舞闪身避开它的攻击。

朝歌力竭，已经倒在地上，彩凤鸟回到凤舞的怀里休息。

那个可怜的女生也被冰火兽一巴掌拍晕了。

冰火兽径直向朝歌走去，凤舞来不及多想，对准冰火兽的后背就是重重一击。

"吼！"冰火兽丢下朝歌，转身就朝凤舞扑去。

凤舞看到冰火兽追来，转身就跑。她必须将冰火兽引走，不然朝歌和祝盈君肯定凶多吉少。况且，这只冰火兽本是存在于二环的魔兽，不应该在三环滥杀无辜。

凤舞引着冰火兽往二环飞奔而去，冰火兽脚底生风，紧追不舍。

冰火兽的速度好快，凤舞一回头，刚才还相距五百米的冰火兽，如今只有两百米了。如果不出意外的话，再过十分钟，凤舞就会被追上。

凤舞抬眼望去，眼前除了雪还是雪，一望无际的雪，让人绝望的雪。不想死有一个办法，那就是按下退出按钮。在按下的一瞬间，身体就会被传送出去。但是——

凤舞脸上浮现一抹苦笑。她和沐瑶瑶打赌了，如果考不上帝国学院，是要把脑袋赔给她的。更何况，她还得给君临渊一个交代，否则星辰碎片怎么办？

凤舞眸中浮现一抹坚毅之色——决不放弃，决不退缩！

"吼——"

身后的冰火兽越来越近。

一百米！

五十米！

三十米！

二十米！

冰火兽用狰狞的目光死死盯着凤舞。这一路上，凤舞试着用对付反刺冰兽的办法来对付冰火兽，可是冰火兽已经开启了灵智，根本骗不了它。体形庞大的冰火兽腾空而起，扑向凤舞身后，那庞大的身躯在半空中投下一片巨大阴影。

突然，从冰火兽身上爆出一条又粗又长的铁索，直接缠住了凤舞的身子。冰火兽一用力，瞬间便把凤舞拽到了面前。

这条铁索，乃是冰火兽额头上的那根黑毛幻化而成。

砰砰砰！冰火兽挥着爪子朝凤舞拍去，一连三下，砸得凤舞差点晕过去。好痛……感觉自己快要死了……但是如果就这么放弃的话，那她真的只有死路一条了！

凤舞举起匕首奋力朝冰火兽的眉心扎去，匕首却被冰火兽拍飞了，没有伤到它半分。啪！冰火兽对准凤舞的脑袋，毫不留情地拍了一下，凤舞那白皙的额头上顿时出现一个血洞，鲜血顺着脸颊往下淌。凤舞只觉得眼前阵阵发黑，几乎要看不见了。

狂暴的冰火兽闻到凤舞血液的香甜，一口咬向凤舞的脖子。

好痛！咕嘟咕嘟……凤舞能清晰地听到冰火兽吸吮鲜血的声音，这可都是她的血啊！

此刻，方阁老正无比紧张地注视着屏幕，看到凤舞被冰火兽欺负，方阁老猛地站了起来："舞丫头，快按退出！"

什么退出？吴道人被这句话吵醒，揉揉惺忪的睡眼，不明所以地看向大屏幕，顿时睡意全消："这……这是舞丫头吧？"

凤舞浑身是血，而冰火兽则大口大口地吞咽着她的鲜血。

必须想办法自救！凤舞深吸一口气，手中忽然多了一瓶药剂，她抬手就喝了下去。

"舞丫头喝了什么？"吴道人疑惑地嘀咕了一句。

方阁老也不知道啊，有什么灵药能让凤舞变强吗？

吴道人猜测："难道是让她瞬间变强的药剂？这丫头炼药能力不错，说不定——"

呸呸呸！正在吸血的冰火兽倏然表情扭曲，下意识地将凤舞丢了出去。怎么又酸又臭又苦又涩？

方阁老和吴道人看得目瞪口呆。凤舞到底给自己喂了什么，恶心得冰火兽差点吐了？

凤舞抓住这千钧一发的机会，身形暴冲而去。

"无耻的人类！"冰火兽气急败坏地追向凤舞。

因为严寒，凤舞身上的伤口很快就被冻上了，不再流血，凤舞却因为失血过多和体力透支，越跑越没力气。

吸食了凤舞的血液之后，冰火兽不仅变得力大无穷，而且很快就晋升了。凤舞简直要哭了！

第十三章

她的选择

屏幕外，方阁老眸中浮现一抹寒光：“这场考试已经不公平了，像冰火兽这样的六星魔兽，根本就不应该出现在这里！”

“等人家晋升完毕，就是灵宗七星了。”吴道人好心提醒方阁老。

吴道人极度震惊：凤舞居然是有灵力的，而且还是同龄人中的佼佼者！

方阁老深吸一口气：“是你进去还是我进去？”

吴道人摸着下巴问道：“你觉得有这个必要吗？”

方阁老点点头：“傲世雪原这个考核地图太不正常了，一定会有大事发生，这件事必须报与陛下知晓。”

方阁老看着吴道人：“皇宫里，你去还是我去？”

吴道人：“我要盯着凤小舞。”

方阁老点点头，直接对傲世雪原里的凤舞交代：“小舞，傲世雪原出事了，如果实在不行，一定要选择退出，生命比什么都重要！”

接收到消息的凤舞心头一凛：原来方阁老一直都在关注她。那她刚才的狼狈相，都被方阁老看到了吧？一定替她捏了一把冷汗吧？

她是绝对不会退出的，但是为了让方阁老放心，凤舞对着屏幕点点头：“知道了。”

此刻的她，还在拼命地奔跑，尽量往偏僻处跑，远离那些代表了考生的红点。

冰火兽现在并没有去追凤舞，而是在吸收天地灵气完成晋升。

凤舞很清楚，虽然冰火兽现在没有追杀她，但危险时刻笼罩着她。因为冰火兽吸了凤舞的血，已经深深记住了她的气息，凤舞恐怕怎么都逃不过它的追捕了。

凤舞一想到这事，就觉得头皮发麻，而身体的无力感却越来越重……

凤舞匆匆看了一下地图，发现自己置身于荒凉的雪原，其他考生都离她很远很远。

咦？凤舞突然发现，不知何时，地图上多了几个大小不一的蓝点，数目不超过十个。凤舞仔细思考着这些蓝点代表了什么，忽然发现在西北方向，离她五公里远的雪原上，有一个不大不小的蓝点……

凤舞猛地倒吸一口凉气，她知道这些蓝点代表什么了！一定是魔兽！而刚才那个蓝点，无疑就是冰火兽！既然如此，那些比冰火兽的蓝点更大的蓝点，是不是代表了实力比冰火兽更强的魔兽？

这蓝色点点的地图，是只有她有，还是其他同学都有？凤舞心存疑虑，不过现在不是好奇这个的时候，当务之急是怎么摆脱冰火兽的追捕。凤舞绞尽脑汁想着对策，忽然脑中灵光一闪：这些蓝光……可不能让它们白白出现！

凤舞揉揉眉心，待精神力稍好一些，便以最快的速度奔向地图里的某个蓝点。这个蓝点，比冰火兽的蓝点稍大一些，而且离她不远，只有一百公里。

此时，夜幕已经降临，风雪越发猛烈，凤舞却觉得体内好像燃烧着一团火，火焰在四肢百骸中流窜。好热……凤舞给自己把了把脉，差点掉眼泪——失血过多，风邪入体，用现代话来说，就是发高烧了，至少也有四十度。

她身上有很多药，却唯独没有退烧药。不是她不会炼制，而是没想到有一天她自己会需要。更何况刚才为了脱身，凤舞给自己灌了一瓶怪药。

凤舞很清楚，她身体这么虚弱，肯定跟那瓶怪药有着直接的关系。

五十公里……三十公里……十公里……一路上，凤舞跌跌撞撞，终于离目标越来越近了。凤舞看了一眼地图。她费尽千辛万苦，支撑着破败的身躯，好不容易来到这座山谷，那只能救她的魔兽，可千万不要走啊！

凤舞盯着地图，发现那只魔兽竟然在慢慢移动。就在这时，身后响起一阵巨大的脚步声。凤舞回头一看，冰火兽追上来了。

晋升之后的冰火兽，灵力充沛，精神力强大，速度比之前更是快了足足一倍。隔着几百米，冰火兽看到了凤舞。

"愚蠢的人类，你死定了！"冰火兽以最快的速度朝凤舞冲去。

不好！凤舞知道，一旦被冰火兽抓住，她就死定了！来不及多想，凤舞以有生以来最快的速度往前狂奔，可是冰火兽越追越近……

屏幕外，吴道人急得快疯了："快退出来！"

吴道人冲着凤舞大吼，凤舞却不为所动。忽然，凤舞灵机一动，那只不知道是什么魔兽的蓝点，她是没办法追上了，但是可以想办法将它吸引过来啊，只要诱惑足够大。

想到这儿，凤舞拍醒怀里的小虎崽。凤土土平时昏昏欲睡，但关键时刻还是很伶俐的。

凤舞现在能用上的，就是自己的鲜血了。她在凤土土脖子上抹了一把血，交代了一句，然后就让它飞奔而去。

就在小虎崽冲出去的那一霎，冰火兽已经到了。凤舞深吸一口气，运起土字诀，下一刻，她的身体已经没入冰雪之中，冲进雪层之下。

看到瞬间消失的凤舞，冰火兽眸中浮现一抹嘲弄之色。愚蠢的人类，别以为你能逃脱本大王的追捕！给我去死！

一道重拳轰下，可把吴道人吓坏了，他冲着屏幕里的凤舞大吼："凤舞，你快出来，那可是灵宗七星的魔兽啊！"

不能再被干扰了，于是，她抬手摘掉了帝国学院发的发带。

咔嚓——

吴道人发现，他还能看到凤舞的身影，但是却听不到她的声音了。也就是说，他的声音也传不进去了。吴道人气得够呛，却没办法将凤舞从屏幕里拽出来，只能紧张地瞪着屏幕。

屏幕里面，不管凤舞躲在哪里，冰火兽似乎都能感知到，不断砸下拳头。它可是灵宗七星实力啊，一拳头砸下去，就是一个十几米深的坑。每一次，凤舞都险些被砸中，形势无比惊险。

其实如果冰火兽全力攻击的话，凤舞早就被拿下了。可是，晋升到七星灵宗之后，冰火兽得意极了，不急着弄死凤舞，而是像猫抓老鼠一样戏弄她。

随着时间的过去，凤舞越来越无力，眼前阵阵发黑……轰！又是一阵拳头砸落，凤舞已经避不开了，硬生生承受着冰火兽的暴击。

借着月光，冰火兽看着倒在雪坑中的凤舞，她的周围都是血，鲜红的颜色，在皑皑白雪中非常刺眼。冰火兽看着那斑驳的血迹，眼中露出贪婪的光芒，激动地一步步朝凤舞走去。近了，近了……冰火兽伸出猩红的舌头，舔了一下嘴角。它有一种预感，只要吞噬了这个人类，自己的实力必然还会暴涨，说不定能晋升到灵宗八星呢！

就在这时，一阵惊慌的叫声由远及近，冰火兽警惕地循声望去，却见月光下，一只巴掌大的小兽，正以一种让人难以置信的速度朝这边奔来，而它身后则追着一只庞大的魔兽。那只大魔兽的实力极强，可是那小东西太灵活了，左躲右闪，后面的魔兽始终捉不到它！

麒麟兽！冰火兽的眸中浮现一抹震惊之色。麒麟兽一直生活在一环，是雪原上的顶尖存在，现在怎么出现在二环区域了？

冰火兽还来不及多想，小虎崽已经蹿上冰火兽的后背，坐在它的头上，指着麒麟兽破口大骂："嗷嗷嗷！你敢打我，我爹会打死你的！"

麒麟兽还没反应过来，冰火兽就怒了："谁是你爹，给老子下来！"它只想将这些魔兽打发走，免得它们分享它的猎物。

然而小虎崽却摸出了那个蛋，对着冰火兽的脑袋作势要砸。

"不要——"麒麟兽目眦欲裂。然而已经来不及了，小虎崽坐在冰火兽脑袋上用力一磕，就跟磕鸡蛋一样，咔嚓——

"爹，你不是要做煎蛋吗？快把这只蛋烤熟了啊。"小虎崽拍拍冰火兽的脑袋。

冰火兽怒了，它什么时候说过做煎蛋了？冰火兽一怒，全身泛着火光，哧哧哧——蛋黄和蛋清瞬间就被烤熟了，真成了煎蛋。可是冰火兽还不知道自己头顶发生了什么事。

"弟弟——"麒麟兽爆发出一声惊呼，杀气腾腾地瞪着冰火兽。那可是它弟啊！爹妈离开之前千叮万嘱，交代它一定要照顾好的弟弟啊，现在居然被做成了煎蛋！

"爹！救命啊——"小虎崽身子那么小，不过巴掌般大，它瞬间藏到了冰火兽的腹部。

麒麟兽一看，更是怒不可遏：以为搬出你爹就万事大吉了？告诉你，这事没完！

刚才一路上，这只小虎崽就在跟它强调，它爹爹有多厉害、多强大、多恐怖，厉害得能灭掉它们全族。

麒麟兽本来就不服气，现在更是忍无可忍，释放出冰锥砸向冰火兽。

冰火兽顿时怒了，但是慑于麒麟兽背后的种族，冰火兽耐心解释道："麒麟兽，你弄错了！刚才那只小虎崽根本不是我家孩儿，我堂堂冰火兽，怎么会生出一只虎崽？"

麒麟兽径直对冰火兽出手，根本不听它解释，心中冷笑：刚才你家小虎崽早就吹嘘过了，它妈妈是白玄虎，现在出事了就想不认了？真是可笑！

"欺人太甚！"冰火兽也怒了。

麒麟兽一路上被小虎崽捉弄，再加上那颗弟弟蛋被做成煎蛋，它已经丧失理智了。

魔兽之间，一言不合就开打本是常事。于是——

砰砰砰！很快双方就打成一团。

小虎崽看到它们终于打起来了，这才拍拍胸口，呼出一口气。它从冰火兽尾巴上跳下来，蹿进雪堆里，再出现时，已经到了凤舞身边。

“嗷嗷嗷——”小虎崽跟凤舞邀功。

可此刻的凤舞已经躺在雪地里，全身冰冷。小虎崽推了凤舞一下，她没动。再推了凤舞一下，她还是没动。小家伙顿时急了，一边推凤舞一边嘤嘤嘤，口中不断发出声音。

此时的凤舞，体内仿佛有一团火焰在燃烧，几乎要将她的身体焚烧殆尽。

小虎崽急得不行，怎么办？怎么办？

麒麟兽和冰火兽在不远处战斗，风雪交加，血花飞溅，还不断有杀气闪过。小虎崽一看，这不行啊，它身小力薄，想扛着凤舞走，可是扛不动。没办法，它只能拽着凤舞，将她拖到了雪堆底下，用厚厚的积雪盖住她的身体。

“嘤嘤嘤……”小虎崽围着凤舞团团转，急得泪水在眼眶里打转。

咦？小虎崽看到凤舞腰间的那块墨玉，在黑暗中发出一闪一闪的光芒。

这是什么东西？出于本能，小虎崽拽下墨玉放到凤舞脖子上的伤口处：不知道有没有用……

小虎崽觉得有些冷，在凤舞怀里找了一个舒服的位置，闭上了眼睛。毕竟它年纪还很小，在这番和麒麟兽的追逐中，它几乎耗尽了灵力。呼噜呼噜……小虎崽很快就陷入昏睡之中。

而凤舞的身体，内里如岩浆喷发，外面若寒霜笼罩，正承受着冰火两重天的折磨。凤舞的身子动不了，但是脑子却无比清醒。她不是没有想过，将两种灵力融合，但是她激活了火元素和土元素，却没有冰元素。既然身体内没有冰元素，又如何将水火相融？

就在凤舞陷入绝望之时，忽然砰的一声，身体里好像有什么东西破了。就好像厚厚的冰层上，忽然出现了蜘蛛网般的裂痕，然后冰层碎裂，直至坍塌……现在凤舞的丹田里，就是这种感觉！

凤舞忽然感觉到，周身不断有白色光点飞舞，那些白色光点，带着冰冷的气息，宛若雪花般漂亮……这是幻觉吧？因为自己被埋在雪堆里，所以意识出了错，以为自己体内出现了冰元素。

“其实这怎么可能啊。”凤舞苍白的脸上浮现一抹苦笑。

忽然，这些冰元素渗入凤舞体内，虽然只有一点点，却让她的精神一振，就像在熊熊燃烧的火焰上突然滴落几滴雨水一样。

凤舞心头猛地一震：这是什么意思？难道她激活了冰元素？可是……元素法则不是小时候就被激活了吗？难道长大后还有机会激活别的元素？

凤舞艰难地半坐起来，从空间里取出一个测灵力用的水晶球，把手按在水晶球上。很快，水晶球上便三分天下：火元素占据很大一片疆域，土元素次之，在火元素和土元素的夹缝中出现了一条蓝中带着白色的光带。这是以前从未有过的。

凤舞心头一震，随即是一阵惊喜：水元素是蓝色的，这蓝中带白的光点，就是冰元素。按照正常情况来说，一般都是水元素修炼到一定境界后，由水元素引申出冰元素，没想到她竟然直接激活了冰元素。

凤舞一连深吸好几口气，才将这个惊喜压制住。

天啊！什么叫“塞翁失马，焉知非福”，能激活冰元素，九死一生又算什么？

凤舞深吸一口气，运转灵力，将冰元素引入体内。

若说凤舞运气好，那也是真的好。若是在平时，哪有那么多的冰元素为她所用？可是现在，她就处于傲世雪原之内，周围有取之不尽、用之不竭的冰雪。

运气更好的是，若是平时，凤舞体内还消耗不了那么多冰元素，但是现在——

因为体内火焰熊熊燃烧，就像一个恶魔巨兽的血盆大口，她填补多少冰元素都是不够的。

这么好的机会，如果错过的话，那凤舞真的是暴殄天物了。来不及多想，凤舞挣扎着盘腿坐好，那块贴着她脖子而放的墨玉啪嗒一声掉到了地上。凤舞捡起来一看，原本冰凉的墨玉，此刻触手冰寒，上面还出现了一道蓝白色的裂痕，正是冰元素的颜色。凤舞心头猛地一震，难道自己体内冰元素的激活，跟这块墨玉有关？会有这种可能吗？虽然凤舞想否认，但心底一直有一个声音告诉她：是它，是它，就是它，君临渊送的墨玉。

凤舞摇摇头，将墨玉往怀里一塞。这件事回去再求证，现在最重要的是吸收冰元素。

凤舞盘腿而坐，灵气运转间，冰元素一点点进入体内。此刻的凤舞，身体依旧内热外冷，而中间仿佛有一道墙壁将内外隔开。

起初因为冰元素太弱而火元素太强，凤舞吸收的冰元素，刚进入体内就被耗干了。但是在消耗的同时，凤舞能感觉到体内灵气的涌动。

凤舞再吸收，再消耗，再吸收，再消耗……

时间悄然流逝，不知道过了几天……

此刻，屏幕外的人却心急如焚。

方阁老盯着屏幕，发现一片漆黑，不由得皱眉：“怎么回事？”

吴道人苦笑：“舞丫头将发带摘了，听不见声音了。”

“听不见声音，但也不至于看不见人吧？”方阁老瞪眼。

吴道人苦笑：“埋地底下去了，不过说起来，这丫头是真厉害啊！”

吴道人将凤舞做的事说了一遍，方阁老目瞪口呆：“这丫头，还真能创造奇迹！”

原本方阁老以为凤舞这回肯定完了，谁知她居然另辟蹊跷，竟然让小虎崽去引了麒麟兽来，然后让麒麟兽和冰火兽打起来，结果这两只打到现在都没停下来。从吸引过来，到打起来，每一步都凶险万分，每一步都有可能功亏一篑。可是凤舞，她做到了。

“那只小虎崽，也是个厉害的。”方阁老摇头苦笑。

平时趴在凤舞怀里装睡神，关键时刻却做出如此出人意料的大事来。

“对了，陛下那边怎么说？”吴大人问。

方阁老摇头：“傲世雪原已经关闭，再开启的话，需要各方配合，陛下那边还在排查。”

方阁老看了一眼屏幕左侧的排行。第一名已经换成御冥夜了，第二名是轩辕弈，第三名是公孙晴，一路往下找去，直到两百名，都没看到凤舞的名字。

方阁老苦笑，这丫头到底什么时候才会从雪堆里爬出来？

帝国学院校外，很多人看着榜单上的变化，都在议论纷纷。

“第一名是御冥夜了！”

“这有什么奇怪的？御圣子不是第一名才奇怪吧？”

“沐瑶瑶郡主前两天不知道为什么，突然就掉出榜单了，但是这几天，又开始恢复了，现在已经爬到第十名了。”

“真要说起来，公孙小姐才厉害呢，之前她也不知道为什么，突然掉出了两百名，但是现在，她又爬到第三名了呢。”

“反倒是那个凤舞，自始至终，都没有进入过前一百名，看来她真的是废物啊！”

“她本来就是废物啊，谁会对她抱有期望啊？”

“对了，你们注意到凤舞身边的那个段朝歌没有？”

“当然了，她可是凤舞最忠实的小跟班呢。”

“你们看，段朝歌已经是第七名了！”

“哇！段朝歌第七名，而凤舞却连前两百名都没有进……”

“如果段朝歌进了帝国学院，而凤舞却进不去，天啊，凤舞会气疯了吧？”

帝国学院门口的榜单，每隔一小时就会更新一次。而每次信息更新后，这最新的消息便会传送进各个府门之内。

此刻，风北王妃看着手中的消息，长长叹了一口气：“唉——”

风浔不解地看着她：“娘亲，你叹什么气啊？”

风北王妃说：“还不是为你妹妹叹气？要我说，你妹妹就不应该参加这次考试。”

“以己之短，攻敌之长，你妹妹的短板就在灵气修炼这方面，结果她非要参加，这下子……”

风浔歪着脑袋，眼睛滴溜溜转着。

“你在想什么呢？”风北王妃不解地望着风浔。

风浔说：“如果可以帮妹妹的话……”

“那当然要帮啊！你还犹豫什么？”风北王妃瞪了风浔一眼，“那可是你妹妹！”

风浔摆手：“我知道那是我妹妹，只是不知道帮她进入帝国学院，对她来说到底是好事还是坏事。”

“不管是好事还是坏事，先帮了再说！”风北王妃一拍桌子。

风浔一想也是：“那我找君老大去。”

傲世雪原，凤舞一直待在雪中，而麒麟兽和冰火兽已经斗得天翻地覆。

这里的大战，引起了很多同学的关注。同学们三三两两聚在一起，形成了一个个小团队。

御冥夜从一开始就冲进最核心区域，所以一直没人见过他的身影。因此，现在的第一团队，是以轩辕弈为核心的团队，房海、骆臻和沐瑶瑶都在其中。

第二团队就是以公孙晴为主的那支队伍，包括师萱、陶双、尹伊、杜剑。

接下来就是宁辰溪了，他身边也聚集了一帮人。

“据说二环那边打起来了，打得特别凶残！”

“好想过去看看啊！”

“不能吧？以我们现在的实力，应该去不了吧？”

“不如，我们团结到一起，一起进入二环境内？”

这么一说，好些人都同意了。

最后，几十人团结到一起，往二环深入。

凤舞并不知道这么多人都在往二环深入，此刻的她还埋在雪下，全部精力都放在修炼上。冰元素不断进入体内，炼化成冰之灵力，游走于凤舞全身。随着冰元素的增多，凤舞能明显感觉到，身体强度在不断增强。而且，更让她激动的是，火之灵力和冰之灵力竟然开始融合。

凤舞身边带了灵石，每当灵力枯竭时，她就从上品灵石中获取灵力。好在当初她从方阁老家的地底下挖了不少灵石，都存在空间里。用完的上品灵石，就会化为灰烬，散落在尘土中。

吸收冰元素进入体内，炼化成冰之灵力，和火元素相融，吸收上品灵石恢复精神力，再继续吸收冰元素进入体内……如此这般，不断循环着。凤舞虽然没有进阶，但是她的实力，却在这不断循环的修炼中增强。

时间一点点过去，当凤舞意识到她的灵力已经饱和，终于停止修炼，缓缓睁开双眸。她原本虚弱的身体，终于恢复到正常状态。她这段时间因为快速晋升而有些不稳定的状态，终于被夯实了。

凤舞摸摸怀里的凤小土，多亏了这小家伙，关键时刻将麒麟兽引来，否则现在她已经没命了。

拨开白雪，凤舞终于看到了明亮的世界。因为在黑暗中待了好几天，所以现在看到皑皑白雪有些刺眼，凤舞抬手遮住了眼睛。过了好一会儿，等适应了白光，她这才放下手腕。

雪地里，一片狼藉。冰火兽倒在血泊中，胸膛被整个剖开，内脏流了一地，看上去触目惊心。它还没有断气，睁着双眼瞪着凤舞，眸中已经没有杀气，只有不断流失的生命之力。

凤舞转头去看另一边，麒麟兽也没好到哪里去。它就躺在离冰火兽不到十米的地方，脑袋几乎被削掉，奄奄一息。

“还能这样？”屏幕外，方阁老和吴道人看得目瞪口呆。引来麒麟兽，自己躲起来，等它们打完了再出来收拾残局？然后所谓的“收拾残局”就是——

凤舞半蹲下身子，手中出现一柄匕首，咔嚓一声割掉了冰火兽头上的一只角。

“嗷——”冰火兽发出一声惨叫，不甘地瞪着凤舞，“残暴的人类！卑劣的人类！”

凤舞嘴角勾出一抹淡淡的弧度：“残暴吗？卑劣吗？不过是弱肉强食罢了。”说着，凤舞手起刀落，又割下冰火兽的另一只角。

冰火兽头顶上两只角，一只是火龙犀角，一只是冰龙犀角，它一身修为之精华，都在这两只犀角之中。

而现在的凤舞，刚好是冰元素和火元素双修，冰火兽的两只犀角对她来说，具有非常大的好处。

“你没有冰元素，你会死的！哈哈哈……”冰火兽凶狠地瞪着凤舞。

凤舞抬手间，掌中多了一个火球。冰火兽不解地望着凤舞，很快它就发现，在那个火球之外，竟然出现了一个立体冰层。这个立体冰层将火元素包裹起来，就像灯笼外的护罩。

“你，你，你——”冰火兽死死瞪着凤舞，眼睛都快凸出来了。不可能！这不可能！之前它吸血的时候，她还没有冰元素呢。

“这就要多谢你了。”凤舞漫不经心地瞥了它一眼，“如果不是你的刺激，我怎会激活体内的冰元素呢？”

“噗——”冰火兽喷出一口鲜血，身子不断抽搐，最后死不瞑目。

“冰元素？”屏幕外，方阁老和吴道人面面相觑。

吴道人：“童年之后，还能激发元素？”

方阁老：“正常来说不可能。”

“可是……”凤舞做到了。

就在这时，外面传来一阵脚步声，方阁老和吴道人同时出手，将屏幕的画面切换成轩辕弈。

来的是一位高瘦的老者，穿着一身干净的白袍子，很有几分仙风道骨的样子。他一进来，就笑呵呵地跟方阁老打招呼：“方院长一直都在这儿？”

来者是轩辕家的老头，也是帝国学院院委会七大成员之一，轩辕坤。

方阁老点点头，示意轩辕坤坐下一起观看。轩辕坤看到画面上是自己的孙子，脸上的笑容越发灿烂了：“你们也在观察弈儿？”

方阁老点头：“轩辕弈表现得不错。”

轩辕坤脸上有一抹掩不住的得意，跟刚才的仙风道骨判若两人。他摸着下巴上的胡须，佯装无奈地说：“表现不错又如何，他还不是第二？可惜啊可惜。”

吴道人摸着下巴：“那可不一定。”

轩辕坤故作不解：“哦？”

吴道人暗中骂了一句老狐狸，不过嘴上还是说：“御圣子虽然现在排在第一，但是他文试考得太差，所以，还真不一定能拿第一名呢。”

轩辕坤摸着下巴，故作沉思，眸中隐有亮光闪过，表面上却连连摆手：“不可能，不可能。御圣子可是能跟君殿下相提并论的人物，我家弈儿超不了，肯定超不了。”

吴道人在心里暗骂：知道超不了，还废什么话？为免轩辕坤将注意力转移到凤舞身上来，吴道人只能一个劲地将轩辕弈和御冥夜做对比。

“怎么就超不了？万事皆有可能，在最后的结果出来之前，谁都有这个可能嘛。”吴道人一语双关。

事实上，比起轩辕弈，吴道人更看好凤舞。不过刚才方阁老已经提醒他了，凤舞能修炼的事现在还不能公开，必须保密。

吴道人笑眯眯地看着轩辕坤。在他心里，第一名和第二名，应该在凤舞和御冥夜之间产生，根本就没轩辕弈什么事。

可是，轩辕老头明显入戏了：“你们真觉得我家弈儿……有机会？”

“有机会有机会，怎么会没机会呢，机会大大的有。”吴道人笑眯眯地坑他。

轩辕老头又连连摆手，故作谦虚地说：“你们呀，真会消遣我，不过说起来，我家弈儿还真是练武的料，文试考得也还可以，哈哈哈……”

轩辕老头虽然说得谦虚，脸上却有一股掩不住的得意。

方阁老瞥了他一眼：论天赋，谁能比得上凤舞？十几岁了还能激活其他元素呢。论文试，谁能比得上凤舞？那可是有史以来唯一的满分。

“咦，对了——”轩辕坤状似无意地说，“要不，看看御小子？看看他现在在做什么。”

这老小子，还真是来打探的。

方阁老知道，每年的帝国学院第一名，都会获得特殊的修炼资源。那些修炼资源，连轩辕坤这样见惯大世面的人都心动，可见有多吸引人。

方阁老瞥了轩辕坤一眼：“御家跟帝国学院有协议，御圣子的一切画面不能公开。”

轩辕坤摸着下巴，虽然听说过此事，但被明确拒绝，还是让他有些不爽。

“那凤舞呢？看看凤舞的。”轩辕坤退而求其次。

吴道人和方阁老对视一眼。看舞丫头的画面？那还得了？那丫头现在正在从冰火兽身上拿好处呢，这要是被轩辕坤看到了，回头上心了，盯着那丫头怎么办？

要知道，轩辕家跟左家走得很近，而左赫之死和舞丫头有关，所以，绝对不能让舞丫头暴露。

想到这儿，方阁老直接拒绝：“那丫头一身修为早废了，现在连两百名都混不上，看她有什么意思？”

吴道人也跟着说道：“人家是小姑娘家家的，说不定跳个水洗个澡什么的，咱们老头子看着合适吗？你这人可真是的——”

轩辕坤被挤对得不行了，为自己辩解：“我这不是好奇吗？”

“好奇个鬼，你还担心凤舞会威胁到轩辕弈？你觉得有可能吗？那丫头可是连前两百名都没有进，别说前两百名了，根据最新统计——”

对外只公布前两百名，但是方阁老是有权限看全部排名的。

于是他老人家将名单往下一拉，整个九百人的名字都按照成绩往下排列。

原本是一千人的，但因为遇到危险而选择退出的已经有一百人了，而凤舞的名次，就是这九百人中的倒数第一。

"噗——"在看到名次的时候，饶是轩辕坤定力再好，也忍不住笑喷了。

方阁老和吴道人同时皱眉。他们家舞丫头可是吸收了冰火兽和麒麟兽灵气的好吗？但是因为她扯下了发带，所以灵气进入她身体之后，并没有点亮星辰，不然早就数一数二了。

轩辕坤不知道面前这俩老头的腹诽，捋着胡须苦笑道："文试正数第一，武试倒数第一，千古奇谈，真可谓千古奇谈啊！"轩辕坤说罢，乐呵呵地离开了观看室。

凤舞并不知道外面发生的事，也不知道别人谈论她的话语有多讽刺，现在的她，正在拼尽全力吸收着从冰火兽身体里逸出的灵气。灵气散逸得很快，如果不及时吸收，就会消散在空气中，所以凤舞不只自己吸收，还拍醒了小虎崽和彩凤鸟。一人一虎一鸟，呈三角形坐在冰火兽周围，尽情吸收着冰火兽的灵气，一炷香的时间之后，冰火兽的灵气已经枯竭，他们才终于停下来。

然后，凤舞转头望向麒麟兽。这只麒麟兽幼崽，脑袋就差掉下来了，双眸绝望地盯着小虎崽："它……不是……你爹？"

麒麟兽见小虎崽和人类少女关系亲密，甚至还去吸收冰火兽的灵气，顿时明白自己上当了。就是这只小虎崽将它引了过来，莫名其妙跟冰火兽打了一架，这才……

小虎崽摇头，当然不是了。

原来自己被这只可恶的小虎崽骗了！麒麟兽恨不得将小虎崽碎尸万段。它的目光从小虎崽身上转移到凤舞身上。好香甜的血液……麒麟兽贪婪地盯着凤舞，用不容置疑的语气对小虎崽说："你，帮我一个忙。"

小虎崽疑惑地看着它。

这只麒麟兽幼崽死死盯着凤舞："杀了她，取她的血……我……要……喝……"

麒麟兽本能地以为，只要吃了这个少女，自己就能活下去。如果早知道地底下藏着这个少女，它早就跟冰火兽将她分而食之了，哪儿还会容她活到现在？

凤舞虽然听不懂兽语，却从麒麟兽幼崽眼中看到了一抹杀意。

"它在说什么？"凤舞问道。

"它说，杀了你，取你的血喝。"彩凤鸟翻译给凤舞听。

"而且，如果早知道你就藏在地底下，它就不会跟冰火兽打了，将你一分为二，大家分而食之。"彩凤鸟继续说道。

凤舞暗暗庆幸小虎崽将她拖入了雪坑中，不然现在自己早已尸骨无存了。

凤舞上前两步，蹲在麒麟兽幼崽面前，目光冰冷地盯着它："本来，无端将你牵入战局，害你身首异处，我还有些愧疚，正想着将你这颗脑袋给接上呢。”

这事别人没有办法，但是凤舞却可以做到。

她能救麒麟兽幼崽一命，但是——

“你千不该万不该，不该在这时候表露出杀我之心。”凤舞半蹲在麒麟兽面前，与它那双求生、愤怒、激动的目光对视。

“我知道你很生气，甚至想保证说你不会杀我，但是——”凤舞淡淡一笑，“农夫与蛇的故事，我是从小听到大的。”

“噗——”麒麟兽喷出一口鲜血，倒地身亡，死不瞑目。

凤舞取出一个罐子，然后把麒麟兽之血引入罐中：“这么好的药材，如果浪费的话，那才是暴殄天物呢。”

凤舞将陶罐放到稳当的地方，便招呼彩凤鸟和小虎崽过来吸收麒麟兽的灵气。

凤舞是有不少灵石，但是要从灵石中吸收灵气，首先得将灵石里的灵气分解出来才行，而麒麟兽的灵气则可以直接吸收。

刚才如果方阁老和吴道人不阻止的话，任由轩辕坤将画面切换到凤舞身上，看到的就会是现在这一幕，到时候凤舞的秘密将暴露无遗。

一刻钟后，麒麟兽的灵气被吸收殆尽，彩凤鸟和小虎崽都已经昏睡过去。

凤舞知道，等它们苏醒过来之后，就能晋升了，到时候实力肯定非同一般。凤舞想到这里，脸上露出了微笑，抬手便将两只灵宠送进空间之内。满满一陶罐的麒麟血，也被凤舞收入空间之内。

在她的随身空间中，隔出了一个小小的储物间，专门存放各种杂物，占地面积不超过五平方米。至于其他的空间，那都是美人师父的，凤舞才不会让这些杂物亵渎了美人师父呢。

收拾妥当之后，凤舞一把火烧了这两只魔兽，看到火焰熊熊燃烧之后，她才迅速离开。

在她离开后不久，一道道鬼魅般的人影忽然出现在凤舞原本站立的地方。这是一群黑衣人，黑布蒙头，黑巾蒙面，黑衣黑袍，黑裤黑鞋，全身都笼罩在黑暗中。因为不是帝国学院的学生，所以帝国学院并没有监测到他们的存在。

“这里经历过一场战斗。”这支十人组的黑衣人队伍，为首之人是一个高瘦的杀手，他盯着熊熊燃烧的火焰，眉头微蹙起来。

“两只魔兽的战斗，但是，有凤舞的痕迹。”一个身材矮小的黑衣人趴在地上，用力嗅着地面上的冰雪。

他一路嗅，一路往雪堆里找去，很快就挖出一个雪坑，然后说道：“刚才凤舞就躲藏在这里。”

这群黑衣人训练有素，不论是动作还是说话，都透着彻骨的寒意，仿佛他们谈论的不是一个活生生的人，而是一具尸体。

正在山谷中行走的凤舞忽然打了个喷嚏。

“阿嚏——”凤舞揉揉鼻子，谁在念叨她？

而之前的那个战场，高瘦首领盯着矮小少年：“十号，你确定？”

“队长，我非常确定！”十号少年眸中爆出一道寒光。

“为何如此确定？你要知道，如果这单子做成了，买家包了我们刀锋小队一年的利润。”队长黑着脸，目露凶光。

“这里有她的气息，而且这道气息到现在还没有完全消失，也就是说，她还没有走远。”十号盯着队长，声音充满了自信。

“能躲过两只魔兽的战斗，这姑娘看着不像是废物。”队长嘴角勾起一抹邪恶的冷笑。

二号淡淡开口：“如果真是废物，她能在二环里待上三天？”

众人一听，全都心中一凛。

队长冷笑：“买家下单的时候备注了，怀疑她灵力已经恢复，所以加了双倍的钱，兄弟们，做完这一单，我们就可以歇一年了，做不做？”

“做！”

队长：“很好，出发！”

他们潜伏了三天，几乎将五环四环三环二环翻了个遍，终于离凤舞越来越近了。凤舞并不知道，她身后出现了一队杀手，而这队杀手竟然神不知鬼不觉地骗过系统大神，进了傲世雪原。

凤舞看着脑海中的地图，忽然微微皱起眉头。如果没有猜错的话，有一群五十多人的队伍，正在往二环进发，而他们前进的方向，正是冰火兽和麒麟兽战斗的地方。凤舞心中暗暗庆幸，幸好她刚才一把火烧了麒麟兽和冰火兽，不然后患无穷。

凤舞现在面临着两个选择：一是去三环，跟朝歌会合后，一起进入核心区域，寻找雪夜冰魄兽；二是独自进入核心区域，找到雪夜冰魄兽，取得冰魄之心后，再去找朝歌。

想到朝歌灵宗二星的实力，凤舞摇了摇头。雪夜冰魄兽太危险了，朝歌在的话，她反而会束手束脚，朝歌也会很危险。所以，还是她一个人去吧。

选定了方向之后，凤舞便埋头赶路。

路上忽遇暴风雪，这样的天气，真不适合赶路。

看着天色渐黑，凤舞找了个背风处，挖出一个简易的雪洞，然后钻进去。

月黑风高，风雪交加，再加上这里接近一环边缘，魔兽强大无比，强行赶路很容易有生命危险。

坐进雪洞之后，凤舞便闭目修炼。吸收了冰火兽和麒麟兽的灵气，她需要时间来疏导，才能让这些灵气为她所用，不然这些灵气积聚在体内，对她的身体也是很大的负担。这就好比大补之后却不炼化，以后就会虚不受补一样。

彩凤鸟和小虎崽比凤舞幸运很多，它们陷入昏睡状态后，身体就可以本能地将吸收的灵气炼化。这就是魔兽和人类修炼时最大的区别。

当凤舞运行三周天后，灵气消耗了一大半，忽然耳边传来一阵细微的声音。

“队长，线索到这里就断了。”

“嗯？”

“凤舞的气息一路往这个方向而来，但是到这里就断了。”

“风雪这么大，痕迹一吹就散，你确定凤舞曾经到过这里？”

“我敢用我的性命起誓！”

……

风雪中传来一段段对话，雪洞里的凤舞一听，当即一惊，有人在追杀她，而且还循着踪迹找来了，这是怎么回事？

“咦？”十号忽然惊呼一声，“我好像……发现了凤舞的气息。”

“十号，你确定？”

“嗯！”

队长对十号的侦察能力还是很相信的，于是快速吩咐下去：“所有人，五公里范围内，迅速排查！”

“是！”

凤舞将自己的呼吸放缓，身体机能调到最低，但是大脑却高速运转着。

居然有人追杀她？从脚步声上推测，竟然有十个人，而且每个人的实力都在灵宗五星以上。

谁派来的？他们是怎么进的傲世雪原？

凤舞将自己的身体机能调节得宛若石化，所以对方极难找到她。

没多久，这支队伍又重新聚拢。

“报告队长，没有找到目标。”

“报告队长，没有找到目标。”

“报告队长，没有找到目标。”

……

一连八个人，都连声表示没有找到。但是凤舞内心的紧张却没有消除，她始终觉得，那个能根据她气息找过来的十号很不简单。

果然，十号开口了："她在。"

所有人皆盯着十号，十号冷笑，指着面前这片雪域："就在眼前这一千平方米之内的雪下，我感觉到了！"

凤舞心中一凛：居然被发现了，这群人到底是什么来头？

好在凤舞已经融合了冰火灵力，她赶紧利用冰火之力，将冰雪融成一条长长的甬道，然后便小心翼翼地撤离此处。

因为上头有一个嗅觉敏锐的十号，所以凤舞万分小心，否则一旦被抓住……

凤舞有预感，这些人比麒麟兽还要可怕！

一千平方米，真要一寸寸搜索的话，其实并不快。

大约过了一刻钟时间，这些人又都回到了中央雪堆。

"报告队长，没有发现目标。"

"报告队长，没有发现目标。"

"报告队长，没有发现目标。"

……

八个人连续汇报着同样的内容。

"都认真检查过了？"队长皱眉。

"地下十米，一寸寸搜查过了，完全没有。"

"一样。"

"一样。"

一时间，所有的目光都望向十号。

队长也盯着十号："现在你怎么说？"

"还有她的气息，她就是还在！"十号见大家不相信他，顿时有些烦躁。

"然而并没有。"七号冷笑道，"地底下除了洞坑、甬道、水渍，就是积雪了。"

"对，我探测到的也是如此。"

突然，十号那凌厉的目光死死瞪着他们："你们说什么？"

"没、没说什么啊……"

"洞坑、甬道、水渍？"十号目光冰冷，"地底下怎么会有水渍？"

一时间，所有人都恍然大悟：对啊，在这风雪交加的夜晚，气温降至零下百度，怎么可能有水渍？

"在哪里？"十号怒吼一声。

其他队员都有些被他吓到，但转念一想，确实很有问题。

来不及多想，七号快速将他带过去："这里！"

众人齐齐探测下去，果然底下有一个小小的洞口。

洞内光洁，大小可容一人攀爬，因为寒冷，此刻里面已经没有水渍了。

十号摸索了一下冰层，眉头一皱："这里才冻住不久！这里有凤舞的气息，非常明显！"

大家面面相觑。

"我探测到的是这里。"

"我探测到的是这里。"

……

好几名队员纷纷开口，队长的脸瞬间黑了。

因为把他们说的点连成线的话，那就是一条由南向北的长长甬道。

"刚才凤舞就在此处。"十号紧盯着中央的那个雪堆。

刚才他们就是在雪堆处说话的，也就是说，他们说的话，全都被凤舞听见了！

"必须杀了她，不然买家就要暴露了！"队长目光森寒地说，"如果不在傲世雪原里将凤舞解决掉，一旦出去，我们可赔不起那笔钱！"

队长一边说，一边盯着十号。因为十号确实有本事找到凤舞。

十号眸中浮现一抹寒意："她还没有走远，追！"

于是，这队杀手以最快的速度奔赴前方。

凤舞悄然爬出一千米范围之后，迅速钻出雪洞，快速消除痕迹，然后换上雪橇，飞快地往一环区域滑去，没留下一丝踪迹。

就在凤舞滑出去不久，这支刀锋小队就找过来了。十号冲在最前面，他指着洞口说道："目标就是在这里再次消失的！"

众人面面相觑，队长肃然追问十号："哪个方向？"

十号天生拥有追踪技能，他趴在地上嗅了好一会儿，脑海中浮现一抹疑惑之色。大家都不解地看着他。

队长皱眉："找不到？"

十号摇头："有三个方向。"

队长："总共有四个方向，你就说她有三个方向？"

十号的脸色很不好看："目标发现我们追踪她的事了，她反侦察能力很强，现在故布疑阵迷惑我们。"

风雪中，凤舞的速度很快，径直往一环区域冲去。她确实兵分三路了。她一路，彩凤鸟一路，小虎崽一路。它们身上都沾着她的血，所以，那位十号想必能闻到她的气息。

果然——

队长盯着十号："哪条路？"

十号闭上眼睛感受，最后还是不得不摇头："不确定。"

"哪个方向可能性最大？"

"北方。"

"那好。"队长当机立断，"二号、五号、十号，你们三个人跟我去北边；三号、六号、九号，你们去南边；四号、七号、八号，你们去西边。"

分配好了，刀锋小队当即开拔。

越是往前，十号就越确定："目标就在我们追击的方向！"

队长心中一喜，如此就好。

月黑风高。

天色已经到黎明前最黑暗的时刻——

凤舞站在山峰上，回头就能看到后面的追兵，但是，地图上显示的蓝点魔兽，距离她却还有很长一段距离。如果按照正常速度计算的话，不出十分钟她就会被追上。

凤舞脸上浮现一抹凝重之色，她不能坐以待毙，必须想办法自救。

前方，就是一环区域，一座残破的庙宇出现在她面前。在这冰天雪地里，一座残破的庙宇，也会给人带来惊喜和希望。凤舞没有多想，直接进入庙内。

从外部看，这座庙宇残破不堪，孤零零地立在冰原上，仿佛风一吹就倒。但是走进去之后，凤舞却发现这里被人收拾过，不仅有灶台，有柴火，桶里还有米面。如果没猜错的话，这里应该是猎人的据点。

看着厨房，凤舞嘴角勾起一抹淡淡的弧度。凤舞在厨房里转悠了一圈后，便以最快的速度离开了。她也没有走远，而是埋伏在离破庙不远处的雪堆里。那个视角，正好能看到窗子，而窗子上，凤舞早就捅破了一个小洞。这里是最佳角度。

凤舞相信，那群人一定会追过来的。果然，不到十分钟的时间，外面传来了一阵清晰的脚步声。

"队长，这里有座破庙！"五号惊喜地叫了一声。

在冰天雪地里追逐了三天三夜，任他们实力再强，也想有个遮风挡雪的地方，烤个火、吃个饭。

十号皱眉反对："五号，现在不是吃饭的时候。"

五号不高兴了："十号，就算要追捕，好歹也吃饱了再追捕吧？这三天三夜天寒地冻的，饿了啃比石头还硬的饼，渴了喝雪水，别到时候人还没追到，先把自己给折腾死了。"

十号阴沉着脸，却没有说话。

队长问十号："目标有消息了吗？"

十号皱眉答道："她的气息淡了很多，追踪起来难度越来越大了。"

队长看了看天色，摇头道："风雪比刚才更大了，这时候赶路确实遭罪，还有四天时间，不着急，先进去歇歇。"

队长都发话了，其他人还能如何？

更何况，除了十号，大家都趋向于进去歇息。

凤舞藏在雪洞里，一路目送着他们进入破庙，然后才长长地呼出一口气。

刚才为了不引起十号的注意，她一直都在屏息凝神。看着那道门被关闭，看着窗户里映出橘黄色火光，凤舞嘴角勾起一抹浅笑。

同时，她也在心里暗自庆幸。

幸好她将伤口清理好了，还换了一身全新的衣衫，否则很容易被十号辨别出来。

现在凤舞大概能猜测到，十号之所以能一路追到这里，应该跟她的血有关。

破庙内，灯火一亮，大家就都看到里面的摆设。

不仅有厢房，还有厨房。

厨房里不仅有米面，还有柴火。

五号惊呼一声："居然有米面，天，这鬼天气，有米有面，可真是再好不过了！"

"快快，煮饭，快煮饭。"

二号心头一动："刚才我们进来的时候，我好像看到墙头挂着几块肉。"

"肉？"在雪原里走了这么久，一听到有肉，大家的眼珠子都发着绿光。

"我去我去！"五号激动地往外走。

十号本来想出去的，却被二号拉住了："就让五号去吧，他兴奋坏了。"

十号却皱眉："这荒郊野外的，破庙里居然有米面和柴火，不奇怪吗？"

队长摇头："都已经查过了，这里的积灰很严重，至少有一个月以上没有人出现了，所以你就放心吧。"

十号皱眉，总觉得哪里有不对劲的地方，抬腿就往外走。

"你去哪儿？"队长拉住他。

"出去走走，说不定会有线索。"十号转头就往外走，出了庙宇，一路往北而去。

队长看着直摇头："他也太过小心了。"

二号也摇头："疑心是好事，疑心病太重就不好了。"

队长和二号，平时可从来不下厨，但现在也顾不得那么多了，一个烧火，一个煮面，忙得不亦乐乎。

而外面——

其实那腊肉，是凤舞故意放的，本意就是吸引人过来取肉。她猎杀的姿势都摆好了。凤舞本想先杀十号，然后再逐一消灭其他杀手，但是现在十号走了，五号来了。五号也没问题，能融入那个团队就行。

就在五号踮脚取腊肉的时候，凤舞忽然双手拽住五号的脚脖子，直接将他拽进了雪洞。五号反应过来刚要喊，凤舞已经先一步封住了他的穴道，让他一个音都喊不出来。五号死死瞪着凤舞，而凤舞却一记手刀敲晕了五号，然后扒下他的衣衫套在自己身上。眨眼间，凤舞就成了五号。

好在这支刀锋小队的成员都蒙着面，所以凤舞只须在体形和眼睛上动些手脚就可以了。这对凤舞来说并不难，难的是留给她的时间不多，最多不过几分钟罢了。

果然，屋里传来一道声音："五号？五号？"

此刻，凤舞早已将自己扮成五号，弄整齐之后，这才拎着几块腊肉往破庙里走。好在大家都蒙着脸，被认出的可能性低了很多。

凤舞刚一进去，就看到队长在煮面，二号在烧火。这画面，怎么看怎么有违杀手的形象。

队长看到五号进来，从他手里接过肉，拿长剑快速切成薄片，然后就往锅里丢："傻愣着干吗？水不够了，去外面弄些雪回来。"

"好咧。"凤舞乐呵呵地出去了。

凤舞正在将盆里的雪融化成水，就听一旁的队长和二号聊上了。

队长："这个凤舞可真有意思，居然能躲我们三天。"

如果说队长是刀锋小队的领袖，那么二号就是军师级的人物了，最擅长的就是分析。

二号一边烧火一边说："凤舞确实厉害，外界对她诸多议论，太多贬低，嘲讽她是废物，她小小年纪居然这么沉得住气，隐忍着扮猪吃老虎。"

队长皱眉："真有你说的那么厉害？"

二号点头："从她留下的痕迹来看，实力已达灵宗境了。"

队长："而且至少是灵宗中阶的实力。"

二号："这丫头的确厉害，若是让她成长起来，以后的左家可就岌岌可危了。"

队长冷笑："可惜，左家还是发现了端倪，要置她于死地。"

……

两个人还说了什么，凤舞都没有心思去听了，她脑海里只有一件事——左家发现了端倪，要置她于死地。没想到她都这么小心翼翼了，左家还是发现了端倪，派杀手进来杀她。

左家！凤舞深吸一口气，尽量不让自己的情绪表露出来。

二号：“队长，还得谨慎些，以免功亏一篑。”

“这凤舞再厉害也就是灵宗中阶，再聪明也在我们的追杀之下。”队长冷笑一声，“我们随便出一个人就能杀了她，有什么可担心的？”

二号摇头：“事情没那么简单。”

队长笑：“十号不是出去了吗，说不定等他回来的时候，就能提着凤舞的脑袋来当下酒菜了。”

队长一边说一边回头瞅了凤舞一眼：“融化积雪怎么都慢慢腾腾的，五号，你再这么不争气，十号很快就会取代你。”

凤舞：“……”

队长不耐烦地摆摆手：“如果你有十号的一半本事，我都不会替你担心。行了行了，你也别在这儿白忙活了，把十号喊来吃饭。”

“哦……”凤舞转头就往外走。她正想找机会出去找十号呢，这可真是想睡觉就有人送枕头啊，甚合她意。

凤舞很清楚，十号有特殊的寻人能力，就因为他，自己才会一直被盯着不放，所以她首先要杀的就是十号。

看着凤舞的背影，队长直摇头：“五号呆头呆脑的，照这样下去，迟早会被十号取代。”

二号点头：“十号加入队伍没多久，但行事狠辣果决，修为又不弱，是棵好苗子。”

队长却冷笑：“就怕这苗子太好了。”

二号不由得多看了队长一眼：这是忌讳上了？

凤舞出破庙之后，径直往北边而去。

刚才十号离开时，她趴在雪地上特意观察过十号的行走路线。

一开始凤舞就布好了局，现在正一步步地按照计划行事。

凤舞一路往北走，十号会根据踪迹寻人，凤舞也会。她的反侦察能力可不是一般人能比的。

不到一炷香的时间，凤舞就在山谷里看到了十号的身影。

十号蹲在雪堆旁，陷入沉思之中。

“想什么呢？”凤舞模仿五号说话，学得还挺像，一般人分辨不出来。

十号回眸瞪了五号一眼，继续思索。

“有线索了？”凤舞干脆盘腿在雪地里坐下，慢慢悠悠地问。

十号还是没理她。

“队长喊吃饭呢，你不回去？”

“很奇怪。”十号终于说话了。

“哪里奇怪？”

“线索到这里就断了。”十号自言自语，“凤舞确实到过这里，这里有她留下的气息，但是，怎么就断了？”

“她跑了呗。”

“她往哪个方向跑了？为什么只有来时的气息，其他方向……”十号一拍大腿，“我知道了，她又跑回去了！她跑回破庙去了！凤舞就躲在破庙——”

十号话未说完，却看着自己的胸口，一柄长剑穿胸而过，鲜血一滴一滴正往下落……

十号难以置信地回头，尚未开口，长剑在他身体里用力一搅，顿时血流如注。

凤舞反手抽出火炎剑，看着十号缓缓倒下去，脸上浮现一抹淡淡的笑容。

“你就是……凤舞……”十号艰难地开口。

“你很聪明，但是知道得太迟了。”凤舞淡淡瞥了他一眼。

十号眸中涌动着复杂的情绪。找了三天三夜，终于找到凤舞了，却发现她……就在他们的队伍当中。没有了他，这支队伍会是怎样的结局？十号简直难以想象。但是，他心有余而力不足了。最终，只能含恨而终。

凤舞看了他一眼，然后从他身上沾了些血，往自己身上涂抹。

估摸着队长和二号吃得差不多了，凤舞站起来往破庙跑。

“队长！队长！队长！……”那惊慌失措的声音，在空旷的雪地里传得很远。

队长和二号正在谈论凤舞呢，突然听到这声音，当即冲了出来。

砰！凤舞摔倒在地上，在雪地里连翻了好几个滚，奄奄一息，似乎爬不起来了。

队长赶紧冲过来，正要给她把脉，她却紧紧拽住队长：“我没事，快……快去救……十号……快……”

天知道，如果把脉的话，她就暴露了。

十号？队长神色一凝，当即往凤舞所指的方向冲去。

他一边跑一边交代二号：“你照顾好五号！”

队长冲出去后，二号一把抓住凤舞的手：“我来给你看看——”

当即，二号就发现不对，因为这手太细腻了，而且白皙如玉，一看就知道是姑娘家的手，五号怎么会……

不好！二号心里刚冒出这个想法，下一刻，一柄匕首已经捅进他的心口。

二号难以置信地瞪着凤舞，抬手就对凤舞出招。临死前的一记杀招，可不是一般人能抵挡的！

好在凤舞早有防备，就在匕首刺入的那一霎，她身形一闪已经到了二号身后。

二号那一招击了个空，拍在雪地上，顿时拍出一个深坑。凤舞抬脚一踹，直接将二号给踹进了他自己拍出来的坑里。

“你，你，你是……凤舞！”二号并不蠢，很快就发现了真相。

凤舞抽回匕首，笑道：“你和十号一样嘛，都是临死才发现。”

“十号……十号……”

“跟你一样，死在我手里了。”凤舞脸上带着淡淡的笑容。

二号脸上一片绝望。他怎么都没想到，一个本以为很简单的任务，却让自己送了命。

二号也死了，凤舞将雪坑填平。

现在，这支小分队里只剩下那位队长了。

队长的实力非同一般，凤舞看不出他的深浅，但可以感觉到，她就算晋升到六星也打不过他。

虽然在柴火里下了毒，可是，看队长那样子，毒性还没有发作，如果这时候招惹他，最终死的那个人，绝对是自己。

“五号！”队长扛着十号的尸体一路而来，看到倒在地上的五号，眼眸一冷，赶紧过来摇晃。

凤舞被晃得骨头都快散架了，她艰难地睁开眼睛：“队长……”

“二号呢？刚才他不是在这里吗？”

“凤舞……凤舞偷袭……二号追过去了……”凤舞虚弱地慢慢站起来。

“你怎么样了？”队长的脸色非常不好。

“还能坚持。”凤舞咬牙答道。

这会儿如果装得太虚弱了，队长来把她的脉，那她就真的死定了。

队长点点头：“他们往哪个方向去了？”

“那边——”凤舞指着西边，“凤舞身上带伤，一看就知道跑不了多远，所以二号追过去了，想必很快就会有好消息。”

队长皱眉：“你先把十号的尸体带回去，我去追。”

说着，队长就跑出去了。

凤舞看着队长离开的背影，眸中浮现一抹淡淡的笑容。

队长警惕地追出去，但一直都没有看到二号和凤舞的身影。

不对啊，不是说凤舞受伤了吗？那应该很容易追到才对啊，为什么不见人影？

队长越想越觉得不对劲，突然快步往回走。

庙里静悄悄的，队长走进去，第一眼看到的是十号的尸体，但是五号在哪里？

“五号？五号！”队长皱眉，大声疾呼。

可是不管他喊多大的声音，五号都没有出现，这就奇怪了。

身为刀锋小队的队长，他能一路爬上来，绝对不是傻子。他想到了十号出去，想到了五号出去找，想到了十号之死，想到了二号失踪，总觉得哪里不对劲。

那双手！

队长只觉得脑中轰地一响——

五号的手背受过伤，但是那时五号拽着他，告诉他十号受伤的时候，他的手上并没有伤疤。

这非常不对！

是什么时候开始不对的？

他出去拿肉的时候！

想到这儿，队长顿觉如遭雷击，他勉强镇定下来，然后手握长剑，一股灵气蔓延出去，灵识遍布整个庙宇。

这么做非常耗灵气，可他却顾不得那么多了。

墙角下面的雪堆里，有一道异样的阴影！

队长手中的长剑飞射出去，扑哧一声没入雪堆。

队长嘴角勾起一抹嗜血的冷笑，他纵身掠过去，徒手将藏在里面的那个人拽了出来。

“凤舞！总算抓到你了！”

然而，队长定睛一看，却大惊失色——

这个人哪里是凤舞，分明就是五号，而他的剑已齐柄没入五号的心口。

他杀了五号！

可怜的队长，他怎么都没想到，凤舞早就将衣服给五号换回去了。她之前只是打晕了五号，却没有杀了他，就是要留到现在。

果然，队长中计了。

队长看着被自己杀死的五号，脑中一阵眩晕。五号没有被替换？那就是说，他刚才所有的猜测都是错误的？那到底发生了什么事？

队长被凤舞的连环计设计得快蒙了。

“嗯——”忽然，队长捂住胸口，那里正一抽一抽地疼着。这是……

队长的脸色变得非常难看，他清楚地意识到，他中毒了！

不好！

虽然不清楚发生了什么事，但警惕的本能让队长宛若鹞子一般，一个翻身，径直从窗口飞身掠出，朝着远方奔去，瞬间便失去了踪迹。

就这么跑了？凤舞在破庙里设下了天罗地网，没想到对方居然就这么跑了。

“不愧是刀锋小队的队长，戒心这么强。”凤舞遗憾地摇摇头，紧随队长而去。

队长非常清楚，二号、五号、十号都已经死了，只剩下他一个人了，而他自己偏偏还中毒了，情况很不妙啊！

“可恶的丫头！”队长恨不得将凤舞凌迟处死，可是现在他什么都不能做，唯一能做的，就是赶紧跟其他队员会合。好在他们之间有一种特殊的联系方式，能知道彼此的大概位置。

之前分开的时候兵分三路，二号、五号、十号和他去了北边，三号、六号、九号去了南边，四号、七号、八号去的是西边。

不能再分开了，必须团结起来。

队长向队员们发出求救信号。

求救信号？南小队以三号为首，他一看求救信号，心里顿时咯噔了一下，当即问队员：“你们收到没有？”

“队长的求救信号？”

“是！”

“队长很有可能遇到了真正的凤舞！”

“眼看我们就要追上目标了，难道就这么放弃了？”

“你傻啊？凤舞只有一个，既然队长那边是真的，那我们现在追的肯定是假的。”

“对哦……”

“哦什么哦，还不赶紧回去跟队长会合！”

南小队迅速往北边赶去。

与此同时，西小队也收到了求救信号。

“队长的求救信号？”

“队长是我们之中实力最强的，他怎么会……”

“一定是出大问题了，快快快，我们快去！”

“集合地是哪儿？”

“队长在信号上说，就是之前麒麟兽和冰火兽战斗的地方。”

“快！”

于是，南小队放弃了对彩凤鸟的追杀，西小队放弃了对小虎崽的追杀，分别朝着发现麒麟兽和冰火兽尸体的地方进发。

凤舞远远跟在队长身后，脑海里忽然传来彩凤鸟的声音："他们都折回去啦！凤小舞，他们肯定知道你才是真的，现在都跑去杀你啦，你快跑啊！"

与此同时，小虎崽的声音也跟着传来："嗷嗷嗷——他们都跑啦跑啦！"

因为彩凤鸟和小虎崽都是她的灵兽，所以只要距离不太远，就能通过脑波传递信息。

凤舞心头一动："他们肯定是在麒麟兽和冰火兽死亡之地会合，你们悄悄跟踪，不要太远也不要太近。"

"那你呢，你会不会死啊？"彩凤鸟和小虎崽都关切地询问凤舞。

凤舞看着地图里的某个大蓝点，眸中浮现一抹神秘的笑容："山人自有妙计！"

如果她没有猜错，这个大蓝点肯定是魔兽。那么大的点，说明它实力不凡。可是实力不凡的魔兽怎么会在二环？那必然是在寻找什么，也许是在找它的幼崽。

因为相距不远，所以不到一炷香时间，凤舞就在地图上看到，她离大蓝点非常近，已经不足一千米了。

凤舞在一个大雪堆里藏好，透过小小的洞口往外看着，很快一只巨大的麒麟兽出现在她的视野里。

这只大麒麟兽跟那只死掉的小麒麟兽长得极像，它一边皱眉，一边低头嗅着什么，眼中带着一丝焦灼。

凤舞心里一动：如果没猜错的话，这只麒麟兽是在寻找那只小麒麟兽吧？想到这里，凤舞灵机一动，计上心来。

凤舞估算了一下时间，大概还有一个时辰，麒麟兽一定会找到小麒麟兽的死亡之地，而那群杀手也在往那里会合……

等麒麟兽离开之后，凤舞快速从雪堆里爬出来，抄近路往聚集地跑去。

要利用麒麟兽，还有一些准备工作要做。这件事如果做好了，可以一次性干掉这队杀手。

他们现在已经知道她恢复了修为，如果让他们活着出去，那么左家必然会知道她有修为的事，到时候追杀她的可就不止一队杀手了。

所以，必须将这队杀手全部灭口，而且不能失败，必须成功！

在路上，凤舞就想好了一个复杂的连环计。

第十四章

一路追杀

半个时辰之后，队长第一个到达集合地点。他跑到这里已经力竭，再没有力气站着，倒在雪堆上大口大口地喘息。

队长觉得呼吸困难，所以一把扯下了脸上的黑巾。此刻，他的脸上出现了点点黑斑，跟尸斑差不多，看上去非常恐怖。

队长只觉得气息不稳，他扼住自己的脖子，想吐却吐不出来，又感觉到一股窒息的黑暗袭来。

就在他即将晕死过去的时候，南小队率先到达。

“队长，你怎么了？”三号带着六号和九号飞奔而来。

队长深吸一口气，断断续续地说：“你们……杀……杀……凤舞……”

三号惊呼一声：“队长，你遇见凤舞了？其他人呢？二号呢？五号呢？还有十号呢？”

这一路上都是十号带路，所以大家都非常倚重十号。

“死……死了……”

什么？南小队的人全都大吃一惊。

这个故事太长了，而且显得他们很愚蠢，所以队长并不想说，他摆摆手，对三号说：“你们……一定要小心……这丫头……太狡诈了……防不胜防……”

很快，西小队也赶来了。

刀锋小队现在的实力还是很强大的，一旦他们发现凤舞，凤舞就只有死路一条了。

忽然——

“那是什么？”四号眼尖，灵识扫到一个藏在雪堆里的阴影，顿时跳了起来。

要知道，之前凤舞就是埋在雪堆里坑他们的，所以他特别警惕。

凤舞一看四号宛若猛虎般朝她飞奔而来，当即转身就跑。

看到凤舞的身影，在场的人全都震惊了，没想到凤舞居然这么大胆！

队长气得鼻子都歪了：“抓住她！一定要抓住她！”

于是，三、四、六、七、八、九号，全都飞一般朝凤舞冲去。

凤舞跑得飞快，一边跑一边回头大声警告：“你们不要追我啊，我警告你们，不要追我啊！”

三号阴恻恻地冷笑：“不要追你？做梦！”

四号：“如果你自动站住，我们还能给你留一个全尸！”

凤舞无语：“死都死了，谁还介意是不是全尸啊？”

“你给我站住！”

“我不！”

“站住！”

“我不！”

三号：“……”

这丫头以为他们是在开玩笑吗？他们是在追杀她啊！

凤舞一边跑一边回头警告他们：“我警告你们，不要追啊，不然你们会后悔的！”

三号觉得可笑：“臭丫头，死到临头了，还玩这种把戏！”

刀锋小队的人速度奇快，而凤舞的速度比他们还是稍逊一筹。

即便她拼尽全力逃命，最后还是被这队杀手追上了。

这群人眸中露出狰狞的神色，三号更是冷笑连连：“小丫头，不是跟你说了不要跑吗，你为什么还跑？”

四号也露出阴恻恻的诡笑：“刚才你说，捉到你会有什么后果来着？说啊，说出来让我们听听啊。”

“你们会死的。”凤舞很冷静地望着他们，神色认真而凝重。

“哈哈哈哈……”这些杀手全都笑了，他们见过胡说八道的，可没见过这么胡说八道的。

“明明被我们包围了，居然说会死的是我们，你这丫头不会是吓傻了吧？”

“三号，不要跟她废话，让她拿出解药。”

杀手们一拥而上，就在这时，一桶鲜血兜头朝他们泼去！

这一桶血来得又快又急，杀手们猝不及防，被泼了个正着。

三号离凤舞最近，沾的血迹最多，那张脸就像被涂了一层红漆，看上去狼狈极了。

在场的人都莫名其妙地望着凤舞：她……这是在搞什么？

"难道这血里有毒？"三号他们反应过来，瞬间跳开一步。

一时间，所有人都瞪着凤舞，目中寒光闪闪、杀气腾腾，心里惊疑不定。

"这血里没毒，不过……"

不过什么？

"不过，它比毒药更可怕哦。"凤舞笑眯眯地看着他们。

三号眼眸危险地半眯起来："臭丫头，这是什么血？"

四号惊呼一声："这不是麒麟兽的血吗？你们感觉到了吗，很浓郁的灵气！"

六号："天，我忽然有一种要晋升的冲动！"

"我也有一种要晋升的冲动！"

在场的人全都面面相觑。原本以为凤舞给他们下毒呢，却没想到，她非但没有下毒，还给了他们对修炼有帮助的好东西！

"我想明白了！"四号惊呼一声，"凤舞这是拿出好东西来，让我们专注于晋升，而没有时间追杀她！"

四号瞪着凤舞："臭丫头，我说得对不对？"

凤舞笑眯眯地看着他，就是不说话。四号越发自信，对大家笑着说："我猜得没错，就是这样。"

三号盯着凤舞，他觉得事情没有这么简单，因为凤舞表现得太有恃无恐了。

不应该的。这时候的她，应该惊慌失措，应该六神无主，应该紧张战抖，可她眼底蕴含着的，是稳操胜券的自信和算计得逞后的得意。

"你葫芦里到底卖的是什么药？"三号想不明白，心中越发不安。

凤舞没有回答他的话，而是环顾一圈，对他们说："晋升的机遇，可遇不可求，你们确定要放过这么好的机会吗？要杀我随时都可以，但是想要晋升却难了。"

众人面面相觑，一时间还真有些犹豫。

三号怒喝一声："你们在想什么？难道不知道这丫头有多狡诈吗？快杀了她！"

一号不在，二号死了，所以三号的话就是命令，于是所有人都朝凤舞冲去。

凤舞一个旋转，脱离出战斗圈。

“你还想跑？”三号怒吼一声，他就知道，这丫头一直都在虚张声势。

“真的，你们追上来，真的会后悔的！”凤舞一边跑一边劝他们。

这群人已经懒得跟凤舞废话了，他们现在唯一的想法就是追上凤舞，然后杀了她。

凤舞一边跑一边暗暗着急，那只麒麟兽怎么还没来？它的嗅觉那么灵敏，按理说，闻到麒麟兽幼崽的鲜血，这会儿早就该跑来了啊。

三号冲在最前面，一拳砸向凤舞后背。

砰！凤舞被击飞，身体在半空中划过一道弧度，飞到另外一座山头，整个人深埋进雪堆里。

“噗——”凤舞吐出一口鲜血。

三号的实力太可怕了！凤舞揉揉后背，刚才如果她不避开要害，并且借力往前冲的话，估计这会儿连命都保不住了。

麒麟兽大人，您再不过来，我这条小命真要交待在这里了！

凤舞还没从雪坑里爬出来，三号一群人已经飞奔而至。

“臭丫头，明年的今天就是你的忌日！”三号手中长剑寒光闪闪。

凤舞心头一凛！她已经竭尽全力拖延了，但是现在，她要做的，还是尽力拖延！

“是左家派你们来的？”凤舞盯着他们，目光如炬。

但是三号并不回答。

“就算死，也让我做个明白鬼！所以，真的是左家派你们来的，对不对？”凤舞死死地盯着他们。

三号冷笑：“你要做个明白鬼？”

凤舞点头，面容严肃而认真：“告诉我，是不是？”

三号冷笑一声：“我们怎么可能告诉你雇主的信息？真是天真！

“去死吧！”

就在三号怒吼一声，正欲置凤舞于死地的时候，身后忽然响起一声怒吼，声音撕心裂肺，带着狂暴之音。

所有人都下意识地望向身后，只见一只可怕而强大的魔兽正朝他们扑来。

“不好！是麒麟兽！”

“它是冲着凤舞来的吧？”

“应该是！”

“既然它要杀凤舞，那我们快走！”

谁也没想到，那只成年的麒麟兽一冲上来，竟然朝九号抓去，瞬间就把九号撕成两半。

杀手们全惊呆了，三号先反应过来：“麒麟血！我们身上有麒麟兽幼崽的血！”

三号这么一提醒，在场的人终于回过神来。

凤舞泼了他们一身的麒麟血，当时四号还以为凤舞是为了让他们晋升修炼，从而没有时间去追杀她，直到现在他们才明白凤舞的用意。

三号咬紧牙关，冲麒麟兽大吼：“是凤舞杀的麒麟兽幼崽，跟我们无关！是她杀了——”

然而，当三号指向凤舞原本所在的位置时，哪里还有凤舞的身影？

“凤舞！”三号目眦欲裂。

她绝对是故意将麒麟兽引来的，难怪她刚才还像煞有介事地让他们不要追，好狡诈的丫头！

麒麟兽可不管这些人类的恩怨，它现在满脑子都是报仇。这么多血，足以证明它的幼崽已经死了，死在这些愚蠢而卑劣的人类手中！

“你们居然敢杀我孩儿！”麒麟兽目光凶狠，声音低沉，杀气腾腾。

“不，不是我们……不是我们杀的……”三号试图辩解，但是他们身上沾着麒麟兽幼崽的血，就是跳进黄河也洗不清了。

砰！果然，麒麟兽根本不听解释，一抬爪子就把七号拍死在地上。

四号看着半张脸几乎被拍烂的七号，大吼一声：“它已经认定是我们杀了它的幼崽，已经解释不清了，大家一起上啊！”

在场的人虽然不想承认，却不得不承认，确实如此。

“我们还可以跑！”

“不，我们已经被麒麟兽标记了。”三号的声音冷静得可怕，“在这傲世雪原上，被标记了的我们，如何逃出去？只会被它逐个击破！”

既然跑不掉，那就只有一个办法了。

三号咬紧牙关：“那我们只能杀了这只麒麟兽！”

因为不是麒麟兽死，就是他们这些人死。

“凤舞呢？”四号咬牙切齿地问。

“她跑了。”

所有人：“……”

事实上，凤舞并没有跑，她就藏在不远处的雪堆里。

她身上没有麒麟兽幼崽的血，所以没有被标记，随时可以脱身。

麒麟兽暴吼一声，快速扑上。

三号："大家一起上！"

战况非常激烈，一时间，凤舞眼前全都是鲜血，满地都是。

三号他们虽然口中喊着一起对付麒麟兽，但是真打起来，一见自己不是对手，纷纷转身就跑，速度快如闪电，因为这很有可能是他们这辈子最后一次狂奔了。

凤舞看到麒麟兽朝六号扑去，嘴角勾起一抹淡笑，她可不是那么好杀的。

凤舞知道，以麒麟兽的速度和实力，四号和三号绝对逃不出它的手掌心。

因为队长中毒了没有跟来，所以凤舞慢慢悠悠地去集合之地找他。

那里已经没有刀锋队长的身影了。

你以为逃得了吗？凤舞嘴角扬起一抹淡淡的弧度。

"嗷嗷啊——"小虎崽对着凤舞手舞足蹈，在脑海里跟凤舞沟通，我知道他在哪儿，我知道我知道我知道！

凤舞一摆手："追！"

耶！凤小土撒着欢儿往前蹿。

这次跟凤舞来到傲世雪原，凤小土的实力涨得最快最多，它本就以速度见长，如今速度更是快如闪电，凤舞差点跟不上它。

很快，前方出现了刀锋队长的身影，他前面是一条冰河。

刀锋队长感觉到杀意，回头看到凤舞，眉宇间浮上恨意："凤舞！"

凤舞站在距离他十米远的地方，笑眯眯地看着他："我是。"

"你杀死了二号、五号、十号！"刀锋队长恨意狂涌，恨不得冲上去将凤舞撕成碎片。

凤舞点头。

"你还给我下毒！"

凤舞又点头。

看到凤舞那一脸坦然的模样，刀锋队长的眉宇间浮现浓浓的怒意："你竟然还如此淡定？你就不怕死吗？"

"我为什么会死？"凤舞双手环臂，慢条斯理地瞥了队长一眼。

"我们一行十个人，你杀了三个，还有七个！"

"哦，队长你说的是三号、四号那群尸体吗？"凤舞漫不经心地问。

尸体？队长的脸色瞬间变得非常难看："你把他们怎么样了？"

"也没怎么样啊，"凤舞淡笑，"不过是让麒麟兽把他们吃掉罢了。"

"麒麟兽不是死了吗？"队长质疑道。

"哦，死掉的那只麒麟兽是幼崽，现在它爹来了。"

刀锋队长："他们没杀麒麟兽幼崽！"

凤舞点头："我知道啊。"

"那——"

"可谁让他们身上都是麒麟兽幼崽的血呢？"凤舞摊手。

麒麟兽幼崽的血？刀锋队长脑中忽然闪过一道灵光，他明白了！他就说嘛，之前那只被焚烧的麒麟兽幼崽，为什么看上去干瘪瘪的，他想取一些兽血都不行，原来是被凤舞取走了。

"你取走了麒麟兽的血，然后……"

"是啊。"

"你……"刀锋队长用看鬼一样的目光死死盯着凤舞。

那岂不是说，从一开始她就算计好了？

"你，你，你……"队长只觉得一口血从胸腔里一直往脑际冲，他死死瞪着凤舞，一个字都说不出来。

凤舞淡淡一笑："知道我为什么要告诉你这些吗？"

"为什么？"

"因为就算死，也要让你死个明白。"

说罢，凤舞一抬手，一个瓶子飞向刀锋队长："这瓶麒麟血里放了解药，能解你的毒哦。"

她用的是阳谋。

麒麟血虽然能解毒，但是他用了麒麟兽幼崽的血，麒麟兽就会冲过来报仇。

"所以，就看你怎么选了。"凤舞潇洒地冲他挥挥手，笑嘻嘻地走了。

刀锋队长愣在原地，现在他只有两种选择：不用，就会毒发身亡；用了，麒麟兽就会来找麻烦！用还是不用？

最后刀锋队长还是决定用。因为解毒后尚有一线生机，只要他能熬过剩下的三天。想到这儿，刀锋队长找了一个雪洞藏身，立即喝了麒麟血。

咕噜噜——血液入喉咙后，瞬间，一股灵气冲天而起，游走于全身经脉之中。好强大的力量！好浓郁的灵气！在那一瞬间，刀锋队长有一种立即要晋升的冲动。

在这迫切需要实力的时候，他毫不犹豫地选择了晋升。

此刻的麒麟兽已经杀红了眼。

九号、八号死了！

六号、七号死了！

四号死了！

三号也死了！

但是麒麟兽依旧难解心头之恨。它用那灵敏的鼻子嗅着附近的气息——它家幼崽的血气并没有消失！麒麟兽循着血气，一路往冰河而去。

刀锋队长正激动不已——

他马上就能晋升了！

马上就能逃离了！

马上就能……

就在他最高兴的时刻，一只庞大的麒麟兽突然出现在面前。刀锋队长难以置信地望着眼前这只麒麟兽："你……"

"可曾看到我的孩儿？"麒麟兽口吐人言。到了麒麟兽这种级别，灵智开启，说大陆通用语并不是什么难事。

"没，没有。"刀锋队长拼命摇头。

"没有？"麒麟兽一巴掌从刀锋队长脑门上拍下。

刀锋队长被拍得眼前发黑，直接喷出一口血。

本来，因为麒麟兽的血被刀锋队长喝入腹中，麒麟兽还真没感觉出来，它只是过来问问，结果……

看到那独属于麒麟兽的血，麒麟兽抬头看向刀锋队长，眸中涌现杀意："你杀了我的孩儿！"

刀锋队长都傻了。

"敢杀我的孩儿，去死！"

砰砰砰！麒麟兽和刀锋队长战成一团。

凤舞就躲在不远处的雪洞中，看着他们疯狂对战，她心有余悸。

幸好有刀锋队长帮她挡住这一劫，否则这只麒麟兽，她还真对付不了。

"不是我杀的，是凤舞！"刀锋队长在生死关头，已经没有杀手风范了，直接将凤舞给供出来了。

"凤舞是谁？"麒麟兽眉头紧皱。

"是一个人类少女，长得……"刀锋队长描述了一番，一口咬定是她杀了麒麟兽幼崽。

砰！麒麟兽一巴掌拍在刀锋队长的脑门上。

"身穿红衣的人类少女？"

"对对对——"刀锋队长说，"是她给我的麒麟血，是她杀的麒麟兽，要不，我带您找她去？"

凤舞心头一惊，如果麒麟兽真将她记恨上，那么接下来的三天，在这傲世雪原她将寸步难行。

"愚蠢！"麒麟兽一拳砸向刀锋队长胸口，刀锋队长难以置信地望着麒麟兽。

他说的都是真的啊！

“那个灵宗五阶的小丫头，哪儿有本事杀我孩儿！”麒麟兽觉得眼前这个人类太可恶了，杀了它的孩儿，还想嫁祸于人。

“你，死无全尸！”麒麟兽宣判了刀锋队长的死刑。

看到刀锋队长终于死了，凤舞深吸一口气，就要从雪洞里爬走。

然而就在这时，一道深沉的声音在凤舞身后响起：“往哪儿走！”

凤舞顿时浑身一激灵：难道麒麟兽知道它家幼崽是被……

凤舞撒腿欲跑，然而还没等她迈开腿，麒麟兽就把她拎了起来，就像拎着一只小鸡崽。

“红衣人类少女。”麒麟兽的声音很肯定。

不好！凤舞心里咯噔了一下：刚才刀锋队长的告状肯定起作用了，麒麟兽这是宁杀一千，不放一个啊！

凤舞可怜兮兮地转过头，委屈地望着麒麟兽。

麒麟兽冷笑一声：“你还不跑？”

凤舞一脸无辜：“我……为什么要跑？”

“我家孩儿之死，是否跟你有关？”

“无关，一点关系都没有！”凤舞赶紧否认。

麒麟兽冷笑一声，拎着凤舞就走。

“哎，你要带我去哪儿？喂——”凤舞一脸崩溃。

这时候，屏幕外，方阁老在确定没有外人会进来后，终于将画面切换到凤舞身上。

这一切换，他老人家顿时大惊失色。

凤舞被一只强大的麒麟兽捉住，这只麒麟兽的实力至少也在灵尊境。

吴道人看到这一幕，急得眼珠子都快凸出来了：“这是要出大事啊！”

方阁老难得赞同吴道人的话，这确实是要出大事啊……

屏幕里，凤舞敬畏地盯着麒麟兽：“你……你到底要干什么？”

麒麟兽随手将凤舞丢在背上，身形快如闪电地往前狂奔。

麒麟兽的背上没有任何围栏，凤舞想爬下来，却惊讶地发现，四周仿佛有一道磁场，将她牢牢困住，她竟无处可逃。

屏幕外，方阁老和吴道人的脸色都变得非常难看。

方阁老：“不好，麒麟兽这是要将舞丫头带回去！”

吴道人：“带回去做什么？难道做小媳妇？”

方阁老恨不得一巴掌将吴道人拍死。

“如果没猜错的话，应该是血祭。”方阁老答道。

“血祭？”

“麒麟兽的幼崽虽然死了，但是麒麟兽有一种特殊的技能。”方阁老盯着吴道人，“它能将它家幼崽的魂魄召唤到人类身上，如果舞丫头的身体和幼崽的魂魄契合的话——”

吴道人的脸色都变了：“然后呢？”

“然后麒麟兽幼崽就会和舞丫头争夺身体，而有麒麟兽在，你觉得舞丫头会赢吗？”方阁老颤声说道。

“你怎么知道这件事？”吴道人不解。

“因为当年有一个人曾经招惹过这只麒麟兽，差点就……”方阁老深吸一口气，“不行，不能再耽搁下去了，我必须马上进宫。”

只有君武帝同意，才能重新开启考核地图，不然，即便方阁老是院长，也没有这个权限。

方阁老急匆匆进宫去了。

皇宫内，封管家正帮君殿下从太后那儿取了点东西，回去的路上就看到行色匆匆的方阁老。

“方阁老——”封管家喊住方阁老。

方阁老看到封管家，心里还惊了一下：这位君殿下身边的红人，平时对谁都保持距离，这次居然主动开口了？

不过方阁老却没工夫跟他寒暄，他冲封管家点点头，径直往皇宫而去。

越是如此，封管家就越不能让他离开。

“可是考核地图出问题了？”封管家主动询问。

方阁老本不想说，但是想到封管家代表着君临渊，而君殿下想知道的事，就算陛下都拦不住。

方阁老无奈地叹了口气：“舞丫头在考核地图里出事了，我得赶紧找陛下说说去。”

凤小舞？真是怕什么来什么，这一问，还真是凤小舞出事了。

看着方阁老匆匆离去的背影，封管家揉揉眉心。

太子府，君殿下正在书房里画画。他的画极好，画中融入剑意，悟性高者，说不定修为就能更上一层楼。天下楼那些传说中是他亲手绘制的字画，还真是出自他之手。

但是此刻的君殿下戾气很重，哗啦重重一笔，将原本的秋雨图画得剑气冲天。封管家过来的时候，看到的就是这张剑气冲天的秋雨图。

“空山秋雨后，剑气冲天起，好画，好画。”封管家笑眯眯地赞道。

“闭嘴！”君临渊瞪了封管家一眼，一抬手，那幅画就化为灰烬。

封管家：“……殿下，其实……”

“让你闭嘴，听不见吗？”君殿下心情不好。

封管家摸摸鼻子，还想说话。君殿下瞪了他一眼：“出去！”封管家无奈，转身出了门。

宫嬷嬷没好气地瞪了封管家一眼：“殿下最近火气重，你怎么还招惹他？”

封管家双手背在身后，状似无意地说：“唉，这不是帝国学院那边传来凤小舞的消息了嘛——”

书房内，君殿下握笔的手倏然一紧……

宫嬷嬷一脸关切地问：“舞小姐？舞小姐怎么了？”

“舞小姐出大事了！”封管家一脸的焦灼。

“啊？”宫嬷嬷惊呼一声。

吱呀——

门开了，君殿下那冷漠的声音从里面传出来：“滚进来！”

封管家摸摸鼻子，和宫嬷嬷对视一眼，露出一抹会心的笑意，这才快步入内。

“在外面嘀咕什么？”君殿下故作淡然地落笔。

封管家长叹一声：“都是帝国学院的事，不在殿下的管辖范围之内，也没什么可说的啊。”

没什么可说的？！

君殿下那森冷的目光射向封管家，将手中的画笔一掷：“说！”

封管家摸摸鼻子，心中暗笑，面上却是一副无奈的表情：“之前就有消息称，傲世雪原里的终极魔兽——雪夜冰魄兽即将苏醒。”

“嗯。”君殿下皱了皱眉，“但事实上，还没苏醒。”

封管家点点头。

“继续说啊！”君殿下脾气暴躁。

刚才封管家那句“舞小姐出大事了！”牢牢记在心里。

封管家说：“刚才从宫里出来时正好碰见方阁老，见方阁老行色匆匆，所以多问了一句——”

“然后？”君殿下没好气地瞪着封管家。

封管家赶紧继续：“方阁老说，凤小舞被一只灵尊境的麒麟兽抓走了，麒麟兽要将凤小舞的魂魄剥离，好让它家幼崽的魂魄霸占她的身体。”

君殿下的脸色顿时变得非常难看，他将笔丢下，径直往外走。

就在这时，风浔和玄奕一起从外面走了进来。

看到君殿下，二人正要打招呼，却见君临渊从他们眼前掠过，速度快得带起一阵风，那阵风还差点将风浔和玄奕给刮倒！

风浔和玄奕面面相觑，不知发生了什么事。看到封管家，风浔赶紧上去，一把抓住他老人家：“封管家，等等，等等——”

封管家回头看着风浔和玄奕。风浔一脸不解：“君老大这是怎么啦，一脸焦急的样子？就算是逼宫都没这么急吧？”

“怎么说话的！”玄奕瞪着风浔。

“哦——”风浔捂着嘴巴。

玄奕看着封管家：“这是怎么了？从小到大，还从没见他这么着急过。”

一旁的风浔忙点头：“就是就是。”

封管家说：“帝国学院的考核地图出事了……”

“那就难怪了！”风浔赶紧接话，“那可是关系到一千名考生的安危，难怪君老大……不对啊，君老大可不是那种会关心考生的人……”

“凤小舞……”玄奕提醒了一句。

风浔一听，顿时一拍脑袋：“不好！我妹妹也在这次考核当中呢！”

风浔顿时没精力去管君临渊为何着急了，他现在全部精力都在凤舞身上。

“封管家，考核地图真出事了？”风浔脸色都白了。

封管家点头：“消息来源于方阁老。”

“走！”

风浔和玄奕赶紧朝帝国学院奔去。

封管家不得不提醒他们：“君殿下进宫了！”

墙头上的风浔和玄奕，硬生生转了方向，匆匆往皇宫而去……

御书房里，君武帝眉头紧皱：“你说什么？”

方阁老面容严肃而认真：“陛下，凤舞被麒麟兽抓走了。”

君武帝：“所以，你的意思是……”

方阁老不答，继续说道：“那麒麟兽，要血祭凤舞。”

君武帝：“如果没记错的话，麒麟兽是灵尊境，应该在一环区域。”

方阁老：“是的。”

“凤舞怎么会招惹上麒麟兽？”

“这个不得而知，但是，她确实招惹上了，而且麒麟兽准备血祭她，拿她的肉体给麒麟兽幼崽的魂魄用。”

君武帝从座位上站起来，双手背在身后，在御书房里来回踱步。

“你的意思是，要朕开启考核地图？仅仅因为凤舞一个人？”君武帝用看神经病一样的目光看着方阁老。

方阁老严肃地说：“陛下，雪夜冰魄兽很有可能苏醒，到时候将会威胁到近千名考生的生命，所以老臣恳请陛下中断这次考核，以后重考一次。”

君武帝摆手：“不行。”

“陛下——”

君武帝盯着方阁老：“方阁老，朕一直器重你，因为你大公无私，一心为国，现在你辞官去帝国学院任职，朕希望你能对考生一视同仁。”

“陛下——”方阁老的脸色瞬间变得非常难看。

凤舞充其量不过是灵宗五星的实力，现在她招惹了灵尊境的麒麟兽，那样的麒麟兽对她来说，是庞然大物般的存在。她怎么办？她会死的！

就在这时，外面传来一阵脚步声。

君殿下原本行色匆匆，但是到了御书房门前一百米，君殿下放慢了脚步。

砰！君殿下一脚踹开了御书房的门。

君武帝和方阁老都惊讶地回头：居然有人敢踹御书房的门？真是吃了熊心豹子胆！

然后他们脑海里齐齐想起一个人——君临渊！

两人回头，就看到一道挺拔的身影伫立在他们面前，那让人无法忽视的强大存在感，让君武帝不由得皱眉。

“你怎么来了？”君武帝的脸色有些难看。

君临渊看都没看君武帝，他只盯着方阁老：“考核地图出事了？”

“是！”方阁老答得万分肯定。

君武帝瞪着君临渊：“你哪儿来的消息？”

君临渊瞥了他一眼：“你管不着。”

君武帝差点气坏了：“普天之下——”

“普天之下莫非王土，率土之滨莫非王臣是不是？”君临渊瞥了他一眼，“你管天管地，也管不着我。”

君武帝额角的青筋突突突直跳。

方阁老默默地站得离他们稍远一点儿。

这对父子的相处模式就是这样，一天不怼就难受，他可不想当炮灰。

君临渊盯着君武帝："开启考核地图。"

"这可不行！"君武帝一口拒绝。

什么意思？一听凤舞有危险，这臭小子就想破坏规则中断考核？这小子该不会真对凤舞那丫头有意思吧？

想到这儿，君武帝顿时拧眉了。

最是无情帝王家，君武帝既然决定了不让君临渊娶凤舞，那自然是采取一切手段隔绝他们。而最好的隔绝，不是距离上隔断，而是天人相隔。

"你拒绝我？"君殿下的脸色变得非常难看。

君武帝冷笑："既然是考核，那就应该对所有考生一视同仁，公正公平！"

君武帝说得义正词严："每一场考试，都有危险，都会死人，他们在进入考核地图之前，就已经签了生死状。这次是凤舞考试遇到危险，所以就中断，那么下一次呢，如果别人遇到危险，中断不中断？"

君武帝盯着君临渊："你小子，这么紧张凤舞，该不会喜欢上那丫头了吧？"

风浔和玄奕刚到，正站在御书房门口喘气呢，就听到这惊天大内幕。

君老大喜欢凤小舞？

君临渊用看白痴的目光看了君武帝一眼："你疯了吗？我怎么可能喜欢凤小舞！"

他，否认了。

风浔拉着玄奕，喘了口气："就是嘛，刚才我还真以为君老大喜欢凤小舞呢，虚惊一场，虚惊一场。"

"那如果……"玄奕嘴角微勾，瞥了风浔一眼，"如果君老大真的喜欢凤小舞呢？那你这个做哥哥的会怎么做？"

风浔一脸茫然，不过他很快呸呸呸："说什么呢，君老大怎么可能喜欢凤小舞？那丫头可是个小废物呢。"

御书房内，君武帝瞪着君临渊，目光冰冷："刚才你说什么？再说一遍。"

君殿下冷笑："你让我再说一遍我就再说一遍，这么没面子的事，我怎么会做？"

君武帝："……"

君临渊一言九鼎，他从不说谎，所以这破孩子是真不喜欢凤小舞。

"既然不喜欢她，你这么紧张干吗？！"君武帝瞪着君临渊。

君殿下用看白痴一样的目光瞥了君武帝一眼："雪夜冰魄兽快苏醒了，你没听见啊？"

所以，君临渊的目的不是凤舞，而是雪夜冰魄兽啊！

想到这儿，君武帝的脸色顿时好看起来。

就在这时，外面传来一阵急促的脚步声。

众人回头一看，吴道人步履匆匆，神色紧张……

傲世雪原里，凤舞被麒麟兽丢在背上，想跑都跑不了。她有一种预感，这一去，肯定会有很不好的事情发生。

麒麟兽捉住她，没有将她当场击毙，它的目的到底是什么？

凤舞百思不得其解，不过，既然想不明白，她也就不想了。

坐在麒麟兽背上的她，眉头舒展，进入了修炼状态。

麒麟兽的速度非常快，不过半个时辰就停下了脚步。凤舞睁开眼，就看到不远处的雪山上，有个大大的雪洞。

雪洞很大，足以容纳五十个人一起通过的那种宽度。

这就是麒麟兽的家了吧？

进去之后，凤舞的第一反应就是冷，非常冷！

砰！麒麟兽将凤舞摔在地上，痛得她眼泪都快出来了。

麒麟兽将凤舞捉来之后，丢进一个圈起来的栅栏里，然后不管她，转身就进入入定状态。与其说是栅栏，倒不如说是由一道道怪异的灵气围成的一个圈。

凤舞见麒麟兽进入入定状态，揉揉身子，扶着墙壁缓缓站起来。

当凤舞的手碰到灵气栅栏时，哧——一道电光闪过，火花四溅！

“嘶——”凤舞倒抽一口凉气。

好痛！她低头看自己的手指。刚才她是用右手食指碰触的，现在她的食指已经焦黑，还不断地冒着烟。刚才如果她抽回来的时候速度稍微慢一点儿，她这根手指肯定就被烤熟了。凤舞深吸一口气，眼中充满懊恼之色。现在怎么办？麒麟兽将她抓回来要干什么啊？

“你找死吗？”就在凤舞不断尝试从这道灵气栅栏里逃脱的时候，突然响起一道森寒的声音。

凤舞循声望去，竟然看到第二只麒麟兽。

是了！当时她从地图里选中麒麟兽幼崽的时候，就看到了两个大蓝点和一个小蓝点。小蓝点已经确定是麒麟兽幼崽了，所以大蓝点，应该就是麒麟兽夫妻了。现在雄麒麟兽正在入定，所以，这只肯定是雌麒麟兽。

雌麒麟兽那森寒的目光死死瞪着凤舞，眼中布满了血丝。凤舞有些心虚。虽然说物竞天择，适者生存，可她确实利用了麒麟兽幼崽。不过凤舞转念一想，如果她不利用麒麟兽幼崽，那只幼崽就会吸干她的血……所以，不是她不好，而是强者生存！

你们把我抓过来，是想吸我的血吗？凤舞本想这样问的，但是她转念一想，如果人家原本没这么想，被她一提醒却有了这个想法，那她岂不是坑了自己？

就在凤舞内心忐忑不安，脑中思绪万千的时候，雌麒麟兽眸中浮现一抹冷笑："你死不足惜，但是你的身体却不能有丝毫损伤，所以给我好好待着！"

"难道你们要的，是我的躯体？"凤舞恍然大悟。

雌麒麟兽冷漠地盯了凤舞一眼。

"你们要我的躯体做什么？我的躯体能有什么用呢？"凤舞摊手。

就在这时，凤舞感觉到阴风阵阵，原本就冷的洞内，更是陷入极寒境地。

"它在做什么？"凤舞好奇地指着雄麒麟兽。

"招魂。"

"招什么魂？"凤舞皱眉，心里那种不好的预感越发明显了。

雌麒麟兽见凤舞话这么多，眼中已经有些不耐烦了，直接就说："血祭你，让我们的幼崽借你的身体活过来。"

"还能这样？"凤舞死死瞪着雌麒麟兽，"难道你们在召唤的，是麒麟兽幼崽的魂魄？"

雌麒麟兽点点头。

糟了！如果麒麟兽幼崽的魂魄被召唤回来，到时候它说出真相，自己必死无疑。所以，麒麟兽幼崽的魂魄千万不要回来啊……

凤舞陷入焦虑之中，雌麒麟兽诧异地盯着凤舞："我儿之死跟你无关，你紧张什么？"

当然有关了，麒麟兽幼崽可是被她算计死的，不过这话可不能说。

凤舞反应很快："它的魂魄一来，我是不是会死？"

"是。"

凤舞："如果我不愿意呢？"

雌麒麟兽看都没看凤舞一眼。在它眼中，灵宗五星的实力，宛若蝼蚁一般，可以直接无视。

就在这时，凤土土在空间里弱弱地吭声了："其实……其实……"

这声音太微弱了，一开始凤舞都没有注意到。

"其实……它的魂魄……被我吞了……"

什么？凤舞心头一震，赶紧跟凤土土沟通："怎么回事？"

"就是……就是……之前吸收它的灵气时看到一只魂魄……就……就一口吞了嘛……"

凤土土一脸的小心翼翼，急得快哭了："怎么办？怎么办？都已经被我消化了，吐都吐不出来了，呜呜呜……”

凤舞却一阵庆幸，幸好麒麟兽幼崽的魂魄被小虎崽吞了，否则真被召唤来，她就只有死路一条了。

凤舞深吸一口气，问雌麒麟兽：“如果召唤不来麒麟兽幼崽的魂魄呢？”

“那你就给它陪葬。”雌麒麟兽冷硬地说。

“可是……又不是我杀的，你们怎能这么不讲道理！”

“道理？弱者在强者面前还想有道理可讲？真是可笑！像你这样弱小的蝼蚁，看着不顺眼，一脚踢碎了便是。”雌麒麟兽不屑地盯着凤舞，眸光闪闪。

凤舞暗中咬牙。原本她对麒麟兽幼崽的事，还有一点点愧疚，但是看到雌麒麟兽如此行事，她心中一点愧疚都没有了。

不过它确实教会了她一件事：在这个弱肉强食的世界里，弱者在强者面前，哪儿有道理可讲？拳头就是硬道理啊。

此刻，雄麒麟兽头顶不断有青色烟雾弥漫。

随着青烟冒出，雄麒麟兽额头上冷汗淋漓。

雌麒麟兽一看，眉头紧皱起来。

它没有多想，便坐在雄麒麟兽面前，帮它一起召唤。

然而，随着时间的过去，依旧没有动静。

不可能啊。雄麒麟兽和雌麒麟兽不解地对视一眼，忽然齐齐地望着凤舞。

凤舞的心瞬间一沉，它们要做什么？却见雄麒麟兽一招手，被圈在灵气栅栏里的凤舞，飞快地朝雄麒麟兽冲去。

砰！凤舞被吸过去之后，狠狠摔落在地，摔得她眼冒金星，眼前阵阵发黑。

“你们要干什么？”凤舞瞪着这两只凶神恶煞的麒麟兽。

没等她反应过来，雌麒麟兽那锋利的爪子，直接在凤舞手腕上一划，鲜血瞬间涌出。

“坐好。”雌麒麟兽拽着凤舞在它和雄麒麟兽中间坐好，“现在开始血祭，如果你敢有一点异动，用你们人类的话来说，你会魂飞魄散，永世不得超生！”

凤舞看着自己不断流血的左腕，心里一阵发凉……

她之前跟冰火兽一战，已经失血过多，现在又来个血祭，她的身体根本承受不了。

凤舞试图挣扎，但是全身就像被一股电流蹿过，疼得她冷汗淋漓。

这两只麒麟兽，为了召唤它们幼崽的魂魄，可真是无所不用其极。

可是那魂魄已经被凤土土吞噬了，它们注定是找不到了。

凤舞的血越流越多，灵气也源源不断地逸出。

凤土土和彩凤鸟试图从空间里飞出来，但是被凤舞强力压制住了。它们要是被这两只麒麟兽抓住，那还得了？

可是，两只麒麟兽施加在她身上的压力太可怕了，凤舞承受不住，当即喷出一口鲜血。

如果只是喷血还没什么，凤舞崩溃地发现，她的灵魂正在承受着难以描述的动荡，几欲脱体而出。

凤舞头痛欲裂，脸色白得可怕。

忽然，两只麒麟兽眼中浮现一抹狐疑之色。

“你的身上为何会有我孩儿的气息？”雄麒麟兽恶狠狠地盯着凤舞。

不好！凤舞心里咯噔一下。

雌麒麟兽反应过来，一把抓住凤舞：“没错，你身上有我孩儿的气息！”

凤舞的内心几乎崩溃了，真是担心什么来什么……

“说！”两只麒麟兽分别拽着凤舞，目眦欲裂，几乎将凤舞的手掰断。

“快说！”一股火焰从麒麟兽口中喷出，落到凤舞身上，瞬间就将她的身体点燃了。

火焰如有灵识，直往凤舞的随身空间里钻。

不！凤舞的脸色瞬间变得惨白，因为里面躺着她的美人师父啊！她什么都可以失去，但不能让美人师父受一点点伤害。

凤舞想说话，可是，在绝对的实力面前，她连哼都哼不出来，痛得灵魂都在战抖。

就在这时，空间里的彩凤鸟和凤土土直接摔出来，滚落在地。

两只麒麟兽的感知都很敏锐，它们直接去抓凤土土，因为从它身上感知到了麒麟兽幼崽的魂魄。

雄麒麟兽的动作更快一些，它直接将小虎崽抓在手中，掐住小虎崽的脖子。

小虎崽进步虽然很快，但毕竟处于婴幼儿期，实力还没成长起来，所以被麒麟兽抓在手中，它瞬间动弹不得。

“儿子！”母麒麟兽感应到凤土土身上的气息，顿时愤怒不已。

它抬手就抠小虎崽的嘴巴：“还我儿子！还我儿子！”

小虎崽被掐住喉咙，脸色惨白，双眸呈紫红色，瞳孔开始涣散。

凤舞能清晰地感觉到凤土土的生命在流逝。

“快……走……”见凤舞还愣着，凤土土艰难地催促凤舞。

趁这两只麒麟兽的注意力全在它身上，赶紧跑，或许还有一线生机！但是，凤舞怎么能弃小虎崽于不顾？

砰！凤舞亮出火炎剑，直刺母麒麟兽的后心。但让她崩溃的是，麒麟兽的实力太强大了，防御太恐怖了，刚才她用尽全力的一剑，竟没有伤到母麒麟兽分毫。

母麒麟兽抬爪朝身后扫去，凤舞偷袭不成，反被甩到墙上，砰的一声，硬是把那又厚又硬的墙壁撞出蛛网般的裂痕。

凤舞摔落在地，大口大口地咳血。

彩凤鸟心痛不已：这蠢女人，居然想杀麒麟兽，不知道那是灵尊境吗？差了整整一重境界，怎么破得了对方的防御！

“走！”彩凤鸟的身躯瞬间变大，驮着凤舞就往外飞。

但是凤舞却摇头：“凤小土……不能丢下凤小土……”

因为凤舞不断挣扎，彩凤鸟飞得歪歪斜斜，它急忙劝凤舞：“你们人类不都说‘留得青山在，不怕没柴烧’吗？只要你能活着，以后再给它报仇！”

“不……不……”凤舞拼命摇头，这一刻，她无比痛恨自己实力不济。

如果拥有灵尊境的实力，她岂会眼睁睁看着凤土土被掐死？

痛苦的泪水滑落，凤舞双手紧握成拳，指甲深深掐进肉里。

“我不走。”凤舞拽着彩凤鸟，砰的一声滚落在地。

彩凤鸟气得奓毛：“你这个愚蠢的女人，还记不记得你身上的重担！你死了，你家美人师父还能苏醒吗？你死了，你的娘亲怎么办？弟弟怎么办？其他人怎么办？”

凤舞脸上浮现一抹苦笑：“我不会死的。”说着，她将彩凤鸟强行塞进空间之中，然后一把抓住凤土土。

两只麒麟兽顿时暴怒，齐齐挥爪朝凤舞的脑袋拍去。若是被砸中，凤舞必死无疑。就在这最关键时刻，凤舞握紧了手中的玉珏。原本她以为她永远没有机会用到这块退出玉珏了，却没想到，最终她还是要选择放弃。

“退——”凤舞刚喊了一个字，忽然狂风大作，两只麒麟兽瞬间被冻成冰雕。

然后，凤舞亲眼看到，它们的身体慢慢龟裂，轰隆一声化为一地冰块。

砰！凤舞被冰块砸中脑袋，只觉得眼前一黑，便失去了意识。

就在这时，一道身影出现在洞口，白衣胜雪，俊逸不凡。

在凤舞倒下去之前，少年飞掠而来，身形如闪电，将少女柔软的身子搂入怀中……

第十五章

相爱相杀

凤舞是在一片强光中醒过来的，她睁开眼，灿烂的阳光差点将她的眼睛闪瞎。

“妹妹，你醒了啊！”风浔第一个冲上来，激动地拽住凤舞。

“风浔？”凤舞半坐起来，揉揉眼睛，难以置信地望着眼前这位本不该出现在这里的少年。

“你怎么会在这里？”凤舞不解地看着他。

“不仅他在这儿，我也在。”另一位少年目光闪亮地望着凤舞。

“玄小奕，你也来了？”凤舞越发不解，“这里不是考核地图吗？不是只有新生才能来吗？你们怎么能进来？”

风浔没好气地说：“这里出大事了，你都不知道吗？”

“什么大事？”

“原本不应该出现的雌雄麒麟兽出现了，把你抓走了。”

“所以你们就进来了？”凤舞瞪着风浔，“我有这么大面子？”

“你当然没有这么大面子，不过你运气好。”风浔说，“如果只是雌雄麒麟兽苏醒倒也罢了，可是，雪域森林中心的雪夜冰魄兽苏醒了。”

雪夜冰魄兽真的苏醒了？凤舞心中激动，别人不知道，但是她却很清楚，能让雪夜冰魄兽苏醒的人，除了御冥夜就没别人了。

凤舞需要雪夜冰魄兽的冰魄之心，来当她那太乙阵的阵眼，所以进入考核地图之前，她就和御冥夜说好了，她来帮他考核，而他去帮她拿冰魄之心。

所以，凤舞一把抓住风浔，关心地问："雪夜冰魄兽现在怎么样了？"

风浔冷哼一声："听说有人故意去撩它，将它撩醒了，你们这群考生里，有跟雪夜冰魄兽对战之力的，除了御冥夜，也没有别人了。"

"御冥夜呢？他现在怎么样？"凤舞急问。

风浔冷笑一声："他能活着就不错了，至于活得多好，就别想了。"

"为什么？"

"听说帝国学院已经联系不上他了，不知道是不是死了。"风浔摸着下巴做思考状。

凤舞的脸色瞬间变得惨白："不……不可能吧？御冥夜的实力……还是很不错的。"

风浔没好气地说："刚才我还问君老大呢，若是他对上雪夜冰魄兽，胜算如何，你知道君老大怎么说吗？"

"怎么说？"凤舞紧紧拽着风浔的衣袖，眼睛睁得大大的。

"君老大说，如果他碰上雪夜冰魄兽，那——"

风浔的话还没说完，砰的一声，一个果子砸在风浔后脑勺上。

风浔顿时怒了，捂着脑袋大喝一声："吃了熊心豹子胆了！敢砸老……"

凤舞赶紧给他使眼色。

"妹妹，你眼睛抽筋了啊？"风浔一边说话一边转头——

"君、君、君老大……"

君临渊那清冷的目光从他脸上扫过，落到凤舞身上，神色不悦地走上前来。

凤舞下意识地往后缩，因为君临渊的眼神太可怕了。

在场的还有不少帝国学院的考生，大家看到君临渊盯着凤舞，都暗暗揪心。

特别是沐瑶瑶，她的双手紧握成拳，眼珠子都快瞪出来了：怎么可能……君殿下怎么可以……

君临渊抬起的手，在几乎触到凤舞的脸时，忽然变了方向，一巴掌拍在凤舞的脑门上。

"嗯——"凤舞捂着脑袋，眼泪汪汪地瞪着君临渊，一脸控诉的表情，"你干吗打我！"

"你是猪啊！"君临渊怒视凤舞，"你觉得你很了不起是不是？没有修为，也敢只身进入一环区域？你就这么想死吗？"

"我……我不想死啊……"

"那你还进一环区域！"

"我……我是被麒麟兽抓走的……"

“它们为什么不抓别人，偏偏抓你？”

“因为……我长得美！”凤舞笑嘻嘻地望着君殿下。

君殿下看着凤舞这嬉皮笑脸的模样，深吸一口气。

在场围观的人，全都用怪异的目光看着凤舞和君临渊，特别是那些女生，此刻眼珠子都是红的，喷着嫉妒之火。

凤舞什么时候跟君殿下这么熟了？还能随便说说笑笑了？难道君殿下对她……

“你是白痴吗？！”君临渊一巴掌拍在凤舞脑门上。

“我……”凤舞眼泪汪汪地望着君殿下，“我白痴，你不也救了我吗？”

凤舞可委屈了。到了考核地图之后，她的日子简直就是灾难。先是被投放到二环区域，好不容易杀了三只魔兽，结果，灵气她自己一点都没吸到。

好不容易救了朝歌，又遇到了冰火兽，结果冰火兽又对她发起一场追杀。

好不容易利用麒麟兽幼崽和冰火兽火拼，待它们双双毙命，又来了刀锋小队追杀她。

好不容易将刀锋小队分而化之，利用麒麟兽将他们杀了，她又被麒麟兽扛走了……

这说起来，真的全都是泪啊！

好不容易死里逃生，结果君临渊不是喊她猪，就是喊她白痴，凤舞越想越委屈。

结果，君临渊还吼她：“你知不知道，因为你一个人，惊动了整个院方，我们都放下手里的事进来收拾残局！”

君殿下瞪着凤舞，凶巴巴地说：“你看看这些考生。他们因为你，差点都考不成了！”

沐瑶瑶、公孙晴，还有其他女生，此刻都松了一口气：果然凤舞是喜欢君殿下的，可是君殿下一点都不喜欢她。如果真喜欢的话，看到她现在这一脸的伤，早就心疼了，哪里还会凶巴巴地训斥？

而且，君殿下明显是站在她们这边的呢……

这样一想，她们的心情就变得愉悦了。

而此刻，玄奕不由得多看了君殿下一眼，目光中多了几分了然，而风浔则用诧异的目光望着君临渊。

不对啊，君殿下平时多么高冷啊，现在居然话这么多，总觉得哪里怪怪的。

但是，看到凤小舞被训得垂着脑袋，一副委屈样，风浔赶紧挡在凤舞面前：“君老大，小舞是不对，可是，她这次也算是死里逃生了，你就放过她吧……”

如果风浔不劝，君临渊还没那么生气，一见风浔挡在凤舞面前，君殿下心里腾地冒出一股邪火，凶巴巴地瞪着风浔：“滚！”

不好！风浔心里咯噔一下。他俩从小一起长大，他能不了解君临渊的性子？君殿下这是真生气了。

“君老大……”看到君临渊真生气了，风浔更是不能让开了。

风浔瞪着君临渊，却压低声音提醒凤舞：“凤小舞，你还不赶紧跑！”

“啊？”

“你会被君老大打死的！”

凤舞：“……”真的假的？

虽然不知道自己做错了什么，但是君临渊紧盯着她，那目光就像在看杀父仇人，太可怕了！

凤舞起身就跑，然而，还没等她跑出几步——

“君老大！”风浔突然大喊一声，因为他看到，君老大的身形闪电一般在他面前消失，再定睛看时，君临渊已经拎住了凤舞的衣领。

在场的人全都震惊了——君殿下居然拎着凤舞，就跟拎着小鸡一样拎走了。

拎、走、了！

凤舞不断地挣扎，口中大喊着：“放开我！君临渊，你放开我！”

但是，君殿下却挺直身板，昂首向前，看都不看她一眼，对她的喊声充耳不闻。

在场的人：“……”

沐瑶瑶忽然出声：“君殿下该不会要将凤舞打死吧？”

公孙晴：“或者找个地方将她活埋了？”

风浔一想，以君老大对凤舞的讨厌程度，还真有这种可能。

风浔赶紧追出去：“君老大，君老大……”

可是，等风浔追出去的时候，眼前早已失去了他们的身影。

眼睁睁看着君殿下将凤舞拎走，沐瑶瑶心里除了幸灾乐祸，还有一丝嫉妒。心里似乎有一道声音在告诉她，如果君殿下能这么拎着你该多好啊……

沐瑶瑶冷笑了一声：“凤舞会被打死吧？”

公孙晴哼了一声：“我看她是回不来了。”

她们身边的一群女生也都目光闪烁，对凤舞暗恨于心。

而此刻的凤舞——

“你放我下来！君临渊，你快放我下来！”凤舞觉得丢脸极了。她使劲蹬着腿，想挣扎下来，可是，在君临渊那绝对的实力面前，一切努力都是徒劳。

“我又不是小鸡崽，是你想拎就拎的吗？君临渊，你再不把我放下来，我要生气了！”凤舞声音带着怒气。

君临渊冷哼一声，一抬手，凤舞被甩到一旁的草垛上。

“哎哟——”凤舞痛呼出声，抬眸不悦地瞪着君临渊。

君殿下邪魅一笑：“还知道痛？”

凤舞不服气了，控诉君临渊：“我身上都是伤，又不是钢筋铁骨，怎么会不痛？”

“知道疼还让自己受伤？”

“又不是我自己想受伤的！”

“乖乖把试考完了不好，非得招惹那些你惹不起的魔兽？”

“是它们主动招惹我的！”

“呵呵！”

凤舞：“你不信？”

君殿下：“呵呵。”

凤舞自从进入考核地图后，受的气已经够多的了，现在她身上还带着伤呢，却被君临渊一再嘲讽，差点爹毛：“君临渊，你这是什么态度！”

君殿下盯着她，眉头紧蹙。

凤舞气急：“我这么惜命，怎么可能招惹它们？我躲它们还来不及呢！我也不知道自己怎么那么倒霉，一次次被追杀！”

君殿下那双深沉的眸子一直盯着她。

凤舞很大度地一摆手：“对了，是不是你救了我？如果是你救了我，那我就不跟你吵架了！”

君殿下傲娇极了，刚才被凤舞一顿抢白，他还不高兴呢，于是冷哼一声：“你以为你是谁？仙女下凡吗？你觉得我会救你？”

凤舞盯着君临渊：“不是你救的我？”

君殿下都不屑理她。除了自己，还会有谁救她？如果晚来一步，她就死得透透的了。想到这儿，君殿下一阵心悸，瞪着凤舞，目光越发严厉。

好凶……凤舞咬着下唇。亏她还一直觉得是君临渊救的她呢，所以对他诸多忍让，原来并不是。还有，他刚才那句是什么话——

“你以为你是谁？

“仙女下凡吗？

“你觉得我会救你？”

真是气死人了！凤舞心里难受极了，冷哼一声，站起来就走。

“你去哪儿！”君殿下喝住她。

“找地方疗伤去。还有，你别跟着我，我现在不想看见你！”凤舞瞪了君临渊一眼，气呼呼地转身就走。

凤舞也不知道自己这是怎么了。别人怎么嘲讽她都没事，可君临渊一说，她就很不好受，很容易就心情炸裂。

这个人居然能轻易影响她的情绪？明白这一点后，凤舞握紧拳头，越发恼怒。

君殿下见凤舞头也不回地走掉，那张万年冰山脸再也绷不住了，怒气宛若火山般喷发。这臭丫头，她以为她是谁啊，骄傲得跟只小孔雀似的。

君殿下也是很骄傲、很有脾气的，被凤舞这么一说，他还真就不跟上去了，不仅不跟上去，还扬长而去。

营地里，沐瑶瑶正烤着一串肉，一边烤一边想着凤舞被君殿下拎走的事。

“郡主，我觉得凤舞没那么简单。”姚颖痛恨凤舞毁了她的容貌，故意挑拨沐瑶瑶对付凤舞。

沐瑶瑶闻言，转头盯了姚颖一眼。姚颖目光一闪，继续勇敢地挑拨离间：“郡主，您想啊，刚才君殿下拎着凤舞走了，那动作……看着可不像陌生人。”

沐瑶瑶怒吼：“是凤舞那不要脸的自己缠着君殿下！”

姚颖缩了缩脖子，还是继续挑拨：“那动作，凤舞可没办法逼殿下做，您真不觉得他们……有些暧昧吗？”

沐瑶瑶心里，就这样被姚颖播下了怀疑的种子。

见沐瑶瑶上心了，姚颖心中浮上一抹冷笑：凤舞，毁容之仇不报，我姚颖誓不为人！我是对付不了你，但我可以让别人对付你！

沐瑶瑶这边的对话，坐在对面的公孙晴全都听在耳中。

“凤舞和君殿下很熟吗？”公孙晴脸色不悦。

“当然熟了。”霍茵说，“凤舞一直痴缠君殿下，一路从北境城追到帝都，这件事谁人不知，谁人不晓？”

公孙晴：“那君殿下对她……”

霍茵想到姚颖刚才说的话，心中一动，若是说君殿下对凤舞没意思，公孙晴就不会记恨凤舞了，她又怎么利用公孙晴来报仇呢？

“君殿下以前对凤舞肯定没什么，不然也不会退婚，但是这次被凤舞追着跑，似乎关系暧昧啊……”

公孙晴一听，脸色变得更难看了。

这个凤舞，还真是让人讨厌！

就在这时，君殿下怒气冲冲地回来了。

他全身散发着寒气，气场强大得不可一世，所过之处温度瞬间降至最低，原本燃烧的篝火都骤然熄灭。

有那么一种人就是这样的，他一出现，全世界的目光都会聚集在他身上。

“君殿下！”

“是君殿下回来了！”

“君殿下好像很生气哦。”

“谁招惹君殿下了？”

“还能有谁？之前殿下是拎着凤舞出去的，很有可能就是凤舞招惹了君殿下啊。”

“所以，凤舞是死了吗？”

大家脑海里都有这个疑问。

沐瑶瑶冷笑：“凤舞有没有死不知道，但可以确定的是，殿下不喜欢凤舞。”

她一边说，一边瞥了姚颖一眼。刚才姚颖还说君殿下对凤舞暧昧了。

姚颖摸摸鼻子，这凤舞还真是不争气，这么快就拆台了！

公孙晴终于松了口气：殿下果然不喜欢凤舞。不过也是，殿下怎么可能会喜欢一个连灵气都没有的废物？

就在这时，风浔冲出来了。

他左看右看，只看到君临渊，却不见凤舞的身影，顿时急了：“君老大，我妹妹呢？你把我妹妹藏哪儿去了！”

风浔越想越惊悚：该不会是舞丫头那暴烈的性子，真的将君老大惹毛了，所以君老大对她……痛下杀手？

君临渊双手背在身后，冷哼一声：“谁管她是生是死！”

说着，君殿下径直进入他的营帐之内。

此话一出，原本心中还有疑虑的少女们，此刻通通放心了。她们的君殿下非但没有中意凤舞，反而还恨不得她去死呢！

好耶！很多人都激动不已，风浔却急坏了，飞奔出去找凤舞。

玄奕无语极了。

作为一个看出君老大真正心意的人，他自然知道君殿下纯属口是心非，可他知道，风浔不知道啊。

玄奕一把拽住风浔：“你急什么？”

风浔顿时奓毛了，瞪着玄奕：“我妹妹都快死了，你还跟我说急什么？敢情不是你妹妹，你不心疼啊！”

说着，风浔一把甩开玄奕的手，猛推了他一把，迅速将他推开。

玄奕：“……”

凤舞被君临渊气到了，一直往前走往前走……

四周都是皑皑白雪铺就的冰原，底下是川流不息的冰河，冰河之上是厚厚的冰川，所以凤舞踩在冰川上，也不会掉下去。

寒风吹得她头晕目眩，难受极了。

忽然，凤舞一个踉跄，而在她前面，就是一条没有冰川覆盖的冰河。

“哎哟，傻丫头这是要投河自尽呢？”一道熟悉的声音从头顶上方传来。

凤舞一听这声音，当即激动地仰头一看，果然是御冥夜！

凤舞一把抓住他的手，双眼闪闪发亮：“御冥夜，你没事吧？”

御冥夜为了帮她，独自一人深入雪原的核心区域，唤醒可怕的雪夜冰魄兽，他所面对的危险，想想都让人胆战心惊。

御冥夜扶着凤舞的细腰，那张妖娆邪魅的脸上，双眼宛若灼灼桃花，让人怦然心动。

“傻丫头，你这么紧张的表情，会让我觉得，你很牵挂我呢。”

“我本来就很牵挂你啊。”凤舞拽了御冥夜，两人坐在冰上，凤舞连连追问，“对了，雪夜冰魄兽怎么样了？拿到冰魄之心了吗？”

御冥夜一脸郁闷。

这丫头总有这样的本事。他每次说撩拨她的话，她都能一句话给带回来，正经得不得了。她那清澈的双眸望着他，看得他一阵悸动……

这小丫头……除了凤舞，还没有其他女孩子带给他这样的感觉呢。

凤舞见御冥夜一脸呆滞，伸手在他面前晃了晃：“御冥夜？跟你说话呢，魂儿呢？”

“魂儿被你勾走了呀。”御少年的撩妹技能可不是随便说说的。

凤舞没好气地拍了他脑袋一下：“好好说话！”

“嗯——”御冥夜吃痛地捂着脑袋，“我这是实话实说嘛，你个凶巴巴的丫头，也就只有我能受得了你，你除了嫁我，没别人可嫁了。”

“御冥夜，你还有完没完了？捉弄我很开心是不是？赶紧说正经事。”

反正御冥夜这种张口即来的绵绵情话，凤舞是一个字都不信的，只当他在开玩笑。

御冥夜郁闷极了，捂着脑袋嘟囔：“我怎么就不可信了？我——”

凤舞慢悠悠地瞥了他一眼：“你还记得冰封森林里的那个姑娘吗？”

一提到这个，御冥夜就一脑门的汗。

凤舞双手叉腰，笑眯眯地看着他："当初是谁说那姑娘美若天仙，是谁说对那姑娘一见钟情，是谁说非她不娶，是谁说……"

御冥夜脸都红了！其实到现在，那位姑娘的容貌早已有些模糊，但是那双清澈明亮的眼睛，却深深烙印在他的脑海里，怕是这辈子都忘不了了。

"那臭丫头！"想到冰封森林里的丑姑娘，御冥夜咬牙切齿地说，"我一定要找到她，将她——"

"将她娶回家？"凤舞笑嘻嘻地看着他。

咦？御冥夜脑中忽然浮上一抹怪异的感觉。眼前凤舞这双调皮活泼的眼眸，跟记忆里那位姑娘的容颜竟然结合在一起……

御冥夜忽然伸出手，一只手挡住凤舞的额头，另一只手挡住双眼以下的部位，凤舞脸上唯一露出来的地方，就是那双漂亮无比的星眸。

好像！这一刻，御冥夜的眼睛都直了。

太像了！

太像太像了！

"怎么会这么像？"御冥夜喃喃说道。

此刻的凤舞，内心早已不淡定了，如果她知道那句"冰封森林里的那个姑娘"会让御冥夜得此联想，打死她，她都不会说。

可是现在，为时已晚。

"像什么像！"凤舞明明知道御冥夜在怀疑什么，可她还是一把将御冥夜推开，佯装一副不耐烦的样子。

"太像了……太像了……你不会就是她吧？"御冥夜突然神来一笔。

凤舞瞪着御冥夜："你说什么？我是谁？"

御冥夜陷入沉思中，过了半晌，他忽然问凤舞："我以前跟你说过和那位姑娘相遇于冰封森林吗？"

凤舞的内心咯噔了一下——

说过？

没说过？

鬼才知道呢！

事情已经过去那么久了，反正凤舞是不知道了，但是她肯定要否认到底。

"当然了，当时是你亲口说的啊，不然我怎么会知道？"凤舞装出一副坦然的样子。

现在能不能骗过御冥夜，全靠演技了。

凤舞突然发现，她以前是专门坑别人，现在却是专心坑自己，还坑了一遍又一遍，坑得她自己欲哭无泪。

御冥夜摸着脑袋：“我真的说过？”

凤舞理直气壮：“不然我怎么知道？”

“可是你们……”御冥夜越想越觉得可疑，“她不会灵力，你也不会；她和君临渊认识，你也和君临渊认识；她出现在北境城附近的冰封森林，而你出现在北境城；她懂医术，你也懂；她……”

凤舞顿觉大事不妙，再让御冥夜这么说下去，连她自己都想承认了。

“她有我美吗？”凤舞笑眯眯地看着御冥夜。

御冥夜的话戛然而止。

“告诉我，她有我美吗？”

“……没有。”

“那不就结了！”凤舞瞪了御冥夜一眼，“御冥夜，那姑娘该不会得罪过你吧？

“那姑娘偷了你什么东西，你这么穷追不舍？是偷了你的心吗？

“可是，你又移情别恋喜欢上我了？

“所以，你希望我和那姑娘是同一个人，这样你就不会有愧疚感了？”

御冥夜抓抓脑袋，他都被凤舞绕糊涂了。

“夜里风凉，我该回去了，你要不要跟我一起回去？”凤舞唯恐御冥夜深入思考，挖出她自己都没有注意到的细节，赶紧转移话题。

“哦……”御冥夜似乎被凤舞说服了，嘟哝了一声，跟在凤舞身边，“对了，你身子怎么样了？可好一些了？”

凤舞巴不得赶紧转移话题，她问：“我的恢复能力一直都很强，不过，你怎么知道我受伤了？”

凤舞心中一动：“难道是你救了我？”

御冥夜神秘兮兮地看着凤舞：“你猜。”

“真的是你吗？”凤舞长长呼出一口气，“难怪他矢口否认救了我，原来救我的人是你啊。”

“他？矢口否认？你指的是……君临渊？”

“嗯。”

御冥夜本想否认，毕竟不是他救的人，他不好冒认功劳啊，可是君临渊一直被他视为头等大敌，能让君临渊不爽的事，他御冥夜自然竭尽全力。

“对啊，就是我救了你啊。”御冥夜笑眯眯地说。

凤舞想到君临渊那副不可一世的样子，心里就不高兴：“对了，雪夜冰魄兽怎么样了？你还一直都没告诉我呢。”

御冥夜顿时愁眉苦脸了。

“怎么了？难道出事了？”凤舞皱眉。

御冥夜长叹一声：“进入考核地图之后，我直接往中央区域走，按照你给的地图，终于找到了雪夜冰魄兽的冬眠之地。”

凤舞点点头，认真地凝望着他，期待他接下来要说的事。

“然而，当我找到雪夜冰魄兽的时候，才终于发现——”

“发现了什么？”

“发现……”

然而，御冥夜的话还没说完，斜刺里就冲出一团身影。

砰！一巴掌拍在御冥夜的脑袋上，拍得御冥夜眼前一阵发黑。

凤舞被吓了一跳，下意识地跳起来，转头就看到了风浔。

不等凤舞反应过来，御冥夜已经气得哇哇叫，冲上去就打风浔。

御冥夜：“好你个风浔，居然敢跟我动手，你不要命了！”

风浔：“跟你动手怎么了？来啊，打一架！”

御冥夜：“打就打，谁怕谁啊！”

风浔：“来啊来啊！”

凤舞顿时急了。要知道，这里可是冰川之河的上游，之所以成河，是因为地底涌动着炽热的岩浆。正因如此，周围的冰层很薄，稍不留神，冰层就会塌陷。

“你们两个赶紧住手！”然而，凤舞这句话，终究还是喊得太迟了，因为那两个每次见面必掐的人，早已打成了一团。

风浔对御冥夜怒目而视：“那是我妹妹，你的狗爪居然敢搭在我妹妹肩膀上，不要命了！”

御冥夜：“你妹妹？如果她是你妹妹，那她还是我媳妇儿呢！我把手搭我媳妇儿肩膀上怎么了？你管得着吗？我的大舅哥！”

风浔气得哇哇叫：“什么大舅哥！鬼才是你的大舅哥！我妹妹一朵鲜花，是绝对不会插在你这坨牛粪上的。”

御冥夜：“我媳妇儿这么优秀，怎么可能有你这个傻缺哥哥？”

风浔：“傻缺骂谁？”

御冥夜：“傻缺骂你！”

风浔：“哇哈哈哈……你个傻缺居然骂我，你有病啊你！”

御冥夜：“……你给我去死！”

砰砰砰……

又战成一团！

凤舞简直看呆了。

这两个人不是一般的幼稚，那是相当的幼稚啊！

别人打架就打架吧，肯定很专心地打。

可是眼前这两个人，一边打一边骂，骂声比打斗声还可怕。

凤舞看着他们打架，看着不远处的冰山不断陷落，顿时急了，冲他们大喊："住手！赶紧住手！"

御冥夜气坏了："他居然敢冒充你哥哥，这是要当我大舅哥啊，这个便宜如果让他占了，我御冥夜以后还怎么做人！"

风浔气急败坏："什么你媳妇儿！我妹妹天仙般的人物，怎么可能嫁给你这个白痴！我今天非把你这不干不净的嘴巴给缝上不可，免得坏了我妹妹的清誉！"

御冥夜："哈哈哈，凤小舞天生就是我御冥夜的妻子！回头我就让父皇下旨，我要迎娶凤小舞！"

风浔气坏了，他就这么一个妹妹，说好了护佑她一世长安的。

"御冥夜，你给我去死！"

"风浔，你先去死！"

砰砰砰……两个人吵了一番，又开始打了。四周冰雪四溅、冰山塌陷，眼看着冰层越来越薄，越来越薄……

如果再不阻止，整片冰层都会陷落，御冥夜和风浔都会有危险。

这两个意气用事的二货！

凤舞赶紧冲上去，站在他们中间："你们不要打了！"

这两个人，一个是帝国的小王爷，一个更厉害，是御国的皇子，现在打得跟市井无赖似的，简直幼稚到家了。

风浔和御冥夜齐齐收招，免得误伤凤舞。

"你这丫头，站这儿干吗！"风浔瞪着凤舞，一伸手就要将凤舞拽回去。

"你怎么抢我媳妇儿！"御冥夜顿时不高兴了，也去拉凤舞。

"这是我妹妹！"

"这是我媳妇儿！"

"不服来战！"

"来啊来啊，谁怕谁！"

眼瞅着两个人又要打起来，凤舞简直不知道该怎么说了。

"你们两个想死吗？都给我闭嘴！"凤舞怒吼一声，震得他们耳朵嗡嗡作响。

不远处的冰川，那么大一座，竟然直接被凤舞的声音震碎了。

风浔那双黑白分明的眼睛，可怜兮兮地望着凤舞。

御冥夜那双清澈的眸子，委屈巴巴地望着凤舞。

这两个人刚才如同凶神恶煞，现在齐齐扮可怜了？偏他们五官俊美、精致可人，这一可怜兮兮的样子，顿时让人心疼极了。

不过，凤舞深吸一口气，瞪了风浔一眼，转而盯着御冥夜："不要喊我媳妇儿，回头有你受的！"

风浔顿时高兴了，露出皓白的牙齿。

御冥夜不高兴了："那他也不能喊你妹妹！"

凤舞冷笑一声："我还真是他妹妹。"

御冥夜一脸蒙，风浔拍拍御冥夜的肩头："姓御的，想追我妹妹？你得先搞定我啊。"

至于能不能搞定？风浔很想说，下辈子吧！

御冥夜根本不理风浔，目光盯着凤舞："我会让父王下旨求娶你的，凤小舞你相信我！"

凤舞顿时一口气涌上来。

御少年还不知道，紧紧拽住凤舞，一脸认真地说："凤小舞，我答应你，如果我是未来的王，那你就是未来的王后！"

凤舞试图甩开御冥夜的手，可是他抓得太紧了，根本甩不开。

忽然，凤舞感觉到有两道灼热的目光死死盯着她和御冥夜紧握在一起的手，那眼神刺得她双手一阵灼痛。

凤舞下意识地将手抽回来！

"君老大！"风浔一回头，就看到君临渊站在他身后，顿时激动地跑过去，"君老大，你快来说句话啊，凤小舞好歹也是你表妹啊，半个妹妹呢，对不对？"

君殿下黑着脸，紧紧地盯着凤舞，眸中散发出来的杀气让人不寒而栗。

风浔心里哆嗦了一下！

玄奕了然的目光从君临渊和凤舞脸上扫过，嘴角抿起一抹淡笑。这下有意思了，他摸着下巴，不知这事能不能刺激得君老大明白他自己的心意呢？

君临渊那骇人的目光从凤舞脸上扫过，仿佛随时都会杀人，风浔还在那里添乱。

"君老大，你看这御冥夜是不是疯了，居然说凤小舞是他媳妇儿！

"他还要将凤小舞娶到御国去呢！

"这怎么行？我可就这么一个妹妹啊！

"君老大，你一定要帮我，绝不能让他把凤小舞娶回御国去啊，君老大！"真要打起来，风浔的实力比御冥夜稍逊一些，所以他现在唯有求助君临渊了。

君殿下面露愠色，目光如出鞘的利刃，锋芒毕露。

君临渊的目光死死盯着凤舞，恨不得将她碎尸万段。御冥夜一把将凤舞拽到身后："好男不打女啊，你有什么气冲我来！凤小舞，我来保护你！"

凤舞被御冥夜挡在身后，但是，君临渊上前一步，那带着怒意的目光，仿佛能透过御冥夜的身体刺入她的心窝，简直让人战栗。

御冥夜心中一凛："你别过来，我警告你，不许过来啊！"

然而，君临渊随手将御冥夜推开。可怜的御少年，刚才还能将风浔压着打，但是现在，君临渊随手一推，他就扑通一声摔进那灼热的岩浆之中。

"御冥夜！"凤舞担心极了。

君临渊根本不给她担心的机会，拽着她的手就走。他自始至终铁青着一张脸，阴沉如寒霜，抓着凤舞的手，也冷如凝霜。

凤舞很害怕，但她还是记挂着御冥夜："御冥夜，你怎么样？御——"

下一秒，君殿下直接掐住凤舞的脖子，将她凌空提起。

凤舞的咽喉被掐住，脸色从惨白到青紫，也不过是一瞬间的事。

凤舞不断挣扎，企图挣脱他的钳制，却无济于事。

她望着君临渊，看着他眼中那骇人的杀意——好恐怖的君临渊，他什么事都做得出来！

风浔一看，顿时急坏了，赶紧冲上去，抓住君临渊的手腕，声音都带着颤音："君、君、君老大，你掐凤小舞做什么？她又没有做错什么，你快快放手啊！"

君老大还真是……

玄奕都惊呆了：正常人谁会觉得，这样做的君老大，是喜欢凤舞的啊？

不远处，沐瑶瑶和公孙晴藏在雪堆后面。她们时刻注意着君殿下，看到他和玄奕出来，赶紧就跟上了。又怕被发现，所以远远地跟在后面。所以，刚才的画面她们都没看到，唯一看到的，就是君殿下抬手掐住凤舞的脖子，将她掐得离地而起。求生的本能让凤舞剧烈挣扎，然而一点用也没有。

沐瑶瑶和公孙晴对视一眼，都在彼此眼中看到了惊骇，随后便是幸灾乐祸。在此之前，不论她们怎么说服自己，内心深处还是不高兴的。毕竟，君殿下拎着凤舞走了，而那个"拎"的动作，怎么想怎么暧昧。所以，她们对凤舞的存在还是很戒备的。但是现在，君殿下居然要杀死凤舞。那是毫不留情的绝杀啊！所以，在君殿下眼中，凤舞就是一只蝼蚁，随时可以抹杀的那种蝼蚁吧！

两人再次幸灾乐祸地对视一眼，然后蹑手蹑脚地走了，就像从来没有出现过一样。

风浔急坏了："君老大，这是我妹妹啊！也是你的半个妹妹！你赶紧松手，你要掐死她了！"

玄奕也忍不住了："君老大，这种方式真的不对，你错了！"

凤舞只觉得眼前阵阵发黑，死亡的阴影笼罩在她身上。她要死了吗？凤舞脸上浮现一抹绝望之色。

砰！君临渊一松手。

风浔手疾眼快，赶紧捞住凤舞，将她放在地上。

"怎么样？凤小舞你还好吗？"风浔拍着凤舞的面颊，拍得凤舞头晕目眩。

凤舞非常非常生气，抬眸怒视着君临渊。刚才他下手虽然克制，他只是在吓唬她，但是这种吓唬已经触及她的底线了。

君临渊看着大口大口喘息，却不忘凶狠瞪着他的凤舞，转身就走。

凤舞盯着他的背影看了一眼，转头就去找御冥夜。

灼热的岩浆对别人来说或许会尸骨无存，但好在是御冥夜，他从岩浆河里爬出来的时候，除了肌肤被烫得有些红，其他倒还好。

凤舞赶紧解开自己的披风，披在御冥夜身上："怎么样？有没有哪里不舒服？快给我看看。"

凤舞把脉三秒，随即呼出一口浊气，如释重负："还好，火毒不是很严重，排出体内就好了，不会影响你的根基。"

君殿下走了几步，发现凤舞还在那儿跟御冥夜亲亲热热，那股寒气暴冲而出，让人不寒而栗。

周围的气氛顿时降至冰点。

啪啪啪——脚底下厚重的冰层，突然以肉眼可见的速度龟裂。

凤舞心头一震，她来不及多想，抓着御冥夜就往前狂奔："跑啊！"

嗖嗖嗖——

君殿下就看到凤舞和御冥夜以闪电般的速度往前冲，反倒是他被留下来了。

凤舞不想回营地，拽着御冥夜往另一个方向跑。砰！忽然，凤舞和御冥夜面前出现一道冰墙。凤舞差点一头撞上去，还是御冥夜将凤舞拽了回来。

凤舞回头，气呼呼瞪了君临渊一眼，拉着御冥夜去另一个方向。砰！又是一道冰墙。

再换，又是一道冰墙！

再换……

凤舞深吸一口气，拉着御冥夜走到君临渊面前，对他怒目而视："君、临、渊！你到底想干什么？够了没有？"

君殿下面含愠色，目光幽深，盯着凤舞拽着御冥夜的手，冷冰冰开口："不干什么，就是想切条手臂玩玩。"君临渊的目光中带着一抹疯狂。

凤舞下意识地松开拽住御冥夜的那只手。

君殿下目光毒辣，薄唇微启："不回营地，你可以试试。"他的声音太冰冷了，冷得让人心里发抖。

看着君殿下离开时那决然的身影，凤舞脸上各种情绪交加：愤怒、委屈、怨念……风浔赶紧拉了凤舞一把："好了，赶紧回营地，千万不要违抗君老大的话，真会死人的！"说着，风浔拽着凤舞就往营地走。

"那他也得去。"凤舞指着御冥夜，"他的伤还没好，现在又中了火毒，若不尽快调理，以后会很麻烦。"

玄奕倒是想拒绝，因为他知道，君殿下发怒的根源就在御冥夜身上。但是风浔不知道啊，这二货现在唯妹妹之命是从，只要凤舞说好，他就满口答应。

"好好好，只要你肯回去，什么都答应你。"

带着御冥夜，就是带着一颗能引爆他们君老大的定时炸弹，玄奕摸着下巴，这样是不是反而能让君老大早点明白他自己的心意呢？

君殿下回到营地之后，砰的一声重响，那扇门重重地关上。

很多人都在中央草地上烤肉，全被君殿下的行为吓了一跳，大家全部噤声，你看看我，我看看你——

好可怕……

刚才那一声，差点将他们的心脏吓出病来。

"我知道是怎么回事。"沐瑶瑶得意地说。

"沐郡主知道？"

一时间，大家都去捧沐瑶瑶，央求她赶紧说。

沐瑶瑶冷笑一声："凤舞那个惹祸精，又惹君殿下不高兴了呗！"

"凤舞怎么惹君殿下不高兴了啊？"

"君殿下气得想掐死凤舞，刚才我和晴晴亲眼所见，不信你们去问她。"

公孙晴比沐瑶瑶矜持，所以回来之后，她一直都安静地坐在自己的队伍里。

见众人问，公孙晴哦了一声："确实亲眼所见。"

得到证实后，在场的人脸上全都浮上一抹怪异的神色。

"凤舞究竟做了什么事，能让君殿下气成那样？"

"难道，凤舞冒犯君殿下了？"

"不是吧！君殿下神圣不可亵渎！"

“正因如此，所以君殿下才会那么生气，气得想掐死凤舞吧？”

“凤舞会是那么放荡的姑娘？”

“哎呀，像她那种只有美貌而没实力的花瓶，生平最大的愿望，就是靠脸吃饭，我看这荒郊野外的，凤舞是想勾引君殿下，将他……”

“没想到凤舞居然是这样的姑娘！”

……

这群围观群众，只凭沐瑶瑶和公孙晴的只言片语，就脑补出一场大戏。

所以，当风浔等人回来的时候，满耳朵听到的，都是这些谣言。

风浔快气炸了：“胡说八道！我们家小舞什么时候做过这种事，君老大怎么也不管管？”

玄奕摸摸鼻子：“我去看看他。”

玄奕推门而入，里面一片漆黑，君殿下靠墙而坐，低垂着脑袋，整个人看上去既暴躁又有些失落，仿佛一只强大无比的困兽。

玄奕在君临渊身边坐下。

玄奕发现，坐在这里能清晰地听到外面的谈话，也就是说，那些人编派凤舞扑倒君老大，还绘声绘色编派细节的事，君老大都听见了。

“三个女人一台戏，姑娘家多了，这自编自导的戏就少不了。”玄奕以这句话作为开场白。

君殿下没理他，依旧沉浸在自己的思绪中。

“刚才我过来的时候，看到凤小舞……走路都有些踉跄。

“她原本身上就有伤，伤还没好就出了这事，走路还一瘸一拐的，看着好不可怜。”

玄奕一边自言自语，一边偷眼看君临渊的脸色。

自家君殿下聪明绝顶，一点就透，所以他希望这番话能点醒君临渊。可谁知道，君老大其他方面都强得没话说，在感情方面却完全不开窍。

听了玄奕的话，君临渊居然冷笑一声：“走路踉跄？都这样了，还想跟别的男人跑？”

玄奕揉揉鼻子，试图帮凤舞解释：“刚才风浔也说了嘛，是御冥夜一直拉着凤舞不放的。”

君殿下冷笑一声：“是吗？我怎么看她拉得挺欢的啊？”

瞧这酸溜溜的语气，还说自己不喜欢凤小舞？

玄奕心里清楚，但是为了照顾君殿下的情绪，表面上还得装出一副什么都不懂的样子。

“那不是殿下您把御冥夜给推下水了嘛。”

君殿下满脸嘲讽：“我君临渊做事，向来随心所欲，何须照顾别人的情绪！”

“是是是——”玄奕连连点头，“殿下做事，何须过问别人的意见，可是你想啊，你推了御冥夜，凤小舞可不就担心御冥夜了吗？”这是硬生生把凤舞往御冥夜那边推啊，我的殿下！

君临渊瞪着玄奕，傲娇地表示：“凤小舞担心御冥夜，跟我有何关系！”

玄奕腹诽：如果没关系，你能这么失魂落魄？关系可大了好吗，我的殿下！

“我堂堂帝国太子，会在乎一个凤舞？”

玄奕连连摇头：“不在乎，当然不在乎。”

“那臭丫头的性命，我君临渊想取，随时可以取！”

玄奕：“可以取，可以取。”

君临渊冷笑一声，傲娇地抬着下巴：“所以，你凭什么觉得，凤小舞向着御家小子，我会在意？”

“不在意，不在意……”那就有鬼了。

玄奕心累啊。此刻的他，特别能理解封管家的难处。

一边要顺着自家殿下的话说，一边还要给自家殿下找台阶下，这真不是一般人干得了的。

玄奕脑子灵啊，转瞬间就想出了办法：“御冥夜不是一直拿你当竞争对手吗？咱总不能在凤小舞这块，让御冥夜赢了去吧？”

玄奕不禁为自己的机灵点了个赞。

君临渊瞥了他一眼，想了想，皱起眉头。

玄奕还能不理解君临渊这表情所代表的意思？这是有所松动啊！

玄奕趁热打铁：“御家现在分裂出去了，自成一国，这个王国处于三国交界处，地势险峻，易守难攻。凤小舞虽然修为不行，但是那一身的医术，一身的灵阵术，还有那聪明睿智的脑子，如果她真嫁给御冥夜，以后必然是我君武帝国的大患啊！”

玄奕都快被自己说服了，他压抑着激动之色：“所以殿下，为了我们君武帝国的长治久安，为了我们君武帝国的繁荣昌盛，凤舞绝对不能嫁给御冥夜啊！”

君殿下双手负在身后，傲娇地抬着下巴，瞥了玄奕一眼：“你也这么觉得？”

“是啊，殿下！非但不能让凤舞嫁给御冥夜，而且还不能让他们两个太过亲近，免得泄露了我们君武帝国的机密！”

如果这时候封管家在的话，必然会夸赞玄奕的演技。

君殿下一本正经地点头：“你所言也是有点道理的。”

“嗯！”玄奕重重点头，“御冥夜可太有心机了，正所谓烈女怕缠郎，他这么整天缠着凤小舞，难保凤小舞不会动心啊！”

君殿下冷笑：“除非她是瞎子！”

玄奕看了君殿下一眼：“是，有殿下您珠玉在前，御冥夜自然是比不上，可御冥夜不仅会缠，而且还放话，要将凤小舞明媒正娶啊！殿下您又不会娶凤小舞。”

玄奕一边说，一边偷偷观察君殿下的神色。

此刻的君临渊，神色别扭，他握紧拳头在唇边轻咳一声。

“女孩子都是重名分的。”玄奕循循善诱，希望自家君老大能听懂，然而——

君殿下冷笑：“娶她？你在说笑吗？”

玄奕：“……”

所以说，自家殿下到底什么时候才会开窍呢？

见玄奕没有说话，君殿下瞪了玄奕一眼。

玄奕被瞪得莫名其妙，他又做错了什么？

君殿下皱眉，怎么不说话了？刚才不还左一句凤小舞、右一句凤小舞的，说得很起劲吗？

君临渊也不知道自己怎么了，反正只要听到“凤舞”这两个关键字，他就会竖起耳朵听，还听得特别起劲，这是病吧？

“刚才你说凤小舞怎么了？”君殿下皱眉。

我没说凤小舞怎么了啊……玄奕一脸蒙，但是见自家殿下那副别扭的样子，玄奕秒懂。

“凤小舞啊，唉……”玄奕长叹一口气。

“说！”君殿下瞪眼。

玄奕在君临渊面前不敢卖太久的关子，他赶紧说：“凤小舞，刚才我看着她脖子上青紫青紫的，肿得可严重了，看着很是骇人。”

脖子上的伤，可不就是被他掐的吗？君殿下面色别扭，神色难看至极。

封管家不在，玄奕全力充当助攻。

“君老大，凤小舞那丫头只会给别人处理伤口，她自己的伤却都不记在心上，你说她会不会忘了上药啊？

“还有，之前她不是中了两只麒麟兽的寒毒吗？你不才给她拔除了一半，另外一半要六个时辰后再拔除吗？

“可怜的凤小舞，她大概还不知道，如果不治好的话，寒毒在她体内肆虐……

“对了，君老大，凤舞中了寒毒，御冥夜中了火毒，那他们两个人会不会——”

砰！原本紧闭的门扉被一脚踹开，君临渊的身影消失在玄奕眼帘中。

还说不在意呢！玄奕脸上浮现一抹笑意。

希望君老大这次不要作了，好好把话说清楚，不就皆大欢喜了？

回到营地之后，风浔可心疼凤舞这个妹妹了，把最好的营帐让给她住。

看着凤舞脸上的伤，再看她为御冥夜忙来忙去，风浔顿时就不高兴了，拽着凤舞坐下来："你赶紧坐下来歇一歇，没看你自己都伤成什么样了吗？"

原本凤舞脸上就有麒麟兽留下的伤，现在又添上君临渊留下的伤，特别是那颈项上的瘀青，看上去触目惊心。

凤舞对御冥夜说："把衣衫脱了。"

然后她转头对风浔说："你先出去。"

风浔瞪大眼睛："不行！"

这边喊着让御冥夜把衣衫脱掉，那边又喊着让他出去，她这是要做什么？

凤舞没好气地说："我要给他解毒，你一直说话，会分散我的注意力。"

"那我不说话了。"风浔捂着嘴巴，眼巴巴望着凤舞。

"我不相信你。"凤舞直接将风浔给推出去了，见风浔还要嚷嚷，凤舞眸中浮现一抹凝重之色，"稍有差池，后果不堪设想，你也不希望君武帝国和御国开战吧？"

风浔："……"

不答应都不行了！

"那我守在门外，如果有什么事，你喊一声啊！"风浔盘腿坐在门口。

凤舞无奈地笑着，转过身一看，御冥夜已经将上身脱光了，正在脱他的裤子。

"住手！"凤舞大喝一声。

"不是你让我脱光的吗？"

"我让你脱掉上衣，又没让你把裤子脱了。"

里面的对话，清晰地传了出去。

要知道，现在的凤舞，因为跟君殿下有关，所以关注她的人特别多。

沐瑶瑶和公孙晴又是其中最关注的两个人。她们看着凤舞和御冥夜在一起，心中早已经各种猜测了，现在听到这段对话，顿时震惊地对视一眼。

不是吧？凤舞居然是这样的凤舞！

"得不到君殿下，居然转眼之间就勾搭上了御冥夜？"沐瑶瑶气得咬牙切齿。

御冥夜也很不错啊，人家原本就是黑暗宫廷的圣子，现在更是御国的皇子，当今陛下对他可好了，而且他还是跟君殿下齐名的存在。

"凤舞居然有这样的能力？"公孙晴也是叹为观止。

沐瑶瑶："谁让人家长了一张狐媚脸呢，那张脸勾引男人可真是厉害。"

如果说，君临渊是帝国少女眼中最朝思暮想的第一号男神，那么御冥夜就是第二号，连风浔小王爷都得往后排。

"这个凤舞，可真是厉害，她怎么就能做到，前一秒痴缠君殿下，后一秒勾搭御冥夜呢？"

就在沐瑶瑶和公孙晴心中暗恨、咬牙切齿的时候，一道沉稳的脚步声传来。

沐瑶瑶和公孙晴转头一看，就看到了一张熟悉的俊脸。

君殿下？

走在君殿下身后的，还是玄奕小侯爷呢！

沐瑶瑶和公孙晴顿时眼前一亮！她们想闪躲已经来不及了，于是赶紧给君殿下屈膝行礼。

君殿下何等耳力，沐瑶瑶和公孙晴的话他能没听见？

当即，他的脸色就难看了几分。

玄奕生怕殿下暴怒之下又做出冲动的事，毕竟君临渊在其他时候都无比冷静，唯独在凤舞面前，一会儿热情如火，一会儿又寒冷似冰，简直是冰火两重天。

玄奕赶紧说："君老大，凤小舞的眼光好着呢。"

所以，她怎么会放着君临渊不选，而去将就御冥夜？

君临渊脸色稍缓，只是步子依旧加快了半拍。

到了营帐门口，君殿下一眼便看到了盘腿坐在门口的风浔，而营帐里，黑色剪影透过橘黄色的烛光映照出来。

剪影中的凤舞，靠近御冥夜，一手搭在他肩上，一手抚摸向他胸口。

君殿下一看，脸色瞬间变得铁青，眸中浮上狂怒。

"君老大！"

砰！

风浔的惊呼声和君临渊的踹门声同时响起。更准确地说，君殿下那不是踹门，而是直接将整个营帐给踹飞了。

哗啦啦——

凤舞和御冥夜完全暴露在空气中。

"啊——"沐瑶瑶双手捂脸，矫情地大喊一声。

君临渊出现在凤舞面前，全身散发着骇人的气息，几乎将在场的人吓疯了。

凤舞一抬头就看到君临渊那凶神恶煞的脸，下意识地松开了御冥夜的手。

君临渊死死盯着凤舞，恨不得用目光将她撕成碎片。

君临渊抬起手臂——

风浔冲上去，一把抓住君临渊的手："君老大，你要打就打我吧，是我没拦住，你别打我妹妹啊，我妹妹也是你的半个妹妹啊！"

玄奕生怕君临渊会做出过火的事情，冲上去抱住君临渊的另一只手："君老大，有事慢慢说，千万别做让自己后悔的事。"

风浔转头瞪着凤舞："傻丫头，还傻愣着干吗，快给君老大道歉！"

凤舞一脸的不解。她做错什么了？好好的，她为什么要给君临渊道歉？凭什么！

"为什么要道歉？"凤舞问。

风浔哪儿知为什么君老大会暴怒？他也很迷惘啊，但他唯一可以确定的是，君老大真的暴怒了。

风浔想，这总不能是因为君老大觉得被戴了绿帽子而生气吧？君老大根本不喜欢凤小舞啊，所以唯一的解释就是——

"让你不要救御冥夜，你怎么偏偏还救呢？你不知道御冥夜跟咱们不是一国的吗？"

风浔板着脸，抓着凤舞就推到君临渊面前，对君临渊赔笑道："君老大，凤小舞医者父母心，看到别人受伤不忍心见死不救嘛，所以就帮御冥夜治了，君老大你不会介意吧？"

君临渊深深盯了凤舞一眼，目光阴鸷，却又滚烫如火。

凤舞只觉得仿佛有一只手捏着自己的心脏，几乎要将它捏碎！

君临渊深深盯了凤舞一眼，又扫了御冥夜一眼，转过身。

此刻，君殿下身后站了不少人。

君临渊这一转身，嗖嗖嗖——

很快，原本被围得水泄不通的路，瞬间空出一片，可供四人并排而过。

君殿下一身冰寒，扬长而去。

在场的人，全都望着君临渊离去的背影，然后再转头看看凤舞和光着上半身的御冥夜，还有那被殿下一脚踹飞的营帐。

所有的一切，都暗示了一种可能……

沐瑶瑶原本很嫉妒凤舞勾搭上御冥夜了，但是想到少了凤舞，她就少了一个劲敌，不禁心中窃喜。

"凤舞，你在干什么？御圣子为什么光着身子？"沐瑶瑶唯恐天下不乱，矫情地惊呼，"天啊！你这是和御圣子在……"

凤舞当即皱眉。

“沐瑶瑶，睁大你的狗眼看看，御冥夜身上还插着银针呢！我们家小舞是在给御冥夜治病，你哪儿来那么多龌龊想法！”风浔不高兴地怒斥沐瑶瑶，“君老大生气，那是因为他不爽小舞治了御冥夜，而不是别的！如果真像你暗示的那样，那前提就是君老大喜欢凤舞，你觉得君老大会喜欢凤舞吗？”

风浔不愧是君临渊的发小，这专坑队友的属性，还真是十年不变。

君临渊原本好好走着路，听到风浔这铿锵有力的声音，差点一个踉跄。

玄奕不由得回头看了傻乎乎的风浔一眼，他觉得，如果他不点醒这位小伙伴的话，风浔迟早会被君老大给拍死。

风浔那铿锵有力的声音传进每一个人耳中，特别是那最后一句——如果真像你暗示的那样，那前提就是君老大喜欢凤舞，你觉得君老大会喜欢凤舞吗？

此话一出，全场噤声。

对呀，如果君老大真是来捉奸的话，那前提就是他喜欢凤舞啊！

他喜欢凤舞吗？

显然不喜欢啊！

由此可证，君老大还真不是因为凤舞和御冥夜怎么怎么了才暴怒的。

“可是，这也不能证明凤舞和御冥夜没什么啊！”

风浔怒道：“你们没长眼吗？御冥夜脸上还扎着银针呢！”

人群中，不知道谁幽幽传来一句：“我怎么听说，在做那种事的时候，刺激特殊穴道，会越发愉悦呢？”

“谁说的这话？给老子站出来，我保证不打死你！”风小王爷暴怒时也是很可怕的。

人群渐渐散去。

风浔能赶他们走，却改变不了他们内心的想法。

“我觉得……凤舞和御冥夜之间，肯定有什么。”沐瑶瑶握紧拳头。

少了凤舞这个劲敌，沐瑶瑶觉得自己的道路会通畅很多，所以她一定要将凤舞和御冥夜的绯闻给坐实了。

“那个凤舞啊，我可是知道的，她本来就不检点……”

“真的吗？她居然是这种人？”

“可不是吗，之前她就追着君殿下，从北境城一路追到帝都，路上各种痴缠。”

“现在眼见跟君殿下没可能了，立即就勾搭上御冥夜了……”

君临渊没有回营帐，而是径直往外走。

玄奕生怕这位殿下暴怒之下会毁了整座傲世雪原，为了这近一千名考生的生命安全，为了傲世雪原的存在，他不得不硬着头皮跟上去。

见君殿下一身寒气，面对着冰川负手而立，玄奕站在他身边。

即便是站在这里，玄奕还能听到营地里那些女人的声音。

“你们知道吗？凤舞和御冥夜……”

“真的假的？”

“千真万确！”

“这个凤舞啊……”

纷乱的声音不断传来，玄奕抬头看了君殿下一眼。

君临渊的耳力比他敏锐多了，他都能听见的话，君老大怎么可能听不见？

玄奕发现君殿下脸色铁青，隐隐有发火的可能，赶紧开口：“刚才我都看到了，其实凤小舞是在给御冥夜扎针呢。”

君殿下脸如寒冰。

“凤小舞也真是的，她自己还带着伤呢，还管别人的死活，唉，医者父母心啊，这丫头也是太善良……”

君殿下嗤笑一声：“扎什么针，非得脱光了扎啊！”

玄奕摸摸鼻子：“这样认穴会比较准吧……”

哪个药师不是让人脱光了扎的啊，我的君殿下！

君临渊冷笑：“你不是说她医术了得吗？”

玄奕：“……”

君殿下越想越生气，玄奕眼瞅着不远处的冰川露出蜘蛛网般的裂痕……

玄奕其实好想问一句，君老大，你到底在生什么气？但是又怕被打死，所以缩了缩脖子，不吭声了。

君殿下冷笑：“孤男寡女，共处一室，她的心思，昭然若揭！”

玄奕摸摸脑袋，他觉得，刚才他怂恿君老大去看凤舞，实实在在坑了凤舞，所以他现在都不好意思乱出主意了。

可就在他不说话、眼神乱瞟的时候，却看到冰川里的河水势头高涨。奇怪了，难道冰川底下还有潮汐？

“君老大——”就在这时，风浔从后面跑过来。

“把他带走！”君临渊面色铁青。

玄奕想到刚才风浔说的那些话，觉得自己真得好好提醒这位小伙伴了。

于是，玄奕点点头，转头就朝风浔奔去。

“跟我走。”玄奕一把拽住风浔。

风浔顿时不高兴了：“我为什么要跟你走啊？我是来找君老大的，我有话要跟他说。”

你的那些话，不是把你自己坑死，就是气得君老大把你打死。玄奕在心里如此想着。

来不及多说，他拽了风浔就走。

风浔的实力还真比不上玄奕，所以直接被他拽走了。

“你干吗？”到了另一座冰山之巅，风浔甩开玄奕，皱着眉头，“我有话要跟君老大说！”

玄奕黑着脸：“你要跟君老大说什么？”

“君老大不是生气凤小舞和御冥夜老待在一块儿吗？”风浔瞪眼。

“你居然知道这个？”

风浔傲娇地说：“那当然！我还知道，君老大虽然不喜欢凤小舞，但还是不希望我妹妹跟御冥夜走得太近，因为这就是在打我们的脸啊！”

玄奕试图提醒他：“你觉不觉得君老大其实对凤小舞……还挺喜欢呢？”

“哈哈哈……”风浔笑得眼泪都出来了，“玄奕，你脑子没毛病吧？君老大怎么会喜欢我妹妹？虽然我觉得我妹妹是世间最好的妹妹，但是君老大可不这样认为，他是不会喜欢小舞的。”

“你确定？”

“我敢以项上人头担保！”风浔拍着自己的脑袋，铿锵有力地说。

玄奕：“……”

营地里，不少人都钻回自己的被窝睡着了。

就在这万籁俱寂之际——

咦，什么声音？

沐瑶瑶迷迷糊糊中，感觉自己全身冷冰冰的，像浸在寒潭之中，她下意识地睁开眼睛。

这一睁开，差点将她吓死。

什么时候，冰水漫上来了？

冰水现在已经淹没了营帐五分之一的高度！

“啊——”沐瑶瑶第一个尖叫起来，“为什么会有冰水？为什么会有冰水？”

在万籁俱寂的深夜，这声尖叫顿时将所有人都惊醒了。

发生了什么事？

他们一低头，就看到满地的水！

“我们的营帐不是建在雪域山坡高处吗？为什么会有冰水进来？”

“冰川河不是在我们下面几十米吗？怎么就淹进来了呢？”

“难道冰水还能倒流不成？”

“不——”

公孙晴的目光冷静极了：“不是冰川水倒灌，而是我们脚下的冰川融化所致。”

“我们选营地的时候，不是还特意选了没有岩浆的地方吗？冰川怎么就融化了呢？”

大家全都茫然不解，觉得这事诡异极了。

“而且你们有没有觉得，这冰水特别冷，是那种刺骨的寒冷！”

就在众人冲出营地站到高处之后，突然传来一阵轰隆隆的巨响，众人循声望去，只见一整座冰川正以肉眼可见的速度崩塌……

在场的人看得眼都直了。

他们自诩阅历多、见识广，可有生以来，还从未见过这样让人震撼的场景。

“天啊天啊天啊！”

“冰川居然倒塌了！”

“我们居然看到整座冰川倒塌了！”

“还喊什么喊，那座冰山是向着我们这边倒塌的，赶紧跑啊，不然我们都会没命的！”

“君殿下呢？君殿下不带领我们吗？！”

“不知道啊，从昨晚开始就没见过君殿下了。”

“那风小王爷呢？还有玄奕小侯爷呢？君殿下不在，他们在也好啊！”

“不在不在，他们也都不在！天啊，别收拾营帐了，要钱还是要命啊？还不赶紧跑！”

在场的人都跑得特别快！

嗖嗖嗖，全都往隔壁那座山峰跑去。

众人都跑了，营地里安静无比。

凤舞睁开眼睛，此刻的她，只觉得自己倒霉极了。

从进入考核地图到现在，她就没有安生过，好不容易才安定下来，想找机会将自己的修为晋升到灵宗境六星，结果又发生了冰川坍塌事件。

凤舞比其他人都仔细多了，她在确定了不是冰河倒灌之后，眉头就紧皱起来。

御冥夜在一旁的冰座上盘腿打坐，若是这时候惊扰了他，怕是会影响他伤势修复。

凤舞估算了一下冰川滑落到这里的时间，还有一分钟。

这一分钟时间，她还是能做很多事的。

凤舞掬了一捧冰水，仔细研究起来。

咦？凤舞眼中浮现一抹怪异之色。

脚底下这确实是冰川融化后的雪水，也确实是火元素融化了冰川，可是这火元素里面，怎么会有一种她熟悉的异火元素？

凤舞将彩凤鸟从空间里放出来，彩凤鸟一闻到这气息，顿时眼睛闪闪发亮。

“辨认出这是什么火元素气息了吗？”凤舞问。

“你猜不出来？”这不是你们家君殿下的异火气息吗？彩凤鸟用看白痴的目光瞪着凤舞。

凤舞皱眉：“有些熟悉，但不是很确定。”

彩凤鸟心想，才不要告诉你是君临渊的气息呢，才不要将你和那个坏蛋凑在一起呢！

想到这儿，彩凤鸟傲娇地抬着下巴，两只小短翅膀做环臂状：“哼，本宝宝也不知道！”

凤舞无语了，明明知道，却故意不说，这彩凤鸟葫芦里到底卖的是什么药？

一分钟的时间只剩下最后的二十秒了，凤舞再耽搁不起。

“御冥夜，御冥夜！”凤舞再不愿意干扰他，也不得不喊醒他了。

不然冰川滚落，整座营地都将被毁灭，到时候御冥夜和她都会被活埋。

可不管凤舞怎么喊，御冥夜就是没有醒过来。

凤舞一摸他的额头，顿时蹙紧眉头：“不好，他发烧了！”

以御冥夜这小牛犊一样强壮的身板，居然也会发烧？

不过想到之前他受过伤，又跌入岩浆河，后来扎针的时候，就在他身体最虚弱的时候，又被踹飞营帐受了风，风邪入体，高烧也不是不可能的事。

想到这儿，凤舞对君临渊越发咬牙切齿了。来不及多想，她将御冥夜背在身后，另外将营帐收拢了，往彩凤鸟后背一放！

彩凤鸟小小一团，不过巴掌般大小，那营帐即便团起来，也有它身体的百倍之大。

彩凤鸟很想吐槽，但是见凤舞正为御冥夜而担心，顿时一声都不吭了。

至少这个御冥夜比君临渊好，好歹还给过它两回糖豆呢，彩凤鸟在心里想着。

就在这时，山巅之上——

风浔和玄奕都朝君临渊所在的地方望去。

那庞大无比的冰川，就在君殿下的眼下。

“君老大你……”

现在玄奕还有什么不明白的？如果做个简单的比喻，那就是君临渊站在最高处，冰川在第二高处，营帐在第三高处。站在最高处的君殿下抬手一推，第二高处的冰川不就被推倒，往第三高处倒去了吗？

只不过……这偌大的冰川山峰，随手一推？那得是怎样的实力？更何况，那冰川是被化为雪水后滚滚而下的！

玄奕难以置信地望着君临渊，他们家君殿下体内的怒火，竟然能将整座冰川融化了？这得是怎样的怒气？这得是怎样的实力？简直恐怖！

玄奕替凤舞捏了一把冷汗，她竟然让君殿下生了这么严重的闷气还不自知。

就在这时，风浔惊呼一声，指着下方的雪原，语气不善："那御冥夜是怎么回事啊？他自己没长腿吗，居然让我妹妹背着他跑？我妹妹都没背过我呢，真是气死我了！"

玄奕的内心咯噔了一下，真是怕什么来什么！他偏头望去，果然看到下面的雪原上，凤舞背着御冥夜，身形快如闪电。她身边还有一个包裹起来的营帐在飞啊飞。

玄奕瞪了风浔一眼，真是哪壶不开提哪壶啊！

"不行，我得去看看，他御冥夜凭什么啊，真赖上我妹妹了不成！"风浔撒开腿就往下冲去。

玄奕简直不敢看自家君老大的神色。之前凤舞光是给御冥夜扎针，君老大就能气得将整座冰川都融化了，现在看到凤舞背着御冥夜跑，这这这……

玄奕不得不硬着头皮去看君临渊，这一看，他果断退开三步。此刻的君临渊，面色如寒霜笼罩，双眸爆出嗜血的杀气，薄薄的唇紧抿成一条线。太可怕了……

玄奕毫不怀疑，君老大下一秒会爆发，将御冥夜秒杀。

好在，风浔过去了，他一下把御冥夜从凤舞背上拽下去。

凤舞急了："你干吗啊！"

风浔弹了凤舞额头一个栗暴，冲她凶道："你这丫头什么都不懂吗？他是男的，你是女孩子，男女授受不亲，懂不懂？"

说着，风浔用力将御冥夜往自己后背上一扛，快步就走。

呼——

玄奕呼出一口气，偷眼看了君临渊一眼。

他试图帮凤舞解释："咦，御冥夜的身体软绵绵的，风三一抢就给抢过去了，该不会是生病了吧？"

玄奕一拍大腿："是了！肯定是他生病了，走不动路，所以凤小舞才背他的，小舞这丫头就是心善啊！"

君殿下薄唇抿成一条白线，目光瘆人，身侧的手紧握成拳。

轰！君殿下对准下方的冰川，砸下充满怒意的一拳。冲击波辐射开来，万年累积而成的冰原又被砸出一个巨坑，无数的冰块滚滚而落。

玄奕："……"

如果说刚才他还怀疑那座冰川是不是君老大弄倒的，那现在已经确信无疑了。

他家君老大，实在是可怕！

冰川之下的雪原上，漫天的碎冰块，宛若天女散花一般滚落。

"快！"风浔一边背着御冥夜，一手抓着凤舞，飞快地跑着。

一边跑他还一边嘟囔："凤小舞啊，就不应该救御冥夜你知道吗？连老天爷都看不过去了，要虐你呢！"

凤舞不服气了："哪儿有？"

"怎么没有？"风浔也是醉了，"你没救御冥夜的时候，营地里不好好的？你一救他回来，好嘛，营地都给毁了。你看现在，背着他跑，立马就被冰块砸，差点就头破血流了。"

风浔不知道，他随口一抱怨，居然就接近事实了。

好不容易，他们跑出了营地，跑了数百里，终于跑到隔壁那座山谷。

呼呼呼——

寒风凛冽中，这些考生都呆若木鸡地坐着。跑出营帐的时候，他们都惊慌失措，所以什么东西都没带。现在好不容易安全了，那凛冽寒风吹着，鹅毛般的大雪倾覆而下，冻得他们直哆嗦。

看到凤舞过来，沐瑶瑶的脸色顿时变得很难看。有那么一瞬间，她还幻想着，如果凤舞死在这场灾难里，那该多好啊！

风浔看着逃出来的同学，当即问轩辕弈："都到齐了？"

轩辕弈是轩辕家寄予厚望的嫡子，轩辕家族也是九大世家之一。

这群考生中，隐隐以轩辕弈为首，但是，在风浔面前，轩辕弈还真傲娇不起来。

他正在努力往风浔他们这个太子天团靠拢，只不过风浔不一定愿意带他玩。

"风三哥，六十三名考生已经全部到齐，现在就差君殿下和玄二哥了。"

轩辕弈在风浔面前，恭敬谦卑，态度好得不得了。他的目光从风浔身上，转移到凤舞身上。

这时候的凤舞，已经找了个最好的位置，正在安置营帐。

轩辕弈盯着凤舞。

沐瑶瑶在他面前说了很多关于凤舞的坏话，导致轩辕弈对凤舞的印象也非常不好。

见凤舞占据了最好的位置，他当即黑了脸。

“这位同学，你在做什么？”

凤舞小时候对轩辕弈的印象就不深，长大后对他更是没有印象。

见轩辕弈阻止她扎营，凤舞不得不站起来看向他。

轩辕弈盯着凤舞：“这位同学，这个位置是这里最好的地方，这等遮风挡雨的地方，你怎么就占得这么理所当然？”

凤舞倒是没什么，但是御冥夜急需一个遮风且安静的地方治疗。

她看过了，除了这个地方，其他地方都不行。

沐瑶瑶冷笑一声：“凤舞，你来得最迟，凭什么占了这个地方？”

公孙晴：“这里只有你有帐篷，将你的帐篷贡献出来！”

凤舞嘴角勾起一抹冷笑：这些人欺负她，还真是理所当然啊！

轩辕弈盯着凤舞，他看中了凤舞的帐篷，但又忌惮御冥夜的身份，一时之间还没有想好要不要抢夺。

一旁的风浔简直看傻眼了，这群人脑残吗？他风浔的妹妹也敢欺负！

“你们什么意思？欺负我家妹妹呢？”风浔一手搭在轩辕弈身上，一边笑眯眯地扫视众人，“有意思啊，真是有意思！”

妹妹？大家全都不解地望着风浔，凤舞什么时候成他妹妹了？

轩辕弈更是冒了一脑门的冷汗：风浔不是跟君殿下一心吗？君殿下不是厌弃凤舞吗？风浔怎么还要给凤舞撑腰？

“风三哥，凤舞怎么是你妹妹呢？”轩辕弈苦笑。

“凤小舞怎么就不能是我妹妹了？我说她是我妹妹，她就是我妹妹！”风浔冷笑道，“我妹妹要这地盘，你们让还是不让？”

众人一脸呆滞：凤舞跟风浔到底是什么关系？风小王爷怎么这么护着凤舞？

沐瑶瑶气得暗暗咬牙，她就想不明白了，凤舞不仅跟御冥夜勾肩搭背，还得到风小王爷的庇护，她不过是个废物，到底是凭什么啊？嫉妒之火在沐瑶瑶心中熊熊燃烧。

轩辕弈被风浔盯着，哪里受得住他的目光？当即有些退缩。

然而，就在这时，公孙晴突然惊呼一声：“君殿下！”

众人纷纷回头，然后就看到了那颀长而俊美的身影。皑皑白雪、凛冽寒风中，少年披着一袭大风氅，雍容而华贵，矜贵而气派。

看到君临渊，考生们瞬间不觉得冷了，他们纷纷站起来，激动地望着君临渊。虽然君殿下在他们的队伍里，但是看到他的机会还真是不多。

“君殿下——”沐瑶瑶忙冲上来告状，“凤舞非要抢这最核心的位置，可这个位置是给您留的啊，现在怎么办呢？”

沐瑶瑶楚楚可怜地望着君临渊，眼中媚态横生，说不出的风情万种。

“属实？”就在沐瑶瑶不抱希望的时候，君殿下却出乎意料地问出这句话。

沐瑶瑶受宠若惊，万分激动地答道：“属实，当然属实！我们这么多人，都亲眼看到凤舞抢这块地盘了。君殿下，您可一定要管管啊！”

沐瑶瑶一边用撒娇的语气说着，一边走近君临渊。

君临渊剑眉紧蹙，目光冷若冰霜，他看都没看凤舞一眼，直接就下了命令：“驱逐！”

驱逐？什、什么意思？

就在大家不解之时，风浔推了沐瑶瑶一下：“说你呢，告状精，赶紧滚出去！”

“你——”沐瑶瑶被风浔推了个趔趄，顿时气坏了。

君殿下嘴角勾起一抹冷笑，眼睛盯着风浔，手指却指着凤舞：“她！”

君临渊那修长如玉的手指，指向凤舞，所有人都望着凤舞，而凤舞也呆愣当场。

“噗——”第一个笑出来的人是公孙晴。

她漫不经心地瞥了凤舞一眼，眸中带着一丝嘲弄：“听到没有，君殿下让你滚呢！”

沐瑶瑶也反应过来，对凤舞冷笑连连：“赶紧滚啊，连君殿下的话都不听了吗？”

一时间，很多人看向凤舞的目光都带着嘲弄。凤舞深吸一口气，转头盯着君临渊，试图好好跟他沟通：“御冥夜现在高烧不退，他需要最好的地方。君临渊，你别忘了他为何会高烧不退。”

君殿下冷冰冰地盯着凤舞，目光阴鸷而危险。

“所以，这个地方，请你让给我。”凤舞认真而凝重地盯着他。

君临渊依旧冷笑。

凤舞见他无动于衷，于是加重了语气：“不然他会死的，我不是在跟你开玩笑！”

君临渊薄唇轻启，目光深冷：“他最好死了。”

凤舞：“……”

她不想再跟君临渊说话了，从风浔背后抢过御冥夜，背在背上，转身就走。

“如果你敢踏出这块地界，我马上杀了他！”身后传来君临渊那森冷的威胁。

凤舞气得浑身发抖，转过头怒视着君临渊。

君临渊，你简直欺人太甚！

留下不行，走又不行，低声下气求他不行，冲动吵架更不行……

君临渊就是看她不顺眼吧！但是，凤舞却不得不承认，如果惹恼了君临渊，他还真做得出这种事，她不能拿御冥夜的生命冒险。

想到这儿，凤舞深吸一口气，强迫自己冷静下来，找了一处背风的地方。不等凤舞开口，风浔已经帮她搭好了帐篷。

“我需要柴火、热水、冰块……”凤舞将需要的东西报了一遍，便钻进了帐篷里。

孤男寡女，共处一室！

君殿下气得又想踹了那顶帐篷，玄奕赶紧拦住他。他看得出来，凤舞已经在强忍了，若是君殿下再招惹她，说不定这丫头就要奓毛了，那时候受伤的还不是君老大？

“我去看看，是不是能帮上什么忙。”玄奕说完就往帐篷里走。

君殿下并没有阻止，看来是默许了。玄奕松了口气。

沐瑶瑶见君临渊就在眼前，此时不接近，更待何时？于是她慢慢挪了过去。

还没等她开口，君临渊转身就走。他走得很快，周身散发着寒气，沐瑶瑶觉得自己都快被冻成冰雕了。

第十六章

醋意大发

帐篷里，看着为救御冥夜而不断忙碌的凤舞，玄奕好几次欲言又止。他本就不是多话之人，也不是多管闲事之人，但他真不忍心见他们闹别扭。

“其实君老大……”玄奕刚一开口，凤舞就盯了他一眼，语气冰冷地说：“你要是还想待在这里，就不要提他。”

玄奕只好转移话题，指着御冥夜问道：“他怎么样了？”

其实意思就是，你什么时候能离开帐篷？不然某人的寒气一直都不会消退。

凤舞皱着眉头摇头道：“反复发热，非常危险，今晚我会留下来照顾他。”

“今晚？一整晚？”玄奕的脸色变得很难看。

“有问题吗？”凤舞皱眉问他。

“要不，今晚我留下来吧？”

“你能给他治病？”

“不能……”

“那你留下来有何用？”

玄奕：“……”这丫头说话真是不留情面啊！

玄奕见凤舞治疗得差不多了，又忍不住提醒她：“凤小舞，你认真感受一下，其实君老大对你还是很好的，如果你——”

玄奕的话音未落，凤舞就冷冷一笑：“他指着我让我滚，就是对我很好？那如果对我不好，岂不是要杀了我？”

“我的意思是——”

“玄奕，我记得你一直话不多，也不爱多管闲事。”

“这不是……不希望你们之间有误会嘛。”

“我和他之间没有误会。”凤舞盯着玄奕，目光森寒地说，“我再说一遍，我跟他之间，没有误会！”

玄奕终于理解封管家的难处了。

“算了算了，你们的事，你们自己处理吧，我是管不了了。”

这二人脾气都倔得跟牛似的，太难劝了，玄奕不得不败退。他刚掀开门帘，就遇到了风浔。玄奕拍拍风浔的肩头：“今晚你就留在营帐里，懂吗？”

“才不要呢！”

“这是君老大的命令！”

“真的假的？”

“反正君老大就是这个意思，你听不听话？”

风浔摸着下巴：“既然是君老大的意思，好吧，便宜御冥夜那小子了！”

君临渊并没有待在山谷里，而是站在山峰上。

寒风猎猎，衣袂飘飘。

玄奕站在他身边，漫不经心地说了一句：“那小子病得挺重的，高烧不退。”

君殿下冷哼一声。

“今夜凤小舞要通宵照顾那小子呢。”

君殿下闻言，脸色变得非常难看。

“不过风浔会留下帮着照顾御冥夜，免得他妹妹照顾不过来。”

见君老大的脸色明显缓和了一些，玄奕心说，都这样了，还隐藏什么？直接说开了，岂不是更好？

就在这时，忽然传来一声巨响，不远处的冰原上，一股狼烟冲天而起。

“那是什么？”玄奕惊诧地指着那股冲天而起的浓烟，君临渊的眸中也浮上凝重之色。

很快，从浓烟中飞出一只宛若白龙的魔兽，气势汹汹地向他们这边扑来。它有着龙头、狮身，还有一双翅膀。这只魔兽通身雪白，一旦落在地上，立即跟地面融为一色，根本分辨不出来。

“好强大的力量！”那扑面而来的威能，逼得玄奕不由自主地后退一步。

“雪夜冰魄兽。”君临渊目光森寒。

雪夜冰魄兽从天而降，冲着营地怒吼，整个营地刮起一阵恐怖的罡风，安静的营地顿时乱成一团。

“怎么回事？”

“发生了什么事？”

“好恐怖的声音！”

大家都循声往天空中望去。

“雪夜冰魄兽！天啊，这是雪夜冰魄兽！”

考生们被呼啸的狂风吹得往各个方向倒飞出去，砰砰砰砸落在地，一个个都被摔得鼻青脸肿，痛呼出声。

雪夜冰魄兽俯冲下来，抓起公孙晴就走，在场的人全都震惊了。

公孙晴反应过来，发出一声尖叫：“救命啊！救命！”

凤舞治好御冥夜，听到外面的动静就走了出来，刚好看到雪夜冰魄兽抓走公孙晴。

就在这时，君临渊的身影冲天而起，仗剑直刺雪夜冰魄兽的爪子。

雪夜冰魄兽刚将公孙晴丢进口中，君临渊的剑就刺向了它的咽喉。

凤舞看得分明，不由得想起她在北境城被老鹰抓走时的情形，那时君临渊不仅不救她，甚至还想杀了她。

可是现在，君临渊还是那个君临渊，却接连两次出招去救公孙晴！不知道为什么，凤舞总觉得心里酸酸的，有些难受。

此时，因为雪夜冰魄兽被唤醒的事，帝国学院正在召开紧急会议。

帝国学院院委会的七位大佬，除了三位闭关的，其他四位——方阁老、吴道人、轩辕坤和公孙岚，都到了现场。

这位公孙岚不是别人，正是公孙家族那位一直未曾出嫁的前辈，也是公孙晴的姑婆，而公孙晴就是她一手带出来的。

“这场考核太危险了，已经远远超出考生的能力范畴，必须让他们立刻撤离。”轩辕长老的态度很坚决。

方阁老跟凤舞沟通过，因为她不想放弃，所以方阁老劝阻道：“君殿下一行人已经进去对付雪夜冰魄兽了，轩辕长老大可不必如此担心。”

轩辕长老还想说话，方阁老淡淡一笑：“难道轩辕长老不放心君殿下的实力吗？”

“君殿下强大得无与伦比，没有他办不到的事。”

“那轩辕长老还担心什么？”

就在这时，屏幕里的画面突变——公孙晴被抓走了！

公孙岚的心咯噔了一下，然而，就在她站起来的时候，却看到君殿下出手了。

轩辕长老坚持己见：“形势如此危险，方阁老，你还要让考生继续考下去吗？

如果出了事，谁来负责？”

公孙岚反驳轩辕长老道：“既然参加了考试，就要有遇到危险的心理准备！如果遇到一点儿危险就大喊大叫，以后如何保家卫国？如何再攀强者高峰？”

轩辕长老惊讶极了，什么情况？这老太婆原先不是跟他一个战线的吗，不是也想让考生们撤出来吗，为什么临时改变主意了？

轩辕长老转向屏幕，看到君殿下和雪夜冰魄兽大战的场景，似笑非笑道：“哟，公孙岚，原来你打的是这个主意啊！”

“我打什么主意了？”

“你瞧瞧，英雄救美，那回头是不是就是美人以身相许了啊？”轩辕长老微微勾起嘴角。

“什么‘英雄救美、以身相许’的，姓轩辕的，你脑子里都是什么想法啊！不过……”公孙岚嘴角微弯。

轩辕长老看着方阁老，笑了起来：“如果我没看错的话，副院长家的这位外孙女，对君殿下也是情有独钟吧？”

所以，轩辕长老这是故意挑拨方阁老和公孙岚了。

公孙岚淡淡一笑：“年轻人的事，谁说得准呢，让他们自己折腾去呗。君殿下前头不是退过一次婚吗？就是那凤舞吧？”

公孙岚倒是没在意沐瑶瑶，以她的阅历，一眼就能看出，沐瑶瑶是绝对不够格的。但是凤舞那丫头……是真好看啊！

屏幕里，雪域高原——

君临渊出手，公孙晴从半空中掉落。

就在公孙晴爆发出一声尖叫的时候，君临渊拽了她一把，然后将她朝玄奕丢去。

玄奕凌空而起，接住公孙晴，将她稳稳放在地上。

公孙晴的左手一直抱着右臂，那里是君殿下碰过的地方，她的脸上浮现甜蜜的笑容，整个人都处于精神恍惚的状态。

君临渊和雪夜冰魄兽且战且飞，很快就消失在众人的视线中。

四周顿时安静下来。

一阵寒风吹过，在场的人都一阵哆嗦。帐篷丢了，食物丢了，他们一整晚没睡，不仅饥寒交迫，还被雪夜冰魄兽所伤，看起来非常狼狈。

这里只有凤舞有帐篷，很多人都眼红极了，但因为有风浔的话在，谁都不敢招惹她。

君临渊他们离开之后，轩辕弈站出来指挥众人，找柴火的找柴火，狩猎的狩猎，钓鱼的钓鱼，做后勤的做后勤，安排得井井有条。

凤舞并没有参与，因为她现在最大的任务就是治好御冥夜。

当然，她自己的伤也不能耽误。

营地重新热闹起来。

“郡主你看，公孙晴还呆站在那里呢。”姚颖的半边脸已经包扎上了，她现在看任何长得漂亮的女生都不爽，都想将对方的脸给毁了。

沐瑶瑶不由得望向公孙晴。

公孙晴依旧站在那儿，左手抚着右臂，脸上时而微笑，时而哀怨，时而抿唇，时而娇羞……

这少女怀春的模样，沐瑶瑶岂能不懂？看来公孙晴对君殿下……沐瑶瑶顿时怒气上涌。

公孙晴并不是一个人站在那里，身边还有她的小伙伴师萱。

师萱笑道：“晴姐，站在风口多冷啊，快到里边坐着吧。”

公孙晴摇头，目光依旧直视远方。

师萱抿唇而笑：“晴姐，君殿下一时半会儿也回不来呢，你站在这儿也没用啊。”

公孙晴被猜中心思，有些羞恼地瞪了师萱一眼：“什么君殿下，我站在这儿，跟君殿下回不回来有什么关系！”

师萱：“是是是，没关系，一点关系都没有，所以我们赶紧去里边坐着吧，如果你冻病了，君殿下该伤心了。”

公孙晴：“我若病了，他真的会……吗？”

“当然会的，怎么不会？”师萱笑吟吟地说，“不是说君殿下冷情薄幸，对任何人都不苟言笑，更不屑多管闲事吗？可是他却救了你啊。”

“是吗？”公孙晴娇羞地低头把玩着发丝。

“当然是了。”师萱言之凿凿，“除了你，君殿下还救过哪位女子？”

“……好像，还真没有。”

“这就对了。听说在北境城时，有个姑娘被老鹰抓到了空中，然后你猜怎么着？”

“怎么了？”

“当时君殿下一剑过去，就要将那姑娘给宰了，因为嫌、麻、烦！”

帐篷就在不远处，凤舞一边看护着御冥夜，一边打坐修炼。但是外面那么喧闹，不断有声音传进来……

若是平时，这些声音都不会对她造成影响，她能够平心静气地继续修炼，但是现在，她竟然心浮气躁，脑海里浮现的都是君临渊救公孙晴的画面。

凤舞拍了一下脑袋，自己到底在想什么！

凤舞好不容易定下心来，正准备冲击灵宗境六星，外面又传来公孙晴和师萱的对话。

公孙晴："啊？真的吗？"

"是啊！"师萱拍拍自己的胸口，一副被吓到的样子，"据说，君殿下可绝情了，那一剑毫不留情，可是这次，他却救了你。"

公孙晴抿唇羞涩一笑，师萱乘机恭维道："所以君殿下肯定对你有意思，哇——太子妃娘娘！"

公孙晴推了她一把："胡说什么呢，快住嘴吧你！"

"哎呀，太子妃娘娘害羞了。"

"喂，你给我站住！"

"太子妃娘娘好凶哦！"

"师萱！"

听到这里，凤舞一阵心烦意乱。

就在这时，帐篷的门开了，一道高大的身影出现在凤舞面前。

君临渊！

他怎么回来了？

还没等她说话，君临渊便威严地开口："张嘴！"

"我为什么要张嘴？你让我张嘴我就张嘴，我是你的谁啊！"凤舞傲娇地瞪着君殿下。

"不张？"君殿下冷笑一声，抬手捏开她的嘴巴。

凤舞还没反应过来，一颗冰凉凉、滑腻腻的东西，已经滚进她的喉咙。

不待凤舞吐出来，君临渊的手已经抚上她的咽喉。一道温热的灵气自他的掌心传出，直接将那颗东西化开，想吐都吐不出来了。

凤舞震惊地瞪着君临渊："你给我喂了什么？"

"你说呢？"

"那么湿乎乎、滑腻腻的，好像内丹。"

"嗯。"君殿下眸中浮现一抹得意之色。

玄奕说得不错，既然女孩子小气，自己就得大方点儿。给她个台阶，她就能顺着下来了吧？

这还是君殿下有生以来第一次主动哄女孩子呢。

"你给我吃了魔兽的内丹？"凤舞心头狂跳，"不要告诉我，这就是雪夜冰魄兽的内丹！”

“嗯。”君殿下点头。

凤舞狂怒：“你居然给我吃了雪夜冰魄兽的内丹？你知不知道，雪夜冰魄兽的内丹，我是另有他用的！”

她进傲世雪原的主要目的，就是拿到雪夜冰魄兽的内丹做太乙阵的阵眼，结果君临渊居然把内丹给她吃了！

见凤舞怒目而视，君殿下顿觉不悦。

他自己都没吃，又担心送给她，她转身就给了御冥夜，这才盯着她将东西吞下去化开了，结果她还生气了！

于是，这两个人互相瞪着，一时间，帐篷内火花四溅。

凤舞：“君临渊，你到底有没有脑子啊！”

君殿下：我自己都舍不得吃，省出来给你吃，你居然还问我有没有脑子？好心被当作驴肝肺。君殿下脸色铁青。

凤舞：“你给我吃，除了补身体还有什么用？还不如给御冥夜呢，他吃了身体就能好了！”

君殿下闻言，脸色更难看了。

凤舞：“你瞪我干吗？难道我说错了吗？”

君殿下实在忍无可忍，瞪着凤舞，右手食指指向御冥夜的脑袋：“你为什么对他这么好？”

凤舞冷笑：“我不对我的救命恩人好，难道还对你好吗？”

君殿下气得差点吐血：“救命恩人？他什么时候成你的救命恩人了？”

凤舞冷笑：“以前的事不说，就说麒麟兽的事，如果不是他及时赶到，我哪里还有命在？”

君殿下深吸一口气，真的很想将凤舞捏死：“你怎么知道是他救了你？”

“这还用知道？明摆着的事啊。”凤舞冷笑，“不是他救了我，难道还是你救了我不成？”

“为什么就不能是我救了你？”

“君殿下您薄情寡幸，最擅长的就是见死不救，当初在北——”凤舞的话戛然而止。

差点说漏嘴，如果提了当初在老鹰背上的事，岂不就承认她就是被老鹰捉走的丑姑娘了？

于是，凤舞轻咳一声：“反正你见死不救也不是一次两次了！”

“我见死不救？刚才我还救了那女的呢！”君殿下快气炸了。还不是因为凤舞这丫头！

当时他一回头，看到这丫头盯着公孙晴看。

君殿下担心公孙晴摔下去，那脑袋迸裂、血花四溅的场面会让这小丫头做噩梦，所以当时他才搭了把手，救了公孙晴一命。

然而君殿下不说这话还好，他一提这事，凤舞顿时就爹毛了。当初在北境城的时候，你君殿下非但对我见死不救，反而还想杀了我，结果现在你却当着我的面去救别的女人！

凤舞冷笑一声："是啊，你救了公孙晴呢，真是太好了！英雄救美，美人以身相许，好一段传扬千古的佳话呢！"

君殿下快被凤舞气死了，早知道这丫头不领情，他就不救了！君殿下气呼呼地瞪着凤舞："你……简直不可理喻！"

"我不可理喻？你居然说我不可理喻？"凤舞又爹毛了，"你才不可理喻呢！你全家都不可理喻！"

外面的玄奕和风浔正在听里面吵架呢，一听凤舞这话，顿时脸色都不好了。这是把陛下都捎带上了啊，这丫头牛气啊！

君殿下气得脸色都黑了。他猛地一踹门，气呼呼地走出去了。

"君老大——"玄奕和风浔赶紧跟上去。

君临渊转过头，那阴鸷而犀利的目光死死瞪着玄奕，瞪得玄奕毛骨悚然。

君临渊这才转身，决然离去。他所过之处，地面上的冰层，都碎裂成蛛网状。

直到君殿下走远了，风浔才一脸不解地问："玄小二，你到底做什么了，君老大怎么那么生气？"

"我也没做什么啊，就是说了几句话。"

风浔："你什么时候这么厉害了，几句话就能让君老大气成这样？"印象中，君老大一直都是喜怒不形于色的高冷冰山状。

玄奕苦恼地揉揉眉心。他说什么了？他不过就说了句，姑娘家都小肚鸡肠，男人既然胸怀宽广，那就稍微示好一下，给对方个台阶下，那姑娘不就美滋滋地下台阶了吗？结果……

风浔没好气地瞅了玄奕一眼："刚才你还说君老大喜欢我妹妹呢，现在打脸了吧？"

玄奕："……"

"你去跟君老大说说吧，让他以后不要欺负我妹妹了。"

玄奕："……"

"我去安慰一下小丫头，唉，多亏她心大，不然早就郁闷死了。"

玄奕："……"

因为帐篷离考生们有点远，所以里面的吵架声并没有传出去多远。

因此，那些人都不知道凤舞和君临渊吵架的事。

风浔掀开帐篷的门，就看到他家宝贝妹妹正坐在那儿生闷气。

"哎，哎——"风浔拍了拍凤舞的肩头，引她回头。

"干吗？"

刚吵过架，凤舞的情绪还没有平复。

"妹妹啊，你别生气了，君老大就那脾气，习惯就好，习惯就好。"

"习惯就好？谁要跟他习惯？惹不起我还躲不起吗？！"

风浔："其实……他也不是有意的。"

凤舞："那他就是故意的！"

风浔："……也不至于吧？"

"还真至于！"凤舞冷笑，"不然，好好的雪夜冰魄兽内丹，他怎么就逼我吞下了？这不是捉弄我是什么？"

凤舞一边说，一边哆嗦着。

"好冷……"一股寒气从丹田里冒出来，凤舞觉得自己的丹田都快结冰了。

"你觉得君老大逼你吞雪夜冰魄兽的内丹，是在逗你玩？"

"难道不是逗我玩？"凤舞伸出手，她的掌心凝结了一层厚厚的冰霜。

风浔一看，顿时心疼极了："怎么结冰了？"

凤舞冷笑："那是雪夜冰魄兽的内丹啊，阴寒至极的东西，即便要用，也得经炼药师处理之后，炼制成药剂才好食用，结果他倒好，直接给我灌进去了！"

风浔："那你现在怎么样？"

"既心痛，又肚子痛！"凤舞苦着一张脸，整个人看起来蔫蔫的。

凤舞："你说，他这个人怎么这样呢？冰魄之心，多珍贵的东西，他怎么随手就拿出来玩呢？"

风浔："这不是冰魄之心啊。"

"啊？"凤舞一脸茫然，"不是说，这是雪夜冰魄兽的内丹吗？怎么就不是冰魄之心了？"

"因为这只雪夜冰魄兽并非真正的雪夜冰魄兽，只是它的一个分身，修炼还不到家，所以它体内的只是内丹，而不是冰魄之心。"

凤舞大喜："所以冰魄之心还在？"

"当然还在啊！"风浔得意道，"不过，这颗冰魄之心，我们君老大要定了，既然是君老大想要的东西，那别人还真抢不走。"

凤舞嘴角勾起一抹淡淡的弧度。

真的抢不走吗？当初在北境城的冰封森林里，一点修为都没有的她，不还是从君临渊手中将灵气果实抢走了吗？

凤舞忽然看了风浔一眼："你们君老大，就真的从来没有失手过？"

"那肯定是没有的啊！"

"确定没有？"

"应该没有吧……"

"真的肯定没有？"

"这……唉，小丫头，这件事我只告诉你，你可不许告诉别人哦。"

凤舞笑眯眯地看着他："哦？"

"其实我们君老大啊，还真被人坑过一回，还被坑得挺惨的。我跟你说啊，当初在北境城的时候，我们不是进入冰封森林了吗……"

风浔将当初的事一一跟凤舞道来，说到后面，他简直欲哭无泪："……那丑丫头太狡猾了，她居然真的拿着灵气果跑了！怎么会有这么奸诈的丫头，亏我一路上都对她那么好！"

凤舞有些心虚地摸摸鼻子，如果风浔知道他咬牙切齿痛恨的人就是她，不知会不会把她打死。

凤舞赶紧转移话题："好饿啊，也不知道有没有吃的。"

可是风浔正讲到兴头上，岂能轻易结束话题？

他冷哼一声："如果被我找到那丫头，我就不让她吃饭，饿她个七天七夜，不让她睡觉，困她个七天七夜……"

风浔说了一大堆惩罚那丑丫头的酷刑，却不知道那丑丫头就是凤舞。

而御冥夜……却有点察觉了。他其实已经醒了，但是见凤舞和风浔在说话，于是就假装睡觉，竖起耳朵偷听。

当风浔说着抓住那丑丫头要干吗干吗的时候，御冥夜眯着眼悄悄观察凤舞脸上的表情。

之前在冰川河畔的时候，他就有点怀疑了，现在一看凤舞脸上的表情，三分怀疑便成了七分肯定。因为凤舞表现得太心虚了，并且一直试图转移话题。

凤小舞就是北境城的那位丑姑娘吗？御冥夜的心情复杂极了。

他是被那丑丫头坑得最惨的。

御冥夜转念一想，他知道凤舞的这个秘密，但是风浔不知道，玄奕不知道，就连君临渊都不知道呢！

他还知道凤舞有灵气会修炼的事，但是风浔不知道，玄奕不知道，就连君临渊都不知道呢！

御冥夜的优越感顿时暴涨。

可怜的凤舞，她怎么都没想到，她一不小心，就露出了这么大一个破绽。

就在这时，外面传来一道声音："开饭了，开饭了……"

风浔高高兴兴拉着凤舞出去："走，我们吃饭去！"

营地里的气氛有些怪异。

玄奕的脸色，也有些怪异。他怎么都没想到，君殿下居然跟考生们坐到了一起。他一坐下，那些女生就主动围上来了。

千年难得一遇的机会，谁不想乘机亲近君殿下？

沐瑶瑶是最主动的，那一道道威胁的视线射出，吓走许多试图靠近君临渊的少女。

不过君临渊一开口就对公孙晴说道："你如何了？"

虽然只有简简单单四个字，但是，来自君殿下的主动搭讪，就已经让在场的女生，全都用手捂脸，不敢直视了。

君殿下居然主动搭讪一名女生！

天啊！公孙晴都蒙了！此刻的她，大脑一片空白，手足无措，面部表情僵硬，不知道该作何反应。

她身边的师萱也惊呆了。

师萱赶紧用力掐了她一把。

说话啊！赶紧说话啊！这可是君殿下！

公孙晴面色绯红，她下意识地咬着下唇，原本多么骄傲的少女，此刻声音却宛若蚊蚋："嗯……"

此刻，不仅傲世雪原里的考生们莫名激动，就连帝国学院里的那些高层都被惊动了。

君殿下主动开口跟一名女生说话？这也太意外了吧？

甚至，这消息以最快的速度传进了皇宫里。

君临渊虽然跟公孙晴说话，但他眼观六路、耳听八方，注意力可一直都在那顶帐篷里呢。

见凤舞出来，他嘴角勾起一抹邪魅的笑容，星眸闪闪地望着公孙晴："为何一直握着手臂，可有不舒服？"

天啊！公孙晴只觉得自己的脑袋都快炸了。

君、君、君殿下居然这么关心她！所、所、所以师萱说得没错吗？

就在这时，君临渊站了起来，看都不看凤舞一眼，傲娇地离开了。

可是，刚刚那两句话，就足以让整个营地炸裂了。

不说心猿意马的公孙晴，其他的女生，此刻都心思各异。

原本以为君殿下高高在上，是九天之上只可远观而不可亵玩的高贵神祇，可刚才那一幕是何等接地气，他望着公孙晴的目光是何等温柔……

天啊！

屏幕之外。

轩辕长老看着公孙岚，拱手道贺："公孙长老，恭喜恭喜啊，公孙家这是要一飞冲天了，苟富贵，勿相忘啊。"

公孙岚内心高兴。毕竟，哪个家族不想将自己的女儿嫁给君临渊？一旦跟君临渊拉上关系，整个家族都能繁荣昌盛好多年，更何况是最牢固的姻亲关系。

公孙岚虽然心里高兴，可面上还是淡淡一笑，摆手道："哪里哪里，这看着不就是普通的问好吗？哪有那么多特殊含义？你们啊，就是戏太多。"

"哎哟，公孙长老你可真谦虚，这要是别人，自然不会让人想太多，可这是君殿下，向来我行我素的君殿下，你见他主动给谁打过招呼问过好啊？"

公孙岚："这还真没有。"

"所以啊，公孙家可得好好准备，皇家怕是很快就会赐婚了呢。"轩辕长老乐呵呵地说。

傲世雪原——

此刻的师萱，正激动地拽着公孙晴："晴姐，大喜啊！大喜啊！"

原本师萱还不是很肯定的，但是刚才那一幕，不仅是她，其他女生也都知道代表了什么意思。

"君殿下真的对我……"公孙晴到现在还恍恍惚惚的，显然已经被这突然掉下来的馅饼给砸晕了。

"真的真的，一百个真的，一千个真的！千真万确！"师萱激动极了，她一转头就看到凤舞，顿时拉下脸来，冷笑一声，"晴姐您看，有人不高兴了呢！"

师萱这话可没有压着嗓子说，所以，很多人都听见了。

大家都纷纷朝着凤舞望去。

此刻的凤舞脸色并不好，她微微皱着眉，看着很有些严肃。

"所以，凤舞是不高兴了吧？"

"你在开玩笑吧？她怎么可能会高兴呢？"

"她不是痴缠了君殿下很久吗？结果殿下那么烦她，理都懒得理她。她好不容易死了心，把目标转向御皇子，现在君殿下又……如果我是她的话，大概会活活气死吧！"

“你们看她那表情，简直太好笑了。”

也不知道这些女生跟凤舞是什么仇什么恨，明明在大家印象中，被君殿下青睐的是公孙晴，结果，被针对的人还是凤舞。

凤舞听到他们的这些对话，简直无语极了。

“她们怎么还针对你啊？”风浔都看不下去了。

凤舞：“大概是……我长得漂亮？”

风浔无语地瞥了凤舞一眼，这丫头的心可真大啊！

“凤舞，凤舞——”公孙晴将凤舞拉过去。

凤舞本不想过去的，可这时候的公孙晴动作太利索了，拽了她就走，其他的女生又全都帮忙，凤舞想甩都甩不开。

倒也不是完全甩不开，因为要用到灵气。

但如果用上灵气，岂不暴露了？

“凤舞，凤舞，你真的跟御冥夜好了吗？”公孙晴现在终于回过神来，容光焕发，难掩兴奋之情。

凤舞：“假的。”

公孙晴最想打击的就是凤舞，不过她还没说话，一旁的师萱便问：“凤舞，你刚才也看见了，你觉得君殿下是不是对晴姐有意呢？”

凤舞翻了个白眼：“我又不是君临渊，我怎么知道？”

师萱：“可是你看，君殿下救了晴姐，还特意过来慰问，你不觉得君殿下对晴姐有意思吗？”

凤舞都快无语了：“我真的不知道啊……”

师萱：“你这人什么态度啊？问你是看得起你，你是不是嫉妒啊？”

凤舞：“……”

什么叫“人在家中坐，祸从天上来”？

欲加之罪，何患无辞！

不过，她才不愿意参与这些女人的战争呢，所以凤舞顺手将战斗力惊人的沐瑶瑶拉扯进来。

因为她看到沐瑶瑶在一旁咬牙切齿很久了。

“沐郡主最有话语权，所以这事，你们想知道就去问沐郡主吧。”凤舞笑眯眯地说。

沐瑶瑶双手环臂，靠在墙壁上，嘴角勾起一抹淡淡的弧度：“她的态度当然不好了，她要是态度好了，那才奇怪呢。”

师萱：“郡主，那您觉得君殿下……”

沐瑶瑶黑着脸："你这人是不是有毛病啊！到处问到处问，知不知道羞啊？很得意是不是？"

公孙晴的脸色顿时有些不好看了。

沐瑶瑶这是公然打她的脸啊！她猛地站起来，盯着沐瑶瑶。

凤舞一看，好嘛，这俩真斗上了，看来营地里有热闹可看了。

公孙晴："沐瑶瑶，你这话是什么意思？"

沐瑶瑶："字面上的意思，你不识字吗？"

公孙晴："你这么说，是在诅咒我了？"

沐瑶瑶："我只是提醒你，做人呢，最重要的就是，要有自知之明！"

公孙晴："我怎么没有自知之明了？"

沐瑶瑶："呵呵，你有自知之明？如果你有自知之明，就不会幻想着君殿下会娶你了，你可别忘了，没了一位凤小舞，还有一位左青鸾呢！"

公孙晴闻言，脸色瞬间变得非常难看。

沐瑶瑶冷笑道："我这位师姐，才是拥有凤凰真血的真凰女，只有真凰之血，才配得上君殿下的真龙血脉，你算什么东西！"

"你……"公孙晴被羞辱得涨红了脸，抬手就要打沐瑶瑶。

"你知道我那位神女师姐有多优秀吗？

"在我年前下山的时候，她就已经是灵尊境了！

"她一身阵法灵修，就连天机老人都赞不绝口！

"她一手魔琴，能驭千万只魔兽！

"她凤凰真翅一出，可以翱翔于天际！

"她才十五岁啊！就已经有这样的成就，再过几年更是前途不可限量。公孙晴，你拿什么跟她比？"

公孙晴气得面红耳赤，却又被打击得哑口无言。她抬手想打沐瑶瑶，却又打不下去。

沐瑶瑶："我不过是实话实说罢了，怎么，你恼羞成怒了？"

公孙晴深吸一口气，冷笑一声："是，左青鸾是很厉害，不过那又怎样？我又没奢望成为殿下的正妻！

"只要能得到殿下的喜爱，做侍妾、做丫鬟、做奴婢，我都心甘情愿！至少我能留在殿下身边，可是你呢？"

公孙晴盯着沐瑶瑶："殿下根本就不喜欢你，你想也白想！"

"你这个贱人！"

"你才是贱人！"

砰砰砰……

很快，这两位少女就从吵架变成打架。身为修炼者，打架好歹也会打得好看吧？然而事实上并不是这样，她们掐脖子抓头发咬耳朵……

“嘶——”凤舞看着倒抽一口凉气，女人的战争，实在有些可怕。

风浔看着头痛极了：“你们女孩子，怎么都这样啊？”

凤舞瞥了他一眼。

风浔忙摆手：“是她们女孩子，她们女孩子。”

这还差不多。

在凤舞忙着给御冥夜换药的时候，风浔偷偷瞅了凤舞一眼，然后又偷偷瞅了一眼。

凤舞没好气地瞥了他一眼：“干吗？”

风浔搓着手，为难地说：“你……”

凤舞无语：“有话就说。”

“那我真说了啊。”

“说！”

风浔：“那个……你以前不是挺喜欢君老大的吗？现在君老大对公孙晴特殊对待，你不吃醋啊？”

凤舞放下手里的毛巾，拍到风浔的脑袋上：“我什么时候喜欢你们君老大了？”

“怎么没有？”风浔记得可清楚了，“从北境城你见到我们君老大的第一眼开始，你就喜欢他了啊，后来还不是主动想爬……”

“啊——杀人啦！”风浔被凤舞一脚踹出帐篷。

当凤舞再次走出帐篷的时候，一眼就看到公孙晴站在距离帐篷不远的地方。

此刻的公孙晴，脸上带着阴郁之色，双目盯着凤舞，恨不得在她身上戳出两个洞来。

凤舞倒完热水就要进去，但是公孙晴却拦在她的面前：“等等——”

凤舞不解地看着她：“有事？”

公孙晴上上下下打量着凤舞，眉宇间带了几分挑剔。

凤舞想绕过她进去，又被公孙晴拦住。

“你的命怎么就这么不好呢？君殿下怎么就这么讨厌你呢？”公孙晴双手环臂，似笑非笑地刺激凤舞。

凤舞：“……”

“其实你也不想得罪君殿下吧？也不想被君殿下讨厌吧？”

凤舞：“……”

“如果我能帮你这个忙，你打算怎么回报我？”

凤舞眉头微蹙：“你能帮我什么忙？”

果然！公孙晴嘴角微微勾起。

“很简单啊。”公孙晴笑眯眯地盯着凤舞，“众所周知，君殿下现在对我另眼相看，你说，如果我现在去找君殿下求情，他会不会听我的呢？”

“不会。”

公孙晴脸色微变，不悦地瞪着凤舞。她盯着凤舞，冷笑一声：“那是因为你从来不曾被君殿下喜欢过，所以你不会知道被他优待的特权，事实上，我还是能说上话的。”

“哦？”

“就看你想不想了。”

凤舞倒是很好奇公孙晴葫芦里卖的是什么药，于是淡淡一笑：“你要我如何做？”

公孙晴：“很简单啊，杀了沐瑶瑶。”

凤舞：“你觉得我能杀了沐瑶瑶？”

公孙晴：“你是不能，但是，等御皇子苏醒之后，他要杀沐瑶瑶，简直易如反掌。总之，我就是不爽沐瑶瑶，你替我杀了她，我就帮你在君殿下面前美言几句，这笔买卖，你做还是不做？”

凤舞无语：“傻子才跟你做这买卖，要美言要抹黑，你自己忙活去吧，别来烦我。”

凤舞说罢，推开公孙晴，端着水盆就进了帐篷。

公孙晴一个不察，被推得趔趄了一下。

“哎，你这人怎么这么不识抬举！”公孙晴怒了，“等我进了太子府，看我怎么收拾你！”

而此刻，埋伏在冰墙后面的几位女孩跑了出来。

“晴姐，你输了，哈哈哈，给钱给钱！”

“晴姐，真是没想到啊，原本还想利用凤舞，让她和沐瑶瑶斗得你死我活呢，结果她居然不上当！”

“这个凤舞，还真是有两把刷子！”她们本来是设计凤舞的，一旦凤舞答应下来，就可以嘲笑她了，没想到凤舞居然不上当。

“晴姐，君殿下是真对你有意思的，对吧对吧？”

公孙晴脸上浮现一抹得意之色：“瞎说什么啊！”

“对了，晴姐，这里有我之前采来的茶叶，这里条件简陋，殿下连口热茶都喝不上，要不，你拿去给殿下泡茶喝呗？”

公孙晴：“这样不好吧？”

“怎么不好？那可是君殿下啊，郎有情妾有意，送杯茶怎么了？她沐郡主难道连这都拦着啊？”

现在女生当中基本分成了两派——公孙晴派和沐瑶瑶派，唯独凤舞是中立的。

而公孙晴这边都怂恿她去找君殿下。

此刻的君殿下呢？

玄奕和风浔早已经亲自动手搭建了一座干净整洁的木屋。即便只住一晚，君殿下的住处，也干净得一尘不染，精致讲究得不行。

小木屋的窗开着，从窗口望出去，正看到皑皑的雪景，甚是心旷神怡。

屋里很简单，只有木制的一床一几。

君殿下的脸色可不太好看。面色铁青，寒霜笼罩全身。

这气氛玄奕可受不了，转身想默默溜走。

可是——

“坐下！”君殿下瞪他。

“哦……”玄奕摸摸鼻子，苦着脸在他面前坐下。

“不是说女孩子看到自己喜欢的男生对别的女生好，就会吃醋吗？”君殿下瞪着玄奕。

玄奕：“对啊对啊，同理可证，如果男生看到自己喜欢的女孩子对别的男生好，也会吃醋、会生气呢。”

玄奕心想，我都暗示得这么明显了，君殿下，您还没想清楚啊？

玄奕这句话，君殿下有点感觉，但现在他更想弄懂凤舞的心思，所以给忽略过去了。

“那她为什么不生气？”君殿下瞪着玄奕，百思不得其解。

玄奕：“谁为什么不生气？哦，殿下您是说凤小舞吗？她……会不会年纪还小，还不太懂这方面的事？”

会有这种可能吗？君殿下摸着下巴。

“刚才她也没有生气？”君殿下皱眉。

玄奕：“……也有可能生气了，但是隐藏得太好，看不出来？”

君殿下握拳，那到底是生气了，还是没生气啊？她心里到底有没有一点在意他？

就在这时，门口传来一阵笃笃笃的敲门声。君殿下被打扰了，顿时一阵烦躁。门口的人竟然这么不识趣，径自开门进来了。

玄奕一看，顿觉不好，以君殿下的脾气……

进来的不是别人，正是公孙晴。但是，君临渊的目光望着门口的位置，却停滞了一秒。他看的人不是公孙晴，而是凤舞。也不知道凤舞怎么跟那群女生在一起，此刻就站在门口，正用一种似笑非笑的目光看着他。

似笑非笑？她在嘲讽什么？

公孙晴进来后，见君殿下望着她，顿时一阵娇羞，内心更是激动不已。

“殿下，这是我新得的喜罗茶，这里条件简陋，泡得不好，殿下您多担待。”说着，公孙晴便主动倒了半杯喜罗茶，双手捧着茶杯，一脸娇羞地递给君殿下。

很多女生都站在门外，而凤舞则是被公孙晴亲口喊过来的。因为她要让凤舞睁大狗眼看清楚，君殿下到底对她如何，她是不是能在君殿下面前说得上话。

而就在这时候，君临渊看到了凤舞那明晃晃带着嘲讽的目光，猛地一拍案几。

公孙晴正在递茶，被吓了一跳，手一抖，茶水洒出来一点，滴到了君殿下的衣袖上。

君殿下从衣袖中掏出一个香囊，那香囊上沾了几滴水渍。

那一瞬间，君殿下脸上阴云密布，脸色难看至极，目光恶狠狠地瞪向公孙晴。

好丑的香囊，君殿下居然带在身上，不怕丢了他的脸面吗？

“殿下，这香囊我帮您清洗——”

然而，公孙晴话音未落，就发生了让所有人震惊的一幕——

却见君殿下抬脚对准公孙晴的腹部，一脚就将她踹了出去。

天啊！在场的人大惊失色，谁也没想到会发生这么可怕的事情。

公孙晴带来的那些女孩，本来全都期待看到公孙晴给殿下倒茶，然后殿下温情脉脉……然而，这些都没有发生，公孙晴就被殿下踹飞了！

公孙晴自己都蒙了，她从门口倒飞出去，在空中划过一道弧度，最后啪的一声砸落在地，砸出一个很深的雪坑。她整个人都被白雪给埋进去了，她都忘记爬出来了。

“晴姐！晴姐！里面发生了什么事？”师萱连滚带爬地冲过来，将公孙晴从雪坑里拽出来。

公孙晴摇摇头，抖落满头的雪，她也不知道啊！

四周一片死寂，很多人都互相对视，彼此用眼神交流。

不是说君殿下喜欢公孙晴吗？这就是所谓的喜欢？

特别是沐瑶瑶，如果说之前她的心情有多低落，那么现在，她的心情就有多欢快，激动得快要飞起来了！

“咯咯咯……”公孙晴突然大声咳嗽起来，一边咳一边吐血。

“噗！”她吐出一口血块。

凤舞原本不想管公孙晴的事，但是看到她吐出的血块，顿觉不好。她走到君临渊面前，恶狠狠地瞪着君临渊，眸中有着浓浓的不悦。

“贵为帝国太子，就能这么恣意妄为吗？

“君临渊，人命在你眼中，低贱如蝼蚁吗？

“你太让我失望了！”

凤舞死死盯着他，目光中迸射出火花。

君临渊面色铁青，拳头紧握，嗜血双眸紧盯着凤舞。

在场的人，全都替凤舞捏了一把冷汗：要死了，凤舞真的要死了！

公孙晴不过是在倒茶的时候，滴了几滴茶水出来，就被君殿下一怒之下，直接踹飞了！

现在凤舞在做什么？她居然指着君殿下的鼻子骂，这是要被打死的节奏啊！

风浔都已经做好准备了，随时准备冲上去救凤舞。

但出乎所有人意料的是，直到凤舞愤怒地转身离开，君殿下还是保持着怒视的姿态，并没有将雷霆之怒爆发出来。

凤舞黑着脸走到公孙晴面前，对师萱说：“让开。”

“凤舞！”看到凤舞，公孙晴非常激动。

她生拉硬拽，一定要将凤舞拉过来，就是想让凤舞看看君殿下对她有多好，结果却被狠狠地打脸，面子里子都丢光了。

“走！你给我走！哇——”公孙晴激动之下，又吐出一口血块。

师萱瞪着凤舞，大声说：“你赶紧走，这里不欢迎你！”

凤舞瞥了公孙晴一眼：“如果不是看在你马上就要死了的分上，你以为我会救你？”

马上就要死了？所有人都惊讶地瞪大眼睛。

原本还有不少人准备奚落公孙晴的，特别是沐瑶瑶那边的人，但是现在，她们一句话都说不出来了。

“你说……我马上就要死了？”公孙晴才不信呢。

像这种伤，不是很普通吗？

凤舞冷笑道：“你以为你吐出来的是什么？”

“什么？”

“你的心肺。”凤舞目光幽深地说。

不然她为什么会那么生气？

因为君临渊出手太狠了！

君临渊，不愧是当初在北境城时，那位要置她于死地的君殿下，人命在他眼中如同草芥，不论是对当初的她，还是对现在的公孙晴。

“我的心肺？我的……”公孙晴的脸色都吓白了。

师萱好歹会几分医术，文试的时候，她的医术题回答得特别好，所以她探查了公孙晴的伤势之后，顿时脸色惨白如雪。

“怎么会这样……怎么会……”

“心肺破碎，血肉模糊，里面不断渗血，这可怎么办？而且失血过多，积血排不出来……”师萱急得快哭了，“你会死的！晴姐你真的会死的！”

在场的人，都用一种难以置信的目光望着凤舞。

直到这时候，他们才想起来，凤舞的文试是拿满分的，也就是说，关于医术那部分，她是全部都拿到了分数的！

所以她的医术，绝对不会差。

“现在你还有一个选择。”凤舞盯着公孙晴，“选择退出，然后找楚医令，现在只有他能救你了。”

退出？不不不……

“公孙晴，立即退出！”公孙晴耳边传来公孙岚那充满威严的命令。

如果说，之前的公孙岚有多激动的话，那么现在的她就有多愤怒。

君临渊那突如其来的一脚，踹得公孙岚面子全无。

有公孙岚的命令，公孙晴就算再不想退出也不行了。

她咬牙，正准备退出的时候，忽然——

哧哧哧！哧哧哧！一道怪异的磁场影响着众人的灵力发带。

怎么回事？

忽然咔嚓一响，整个世界一片寂静。

帝国学院高层会议上，原本大家正在盯着屏幕，但屏幕突然花掉了，然后漆黑如墨。

怎么回事？大家的脸全都黑下来了。

帝国学院有史以来，还从来没有在考核中出现这么大的纰漏。

公孙岚更是急不可待。

“怎么回事？画面怎么没有了？方阁老，还能跟里面联系吗？”

公孙岚已经联系不上公孙晴了，方阁老试过了，他也联系不上。

这就糟糕了！

第十七章

亲完就跑

屏幕里——

因为那突然出现的哧哧哧声，在场所有的人，神色冷凝，严肃而认真，警惕地盯着四周。

就在所有人都戒备的时候，忽然，那哧哧哧声消失了。

四周，又恢复了正常状态。

只不过——

“我退不出去……呜呜呜……我退不出去……”

公孙晴毕竟只是个十几岁的姑娘，遭逢如此大变，危及生命安全，自然心慌。

一时间，所有人的目光都盯着凤舞。

凤舞无奈：“将她抬进来。”

好在还有一顶遮风挡雨的帐篷，否则，在这寒风呼啸之地，还没开始救治，病人的体温就会降至冰点。

就在公孙晴被抬进去的时候，风浔拉住凤舞，好心地问道：“能救吗？”

凤舞说：“凶多吉少。”

很多人看君殿下的目光，带了更浓重的敬畏和惊惧。

他们反省自身。君殿下就是君殿下啊，传闻中的他，就是冷酷绝情、杀人如麻、阴鸷危险的存在！

可是，因为这次的君殿下太过亲民，他们就真觉得君殿下好亲近了，从而失了分寸。

公孙晴也是如此。因为君殿下一句话，她失了分寸，太过自以为是，现在终尝恶果了。

倒是没人觉得君临渊做错了什么，因为君殿下向来就是这样的性格，是高不可攀、生人勿近的存在啊！

一时间，营地里安静极了，没有任何声音。

但是，有人就会有声音。

没过一会儿，就有人压低声音询问："刚才那哧哧哧的声音，是怎么回事？"

"不知道啊，就那么一瞬间，通信就全部中断了。"

"现在外面的声音传不进来，这边的声音也传不出去，心里有种恐慌的感觉。"

"考核的门还能打开吗？我们会被永远关在这里吗？"

……

同学们越说越紧张，越说越慌乱，心里越来越没底。

"好在有君殿下在我们身边！"

"呼——对对，有君殿下在，我们不用怕，君殿下一定会带我们出去的。"

"可现在的问题是，君殿下愿意带我们出去吗？"

……

一时间，所有人都沉默了。

君殿下没有义务带他们离开这里，而且，以君殿下那绝情的性子，应该也不会带他们出去。想到这儿，大家开始慌了。

凤舞倒没有时间想这些事，她正在忙着救治公孙晴呢。

君临渊暴怒之下，根本没控制力道，所以，公孙晴才伤得那么严重。

可是，仅仅几滴茶渍，就能将君临渊气到那种程度吗？

凤舞抬头，从狭窄的透明布料望出去，整个天空被阴霾笼罩着，狂风呼啸，预示着将有大事发生。

这种情况下，公孙晴这病体，很容易会拖累队伍。

现在送又送不出去，难道眼睁睁看着公孙晴死去吗？

那君临渊的罪孽可就大了。

现在快速让她好起来的办法，只有一个，那就是用凤舞的血。

更准确地说，是来自雪夜冰魄兽内丹的血。

没有多想，凤舞直接取出匕首。

扑哧！鲜血飙出来。

"啊！"师萱惊呼一声，双手捂住眼睛。她怎么都没想到，凤舞居然这么干脆利落，她居然用匕首划破她自己的手腕。

“小舞！”风浔心疼坏了。

凤舞：“还不快将她的嘴巴掰开？”

“哦哦哦。”风浔和师萱一起手忙脚乱地将公孙晴的嘴巴掰开。

凤舞一边放血给公孙晴喝，一边在心里默默叹气，如果她没有吞进去那颗内丹，就不需要自己供血了，说来说去，都是君临渊的错。

就在凤舞走神之际，师萱用一种很复杂的目光望着凤舞。她知道这一路上，公孙晴说了凤舞多少坏话，也知道之前公孙晴在凤舞面前有多得意，但是现在，凤舞居然愿意牺牲自己的血来救公孙晴……

凤舞这个人，真有传说中那么坏吗？如果她这么做还算坏的话，那怎样才算好？

师萱有些疑惑了。

“够了没？够了没？”凤舞还没有心疼自己的血，风浔却心疼得不行，他的声音都是战抖的。

凤舞见血量差不多了，便点点头，交代风浔：“帮她将血液引流至心肺处，用它们来修复破损的心肺。”

交代完这句话后，凤舞闭了闭眼。她原本就失血过多，到现在都没有缓过来，现在又不得不捐了部分血，以至于她的脸色惨白到可怕的地步。

“小舞你……”风浔也是很护短的，他恨不得丢下公孙晴不管，而去照顾他家宝贝妹妹。

但是凤舞却摇头：“不要让我的努力功亏一篑。”

风浔无奈，只能照着凤舞的话去做。

凤舞脸上毫无血色，而且眼前还阵阵发黑，她扶着墙根坐下来，盘腿坐于地面，闭上眼睛，静静地调息。

玄奕进来后，第一眼看到的就是凤舞手腕上那还在渗血的伤口。

“怎么回事？”玄奕惊呼一声，紧张地询问风浔。

要是被君老大知道凤舞受伤的事情，还不得疯了？

玄奕瞪着风浔：“有你这样做哥哥的吗？自己妹妹的伤口都没包扎好，还有心去管别人的闲事！”

风浔和玄奕都跟君临渊一样，护短得很，眼睛里只能看到自己在乎的人。

师萱好尴尬，却一句话都不敢说。

风浔一听，顿时急了：“什么？舞丫头的伤口还没有包扎吗？我的天啊！我怎么这么蠢！”

风浔哪里还顾得上公孙晴，当即就丢下她，跑去看凤舞了。

师萱：“……”

当凤舞睁开眼睛的时候，已经是两个时辰之后的事了。暮色沉沉，天色将暗。她一抬头就看到了风浔那张关切的脸，还有那比星辰还明亮的双眸。

“现在是什么时辰了？”凤舞有些虚弱地开口问道。

“酉时初刻，太阳已经快下山了。”

“公孙晴怎么样了？”

风浔没好气地瞥了凤舞一眼：“你还是多关心关心你自己吧，那个公孙晴，能有你一根手指头重要？需要你用自己的血去救她？”

“救人一命，胜造七级浮屠。”凤舞笑道。

事实上，如果正常情况下，她是不会用鲜血去救的，但现在情况特殊，只能特事特办了，好在鲜血是可再生的。

“我管他七级还是九级浮屠，反正在我心里，你的性命才是最重要的，回头你千万记住了，你的安危始终要放在第一位！”

凤舞苍白的脸上浮现一抹笑容：“有哥哥真好。”

这是凤舞第一次喊风浔哥哥，风浔居然有点羞涩地摸摸脑袋：“好啦，我去君老大那边，给你淘换点好东西过来！”

淘换点东西过来？凤舞心里忽然浮现一个念头，难道君临渊也……

君临渊的小木屋。

“君老大，你都不知道，我家小舞苦啊。”风浔苦着一张脸，“那丫头是真勇敢啊，为了救人，她居然拿刀往自己手腕上划啊！那鲜血飙出来有三尺高，差点没把我吓死！”

风浔没被吓死，但是君殿下那张脸却变得有些苍白，只不过风浔只顾着诉苦，根本没有注意到。

君殿下全身僵硬，脊背发寒，那双眼眸死死盯着风浔。

风浔：“你说，她为了救公孙晴，竟然割伤了自己，这么做值得吗？”

君殿下：“不、值、得！”

“可不就是吗！”风浔一本正经地点头，继续说道，“我这妹妹，就是单纯、善良、好心……”

“蠢！”君殿下目光危险而阴鸷，脸色阴晴不定。

风浔：“……咯咯，现在舞丫头失血过多、头晕眼花的，君老大，你这儿有没有什么补血的灵丹妙药啊，给一颗呗？”

风浔露出讨好的笑容，伸出双手。

君临渊瞥了他一眼，冷着脸站起来就走。

风浔赶紧跟上。

君临渊快步往凤舞所在的帐篷走去。

而一路上，很多人都站起来，对他们敬畏而敬爱的君殿下行注目礼。

“你们知道吗？凤舞真把公孙晴救醒了。”

“而且听说，为了救公孙晴，凤舞用匕首划伤了自己的手腕，用她自己的鲜血，才将公孙晴的命从鬼门关给抢回来了。”

“凤舞会这么好心？”

“这话是师萱亲口说的，师萱可是公孙晴最好的朋友，而且她还在里面亲眼所见，还能有假？”

“所以……凤舞居然真的这么善良！”

沐瑶瑶的人听不下去了，顿时站出来反驳说：“凤舞哪里善良了，就算这件事是真的，她也是在卖好！”

“你为了卖好，愿意割开自己的手腕，用你的鲜血救人吗？”

“那，那不是因为凤舞是药师嘛，救人本来就是她的天职！”

“你这就是道德绑架了，谁规定药师救人的时候，就一定要用自己的鲜血了？”

“那……”

师萱盯着沐瑶瑶身边的姚颖：“我只问一句，如果是你，你做不做得到？”

姚颖迟疑地说：“我……”

师萱冷笑一声：“当时凤舞自己的伤口都没有包扎，就嘱咐风小王爷，一定要先救晴姐。

“我就问你，如果是你，你做不做得到？”

“我……”

师萱：“以前我听过很多人编派凤舞，说她这里不好，那里不好，不是说她花痴，就是说她草包，还有人说她是废柴，可是这一路上接触下来，我怎么觉得，她反而更值得结交？”

师萱的话，让在场很多人都陷入深深的思索当中……

营地里的这番对话，自然传进了君临渊耳中。

风浔一听，还挺开心：“这些人终于发现了吧，我妹妹才是最好的！塞翁失马，焉知非福，舞丫头这次还因祸得福了呢。”

“愚蠢！”在君临渊看来，这些名声哪儿有她的安危重要？

营帐内，凤舞抬头，第一眼就看到了那张绝世容颜。可是对着这张脸，凤舞却高兴不起来，当即面沉似水。

四周的气氛有些尴尬。

风浔刚扬起一抹笑容，凤舞就从营帐里走了出来，经过君殿下身边的时候，丢下一句话："出来！"

风浔吓了一跳：这丫头真是胆大包天啊，难道她忘记公孙晴的事了吗？

公孙晴就是因为不知分寸，摆不正自己的位置，所以才有这样的下场，现在这丫头居然敢命令君殿下！

连陛下都不敢命令君老大，你这丫头……

然而，风浔还没腹诽完呢，就看到君老大掀开帘子出去了。

风浔："……"

他诧异地望着玄奕，一脸的不解。

玄奕摊手："……"

连这么明显的事都看不出来，还敢号称帝都第一机智风小浔？

高高的雪堆旁边，凤舞深吸一口气，望着比她高一个半头的君临渊。

他们的身高差很大，凤舞只到君殿下的肩头。凤舞恨恨地想，她这是还没长开呢，等她长开了，肯定能到君临渊的颈项处！

不过，现在最重要的不是这事。凤舞沉着一张脸，眼神凝重，严肃而认真地说："君临渊，事到如今，你还不觉得你自己错了吗？"

君临渊没有理她的话，而是径直拿起她的右手。这只纤细如玉的手腕上，包着厚厚的纱布，包得可真丑。

君殿下那双眼眸，充满了危险的情绪。

"君临渊，你放手！我跟你说重要的事呢！"凤舞用力一挣，把手抽了出来。

凤舞深吸一口气，继续说道："我知道你尊贵非凡，也知道你不可一世，但是你不应该如此漠视生命！公孙晴不过是溅了你几滴茶渍，你就让她去死？君临渊，我从没见过像你这么冷酷无情的人！……"

凤舞这几天被君临渊虐得够惨，心里早就憋了一肚子火，现在一股脑全发泄出来了。

君临渊没有说话，那双危险的眸半眯着，自始至终都盯着凤舞那只受伤的手腕，他周身散发出来的强大气息，将凤舞整个包围住，让人有一种透不过气来的感觉。

凤舞还待再骂，君临渊又抓起她的手，仔细地端详着。

"你——"敢情刚才她骂了半天，人家根本没听！

"疼吗？"君殿下不知何时已经解开纱布，那阴鸷幽深的目光盯着丑陋的伤口，心疼地问道。

"不，不疼……"君临渊这突如其来的温柔，让凤舞毛骨悚然。

果然，下一秒——

君临渊那只手直接扼住了凤舞的颈项："你就这么想死？"

凤舞："我……我没想死……只不过当时……"

"如果再让我看到有下一次，"君殿下面露愠色，一字一顿地警告凤舞，"你救谁，我杀谁！"

君临渊的眼神太可怕了，凤舞只觉得全身汗毛倒竖，脊背发凉。

君临渊松开手，凤舞几乎站立不住，后背靠着雪墙，大口大口喘息着。

君临渊一直阴恻恻地望着凤舞，直到盯得凤舞心里发毛，这才转身，扬长而去。

直到君临渊离开之后，凤舞才后知后觉地想起来，不是她喊他出来的吗？不是她要骂他的吗？怎么就变成她被他威胁了？

好生气哦！

可是想到君临渊那让人窒息、极具威慑力的目光，凤舞心有余悸。她很少怕过谁，但确实有些怕君临渊。

因为他不按常理出牌，因为他漠视生命，因为他什么事都做得出来。

"小舞，呜呜呜，小舞——"一道声音从不远处传来。

凤舞心里一动，这是朝歌的声音！

凤舞一回头，就看到一脸漆黑的朝歌出现在自己面前。

"小舞，小舞——"朝歌激动地朝凤舞跑来，但是她跑得一瘸一拐的，还没跑到凤舞面前，就从山坡上滚了下来。

凤舞吓坏了，赶紧跑过去，将朝歌扶起来。

"小舞，呜呜呜……"朝歌抱着凤舞，激动坏了，"你到哪儿去了？我到处找你，却怎么都找不到你。"

凤舞揉揉朝歌的脑袋："我也在到处找你啊，你怎么没有跟她们在一起？"

"她们？"

"沐瑶瑶、公孙晴她们。"

"哼，我才不要跟她们在一起呢，哎哟——"朝歌忽然痛呼一声。

凤舞当即皱起眉头："给我看看你的身体。"

朝歌乐呵呵地说："没事，我的身体好着呢，就是腿上被魔兽咬了一口，有点痛罢了，真没什么大事。"

"什么魔兽？"凤舞不放心地问道。

"一条雪白的蛇，长得还挺好看的，我本来想捉来玩的，谁知就弄巧成拙了……"朝歌哭丧着脸，大大咧咧地说。

"你啊你……"凤舞戳戳她的额头，继续给她检查身体，忽然定住不动了，那张姣好的脸上，神色忽然有些凝重。

朝歌不解地望着凤舞："小舞，你怎么了？是不是哪里不舒服？我看你这脸上怎么有伤？还有你手上怎么也……"

朝歌忙去拽凤舞的手，而凤舞却以一种极其严肃的目光望着她。

"小舞，你怎么了？你该不会……得了很严重的病吧？"朝歌胆战心惊地望着她。

凤舞深吸一口气，严肃地望着朝歌，郑重地说道："朝歌，我要跟你说一件事。"

"你说你说，不管你遇到什么困难，我一定会帮你的，赴汤蹈火，在所不辞，所以小舞你不要害怕。"朝歌激动地握住凤舞的手，朝她郑重地点头。

此时此刻，凤舞的内心是不可能不动容的。

她本想告诉朝歌，朝歌身中奇毒，而她手边并没有解药，连相应的药材都没有，但是这话，她怎么可能说出口？

"先回去吧。"凤舞扶朝歌起来。

"哎哟我这老寒腿，疼死我了。"朝歌倒抽一口凉气，用力抽了她自己的右腿一下。

"别动！"凤舞惊呼一声。

本来毒素运行已经变慢了，她这重重一拍，会加速血液循环，加快毒素的蔓延。

"我来背你。"凤舞二话不说，背起朝歌就往帐篷里走去。

"小舞，你放我下来，你快放我下来，你都快死了，怎么还背我呢？应该我背你才对啊！"朝歌在凤舞背上扭来扭去，不断大声嚷嚷。

凤浔听到声音，赶紧冲了出来："怎么回事？怎么回事？什么叫小舞快死了？"

凤浔快被吓坏了。

凤舞失血过多，还真没力气背朝歌了，于是直接将她放到凤浔的背上，嘴里说道："背回帐篷去。"

凤浔本来可不愿意了，但是看着妹妹那张苍白无血色的脸，二话不说，背起朝歌就走，嘴里还不忘对凤舞说："外面冷，赶紧回帐篷里再说。"

考生们全都坐在雪谷里，寒风凛冽，呼啸而过。

虽然有人试图点火，但现在寒风呼啸，鹅毛般的大雪倾覆而下，火刚点燃就被熄灭。

考生们一个个都冻得身体僵硬，瑟瑟发抖。

凤舞看着他们那惨白的脸色、青紫色的嘴唇，不由得摇头，难道这些人连基本的雪地生存能力都没有吗？

她经过之际，冷冰冰地丢下一句："背风处挖雪洞，里面比外面暖和。"

话已经说完了，至于做不做，那就是他们自己的事了，凤舞本也不是多管闲事之人。

凤舞这句话并没有压低声音，所以很多人都听见了。

凤舞离开后，营地里的考生们开始窃窃私语。

“刚才凤舞说什么了？”

“她说，挖个雪洞睡进去，比在外面暖和。”

“她这是要害死我们吧？积雪多冷啊，地底下更是冻得一塌糊涂，还睡进去？”

“怕是睡进去之后，永远都看不到第二天的太阳了。”

就在这时候，一道声音忽然响起来。

“我怎么觉得，凤舞的话有几分道理呢。”

这是师萱的声音。自从凤舞以德报怨，用自己的鲜血救了公孙晴之后，师萱对凤舞的印象就变了很多。她这话一出，很多人都冷笑连连。

“凤舞的话，有什么道理？倒是请师姑娘解释一二。”

师萱：“我是解释不出来，不过，我倒是愿意听她的话去试试看，反正，如果不做的话，明天说不定我就冻死了呢。”

师萱是第一个挖掘雪洞的考生。她身边的人想阻止她，但是，她却一意孤行。她愿意相信凤舞的话。虽然她也觉得待在雪洞里会比外面暖和这件事很不可思议。

很快，一个仅容一人躺着的洞穴出现在众人面前。

师萱第一个进去。

咦！师萱的眼睛顿时就亮了，原本还以为凤舞是在瞎说，但现在事实却证明，凤舞的话是对的，这雪洞里面确实比外面暖和多了！

师萱并不是一个人，因为公孙晴倒下去了，所以她现在管理着公孙晴这支队伍。她走出去，直接命令她这支十五个人的队伍。

“从东起五十米，到西三十米，这巨大岩石下方的这条线上，你们开始给我挖！将这个雪洞给我打通！”

“可是……”其他人有些疑惑。

师萱非常干脆地说：“我知道你们有疑虑，等你们挖好了这雪洞之后，自然就明白是怎么回事了。”

事实胜于雄辩！

公孙晴倒下去了，队员们还是很听师萱的话的。于是她们半跪在地上，用手中的武器，吃力地挖掘着洞穴。因为又冷又饿，饥寒交迫，她们的体温在急剧下降，所以力气也越来越弱。但好在大家的力气往一处使，所以很快，一条长约二十米的雪洞被她们挖掘出来了。

当她们终于进入雪洞之后，不需要师萱多做解释，因为——大家脸上都露出欢喜的笑容。

“天啊！里面好暖和啊！”

“外面凛冽的罡风完全被遮挡住了！”

“没想到这个办法居然真的可以，凤舞居然没有说错！”

外面还有不少考生呢，他们正瞪着眼看这支队伍的笑话，结果，却看到她们一个个欢天喜地的样子，顿时有些蒙了。

这是怎么回事？当即就有不少人借故进入雪洞体验了一番。

这一进去之后，里面和外面的温度简直就是天壤之别。

当即，大家的脸色就变了，居然真的可以！

人群中，跑得最快的当数一位叫范元的少年了。他因为一直都在最后，所以是第一个冲出来的。

没有多余的话，他冲出来之后，当即就在那巨大的岩石下方挖起雪洞来。

然后是第二个，第三个……大家一个个都跟老鼠刨洞似的，唰唰唰地挖着，飞雪四溅，雪花漫天。

沐瑶瑶和轩辕弈都看呆了，特别是沐瑶瑶，她一把抓住经过她身边的一名女生：“里面是怎么回事？你们这是在干什么？”

“哎呀沐郡主，你快放开我啊，再不抢，岩石下面的好位置都被抢光啦！那可是背风处最好的位置了。”

平时对沐瑶瑶毕恭毕敬的女生，现在却一把推开沐瑶瑶，飞快地跑走了。

沐瑶瑶被推得一个趔趄，差点摔倒在地。她的脸色渐渐变得有些阴沉了。难道，凤舞那法子，确实管用？

当沐瑶瑶也进入雪洞之后，她才不得不承认，凤舞那句话居然是真的，地底下居然真的比地面上暖和。

有了雪洞之后，他们再也不用像刚才那样坐在空旷的雪地里，硬挨那彻骨的冰冷了。

让沐瑶瑶更不爽的是，耳边不断传来的谈话声。

“真是没想到，凤舞居然懂这么多。”

“是啊，没想到她这么聪明，不过，文试满分的人，确实应该这么聪明。”

“我们之前可说了她不少坏话，可是，她还是愿意将这个经验分享给大家，可见她本性纯良。”

“就是啊，之前公孙晴是怎么针对她的？她还不是割腕救人？从这件事就能看出一个人的心性。”

“奇怪了，凤舞明明本性纯良、为人热忱，怎么就有那么多人说她的坏话呢？”

“估计是得罪人了吧？她长得那么漂亮，被人嫉妒抹黑很正常，不被嫉妒的是庸才嘛。”

“不管别人怎么说她，反正以后，我肯定不会人云亦云了。”

“我也不会了。”

“……”

沐瑶瑶气得鼻子都差点歪了。

“就这么点小恩小惠，这些人就纷纷说她的好话了？他们到底有没有原则啊！”沐瑶瑶气急败坏地说。

小恩小惠？轩辕弈队伍里的人，都用一种怪异的目光看着沐瑶瑶。

对凤舞来说，她不过是随意提点一句，可是对大家来说，这是救了大家的命啊！

原本，很多人都对沐瑶瑶印象不错的。

因为沐瑶瑶身上自带光环——出身于沐王府，学艺于碧云宫，师姐是天才少女左青鸾，现在帝国学院的副院长又是她外祖父，这群考生，谁不想靠近她，聚集在她左右？

可是现在，大家看沐瑶瑶的目光，带了几分怪异。

沐瑶瑶仗着自己的光环，可没将大家放在眼里。她现在很生气，不仅气这些人对凤舞改变了印象，更让沐瑶瑶不爽的是——

因为师萱最早反应过来，所以她的队伍先下手为强，占据了最好的位置，而沐瑶瑶和轩辕弈率领的这支队伍，只能占据最差的位置了。

凤舞并不知道，不过是一句提点的话，会给她自己带来这么大的影响。

不过，即便她知道了，怕也是不会在意吧？

帐篷里，并排放着三张病床。

病床上躺着三个人，分别是御冥夜、公孙晴和段朝歌。

炭盆里扑腾着熊熊烈焰，帐篷里暖洋洋的。

病床上，三个人安然陷入昏睡当中。

风浔不解地望着凤舞：“段朝歌居然这么快就睡着了？”

凤舞脸色沉郁地说：“不是睡着了。”

“那是什么？”

“昏迷不醒。”

“啊？”风浔脸上浮现出一抹震惊之色，“她昏迷了？她身体健壮得跟小牛犊似的，怎么可能昏迷不醒了呢？”

“中蛇毒了。”凤舞看着匕首已经烧红了，便拿起匕首，然后便要撕开段朝歌的裤腿。

见风浔还站着不动，她摇摇头，吩咐他道：“劳烦哥哥去外面寻些石头过来。”

风浔疑惑地问：“多大的石头？”

凤舞：“最好是婴儿拳头般大小。”

风浔：“你要这些石头做什么？”

凤舞：“山人自有妙计，哥哥快去。”

风浔还待问，凤舞便说：“等哥哥寻到石头，到时候谜底自然就揭晓了。”

也只能如此了，风浔不再多问，掀开帘子赶紧出去了。

凤舞望着风浔的背影，苦笑着摇摇头，心说：女孩子的小腿，是少年能随便看的吗？不知道避讳一点，小心以后被人赖上啊，我的好哥哥。

等风浔离开之后，凤舞拿着匕首划破伤口附近的裤腿，露出了小腿上的伤口。

伤口已经肿起来了，有成熟的蜜桃那般大小，似乎随时会破，伤口周围的肌肤呈墨黑的颜色，散发出一股难闻的气味。

而且，一条黑线从伤口处往上延伸，而且还有不断蔓延的趋势。

凤舞检查了一下，黑线已经蔓延到大腿了，怕是再过不久，就会蔓延到脊髓了。

一旦蔓延到脊髓，朝歌这辈子都将在轮椅上度过！

一旦蔓延到心脏，朝歌必死无疑！

凤舞咬紧牙关，心疼极了。她用灼热的匕首，比画了一下朝歌的伤口，但是很快，她摇了摇头。

不行，破脓容易，但是想要将毒素彻底清除却很难。

若是在外面，药材充足，凤舞还有九成把握，但是在现在这种恶劣的情况下，凤舞只有五成把握。

一旦救治朝歌不行，再遭逢变故的话，朝歌必死无疑。

凤舞深吸一口气，无奈地将匕首放下。

“如果有清蜂丸就好了……”凤舞揉揉眉心，喃喃说道。

清蜂丸是她拿出来的药方，所以凤舞最清楚其中的成分，解这赤眼蛇的毒，再合适不过了。但是在现在这种情况下，她到哪里去找清蜂丸啊？

凤舞自己也没带啊。

“你想要清蜂丸？”

一道熟悉的声音从凤舞身后响起。

凤舞回头一看，发现是玄奕。

凤舞诧异地问："你怎么来了？"

玄奕答道："给你送石头来了，不过，现在你可以告知，这些石头有何用了吧？"

"丢进火盆里。"

"就这么简单？"

"要不然你希望有多复杂？"凤舞好笑地看着玄奕。

玄奕耸耸肩，将十几块大小均匀的石头全都投入火盆中，然后转头望着凤舞："你想要清蜂丸？"

"你有清蜂丸？"凤舞皱眉问道。

"我这儿还真有，不过只有一瓶备用的了。"

凤舞心头一喜："赶紧给我。"

"为什么要给你？"玄奕双手抱剑，似笑非笑地盯着凤舞。

凤舞皱眉道："清蜂丸并不是什么昂贵之物，在外面，一两银子就能买一瓶。"

"但是在这里，不是买不到吗？物以稀为贵不是吗？"玄奕笑眯眯地看着凤舞，一脸算计的表情。

凤舞的眉头皱得越发紧了。她怎么觉得今天的玄奕跟以前有些不一样了，话似乎有些多啊。

凤舞好声好气地说："我跟你买，以百倍的价格。"

玄奕笑道："凤小舞，你觉得我这堂堂小侯爷缺钱吗？"

凤舞深吸一口气，盯着他，郑重地说道："朝歌伤势严重，必须用到清蜂丸。而这瓶清蜂丸于你来说不过是备用品，先借给我用用，就当是我凤舞欠了你一个人情。"

玄奕只是笑，却并不说话。

凤舞往门口望了一眼。

玄奕漫不经心地说："风浔去找殿下了，暂时不会回来。"

"所以，你这是有备而来了？"凤舞将匕首收起来，盯着玄奕，"你给我出来！"

玄奕双手抱剑，跟在凤舞身后。

来到那堵冰墙之后，凤舞那双美眸危险地半眯起来。

"玄二，你到底什么意思？"凤舞盯着他问道。

玄奕是什么样的人，凤舞不说完全看透，也是能摸清楚五六分的，他绝对不会见死不救，但很明显，他有附加条件。

“没什么意思。”

“你有什么附加条件，说吧。”

“也没什么附加条件。”

“你故意支开风浔，特意前来找我，还拿清蜂丸当诱饵，玄小二，你说你没有附加条件，你自己信吗？”

“嗯……”玄奕摸摸鼻子。

“这几天你是怎么回事？”凤舞半眯着眼睛，上上下下打量着玄奕，一脸不解地问道。

“什么怎么回事？”玄奕有些心虚地反问。

凤舞：“我怎么觉得，原来的你，严肃刻板得像个小老头，现在是发生什么事情了，你竟然变得这么接地气了？”

玄奕被噎得直瞪眼，故意凶巴巴地问：“你到底还想不想要清蜂丸了？”

凤舞淡定地盯着他，说道：“说说你的想法。”

被凤舞这么认真而严肃的目光盯着，玄奕摸摸鼻子：“其实……这清蜂丸真是给我自己留着备用的。”

凤舞：“嗯。”

玄奕：“但既然你实在想要，那就让天意决断吧。”

凤舞：“如何让天意决断？”

玄奕：“很简单，我们来打赌。”

凤舞：“赌什么？”

玄奕：“最简单的那种吧，猜拳，如果你赢了，清蜂丸给你；如果你输了，清蜂丸依旧可以给你，但我有一个条件。”

凤舞嘴角微勾，这小子终于露出狐狸尾巴了。

玄奕低头，附在凤舞耳边低语了一句，下一秒，凤舞的脸色就变得非常非常难看了。

“你这话是什么意思？”凤舞生气了。

玄奕摊手：“就是字面上的意思，答不答应，你自己看着办吧。”

玄奕手里把玩着那瓶在外界一两银子一瓶，在这里却千金难求的清蜂丸。

凤舞深吸一口气，万分不解地问：“这样做，对你有何好处？你根本得不到任何好处！”

此刻，凤舞的内心是纠结的，因为那个条件实在是……让她很崩溃。

“你也可以不答应啊。”玄奕说罢，转身就走。

“等等！”凤舞喊住玄奕，玄小二嘴角扬起一抹算计得逞的笑意。

"好，我答应你。"凤舞咬着牙说道。

朝歌的伤最重要了，若是继续恶化下去，若是再碰到突发变故……凤舞不敢拿朝歌的性命开玩笑。

见凤舞终于答应了，玄奕暗暗松了口气。

想帮君老大一把，也是不容易啊。

"你确定要猜拳吗？"凤舞觉得这太搞笑了。

"对啊，让老天爷做决定嘛。"

"玄小二，你还真是无聊！"

"这里的日子本来就枯燥，不是吗？"

凤舞又问："三局两胜？"

玄奕断然拒绝："不，一局定输赢。"

"什么一局定输赢？喂，你们俩在这儿嘀嘀咕咕啥啊？"忽然，一道声音从旁边响起，吓了凤舞和玄奕一跳。

风浔狐疑的目光从他们脸上扫来扫去："我怎么不知道，你们俩的关系这么好了？"

凤舞没好气地说："玄小二嫌日子太无聊了，非要和我猜拳玩。"

"你们还有时间玩猜拳？"风浔也是醉了。

现在营地里风声鹤唳、草木皆兵，考生们更是饥寒交迫、瑟瑟发抖，这俩人居然还有闲情逸致在这里猜拳玩？

"你来了正好，给我们当裁判吧。"玄奕对凤舞说，"我们背对背，将右手举高，同时出手，这样很公平吧？"

凤舞应道："好。"清蜂丸在你手中，自然是你说什么就是什么了。

三、二、一！

两人同时出拳。

看不到表情，这还真的只靠运气。

"凤小舞，你怎么这么笨啊，他出剪刀你出布，你输了啊！"风浔气得哇哇叫。

凤舞："……"

玄奕将那瓶清蜂丸塞到凤舞手里，凑近她耳边，低语一句："晚上……可一定要来啊。"说完，玄奕便扬长而去，剩下一脸纠结的凤舞。

风浔顿时不解了："他刚才跟你说什么了？"

凤舞："没什么。"

"那你这愁眉苦脸的，是什么表情？"

“输了的表情。”

风浔：“……好吧。这玄小二也真是的，连我妹妹都敢欺负！他这摆明了就是稳赢嘛。”

凤舞不解了：“怎么稳赢了？”

风浔说道：“难道你不知道吗？”

凤舞更纳闷了：“知道什么？”

风浔无语地说：“玄奕可是有一种感知技能的，只要肢体碰触到，对方一秒钟内的想法，他是可以读出来的啊。”

凤舞恍然大悟，难怪他要背靠着背猜拳。

这个玄奕真是的，早就打算给她清蜂丸了，但为什么要坑她一把？

“你怎么不早告诉我啊！”凤舞狠狠地瞪了风浔一眼。

风浔：“早告诉你，你就不赌了吗？而且你一直这么稳操胜券，就想看你被坑一把嘛。”

凤舞：“你……”

风浔：“话说，你们到底赌了什么呀？”

凤舞：“清蜂丸，救朝歌用的。”

风浔摸着下巴，狐疑地瞅着凤舞：“我怎么觉得……没那么简单啊？你们俩该不会背着我，偷偷勾搭到一起了吧？”

凤舞：“……不告诉你！”

凤舞说罢，郁闷地转身就走。

风浔追在她身后：“喂，凤小舞，我可是你哥哥啊！”

凤舞瞪他：“是我哥哥，所以就坑我啊？你这个坑哥！”

风浔摸摸鼻子：“……”

有了清蜂丸后，凤舞就可以给朝歌开刀放脓血了。

“将石头取出来，用鱼皮包裹着拿过来。”在动刀之前，凤舞使唤风浔打下手。

“用鱼皮将石头包起来有什么用？”风浔到现在都想不明白。

但是，当凤舞将一个个包好的小石头放在朝歌周身时，风浔终于发现了：“咦，朝歌的体温上升了好多？”

凤舞点头：“是呢，烧热的石头不易冷却，再用这种特殊的鱼皮包裹，热度和持久度都不错，暖和一个晚上是没问题的。”

就在这时候，旁边有人发出啊的一声。

凤舞回头一看，发现是一直照顾公孙晴的那位姑娘，好像叫师萱。

师萱一脸激动地说："凤姑娘，这个办法……我……可不可以用？"

凤舞问道："哪个办法？"

师萱激动又兴奋地说："就是用烧红的石头保暖这个办法。"

凤舞温和地看着她："当然可以用了，这是常识啊。"

常识？师萱和风浔对视一眼，这常识他们可完全不知道啊。

风浔高兴坏了："有了这个办法，那些人就冻不死了。凤小舞，你可真厉害！"风浔说完，就激动地跑出去了。

凤舞："……"她哪里厉害了？她自己怎么不知道？

给朝歌医治好之后，凤舞看看天色，已经不早了。

她内心有些纠结——

玄奕说的那件事，到底是去呢，还是不去呢？不去的话……玄奕那张似笑非笑的脸浮现在眼前；去的话……这事可真丢人！

愿赌服输，既然输了，再为难的事都要做到，这是她的原则和底线。好吧！凤舞深吸一口气，死就死吧，也就只有这一次了。

凤舞将做手术时穿的白袍子脱下，气势汹汹地往旁边一丢，雄赳赳、气昂昂地就往外走。

因为所有的考生都已经睡进雪洞，整个营地里空无一人。凤舞的帐篷在北边，君临渊的木屋则在南边。凤舞憋着一口气，从帐篷一路走到木屋前。

走在路上的时候，凤舞远远望去，木屋里一片漆黑。

此刻夜已深，万籁俱寂。

当凤舞走到木屋门前的时候，她好不容易鼓足的勇气，渐渐开始流失了。

玄小二这个人太坑了！肯定是故意坑她的，想看她的笑话呢！亲君临渊一口，并且对他说四个字——我中意你，这简直……

凤舞绕着小木屋走了一圈又一圈，勇气越来越少，越来越少……要不跟玄小二商量商量，改一下赌注？

"不能改。"不知何时，玄小二出现在她身后。

凤舞一回头，就看到玄奕站在她身后，差点被吓一跳，她瞪着玄小二："人吓人，吓死人啊！"

"不能改。"玄小二笑眯眯地看着凤舞，"不过，如果你承认你愿赌不服输，说话不算话，你现在就可以离开了。"

凤舞咬牙切齿地说："玄小二你这个坏人！你想故意看我的笑话，是吧？"

玄奕双手抱剑，挑眉看着她。

凤舞："你以为我做不到？"

玄奕："你真的能做到吗？"

凤舞："……"

她还真的很想很想认栽，但是，玄奕那嘲弄的目光，却看得她心头火起。

"不就是赌注吗，我凤舞愿赌服输！"凤舞气鼓鼓地哼了一声，噔噔噔就往小木屋走去。看着凤舞的背影，玄奕的目光变得幽怨而深邃。

他对凤小舞，难道真的没有感觉吗？并不是的。只是……首先他要确定的是，凤小舞到底喜不喜欢君临渊。

如果她真的对君殿下完全没有感觉，是不会答应这么荒唐可笑的赌局的，所以，玄奕才设下这看似无聊的赌局。他在测试凤舞的内心。或许连她自己都不知道，她对君临渊有多么在意。

凤舞噔噔噔走到小木屋门口，没来由的，又开始打退堂鼓了……她回头看了玄奕一眼。只见不远处的玄小二，双手抱剑，站在皑皑白雪之上。他的目光幽冷而深远，嘴角带着一抹若有似无的笑。

凤舞又是一口气堵在了喉咙里。做就做嘛，谁怕谁哦！反正她做了就跑，不被君临渊发现就是了。

凤舞趴在门边，听了一会儿里面的动静。

耳边传来均匀而绵长的呼吸声，可见君殿下是真睡着了。

凤舞还不放心，从衣袖里掏出一根迷香，对准小木屋里就开始吹。

凤舞特制的迷烟，药效又快又好，不到一盏茶的时间就会生效。

因为里面躺的是君临渊，所以凤舞又多等了一会儿，等了足足一刻钟之后，她才开始推门。

小木屋做得简单，结草当的门锁，凤舞原本以为很容易就能打开，但上手了才知道，这结草是根本打不开的。

凤舞又绕到窗边，好在这边没有锁死。于是，凤舞悄悄撬开窗户，身形快若狸猫，从窗口一闪而入。整个动作一气呵成，如行云流水般流畅。

凤舞进到屋内，没有将窗户带上，因为她很快就要离开。

皎洁的月光从窗口如流水般倾泻而下，洒落到君临渊脸上。君临渊躺在床上，双手交叠放于腹部。双眸紧闭的他，面部轮廓深邃，五官精致，在月光清辉的映照下，越发显得俊朗不凡，更有一种与生俱来的尊贵和风度。

凤舞深吸一口气，蹑手蹑脚地走到他的床前，半坐下来。凤舞抬手在他面前晃了晃手指："君临渊？君临渊？"她得确定他有没有醒着。

没有反应！凤舞心头一喜。不过……凤舞心中还有疑虑，君临渊这样的超级强者，真的这么容易就被迷倒了？为了试探君临渊，凤舞从衣袖中取出匕首，匕首森寒，锋芒毕露，她佯装对着君临渊的眉心刺去。君临渊面色平静，紧闭的双眸依旧一动不动。

若是常人装睡，这时候早就避开了，可是直到匕首离君临渊的眉心不足一寸了，他还没有任何反应。也就是说……君临渊真的被迷倒了？

天啊，机会难得！

凤舞将匕首收起来，双手撑在君临渊肩头，俯身凑近他的脸庞，盯着他那俊美无比的容颜，快速说出她和玄奕的赌约。不过，凤舞多了个心眼，她说的是她那个世界的外语——

爱老虎油。

说完这句话之后，凤舞都不敢看君临渊的脸，生怕他会突然醒来。如果那样的话，就太尴尬了。所以，说完话之后，凤舞低头就亲了上去。因为情绪太紧张了，她一个不稳，整个人就砸在了君临渊身上。两人的唇，碰在了一起！凤舞整个人都崩溃了。她这是在偷亲啊，整个人砸在君临渊身上，生怕他不会醒是吗？

就在她懊恼之际，凤舞感觉到有一双深邃的目光正盯着她，一抬头，就对上了君临渊那双宛若璀璨星辰的眸子。凤舞只觉得轰的一声，一道雷在她头顶劈过，雷光炸裂，她的脑中已经一片空白。有那么一瞬间，凤舞都不知道自己到底身在何处，在做什么了。唇齿碰撞，四目相对，两个人就这么愣愣地僵在那里……

"啊！"凤舞终于反应过来，她猛地将君临渊往床上一推，嗖的一声从窗口蹿了出去，宛若流星般消失在茫茫夜色之中。

逃之夭夭，不见踪影。

君临渊："……"

夜色中的君临渊，抬手抚摸着自己的薄唇，嘴角扬起一抹深深的弧度。

凤小舞啊凤小舞，原来你是这样的凤小舞啊！

凤舞一口气跑回自己的营帐，砰的一声将门关上，大口大口地喘着粗气。

凤舞现在满脑子都是刚才的画面。她觉得尴尬极了。怎么这么倒霉，竟然把君临渊给吵醒了？这样一来，打乱了她所有的计划，他会不会多想？

深夜、爬窗、迷香、偷吻……这让别人怎么不想歪啊！凤舞懊恼地拍了一下自己的脑袋："凤小舞！没见过比你更蠢的人了！"

"怎么自己打自己啊？出门见到鬼了？"御冥夜不知何时苏醒过来，那双迷离而深邃的桃花眼水汪汪的，正看着凤舞笑。

御冥夜发现，此刻的凤舞面色绯红，目光水汪汪的，泛着春色，整个人都散发着一种尴尬又甜蜜的气息。他怔了怔，眼眸危险地半眯起来。

"你去见君临渊了？"御皇子不高兴了。

“没有！”凤舞矢口否认。

“真没有？”御冥夜可不信。

“跟你说了，没有！”凤舞烦躁地瞪了他一眼，态度凶巴巴的，颇有些恼羞成怒的意思。

御冥夜委屈巴巴地瞅了她一眼，可怜兮兮地嘟囔道：“没有就没有吧，这么凶……”

凤舞：“抱歉，我刚才态度不好。”

凤舞一道歉，御冥夜顿时就开心了，笑容满面地说：“凤小舞，你过来你过来。”

“干吗？”凤舞面上不耐烦，但双脚还是很实诚地站在他面前。

御冥夜拉着凤舞的手，仰着脑袋望着她：“当初在北境城的时候，你坑得我那么惨……”

“我都说了，我不是她！”

“要不让风浔他们过来，一起辨认辨认？”

“御冥夜，你想死吗？！”凤舞气得一巴掌拍在他脑袋上。

“嗯——”御冥夜吃痛，鼓着腮帮子，眼泪汪汪地瞪着凤舞，“你谋杀亲夫啊！”

凤舞抬脚就踩他：“你再说一句试试！”

“好好好，不提这个，不提这个。”御冥夜幽怨地瞅着凤舞。

当初在冰封森林的时候，他被凤舞坑得多惨啊，又是被骗，又是被坑，还被下毒，最后宝贝都被她抢走了，结果现在她还来威胁他！

这要是换了别的女人，哪里还有命在？

可是凤小舞一凶他，御冥夜摸着下巴，他怎么还挺受用的？

“你笑什么？”凤舞不解地看着御冥夜，抬手摸摸他的额头。

这人居然摸着下巴傻兮兮地笑，没毛病吧？温度也不高啊？

凤舞还没反应过来，一只大掌就覆在了她的手背上，坐在床头的御冥夜仰着头，那双深邃迷人的星眸望着凤舞，气氛一下子变得暧昧起来。

砰！凤舞狠狠踩了御冥夜一脚。

“嗷！”好痛！御冥夜吃痛地瞪着凤舞。

凤舞没好气地说：“你的病好了吗？”

“好了。”

“好全了吗？”

“还……没有。”

“那还不赶紧躺下！”

“哦。”

逼着御冥夜去睡觉，凤舞也靠着墙角而坐，闭目养神。

很快，黎明来临，东方现出了鱼肚白。

很多人都从沉睡中醒来。

而此刻的帝国学院，很多人都处于担心、紧张之中。

因为帝国学院和里面已经切断了联系。不仅帝国学院的高层看不到傲世雪原里的画面，就连考生的排行榜都不再显示了。

考生足有上千人，能够考过文试，进入武试阶段的，都不是一般人家的孩子，所以，考生家长们都担心坏了，聚集在学院门口，一个个都紧张而焦灼地议论着。

可是他们得不到消息。因为就连帝国学院的高层，也不清楚里面到底发生了什么事情。

消息传到凤族。

凤琉得到这个消息后，差点乐傻了。

“什么？你刚才说什么？”凤琉瞪着她的贴身丫鬟彩月，“再说一遍！”

“六小姐，帝国学院这次的考生，全都被困在傲世雪原里了，而且已经跟外界切断了联系，至今生死未卜呢。”

大夫人捂着胸口庆幸地说：“小六啊，幸好这次你没去，不然娘亲可要担心死了。”

“那些人全都被困在里面了？至今生死未卜？”凤琉有些不敢置信地问，“比如说凤舞、朝歌、沐瑶瑶那些人？”

“是啊。”彩月说，“现在很多人家都已经聚集在帝国学院门口了，都让帝国学院给个说法呢。”

凤琉心头大喜：“二房可曾知道这个消息？”

“这消息是从外面传进来的，二房向来都是关上门过自己的日子，应该还不知道这件事吧？”

凤琉和大夫人对视一眼：不知道吗？那就最好不过了。

“走！”大夫人和凤琉当即就往二房而去。

凤舞带着朝歌去考试了，她担心美人娘亲在家里会被人欺负，在离开之前就安排好了，让秋叔紧守门户，尽量不要出门。

咚咚咚……

大夫人身边的桂嬷嬷开始敲门。

里面很久都没有动静。

“敲，给我继续敲！”大夫人嘴角浮现一抹冷笑。

咚咚咚……咚咚咚……

院门是加固过的，但这会儿差点被敲碎了。

“谁啊？”里面传来赵嬷嬷不悦的声音。

“赵嬷嬷，是我，五小姐有消息了！”桂嬷嬷和大夫人对视一眼，眸中含笑。

事关自家五小姐，赵嬷嬷自然不敢怠慢，赶紧过去将门开了。

门一开，就看到外面站了一排人，被簇拥在最前面的，正是大夫人。

赵嬷嬷急问：“大夫人，我们五小姐怎么了？”

大夫人瞪了她一眼：“这么重要的事，你一个嬷嬷能做主吗？赶紧带我们去见你们二夫人。”

“大夫人，二夫人身子不适……”赵嬷嬷可勇敢了，她是敢当面顶撞大夫人的。

大夫人瞪眼道：“舞丫头都快死了，她这时候还只顾着自己，怎么做娘亲的？”

赵嬷嬷和秋叔对视一眼。

“五小姐快死了？怎么可能！”秋灵急坏了。

这会儿秋灵正扶着璇玑夫人呢，她听见了，璇玑夫人自然也听见了。

“你说什么？小舞她……”璇玑夫人顿时脸色惨白，泪水涟涟，身子更是摇摇欲坠，“小舞她怎么了？”

大夫人看到璇玑夫人这摇摇晃晃的样子，心中一阵解恨，冷笑道：“这次考核之地发生了重大灾难，里面的考生已经与外面断了联系。”

“据说是王者魔兽雪夜冰魄兽出来了！”

“别的考生倒也罢了，好歹他们自己实力不弱，或许能保全性命，但是你们家凤舞，那实力太渣了，或者说完全没有实力。”

“听中途退出来的考生说，你们家小五啊……已经死在里面了。”

“二夫人，二夫人！”秋灵看着晕倒在自己怀里的二夫人，顿时慌了。

二房乱成一团，大夫人和凤琉却趁机离开了。

出了二房的门，她们对视一眼，彼此交换了一个得意的笑容。

“小舞她……小舞她……”璇玑夫人痛哭不已。

“二夫人，您想啊，别人都以为咱们五小姐没有实力，可事实上，咱们五小姐厉害着呢，肯定没事的。”

秋灵知道，这回肯定出事了，但是不是像大夫人说的那样严重，就不一定了。

于是她说："二夫人莫慌，我这就去风北王府，问问风北王妃去，她一定知道这件事。"

秋灵来到风北王府。

因为以前她来过，所以门房认出是她，二话不说就让她见了风北王妃。

秋灵见到风北王妃，立刻说明自己的来意。风北王妃皱眉道："凤大夫人真是这样说的？"秋灵神情凝重地点头。

"胡说！"风北王妃当即一拍桌子，"之前确实出了问题，所以陛下派君殿下和阿浔他们进入考核之地保护考生，如果考生们出事了，那他们岂不是也出事了？什么叫人已经死了？这些乱七八糟的消息，究竟是从哪儿传出来的？"

"王妃娘娘，我们五小姐真的没事吗？二夫人都急得晕过去了，到现在脸色还是青紫的呢。"秋灵急坏了。

风北王妃大手一挥："走，带我去看看！"

当风北王妃赶到的时候，正好看到大夫人坐在二夫人床前，拉着二夫人的手，一脸哀愁地说："二弟妹啊，刚才大嫂已经使人打听过了，小舞真的已经……没了，你可一定要保重身子，节哀啊！"

二夫人又急又气，猛地推了大夫人一把："你是坏人！走开，我不要听你说话！走开走开！"

大夫人脸上浮现一抹得意之色，她正要开口说话。

"凤大夫人好兴致啊，专门挑这好日子，欺负我们璇玑夫人来了？"风北王妃冷笑一声。

大夫人一回头，就看到了风北王妃。

大夫人虽然不喜欢风北王妃，但碍于她的身份，却不敢表现出来。

非但不能表现出来，还得装出一副热情友善的样子："风北王妃……"

风北王妃冷笑一声："你刚才说，我家小舞死了？"

我家小舞？这可真是护短的啊！大夫人心头暗恨，面上却勉强挤出一抹笑容："风北王妃，这是我们打听到的消息……"

"谁去打听的，谁说的，怎么说的，你把名字写出来。"风北王妃冷笑一声，"帝国学院都没有放出消息，我倒要看看，是谁在背后故意传播谣言，扰乱视听，造成民众恐慌！这件事，必须呈报给陛下和太后知晓！"

呈报给陛下和太后？大夫人一听这话，顿时慌了。她哪里听人说过凤舞死了？这完全是她临时编造出来，故意来吓唬二夫人的啊。

"风北王妃，这……"

"给我写！"风北王妃一怒，周围顿如寒风过境，大夫人心里直打哆嗦。

风北王妃身边的陶嬷嬷冷笑一声，找来笔墨，放在大夫人面前，摊开纸，拿了蘸好墨汁的毛笔递给大夫人："凤大夫人，请吧。"

大夫人接笔也不是，不接笔也不是。这要是真拿笔写下来，那就是罪证啊，到时候如果真呈上去给陛下和太后看了，治自己一个传播谣言之罪，这可是会死人的！

风北王妃是出了名的浑不吝，不管不顾的，什么事干不出来？

大夫人越想越害怕，额头上迸出黄豆般大的汗珠。她只能跟风北王妃求饶："王妃娘娘，这消息……是一个丫鬟说的。"

"哪个丫鬟？"

"彩、彩月。"

"彩月何在？"

彩月已经瑟瑟发抖了，被风北王妃一吓唬，顿时跪倒在地。

"陶嬷嬷，将这丫头带去隔壁问话，将她说的话一一记录下来。"风北王妃冷冷一笑。

很快，陶嬷嬷就拎着彩月走了，就跟拎着一只小鸡崽似的。

而风北王妃则似笑非笑地瞥了大夫人一眼："现在，大夫人就将你从彩月那儿听到的谣言，一五一十地说出来吧。"

这摆明了……就是在审问大夫人。

大夫人恼羞成怒："风北王妃，你这是在审问我吗？我们家老爷虽然不成器，但好歹也是吏部尚书，风北王妃就一点都没有看在眼里吗？"

风北王妃笑了："正是看在尚书大人的面上，所以大夫人你还能好好地待在这里，而不是刑部。"

"你……"大夫人心里一哆嗦，她不过是传了一句谣言，后果有这么严重吗？

"给你十息的时间，趁早坦白，否则交由刑部审讯！"风北王妃冷笑一声，"陛下那儿正在抓假传谣言的头头呢，凤大夫人，那个人莫不是你吧？"

大夫人被吓得脸色惨白……

就在这时，里屋传来抽鞭子的声音和彩月的惨叫声。

不用想也知道，这是陶嬷嬷在审讯彩月。

很快，一纸供词就被呈到风北王妃手里。风北王妃一看，嘴角扬起一抹淡淡的弧度，瞥了大夫人一眼。

大夫人见事已至此，哪里还敢隐瞒，赶紧把罪责推给彩月："是彩月说的，是她说舞丫头死了！"

"可是，这纸上却没这么写啊。"风北王妃淡淡一笑，"你们两个，到底谁在说谎呢？来人啊——”

大夫人闻言，惊慌失措地望着风北王妃。

风北王妃豪迈地一摆手：“将这两个人给我带走！”

“风北王妃，你不能啊！我可是三品淑人，我……”

“我现在怀疑你假传谣言，扰乱民心，动摇国本！尚书大人问起来，本王妃自会跟他说。来人，送大夫人去刑部大牢！”

大夫人整个人都蒙了。就因为假传凤舞的死讯，就要被送到刑部去？她可是堂堂吏部尚书夫人啊！

可是，不管大夫人如何不甘、如何不愤，风北王妃决定的事都不容置疑，还从没有人改变过。

凤琉看到大夫人被抓走了，竟然一句求情的话都没敢说，就独自偷偷地溜走了。

风北王妃看着凤琉的背影摇了摇头，心说幸好是宁辰溪弄错了，不然真娶了这样的丫头进门，整个宁家就毁了。

大夫人带来的人被抓的被抓、跑的跑，很快，星陨院又恢复了平静。

只不过，此刻星陨院众人看向风北王妃的目光，全都多了几分感激和敬畏。

二夫人的神智像小孩子一样，自然不会说感恩的话，所以赵嬷嬷便代表二夫人表示感谢：“王妃娘娘，这次多亏了您，不然我们……”

风北王妃大手一挥，豪迈地说：“舞丫头是我的干闺女，大家都是一家人，客气什么？再说了，如果舞丫头回来了，知道我没护着你们，肯定会埋怨我。”

秋灵：“小姐真的……会回来，对吧？一定会回来的吧？”

风北王妃一脸自信地说：“如果这次陛下派了别人去救援，我这心里还真是没底，可这次去的是太子殿下。你们对舞丫头没信心，难道对太子殿下也没信心吗？”

秋灵心里还是很担心，太子殿下又怎么样？这位殿下可不喜欢她家小姐，到时候真会对她家小姐的安危上心吗？真是越想越担心。

“还有我家那熊小子呢！”风北王妃是知道的，风浔可宝贝这个妹妹了，第一个保护的肯定就是小舞。

现在的帝都，处于一种焦灼和恐慌当中。

所有的压力，都压到方阁老身上。

皇宫里——

“咯咯咯，咯咯咯……”方阁老进宫跟陛下汇报情况，说话间却咳嗽个不停，肺部都快咳出来了。

“方爱卿，且缓缓。”君武帝让大总管给方阁老赐座。

“朕知道，现在各方压力都聚集在你肩上，你刚上任就遇到这事，确实是时运不济。不过你放心，太子在里边呢，有他在，能有什么事啊。”君武帝笑着说。

方阁老却长叹一口气：“如果真如情报上所言，倒也罢了，可在院方系统被切断之前，那发出的声音，可不仅仅是王者实力，这只雪夜冰魄兽……很有可能发生变异了啊。”

“此话当真？”君武帝眉头紧皱。

方阁老郑重地点点头，脸色无比凝重。

君武帝原本稳操胜券的心，顿时急躁起来。他背着手，在御书房里来回踱步。

“你可确定，那雪夜冰魄兽真的变异了？”君武帝皱眉看着方阁老。

方阁老点点头，无比肯定地说：“有很大的可能。”

“这就有点麻烦了。”君武帝说，“太子擅长火元素，雪夜冰魄兽是冰元素，这俩本就相克，现在后者又发生了变异，太子怕是有麻烦了。”

“你说什么？什么叫太子有麻烦了？”

太后她老人家正在御花园里散步，走着走着，就走到御书房了，就想过来问问，她家君宝这几日可好，父子俩有没有吵架。

这倒好，太后刚到御书房门口，就听到她家君宝的消息，赶紧就推门进来了。

君武帝抚额。要是别人，早就被他打断腿了，可这位是他的亲娘啊。

“母后——”君武帝正想找借口敷衍过去呢，就被太后揭穿了：“你不要找借口，哀家要听实话！”太后显然已经听见刚才的对话了，再隐瞒也没有意义了，于是，君武帝只能将实情告知。

太后听了，差点一口气上不来。她一把抓住君武帝，气得口不择言：“皇帝，这么危险的事，为什么要让君宝去做？有你这么坑儿子的吗？我就知道你不喜欢君宝，我就知道！”

君武帝委屈地辩解：“这是他自己非要去的，拦也拦不住啊。”

“他为什么非要去？”

“这个……”

扶着太后的，不是别人，正是独孤皇后。

独孤皇后趁着这次太后生病，一直在床前侍奉，婆媳关系缓和不少。

这么好的机会，皇后不给凤舞上眼药，那就太辜负老天爷给的机会了。

“母后，您说……会不会是因为凤家那位五姑娘啊？”

“你说什么！”太后瞪着独孤皇后。

独孤皇后抿唇一笑：“外面有谣传，咱们太子殿下对凤家那位五姑娘情有独钟呢，所以，太子选择进考核地图，会不会跟凤五姑娘有关系呢？”

“外面什么时候有这种谣传了？”太后很生气。

“臣妾也是偶然听人提起，刚才的话只是猜测而已。”

“查！给哀家彻查！”太后神色不善。

方阁老看到太后那愤怒的目光，顿时心中一凛：看来，即便小舞治好了太后的病，太后对她的印象也很不好啊。

“咦，这不是方阁老吗？”独孤皇后望着方阁老，“听说，方阁老您府上跟凤府比邻而居？”

“正是。”

“那您觉得，凤五姑娘此人如何？”独孤皇后的消息可是很灵通的，她知道方阁老指点过凤舞，所以她要让太后知道，方阁老和凤舞走得很近，让太后因此而厌弃方阁老。

果然！独孤皇后此话一出，太后的目光就盯着方阁老：“方大人，你是看着凤舞长大的？”

方阁老心里苦笑，面上却不动声色地对太后拱手道：“太后娘娘，舞丫头品性纯良，为人善良，虽然修为上有些不足，但在灵阵和医术上……”

独孤皇后突然插嘴道：“等等，方阁老，您说凤舞姑娘品性纯良，为人善良？我怎么听说凤舞在考核地图里专门欺负同学，还毁人容颜呢？”

“毁人容颜？”太后震惊。

“是啊。”独孤皇后说，“听说容颜被毁的，还不止一个两个呢，而且都是长得眉清目秀、修为很好的女生。唉，她自己的修为被废之后，就开始嫉妒别人了吗？”

方阁老心中暗怒，语气也严肃了许多：“谣言不可信。”

独孤皇后正要说话，方阁老却淡淡地说：“更何况，人人都知凤舞修为不行，她又如何欺负考生，毁她们的容？”

“或许她有同伙呢，这谁知道啊。”独孤皇后笑着说道。

君武帝：“好了好了，当场争辩，成何体统！”

就在这时候，外面传来一阵脚步声。

“陛下，左族长求见。”

左族长，便是左青鸾之父。

他来做什么？方阁老忽然有一种不好的预感。

第十八章

莫名其妙

而此刻，傲世雪原里，天色已经放晴，鹅毛般的大雪早已停止，整个雪原的温度，比以前更冷了。

当考生们陆陆续续从雪洞里走出来时，全都倒抽一口凉气。

“好冷啊——”

“为什么我觉得，虽然放晴了，但温度却比之前冷了一倍呢！”

“天啊，如果昨晚上我们坐在外面，岂不全都被冻死了？”

“幸好凤舞教会我们挖雪洞，不然的话，我们连命都没了。”

“凤舞姑娘不仅教会我们挖雪洞，她还教了我们用烧热的石头取暖。”

……

沐瑶瑶睡了一觉起来，就听到这些话，顿时脸色不悦。以前人人都捧着她、让着她，但是现在，这些人虽不至于对她不好，但明显对凤舞比对她好，这一点，沐瑶瑶绝对接受不了。

“对了，凤舞姑娘呢？我想当面向她道谢。”

“你看，凤舞姑娘出来了。”

然而，就在大家准备去找凤舞道谢的时候，忽然，一道冰冷的寒气袭来。

好冷！大家下意识地回头，一抬眼就看到了君殿下。

此刻的他，一身大风氅，华贵而气派，面容冷凝，气势汹汹而来！他目不斜视地盯着前方，目标直指凤舞那顶帐篷。

不好！大家心里咯噔了一下。君殿下这架势，是要兴师问罪啊！这是要打人的节奏啊，凤小舞会被打吗？

如果是之前，大家看到凤舞倒霉，都会幸灾乐祸。

可是现在，凤舞有恩于他们，他们哪里还好意思说凤舞不好？哪里还能幸灾乐祸地看着她倒霉？

"怎么办？现在可怎么办啊？"很多人都开始着急起来。

而此刻，跟在君殿下身边的玄奕，却在心中暗暗祈祷，他都铺垫了这么久了，万事俱备只欠东风了，我的殿下，你这回总不至于再办砸了吧？

当然，玄奕面上一片冰冷淡漠，双手抱剑，依旧是那副严肃小侯爷的架势。

君殿下那双眼睛，自始至终都盯着凤舞。

大家心里一阵紧张，看君殿下这气势汹汹的样子，该不会是去找凤小舞的麻烦吧？

沐瑶瑶自然是幸灾乐祸了，可是在场的很多人都受了凤舞的恩惠，所以此刻都替她捏了一把汗。

君殿下盯着凤舞，眸光闪闪，神色冷然，薄唇紧抿。

凤舞心里咯噔了一下。不好！君临渊肯定是来质问昨晚上的事了。

凤舞的目光往周围一扫，那么多双眼睛，此刻正注视着他们，这事要是传扬出去，那真是丢脸丢到外婆家了！

想到这儿，凤舞气鼓鼓地瞪了玄奕一眼。玄奕淡然望向君殿下，似乎没有注意到凤舞的目光。凤舞内心崩溃如汪洋，但好在她的养气功夫极好，表面上看起来依旧是云淡风轻。

"凤小舞，昨晚——"君殿下刚一开口，凤舞顿时脸色大变。

"昨晚什么？我一直在治疗病人，都没踏出过帐篷一步。"凤舞矢口否认。

"可本殿下昨晚看到你了。"

"那是你在做梦！"凤舞急坏了，本来外界都已经在传她爬君临渊的床了，现在如果君临渊当众说出昨晚自己偷偷去找他的事，那简直就是晴天霹雳啊！

凤舞的心都在抖。

君临渊冷笑地盯着凤舞，那双深邃犀利的眸中布满愠色。

他沉着脸盯着凤舞，半晌才道："你给我过来！"说完这句话，君殿下转身就走，他步子很快。

凤舞暗暗松了口气，一面在心里快速思索着解决之道，一面跟上君殿下的脚步。

"凤小舞，加油！"人群中，不知道谁高呼了一声。

凤舞回头一看，发现是师萱。

紧跟着，又有好几个人挥舞着拳头鼓励她。

“凤小舞，我们相信你！”

“凤小舞，别怕，我们支持你！”

“凤小舞……”

凤舞眼底浮现一抹疑惑之色。不对啊，这些人不是很讨厌她吗？以前说了她多少坏话？恨不得她从这个世界上消失了才好。可是现在，她们居然改变态度了，真是怪哉。

不过这时候，凤舞已经没时间去揣摩这些同学的心思了，现在最重要的事，就是如何应付气势汹汹来讨说法的君殿下。

凤舞扪心自问，如果自己在家里睡得好好的，结果被人下了迷药不说，还被人爬上床抱着啃，她也会很愤怒啊！

想到这儿，凤舞不由自主地瑟缩了一下，这下真是难办了。

砰！凤舞全部注意力都放在如何应付君殿下上了，走路心不在焉，而君殿下刚好站定，转过身来看她。于是，凤舞一头撞到了君殿下怀里。这分明就是投怀送抱嘛！意识到这一点，凤舞瞬间窘了，这下更是解释不清了。

凤舞捂着鼻子，眼泪汪汪地望着君临渊，疼得直抽鼻子，眼中布满了控诉。他的胸膛好硬，刚才那一下，撞得她鼻子都快歪了。

君殿下那双眼眸很黑很亮，目不转睛地凝视着凤舞，眸中甚至布满了轻微的血丝。

怎么能没有血丝呢？昨晚上那件事之后，他躺在床上翻来覆去，一宿没睡，睁眼到天明。他堂堂君临渊，有生以来还是第一次失眠。

君临渊目光犀利深沉，盯着凤舞。凤舞眼泪汪汪，控诉地瞪着君临渊。一时之间，周围有一种诡异的尴尬。

“你——”两个人同时开口，又同时停住。

“我——”两个人又同时开口，又同时停住。

四周又陷入了怪异的尴尬气氛中，因为他们同时想到了昨晚的事。

“咯——”还是君殿下先开的口，他那双灼热如火的深眸，死死攫住凤舞的视线。

“你就没话对本太子说吗？”君殿下傲娇地仰着下巴，目光灼灼。

凤舞决定佯装不知：“什么话？”

什么话？君殿下心中顿时涌出一股怒气，恶狠狠地瞪着凤舞。凤舞后退一步，随时准备跑路。因为此刻的君临渊太可怕了，那双眼眸像猎豹，狩猎着他的专属猎物。

君殿下薄唇紧抿，目光滚烫。

“你想跑？”君殿下用力抓住凤舞的手腕。

凤舞咬牙痛呼一声：“好疼……”但是君殿下并没有放松禁锢，而是用越发凶狠的目光瞪着她，强势霸道得不可一世。

凤舞觉得手腕都快被折断了，她倒抽一口凉气：“君临渊，你到底想怎么样？”

“昨天晚上，子时三刻，小木屋！”君殿下咬牙切齿地说。

凤舞深吸一口气，故意装作不在意的模样。

“哦，你是说这件事啊……”凤舞拖长了尾音。

“哼！”君临渊冷哼一声，这丫头终于开始直面问题了。

凤舞：“如果你是因为这事而生气，我可以跟你道歉，确实是我不对。”

君殿下傲娇地瞥了她一眼，没想到这张牙舞爪的丫头，也有低声下气道歉的时候。

凤舞笑眯眯地看着君临渊，目光中充满了歉意：“昨天我跟玄奕打赌，我输了，所以大晚上的才会去找你。”

君殿下原本傲娇的脸，瞬间阴云密布。

凤舞却犹不自知，她长叹了口气：“因为朝歌需要清蜂丸，而玄奕手上有，所以我就跟他打了个赌。”

凤舞卖起玄奕来，毫无心理压力。

“阿嚏——”不远处的青袍少年，怀里抱剑，傲然而立，却迎风打了个喷嚏。

风浔不解地望着他：“玄小二，你没事吧？”

“没事。”玄奕往凤舞和君临渊消失的方向望了一眼，“应该……没事的。”

然而，少年却猜错了，他马上要大祸临头了！

君临渊瞪着凤舞，咬牙切齿地问她：“刚才你说什么？”

原来，害得他彻夜难眠的，居然是一个赌局？骄傲如君殿下，怎么可能接受这个事实？

所以，此刻他的脸黑得能滴出墨来。

凤舞见君殿下面色铁青、浑身僵硬，怕他发火，忙摆手道：“哎呀，昨晚上的事，你就当是一场梦吧，反正你也不喜欢我，对你也没有什么影响啊！”

没有影响？我也想不受影响呢，可事实上却是……

君殿下目光如出鞘的利刃，死死瞪着凤舞，面色羞赧：“你、你、你亲我了！”

凤舞故作不在意地摆手道："哎呀，你就当那是被蚊子咬了一下吧，我是姑娘家都不在意，你一个男生又没吃亏。"

君殿下闻言，顿时怒气上涌，肌肤之亲，唇齿触碰，居然可以说得如此不在意！她如此潇洒，而他却为此纠结难眠！

君殿下气得几乎失去理智，指着凤舞口不择言："你、你、你这个不知廉耻的女人！"

凤舞本来都服软了，却被君临渊那四个字刺激到了。

"你骂谁呢？"凤舞双手叉腰，"你说谁不知廉耻？"

君临渊脸色铁青地瞪着凤舞——赌局？玩笑？他君临渊居然被人耍了！

君临渊气得转身就走。

"君临渊，你给我站住！你给我说清楚，谁不知廉耻了？你骂谁呢？"凤舞冲着君殿下的背影一通叫喊，而君临渊早已跑远，只能看见一个小黑点了。

凤舞气得直跺脚，她不过是赌输了才偷亲了他，怎么就不知廉耻了？

而此刻的君殿下，全身都被寒霜笼罩，所过之处，蓬松的雪瞬间凝结成最坚硬的冰。

当他经过玄奕和风浔身边的时候，风浔没见到凤舞的身影，还一脸紧张地问他："君老大，我妹妹呢？"

君临渊盯向玄奕，目光宛若锋芒毕露的寒刃。玄奕心头咯噔了一下，不好，他一定是被凤舞给卖了！

"我去看看妹妹……"

然而，风浔话音未落，君殿下便漠然发话："你们两个，给我过来！"

风浔和玄奕面面相觑，只不过，一个是一脸茫然，一个是一脸纠结。风浔不知道发生了什么事，但玄奕大概可以猜出来。他苦笑地摸摸鼻子。看君老大这怒气冲冲的样子，这件事怕是又办砸了。

玄奕也觉得奇怪了。君老大都表现得这么明显了，他原本以为，只需要小小地助攻一下，这层窗户纸肯定就能捅破了，可是——

"这看着薄薄的一层窗户纸，怎么就这么硬呢？"玄奕心中苦笑。

"什么窗户纸？"风浔一脸茫然。

玄奕："什么窗户纸不重要，重要的是，人有三急——"

风浔很大度地一摆手，说道："那我先去找君老大。"

"嗯嗯，好……"

可怜的风浔，什么都不知道就去找君临渊了。

君临渊看着单独前来的风浔，眉头紧皱，面色越发铁青。

风浔："君老大，你喊我来干吗啊？"

君殿下："决斗！"

风浔差点喷血。他还记得上次君老大说这句话之后的情形，那次他在床上足足躺了大半个月。所以，风浔听到这句话之后，二话不说，转身就跑。

但是，好不容易到手的沙包，君殿下岂容他逃走？

所以，他一伸手，就抓住了风浔的后领子。

躲在雪堆后的玄奕一看，顿时就没勇气往前走了。

风浔："君老大，君老大，我不要跟你决斗！我认输！我认输行不行？"

"不行！"

"这哪里是决斗啊，根本就是我单方面被你打啊！呜呜呜……我不要！我不要被你打！"

"那就给我陪练！"君殿下冷笑。

他心里的邪火必须发泄出来，当然逮住谁就是谁了。

谁让风浔是凤小舞的哥呢！

很快，风浔杀猪般的惨叫声从不远处响起。

凤舞赶紧冲过去。

看到君临渊单方面虐风浔，凤舞顿时怒了，冲过去挡在风浔面前。

一道暴怒的掌力对准凤舞的脑袋拍去。

"啊！"在场的人全都发出一声惊呼。

这一掌过去，凤舞的脑袋非被打碎了不可。君殿下就这么讨厌凤舞吗？其实凤舞的为人还可以啊！

凤舞惊惧地闭上眼睛。无尽的罡风，宛若刀锋般从她脸上扫过。这一瞬间，凤舞有一种接近死亡的感觉。

就在这一掌距离凤舞只有三寸的时候——

天啊！很多人都下意识地捂住双眸，简直不忍直视。

这一幕，太恐怖了！

就在最后关头，君殿下的手掌硬生生从凤舞的额角擦过。

"嘶——"凤舞倒吸一口凉气，刚才那一霎，她差点以为自己要死了。

君临渊的手掌就停在凤舞的额角，他那双满是怒火的深眸，死死盯着凤舞，强势得不可一世。

气氛异常凝重，很多人都暗暗替凤舞担心。

人群中，不知道谁率先轻声说了一句："其实，凤舞很好的……"

有人带了头，大家虽然害怕君殿下，还是弱弱地替凤舞说起好话来。

“殿下，凤舞真的很好……”

“她教会了我们住在雪洞里。”

“她教会了我们用烤热的石头取暖。”

“她……”

“殿下，请饶凤舞不死吧……”不知是谁带头喊了一声。

此话一出，顿时，在场不少人都纷纷跪下替凤舞求情，口中高呼：“殿下，请饶凤舞不死！”

君殿下：“……”

他虽然气得想掐死这丫头，可他怎么舍得？没想到这丫头人缘还不错！君殿下气呼呼瞪了凤舞一眼，转身离去。

师萱她们都看呆了：居然……真的成功了！

“凤小舞，凤小舞……”大家都快步冲上来，关切地围着凤舞，问出心中的疑惑。

“你做什么了？君殿下怎么对你这么凶？”

“那不是凶吧？那是要杀了小舞啊！”

“好在现在终于没事了，小舞，以后你别到殿下面前晃了，不然什么时候被掐死了都不知道，记住了吗？”

凤舞：“……”

“对了，凤舞，到底是怎么回事？”

凤舞摸着脑袋，半夜爬上君临渊的床这件事，即便她是为了兑现赌约才去做的，但是毕竟好说不好听啊。

“我也不知道啊。”凤舞抓着后脑，一脸无辜地说。

大家想到君殿下那喜怒无常的脾气，高深莫测的行事风格，全都叹了口气：可怜的凤小舞啊！

“你过来你过来——”风浔拉着凤舞走到雪堆后面，玄奕本想悄悄离开，却被风浔一巴掌拽了回去。

现场只剩下三个人了。

因为风大，所以三小只蹲在地上，围成一圈。

风浔当即就问凤舞：“刚才人多口杂不好问，但现在只剩下咱们仨了，我说妹妹啊，刚才你跟君老大到底说了什么？”

凤舞一脸无辜地说：“没说什么啊……”

风浔冷笑道：“没什么的话，君老大会气成那样？”

凤舞一撇嘴：“他什么时候不气成那样了？”

风浔摸摸鼻子，好像也是哦。

“但是，他刚才特别生气，居然要跟我决斗。”说起这事，风浔抚着胸口，心有余悸地说，“上次君老大就不知道抽哪门子的风，跑来非要跟我决斗。”

凤舞皱眉：“是他单方面揍你吧，我的哥？”

风浔快哭了：“你这丫头，说话就不能含蓄点儿吗？不过你说得也对，咱们君老大，从来不打架，他只打人，他从来不决斗，只绝杀。”

凤舞：“……”

“我都说不决斗了，你知道他说什么吗？——陪练！”风浔的满腔郁闷无处发泄，“好歹也得旗鼓相当才能当陪练吧？妹妹，你觉得我能行吗？”

凤舞摸着鼻子：“……不太行。”

“可不是吗？！”风浔气得一跺脚，“给他那样的高手陪练，我就是纯沙包好吗？”凤舞和玄奕齐齐点头。

风浔幽怨地瞅了玄奕一眼：“玄小二，你说你运气咋就这么好？”

玄奕不解地看着风浔：“嗯？”

风浔：“你什么时候不急，偏偏那时候急？如果你在，好歹这伤咱俩一人分一半啊。”

玄奕摸摸鼻子：“哦……”

凤舞和玄奕对视一眼，两人迅速达成共识：昨晚上的赌局，一个字都不许提！

凤舞同情地看着风浔：“风小三，跟君临渊一起长大，你能平平安安活到这么大，可真不容易。”

“不是啊。君老大这次真的很生气，而且是特别特别生气那种！”风浔摇头。

“他真的很生气？”

“嗯！”

“他不是一直都生气吗？”

“不是的，早上的时候，我看他还走神呢，不仅走神，还嘴角上扬，不像生气的样子。”风浔一脸苦恼，想不通啊。

玄奕在一旁看着，不由得给风浔点了个赞，然后他立即去看凤舞的脸色。

凤小舞那么冰雪聪明，殿下的行为这么反常，她应该能想到原因吧？

可让玄奕失望的是，凤舞却皱着眉头，一脸不解地说：“那就奇怪了，照你这么说，早上的时候他还没生气呢。”

风浔点点头。

“可是他刚才来找我时，怎么就怒气冲冲、气势汹汹了呢？”

“对啊。”

“那是为什么呢？”

风浔和凤舞对视一眼，同时瞪眼，异口同声道：

“他讨厌见到你！”

“他讨厌见到我！”

这个发现，真让人沮丧……

凤舞和风浔同时垂头丧气。

不是啊！这可急坏了一旁的玄奕。这俩孩子平时看着多聪明啊，可现在怎么就跟智障似的，脑子怎么就转不过来呢！

“你们觉得……会不会有这样一种可能——”玄奕试图将他们引回正题。

“什么可能？”凤舞和风浔齐齐转头，目不转睛地望着玄奕。

“其实……有没有可能……君老大……喜欢凤小舞呢？”

“噗——”

“哈哈哈哈哈……”

凤舞和风浔全都用看白痴一样的目光看着玄奕。

玄奕抚额：本以为不开窍的只有君老大一人，现在看来，凤小舞也不遑多让……所以君老大的追妻路，注定会跌宕起伏、曲折离奇、没完没了。

“玄奕，你说你傻不傻啊，连喜欢还是讨厌都看不出来啊？”风浔简直无语了，“从凤舞出现开始，你觉得君老大对她的态度有过好的时候吗？每次一看到她，君老大不是皱眉就是生气，要么就是看都懒得看一眼就走，要么就是差点将她打死，你居然觉得这叫喜欢？”

玄奕抚额：君老大，我是想帮你，可你这么坑你自己，神助攻也无能为力啊。

“对了，刚才说到哪儿了？”风浔不理玄奕了，继续问凤舞。

“你们家君老大很生气。”

“对，君老大很生气，这次他特别特别生气，以前他从来不这样啊。以前的他高贵冷漠，端正持重，喜怒不形于色，泰山崩于前而面不改色，可是现在的他，好几次都情绪失控了。”风浔摸着下巴，越想越觉得不对劲，“是从什么时候开始变成现在这样的呢？”

“什么时候？”凤舞皱眉。

忽然，风浔抬头，用一种特别怪异的目光瞪着凤舞。

凤舞：“……你干吗？”这眼神，看得人心里发毛。

风浔一把抓住凤舞：“是从北境的时候开始的！更确切地说，是从遇见你之后开始的！”

一旁的玄奕，简直要给风浔鼓掌了。看来自己还是不说话的好，自己不开口，风浔就会将话题引到正路上来了。

凤舞却皱眉道："你的意思是——我惹他生气了？"

风浔连连点头："嗯嗯嗯。"

"是我惹他失控了？"凤舞怎么都想不通。

风浔再次点头："嗯嗯嗯。"

"他就这么讨厌我？竟然讨厌到这种地步！"

风浔继续点头："嗯嗯嗯。"

凤舞顿时垂头丧气了，耷拉着小脑袋，整个人都蔫蔫的："我都不知道自己做错了什么，他怎么就那么讨厌我呢，难道……我的存在就是个错误吗？"

风浔揉揉自家妹妹的小脑瓜："丫头，别气馁，君老大不喜欢你，还有哥哥呢，哥哥会永远保护你的！"

玄奕觉得心好累啊，再听下去，他肯定会被活活气死。所以他站起身来，无奈地摇摇头，郁闷地离开了。

凤舞和风浔蹲在地上看着玄奕离开，然后两颗小脑袋又凑在一起。

凤舞："玄奕好像不太开心。"

风浔一脸无所谓的表情："他什么时候开心过？"

凤舞想到玄奕常年绷着一张脸，像严肃刻板的小老头，点点头，赞同风浔的观点。

可怜的玄奕，难得多管一次闲事，可当事人却越走越歪，他也是很累心的。

就在这时，忽然轰隆隆一阵巨响。

不好！凤舞和风浔对视一眼，都在彼此眼中看到了惊骇之意。

果然，下一刻，响起一阵巨大的轰鸣声，地面上有一道恐怖的超音波辐射而来。别说别人了，就连凤舞和风浔都几乎站立不住，差点要摔倒在地了。

这样的雪原，再加上这样的音波——

凤舞下意识地朝远处的高山望去，果然，皑皑白雪宛若泥石流般滚滚而下。

"雪崩！"凤舞和风浔同时惊呼一声，双双脸色发白。

远处的雪山，宛若滔滔江水，夹带着泥石流，疯狂地席卷而来。

"快跑！"凤舞和风浔同时惊呼一声，两个人都以最快的速度往前狂奔。

而此刻，营地里的人也都发现了异样。

"大家快跑啊，如果被埋在里面，是会死人的！"风浔大声喊叫。

本来他的责任心没那么强，可谁让这次进来，他们肩负的重任，就是保护这些考生的安全呢！

"所有人都往东边跑！快啊！"

风浔一边指挥着大家逃跑，一边紧张地盯着不远处的雪崩场景。

就这么一小会儿时间，风浔一转头，就发现眼前失去了凤舞的踪影。

“咦——凤舞？凤小舞呢？”风浔快要急坏了。

见凤舞突然失踪，玄奕顿时急了：“凤小舞怎么了？她人呢？”

风浔急坏了：“不知道啊！刚才她还在我身边呢，怎么一眨眼工夫就不见了？这丫头身上又没有灵力，雪崩一埋，就再也刨不出来了啊！”

玄奕：“如果被雪崩埋了倒也罢了，就担心会被雪夜冰魄兽当零嘴给吞噬了！”

风浔：“……”

玄奕也着急啊！别人不知道君临渊的心思，但是他知道啊，如果凤舞有个三长两短，那整个傲世雪原，怕是会成为一个历史遗迹。

风浔和玄奕急坏了，到处都没有凤舞的踪迹，这丫头到底去哪里了？

此刻，考生们全都逃往东边方向，可是风浔和玄奕还焦急地留在原地。

“凤舞！凤小舞！凤——小——舞——”

雪崩都快到眼前了，就在这时候，一道身影从天而降。

“你们喊什么，看不见雪崩啊！还不快滚！”君殿下的目光中含着愠色。

风浔这时候也顾不上君殿下是不是讨厌凤舞了，急忙大声说道：“君老大，救命啊！凤小舞突然就不见了，这可怎么办啊！”

凤小舞？不见了？

四周白茫茫一片，不远处的积雪如潮水般袭来，乱糟糟的人群，各种嘈杂的声音，君殿下耳中却只有一个声音——凤小舞不见了……

“君老大，凤小舞会不会死啊？呜呜呜，我只有这一个妹妹啊……”

风浔还没说完，君殿下那骨节分明的手指就掐住了风浔的咽喉。

狂风大作中，他怒吼：“她是在哪里消失的？”

“不知道，刚才她还站在我右首边……”

君临渊顺着风浔的视线望去，眸中倏然闪过狠戾之色。

下一瞬，君临渊手中的剑突然用力刺入地面，一道血线从地面暴射而出，喷了风浔满头满脸。

风浔还没反应过来，君临渊的身影已经消失在原地。

皇宫里，太后正在生气呢，白公公进来禀报：“陛下，左家家主左铭求见。”

左家家主为何这时候进宫？君武帝眉头微蹙：“宣——”

左家这一代有两个儿子，一个是大儿子左赫，死在了凤舞手里。更有出息的是二儿子左铭，所以左铭承袭了家主之位。

左铭赶到的时候，发现不仅君武帝在，太后和皇后也在，就连方阁老都在。

左铭的目光和独孤皇后的目光在半空中相遇，彼此交换了一个眼神，然后迅速避开。他们是表兄妹，但很多人都不知道，他们年幼的时候曾在一起住了几年，关系匪浅。

“臣左铭拜见陛下。”

君武帝嗯了一声，让他免礼：“左爱卿，看你神色匆匆，所为何事？”

左铭肃然禀道：“陛下，傲世雪原出事了。”

君武帝看了他一眼：“此事，朕已经知晓。”

左铭继续对君武帝禀道：“陛下，帝国学院现在跟傲世雪原失去了联系。”

君武帝嗯了一声，表示此事他亦已知晓。

左铭看了方阁老一眼，问道：“方阁老可有办法恢复帝国学院和傲世雪原的联系？”

方阁老皱眉，他现在终于知道左铭为什么要亲自进宫了，这矛头是直指自己啊。

方阁老淡然答道：“暂时还无。”

左铭脸上浮现一抹了然的神色，转向君武帝，毛遂自荐道：“可是陛下，微臣倒有几分把握。”

“哦？”君武帝不置可否地看着左铭，并没有马上表态。

太后心中大喜！她最担心的就是君临渊的安危了，如果能恢复联系，那是再好不过了！

不过后宫不得干政，太后不便多说，她只是盯着君武帝，希望他赶紧答应左铭的提议。

君武帝脸上看不出任何情绪，他只是淡声问道：“左族长有何办法？”

左铭道：“陛下，微臣的空间术前几日又晋升了，所以微臣有信心可以做到。”

君武帝闻言，顿时眸光一亮。

左铭本就实力不凡，在空间术上更是造诣匪浅，如今实力又精进了一层。

左铭傲然说道：“放眼整个君武帝国，在空间术上，能胜过我左铭的人屈指可数，能站到陛下您面前的，唯独微臣一个。所以陛下，只要给微臣权限，微臣定竭尽全力一试！”

左铭说罢，再次跪下，上半身匍匐在地，行了一个庄重的大礼。

君武帝闻言，并未吭声。他看看桌案上堆积如山的奏章，再看看左铭咄咄逼人的神情，眼眸危险地半眯起来：这么多人都想逼着方阁老从这个位置上退下去吗？！

左铭一旦将这个消息放出去，到时候，学生家长们岂不都要疯了？

方阁老淡然一笑："陛下，如果左族长能恢复和傲世雪原的通信，给他这个权限又如何？"

君武帝瞪了方阁老一眼：一旦给了权限，还能收回来吗？更何况，就算收回来了，方阁老这代理院长，做得也不如左铭得民心了，到时候这帝国学院的代院长之位给谁？

方阁老看向左铭，不急不躁地问道："左族长就这么自信吗？"

左铭那张老奸巨猾的脸上浮现出诡异的笑容："那是自然。"

方阁老追问了一句："如果不行呢？"

左族长当即答道："现在多少考生家长正在焦急地等待里面的消息？多少考生正面临着生命安全？如果他们明明可以获救，却被方院长因为个人私利而耽误了，方院长，你担待得起吗？"

左铭不愧是左青鸾的爹，气焰嚣张，一来就针对方阁老，言语间咄咄逼人。

方阁老眉头微蹙。他隐约知道，前一任代理院长左赫是凤舞所杀，他更隐约知道，当年凤舞的修为被废，其实跟左家有关。

思及此处，方阁老那犀利的视线蓦然射向左族长，目光微冷，心中暗暗思量：左铭此次亲自前来，真的只是冲着院长之位而来的吗？还是另有所图？

而此刻，凤舞在一阵刺骨的冰冷中醒过来，发现自己正躺在雪地上，头顶是明晃晃的太阳，耀眼的阳光刺得她眼睛一痛。

耳边传来一阵打斗的声音，凤舞转头看过去，只见一只通体雪白，长着龙头、狮身、双翅的魔兽正在和君临渊搏斗。

那不是雪夜冰魄兽吗？它不是已经被君临渊杀了吗？她还吞了它的内丹呢！

不对！凤舞忽然想起来，雪夜冰魄兽是有分身的，君临渊杀的是雪夜冰魄兽的分身，而不是它的本体。

半空中，君临渊和雪夜冰魄兽正在进行着激烈的战斗，剑光闪闪，杀气腾腾。

凤舞想要坐起来，却发现自己肩胛骨的位置一阵疼痛，她低头一看，发现靠近胸口的位置血迹斑斑，触目惊心。

好痛！凤舞痛得倒抽一口凉气。

凤舞有一种感觉，刚才伤口已经止住血了，但因为她的挪动，所以伤口崩裂，鲜血再次渗出。

好痛……凤舞只觉得眼前阵阵发黑，差点晕过去。就在她眼前发黑的时候，忽然，她看到一片阴影出现在上空，笼罩住这一方天域。

凤舞抬头望去，震惊地发现，雪夜冰魄兽正以一种让人难以想象的速度朝她冲来。

它的爪子尖锐锋利，如出鞘的利刃。

凤舞瞬间明白了，她胸口的伤，就是被雪夜冰魄兽的爪子抓的，难怪有好几个血洞。

雪夜冰魄兽的速度太快了，快得令凤舞来不及反应。在绝对速度面前，凤舞根本反应不过来，不过就算她反应过来了，也绝对逃不出去，因为她受了重伤，行动特别迟缓。

就在雪夜冰魄兽的爪子距离凤舞不足一尺距离的时候，一柄不知从何处飞来的利剑，斩在了雪夜冰魄兽的爪子上。

咔嚓！雪夜冰魄兽的三根利爪被齐根斩断，瞬间飙出三蓬血柱。

血柱喷中凤舞，淋了她一脸的血水，凤舞都蒙了。

雪夜冰魄兽那双阴鸷暴戾的眼睛恶狠狠地瞪着凤舞，它能从凤舞体内感受到属于它的内丹的气息。

最后深深盯了凤舞一眼，雪夜冰魄兽转身迅速逃离。

剑在半空中打了个回旋，再次落到君临渊手中。

直到这一刻，凤舞那口气才缓缓从口中呼出。

从雪夜冰魄兽出现在她面前开始，在生命被威胁的紧张气氛下，她都忘记呼吸了。

凤舞看看四周，在这片广阔的雪域上，只有她和君临渊两个人。

看着君殿下持剑一步步朝她走来，墨发少年，衣袂飘飘，绝世剑术，神采飞扬，不知为何，凤舞竟看得有些痴了。

“这里只有我们两个人吗？其他人哪儿去了？怎么没有看到？”

凤舞刚一开口，君临渊就半蹲下来，凶巴巴地瞪着凤舞，劈头盖脸就是一顿骂：“你是白痴吗？看见雪夜冰魄兽不会躲吗？”

凤舞被骂得有些蒙了，可怜巴巴地看着君临渊，委屈兮兮地辩解道：“我……我怎么知道？我还没反应过来就被勾走了，我也很蒙啊……”

君殿下寒着一张脸，站起来就要走。

凤舞顿时急了，在这偌大的雪原上，只有他们两个人，雪夜冰魄兽更是对她虎视眈眈，如果君临渊把她丢在这里一走了之，她就只有死路一条了。

凤舞把她自己的命看得可重要了，她一伸手就拽住了君临渊的衣袖。

君殿下转身瞪着凤舞。

凤舞脸上挤出一抹讨好的笑容：“嘿嘿……突发变故，我们两个人被冲到一起，也是很有缘分的嘛，对不对？”

君殿下用看白痴一样的目光瞥了凤舞一眼。什么缘分？明明是他一直盯着她呢好吗？得知她出事之后，第一反应就是去找她好吗？不然以雪夜冰魄兽的速度，耽搁久了他也追不上啊。刚才异常惊险，只差一点点，她就死了……

想到这儿，君临渊那双眼眸之中的寒气越发浓重，瞪着凤舞的眼神也越发凶残了。

凤舞紧咬着下唇：怎么办？君临渊好像很生气的样子。不过，他什么时候不生气了？

凤舞拽着君殿下那宽大的袖摆晃来晃去，慢吞吞地说：“君殿下，你进来不是保护考生的吗？我也是考生之一啊，对不对？所以你不会丢下我不管的，对吧？”

君殿下寒着一张惊世俊脸，盯着凤舞看了半晌，才气呼呼地蹦出两个字：“放手！”

凤舞拼命摇头。这时候要是让君临渊走了，那雪夜冰魄兽随时会冲上来，撕裂她的胸膛挖内丹的！

不要啊！凤舞咬着下唇，那双可怜兮兮的美眸泫然欲泣、楚楚可怜地望着君殿下：“不要……不要走……嘤嘤嘤……”

骨气算什么？

尊严有何用？

现在最重要的是活命啊！

凤舞眼巴巴地，可怜兮兮地，恳求地望着君临渊。

君殿下眼底浮现一抹无奈之色，但表情还是凶巴巴的：“还想不想治疗了？”

“啊？哦！”凤舞顿时反应过来。

君临渊沉着脸，在凤舞面前半蹲下来。他那双骨节分明的手伸向凤舞靠近心脏的地方。

凤舞的本能反应特别好，她立刻双手捂住胸口，戒备地瞪着君临渊：“你想干吗？”

君临渊冷冰冰地盯着凤舞：“不治？”

“我……我自己治……”

君殿下冷笑一声：“雪夜冰魄兽的利爪插入你的肩胛骨，从后背穿过，你能自己治？”

凤舞：“可是……”

君殿下傲慢地瞥了凤舞的胸前一眼，站起身来。

“你，你要走？”凤舞心里一慌。

君殿下冷着脸不说话。

凤舞心里一阵气苦。

君临渊看起来好不耐烦的样子……也是，现在的她，就是个麻烦的包袱，而且还是赖在他身边的麻烦包袱。

凤舞越想越气馁。

君临渊转头一看，就看到小丫头耷拉着脑袋，鼓着包子脸，一副垂头丧气的样子。

再冷漠的人，再坚硬的心，看到她这副软萌的表情，也会忍不住心生怜惜。

君殿下暗暗叹了口气，又在她面前半蹲下来。

只不过，下一秒，凤舞肩胛处的衣衫便被他撕裂。

“啊——”凤舞惊呼一声，后背靠在一旁的雪墙上，睁大眼睛惊恐地瞪着君临渊。

君殿下那张俊脸绷得紧紧的，神色严肃而认真。

看到那血肉模糊的伤口，君殿下眸中爆发出冲天的怒意，两簇怒火在双眸中熊熊燃烧。

凤舞望着君临渊那双星眸，看着他变幻莫测的眼神——有愤怒，有怜惜，有炙热，有很多很多她读不懂的情绪。

“把眼睛闭上！”

君临渊不知道从哪里取了一件大风氅，对着凤舞劈头盖脸地丢去。

凤舞正觉得冷，刚想打瞌睡就有人送枕头，可真及时啊！

不过君临渊还真是挺规矩的，衣衫只撕到她的肩胛骨处，后背也同样如此，所以，凤舞在最初的紧张过后，情绪就恢复淡定了。

反倒是君临渊有些反常，他一边处理伤口，额头上还一边流汗。

“你很热吗？”凤舞望着君殿下，不解地问。

因为距离很近，所以凤舞能够清晰地看到，君临渊的额头上布满了细密的汗珠。

君殿下绷着一张脸，不想说话。

凤舞甚至能感觉到君临渊喷在她脸上那炙热的气息。

“你的气息好烫，该不会是风邪入体了吧？”凤舞有些担心，纤细如玉的手覆在君临渊的额头上。

冰凉的小手，炙热的额头……

两个人都不由自主地抖了一下。

君殿下咬牙！这丫头到底知不知道，她的靠近是在玩火！

“放下！”君殿下的声音冷若寒霜，音量瞬间提高，听着既冷漠又凶狠。

凤舞被呵斥，顿觉委屈。她好心好意关心他，却换来怒喝，真是越想越委屈。

不过想来也是，君临渊这么讨厌她，怎么会乐意被她碰触？虽然她刚才是出于药师对病人的本能。

凤舞瞅了君临渊一眼，默默收回自己的手。

凤舞咬着下唇，幽怨地看着君临渊。

君殿下也觉得自己刚才的语气有些重了，但像他那么傲娇的人，怎么可能拉下脸来道歉？他绷着脸，依旧不说话，只是埋头给凤舞疗伤。

一时间，气氛有一种诡异的安静……以及尴尬。

“谢谢你……刚才救了我。”凤舞率先出声。

君殿下瞥了凤舞一眼，依旧不说话。

“你能告诉我……其他人怎么样了吗？他们还活着吗？安全吗？还有御冥夜……”

君殿下原本有些缓和的眼神，在听到“御冥夜”这三个字的时候，宛若利剑一般射向凤舞，眸中凶光毕现。

凤舞不由得瑟缩了一下。

凤舞瞥了君临渊一眼，自言自语道：“……还说从来没将他当对手呢，现在提他一句就生气，就跟杀父仇人似的……”

君殿下铁青着脸。

“好嘛，不提就不提……”凤舞摸摸鼻子，既然君临渊不喜欢，那她也就不自讨没趣了。

君临渊不说话，凤舞一时也不知道说什么才好，二人之间的气氛有些怪异。

君临渊忽然站起身来，凤舞急忙抬头看他。

“你想冻死？”

“不——”凤舞赶紧摇头。

那不就行了？君殿下没有看她，白皙如玉的手指翻飞，不过眨眼间，在凤舞身后那堵雪墙的基础上，又竖起了另外三堵雪墙，最后加上一个尖尖的穹顶。

于是，一座雪屋凭空出现在空旷的雪原上，而他们俩则置身于雪屋之内。

一分钟之内建成一座坚固而厚实的雪屋？君临渊这一手，简直让人拍案叫绝，凤舞都看呆了。

就在她看着冰雕般的屋顶发呆时，君临渊迈步往外走去。

“你要去哪里！”凤舞顿时急了，包扎完毕，盖好屋子，他该不会觉得已经仁至义尽，然后就将她丢在这里吧？

若是平时，凤舞还巴不得他赶紧走呢，可是现在，雪夜冰魄兽就在附近，它一巴掌下来，凤舞整个人都没了。她胆怯啊！

“狩猎。”君殿下惜字如金，丢出这两个字，径直离去了，而且速度极快，眨眼间只能看到一个淡淡的黑点。

好吧，狩猎的话，他应该很快就会回来吧？

凤舞全身都被华贵厚重的大风氅包裹着，只露出一个小脑袋，警惕地盯着四周。

这件大风氅上有属于君临渊的清冽味道，这世上独一无二的气息，居然出奇地好闻。被大风氅包裹着，凤舞被一种说不出的安全感包围着。

奇怪……

她不是挺讨厌君临渊的吗？居然不抗拒他的气息？

凤舞有些心烦意乱，目光随意乱瞄，视线突然集中到某处——

咦？原来就有的那堵雪墙上，怎么会有一抹血迹？

她一直都没挪动过位置，怎么会把血沾到那里？所以，那肯定不是她的血。

这里只有她和君临渊两个人，既然不是她的，那就应该是……

“啊！”凤舞突然一拍脑袋，君临渊穿着黑色袍子，身上的血迹看不出来，但靠在雪墙上的时候，自然而然就蹭上了。

他……居然受伤了？

而且看这血迹的颜色……怎么有点墨绿色？

凤舞强忍着疼痛，挪动了一点点位置，轻轻从墙壁上抠了一点血渍下来，放在鼻尖轻轻嗅了一下。

这味道……让凤舞有一种不太好的预感。

“你不要命了！”君临渊将一只傻狍子往地上一丢，半蹲在凤舞面前，抬手将雪墙上的血迹抹去。

凤舞望着君临渊，眸中浮现一抹关切：“你受伤了？”

君殿下冷笑道：“多新鲜啊，哪有人打架不受伤的？”

凤舞：“可是风浔说，你从来不打架，只打人啊。”

君临渊：“……呵。”

凤舞认真地望着他：“你有没有感觉到哪里不舒服？”

君殿下半蹲下来，双眸深切地盯着她，眸中有一抹意味不明的情绪。

“你在关心我？”

关心？凤舞并不觉得自己在关心他。

“现在我受伤了，全靠你罩着，如果你倒下去了，那我怎么办？”凤舞很认真地解释。

然后，凤舞惊讶地看到，君临渊的脸瞬间变成铁青色，眸中闪烁着两簇怒火。

凤舞显然被吓到了，怯怯地看着君临渊，身子下意识地往后缩了缩。

君临渊深吸一口气，转过身去，一脚踹在那只已经放过血的傻狍子上。

凤舞无奈地看着君临渊：这人怎么这么喜怒无常、阴晴不定的？真的很难相处啊。

不过，现在凤舞是真的不能惹恼君临渊，她撑着墙壁站了起来：“你放着狍子别动，我来处理……我快饿死了。”

但是君临渊却没有理她，而是独自架起了烤架，处理好狍子肉，一门心思放在烤肉上。他专注而认真地盯着烤肉，脸色铁青，肌肉绷紧，全身散发着寒气。

可是……凤舞怎么觉得他在赌气？像小孩子生气却不愿意表达的那种赌气？是她的错觉吧？

“君临渊？”凤舞试探地喊了一声。

君殿下转过身背对着她。

凤舞扶着墙壁走到他面前：“君殿下……”

君临渊又转过身，仍然背对着她。

凤舞：“……”

真是在赌气？小孩子生气的那种？不是吧？

“喂，君临渊，你真生气啦？”凤舞抓着君临渊的衣袖，眼巴巴地望着他。

君殿下本能地想甩开她的手，但看到她脸色苍白，想到她身受重伤，只能僵立不动。

“这里只有我们两个人，如果连我们都互相不理睬的话，那多无聊啊？”凤舞挨着君临渊坐下，看着眼前熊熊燃烧的火焰，转头望着君临渊，笑容灿烂地问他：“我说得没错吧？”

君临渊冷哼一声，继续专注他的烧烤。

“君临渊，我们好好聊聊呗？”凤舞因为受伤了，所以声音虚弱，细声细气的，听起来特别惹人怜惜。

君临渊白了她一眼，继续不理她。

“我知道你在生气。”凤舞看着容颜在火光的映照下显得有些朦胧的绝色少年，一脸无辜地说，“可是，我怎么都想不明白你为什么生气、生什么气，你能告诉我吗？下次我好注意点儿，尽量不惹你了。”

少女容颜娇憨，声音轻柔，细声细气的，绵软极了。君殿下只觉得心尖仿佛被人拿着毛笔轻轻刷过，又酥又麻，简直难以招架，差点就心软了。

可是，君殿下转念一想，忽然意识到一个很严重的问题——他的情绪居然明显地受她影响，时而因为她而生气，时而因为她而甜蜜……

思及此处，君临渊心里一激灵，猛地站起身来。

“啊——”凤舞跟他挨得很近，君临渊这一站起来，凤舞一个不稳，差点摔倒在地上。

君临渊迅速拽住了她。

虽然君殿下反应极快，可凤舞还是碰到了伤口。

“嗯——”凤舞疼得倒抽一口凉气，眼眶瞬间湿润。

好痛，该不会将伤口撕裂了吧？

凤舞揭开大风氅，看着肩胛骨的位置。

“还好还好，没有渗出血来，可见伤口没被撕裂。”凤舞放下心来，长长地呼出一口气。

君临渊见凤舞这么随意地撩开大风氅查看伤势，露出那片裸露的肌肤，那双剑眉紧蹙。

“你都不害羞吗？”君殿下盯着凤舞，目光复杂。

衣衫撕裂，肌肤裸露在外，要是换了一般的女孩，哪儿能当着他这个男人的面揭开大风氅检查伤口？

可是这丫头做得却像吃饭喝水那么自然。

凤舞一脸不解地望着君临渊，不以为然地说道：“不就是肩胛骨吗？以前夏天穿吊……不过是这种尺度，有什么关系？”

有什么关系？君殿下用一种难以置信的目光瞪着凤舞。

“你又怎么了？”凤舞哭丧着脸望着君临渊。

刚才他的脸色明明已经好转了，可是突然之间又黑下去了。她都快哭了，这世上还有比君殿下更难讨好的人吗？性子这么喜怒无常、阴晴不定，她根本就不知道他在想什么。

“小姑娘家家的，要懂得洁身自好，你可记住了？”君殿下瞪着凤舞教训道。

只要一想到她也有可能在别的男人面前这样做，君殿下就恨不得掐死凤舞。

凤舞真的是莫名其妙啊，她怎么就不洁身自好了？

不过好在君临渊没有用“不知廉耻”这四个字，不然凤舞又要爹毛了。

“可、记、住、了？”君临渊捏着凤舞的手腕，一字一顿地警告她。

他的眼神无比严肃，没有一点玩笑的成分。

人在屋檐下，不得不低头。凤舞不得不暂时屈服：“记住了，记住了。”

凤舞难得这么顺从不反驳，君临渊一时之间还愣了愣。

“君临渊，我快饿死了……”见君殿下不那么生气了，凤舞赶紧拽着君临渊的衣袖晃啊晃，一边晃动一边嘟囔。

这软语萌音……

“知道了知道了。”君殿下有些不耐烦地瞪了凤舞一眼，但扶她坐下的时候，动作却轻柔得仿佛捧着易碎的绝世珍宝。

看着君临渊那双修长白皙的手，灵活地翻动着烤架上的肉串，凤舞正想说话，就见君临渊从衣袖中取出一个个瓶瓶罐罐，里面装的竟然是油盐、孜然等调料。

他在她面前，一点掩饰的动作都没有。

“你的衣袖里……”怎么能装下这么多瓶瓶罐罐？

而且以君临渊的洁癖，他会让这些东西装在他的衣袖里？

“空间储物袋。”君临渊轻哼一声。

凤舞心中一怔：“你都不掩饰一下吗？”

“掩饰什么？”

“空间储物袋啊，这么珍贵的东西，若是被人知道了……”

“知道了又如何？”君殿下不解地看着凤舞。

“你就不怕被人惦记上？哦，对了……”凤舞终于反应过来，自己真是瞎操心，这位是谁？一怒天下变的至尊王者君殿下啊！谁敢惦记他的宝贝，嫌自己命太长了吗？

凤舞心中一动，她虽然有随身空间，但却不能被别人知道，所以很多时候都不能用，若是她能搞到一个空间储物袋，就可以对随身空间做掩饰了。

想到这里，凤舞试探地问道：“这空间储物袋……稀罕吗？”

君殿下瞥了凤舞一眼，对她的话不予置评。

凤舞摸摸鼻子，好吧，她问了一个愚蠢的问题。

“那如果我想要的话，怎么才能快速得到？”凤舞换了一种问法。

君临渊斩钉截铁地说：“做梦。”

凤舞顿时被气到了：“君临渊，你这话是什么意思！”

君殿下一本正经地说：“字面上的意思。”

凤舞快气坏了：“你……”

凤舞哼了一声，转过头去，双手环臂：“不要跟你讲话了！”

君临渊递过去一串烤好的狍子肉。也不知道君临渊怎么烤的，香味扑鼻，让人闻之便食指大动。

“哼，我不要吃！”凤舞双手抱臂，傲娇地抬着下巴。

下一秒，那串烤肉便收回去了。

凤舞一转头，就看到那串烤肉只剩下竹扦，而没有肉了。

“君临渊你……”就不能多哄两句吗？！

第二串烤肉又递过来了。

凤舞本想矫情一下，但是一想到君临渊根本不哄她，还会自个儿把肉吃掉，于是她也顾不得矫情了，接过来就啃。

只咬了一口，凤舞的眼睛就瞪大了——

好美味的烤肉！浓郁的香味，鲜美的味道，火候刚刚好，多一分太老，少一分太嫩，鲜嫩多汁，入口即化，独具风味。

凤舞吃了这么多年的烤肉，还是第一次，只尝了一口就幸福得想流眼泪。

凤舞一口将烤肉吞下，然后眼巴巴地望着君殿下。

可是咱们这位君殿下也是奇怪，别人烤肉都是一把一把地烤，可他却是一串一串地来，不过速度是真快，一分钟能出来一串。

凤舞看着看着，就看出一点门道来了。

难怪味道会那么好，君临渊在烤肉的时候，用的是他自己的异火之力。而且他对异火的掌控已经到了炉火纯青的地步，竟然能将异火分成一缕一缕的细线，火力渗入肉的内部，难怪会那么鲜嫩可口。

这种烤肉，除了君临渊，全天下怕是没有第二个人能做出来了。

凤舞那双眼睛，紧紧盯着君临渊手里的那串肉，眼珠子都快凸出来了，然而——

在凤舞还没反应过来的时候，君殿下却已经把这串肉吃掉了。

“啊！我的肉——”凤舞看着干净的竹扦，馋得眼泪都快掉下来了。

她双手拽着君临渊的胳膊，眼泪汪汪地控诉：“我的肉！我的肉！我的肉！……”

那只是普通的肉吗？

不是的！那里面蕴含着君临渊本源的异火能量，而且是被融化后的异火能量，是能被人体吸收的！

凤舞刚才明显感觉到丹田里的火元素涨了一点儿。

这哪里是烤肉？这是神肉啊！

君临渊漫不经心地瞥了凤舞一眼。

小鸟儿嗷嗷待哺的样子，这丫头还真是像小孩子一样，让人想揉揉她的脑袋。

心里这么想，可君殿下傲娇着呢，才不会表达出来。他一抬手，就要把那串烤肉往自己口里塞。

“啊啊啊——我的肉！我的肉！”凤舞急坏了，揪住君临渊的手臂就要抢。

可君殿下就不给。

凤舞整个人都快挂在他身上了：“给我给我给我！”

“不给！”

“君临渊！”

“哼！”

“君殿下——”

“哼！”

“君哥哥，君哥哥，君哥哥……我还是不是你最疼爱的小妹妹了？”凤舞完全没有节操，为了口吃的，连这种话都讲出来了。而且还是那种撒娇的嗓音，让君临渊的心尖仿佛被羽毛拂过一般，软软的，麻麻的……

君殿下多么强势霸道盛气凌人不可一世啊，可这会儿，脸上也有些不自然了。

他轻咳一声，瞪了凤舞一眼：“凤小舞，你都不会害臊吗？”

凤舞一脸无辜软萌状：“风浔不是说了吗，你是我的半个哥哥啊，难道不是吗？”

于是，君殿下又在心里记了风浔一笔。

“阿嚏——”另一边的营地里，风浔和玄奕把现场的考生全带出来了，就连受伤昏迷的考生也都一起逃出来了。

还没歇口气，风浔就打了个喷嚏，他揉揉鼻子，自言自语道：“谁在念叨我啊？”

“凤小舞？”玄奕问道。

风浔揉揉鼻子，眼里浮现一抹担忧：“我倒希望是凤小舞，如果她有时间念叨我的话，就说明她已经安全了。”

玄奕拍拍他的肩头，宽慰他道：“放心，君老大已经找她去了，一定会找到的。”

风浔连连摇头：“看君老大当时那表情，小舞是被雪夜冰魄兽抓走了吧？”

玄奕点点头。

风浔这话音量正常，所以营地里不少考生都听见了。

大家心思各异。

很多人为凤舞揪着心，也有不少人对凤舞掬一把同情泪，但同时也有沐瑶瑶这样的人，心中的幸灾乐祸压都压不住。

姚颖压低声音问道：“凤舞被雪夜冰魄兽抓走了？”

沐瑶瑶点头。

姚颖又问："那凤舞会死吗？"

沐瑶瑶点头。

姚颖有些担心地说："不是说君殿下追过去了吗？"

沐瑶瑶冷冷一笑："君殿下那么讨厌凤舞，你觉得……"

姚颖这才放心："对哦！"

沐瑶瑶冷笑道："看来，从今以后，再也看不到凤舞在我们面前蹦跶了，没有凤舞的日子，该是多么美好！"

当然，沐瑶瑶这些人的小心思，都在私底下暗潮汹涌，而不敢摆在明面上。

毕竟风浔已经摆明了态度，他跟凤舞是一伙的，他会力挺凤舞到底。

因为风浔摆明了态度，所以沐瑶瑶现在不敢明着招惹凤舞了。

然而，此刻风浔跟沐瑶瑶说的是同样的话。

"君老大不喜欢小舞啊。"风浔垂头丧气，忐忑地望着玄奕，"他会不会嫌小舞太麻烦，所以见死不救？"

玄奕："……"

风浔："还记得当初北境城的那个丑丫头吗？当时君老大就对她见死不救，任由她自生自灭。在君老大眼里，凤小舞跟那丑丫头是一样的，于他而言都是陌生人。"

然而，风浔怎么都不会想到，凤小舞竟然能对君临渊喊出"我还是不是你最疼爱的小妹妹了"之类的话。

如果风浔听到了，那表情绝对亮了。

玄奕瞥了风浔一眼："自寻烦恼。"

风浔瞪着玄奕："我怎么就自寻烦恼了？我都快担心死了，你还消遣我？敢情不是你亲妹妹，你不心疼啊！"

玄奕无语地翻了个白眼。

君老大只会比你更担心凤小舞，他会拼了命地救她，怎么会允许她出事？

第十九章
彻夜难眠

雪屋里——

凤舞几乎整个人都挂在了君临渊身上："君哥哥……君哥哥……君哥哥……"

君临渊有些不耐烦地说："好了好了，给你。"

凤舞顿时开心极了，拿过来就攥紧了，生怕被君临渊抢走。

凤舞一边啃着烤肉，一边眼巴巴地望着君临渊手里正在烤着的肉串。

……

"君哥哥，继续烤嘛。"

"还没吃饱？"

"嗯嗯嗯，君哥哥，还要。"

"还没吃饱？"

"君哥哥，你累不累？我给你捏捏肩，捶捶腿？"

凤舞用了她自己的药，再加上君临渊这神奇烤肉的功效，所以伤势恢复得特别快，只这么一会儿时间，她就已经能挪动了。

"不用。"君殿下瞪了凤舞一眼，"你给我老实坐着！"

凤舞噘着小嘴："……哦。"

凤舞想了想，掏出一个小本本，提起笔就开始写。

注意事项一，避免跟君殿下肢体碰触。事态严重程度，凤舞打了五颗星。

凤舞决定了，她要将她和君临渊相处时的注意事项都记录下来，这样以后就不会触碰君殿下的雷区了吧？

“写什么呢？”见小丫头埋头一阵苦写，君殿下不由得好奇。这世间，能让他好奇的事不多。但只要与凤舞有关，事无巨细，他都感兴趣。

凤舞一边埋头写，一边头也不抬地说：“记笔记。”

君殿下又问：“什么笔记？”

凤舞正好写完，收起小本本揣入怀里，那双笑眸如星辰般闪亮：“你猜？”

君殿下傲娇了：“没兴趣。”

“嘁，没兴趣还问。”凤舞双手托腮，看着君临渊那如行云流水般的炙烤手法，咽了咽口水，不无羡慕地说，“真羡慕他们。”

他们？君殿下那双深邃的星眸浮现一抹疑惑。

“风浔和玄奕啊。”凤舞感慨道，“他们跟你关系这么好，能经常吃到你做的烤肉，真是太让人羡慕了。”

君殿下忍不住翻了个白眼。他能说风浔和玄奕跟在他身边这么久，还一次都没吃过他做的东西吗？眼前这丫头，是他的第一次。

不过，君殿下才不会暴露自己内心的想法呢，他傲娇地哼了一声，并没有反驳。

这一晚，少年和少女靠得很近，前面是红色的篝火，火苗跳跃，火光冉冉，映红了他们那绝世无双的容颜。

少年和少女，宛若从画中走出来的一对璧人，画面温馨而祥和，似乎连空气中都冒着粉红色的泡泡……

在这雪屋之中，凤舞被火烤得暖洋洋的，很快便有了睡意。她的小脑袋一点一点，好像小鸡啄米似的。

君殿下见她困成这样，便将她的脑袋往自己的肩头上一放，口中嘟囔了一句：“真是个麻烦的小丫头。”

君临渊心想，这丫头肯定是睡着了，不然这会儿早就蹦起来反问她怎么就麻烦了。想到小丫头那双手叉腰战斗力旺盛的样子，君殿下苦笑着摇摇头。

笑着笑着，他忽然看到雪墙上的光影，突然就愣住了——此刻的他，脸上竟然洋溢着傻乎乎的笑容……

他堂堂君临渊，一怒天下变的王者，看着这丫头，居然笑得像个傻子？而且，现在他满脑子都是小丫头的倩影——她的笑容，她的话语，她的动作，她的……一切。这种感觉，既陌生又新奇，既让人沉迷，又让人觉得危险。

君临渊侧眸望去，看着少女那纤长卷翘的睫毛投在眼睑处的阴影，神情变幻莫测，脸色阴晴不定。

昨晚上，因为这丫头半夜偷偷跑去亲他，他彻夜难眠。

今晚上，因为这丫头枕着他的肩窝，他再次彻夜难眠。

难道真如玄奕说的那样，自己中意她？

自己居然会中意一个废柴丫头？一个只能活几十年的废柴丫头？

君殿下摇头。

智商超绝但恋爱技能为零的君殿下，就这样枯坐着，直到东方露出一抹鱼肚白。

见凤舞那纤长浓密的睫毛微微战抖，似是快要醒了，君殿下将凤舞往边上一推。

砰！凤舞脑门撞上雪墙。

原本她还睡眼惺忪的，可这一下，她瞬间清醒过来了。看着被自己撞出一个坑的雪墙，凤舞一脸惊诧。

她一边揉着被撞出一个包的额头，一边不解地望着君临渊，不敢确定地问："这雪坑……真是我撞出来的？"

君殿下看着凤舞光洁额头上的那个大包，有点心虚，傲娇地瞪了凤舞一眼："不是你，难道是我？"

凤舞噘着小嘴想了想，也是，可她还是有些疑惑地嘟哝了一句："我睡得好好的，感觉有人推我，我才一头撞到墙上了。"

君殿下握拳放在唇边，掩饰地轻咳了两声："咯咯……"

"君殿下，你受寒了？"凤舞关切地望着他。

君临渊可千万别出事啊，现在她还处于雪夜冰魄兽的虎视眈眈之下，她可不能没有他啊。

对于小丫头关切的目光，君殿下还是很受用的，但他习惯了绷着脸做严肃状，所以他瞥了凤舞一眼，并没有多余的话。

"咦，这是什么？"凤舞发现地上有个东西，于是她伸手捡起来，仔细端详着。

这不是普通的荷包。

因为从材质上看，不是布料，而是一种特殊的材料。

凤舞甚至能从上面感觉到一丝淡淡的空间之力。

"空间储存袋？"凤舞疑惑地望着君临渊。

君殿下轻哼一声。

"真是空间储存袋啊？"凤舞眸光闪闪，她很是喜欢呢。

有了空间储存袋，就能掩盖她拥有随身空间的事实，到时候用起随身空间来就方便多了。

君殿下瞥了她一眼，傲娇地点点头。

“原来空间储存袋长这样啊。”凤舞仔细观察了一番，才依依不舍地将东西还给君临渊，“还你。”

君殿下微微蹙眉，瞪着凤舞。

凤舞不解地望着他：“这是你的东西，快收好吧。”

君殿下用看白痴一样的目光看着凤舞。

“不要了。”君殿下双手环臂，傲娇极了。

“为什么不要了？”

“脏了。”君殿下瞪着凤舞。

听他这么一说，凤舞举着空间储存袋的手都有些抖：“脏了？什么意思？”

君殿下：“字面上的意思。”

凤舞：“你的意思是说，这个空间储存袋掉地上了，所以脏了？”

君殿下轻哼一声，不予解释。

凤舞咬着后槽牙说：“君临渊，你别这样奢侈啊，这可是空间储存袋，不是你家嬷嬷随手给你缝制的荷包。”

“嬷嬷不会随手缝制荷包。”替他做事的人，没有一个敢怠工的。

凤舞咬着牙问道：“我的意思是说，这不是普通的荷包，这可是空间储存袋啊？就因为掉地上沾了点灰，所以你就不要了？”

君临渊：“不要了。”

凤舞：“你确定？”

君临渊：“确定。”

凤舞：“你不会后悔？”

君临渊：“不后悔。”

凤舞：“那好，你不要我要！”

君临渊瞥了凤舞一眼：“随便你。”

凤舞嘿嘿直笑，心里乐坏了。对君临渊来说，这不过是一个随手就可以丢弃的空间储存袋，但是于凤舞而言，这绝对是一个再好不过的宝贝。

凤舞随意往空间储存袋里探入一缕灵气。

咦！她发现里面的空间很大，至少有近百平方米的样子。

里面也不是空落落的，倒是有一个书架，凤舞扫了一眼，顿时眸光大亮。这个书架里的书籍，不是接下来数年她在帝国学院里要用到的书籍吗？

不过凤舞瞬间就退出来了，生怕停留得太久，会被君临渊发现。

“里面有没有东西啊？”凤舞问。

君殿下：“不知道。”

“那……”

“你可以随便处理。”君殿下做出一副毫不在意的样子。

凤舞抿唇一笑，高兴坏了。有了那整个书架的书，岂不是说，接下来在帝国学院的几年，她就能通过自学的方式完成学业了？因为刚才她注意到，书里边还有君临渊做的笔记呢。

见凤舞埋头偷乐，在她看不到的角度，君殿下嘴角勾起一抹微微上扬的弧度。

就在双方气氛缓和的时候，忽然——

“小心！”君临渊突然将凤舞往身后一拽，下一秒，他的身影已经消失在原地。

凤舞心头一阵战栗，因为她感觉到，一股前所未有的强者威压正如潮水般从地底下朝她涌来。

“还不快跑！”君临渊冲凤舞怒喝。

凤舞知道，以她现在的实力，留下来也是给君临渊添乱，更何况她身上还带着伤呢。

没有多余的想法，凤舞反应过来之后，第一反应就是赶紧跑。她飞快地奔跑着，一边跑一边回头看——

半空中，君临渊已经和雪夜冰魄兽战成一团！经过一夜的修复，雪夜冰魄兽已经恢复了正常状态，甚至好像比前一次实力更强大了。

砰砰砰……半空中不断传来强者交战的撞击声。

凤舞一路往山下跑去，她很清楚，这场战斗很有可能再次引发雪崩，到时候她被埋进去可就出不来了。

也不知道凤舞为什么这么倒霉，她刚想到雪崩，不远处的山脉，就发出轰隆隆的断裂声。

凤舞回头一看，眼睛都快直了——

雪崩！居然真的是雪崩！真是怕什么来什么！

半空中，君临渊和雪夜冰魄兽越打越激烈，无尽的冰雪遮住他们的身影，离得远看不清楚，凤舞有些担心君临渊的身体，毕竟昨天她闻着那血味有些不对劲……

不过这时候，她已经无暇他顾了。

跑跑跑，不要给君临渊添乱。

凤舞拼尽全力，以此生最快的速度往前狂奔。

因为雪崩就在她身后，犹如狂卷的潮水一般冲向她，不跑就等着被淹没吧！

但是，雪崩的速度太快了，大自然的强大，让人无力抵抗。

原本雪崩距离凤舞尚有十公里，但就这一会儿工夫，双方的距离就拉得很近了。

五公里！

三公里！

一公里！

凤舞一回头，就看到后面的狂潮疯狂而来，那千米高的雪浪让人心头大震。

如果被埋进去，那就是一千米的深度！

凤舞没有信心自己能爬出一千米深的雪堆，因为被埋在雪堆下的她会窒息而死。

然而，死神的手正在逐渐朝凤舞逼近！

五百米，三百米，一百米，凤舞不用回头，都能感觉到积雪和冰碴拍打在她后背上了。

不行了！凤舞眼中浮现一抹绝望：跑不掉了，这下绝对会被埋进去了！

这至少一千米的深度啊！

然而，越是危险，凤舞内心反而越发清醒。

“小彩凤！”生死关头，凤舞赶紧召唤出彩凤鸟。

彩凤鸟本是师父养来给她当坐骑的，只不过现在尚在婴幼儿期，所以坐骑是不可能的了，不过——

“往天空！闪现！”

在彩凤鸟还没反应过来的时候，凤舞已经凌厉地对它下命令了！

彩凤鸟脑子一震，还没想明白是怎么回头，就条件反射地一个闪现蹿向半空中了！

就在彩凤鸟往半空中蹿的时候，凤舞手疾眼快，一把抓住了彩凤鸟的爪子，身子跟着它也向上闪现。

彩凤鸟闪现的距离也就一千米，但因为带着一个凤舞，再加上是向上的方向，所以当它冲到五百米的时候就摇摇欲坠了。

就在这时候，身后的雪崩席卷而来，高高卷起的雪浪，朝着凤舞和彩凤鸟的脑门兜头拍去。

就在这最关键的时刻，凤舞直接将彩凤鸟收入空间之中。

而她自己，则团成一个球，被无尽的雪浪淹没进去。

从一开始，凤舞就算计好了，她让彩凤鸟带她飞向半空，然后被雪浪淹没，这样她就不至于被埋在一千米深的雪底下了。

头上的雪浪继续疯狂往前涌去，而凤舞只觉得眼前一片漆黑，脑袋也被积雪撞得晕晕乎乎。

凤舞很想就此晕过去，好好睡一觉。但是她比任何时候都清楚，她不能睡。如果这一觉睡下去，那她将永远埋在雪山底下，再也没办法苏醒了。

凤舞整个人都被埋在雪堆下面，更让她崩溃的是，她不知道东西南北，也分不清楚到底哪一边是朝上、哪一边是朝下。

她现在要从雪堆里将自己刨出去，如果刨错了方向，那就白费力气了。

不过，越是危险时刻，凤舞的脑子就越好使。

“因为地心引力的关系，重力向下，所以……”

凤舞吐了一口口水，见口水往哪个方向落下，她就知道，她往相反的方向挖就对了。

于是，凤舞一路迅速往上刨雪。好在她已经融合了冰火之力，便用火之灵力融化出一条仅容她一人通过的、一直往上延伸的通道。

“喀喀喀……”终于，凤舞艰难地爬出坑洞，爬上了地面。

趴在雪堆上，凤舞大口大口地喘着粗气。

刚才在下面，她被憋得快窒息了。好在只有五百米，若是一千米，那她就死定了。

凤舞抬头望去，四周白茫茫的，目力所及全都是雪。雪地里原有的痕迹，都被这场雪崩毁得干干净净。

君临渊呢？凤舞抬头往刚才君临渊和雪夜冰魄兽交手的方向看去，那里早已没有了他们的身影。

不是吧！凤舞心中一急，顿时生出一抹不太好的预感。来不及多想，她赶紧往回跑。刚才急着逃生，所以没注意，但是现在回过神来，凤舞感觉到身体一阵疼痛。也是，她被雪夜冰魄兽抓伤的肩胛骨处还没好，经过刚才那一阵狂奔，伤口又隐隐作痛了。

不过这都不要紧，现在最重要的是君临渊，他没事吧？本来凤舞对君临渊的实力很有信心的，但是她一想到雪墙上的那摊血迹透着诡异的味道，就不由自主地忐忑不安。

凤舞总觉得他是中毒了，但君临渊不让她看，她当时赌气也没坚持，所以就拖到了现在。

凤舞懊恼地拍了自己的脑袋一下，她怎么能就那么忽略过去呢？

凤舞飞快地跑到原来的地方。雪屋早已不见了，肯定是被埋在了积雪底下。四周一片白茫茫，一点痕迹都没有。眼前，失去了君临渊的踪迹。不仅没有君临渊的踪迹，雪夜冰魄兽的痕迹也没有。就好像他们从来没有出现过一般。

“君临渊——”

“君临渊——”

“君临渊——”

“君临渊——”

凤舞扯着喉咙大喊，然而，不管她喊得多么大声，都没有听到君临渊的回应。

茫茫天地间，此刻似乎只剩下她一个人的身影。

前所未有的担心和孤单袭上心头，凤舞站在那儿，一时不知如何是好。

对了！凤舞一拍自己的脑袋，她找不到，但是小虎崽找得到啊！小虎崽天生就有寻宝的技能，君临渊身上的东西，随随便便拿出一个来都是宝贝，再不济，他自己都是宝物，所以，真可以让小虎崽试试。

凤舞将小虎崽从空间里捞出来。

小东西睡得昏天黑地，不知今夕是何夕。被凤舞捞出来的时候，它下意识地打了个哆嗦，被冻醒了。

它睁眼看到凤舞，在她手心里翻了个身，继续睡。

“凤小土，你给我醒醒，醒醒！”凤舞拍着小家伙的脑袋，大声地呼唤它。

凤小土睁开迷蒙的双眼，一脸不解地望着凤舞，因为没睡饱，它的眼睛都是半眯着的。

似乎等凤舞说完话，它就一脑袋扎下去继续睡。

凤舞用白皙如玉的手指弹了它脑袋一下。

“还睡呢？赶紧发挥你的本能，找一找君临渊在哪儿。”凤舞揉揉凤小土的脑袋，“君临渊你知道的，就是那个特别厉害、特别严肃，你一看见就想跑的少年。”

“嗷呜——”凤小土可不愿意去找。

凤舞拍了拍它的脑袋，催促道：“快去！”

“呜呜——”凤小土跑了三步，回头幽怨地瞅着凤舞。

“快去！”凤舞板着脸严肃地说。

凤小土幽怨地叹了口气，只能认命地开启它的搜索模式。

咦？凤小土鼻子一动，忽然跑到不远处，拼命地往下刨土。

这么快就找着了？凤舞顿时心中一喜。

但她仔细看时，却眉头微蹙。

如果没记错的话，这里就是昨晚她和君临渊过夜的地方啊，君临渊还挥手间就搭了一座小雪屋呢。因为发生了雪崩，现在雪屋被埋在了底下。

凤小土去刨这块地，凤舞一看就摇头了。

“不不不，不对不对！”凤舞冲上去抱住凤小土，“这下面的气息是昨晚留下来的，肯定不是这里。”

凤小土看着凤舞。

凤舞郑重地点点头：“这是昨晚留下来的，你应该去别的地方寻找。”

凤小土歪着脑袋想了想，然后继续往下刨土。

凤舞顿时急了：“都告诉你了，这下面是他昨晚的信息！凤小土，不要玩了，认真找人！”

凤小土不理凤舞，继续刨土。

凤舞正要将凤小土捉回来，下一秒，这小家伙却钻进地底下去了。

这调皮的小东西，回头一定好好调教调教它！

凤舞用火之灵力融开一条道，追着凤小土一路往下而去。

好在洞口是从上往下打的，所以并不缺氧。

凤小土灵活敏捷，再加上身子小，凤舞想抓到它，还真不太容易。

“凤小土，你给我回来！”每每凤舞快抓到它了，它就一个加速蹿走了。

凤舞转身要走了，它就故意在凤舞前面晃。

凤舞：“……”

这小家伙才婴幼儿期，就已经这么调皮了，长大了那还得了？

不过，现在真不是和凤小土玩的时候，当务之急就是尽快找到君临渊。

就在凤舞决定召回凤小土，然后回到地面上时，凤小土再次出现了，嘴里还叼着一个香囊。

凤舞一看那香囊的颜色，就觉得熟悉，再一看那绣工，顿时心里一紧——这不是当初在天下楼的时候，君临渊逼她绣的两只小鸟吗？她当时给绣成了两只小黄鸭啊。

而现在凤舞手里的，正是这个丑不啦唧的香囊。

“君临渊！”凤舞心头一震，一把拽住凤小土，“在哪儿找到这个香囊的？快带我去见他！”

凤舞此刻已经没时间去想，为什么她绣得这么丑的香囊，君临渊会随身携带了，她现在满脑子都是一件事——君临渊肯定出事了！

凤土土将凤舞带到一座雪屋面前。

让凤舞震惊的是，在这深入雪底一千米的地下，君临渊之前随手建成的雪屋，居然能撑住这么厚重的积雪，依旧完好无损。

雪屋内，一位黑袍少年躺在里面，双手合十放于腹部，眼眸紧闭，一动不动。

"君临渊！"凤舞只觉得心头一阵紧张，下意识地用手指去探君临渊的鼻息。

气息……全无！

天啊！

这一瞬间，凤舞只觉得晴天霹雳，脑子里一阵空白。

这位一怒天下变的帝国太子，该不会……死了吧？

想到这儿，凤舞顿时心慌意乱。她来不及多想，一股清新的灵力已经从体内传递到指尖，从指尖注入君临渊的经脉之中。

砰！

灵气直接被反弹了回来。

凤舞："……"

君临渊没有呼吸，灵气又注不进去，这可怎么办？

凤舞急坏了！

闭气太久，即便是君临渊，也是会死的。

这里是地底下，氧气匮乏，对君临渊非常不利。

来不及多想，凤舞将君临渊背在身后，快速攀爬到地面上。

将君临渊放在雪地里，凤舞没工夫多想，当即俯身攫住他的双唇，将一口灼热的气息注入君临渊的口中。

叮——

君临渊倏然睁开眼睛。

凤舞和他四目相对。

两个人的眼睛都瞪得很大，眼中满满的都是震惊。

凤舞见自己正趴在君临渊身上，赶紧手忙脚乱地往下爬。但因为太过慌乱，以至于一头撞进刚才她自己挖的那个洞里了。

那个洞，可是有千米深啊！

凤舞脑袋朝下脚朝上，一时之间根本止不住身形。就在这关键的时刻，君临渊长臂一伸，拽住了凤舞的一只手。

凤舞的半个身子已经探进去了，如果不是被君临渊拽住，她很有可能脑袋朝下，坠落千米深渊，脑袋撞成豆腐花。

好在君临渊拽住了她，所以凤舞缓住身形，双手撑住洞口，从里面爬了出来。

还没等凤舞松一口气，边上就传来君殿下幽幽的声音："你这是在以死谢罪？"

"喀喀喀……"凤舞差点被自己的口水呛到，她抬头瞪了君临渊一眼，"你刚才说什么？"

“没什么。”

“你刚才明明说话了！”凤舞瞪着他那双星眸，“你说我以死谢罪！我怎么就以死谢罪了？”

君殿下傲娇地瞥向远方：“你自己做了什么，你心里清楚。”

“我……”凤舞顿时被气到了，“你指的该不会是刚才的事吧？”

君殿下继续傲娇脸。

凤舞：“……当时你昏迷不醒，而且没有呼吸了，我是在给你做人工呼吸！”

君殿下回眸，似笑非笑地瞥了凤舞一眼。

“你这是什么眼神？你不相信？”凤舞瞪眼。

君殿下看着她：“请继续你的表演。”

凤舞差点被气炸了：“我不是在表演，我说的是真的！我是在救你的命！为什么你就是不相信呢！如果不是在救你的命，你以为我在干什么？”

君殿下轻哼一声：“你又不是第一次做这种事了，何必掩饰？”

“我怎么不是第一次……”凤舞的话戛然而止，她懊恼地一拍自己的脑袋。

前两天跟玄奕打赌的时候，以告白君临渊为赌注，结果她半夜偷偷去爬君临渊的小木屋，然后对君临渊……

“啊——”凤舞捂着自己的脸，心里郁闷极了，现在她真是跳进黄河都洗不清了。

她倏然抬头，那双清冽而灵动的眸子一动不动地盯着君临渊：“君殿下，如果我说……这一切都只是巧合，你信不信？”

君临渊眼眸危险地半眯起来：“一次是巧合，两次也是巧合？”

“嗯嗯嗯。”

“是你傻，还是你觉得我傻？”

凤舞：“问题是——”

“承认喜欢本殿下，就这么困难？”

凤舞有些烦躁地抓抓头发：“根本就没有喜欢，怎么承认？”

君临渊那张原本还保持着微笑的脸，瞬间化为铁青色。

凤舞看到君临渊胸口迸出一蓬鲜血，当即惊呼一声，上前一步捂住他的伤口：“你受伤了！”

凤舞检查完他胸口的伤势，顿时大惊失色，忍不住数落君临渊道：“伤口离心脉不足一分，稍有不慎，你的心脏就会被刺破！胸口有伤你不痛吗？你自己不知道吗？你刚才怎么不告诉我？”

君殿下瞪了凤舞一眼：“你走开！不要碰我！”

既然不喜欢他，那就不要碰他！

凤舞差点被气死，哪儿有这么不将自己身体当回事的？

凤舞凶巴巴地瞪他："走开？这时候我走开了，你的伤怎么办？现在是任性耍脾气的时候吗？

"收起你的太子脾气，现在没人会迁就你！

"如果我走了，你就只有死路一条！

"你是想死吗？给我闭嘴！"

现在的凤舞可凶了，一边快速给他包扎，一边凶狠地数落他。

君殿下的气焰，竟然完全被凤舞压制住了，原本强势霸道、不可一世的君殿下，只能用幽怨的目光瞅着她。

这丫头居然敢凶他，真是吃了熊心豹子胆了。

不过……明明被她训斥了，为何非但没有被冒犯的感觉，反而还有一种奇怪的甜蜜感？就好像被人关心被人照顾的感觉。

真是奇了怪了！

君殿下赶紧将这怪异的想法赶出脑海，专心地瞪着正在包扎伤口的凤舞。

这场景好生熟悉，似乎在哪里见过……

这丫头的气息、眼神、专注的样子，还有……

"太多圈了！"君殿下幽怨地瞪着凤舞，声音里带了点不情愿。这丫头是嫌纱布太多用不掉了？竟然一圈一圈地将他包扎成粽子？

凤舞没好气地瞪了他一眼："你知不知道自己受的伤有多严重？雪夜冰魄兽的爪子距离你的心口只有一分的距离！如果不是偏了这一分，现在的你已经死了！"

凤舞没好气地说："不仅是心口位置，还有你的五脏六腑，哪一处没有受伤？不包扎好了会出大问题的！你自己的身体你自己不关心，还不允许别人关心了？"

"你关心我的身体？"君殿下的声音低沉，有一种说不出的磁性。

凤舞瞥了他一眼："医生关心他每一位病人的身体。"

君临渊轻哼一声，不再言语。

突然，他神来一笔："我很讨厌一个人。"

"谁？"凤舞头也不抬，她正在缠最后一圈绷带。

君临渊盯着凤舞，目光灼灼。

凤舞手指一顿，还没等她说话，君临渊就盯着凤舞，一字一顿地说："一个在冰封森林里遇到的丫头。"

凤舞突闻此言，心头为之一抖。君临渊在冰封森林里遇到的丫头不就是她吗？凤舞的心一阵狂跳。

“她一定很漂亮吧？”凤舞觉得自己的声音都在发抖。

“不漂亮。”

“哦……”什么时候结束这个话题啊我的殿下？您不是一向言简意赅、沉默是金的吗？这会儿怎么闲聊上了？

“那是一个小贼。”君殿下冷哼一声，孩子气地强调道，“很讨厌的小贼！”

凤舞：“……哦，那人竟敢得罪殿下，胆子可真肥啊！”

君临渊还点头了：“如果仙灵果没有被她偷走，宝儿的病就能治好了，现在也不至于躺在病床上奄奄一息。”

“所以……”

“等抓到她，哼，一定将她碎尸万段！”君殿下冷笑出声。

凤舞吓得手脚冰凉！

不是吧？她本以为君临渊已经忘记这件事了，原来人家一直深深地记在脑海里，就等着报仇呢。

凤舞试探地问道：“……还没抓到她吗？”

“快了。”君殿下盯着凤舞，嘴角微微勾起一抹弧度。

“快了”是什么意思？找到线索了？还是已经知道是谁了？

凤舞因为心虚，所以不敢看君临渊的眼睛，可这时候如果她避开视线，岂不就表示她心虚了？所以凤舞把眼睛瞪得大大的，一眨不眨地盯着君临渊。

“不包扎了？”最后还是君临渊提醒她。

“哦，是——最后一圈，就快包扎好了。”经君临渊这么一提醒，原本习惯性打蝴蝶结的凤舞，顺手就打了另外一种结。

君临渊盯着凤舞那双打结的手，嘴角扬起一抹了然的笑意。

凤舞的内心是崩溃的，她的手都在发抖，结都打不好了。

“你抖什么？”君殿下的声音，散发着迷人的韵味。

凤舞看着自己的手因为紧张而抑制不住地战抖……这真不是她能控制的。

凤舞脑子转得很快：“冷啊，这雪花飘飘、天寒地冻的，你不冷吗？”

她嘴上这么说，心里想的却是——如果被君临渊知道真相，那她真的是，怎么死都不知道了。

就在这时候，一件大风氅丢到凤舞怀里。

“冷就穿上。”

“你还受着伤呢。”凤舞想将大风氅还回去，但君殿下却瞥了她一眼。

他沉着一张脸，目光阴鸷而冷酷：“你敢拒绝试试！”

凤舞有些心虚地瞅了君临渊一眼：如果他知道自己就是……

“对了，宝儿是谁？”凤舞好奇地问。

她好几次从不同的人口中听过宝儿的名字，但是进京这么久了，还从来没见过宝儿的面。

“下次带你去见。”君殿下的声音淡淡的。

“哦。”凤舞回答完这句话，才忽然意识到似乎哪里不太对劲。

不过，到底是哪里不对呢？

君临渊：“失去了仙灵果，这次的冰魄之心不容有失了。”

凤舞瞪大眼睛，紧盯着君临渊：“什么……意思？”

君殿下：“冰魄之心于宝儿的病有益。”

凤舞又开始抖了！她这次专门让御冥夜跑关系进入傲世雪原，就是为了弄到冰魄之心啊，怎么现在君临渊又来跟她抢了？

“你又抖什么？”君殿下瞥了凤舞一眼，见她突然面无血色，身子一直抖抖。

大风氅宽大厚重，小丫头身子纤细弱小，那样子看着特别惹人怜惜……

但是君殿下立马从脑海里摒弃了这个想法。

就凤小舞这凶巴巴的样，还小可怜？他的脑子肯定是被雪夜冰魄兽撞坏了。

凤舞却在心里打定了主意，接下来一定要离君临渊远点儿，再远点儿……

她很担心她风小五的身份会被君临渊看穿，毕竟他是那么聪明的人，她再怎么小心都不为过。

就在这时候，不远处传来一道熟悉的声音：“君老大，君老大——”

凤舞抬头一看，发现是风浔。

在这冰天雪地里，只有她和君临渊两个人，凤舞既心虚又担心，正不知道怎么办的时候，风浔出现了，这不就是上天对她最大的眷顾吗？

凤舞可高兴了，忙站起来，激动地挥舞着小手，一边挥舞一边蹦蹦跳跳地喊道：“在这里，风浔，我们在这里！”

一旁的君殿下无语地瞥了凤舞一眼，脸色有些黑。

见到风浔就这么高兴？

跟他单独待在一起就这么难以忍受？

风浔速度可快了，看着离他们有两座山头那么远，可他眨眼间就跑过来了。

“妹妹，呜呜呜……”

“哥哥，呜呜呜……”

两个人抱着又蹦又跳。

君殿下黑着脸瞅着他们。

平时也没见他们关系这么好啊！

“成何体统！”君殿下目光阴鸷，脸色阴沉，声音阴恻恻的。

凤舞忙松开风浔的手。

君临渊这人可毒舌了，对风浔可护短了，他肯定是担心风浔吃亏。

哼！想到这儿，凤舞瞪了君临渊一眼，他的人，他从来都这么护短，什么时候也对她护护短啊？

风浔松开凤舞，目光一转，就看到了君殿下胸口缠着的纱布。

“啊——”风浔尖叫一声，脸色惨白，大惊失色。

凤舞都被吓了一跳。

风浔忙冲上去，激动地瞪着君临渊的伤口：“君老大，你受伤了？”

君临渊嗯哼了一声。

风浔：“天啊！君老大你居然受伤了？你怎么能受伤呢！”

这话凤舞就不解了：“他怎么就不能受伤了？”

君临渊身上还有不少的伤疤呢，一看就是小时候留下来的。

风浔看了凤舞一眼：“你不懂，君老大自小打架就没输过，跟魔兽战斗也没输过，他从来都是碾压式的，怎么可能会受伤？”

凤舞无语地反驳道：“是人就会受伤，他又怎么可能不会受伤？”

“可是君老大以前……”风浔还想分辩，君临渊做了一个暂停的手势，风浔顿时闭嘴。

君临渊站起来，凤舞赶紧将大风氅给君临渊披上。

还好她反应快，刚才风浔冲过来的时候，她就已经将大风氅给脱了，不然还不知道这少年会脑补出多少剧情来呢。

君临渊那双深邃的眼眸幽幽地盯着凤舞，目光深沉，看得人心头发怵。

凤舞更心虚了……

“我们君老大别说没受过伤，还从没失败过呢！”风浔特别骄傲，不过想了想，他还是说了实话，“只除了在冰封森林里，被那丑丫头给坑了的那次。”

凤舞突闻此言，暗暗攥紧拳头，幽怨地瞪了风浔一眼，我的亲哥哥，你可真是哪壶不开提哪壶啊，咱能不提这件事了吗？

让她没想到的是，君临渊居然还接他的话了。

君临渊问道：“查得如何了？”

风浔赶紧答道：“君老大，已经查得差不多了，据情报上说，那位风小五已经进帝都了。”

凤舞心里顿时一紧。

风浔又补充了一句："而且我们还查出来了，那位风小五在我们面前假装没有灵气，其实却是一位灵气修炼者。"

风浔握紧拳头，愤愤地说："骗子！枉我对她那么好，那么相信她，处处护着她，结果她居然这么骗我，不只骗我，还坑我！"

凤舞心里那叫一个虚啊，她默默地退开，远离风浔一步。

"你……你真查到她的线索了？"凤舞心中忐忑，弱弱地问了一句。

"嗯，她那张脸，经常以男装出现，曾经去过北境城隔壁的洛城、连城、虎城，这一路查下来，信息多着呢。"风浔冷笑。

凤舞心里那叫一个紧张啊！

没错！她确实顶着那张脸去过洛城、连城这些地方，都是以行医之名去的。君临渊这样追根究底的话，早晚会被他查出来的。

"小舞你抖什么？"风浔见凤舞的身子在抖，顿时没好气地说，"虽然你是凤小舞，她是风小五，可那绝对不会是你啊，你着什么急啊？"

凤舞恨不得跳上去拍风浔一巴掌。他是生怕君临渊从名字上联系不起来吗？还提醒？居然还提醒！

偏偏这时候，君临渊还沉吟了一句："凤小舞……风小五……"

凤舞赶紧跳起来澄清："谁让你们乱喊我凤小舞了，我明明就叫凤舞！"

这时候，凤舞心里懊恼极了。

早知如此，当初她随便取个名字就好了，怎么就取了个风小五呢？也不对，当时她在洛城等地行医的时候，用的也是风小五这个名字，如果当时她改名，那也是个大麻烦。

凤舞揉揉脑袋，内心有些焦虑，因为她预感到，这件事迟早会被查出来的。

与其被查出来，倒不如……自首？

不不不——

从君临渊的语气来看，宝儿对他来说非常重要！

而现在，他对自己可一点都不友好。

如果真相暴露了，凤舞想，君临渊一定会直接掐死她吧？

为了自己的生命安全着想，凤舞现在还不能坦白交代这件事。

凤舞赶紧转移话题，她望着风浔："对了，怎么只有你一个人？其他人呢？"

"这不是你失踪了吗？我们分头寻找，不过我运气好，一找就找着你们俩了，哈哈哈……"风浔看着凤舞，越看越心疼，抬手揉了揉凤舞的脑袋，"知道你被雪夜冰魄兽抓走了，我们还以为你会死呢，还好你没事。小丫头，你真是吓死我们了。"

风浔心有余悸地将凤舞搂入怀中，拍着她的小脑袋。

君殿下的双眸危险而阴鸷地盯着风浔，他直接抬手就将凤舞拎着丢到一旁。

凤舞一个趔趄差点就摔倒了。

“小舞——”

“还不走？”君殿下黑着脸瞪完风浔后，又威胁地盯了凤舞一眼。

凤舞摸摸鼻子，好嘛，在君临渊心里，风浔比她重要多了。

回到营地，大家看到凤舞和君临渊，都表示了热烈欢迎。唯独沐瑶瑶那几个人，在看到凤舞时，眼中的失望溢于言表。

“她怎么活着回来了？”

“我还以为这次她肯定要死在雪夜冰魄兽口中呢。”

“正所谓祸害遗千年，凤舞这祸害，肯定没那么容易死的。”

“肯定是君殿下救了她，否则她怎么可能活着回来？”

凤舞并没有管沐瑶瑶那些人怎么说她，她回到营地后的第一件事就是去找御冥夜，然后将他带到一个无人的角落。

看到凤舞哭丧着脸，满脸的焦虑和紧张，御少年顿时心疼极了。

“怎么啦？什么事能让你急成这样？”御少年发挥出他诡异的脑洞，“该不会是君临渊欺负你了吧？不行，我找他去！”

“不是！”凤舞拉住御冥夜。

“那是什么事？”

凤舞咬牙：“也差不多。”

“什么差不多？”

凤舞：“他在查我。”

“查你什么？”

“冰封森林。”凤舞现在唯一能倾诉的人就是御冥夜了。

之前御冥夜逼问的时候，她虽然没有承认，但也是默认了。

所以凤舞这一说，御冥夜就明白了。

他一拍雪壁：“那个风小五还真是你啊！你——”

凤舞赶紧捂住他的嘴巴。

现在君临渊和风浔正在追查风小五呢，御冥夜这一喊，如果被他们听见怎么办？

好在这俩名字接近，隔得远别人根本听不清。

“嗯嗯嗯——”御冥夜示意自己不会大喊大叫，凤舞才松开手。

“真是你，真是你，居然真的是你！”御冥夜拿手指着凤舞，“你这丫头，骗得我好惨啊！”

凤舞做乖丫头状：“嘿嘿嘿。”

御冥夜：“告诉我，那通便小粉药真是你制出来的？”

御冥夜后来还去查了，他手里的谍报人员可不少，所以顺藤摸瓜，竟还真的查出来了，这通便小粉药，就是凤家五小姐凤舞在年幼的时候售出的配方。

凤舞瞥了御冥夜一眼，目光望向远处：“你说的是万蚂穿身噬魂断骨毒心丸吗？”

御冥夜窘得要命，瞪着凤舞问道：“说，你是不是想起这件事就会笑？”

凤舞赶紧否认：“没有没有，噗——”

“凤小舞！”

“干吗？”

“在对我做了那样的事之后，你居然还这么面不改色、理直气壮啊，凤小舞，我真是——”

就在御冥夜谴责凤舞之时，一道好奇的声音插了进来：“凤小五对你做了哪样的事？”

风浔的声音？凤舞回头一看，差点晕过去——除了风浔，还有君临渊和玄奕！

此刻的君殿下，那张脸黑得几乎能滴出墨来。

就在凤舞快被吓哭了的时候，御冥夜还嫌事情不够乱，他的手搭在凤舞肩头，挑衅地瞥了君临渊一眼，对风浔说：“我们的事，就不劳你费心了，风小王爷。”

风浔一看，顿时怒了！

他推了御冥夜一把，将凤舞从他手里抢回来，往自己身后一放，然后怒气冲冲地瞪着御冥夜：“御冥夜，我警告你，这是我妹妹，你少打她的主意！”

御冥夜似笑非笑地说：“大舅哥，有话好好说嘛。”

风浔瞪眼道：“谁是你大舅哥？你想死是不是！”

御冥夜摊手：“你家妹妹一回来就拉我到这个地方来私会，你觉得你管得了她吗？”

风浔转头瞪着凤舞：“凤小舞你——”

御冥夜伸手将凤舞拽回去，压低声音在她耳边低语了一句。

凤舞气坏了，御冥夜这臭小子居然警告她，如果她不听话，就将她的秘密说出来。

枉她以为御冥夜是好朋友，所以回来后第一个找的人就是他，还向他寻求解决之法，结果他居然威胁她！

凤舞顿时气坏了，可是，现在摆在她面前的，却是个两难的抉择。

一边是和御冥夜一起，造成大家的误会。

一边是踹开御冥夜，而御冥夜则告诉大家她的秘密，然后，第一个想杀死她的，大概就是风浔吧。

凤舞头都痛了。

然而下一秒，君临渊却出手了。

没人知道他是如何出的手，然后所有人都看到，凤舞已经被他拎在手里了。

御冥夜眼眸危险地半眯起来。即便他已经超越同龄人太多，即便他已经万分努力了，却还是比不上君临渊！

这种挫败感，让他心情很差，如被阴霾笼罩。

君临渊拎着凤舞就走。

“你以为这样就能阻止我和凤小舞了吗？”身后传来御冥夜的声音。

“我知道她的秘密！”御冥夜情急之下，说出最关键的一句话。

什么秘密？在场的人，脑中全都浮现一抹狐疑之色，齐齐地盯着凤舞。

这一刻，凤舞拍死御冥夜的心都有了，御冥夜怎么能这么坑她呢！

凤舞从君临渊身上挣扎着下来，怒气冲冲地走向御冥夜，那双黑眸瞪着他：“好，你知道我的什么秘密？你说啊！”

凤舞气势太强了，御冥夜顿时被压了一头。

面对凤舞那如点燃熊熊烈火的双眸，御冥夜顿时后退了一步。

“你说啊，你别憋着啊！你知道我什么秘密？赶紧说！我就在这儿听着！”凤舞撸起袖子，一副要打架的架势。他生怕君临渊查不到，居然还挑衅？厉害死他了！

御冥夜顿时胆怯了，可怜兮兮地望着凤舞：“我……我就是说大话啊，说大话谁不会啊，对不对？”

凤舞一边撸袖子，一边回头看了风浔他们一眼：“抱歉，我们还有些私事需要解决，麻烦各位给个私人空间。”这是下逐客令了。

风浔用充满同情的目光看了御冥夜一眼，自作孽不可活啊，现在凤小舞要教训他了，真想围观啊，可惜妹妹不让。

等风浔他们离开后，凤舞盯着御冥夜一阵冷笑。御冥夜连连后退：“小舞，舞丫头，我错了，我真的错了。”

“你错在哪里了？”

“我，我不该乱说话。”

“还有呢？”

“我不该故意挑衅君临渊。”

“还有呢？”

“我我我，我不该威胁你。”

“还有呢？”

“……没有了啊。”

啪！凤舞手里的鞭子重重甩在地上，溅起一地飞雪。

御冥夜低垂着脑袋：“我我我……我不该故意制造我们很暧昧的假象……”

凤舞冷笑：“你也知道啊？”

御冥夜：“可……反正以后你肯定会嫁给我的，现在让他们这样以为，又有什么关系嘛。”

凤舞将鞭子甩得啪啪响。

“好好好，以后说不定，说不定……”

凤舞步步紧逼，御冥夜节节败退。凤舞目光冰冷地盯着御冥夜：“御冥夜，我的耐心不够，所以我的警告只说这一遍——”

凤舞盯着他，目光严肃而凝重：“如果再有下一次，我们绝交！我没有跟你开玩笑！”

丢下鞭子，凤舞气呼呼地走了。望着凤舞离去的背影，御冥夜咬着下唇，眸中若有所思……

不远处，趴在雪墙后面的风浔和玄奕对视一眼，都在彼此眼中看到了了然之色。两人齐齐松了口气。风浔松了口气，是因为他就这一个宝贝妹妹，才不会让她被别的臭男人拐跑呢，虽然从世俗定义上来看，御冥夜算是很优秀的。

玄奕松了口气，是因为他知道，如果凤舞和御冥夜真如后者说的那般暧昧，那今晚的营地里肯定是要死人的，玄奕不想出现这样的麻烦。

两人齐齐来到君临渊的小木屋里。此刻的君殿下正一个人坐在小木屋里生闷气。

玄奕还没说话，风浔就大马金刀地往那儿一坐，乐不可支地说：“那个御冥夜，居然假装和我家小舞有暧昧，现在正在被小舞追杀呢！”

君殿下听到这句话，黑沉沉的脸色忽然缓和了一些，他盯着风浔。玄奕见状，忙插上话：“这个御冥夜，也是够自作多情的，凤小舞怎么会看上他！”

风浔：“谁能配得上我家小舞啊？反正如果谁要追我们家小舞，首先得过我这关！”

风浔无知者无惧，玄奕在一旁加以引导，所以君殿下那满腔的怒意渐渐平息下来。

“对了，君老大，你这身上的伤药多久换一次？”

风浔和玄奕说了大半天，终于想起来君临渊的伤了。

“一天。”君殿下声音淡淡的。

“那这会儿该换了呀。”风浔忙站起来，“我这手边也没有药啊，君老大，之前是谁给你上药来着？”

君临渊盯着风浔。

玄奕用看白痴一样的目光看了风浔一眼，风浔一拍脑袋：“是我们家凤小舞啊？说起来也是，那丫头医术好着呢，当时就你们两个人，不是她换药还能是谁？瞧我这记性。”

君临渊继续瞪着风浔，风浔立即了然：“我现在就去找她。”风浔匆匆而去。

玄奕没有走，他看了君临渊那包扎好的身体，微微蹙眉：“伤势很严重？”

君临渊轻哼一声：“小题大做罢了。”

既然是小题大做，那又为何允许风浔去喊人呢？还不是因为想见人家？玄奕在心里默默吐槽。

风浔跑去找凤舞。

这时凤舞正揪着御冥夜的耳朵，郑重而严肃地警告这熊孩子：“以后开玩笑要有度，如果再胡说八道就绝交！”

“好痛……呜呜呜……记住了记住了……”御冥夜吃痛，连连回道。

他是真记住了，这是凤舞的底线，现在他已经试探到了。

凤舞回到帐篷里的时候，还是很生气，但是又说不出来自己到底在气什么，是气御冥夜威胁她，还是气御冥夜故意在君临渊面前表现得跟她很暧昧，还是气别的什么？

就在凤舞生闷气的时候，风浔找来了。

风浔看到凤舞，直接就去拽她：“快快快，跟我走。”

“去哪儿？”凤舞被坑多了，现在习惯性警惕。

“去见君老大啊！”

“我不去！”这是凤舞的第一反应。现在她最不想见到的人就是君临渊。

看到君临渊那双暗含嘲讽的目光，她就心里郁闷。

风浔不解地看了凤舞一眼：“你不去，谁给君老大换药啊？”

“他的伤口已经处理过了，换药这种没有技术含量的活，谁换不一样？”凤舞拿出一个小药箱递给风浔，“你去换。”

“你真不去？”风浔不解。

凤舞这丫头不是一向爱缠着君老大的吗？怎么这回突然就不愿意去了？

凤舞朝天翻了个白眼：“不去。”

风浔好奇地追问："为什么啊？"

凤舞叹气："唉，还能为什么呢？别人不都说我故意接近君殿下吗？如果我去了，岂不又被别人说闲话？你可是我亲哥啊，都不替我考虑吗？"

风浔摸摸鼻子，狐疑地瞥了凤舞一眼："可是，你什么时候在乎过别人的想法？你是这种性格的人吗？"

"……哎呀，反正我不去，更何况，他的伤势已经恢复得差不多了，就是换个药而已，谁去不一样啊。拿着，你去给他换药也行！"说着，凤舞将药箱递给风浔。

"你们是在说给君殿下换药的事吗？"一道傲慢的声音在他们身后响起。

凤舞回头一看，沐瑶瑶？她是什么时候过来的？

沐瑶瑶仿佛没看出凤舞脸上的不喜之色，快步走过来，一把夺过凤舞手中的小药箱，瞪着她："你这个女人有没有心啊！"

凤舞一脸不解地看着她。

沐瑶瑶瞪了凤舞一眼："这可是给君殿下换药啊，你还推三阻四的！"

凤舞："……"

"是不是要我们大家下跪求你，你还故作矜持地拒绝，最后才一副勉为其难的样子应下来？"沐瑶瑶冷冷地盯着凤舞，"你以为这场戏会按照你设想的那样演吗？"

凤舞："……"

"不就是换个药吗，还非你不可了？哼！"沐瑶瑶夺过药箱，噔噔噔地离开了。

凤舞和风浔对视一眼。

风浔不放心地问道："她行不行啊？"

凤舞心虚地摸摸鼻子，她刚才好像没有告诉沐瑶瑶药箱的密钥，所以，沐瑶瑶就算把药箱给抢走了，到了君临渊那里又能干吗？

第二十章

再斗魔兽

噔噔噔……门外响起一阵脚步声。

“来了！”玄奕心头一喜，赶紧站起来去开门。然而，门一打开，他顿时就傻眼了。因为站在他面前的不是凤舞，而是沐瑶瑶。

“表哥——”沐瑶瑶冲玄奕甜甜一笑，笑容甜美极了。

玄奕眼眸危险地半眯起来，用身子挡在门口，目光直视沐瑶瑶，冷冷地问道：“你怎么来了？”

沐瑶瑶举着药箱答道：“来给君殿下换药啊。”

玄奕眉头皱得更紧了，不解地问：“怎么是你来换药？”

好歹是有点亲戚关系的表妹，所以玄奕还想提醒一句，但是沐瑶瑶却一把撞开他，直直地往屋里冲去。

换药的时候可是能看到君殿下的身体的，这种天大的好事，岂能错过？所以，沐瑶瑶一看玄奕想开口拒绝，赶紧将他撞开了。

“沐——”玄奕刚说了一个字，就见沐瑶瑶已经冲到君殿下面前了。

此刻的君临渊，手执书卷，摆好了手不释卷的架势，正准备以傲慢冷漠的态度对待凤舞呢。

“殿下，我来给您换药了。”沐瑶瑶将小药箱搁在一旁的矮几上，身体在君临渊面前半跪下来，嘴角含笑，眼眸深情款款地凝望着君临渊。

君临渊本以为来的会是凤舞，所以还拿着书摆着架势，一听是沐瑶瑶的声音，脸色顿时变得异常难看。

君临渊抬眸望去，果然不是凤舞，冷厉的目光顿时宛若利箭一般射向沐瑶瑶。

那双眼睛太可怕了，吓得沐瑶瑶心头一阵惊惧，心脏狂跳，几乎要从胸腔里跳出来了。这一刻，沐瑶瑶下意识地就想跑。但是这是多么难得的机会啊，现在如果放弃了，以后就再没有这样的机会了。

想到这里，沐瑶瑶强忍着内心的恐惧，在君临渊面前半蹲下来，然后拿过那个小药箱："君、君殿下——"沐瑶瑶的声音里有着抑制不住的战抖和恐惧，"我，我给您换药来了。"

然而，她却怎么都打不开小药箱，因为这个小药箱是凤舞的，凤舞在药箱上加了密钥，除了凤舞本人没有人能打开。

沐瑶瑶一边承受着君临渊那恐怖的威压，一边急着打开小药箱。然而，无论她怎么摆弄，都没办法打开，急得她额头上冒出豆大的汗珠。

"滚！"君临渊脸色铁青，那双嗜血的眼眸里翻腾着两簇愤怒的火焰，仿佛下一秒就会突然出手伤人。

这道声音，宛若惊雷般在沐瑶瑶头顶炸裂，炸得她整个人僵立当场，被吓得近乎窒息。好……好可怕……沐瑶瑶只觉得自己的心脏都要蹦出来了，被吓得几乎晕死过去。她来不及多想，转身就跑。

砰砰砰……沐瑶瑶跑出去的时候，撞到地上的东西，被绊倒了，一个踉跄摔倒在地。可是此刻的她，仿佛狂暴的猛兽在身后追，早已慌不择路，疯狂地往前跑。

门口，风浔和玄奕对视一眼，虽然知道君老大不喜欢沐瑶瑶，但没想到态度会如此恶劣。风浔拍着胸口，小声对玄奕说："还好凤小舞没来，不然的话，被吓着的人就是她了。"

玄奕没好气地瞥了风浔一眼，嘀咕了一句："如果真是她来了，就不会发生这事了。"

"你说什么？"风浔没听清楚玄奕的话。

玄奕正要解释的时候，里面响起君临渊暴怒的声音："滚进来！"

玄奕和风浔面面相觑，耷拉着脑袋，从门外往里走。

风浔一进去，就看到滚落在地上的小药箱，顿时就急了，忙过去捡起来："这沐瑶瑶也真是的，不是她自己的东西不心疼是吧？凤小舞的药箱，她还给乱丢啊。"

风浔没想到，他家君老大听见这话，脸色更是沉了几分。

"嘿嘿嘿……"风浔抬头看着君老大，赶忙解释道，"这不是担心我们大老爷们粗手粗脚的，换不好药吗？沐瑶瑶自告奋勇地抢走了药箱，我们也就由着她了，所以一时疏忽，忘了君老大您不喜欢让女生靠近啊。”

风浔拍拍自己的脑袋，君老大一直都排斥异性靠近，这在以前是铁打的规矩，到底是从什么时候起，大家模糊了这个认知呢？风浔努力回忆起来，好像是从凤小舞出现之后开始的吧？

风浔想着，既然君老大不喜欢，那就自己给他换药吧？但是风浔准备打开药箱的时候，却惊讶地发现，他根本就打不开。

笃笃笃——就在这时候，外面响起一阵敲门声。

“谁啊？”风浔跑去开门，然后他一抬眼就看到了凤舞。

看到凤舞，风浔顿时急了，一个劲地将凤舞往外推：“快走快走！赶紧走！”

凤舞一脸疑惑地望着风浔：“……”

“君老大正在气头上呢，刚才沐瑶瑶都被他吓得哭着跑掉了，你赶紧走啊！”风浔连声催促凤舞。

凤舞心说，难怪呢，刚才她过来的时候，看到沐瑶瑶一边跑一边哭，哭得稀里哗啦的，脸色苍白得可怕。

“刚才忘记告诉你了，药箱是有密钥的，除了我谁也打不开。”凤舞苦笑着解释道。

“你等着！”

风浔冲进去，一把抓起药箱，又风风火火地跑回门口，把药箱塞进凤舞手里，急声催促她道：“快打开，你就不要进去了。”

然而，风浔这句话还没说完，就被一只手给拽住了。

等到风浔反应过来的时候，却见玄奕将凤舞往里一推，拽着风浔往外一拉，然后砰的一声，干脆利落地关上了房门。

风浔：“……”

凤舞：“……”

“玄奕你——”风浔反应过来，顿时急坏了。

他一把抓住玄奕的衣领吼道：“玄奕你疯了吧，你没看到刚才沐瑶瑶的待遇吗？你把凤小舞关进去，这么做会害死她的！”

风浔愤怒地推了玄奕一把，然后快步冲上去就要开门。

但是玄奕却拽着他就往外走，步子非常快。

偏偏玄奕的修为比风浔强一些，所以在他的钳制下，风浔竟然挣不脱。

“玄奕，你放开我！你想绝交是不是！”风浔真的动怒了，他还要回去救凤小舞呢！

而这时候，玄奕已经拽着风浔来到一个雪堆后面。

砰！玄奕用力将风浔砸到雪堆上，砸得风浔浑身都是积雪。

“呸呸呸……”风浔一边吐着雪，一边愤愤地指责玄奕，“小舞都快被你害死了，亏了她还说和你是朋友呢，有你这样坑朋友的吗？！”

风浔恶狠狠地瞪着玄奕，冲上去就要跟他打架，但是玄奕却率先开口：“难道你就一点都没看出来吗？”

“看出来什么？”风浔的手举到一半，怔怔地望着玄奕。

“君老大喜欢凤小舞，难道你一点都没发现吗？”玄奕恨铁不成钢地瞪着风浔。

风浔的第一反应是呆怔，第二反应是哈哈大笑。

他指着玄奕，一阵狂笑：“你说你是不是疯了，君老大喜欢凤小舞？哈哈哈哈哈……这可是我有生以来听过的最好笑的笑话了！”

风浔一阵狂笑，然而，他眼中的玄奕，却双手抱剑、一本正经、一脸严肃地望着他。

风浔当即一愣：“你没开玩笑？”

玄奕反问一句：“你觉得这是在开玩笑吗？”

“这不可能！”风浔坚决不信。

玄奕冷冷一笑：“在遇见凤小舞之前，君老大亲近过女生吗？”

风浔：“当然没有！”

玄奕：“但我们住进了北境凤府。”

风浔反驳：“那是因为……凤亦然在那里！”

玄奕笑眯眯地盯着风浔。

风浔：“……反正不会是因为凤小舞！”

玄奕继续盯着他：“回程的路上，君老大会允许别人跟着他吗？在对方还是女生的情况下？”

风浔反驳：“那，那是因为凤小舞拖家带口，她自己又没有修为，君老大可怜她。”

玄奕双手抱剑：“哦，原来我们的君老大，会因为怜惜弱小而改变原则啊？”

如果真是这样，那他就不是君临渊了！

风浔：“我想起来了！在回来的路上，不是君老大要带小舞的，而是小舞主动追上来的，你还记得吗？”

想到这一细节，风浔顿时激动起来：“对，就是这样！还有，以前在宛平镇的时候，你又不是没看见，凤小舞深夜摸进君老大的房间里……”

玄奕似笑非笑地看着风浔：“先不说此事有没有误会，单说这件事，如果换成别的姑娘，你猜，结局会如何？”

玄奕淡淡一笑：“我们又不是没见过君老大是怎么对待靠近他身边的女孩子的。不说远的，单说近的，前一个公孙晴，现在还躺着呢，后一个沐瑶瑶，现在还哭着呢。

“而且，深夜爬床这种事性质更严重，你看凤小舞受伤了吗？”

风浔摇头。

“凤小舞哭了吗？”

风浔想了想，摇头。

玄奕摊手：“所以，懂了？”

风浔摇头：“可我还是不信，君老大怎么可能喜欢凤小舞呢？这绝对不可能啊……”

玄奕冷笑：“之前的事，你还没被揍明白吗”

“揍、揍明白？”电光石火间，风浔忽然就想到了君老大两次找他决斗的事。

玄奕淡淡一笑：“君老大无缘无故，为何找你决斗？你想想前因后果。”

如果说别的事，风浔还有可能不信，但这两次他被揍得贼惨，而且是莫名其妙地被揍，记忆特别深刻。

听玄奕这么一说，风浔就开始回忆。

第一次挨揍，是在严家的家宴之后，当时君老大和凤小舞正要上马车，然后自己怕凤小舞受伤，死活拽着不让她上车，后来……

风浔不解地问：“可是，第二次有凤小舞什么事？”

玄奕心虚地摸摸鼻子。

其实第二次是他的锅，但是甩到风浔身上了。原本这事他并不打算告诉风浔，可看风洵这傻乎乎的样，如果不说，唉……

玄奕无奈，只能把那件事的前因后果跟风浔说了一遍。

“你说什么！”风浔听完之后，气得差点跳起来，“你你你，你居然这么坑君老大，你就不担心凤小舞被君老大一拳头打飞吗？！”

“她被打飞了吗？”玄奕似笑非笑地问。

风浔的话戛然而止。

“当天晚上凤小舞就跑了，第二天，君老大那表情你没看见？你不还疑惑地问了一句‘发生了什么事，君老大竟偷着乐’吗？”玄奕瞥了风浔一眼。

风浔：“……”他是真不信的！不信不信不信！

但是，当玄奕将这一桩桩、一件件铁一般的事实砸到他脑袋上的时候，风浔有一种被雷劈中的感觉。

“我不信，不信，不信……”风浔虽然口中说着不信，脑袋摇晃着不信，但事实上，他的心里已经信了四五分。

玄奕也不废话：“既然你不信，那我们就用事实来说话。”

“什么事实？”风浔只觉得心里苦兮兮的，难受极了。

如果玄奕说的都是真的，那他自己这一路上都干了啥啊？全都是在帮倒忙啊！

想到自己还得意地跑到君老大面前，说出“妹妹分你一半哦，就只有一半哦”这种话，风浔觉得自己傻到家了，脸上的神情非常复杂。

玄奕瞥了风浔一眼，知道他的心思还没转过来，便拍了他肩头一下。

风浔这才回过神来，问道：“什么？”

玄奕答道：“很简单，刚才沐瑶瑶想给君老大换药，结果被他骂得哭着跑了，现在看看凤小舞的待遇如何，不就一清二楚了？”

风浔一想便点头了，这确实是个好办法。但是他心里却有一个声音在拼命告诉他：不对不对，玄奕说的话全都不对，君老大才不会喜欢凤小舞呢！

于是，在君殿下门外的雪堆后面，风浔和玄奕两个少年蹲在一块，目不转睛地盯着那扇紧闭的木门。

而房门里面——

风浔和沐瑶瑶怎么都打不开的药箱，凤舞一出手，啪嗒一声就打开了。

凤舞现在可不敢跟君临渊单独相处，她躲他还来不及呢。因为之前两个人在雪地里单独相处的时候，说起北境城的风小五时，君临渊那双半眯起来的眼睛亮得出奇，有那么一瞬间，凤舞都以为他知道真相了。所以，在他面前，凤舞心里发虚啊。

于是——

凤舞将药箱往案几上一摆，说了一句：“等风浔回来，让他给你换药！”至于她，当然是三十六计，走为上计了。

然而，凤舞刚走出三步之远，身后就传来一道寒气逼人的声音：“你敢离开试试！”

凤舞被吓了一跳，当即身形紧绷，站在原地。君殿下……这分明就是威胁！凤舞咬着下唇，一脸愁苦。怎么办？她是真不敢看君临渊的眼睛，一对上他那双似乎洞悉一切的深邃眼眸，凤舞就觉得心里发虚。

“过来。”君殿下冷哼一声。

凤舞倒是想跑，但是，君殿下冷笑一声：“看来，星辰碎片你是不要了。”

凤舞一听这话，当即转身瞪着君临渊：“你答应过我，等我以第一名的成绩考上帝国学院，你就把星辰碎片给我！”

“你还知道要考第一啊？”君殿下冷笑一声，那双幽深的眸中颇含讥诮。

凤舞一拍脑袋。最近发生了那么多事，她还真把考第一名这件事给忘记了。

要知道，她不仅跟君临渊有赌约，跟沐瑶瑶和叶雅菲也打了赌。

如果她没有考第一，那么，非但星辰碎片没有了，她的脑袋也要切给沐瑶瑶她们了。

凤舞咬牙说道：“这件事不需要殿下费心，我自己会办妥的！”

君殿下的嘴角微微扬起一抹弧度：“雪夜冰魄兽一出，其余魔兽都不会露面了。”

凤舞听懂了君临渊话中的意思——名次，基本上已经定形了。

因为其他魔兽不会出现，而考核时间将尽，只能通过雪夜冰魄兽来获得灵气了，但是凤舞的实力太弱，在雪夜冰魄兽面前根本不堪一击。也就是说，现在她想考第一，唯一能求的人就是君临渊了。想明白了这一点，凤舞脸上的表情越发愁苦了。

君临渊那双阴鸷而幽深的眸子，一直深深地盯着她，眸光宛若星河般璀璨，又如大海般幽深。

这是阳谋，而且是凤舞拒绝不了的阳谋。

这丫头是个聪明人，而且是一个识时务的聪明人，君临渊不信她不知道怎么选。胜券在握的君殿下半倚着床头，那双眸子亮得发光，似笑非笑地看着凤舞。

认栽？不认？

凤舞秒选第一个选项。反正在君临渊面前认栽也不是一次两次了，所以，凤舞的脸皮都厚了。

“嘿嘿嘿……”凤舞脸上挤出一抹笑容，“君殿下，身体可有不舒服？我给你换药吧？”

君殿下傲娇脸：“哪里敢劳烦凤药师。”

凤舞忙凑上去，拉着君临渊的衣袖讨好地说：“君殿下，能帮您换药，那是我的荣幸，三生有幸啊。”

凤舞眼波流转间，潋滟动人，让人看了魂都要飞了。

饶是君殿下见多识广、坚韧不拔，此刻都有些招架不住了，赶紧移开视线。

凤舞：“君殿下，我来帮你宽衣。

“衣衫当然得脱光了才好换药嘛。

“碰到伤口了，疼吗？

“给你吹吹？”

君殿下：“……”

不一会儿工夫，凤舞就将药换好了。凤舞收拾妥当后就想回去。可是，君殿下能让她现在就走？而凤舞，又怎么可能会是君临渊这只老狐狸的对手？所以她不得不留下来，继续给他做牛做马。

门外，玄奕瞥了风浔一眼："半个时辰了。"

刚才沐瑶瑶进去不到一分钟，就被君殿下驱逐，哭哭啼啼地跑出来了。但是凤舞从进去到现在都已经半个时辰了，居然还没被赶出来，这说明了什么已经不言而喻了。

但是，风浔还在垂死挣扎："说不定……君老大睡着了呢。"

玄奕无语，朝天翻了个白眼。

风浔："真的啊！有可能的啊，对不对？"

玄奕抓住风浔的手。

"干吗？你干吗？"风浔被拽着往前走。

玄奕："让你死个明白。"

玄奕将风浔拽到门口，看了风浔一眼，说道："我们现在就来求证。"

风浔："你说。"

玄奕："一、像你脑海中以为的那样，君老大不喜欢凤小舞，凤小舞之所以能待那么久没有出来，是因为君老大睡着了。"风浔点头。

玄奕："那么，我们进去打扰，君老大不会生气吧？"

风浔："当然不会！"

玄奕今天一定要点醒风浔，不然这傻小子以后还不定会被君老大打成什么样呢。

玄奕："好，那我们接下来设想第二种情况，君老大喜欢凤小舞。他故意留凤小舞那么久，这么好的独处机会，如果被我们打扰了，换作是你会如何？"

风浔："恼羞成怒！"

玄奕嗯了一声，下一秒，哐当一声，用力将风浔往里面一推。门没有锁，所以一撞就开了。

凤舞这会儿正在给君临渊擦手呢。君殿下说了，他手不干净会心情不好，心情不好便不想理人，不想理人就……总之最后，就是不会将雪夜冰魄兽的灵气分给她，让凤舞考零蛋。所以这会儿，凤舞正狗腿地端了盆热水，拿着白毛巾，半坐在蒲团上，将君殿下那本就干净无瑕的修长手指，一根一根地擦拭着。

就在这时候，风浔进来了。他进来第一眼，看到的就是这一幕。

擦手？君殿下平时被人碰一下，就能把那个人的手给剁了，现在居然让凤小舞给他擦手？霎时间，风浔的脑中嗡的一下，整个人都蒙了，像被雷劈了一样，呆怔当场。

凤舞还没反应过来，君殿下脸上已经出现怒意，阴鸷深沉的目光，宛若锋利的寒刃，生气地盯着风浔。风浔心头一惊，君老大生气了！

但既然已经试探了，不如试探到底。于是，风浔像往常一样，冲上去拽着凤舞就往外推：“你这傻丫头，还不赶紧走？回头君老大一巴掌把你拍飞了！”

往常，风浔也是这样的，看到凤舞出现在君老大面前，就自以为是地让她赶紧离开。不过这一次，风浔在这么做的时候，眼角余光却是瞄着君老大的。这一瞄，他的心顿时凉了半截。因为君老大面色铁青，恨不得一巴掌将他拍死。

这下子，风浔还有什么不明白的？明白了，明白了……全明白了。

凤舞察觉出风浔神色有异，眼眸一动，关心地问：“风浔，你身子不舒服吗？”凤舞一边说，一边把手背贴在风浔的额头上，摸不出热度，她就踮起脚尖，用自己的额头碰触风浔的额头，以此来判断热度。

砰！君殿下边上的小矮几瞬间炸裂。

风浔脑子里的那根弦也跟着绷断了，下意识地就将凤舞往外推。情急之下，风浔的手有些重，好在玄奕反应快，及时拉住了凤舞，才没有让她撞到墙上。

凤舞没有顾自己，而是上前两步，一把抓住风浔的手，不解地问道：“风浔，你怎么了？额头怎么在冒冷汗？身子不舒服吗？来，我给你号脉——”凤舞的话还没说完，风浔却猛地将自己的手抽了回去。

凤舞愣愣地看着他，风浔撞邪了吗？还没等凤舞发问，风浔转身就往外跑。

“喂——”凤舞大惑不解，到底是怎么了？

玄奕苦笑道：“我去看看他。”

凤舞担心地说：“外面快下雪了，赶紧将他拉回来，我看他的精神有些不对劲。”

玄奕苦笑，在这么重的刺激之下，风浔的精神能对劲儿吗？

现在的他，怕是最难面对的就是凤小舞了。

玄奕对凤舞郑重地点点头，快步往外冲去。

“风浔怎么了？”凤舞不解地望着君临渊。

而此刻的君殿下，将他手里的热毛巾抛向凤舞：“擦干净！”

凤舞：“我很干净啊。”

君临渊起身从床榻上下来，大步朝凤舞走去，那白毛巾劈头盖脸就朝凤舞的脸上抹去。

而此刻的风浔——

“风浔，风浔！”玄奕终于追上他了，见他面对着雪色悬崖而站，脸上浮现一抹苦笑，“现在明白了？”

风浔攥紧拳头，手背青筋暴起。

“你是什么时候知道的？”风浔瞪着玄奕。

“不久，大半个月之前。”

“为什么不提前告诉我？”

“我没告诉过你吗？”玄奕无奈地看着风浔，“我提醒过你不是一次两次了，你仔细想想。”

风浔脑子里乱糟糟的，但他确实想起了玄奕跟他说过的话。玄奕真的不止一次提醒过他了，但他每次都反过来嘲笑玄奕，笑他异想天开，但是现在……感觉好被打脸。

“能问一下，你现在是什么心情吗？”玄奕也是坏，这时候了还有心情逗弄风浔。

什么心情？风浔抓了抓脑袋。

那心情就复杂了，震惊、愤怒、懊恼、伤心、难过、纠结、羞愧……

各种情绪汇成一锅粥，几乎将风浔的脑子给搅乱了。

“玄奕，我要跟你决斗！哇哇哇——”

玄奕还没反应过来，风浔就冲上去了，对着玄奕一拳头砸过去。

玄奕知道，这时候的风浔需要发泄，如果憋在心里，肯定会憋出病来的。

“好！”玄奕淡然接招。

一时间，风雪飒飒，刀光剑影。

这场突如其来的战斗，引起营地几乎所有人的疑惑和惊慌。

沐瑶瑶正坐在那哇哇痛哭、泪流不止，忽然所有人都往外冲去。

“风小王爷和玄小侯爷打起来了！”

“天啊，他们为什么打架？”

“他们来真格的啊！”

“风小王爷被打飞了。”

“他又爬起来了！”

……

这场战斗，整个营地都知道了，凤舞不可能不知道，她推开门冲出去。

“住手！”凤舞见他们打得实在不像样，赶紧喊停。

这时候玄奕和风浔也打得差不多了，特别是风浔，被揍得鼻青脸肿，露在外面的肌肤上布满了瘀青。

凤舞当然第一个朝风浔跑去。

“风……”凤舞刚跟风浔说一个字，风浔就下意识地往后退了一步。

“风浔，你怎么了？”凤舞抓着他的手，但是风浔却下意识地甩开了凤舞的手。

凤舞眉头紧蹙，但是还没等她说话，风浔就瞪了她一眼：“你不要跟我说话！”

说罢，他转身就走，就像看到了怪物似的。

这一幕，顿时让在场的人哗然——

“怎么回事？”

“风小王爷不是对凤舞最好了吗？”

“他不是发话说，凤舞是他罩着的，谁敢欺负凤舞就是欺负他吗？”

“但是刚才，你们注意到没有，他看凤舞的目光就像看到怪物似的！”

沐瑶瑶听着这些话，心头顿时浮现一抹狂喜。

“也就是说，风小王爷现在讨厌凤舞了？”沐瑶瑶惊呼一声。

这时候，很多人心里也都开始这么想了。

“风小王爷讨厌凤舞？凤舞做了什么事让他讨厌了？”

“这还不简单？”沐瑶瑶身边的姚颖冷笑一声，“凤舞有多朝三暮四你不知道吗？一开始缠着君殿下，后来看不行了就去找御冥夜，刚才我看着她又往君殿下那里跑了，风小王爷能不生气吗？”

“凤舞怎么能这样啊？”

“难怪风小王爷会生气。”

沐瑶瑶冷笑道：“原本还有风浔给她撑腰，现在，呵呵，君殿下不理她，御冥夜不理她，就连风小王爷都不理她了，看她怎么办！”

傲世雪原之外，左家家主左铭要求试着链接帝国学院和傲世雪原。

而且，左家特别有心机，在左铭进宫的时候，就已经将这个消息散播出去了。

“陛下——”白公公站在君武帝身边，压低声音禀道，“考生家长都闹腾起来了，现在他们全都跪在城门口请愿呢，求陛下允许左大人一试。”

君武帝的脸色变得非常难看。

“皇帝！”太后盯着君武帝，“太子在里面生死未卜，难道你就一点都不心疼吗？”

太后的意思，也想让左铭一试。

“陛下——”独孤皇后也站在左家这边。

君武帝脑海里忽然浮现出不久前凤舞杀左赫的场景。她杀了左赫之后，毅然决然地告诉他，当年废她凤凰真血之人，便是左家之人！

当时君武帝是将信将疑的，但是现在左家这样咄咄逼人，就连皇后也站在他们那边……

“方爱卿，你如何说？”君武帝将这个球踢给了方阁老。

方阁老一本正经地答道：“微臣相信陛下，相信太子殿下。”

君武帝点头，他望着太后，问道：“母后可相信太子？”

太后咬牙，她能不相信吗？她家君宝是最好的、最厉害的、最无所不能的天才，虽然她很担心，但是——

“陛下觉得，没有这个必要吗？”

君武帝嗯了一声：“朕相信太子。”

太后冷哼一声：“哀家也相信太子，但是，哀家更担心太子的安危。”

“皇帝，链接帝国学院和傲世雪原的地图，会影响到太子的发挥吗？”

“那倒不会。”

“既然不会，为何不让左卿一试呢？”太后冷笑一声，“帝国学院的院长之位，向来是能者居之，如果方阁老不能胜任，让能者担任，又有什么关系？”

君武帝闻言，眉头紧紧地皱了起来。

太后拉着君武帝走到一边：“他可是左青鸾的亲爹！”

君武帝不解地望着太后。

太后：“太子未来的岳父啊！”

君武帝眼眸半眯：“太子也不一定非……”

太后冷哼一声：“除了左青鸾那样的真凰之女，这天下谁能配得上太子？反正别人哀家都是不认的，哀家只认左青鸾！”

君武帝：“……”

“皇帝，哀家不干涉朝政，但这儿女姻亲之事，哀家说了算！”太后一拍桌子。

君武帝有些头痛：“左青鸾的事先缓一缓，但是左铭一事，让他试试，倒也无妨。”

最终，君武帝决定让左铭一试。

帝国学院门口，无数的人聚集在广场上，等待着左铭大显身手。

傲世雪原之上，凤舞不解地看着风浔离去。

她一脸茫然，转而望着玄奕：“他发什么疯啊？”

可不是吗？之前的风浔热情得好像小奶狗，在她身边蹦来蹦去的，但是现在的他，见到她就跟见到鬼似的，碰一下就被吓跑了。

玄奕摸着下巴："他大概……不知道怎么面对你吧？"

"他不知道怎么面对我？"凤舞更奇怪了，"他做了什么事，不敢面对我？"

玄奕摸着鼻子："这个……"

就在这时候，忽然——

嗡嗡……所有人耳边都响起一阵嗡嗡嗡的声音，一如之前那般。

不好！众人的脸色都为之一变。

玄奕下意识地往凤舞抓去，果然——

一条碧绿色的触角伸向凤舞，如果不是玄奕将她拽开，凤舞又要被抓走了。

"雪夜冰魄兽！"凤舞惊呼一声。

就在下一秒，雪夜冰魄兽从雪地里暴冲而起，只是大吼了一声，就把营地里的考生吹得七零八落。

雪夜冰魄兽转过身，那愤怒的目光直视凤舞，眸中闪烁着嗜血的杀意。凤舞看到，在雪夜冰魄兽的心口上插着一把剑，分明就是君临渊的诛天剑！难怪之前没有看到君临渊的剑，原来是插到雪夜冰魄兽身上了。不过，雪夜冰魄兽居然没有死？

凤舞发现，现在这只雪夜冰魄兽跟之前相比，威慑力居然又强大了几分。

就在雪夜冰魄兽抬起爪子朝凤舞脑门上拍去的时候，一道颀长挺拔的身影从天而降，挡在了凤舞身前。

凤舞惊呼一声："它变异了！它强化变异了！"

所以，现在的雪夜冰魄兽，比以前更强大了，难怪诛天剑杀不死它。

君临渊傲然而立，雪夜冰魄兽发出桀桀的笑声。

下一秒，雪夜冰魄兽暴冲而起。君临渊将身后的凤舞推开，而他自己却没有动。等雪夜冰魄兽冲到他身前之际，他矮身而过，下一秒，诛天剑已然出现在他手中。

扑哧——随着诛天剑的拔出，雪夜冰魄兽的心口喷出一股鲜血。雪夜冰魄兽痛得怒吼一声，转身对着君临渊，双方冲到半空中，展开激烈的交锋。

"跑！"凤舞有经验，她咬牙对所有人说，"这场激战很快就会引发雪崩，不想死的就赶紧跑！"

这些考生本就害怕，他们不是没见过雪崩。所以凤舞一声令下，他们就疯狂地四散奔逃，转眼间就没了踪影。

沐瑶瑶倒是想留下，可是姚颖拉了她一把："留下来，如果遇到危险，君殿下会救你吗？"

多么现实的问题啊，沐瑶瑶只觉得胸口中了一剑。

“可是凤舞……”

“事到如今，你还看不出来吗？”姚颖深吸一口气，作为旁观者，她看得一清二楚，“每次遇到危险，总有人会救她的。”

不论是君殿下、御冥夜、玄奕还是风浔，总有人会救她的。

虽然不甘心，但是沐瑶瑶却不得不承认，这就是凤舞。

“小狐狸精！”沐瑶瑶冷哼一声，转头快步离去。

“你快走。”玄奕推了凤舞一把，跳上去就帮君临渊。

风浔也不知道从哪里回来了，他对凤舞视若无睹，也跳上去助战。凤舞却摇头，不行的。雪夜冰魄兽之所以有恃无恐，是因为它知道君临渊中了它的毒，他现在是在硬撑着！

凤舞抬头。半空中的君临渊，挺拔而立，力拔山兮气盖世，强大得不可一世！但是……他现在本该静养的。他每运起灵力动一下，还未清除完毕的毒素就会往心脉处游走一分，就会离死亡更近一步。凤舞心中一痛，不能再等下去了！

砰！就在这时候，风浔被雪夜冰魄兽击落在地，撞出一个雪洞。

雪洞？凤舞心中浮现一抹灵感，有办法了！凤舞抬手将风浔从雪洞里拽出来，但是风浔这个死孩子却一把推开了她的手，仿佛她是蛇蝎一般，那样子别扭极了。凤舞一拍风浔的脑袋：“我不知道你在别扭什么，但是在此性命攸关之际，你给我听好了！”

风浔别扭地瞪着凤舞，凤舞压低声音快速说道：“等一下你跟君临渊说，将雪夜冰魄兽引至之前救我的雪洞，就是麒麟兽的那个雪洞！”

风浔哼了一声，一扭头继续冲上去助战。

凤舞心里有些纠结：这破孩子到底听进去了没有啊？

“他没听进去。”一旁的御冥夜告诉凤舞。

凤舞拽了他一把：“快过来帮我。”说完，凤舞以最快的速度冲向那个雪洞。

御冥夜本来还想摆一下姿态的，但是被凤舞这么一拽，他顺势就跟着她跑了。

“我们去干吗？”御冥夜有些好奇地问。

“布阵。”凤舞急声说道，“君临渊身上有伤，余毒未清，身体虚弱，而雪夜冰魄兽又狂化了，他打不过雪夜冰魄兽。”

“君临渊打不过吗？”御冥夜一听，顿时激动坏了。

凤舞一拍他的脑袋：“你高兴什么？这只雪夜冰魄兽将我们所有人都记恨上了，君临渊一败，我们所有的考生都将一败涂地，到时候，大家都会死！”

“有这么严重？”御冥夜瞪大眼睛。

“就是这么严重！”凤舞深吸一口气，“一旦君临渊撑不住，我们所有人都将死无葬身之地，所以，雪夜冰魄兽必须死！”

“那……”

“我们去布阵，到时候他们将雪夜冰魄兽引过去，来一个瓮中捉鳖！”凤舞轻哼一声。

御冥夜有些担心地问：“可是，风浔会将你的话告诉君临渊吗？”

凤舞也拿不准：“……也不知道风浔这破孩子怎么了。”

雪洞就在眼前了。

凤舞进去之后就开始着手布置。

“你要布置什么阵法？”御冥夜好奇地问。

“烈火绝杀阵！”凤舞冷哼一声，“雪夜冰魄兽生长于极寒之地，我们再寒也寒不过它，所以，必须反其道而行，用异火来除掉它！”

御冥夜：“可是，在这么短的时间内，你如何能摆出烈火绝杀阵呢？而且是对付雪夜冰魄兽的绝杀阵？”

凤舞的实力跟雪夜冰魄兽的实力差了多少，她自己知道吗？

凤舞淡然一笑：“所以，不是拉了你吗？”

御冥夜还不明白，又问：“我能帮上什么忙？”

凤舞道：“你能帮上的忙可大了。”

幸好这会儿和外界的链接消失了，也幸好御冥夜已经知道了她会灵力的事，否则凤舞还真不知道怎么在御冥夜面前掩饰自己会灵力的事呢。

而此刻，君临渊和雪夜冰魄兽正在进行着疯狂对决。

风浔和玄奕早已被雪夜冰魄兽打落在地，两个人嘴角挂血，全身一点力气都没有了。

风浔想爬起来，但是脚步不稳，再次摔倒在地。

他又气又急，眼泪都快出来了。

“君老大身中奇毒，跟雪夜冰魄兽打了这么久，毒素肯定蔓延到心脉了！”风浔心急火燎地盯着玄奕，“君老大会输吗？”

虽然现在看着，君老大和雪夜冰魄兽平分秋色，看不出败意，但是，风浔和玄奕跟君临渊何其熟悉，怎么会看不出来？

玄奕眼眸中寒气逼人：“情况很不妙啊。”

两人对视一眼，再次往天上冲去。但是狂暴的雪夜冰魄兽太可怕了，那力量，可撼天地。砰砰砰！玄奕和风浔在砍中雪夜冰魄兽身上的鳞甲后，再次倒飞出去——

“噗——”两个人再次吐血，狂吐不止。

他们对视一眼，都在彼此眼中看出了不妙之色。

轰隆隆——雪夜冰魄兽发起一阵狂暴之音，君临渊持剑之手一阵战抖。

“不好！”风浔惊呼一声，“君老大毒发了，他嘴角有一片血渍，墨色的。”

玄奕想站起来，可是用剑撑着都站不起来，反而喷出一口鲜血，他眼中出现绝望之色。

“你看雪夜冰魄兽的眼睛——”玄奕惊呼一声，“变成赤红色了！”

“天啊！”风浔捂着胸口艰难地站了起来，“雪夜冰魄兽又狂化了！它居然能够第二次狂化，有毛病吧！”

玄奕和风浔对视一眼，眼底是深深的绝望和无力感。

“一旦君老大撑不住，傲世雪原将变成一片血海。”风浔脸色刷白，转头望着玄奕，“怎么办？我们……难道全部都要死在这里吗？没有别的办法了吗？”

说话间，随着砰的一声巨响，那如天神般傲然的绝世少年，手中的诛天剑竟然被撞飞了。

长剑在半空中划过一个弧度，狠狠地插入地面，白雪没过剑柄，瞬间激起一片积雪。

玄奕和风浔见此情形，心里越发觉得绝望。

“凤舞！”越是紧急关头，风浔的脑子越清醒，他突然想起凤舞离开之际说过的话，“凤小舞说，让君老大想办法将雪夜冰魄兽引到麒麟兽的那个雪洞之中！”

玄奕气得拍了风浔脑袋一下：“你怎么不早说？”

风浔无语：“凤小舞一点修为都没有，她说的话……”

这面对的不是其他魔兽，而是雪夜冰魄兽，连君老大都对付不了的雪夜冰魄兽啊！

玄奕丢下一句：“她虽然修为不行，但是阵法和医术都是绝顶厉害的，你忘记了吗？”

风浔一说那个麒麟洞，玄奕就明白凤舞的计划了——阵法，那丫头绝对要利用阵法！

玄奕抬手就给君临渊打手势。因为他们是从小一起长大的，所以玄奕只需一个手势，君临渊就明白了他的用意。

麒麟洞？这里玄奕还是多了点自己的小心思。如果说凤舞在麒麟洞里，君临渊肯定不会过去，所以他故意隐瞒了凤舞在那里的事实。

君殿下深吸一口气，压制住不断翻涌的气血。雪夜冰魄兽如果只是一次变异，他还能有办法，但二次变异……需要一点助力。

下一秒，君殿下掉转了方向，在雪夜冰魄兽一掌拍来之际，他借助掌力往前飞去，身形宛若轻盈的风筝，速度快得惊人。

雪夜冰魄兽万万没想到，如君临渊这样傲立于天地间的绝世少年，居然也会逃跑。

雪夜冰魄兽脸上浮现一抹狰狞的笑意，它冷哼一声，紧紧地追在君临渊身后。

而此刻的凤舞，正在紧锣密鼓地布着杀阵。

御冥夜见凤舞不断从衣袖中取出一块块灵石，顿时惊呆了："你这都是上品灵石啊！"

凤舞一边布阵一边点头："嗯。"

御冥夜："怎么会有这么多上品灵石？你这个富豪！"

如果这些上品灵石放在市面上卖的话，肯定会引起整个帝都的轰动。

凤舞苦笑，她可一点都不富裕，这些上品灵石都是从方阁老家地底下挖出来的，而且剩下的上品灵石都要用来布置太乙阵法，全都是非卖品。

"你还有空间？"御冥夜惊奇地望着凤舞。不然这些上品灵石，还有这些布置阵法需要的东西，是怎么凭空变出来的？

凤舞不想暴露自己的随身空间，就拿出君临渊给她的空间储存袋，在御冥夜面前晃了晃，故意炫耀地说："瞧瞧，这可是个宝贝。"

"空间储存袋？"御冥夜忍不住惊呼一声。

凤舞不解地看了他一眼："不就是个空间储存袋吗，你惊讶什么？"

"你还问我惊讶什么？"御冥夜用一种难以置信的目光望着凤舞，"你这个可是空间储存袋啊，空间储存袋你知道吗？"

凤舞答道："我知道啊，不就是空间储存袋吗？"

"不、就、是？"御冥夜再次用难以置信的目光望着凤舞，"你到底知不知道，空间储存袋有多稀罕？"

凤舞一脸无辜地望着御冥夜，很稀罕吗？

御冥夜补充道："更何况，你这空间储存袋可是荣耀级的，你、知、道、吗？"

凤舞不解地问："荣耀级是什么意思？"

御冥夜解释道："意思就是，现世最高级别的空间储存袋，水火不侵，血誓契约，别人就算捡到了也打不开。"

御冥夜没有告诉凤舞的是，这东西就算丢了，也会被原主人定位，从而找回去。

凤舞却一脸疑惑，不对啊……